2015 신춘문예 당선소설집

2015 신춘문예 당선소설집

사단법인 **한국소설가협회**

차례 ••

신춘문예의 힘

백시종(한국소설가협회 이사장)

우리 문학인들이 맞는 새해 새아침의 관심은 뭐니뭐니해도 신춘문예 새 얼굴들입니다.

올해는 어떤 신선한 이름이 신문 지면을 장식할 것인가, 주인공으로 등장한 새 작가의 패기는 얼마나 당당한가, 요즘 젊은이들이 고뇌하는 화두는 무엇인가, 연대기적 문제점을 얼마나 깊이 통찰하고 있는가, 등등 새삼스럽게 점검하고 확인하고, 비교할 대목이 많습니다.

문학의 위기라고 해서 더 그러합니다. 결코 순탄하리라고 장담할 수 없는 아니 순탄은커녕 사막 모래바람보다 더 혹독한 폭풍이 불어 닥치리라고 예보된 악천후를 진즉 인지했으면서도, 그 험난한 작가의 길로 선뜻 자원한 젊은이……

신춘문예 당선이 곧바로 직업과 연결되던 황금시대가 이미 지나간 황량한 벌판임에도 불구하고, 흡사 새벽을 밝히는 샛별인 양 찬란하게 떠올라준, 그 아름다운 집념……

황량한 허허벌판에 먼저 와 있는 우리가 그들에게 해줄 수 있는 것은 무엇일까요.

비록 벼랑 끝에 서 있기는 해도 소설의 힘이 아직 쇠락하지 않았다는 사실을 상기 시키는 일이 우선이 아닌가 싶습니다.

역사의 저편에 묻혀있는 날조와 음모를 파헤쳐 진실이 무엇인지 확인하는 유일한 도구는 정치적인 힘도, 재력도, 학문도 아닙니다. 어두운 시대를 살며 얻은 구속과 소외의 상처를 아물게 하는 인간성 회복에 있어서도 소설이 치유책이라는 사실을 부인할 사람은 없습니다.

그렇습니다. 모두 다 나 몰라라 외면해도, 누군가 박해를 가해도, 그래서 운신할 수 없는 최악의 상황이 온다고 해도, 진실에 눈감지 않는다는 신념으로 묵묵히 뚜벅뚜벅 걷기로 작심한 사람들…….

결코 화려할 수 없는 그 어두운 터널을 동행해야하는 우리는 그들의 손을 잡아주고, 어깨를 두들겨줘야 합니다.

그런 의미에서 2015년 샛별들의 첫 항해가 그 어느 해보다 순탄할 수 있도록 먼저 격려의 박수를 보내야겠습니다. 그들은 의례적인 박수가 아니라 진정성 있는 뜨거운 갈채를 받아 마땅하므로.

강원일보 임정화

서울 출생
동국대 문화예술대학원 석사 과정

여러 작가들의 욕망이 형상화된 이번 전시회의 제각기 다른 작품들이 주변에서 번쩍거리거나 화려하게 웃고 있을 때, 호퍼의 그림은 부동자세로 버틴다. 그리고 요지부동으로 기다린다. 이루 헤아릴 수 없는 의미들을 드러내지 않고서 다가올 것이 무엇인지 알지 못한 채로 지금껏 기다리는 중이다. 그런데, 관제탑처럼 보이는 건조물 안에는 사람이 없다.

강원일보

그림 속에서 보다

임정화

 홍 여사는 아까부터 에드워드 호퍼(Edward Hopper)가 그린 '해질녘의 철로' 앞에 서 있다. 그림에 바짝 붙어선 것도 아니고 멀리 떨어져 있는 것도 아니다. 사람들의 동선을 방해하고 시선을 집중시키는 지점에 홍 여사는 자리 잡고 서 있다. 느릿느릿 흘러가던 관람의 줄이 홍 여사에게 걸려 엉클어진다. 그림에만 집중하는 홍 여사와 달리 사람들은 그림과 홍 여사를 번갈아 쳐다본다. 호기심을 감추지 않는 그들 중에는 그림을 향해 몸을 기울이는 이들도 있고 노골적으로 홍 여사를 쳐다보는 이들도 있다. 오래지 않아 사람들은 관람의 줄을 되잡아 발걸음을 옮긴다.

 홍 여사는 호퍼의 그림을 바라본다. 자신의 시선을 붙든 그 아득함 속에서 누군가를 발견하기나 한 것처럼. 주변에서 자신을 힐끔거린다는 사실을 홍 여사는 잘 알고 있다. 홍 여사는 그림에서 눈을 떼지 않은 채 어깨와 허리를 더욱 꼿꼿이 편다. 그리고 의식적으로 생각한다. 호퍼의 그림이 한 점뿐이라 아쉽다고. 에드워드 호퍼의 그림에 끌리는 이유에 대해 홍 여사는 생각해본 적이 없다. 그의 그림 속 주인공들은 대개 어딘가를 응시한다. 묵연한 그들의 시선이 가닿는 곳은 어디일까 궁금해

한 적이 있다. 보고는 있지만 무언가를 원하고 있는 것 같지는 않은 얼굴들. 해답은 찾지 못했다. 다만 그들이 바라다보는 세상이 어쩌면 바깥이 아닌 자기 안일지도 모른다는 막연한 추측, 그리고 세련되고 점잖아 보이는 그들 주위로 까닭 모를 무거움과 권태가 축축하게 가라앉아 있다는 느낌만 기억할 뿐이다.

홍 여사가 그림 옆에 붙은 라벨로 눈을 돌린다. 1929년. 캔버스에 유채. 홍 여사는 태어나서 한 번도 유화물감을 만져본 적이 없다. 캔버스의 질감을 느껴본 경험도 없다. 물감을 물에 희석시켜 쓰는 수성물감보다는 기름과 혼합하는 유화물감의 색감이 당연히 더 강렬하고 짙으며 거칠 거라 여겼다. 그러니 떨어지는 불덩어리를 그리기에는 유채가 알맞아, 이미 물에 한번 풀어진 물감으로 노을을 그리기란 적당치 않지, 여백이 없는 서양화 속에서 색채들의 경합이 튄다, 마르고 굳어버린 유채 위로 덧입혀지는 또 다른 물감들의 관계는 먹고 먹히는 싸움터와도 같아, 물감들을 싹 긁어내면 지금 보는 것과는 전혀 다른 그림이 숨겨져 있을지도 모르지, 최후 승리한 그림만이 사람들의 시선을 차지하기 마련일 테니⋯⋯.

대상의 그림자가 두드러지는 호퍼의 다른 그림들과 달리 이 작품은 그림 자체가 그림자를 던지는 듯하다. 어쩌면 철로는 낭떠러지들을 잇는 허공에 자리 잡았는지도 몰라, 낭떠러지가 아니라면 아무튼 높은 곳. 전면에 보이는 굴곡이 산 때문인지 언덕 탓인지 잘 구별되지 않는다. 완만한 평야는 아닐 거야, 그늘진 경사는 그만큼의 거리를 만들어내고 그 사이엔 분명히 틈이 있을 테니까, 그런데 전신주처럼 높다란 저건 또 뭘까. 늘어진 전선도 없고 나란히 줄 선 또 다른 전신주도 보이지 않는다.

이정표인가, 사람도 없이 황량한 곳, 철로라기보다는 경비초소 같은데, 소총을 들고 먼 전장(戰場)의 포화를 감시하는 군인이 어디쯤 서 있을 것만 같은, 역시 종말(終末)을 표현하기에는 붉은색만 한 것이 없지.

지난한 장마에 맨살을 드러낸 땅은 질퍽거렸다. 홍 여사는 포장된 길

로만 걸었다. 밝은 갈색머리의 백인이 여럿 눈에 띄었다. 아이들과 함께
인 가족도 보였다. 그들 틈 사이로 둘씩 짝지은 연인들이 즐비했다. 연
인들이 즐비한 세상. 수줍게 사랑하기보다는 과시하고 우쭐대는 커플
들. 홍 여사는 시야에서 쌍들을 하나씩 지워나갔다. 보이지 않는다고 믿
으면 그들은 어김없이 사라졌다. 석조전에 이르기까지 시간을 끌며 여
유롭게 고궁 안을 산책하고 싶었다. 살갗에 엉겨 붙는 습기만 아니었어
도…… 홍 여사는 발걸음을 서둘렀다.

근대식 석조건축물인 석조전은 고대 로마 신전과 닮았다. 굵고 높은
기둥 여섯 개를 포함한 주랑이 특히 그랬다. 첫 번째 기둥과 두 번째 기
둥 사이, 다섯 번째 기둥과 여섯 번째 기둥 사이에는 커다란 현수막이
펼쳐져 있었다. 하얀 바탕 위로 '이것이 미국미술이다, THE AMERICAN
ART' 라는 검은 글자들이 굵거나 혹은 가늘게 인쇄돼 있고, 글자 아래에
는 전시작 사진 두 개가 따로따로 박혀 있었다. 왼쪽 사진에는 여자 셋
이 개와 여자아이를 양옆으로 거느리고 섰고, 오른쪽 사진에서는 첼로
가 무겁게 녹아내렸다. 엄청 큰 걸로 봐서는 첼로가 아니라 더블베이스
일지도 몰라.

계단을 오를 때 사람 몇이 층계참에 서 있는 걸 봤지만 홍 여사는 그들
을 알아채지 못했다. 시간이 지나 기억을 더듬는다 해도 그런 사람들은
으레 '있었나? 응, 본 것도 같고, 기억이 없네' 정도로 취급되고 만다.
홍 여사에게 있어 그런 만남들은 애초에 마주침조차도 되지 못하는 무
의미에 지나지 않는다. 그리고 그런 무의미들을 지나칠 때마다 어쩐지
자기 자신이 조명을 받고 있다는 묘한 느낌을 받곤 했다. 사선으로 계단
을 올라 중간쯤 이르렀을 때 한 커플이 뒤에서부터 빠르게 오르며 금세
홍 여사를 앞질렀다. 그들의 존재감이 홍 여사를 환기시켰다. 홍 여사는
앞질러 가는 그들을 주의 깊게 살폈다. 키가 큰 백인남자와 보통 체격의
동양여자였다. 걸음걸이가 생기 있고 활발하기는 했지만 그런 움직임에
서 흔히 포착되는 연극적인 요소 따위는 감지되지 않았다.

홍 여사는 오디오 가이드를 이용하지 않는다. 그보다는 무작정 그림

앞에 서 있기를 좋아한다. 작가의 의도나 전문가적인 비평 등은 홍 여사에게 하나도 중요하지 않다. 그저 눈길을 끌고 색감이 조화로운 작품들에 한없이 열광했다. 늘 버릇처럼 이어지는 행동이 한 가지 있었다. 그림 앞에 서서 받게 되는 느낌을 문장으로 지어내거나 혹은 단어 하나라도 떠올리기. 그래서 순간적으로 문장이 만들어지거나 단어 하나라도 떠오른다면 그 그림은 홍 여사에게 있어 성공적인 작품이 되었다. 물론 아무리 떠올리려 해도 성과가 없는 그림들도 많았다. 그런 그림들은 언제나 골칫거리였다.

아래층의 첫 번째 홀, 첫 작품은 성조기였다. 라벨을 확인하니 석판화였다. 그 옆에도 나비넥타이 판화가 진열되어 있었다. 홍 여사의 머릿속에 어린 시절 옆 짝꿍이 지우개로 만들었던 상스러운 도장이 떠올랐다. 알파벳 Y와 남자 성기를 새긴 도장이었는데, 짝꿍은 펼쳐진 여학생들의 교과서만 골라서는 그 안에다 눈 깜짝할 새 그림을 찍고 도망쳤다. 무심코 펼친 책장들에는 똑같은 모양의 성기와 성기들이 합을 이룬 채 보는 사람을 당황하게 만들었다.

다음 작품은 코카콜라 병이었다. 나비넥타이에 이은 앤디 워홀(Andy Warhol)의 작품이었다. 홍 여사는 두어 걸음 뒤로 물러나 코카콜라 병들을 바라보았다. 불량품이라고 짚어낼 만한 병들이 군데군데 섞여 있었다. 가장 윗줄 첫 번째 콜라병이 홍 여사는 가장 마음에 들었다. 짙고 선명한 선과 병목에까지 골고루 채색된 녹색, 그 병에 든 콜라가 진짜일 게 확실해 보였다. 홍 여사는 혀를 내밀어 재빨리 입술을 축였다. 소풍 때마다 홍 여사의 엄마는 가방 속에 사이다와 바나나, 삶은 달걀과 김밥 도시락을 넣어주었다. 병째 가져간 사이다는 미지근하다 못해 뜨끈뜨끈했다. 톡 쏘는 맛은 똑같았어도 그 시절 홍 여사는 사이다보다 콜라를 더 좋아했다. 굴곡진 코카콜라 병은 다보탑 같았다. 사람들은 석가탑을 더 쳐주었지만 홍 여사는 언제나 화려하고 정교한 다보탑을 더 마음에 들어 했다. 다보탑을 닮은 코카콜라 병 속에 담긴 형용할 수 없는 맛의 검은 물. 그것은 마시기만 해도 그 사람을 세련되게 만들어주는 마법의 물이었다. 지독히도 건조하고 신랄하면서도 집요하기까지 한 앤디 워홀의 작품들. 홍 여사의 입매가 일그러졌다. 똑같이 생긴 캠벨 깡통들은 아무리 재료가 달라도 죄다 똑같은 맛일 것만 같았다.

박스 몇 개를 지나 '라디오'라는 작품 앞에 섰다. 건물유리에 반사된 담배 'KENT'와 'RADIOS'라는 네온 간판이 도시적이고 근사해보였다. 굵고 진하고 검은 테두리를 가진 크리스털 그릇의 로이 리히텐슈타인(Roy Lichtenstein) 정물화는 만화적이었다. 쾌활하고 유아적인 작품들이 이어졌다. 톰 웨슬만(Tom Wesselmann)의 '위대한 미국 누드 #57'은 단순하면서도 밝은 노랑과 살색이 노골적으로 주의와 시선을 요구했다. 그야말로 미국이었다. 그림 속 여인의 태운 피부와 가슴을 가렸던 부분이 절묘하게 대비되는 누드에 정신을 빼앗겼을 때 바로 옆에서 낄낄대는 소리가 새어나왔다. 홍 여사는 그림을 주시했다. 점점 가까워진 낄낄거림은 이내 홍 여사의 뒤통수까지 다가왔다. 홍 여사는 뒤돌아보았다. 그들이었다. 무의미들 속에서 튀어나와 자신을 앞지르던 백인남자와 동양여자 커플. 그들은 홍 여사의 존재를 깨닫지 못한 것처럼 손가락으로 누드의 젖꼭지를 가리켰다. 홍 여사는 그 자리를 벗어났다.

얼마 전 S백화점 옥상에서 홍 여사는 제프 쿤스(Jeff Koons)의 보라색 풍선을 보았다. 스테인리스 재질의 풍선은 엄청난 크기에 비해 예술적 가치가 아리송했다. 그러나 사람들은 개의치 않고 너도나도 사진을 찍느라 바빴다. 홍 여사도 사진을 찍었다. 경비원까지 세워둘 정도로 대단히 비싼 작품이라고 했다. 지나친 광택이 부담스러웠지만 자꾸 보니 어쩐지 현대적이고 근사해보였다. 커피 한 잔을 마시며 주위를 돌아보는데 옆에서 나누는 젊은이들의 잡담이 들렸다. 제프 쿤스의 아내가 포르노 배우이고, 유명한 국회의원이며, 둘의 정사를 적나라하게 담은 사진작도 있다고 했다. 포르노 배우, 포르노 배우, 홍 여사는 입속말을 했다. 제아무리 유명한 예술가라 할지라도 정상적인 아내에게 정사 장면을 찍자고 제안했다면 흔쾌히 승낙을 얻어내기는 어려웠을 것이다. 전직 포르노 배우였으니 가능했을 터, 그런데 대체 누가 국회의원이라는 거지?

제프 쿤스? 아니면 그의 아내? 설마 포르노 배우가? 그날 밤 홍 여사는 인터넷으로 제프 쿤스를 검색했다. 이탈리아 전직 국회의원은 제프 쿤스의 포르노 배우였던 전처였다.

홍 여사는 궁금했다. 포르노 여자배우를 국회의원으로 뽑은 유권자는 남성이 더 많았을까, 여성이 더 많았을까, 포르노 배우로만 머물지 않았던 특별한 여성 국회의원, 그렇기에 가능했던 결혼이었으리라. 출구 쪽 마지막 사진작품 속에는 브라와 팬티 바람에 검정 밴드스타킹을 신고서 돌고래 인형을 타고 앉아 원숭이 인형에게 입맞춤하려고 몸을 앞으로 수그린 여자가 있었다. 홍 여사는 고개를 주억거렸다.

주제어가 '정체성'인 아래층 다른 홀에는 미술관 입구에 걸려 있던 작품이 서 있었다.

입구에 들어서던 홍 여사가 손바닥으로 벌어지는 입을 틀어막았다. 개의 머리가 박제였던 것이다. 작가는 마리솔 에스코바(Marisol Escobar)라는 여성작가였다. 홍 여사는 개의 머리만 의도적으로 피해가며 작품을 둘러봤다. 복고풍 차림의 세 여자는 각각, 삼면이 얼굴인 머리, 긴 주둥이 끝에 가정주부일 법한 여자 사진이 붙은 머리, 우측에 눈두 개가 생기다 만 여섯 개의 얼굴을 가진 머리를 가지고 있었다. 홍 여사는 작품 속 옷차림으로 눈을 돌렸다. 문득 한 친구가 떠올랐다. 이미 연락이 끊긴 지 삼십 년도 더 된 친구였다.

미래는 미용사가 되려는, 막 스무 살을 넘긴 노랑머리 아가씨였다. 가장 먼저 출근해서 청소를 하고 엉성한 가발을 상대로 기술을 익혔다. 동갑내기 홍 여사는 거의 매일 아침 일찍 미래가 근무하는 미용실에 들렀다. 때문에 그 시절 홍 여사의 헤어스타일은 날마다 달랐다. 홍 여사의 머리로 연습을 할 때면 미래는 신나 했다. 엄마나 작은 언니도 몇 번 당한 뒤로는 미래에게 머리를 맡기지 않았다. 시달릴 대로 시달린 머리카락은 끝이 갈라지고 푸석해졌지만 홍 여사는 개의치 않았다. 오히려 주위에서 던지는 관심들이 즐겁기만 했다. 미용사가 되기 위해 늘 열심이었던 미래에게 어느 날 홍 여사가 물었다. 장래희망이 헤어디자이너야? 미래는 고개를 단호히 가로저었다. 아니, 내 장래희망은 미국에 가는 거야!

미래의 큰언니는 미국인인 흑인 남자와 결혼했다. 작은 셋집에 살던 미래는 아무리 친한 친구라도 집에 데려가지 않았다. 그런 미래가 하루는 홍 여사를 불렀다. 조카들을 보여주고 싶다고 했다. 미국에 사는 미래의 큰언니는 휴가차 가족들과 친정나들이 중이었다. 우리 엄마 말이 원래 튀기들이 인물이 좋다더니 진짜로 그래. 큰언니네 애들이 얼마나 예쁜지 너도 보면 놀랄 거야. 미래는 우쭐해서 약간 들뜨기까지 했다. 현관문을 열 때 미래는 아주 조심스러웠다. 홍 여사도 미래의 행동을 그대로 따라했다. 미래가 입술에 손가락을 갖다 댔다. 그리고는 고양이처럼 소리 내지 않고 걸었다. 홍 여사도 까치발로 걸었다. 방문 안쪽에서부터 아이들 소리가 작게 새어나왔다. 방문 너머의 소리를 따라 미래가 웃었다. 미래의 웃음을 따라 홍 여사도 웃었다. 미래가 천천히 방문을 열었다. 간신히 머리를 집어넣을 만큼만 열었다. 미래의 머리 너머로 홍 여사는 방 안을 들여다보았다. 갑갑했다. 방안을 가득 메울 만큼 키가 크고 덩치가 좋은 흑인 남자가 고개를 외로 틀고 한쪽 손을 맨가슴 위에 얹은 채 대자로 누워 자고 있었다. 곁에는 살집이 좋은 여자가 속옷 차림으로 엎드린 채 두 다리를 벌리고 잠들어 있었다. 홍 여사의 낯이 달아올랐다. 두 몸뚱어리 발치에는 공간이랄 수도 없는 조각난 틈이 있었고, 그곳에서 동물의 어린 새끼 같은 조카들이 놀고 있었다. 미래가 손짓으로 조카들을 불러냈다. 나오라고, 이모랑 같이 놀자고. 그러나 나온 아이들과 그들은 잘 놀지 못했다. 아이들이 쓰는 말은 참으로 앙증맞고 경이로웠지만 홍 여사는 물론이고 미래조차도 도무지 그 말을 이해하지 못했다.

나중에 홍 여사는 미래에게 물었다. 너도 네 큰언니처럼 되고 싶은 거니? 미래가 대답했다. 이번에 큰언니가 빨래건조기를 사줬어. 엄마는 빨래들을 차곡차곡 개서 건조기에 집어넣어. 그러면 장마가 한 달씩 이

16

어져도 빨래들이 뽀송뽀송 말라. 신기해. 엄마는 빨래건조기가 정말 마음에 든다고 했어. 홍 여사가 물었다. 그럼 너는 빨래건조기 때문에 미국에 가고 싶다는 거야? 미래는 대답 대신 콧방귀를 뀌었다. 홍 여사가 다시 물었다. 미국에 가기 위해 넌 뭘 하는데? 미래는 선뜻 대답하지 못했다. 홍 여사는 대답을 듣고 싶었다. 오래된 몸을 움직이듯이 미래가 말했다. 나는 큰언니처럼 미국 남자랑 결혼할 거야. 홍 여사의 눈이 휘둥그레졌다. 그게 다야? 많은 것을 포기한 사람처럼 미래의 고개가 무겁게 두어 번 끄덕였다. 네 형부 같은 흑인이라도 좋아? 미래가 잠깐 고민했다. 가능하면 백인이랑 해야지, 하지만 정 안 되면 흑인이라도 상관없어. 홍 여사는 자기 친구를 물끄러미 바라보았다. 미래는 자신의 친구와 눈을 마주치지 않았다. 미래에게서 눈길을 거두며 홍 여사가 말했다. 어쨌든 미국에 가려면 영어공부부터 해라. 일단 말은 통해야지.

홍 여사의 결혼을 앞두고 그들은 사소한 문제로 다투었다. 홍 여사는 다른 도시에서 신혼생활을 시작했고, 미래는 같은 미용실에서 오래도록 근무했다. 아이 둘을 낳고 홍 여사는 다시 결혼 전 살던 도시로 돌아왔다. 그 사이 가끔 홍 여사는 미래가 미국남자와 결혼해서 미국으로 건너갔는지 궁금했다.

그러나 건너 들은 정황으로는 홍 여사가 첫 아이를 낳을 때까지도 미래는 영어공부를 시작하지 않고 있었다. 미래가 백인이 아닌 다른 혈색의 미국남자와 결혼해서 사는 그림이 머릿속에 그려지기도 했다. 어쨌든 홍 여사는 점점 더 미래를 기억하지 않게 되었다.

다시 돌아온 도시에서 첫 번째 맞는 남편의 생일에 홍 여사는 남편의 직장 동료들을 초대하기로 했다. 홍 여사는 대형마트에서 장을 봤다. 큰아이는 카트에 태우고 작은아이는 멜빵으로 안은 채 재료들을 넘치도록 집어 담았다. 초밥 거리로 쓸 문어와 새우를 살피는데 낯익은 여자가 홍 여사의 눈에 들어왔다. 여자는 색 바랜 포대기로 우량한 사내아이를 들쳐 업고 있었다. 너무나도 곤히 잠든 탓에 사내아이의 머리는 뒤로 꺾여 안쓰럽게 덜렁거렸다. 분명히 낯이 익은데도 누군지 당장 떠오르지 않았다. 나중에 곰곰 생각해보니 옷 입는 취향이 바뀐 탓이 컸다. 잰걸음으로 여자에게 다가가던 홍 여사가 소리쳤다. 미래야!

몇 년 만에 만난 미래는 달가운 낯빛이 아니었다. 뒤에 업은 아이는 누구냐는 홍 여사의 말에 당황하는 기색까지 역력했다. 내 애야, 외면하는 듯 흘리듯 미래가 대답했다. 너 결혼했어? 언제? 근데 애가 한국 애 같은데? 미래의 시선이 홍 여사의 시선을 맞받아쳤다. 그럼 한국 애지, 어디 다른 나라 애라도 될 줄 알았어? 되쏘는 미래의 말에 홍 여사는 아연해졌다. 넌 미국남자랑 결혼할 줄만 알았으니까, 기분 나빴다면 사과할게. 홍 여사는 근처에 있는 자신의 아파트로 가자고 미래에게 권했다. 미래는 말없이 서 있었다. 홍 여사가 팔꿈치를 잡아당기자 그제야 잡힌 팔을 비틀어 뺐다. 나중에, 나중에 또 보게 되면…… 미래는 말을 다 끝내지도 않고 인사도 없이 사람들 사이를 빠져나갔다. 미래가 지나간 자국은 낯선 타인들로 금세 지워졌다.

마리솔의 작품에서 홍 여사는 미래를 기억해냈다. 미국남자들은 제복 입은 여자들을 좋아한대. 세미정장만 즐겨 입던 미래가 낡은 포대기로 아이를 업은 모습이 떠올랐다. 그리고 미래의 머리에서 백인들의 금발보다 더 샛노랗던 머리카락이 사라진 것도 기억했다.

다음 작품은 코카콜라 병이었다. 나비넥타이에 이은 앤디 워홀의 작품이었다.

그 시절 홍 여사는 사이다보다 콜라를 더 좋아했다.

그것은 마시기만 해도 그 사람을 세련되게 만들어주는 마법의 물이었다.

홍 여사를 때리고 아프게 하던 이들은 이제 이 세상에 없거나 힘을 잃었다.

받은 대로 되돌려준다는 것은 유치한 짓거리일 뿐이다.

미국남자를 만나기 위해 네 시간이나 길바닥에 내버리며 이태원으로 놀러 다니던 미래, 정식미용사가 되어 미국에서 미용실을 차리겠다던 미래. 하지만 한국인이 확실한 아이를 업은 미래의 미래는 완전히 어그러진 셈이었다. 꿈을 이루려면 뭔가 더 확실하고 공격적인 방법을 택해야 했다. 가령 영어학원에 등록한다든지, 아예 큰언니를 쫓아 미국으로 가버리는 것 말이다. 검붉은 색이 인상적인 파자마 그림 앞에서 홍 여사는 한숨을 내뱉듯 혼잣말했다. 미래, 너는 이런 파자마가 입고 싶었겠지, 크고 두툼한 겨울용 커튼 같은.

'자장가 II'는 백색의 꿈이다. 하얀 침대보와 베개는 그곳에 편히 누우라고 관람자를 유혹한다. 매혹적인 잠자리야, 무게를 지워버리는 신비한 동심이고 순수한 낙원이지, 하지만 이 백색의 꿈은 북극인 걸, 살인적인 추위를 교묘하게 은폐시킨 꿈 말이야. 그림의 한 귀퉁이에서 백곰이 눈뜬 물개를 뜯어먹다가 멈칫 관람객을 쳐다본다. 주둥이와 빛나는 설빙 사이로 석류빛이거나 자두빛이 아닌 핏빛이 번진다. 초식동물이 없는 세계. 털빛마저 꿈의 색상으로 뒤덮인 포식자의 세계. 미래의 큰언니는 빨래건조기 같은 것들의 대가로 자신의 몸뚱이를 지불했다. 매 맞고 사는 언니에 대해 말할 때마다 미래의 말투는 담담하거나 무심했다.

벽에 매달린 채 부서져 흘러내리는 첼로 혹은 더블베이스는 파괴와는 다른 이미지를 제공했다. 그것은 망가져 못 쓰게 된 악기가 아니라 차라리 환상이고 꿈이었다. 버려지고 무시되어야 할 쓰레기가 변신에 성공한 것이다. 풍선처럼 부풀어 오른 악기는 동화적 상상력이었다. 홍 여사는 작품명을 확인했다. '부드러운 비올라' 더블베이스도 첼로도 아니었다. 홍 여사의 추측은 모두 틀렸다. 그러나 홍 여사는 고개를 가로저었다. 나무가 아닌 비닐 풍선 재질의 비올라는, 현을 당길 아무 힘도 없는 비올라는 더 이상 악기인 비올라가 될 수 없었다.

위층 첫 번째 홀에는 각종 조형물들이 설치되어 있었다. 황토색 필터의 거대한 담배꽁초들이 공간을 어지럽게 만들었다. 말보로처럼 생겼지만 필터에 하얀 점들은 보이지 않았다. 서로에게 기대어 안락하게 널브러진 담배꽁초들은, 폐를 질식시키고 살을 파먹고 뼈를 부서뜨리는 악행을 차폐한 채 휴식을 주는 쿠션으로 변신했다. 소리를 반사시키는 전시공간이 시끄러운 잡음으로 들끓었다. 그들이었다. 홍 여사를 앞질렀던 그들이 다시 뒤처져 따라오고 있었다. 그들의 말소리와 웃음소리는 좁고 높은 공간을 울렸다. 주위를 돌며 뛰어다니는 대여섯 살 먹은 사내아이도 있었지만 홍 여사의 촉수는 그들에게로만 향했다. 그들의 대화가 신경을 거스르는 이유는 말 때문이었다. 모국어를 쓰는 외국인들의 잡담은 알아들을 수 없기에 언제나 소음처럼 들렸다. 그들 중 여자는 안내원에게 한국말로 작품 설명을 들었다. 안내원의 설명이 통역되어 백인남자의 귀로 전달될 때마다 그들은 웃음을 터뜨렸다. 여자의 염색한 듯 까만 생머리와 매끈한 피부색은 유난히 동양적이었다. 가느다란 골격, 그리고 백인남자에 비해 상대적으로 짧은 팔다리. 어쩌면 유학을 갔다가 백인남자와 연인이 되어 모국을 방문한 것일 수도 있었다. 티셔츠에 짧은 청반바지 차림, 이렇다 할 액세서리도 없고, 가방도 명품이 아니었지만 여자에겐 기품이 있었다. 곁눈질로 본 그들은 표면적으로는 잘 어울리는 한 쌍이었다. 하지만 입을 가리지도 않고 거리낌 없이 소리 내어 웃는 여자의 모습이 홍 여사를 언짢게 했다.

　골목처럼 구부러진 곳에 공산품인 형광등이 불을 밝히고 있다. 과학이 상업이 되고, 다시 예술과 혼성된다. 형광등 몇 개에 불을 켜놓고 독립적인 공간 하나를 차지한다. 한쪽 벽면에는 앙증맞은 옷들이 줄줄이 사탕처럼 엮여 있다. 예술 쉽네, 참 쉬워, 예술이라고 이름만 붙이면 다 예술이 되네. 다른 홀에도 팔레트를 갖다놓거나 빈 액자를 걸어놓고는 '거울'이라 제목을 단 작품들이 버젓이 한 자리씩 차지한다. 예술은 아이디어인가. 아니면 단조로운 물음표인가. 반신반의하는 홍 여사의 눈에는 달걀을 그린 섬세한 그림이라든가 빨간 캔버스 앞에 초록색 병이 하나 놓인 강렬한 보색 대비, 그 뒤로 보이는 두 작은 병의 그림자가 더 미학적이고 취향에 맞는다. 아무려나 예술은 지성과 교양을 고양시킬 뿐더러 덕수궁이, 석조전 전시회가 자신에게 커다란 자존감을 안긴다는

데 대해 홍 여사는 만족한다.

네 개의 홀에 전시된 작품들을 모두 관람하고 홍 여사는 아래층으로 내려간다. 기념품점 한 구석에 도록 판매대가 보인다. 홍 여사는 도록의 표지를 장식한 호퍼의 '해질녘의 철로'를 바라본다. 예전에 봤던 호퍼의 다른 그림들도 홍 여사는 잘 이해하지 못했었다. 하지만 이 그림 역시 호퍼의 여타 작품들과 마찬가지로 죽은 손으로 신중히 그린 것처럼 보인다. 여러 작가들의 욕망이 형상화된 이번 전시회의 제각기 다른 작품들이 주변에서 번쩍거리거나 화려하게 웃고 있을 때, 호퍼의 그림은 부동자세로 버틴다. 그리고 요지부동으로 기다린다. 이루 헤아릴 수 없는 의미들을 드러내지 않고서 다가올 것이 무엇인지 알지 못한 채로 지금껏 기다리는 중이다. 그런데, 관제탑처럼 보이는 건조물 안에는 사람이 없다.

홍 여사는 도록을 구입한다. 도록의 첫 장을 넘겨 전시회 입장권을 꽂아둔다. 투명한 비닐가방에 묵직한 도록을 담아 들고 홍 여사는 여느 때처럼 기념품 매장으로 들어간다. 앤디 워홀이나 리히텐슈타인의 모작들이 작은 액자형태로 진열장 위에 놓여 있다. 그 밖에는 이번 전시회와 관련이 없는 과거 전시작들이 그려진 작은 팬시용품들이나 완구들이다. 중앙에 놓인 유리관 안에서 균일가 액세서리들이 반짝거린다. 전에는 작가들의 수공예품이 비싼 가격에 판매됐었고, 홍 여사도 몇 가지를 구입한 적이 있었다.

관람은 끝났다. 홍 여사는 다시 2층 로비로 올라간다. 소파에 앉아 도록을 뒤적거리기도 하고 난간에 기대어 아래층 포토존에서 사진 찍는 사람들을 구경하기도 한다. 시간은 더디 간다. 휴대전화를 꺼내 전원을 켜자 십여 통의 부재중 전화가 와 있다. 발신번호는 한 가지였고, 홍 여사가 아래층을 관람하고 있을 때 5분 간격으로 부재메시지가 전달됐을 터이다. 홍 여사는 휴대전화를 가방에 넣지 않고 만지작거린다. 주변에 있는 사람들은 느긋하게 앉아 눈을 감고 있거나 작은 목소리로 대화를 나눈다. 홍 여사의 양손 속에서 전화기가 둔하게 회전한다.

홍 여사는 느릿느릿 계단을 내려온다. 활짝 웃거나 소곤대는 무리들을 지나 출입구를 통과한다. 바깥공기는 습했지만 구름 사이로 엷은 햇살이 대기를 말리는 중이다. 홍 여사의 걸음이 물에 젖은 듯 무겁다. 계단을 내려온 발걸음은 목적지를 아는 것처럼 대한문으로 향한다. 구두가 볼이 넓은 홍 여사의 발을 아프게 한다. 아픈 발 때문에 홍 여사의 걸음은 더욱 느려진다. 화단 언저리로 떨어진 능소화가 펀펑히 깔려 있다. 매운 빗발에 이렇다 할 저항도 못 해보고 떨어졌을 터이다. 가지에는 몇 남지 않은 꽃송이들이 띄엄띄엄 교수되어 매달린 죄수의 머리처럼 늘어져 있다. 야하고 천박한 주홍색. 능소화에 대한 홍 여사의 생각에는 변함이 없다.

여상을 졸업하고 학원 행정실로 들어간 홍 여사는 그곳에서 남편을 만났다. 홍 여사보다 아홉 살이 많았던 남편은 원장의 아들이었다. 처음 인사를 갔을 때 시댁 대문에는 능소화가 지천이었다. 담을 타고 올라가는 능소화는 벽과 대문, 바닥 할 것 없이 피거나 떨어져 시야를 어지럽혔다. 홍 여사는 난생처음 본 꽃의 이름이 능소화라는 것을 그날 알았다. 어쩌면 저렇게 소박하면서도 농염한 꽃이 다 있을까. 시어머니는 능소화를 가장 좋아했다. 꽃 이름이 무어냐고 묻는 홍 여사에게 시어머니는 말했다. 이 꽃은 지조와 절개가 있는 양반꽃이라고. 꽃잎이 한 장씩 떨어지는 여느 꽃들과는 다르다고. 능소화는 통꽃이라고.

남편도 시어머니를 좇아 능소화가 제일 좋다고 했다. 취향까지 대물림되는 집안이었다. 능소화가 덩굴을 이루며 하늘 높이 담을 타고 오를 때, 그 아래서 시어머니는 아들의 등에 차가운 물을 끼얹었다. 홍조가 감도는 두 뺨을 감추지도 않고, 두 눈의 안구는 탐을 내듯 아들의 맨살을 훑었다. 거울의 표면처럼 반사되는 아들의 등에서 빛을 지워내려는 허망한 손짓처럼 등뼈를 따라 시어머니의 두 손바닥은 미끄러지기를 반복했다. 모자가 행복한 물빛 웃음소리를 내고 있을 때 홍 여사의 맨살에서는 소름이 돋았다.

비쩍 마른 시아버지에게 두들겨 맞는 뚱뚱한 시어머니는 매타작이 끝나면 능소화를 보러 마당에 나왔다. 능소화가 피는 계절에 시어머니의 멍 자국은 유난히 더 오래도록 머물렀다. 능소화를 보면 불쌍한 엄마가 떠오른다며 남편은 울었다.

둘째 아이가 걷기 시작할 무렵, 간간이 윽박지르고 손찌검을 하던 남편의 폭력이 버릇처럼 반복되었다. 검푸른 멍이 풀리기도 전에 매질은 이어졌고, 극복될 수도 없고 초월할 수도 없는 폭력은 일상이 되었다. 도저히 대화나 다른 어떤 방법으로도 빠져나갈 구멍이 없다는 현실을 인정하게 된 홍 여사는 남편에게 말했다. 얼굴, 팔, 눈에 띄는 데는 건드리지 마. 만약 사람들이 내가 맞고 산다는 걸 알게 되는 날엔 당신을 죽일 거야. 명심해, 죽이고 말 거야. 남편은 그래, 라는 대답 한 번에 발길질 한 번씩, 두 발을 번갈아가며 홍 여사의 배에 대고 발길질했다. 들이마신 숨은 들어가지도 나오지도 못한 채 한 곳에서 동그랗게 뭉쳐 아득히 머리를 휘감고 조이며 뭉근하게 홍 여사의 숨구멍을 틀어막았다.

홍 여사를 때린 날이면 남편은 또 울었다. 엄마…… 엄마…….

노쇠한 시아버지의 매타작은 자연스럽게 줄어들었다. 수십 년을 맞고 살면서 버텨왔던 시어머니는, 다시는 자신의 몸에 멍이 들지 않게 되자 대용량 자동차 세제를 두 통이나 마시고 자살했다. 임종하기까지 끔찍이도 오랜 시간이 걸렸다. 내장이 녹아내려 차마 눈 뜨고 보기 힘들 정도로 수개월간 모질게 고통을 당하고서야 비로소 끝장이 났다. 시아버지는 그 뒤로도 능소화가 두 번이나 더 피었다 진 어느 밤, 아들을 낳고 기르고 떠나보낸 그 큰 집에서 급체로 혼자 죽었다. 자기 엄마가 죽었을 때는 몸부림을 치며 울었던 남편은, 주검이 된 자신의 아버지를 보고는 보일 듯 말 듯 이맛살을 찌푸릴 뿐이었다. 그리고 이듬해 남편은 가로수를 들이받았다. 죽는 형식도 가지각색이었으나 남편은 죽지 않았다.

휴대전화가 진동한다. 홍 여사는 진동하는 휴대전화를 빤히 들여다본다.

경추 아래쪽을 다친 남편은 대수술을 받은 뒤 불완전사지마비상태로 누워서 지내야 했다. 퇴원한 남편을 홍 여사는 열심히 돌보았다. 씻기고 먹여주는 일들이 힘에 부치고 고됐지만 홍 여사는 남의 손을 빌리지 않았다. 남편은 재활 의지가 대단했다. 손목을 움직일 수 있는 왼손으로 밥도 먹으려 했고, 휴대전화 조작도 열심이었다. 홍 여사는 움직이려는 남편을 매번 부드럽게 저지했다. 수천 날이 지났지만 남편은 여전히 다른 사람의 도움 없이는 침대 밖으로 한 발짝도 이동하지 못한다.

지금 집에는 타잔처럼 성인용 기저귀 하나만 찬 남편이 침대 위에 누워 있다. 홍 여사는 입김을 불어넣듯 최면을 걸듯 남편에게 속삭인다. 빨래거리 때문이야, 여보. 홍 여사는 남편의 벗은 몸 위에 얇은 이불 하나조차 덮어주지 않는다. 당신이 똥을 너무 싸, 여보. 홍 여사는 남편의 식사량을 최소한도로 줄인다. 마비된 몸뚱어리에서는 땀 배출이 되지 않고, 퇴행성으로 근육에는 석회질이 쌓이면서 남편은 수시로 고통을 호소한다. 보일러를 충분히 가동하고, 진통제나 영양제를 챙겨 먹이지만 남편은 늘 운다. 치욕스러워서, 분해서, 그리고 아파서 운다. 나는 당신을 때린 적이 없는데 왜 울어, 여보? 자꾸 울면 강아지 사료를 먹일 거야, 여보. 늘 온화하게 웃는 홍 여사는 그런 식으로 우는 남편을 달랜다.

진동하는 휴대전화를 가방 속에 집어넣고 홍 여사는 보루각 자격루 앞에 선다. 올 때마다 읽어서 내용을 훤히 꿰고 있지만 그래도 안내문을 또 읽는다. 동래현 관노였던 장영실이 만든 물시계. 청동제 물받이 통에는 영원히 승천하지 못할 거대한 용이 꼼짝도 못하는 불구로 붙박여 있다. 물이 말라버린 물통에 새겨져 입을 벌린 용은 저주를 풀지 못해 울고 있으리라. 홍 여사는 다시 방향을 틀어 중화문 안으로 들어선다. 중화전을 마주보고 서서 더 걸어갈지 말지 고민한다. 어딘가 앉고 싶었지만 마땅히 앉을 자리가 없다. 홍 여사는 중화문을 나와 맞은편 벤치로 간다.

어느 날인가 쌀 한 가마니가 집으로 배달되었다. 배달꾼이 현관 중문 안에 쌀가마니를 던지듯 부려놓았다. 가마니는 쌀가루로 덧씌워진 채 단단하고 완만한 곡선을 그리며 거실바닥 위에 놓여 있었는데, 다시는 일어나지 않을 것처럼 고집스러워 보였다. 홍 여사는 쌀가마니를 쳐다보다가는 안방을 향해 도와달라고 말했다. 그리고 자기도 모르게 내뱉은 말을 자신의 귀로 똑똑히 들었다. 집안의 공기는 건조했고, 더웠다. 자신의 말에 반응하는 어떤 소리도 듣지 못했지만 홍 여사의 동공은 남편이 누워 있는 방을 향해 쏠렸다. 아이가 엄마에게서 떨어지지 못하듯이, 그림자 아래 머물게 하고 진저리쳐지도록 기대게 만드는 관계들의 시간, 인상, 그리고 기억들. 홍 여사는 홀린 듯 그 자리에 오래도록 서 있었다.

담장 안과 밖은 전혀 다른 세상이다. 옛것을 간직한 궁은 도시 안에 유폐되어 있다. 이제 일어나 천천히 걸어서 대한문을 벗어나면, 하고 홍 여사는 잠꼬대처럼 중얼댄다. 물기에 젖은 재색구름들이 하늘을 뒤덮는다. 열기와 습기로 숨이 막힌다. 홍 여사는 대한문을 바라본다. 찌는 더위로 혼몽하고 나뭇가지와 잎사귀들에 가려 잘 보이지 않지만 마천루의 세상과 그것이 내는 소음은 건재하다. 만 레이(Man Ray)가 원래 나무 막대로 제작했다가 파손된 것을 크롬과 브론즈로 다시 만들었다는 '뉴욕'이란 작품이 눈앞에 겹쳐진다. 조임틀로 고정시킨 은빛 금속 다발은 마천루를 연상시킨다. 누군가 슬쩍 조임틀의 나사를 풀면 비스듬히 기울어 있던 마천루들이 지면을 향해 쓰러질 것이다. 견고해 보이지만 견고하지 않은 것들.

그러나 만 레이는 죽었다. 만 레이가 복구해 완성한 그 순간부터 '뉴욕'은 영원히 무너질 수 없는 것이 아닐까. 무너진 '뉴욕'은 더 이상 '뉴욕'이 아니게 될 테니까.

홍 여사는 대한문을 향해 일어나 걸어간다. 아주 천천히. 지면 위로 차들은 잡다한 소음을 분출하며 빠르게 달린다. 건물들은 우뚝 솟아 각종 광고를 번뜩인다.

시력이 미치는 범위 안에서 하늘이 차지하는 공간은 너무나도 좁다.

길 한복판에서 홍 여사는 걸음을 멈춘다. 대한문 밖의 세상도 하나의 그림이고 작품이라고 생각하자, 왜 그래야 하느냐고 따지거나 묻지 않기로 하자. 그리고 하나씩 지워나간다. 제일 먼저 대한문 안쪽 검표원을 지운다. 다음엔 줄을 긋듯 달리는 차들을 지운다. 그리고 빌딩이나 구조물을 지운다. 그 전에 광고들부터 차례차례 지운다. 마지막으로 대한문 바깥의 사람들을 지운다. 보이지 않는다고 믿으면 언제나 사라지던 것들. 그런데 왜 지금 저것들은 저토록 무례하고 완강하며 뚜렷하게 존재하는 것일까.

홍 여사는 자신이 무엇을 욕망하는지 자문해본다. 상처에 시달려 생을 탕진해 온 것은 아닌지. 모두가 부질없는 짓이었을까. 고갈된 욕망은, 비어버린 물통에 처박힌 채 울음소리조차 내지 못하는 처절한 용이나 지지대를 빈틈없이 휘감고 하늘 높이 타오르다가 목이 댕강 잘려버리는 능소화를 연상시켰다. 홍 여사를 때리고 아프게 하던 이들은 이제 이 세상에 없거나 힘을 잃었다. 전세는 역전되었다. 그러나 홍 여사는 그들과 자신은 다르다고 믿었다. 받은 대로 되돌려준다는 것은 유치한 짓거리일 뿐이다. 나는 그들과 달라. 그들과 나는 다르다고!

홍 여사는 자신 안에서 혈액처럼 순환하던 감정들이 문득 한 움큼의 먼지가 되어 가슴 밑바닥으로 떨어져 내리는 것을 느낀다.

당선소감 : 임정화

나도 좋은 글을 쓰게 되리라
믿음의 씨알 하나 얻어

마흔을 훌쩍 넘긴 어느 날인가, 나는 소설을 쓰고 있었다. 무턱대고 쓰기만 하면 소설가가 될 줄 알았으므로. 하지만 곧 깨달았다.

재능도 없는데다 너무 늦게 시작했다는 사실을. 자괴감과 무력감에 이따금씩 드러누웠지만 소설을 포기할 수는 없었다. 특출 난 재능이 있었다면 이렇게 늦게 시작할 리도 없었겠지만 늦은 줄 알면서도 시작했던 만큼 소설은 좋았다. 그러니 계속 읽고 쓸 수밖에.

그렇게 쓰고 싶다는 열정 하나만 가지고 지난 4년을 함께해 온 끼움 글벗들. 규일이, 미영 언니, 유리, 은미, 지혜야, 고맙다.

또 격려와 가르침을 주신 장영우 교수님과 여러 교수님, 소중한 아버지와 내 가족들, 그리고 임헌영 교수님과 글마다 엄지손가락을 추어올려준 석수와 혜선 언니께도 감사와 사랑을 전한다.

나의 소설들이 많이 모자라고 한계를 지녔다는 점은 내가 가장 잘 안다. 그렇지만 이번 당선을 계기로, 더 열심히 노력하면 언젠가는 시대를 아우르며 내가 만났던 대가들의 훌륭한 작품처럼 좋은 글을 쓰게 되리라는 믿음의 씨알 하나를 얻는다.

안정된 문장력 바탕 풍자 이끌어내는 기량 돋보여, 새해를 여는 다채로운 그림들

최종 본심에 올라온 작품들은 '그림 속에서 보다', '담벼락 붕괴사건', '화이트 아웃', '감자 꽃', '행복한 죄' 이상 다섯 편이었다.

각기 문체상의 개성이 뚜렷하고 이야기가 활달하여, 읽는 이로 하여금 다채로운 그림들을 보는 듯한 즐거움을 주었다. 유머감각을 능란하게 발휘하거나 인상적인 성격을 제시하는 장점도 눈에 띄었다.

그중에서 특히 '그림 속에서 보다' 는 탄탄하고 안정된 문장력을 바탕으로 전람회의 그림들 하나하나에서 상징적인 의미를 이끌어내고 여기에 세태에 대한 풍자를 곁들이는 기량이 돋보였다.

사실 각각의 일화가 충분히 유기적으로 통합되고 있지 않다는 아쉬움은 있었다.

그러나 현재와 과거를 자유로이 넘나들며 인물의 심리를 입체적으로 드러내고 있다고 판단되었기에, 당선작으로 뽑는 데 주저함이 없었다. 당선자의 앞날에 소설의 새해가 활짝 열리기를 바라 마지않는다.

경남신문 정정화

투고시 필명 길성미
1968년 울산 울주군 출생
1992년 동아대학교 국어국문학과 졸업

아내는 아무 일 없었다는 듯 평소와 같은 어투였다. 아내의 말이 혼란스러워 머리에 통증이 느껴졌다. 고양이의 털이 빛줄기를 타고 떠돌았다. 수십 가닥의 털이 햇빛 속을 부유하며 나를 포위했다. 나는 팔을 휘저었다. 숨이 막혀 왔다. 창문이 흔들렸다. 비틀린 문 사이를 비집고 불청객이 들어와 한 바퀴 돌았다. 웅웅. 나는 찬바람의 습격에 몸을 떨었다.

경남신문

고양이가 사는 집

정정화

집을 나와 진눈깨비가 날리는 길을 걸었다. 눈발이 굵었지만 땅에 닿자마자 녹아 내렸다. 하늘은 잿빛 구름을 낮게 드리우고 도시를 집어삼킬 듯이 가까이 다가와 있었다. 차고 습한 공기를 타고 된장국 냄새가 났다. 집에서 멀어질수록 추위는 더욱 시퍼런 날을 세웠다. 나는 호주머니에 든 명함을 만지작거려보았다. 반장이라고 직책이 새겨진, 지금은 쓸모없는 명함인데도 버리지 못하고 있다. 모서리의 뾰족한 감촉이 손끝을 스칠 때 납작한 동물의 사체가 눈에 들어왔다. 형체가 조금 남아 있는 머리 부분을 보니 고양이였다. 붉은 피와 흰 살점과 누르스름한 털이 짓이겨져서 뒤범벅이 되어 있었다. 흰색 털로 뒤덮인 폐가의 고양이가 뇌리를 스쳤다. 그 고양이는 별일 없는지 걱정이 됐다. 고양이의 사체 위로 차 한 대가 지나가자 고양이는 더 납작해졌다. 밟고 지나가는 바퀴의 흔적만큼 고양이는 자신의 형체를 잃어갈 것이다. 길 건너 골목길은 짐승이 사는 동굴처럼 어둑해 보였다.

폐가의 마당을 들어섰을 때 고양이 울음소리가 들려왔다. 요 며칠 조용하던 녀석들이 시끄럽게 우는 이유가 궁금했다. 안으로 들어가니 어미 고양이는 새끼는 신경도 안 쓰고 혼자서 문 쪽을 빙빙 돌았다. 뭔가에 홀린 듯 나를 보고도 시큰둥하더니 벌러덩 누워 몸을 좌우로 굴렸다. 그 모습을 보고 놀란 새끼가 울었다. 평소에는 새끼를 끼고 다니더니 오늘은 관심도 없었다. 고양이의 이상행동은 아내의 속마음처럼 난해하기만 했다. 내가 실직을 하고도 아내에게 비밀로 하는 것은 아내와 부딪히는 걸 피하고 싶어서다.

아내가 한창 부업에 정신이 팔려 있을 때였다. 말이라도 나누려면 일을 같이 하면 좋을 것 같아 아내 쪽으로 발걸음을 뗐다. 아내는 세 걸음 이내에 앉아 있었다. 물리적 거리에 어떤 의미가 있다는 생각을 해보지 않았지만, 아내와 나 사이에 메워지지 않는 미세한 틈 같은 것이 존재한다는 사실을 문득 떠올렸다. 아내는 헝클어진 머리카락을 말린 야생화가 장식된 머리끈으로 묶은 채 기계적으로 손을 놀렸다. 박스 안에는 아귀가 맞춰진 플라스틱 원형이 빼곡히 채워져 있었다. 고무 패킹을 집으려는 순간 아내는 눈을 치뜨곤 손사래를 쳤다. 일을 같이 하다 보면 자연스레 전하고 싶은 이야기에 대한 말문이 트이거나 잠시라도 잡념에서 벗어날 텐데, 극구 말리는 바람에 나는 소파에 몸을 뉘었다. 걱정이 머리를 헤집어놓았다. 눈을 감고 잠을 청해보았지만 쉬이 오지 않았다. 딱. 딱. 딱. 회색 원형이 하얀 원형의 테두리에 딱 들어맞는 소리가 들렸다. 흰색 패킹이 회색 패킹을 감싸도록 끼우는 것이 아내가 맡은 일이었다. 규칙적인 소리는 신경을 곤두서게 한다. 언젠가 경쾌하게 들리던 소리가 지금은 나를 옭아매는 소리로 바뀌어 주위를 맴돈다. 분무기에 물을 뿌리는 소리가 들렸다. 이는 패킹이 부드럽게 잘 끼워지게 하려는 비법이다. 물을 뿌리지 않으면 패킹은 빡빡해서 잘 들어가지 않는다. 아내와 나 사이에도 물 같은 물질이 있다면 뿌리면 좋을 것 같았다. 아내는 아직 눈치를 못 챈 듯하지만 자꾸만 위축되는 마음은 어쩔 수 없었다.

아내는 여전히 딱, 딱, 소리를 내며 패킹을 끼우고 있었다. 나는 실눈을 뜨고 아내의 손을 내려다봤다. 가느다란 손가락 끝부분엔 밴드가 말려 있었다. 기계적으로 움직이는 손가락은 끝없이 움직일 것만 같았다. 지문이 다 닳았어. 아내가 자주 이 말을 했던 기억이 났다. 아내의 말이 때론 부담이 되기도 했지만 그런 아내에게 일을 그만하라는 말은 하지 않았다. 나는 다시 눈을 감았다. 아내에게는 사실을 알려야 할 것 같았다. 자리에서 슬며시 일어나 앉았다.

"현지 엄마……."

새침한 얼굴로 고개를 드는 아내를 보는 순간 말할 용기를 잃고 말았다. 입을 꼭 다문 아내가 쌀쌀맞게 느껴졌다. 그럴 때마다 불편한 말들은 안으로만 파고들었다. 그것이 아내에 대한 배려인지 내 자존심 때문인지 정확히 구분 지을 수 없었다. 나는 왼손 엄지손톱을 잡고 꼭꼭 눌렀다. 아내는 말을 잇지 못하는 나를 힐끗 쳐다보더니 싱겁기는, 하고는 다시 규칙적인 소리를 냈다. '딱' 할 때마다 두 개의 패킹이 만나 정확히 한 덩어리가 된다. 아내와 나도 저렇게 한 몸이 될 순 없을까, 하는 생각이 들었다. 저놈의 딱딱 소리. 내 말을 가로막는 저 소리.

사택에서 생활하다 한 달에 두세 번 집에 들르곤 했다. 정상 출근이라면 주로 일요일 저녁에 회사에 들어갔다. 지금은 가야 할 이유가 없는데도 아내에게 월차를 냈기에 내일 가도 된다고 했다. 아내는 자세히 묻지도 않았다. 아내가 꼬치꼬치 물어왔다면 자연스럽게 내 처지를 알릴 수 있었을지도 모른다. 일에 몰두하느라 내게 무관심한 아내라는 사람을 한참동안 쳐다보았다.

텔레비전을 틀어놓은 채 리모컨을 들고 애꿎은 채널을 계속 바꿨다. 아내는 한가득 쌓인 부업 상자를 차에 싣기 위해 패킹을 갈무리해 담았다. 내가 도와주려고 일어났을 때 아내는 혼자 해도 된다며 상자를 들었다. 아내가 나간 뒤 나는 베란다로 갔다. 모자를 쓴 사내가 지정 장소에 놓아둔 상자를 싣고 있었다. 조금 있으니 아내가 나타났다. 사내는 아내가 든 상자를 받아서 차에 실었다. 아내는 사내에게 지나칠 정도로 입을 벌리고 웃으며 뭐라고 말을 했다. 사내도 미소를 띤 채 은근한 눈빛을 보내고 있었다. 무슨 얘기를 그렇게 유쾌하게 하는지 알 수 없었다. 은밀한 연인들처럼 달떠 보였다. 평소에 나를 보면 닦달하는 아내는 온데간데없고 상큼한 매력을 발산하는 아내가 그곳에 있었다. 비스듬한 자세로 곁눈질을 하던 나는 아내가 볼까 봐 거실로 들어왔다. 생각보다 오랫동안 짐을 싣는 것 같았다. 뒤늦게 나타난 아내는 내게 멋쩍은 웃음을 흘렸다. 점심 때 먹던 김치찌개를 데우더니 밥 먹자고 했다. 찌개 위로 따뜻한 김이 모락모락 올랐다. 국물을 한 숟갈 떠서 입에 넣으니 쓴맛이 받쳤다. 아내는 호기심도 애정도 없는 무덤덤한 얼굴로 나를 쳐다보았다. 나는 입술 근육을 움직여 억지로 웃어 보였다, 아내가 눈치채지 못하도록.

새끼 고양이의 털은 어미 고양이와 다르게 검정색이다. 나는 가방에서 멸치를 꺼내 고양이 앞에 놓았다. 어미 고양이는 먹을 생각도 않고 머리를 벽에다 부딪고 있었다. 새끼 고양이는 깔짝거리며 멸치를 먹기 시작했다. 처음엔 나를 경계하느라 가까이 오지 않던 놈들이 먹을거리를 갖다 주다 보니 요즘은 먼저 다가와서 머리를 비비기도 했다. 새끼 한 마리를 잃고 난 뒤 남은 새끼를 더욱 살뜰히 보살피던 어미 고양이가 오늘은 본 척도 안 했다. 나는 어미 고양이의 목을 쓰다듬고 엉덩이를 툭툭 쳐주었다. 그랬더니 제법 얌전해져서는 머리를 내 몸에다 비비적거렸다. 창밖에는 바람에 떠밀린 진눈깨비가 시야를 가릴 정도로 뿌옇게 내리고 있었다. 축축한 겨울바람에 몸이 선득했다. 아내와 나를 갈라 놓은 큰길도 흐릿해서 잘 보이지 않을 정도로 진눈깨비가 몰아쳤다.

이곳으로 이사 왔을 때 큰길을 중심으로 양쪽으로 서로 다른 풍경이 펼쳐졌다. 한쪽은 사람들의 고성이 창밖을 넘기도 하고 세제가 섞인 퀴퀴한 하수구 냄새가 들이치는 주거지역이었고, 다른 한쪽은 빈집들이 즐비하게 늘어선, 가끔 바람이 찾을 뿐 인적이 드문 재개발 예정 지역이었다. 너덜거리는 광고지가 붙은 전봇대 너머로 방치된 집들이 오종종하게 모여 있었다. 아이들이 빠져나간 학원처럼 사람들이 떠나고 없는 빈집들은 기다림을 떠올리게 했다. 시멘트가 갈라진 틈새로 잡초가 무성하게 자란 오래된 집들에서는 곰팡내가 났다. 사람이 살지 않는 집에서는 고양이와 쥐들이 건물 안팎을 누비고 다니며 주인 행세를 했다. 먹장구름이 드리운 하늘에서 굵은 빗줄기가 쏟아지고 있었다. 차 유리창을 열고 허공을 향해 손을 내밀었다. 손바닥이 빗물로 흥건해졌다. 가구는 비닐을 덮은 상태였지만 조금씩 젖어들었다. 길 건너 빈집들은 쏟아지는 비에 포위된 채 음습한 기운을 풍기며 금방이라도 내려앉을 듯했다. 우리 집은 달세를 줘야 하는 열여덟 평짜리 집이다.

이삿짐을 풀고 난 뒤 잡동사니들을 버리러 갔을 때였다. 쓰레기봉투를 담는 통 옆에 덩치가 큰 길고양이 한 마리가 쪼그려 앉아 울고 있었다. 내가 다가가도 두려워하는 기색 없이 고양이는 뭔가를 애타게 바라는 모습이었다. 빗소리와 뒤섞인 울음소리는 공포심을 불러일으켰다. 내가 쓰레기봉투를 집어넣고 통을 닫는 순간 고양이는 앙칼지게 울어댔다. 비에 젖은 고양이는 등뼈가 앙상하게 드러나 있었다. 두 눈에는 연녹색의 빛이 났고, 이빨 사이에 분홍 혓바닥이 꿈틀거렸다. 집으로 돌아온 나는 소파에 앉지 못하고 거실을 왔다 갔다 했다. 고양이의 애끓는 울음이 귓전을 맴돌았다. 멸치 몇 마리를 호주머니에 집어넣었다. 고양이는 그 자리를 떠나지 않고 있었다. 나는 고양이 앞에다 멸치를 떨어뜨렸다. 고양이는 캬아악, 소리와 함께 날카로운 이빨을 드러내며 내게 위협을 가했다. 내가 뒤돌아가는 척하자 그제야 멸치에 달려들었다. 머리를 좌우로 돌려가며 순식간에 먹어치웠다. 그리곤 어딘가를 향해 달리기 시작했다. 네 개의 다리가 가볍게 움직였다. 마치 음악에 맞춰 리듬을 타는 것처럼 등줄기가 출렁거렸다. 고양이가 가고 있는 곳이 궁금해서 발소리를 죽이며 미행했다. 고양이는 주변을 경계하며 담장을 넘거나 건물 사이 텃밭으로 난 지름길을 이용했다. 사뿐사뿐 움직이는 고양이에 비해 나는 힘들게 고양이를 따라갔다. 고양이는 침침한 폐가의 골목으로 달렸다. 길고양이들은 아침저녁으로 김치찌개 냄새가 바람을 타고 나는 곳과 곰팡이꽃을 피운 빈집들이 비린 냄새를 풍겨대는 지역을 넘나들며 주린 배를 채웠다. 전깃줄이 거미줄처럼 엉킨 아래로 펼쳐진 골목길에는 아무렇게나 버려진 쓰레기봉투가 길가에 늘어서 있었고, 스멀거리며 기어오르는 악취에 코를 막아야 했다. 대문은 누가 떼어갔는지 시멘트 속에 녹슨 철심만 덩그러니 남아 있었다. 입구에 들어서자 화단이었음직한 담벼락 밑 좁은 땅에서는 잡초가 뒤엉켜 자라는 중이었다. 빈 상자와 스티로폼이 마당가에 흩어져 있었다. 고양이가 들어간 집 안에는 새끼 고양이 두 마리가 엎드린 채 꼬물거렸다. 나는 문틈으로 안을 들여다봤다. 벽과 천장에는 검푸른 곰팡이가 얼룩져 있었다. 바닥에는 불에 그슬린 흔적이 흉터처럼 보였고, 누군가 피우고 버린 짧은 담배꽁초와 빈 병들이 방 한구석을 차지하고 있었다. 고양이는 얼굴과 몸을 헛바닥으로 닦더니 새끼에게 젖을 물리기 시작했다. 나는 그 광경에 홀려서 오랫동안 지켜보았다, 고양이가 눈치채지 못하게 멀찍이 선 채로. 마당에 떨어지는 빗방울이 더욱 굵어졌다. 아무도 없는 폐가인데도 언젠가 와본 듯한 느낌이 들었다.

그날 이후 고양이가 궁금하거나 아내와 말다툼할 때면 이곳을 찾곤 했다. 집에 와서 자고 가는 날이면 아내 몰래 멸치 몇 마리를 들고 고양이를 찾았다. 앙상한 고양이의 등허리가 올 때마다 홀쭉해져갔다. 내가 이곳을 네 번째 들렀을 때 새끼 고양이의 사체가 폐가 마당 한쪽 구석에 다리를 뻗은 채로 굳어 있었다. 흰 털이 유난히 고운 것이 이곳에 머물던 새끼 고양이임을 한눈에 알아봤다.

진눈깨비가 나무에, 지붕에, 마당에 퍼부어댔다. 새끼 고양이를 묻어둔 화단에는 눈이 쌓였다가 녹았다가를 반복했다.

조금 떨어진 곳에 우리 집이 있지만 나는 폐가에서 고양이들과 놀았다. 며칠 전부터 몸을 기대온 은신처이다. 허기가 밀려들었다. 누런 알루미늄 냄비에다 물을 붓고 간이 가스레인지 전원을 켰다. 가스레인지 밑에는 신문을 깔아 놓았고, 그 주변으로 생활 정보지, 광고지가 뒤섞여 흩어져 있었다. 창틈 사이를 비집고 들어온 바람에 종이들이 팔랑거렸다. 소주를 일회용 컵에 따랐다. 컵라면을 밥 삼아, 안주 삼아 술을 마셨다. 알싸한 소주가 목구멍으로 넘어갔다. 눈물이 볼을 타고 내려와 입안으로 흘러들었다. 회사를 나오는 날 김 씨를 만났다. 그에게 사정을 해

보면 수가 날 것도 같아서였다. 회사에서 김 씨는 형님 동생하며 지낸 사이로 내가 작업반장이 되었을 때부터 웃기는 일이 없는데도 나와 눈이 마주치면 실없이 웃을 때가 많았다. 우선 김 씨에게 얼마간의 돈을 빌려 융통해 쓰면서 일자리를 알아볼 요량이었다.

회사에서 조금 떨어진 한갓진 돼지국밥집에서 김 씨와 마주 앉고 보니 뭔가 어색했다. 절반 이상이 일자리를 잃은 구조조정의 된바람에도 살아남은 김 씨가 신통해 보이기도 하고, 얄밉기도 했다. 어떡해서든지 돈을 좀 빌릴 수 있으면 좋겠다는 생각이 간절했다. 내 앞에서 곧잘 머리를 조아리곤 하던 김 씨는 그날따라 목을 꼿꼿하게 세우고는 눈을 자주 내리깔았다. 사람의 처지가 손바닥 뒤집듯 달라진다는 것이 쉬이 받아들여지지 않아 나도 모르게 욕을 내뱉을 뻔했다. 뚝배기의 뜨거운 김이 코끝으로 올랐다. 내심 소주라도 한 병 시켰으면 하는데 김 씨는 눈을 끔뻑이며 내 눈치를 살피더니, 술은 다음에 한잔하자고 했다. 반주를 곧잘 마시던 김 씨는 그새 습관이 바뀐 것처럼 점잔을 뺐다. 국밥을 목구멍으로 넘기면서 몇 번이나 돈 얘기를 꺼내려다 말고 했다. 아쉬운 소리를 할 때는 자꾸 망설여졌다. 국밥을 먹는 건지, 말을 삼키는지 모를 정도의 시간이 지나고 나니 뚝배기가 바닥을 드러내고 있었다.

"입이 참 안 떨어지는데 어째 돈 천 정도 융통 안 되겠나?"

김 씨는 대답 없이 탁자에다 시선을 고정했다. 김 씨의 표정은 무덤덤해서 마음을 읽기가 어려웠다.

"돈요? 요즘 쌓아두고 사는 사람이 어딨는교?"

"그럼 되는 대로라도 …….."

"우리 집도 요즘 굴러가는 기 빡빡함더."

김 씨는 자세한 설명 없이 툭 내뱉었다. 폰과 계산서를 챙기며 서두르는 기색이 역력했다. 이 자리를 피하고 보겠다는 속셈인 것 같았다. 겸연쩍은 얼굴로 김 씨가 자리를 털고 일어났다. 김 씨는 국밥 값을 계산한 뒤 목례를 하고는 음식점을 나갔다. 나는 쇠 냄새가 나는 김 씨의 체취를 따라 걸었다. 갈 곳이 있는 뒷모습이 의기양양해 보였다. 잰걸음으로 달려가 김 씨의 팔을 잡아챘다.

"사정 좀 봐 주게."

"형님, 와 사람 말을 못 알아듣는교?"

김 씨는 내 팔을 가볍게 떼어놓았다. 내가 머뭇거리는 사이 김 씨는 작업복을 입은 사람들 사이에 섞였다. 언제까지 갚겠다는 확실한 믿음을 주고 말하지 않았다는 후회가 뒤늦게 밀려왔다. 김 씨는 나보다 6개월이나 늦게 그곳에 입사했다. 허드렛일이나 주로 하는 그가 내게 용접 기술을 배우고 싶다고 했다. 형님, 형님 하며 다가오는 김 씨를 외면할 수 없어서 틈날 때마다 기술을 전수해 주었다. 학원에서 배우고 닦은 실력을 한 달 만에 다 가르쳤을 때 김 씨는 나를 끌어안았고, 나는 웃으며 김 씨의 등을 토닥여주었다. 한동안 김 씨는 뻔질나게 술을 샀다. 외동이라 형님으로 모시고 싶다는 김 씨가 마음에 들었다. 김 씨가 모르는 타인처럼 멀게 느껴졌다. 차라리 그랬다면 기대감 같은 건 없었을 것이다.

일자리가 바로 연결되면 아내에게 말하기가 수월하겠다는 생각이 들었다. 나는 길거리에 비치된 벼룩시장 홍보지를 꺼내서 천천히 훑어보았다. 매물 부동산에 대한 정보가 지면을 가득 채우고 있었다. 구인구직란에 학원 강사를 구한다는 글귀가 눈에 띄었다. 바로 전화를 걸었다. 한참을 기다린 후 세상 풍파를 겪지 않은 듯 안정감이 느껴지는 목소리가 들려왔다.

"강사를 구한다는 광고를 보고 전화 드렸습니다."

"벌써 구했습니다. 죄송합니다."

그는 거절을 하면서도 품위를 잃지 않았다. 나는 평소에는 괜찮다가 긴장을 하면 말을 더듬을 때가 있다. 간절하다는 건 때로 비굴하게 만든다. 다시 구인란을 훑었다. 이곳에 찍힌 내용 중에 아직 사람을 구하지 않은 곳은 어디일까? 직원을 구하고도 광고가 그대로 실린 채 내보내는 경우가 잦았다. 몇 군데 전화를 걸어보았지만 모두 구했다는 답변이었다. 나는 홍보지를 구겨서 길바닥에 던졌다.

길거리를 돌아다니며 사람을 구한다고 나붙은 곳이 있는지 찾아 헤맸다. 일을 다니고 있을 때는 눈에 쉽게 띄던 구인 광고도 막상 찾으려고 하니 잘 보이지 않았다. 출입문에 붙은 광고를 보고 들어간 빵집 주인은 내 행색을 위아래로 훑더니 나이 때문에 안 된다며 잘라 말했다. 반나절을 발품을 팔아 헤매 다녔는데도 성과도 없이 애꿎은 발가락만 욱신거렸다.

겨울옷을 깔아놓은 곳에서 깜박 잠이 든 모양이었다. 스멀거리는 느낌에 잠을 깼다. 새끼 고양이가 내 배 위에 올라와 있었다. 눈언저리가 당겼다. 속이 쓰리고 목이 말랐다. 생수를 마셨다. 위가 한 차례 뒤틀리는 느낌이 났다. 한기가 살갗을 파고들었다.

한참 잠잠하더니 어미 고양이가 또 울기 시작했다. 나는 고양이의 엉덩이를 손으로 때렸다. 고양이는 송곳니를 드러내며 방어 자세를 취했다. 평소에는 목을 쓰다듬어주거나 내 무릎 위에 안고 놀기도 했는데 오늘은 다른 고양이를 보는 듯했다. 안락함을 주곤 하던 곳이었는데 뭔가 어수선했다. 새끼 고양이는 한쪽 구석에 앉아 어미를 바라보고 있었다. 미친 듯한 어미 고양이의 행동에 새끼 고양이가 놀라지 않을까 걱정이 됐다.

어제는 유독 바람이 많은 날이었다. 큰길가에 장식된 트리는 거센 바람을 맞으며 서 있었다. 크리스마스 캐럴이 바람을 타고 귓전에 부딪혔다. 얇게 눈이 쌓인 거리에는 트리에서 불빛이 뿜어져 나와 흔들거렸다. 황금색 불빛이 빙글빙글 돌았다. 불빛의 시작과 끝을 찾아 눈을 돌려 따라가다가 놓쳤다. 아내는 내가 직장에 나가고 있을 때도 불만이 많았다. 전에 살던 아파트를 그리워했고, 학원이 잘되고 있을 때를 되씹곤 했다. 그때 이랬더라면 좋았을 것을, 아내는 소용없는 말을 고장 난 오디오처럼 되풀이했다. 아내의 말은 오히려 절망감을 키웠지만 나는 아무런 대꾸를 하지 않았다. 아내의 그 말은 쉬이 그칠 기미를 보이지 않았다. 그런 아내에게 실직은 큰 충격을 줄 것임에 틀림없다.

아내는 내게 챙겨 주던 크리스마스 선물을 어느 순간 중지하고, 딸아이에게 주기 시작했다. 그렇다고 섭섭한 것은 아니었다. 기다릴 일이 한 가지 줄었을 뿐이다. 그동안 비밀에 부친 것을 알게 되면 아내는 나를 혐오하게 될지도 모른다.

"지금 뭐해?"

"몰라서 물어?"

전화선을 타고 딱딱거리는 소리가 연이어 들려왔다. 고개를 모로 젖히고 전화기를 어깨와 턱 사이에 고정한 채 일을 하고 있을 아내의 모습이 눈앞에 그려졌다.

"크리스마스에 집에 못 가는데 어째?"

"딴생각 말고 일이나 해. 나 지금 무지 바빠."

할 말이 떠오르지 않는 대신 목이 칵 메여 왔다. 나는 아내에게 더 이상 아무 말도 할 수 없었다, 실은 널린 게 시간이었기에.

밤거리를 흐느적거리며 걸었다. 수은등 불빛이 내리쬐는 길목에서 어둠 속에 파묻힌 폐가를 쳐다봤다. 내 그림자가 기다랗게 골목에 드러누워 있었다. 내가 움직이자 그림자가 조금씩 뒷걸음을 쳤다. 갈림길에서 나는 폐가로 들어서지 않고 불이 켜져 있는 집으로 향했다. 더 늦기 전에 아내에게 털어놔야 한다. 한 걸음, 두 걸음, 세 걸음······. 칼바람이 부는데도 이마에 땀이 바짝바짝 났다. 이백 아흔 아홉, 삼백, 삼백 하나. '삼백 하나'라고 마음속으로 헤아렸을 때 드디어 나는 우리 집 문 앞에 서 있었다. 가까운 곳에 내가 머물고 있는데 아내는 그것을 모른다. 벨을 누르려는 순간 손끝이 부르르 떨렸다. 한참을 서성이다 비밀번호를 눌렀다. 아내가 있을 거라 생각했는데, 집은 고요했다. 밤에는 외출을 할 거라는 생각을 해보지 않았다. 부업을 마치면 늦은 오후에 시장을 보고 와선 집에 있을 거라고 추측할 뿐이었다. 아내의 일거수일투족을 다 안다고 할 순 없다는 생각에 미치자 피식, 헛웃음이 나왔다. 아내가 없는 집에 몰래 들어온 내가 도둑고양이처럼 느껴졌다. 바로 나갈까 하다가 거실로 들어섰다. 아내가 없는 빈 공간이 낯설었다. 아내는 바쁘게 나갔는지 침대 위에 옷가지들이 아무렇게나 놓여 있었다. 익숙하지 않은 장면, 침대가 이렇게 너저분한 것은 처음이었다. 아내의 옷들이 아무렇게나 구겨진 채 흩어져 있었다. 거실에는 부업 상자가 거실 중간을 차지하고 있었다. 아내 손을 거치지 않은 미완의 패킹들이었다. 일이라면 사족을 못 쓰는 아내가 일거리를 이렇게 미뤄놓고 어디로 간 걸까? 냉장고 문을 열어 보았다. 내부는 깔끔하게 정리되어 있었다. 아내는 집안 살림과 부업, 자식 뒷바라지 등 어느 것 하나 소홀히 하지 않았다. 그런 만큼 내게 바라는 것이 많았다. 어떤 일이든 완벽하게 잘해야 직성이 풀리는 사람이었다. 그것이 단점이 될 수는 없을 것이다. 그럼에도 나는 아내의 그런 점 때문에 주눅이 들곤 했다.

소파에 앉아 폰을 만지작거리며 초조하게 기다려도 아내는 오지 않았다. 큰맘 먹고 왔는데 왠지 불안한 마음이 일었다. 집안의 공기가 나를 밀어내는 것 같았다. 신발을 신으려는데 검정색 단화에 군데군데 흙이 묻어 있었다. 흙을 따라가다가 신발 밑창을 뒤집어봤다. 가운데 부분에는 흙덩이가 바싹 말라붙어 있고, 반질반질하게 닳은 밑바닥에는 여러 개의 실금이 뒤얽혀 있었다. 바닥에다 놓고 엉거주춤하게 엎드려 신발을 신었다. 썰렁한 느낌에 도망치듯 그곳을 빠져나왔다.

폐가의 골목을 들어서려는 순간 용달차 한 대가 불빛을 쏘아대며 올라왔다. 눈이 부셔 처음엔 몰랐는데 가까이서 보니 부업을 실어 나르는 차였다. 완성된 부업 상자는 이미 다 실어갔는데 밤중에 부업차가 왜 왔을까? 차는 우리 집이 있는 빌라 앞에서 멈췄다. 나는 전봇대 뒤에 몸을 숨기고 차를 주시했다. 운전석에 앉은 사내와 옆에 앉은 여자가 포옹한 상태로 격렬하게 키스를 나누었다. 두 사람은 혹시나 있을지도 모르는 행인을 전혀 의식하지 않는 듯했다. 잠시 뒤 운전석 문이 열리면서 모자를 쓴 사내가 내렸다. 그러더니 조수석 문을 열어주었다. 여자가 차에서 내렸다. 가로등 불빛 아래 원피스를 입은 아내의 실루엣이 어렴풋이 보였다. 용달차는 기역자로 차를 꺾어 돌렸다. 아내는 사내를 향해 손을 흔들더니 아쉬운 듯 차의 뒤꽁무니를 쳐다보았다. 나는 그 자리에 선 채 굳어 있었다. 아내에게 달려가 속사정을 따져보고 싶었지만 오늘 잔업이 있다고 말했기에 망설여졌다. 아내를 목격한 것이 사실임을 인정하고 싶지 않았다. 벌렁거리는 심장을 가라앉히며 나는 아내를 따라 바삐 걸었다. 아내는 밤하늘을 쳐다보며 꿈에 젖은 듯 사뿐 걸었다.

"이 밤에 어디 갔다 오는 거지?"

"깜짝이야! 그나저나 당신은 웬일이야?"

"지금 도대체 시간이 몇 신데 싸돌아다녀?"

"열두 시가 넘었네, 친구들과 수다 떨다 보니 벌써……."

아내의 목소리는 긴장돼 있으면서도 애교가 묻어 있었다. 아내는 비밀번호를 눌렀다. 두 번을 실수한 뒤에야 문을 열었다. 아내의 뻔뻔스러움에 심통이 났다. 아내의 진한 화장이 눈에 거슬렸다. 나는 거실 중간에 놓인 부업 상자를 넘어뜨려 왈칵 쏟아부었다.

"이딴 거 다 집어치워."

"당신 도대체 왜 이래? 한 푼이라도 벌어서 살림에 보태려는 거 몰라서 이래?"

아내는 눈에다 쌍심지를 켜고 눈을 파르르 떨었다. 진실을 말하지 못하는 나 자신이 비겁하게 느껴졌지만 그 말이 두 사람을 벼랑으로 몰고 갈까 봐 차마 입을 떼지 못했다. 아내는 훌쩍훌쩍 울기 시작했다. 아내의 가면을 벗기고 싶은 욕구가 일었지만 참고 있었다.

"이제 부업 그만해."

"그만하면 감당할 능력은 되고?"

"내가 못 본 줄 알아. 어디 코앞에서 허튼 수작하고 다니는 거야."

"누군 좋아서 그러는 줄 알아? 당신은 아무것도 몰라."

아내는 씻지도 않고 방으로 들어가더니 문을 닫았다. 평소에 아내는 피부 상한다고 꼭 씻고 자는 사람이었다. 나는 머리끝까지 화가 났지만 아내에게 갈 수가 없었다. 아내와 끝장을 볼지도 모른다는 불안감이 몰려왔다. 치솟아 오르는 분노로 이를 악물었다. 이 사이로 신음이 새어나왔다. 소파에 누워 뜬눈으로 밤을 새웠다.

폐가의 창문에는 어젯밤처럼 바람이 몰아쳤다. 진눈깨비가 잦아들었지만 낮은 구름층이 그대로 남아있었다. 바람이 배롱나무 잔가지를 이리저리 흔들었다. 마당가에 플라스틱 파편이 구르는 소리가 둔탁하게 들렸다. 곰은 사람이 되기 위해 쑥과 마늘을 먹으며 동굴에서 살았다고 했다. 사람이 되려고 맵고 쓰고 어두운 고행을 참을 필요가 있었나 싶다. 먹고, 싸는 건 비슷하고 단지 생각의 차이가 있을 텐데 말이다. 그 생각이라는 것이 사는 데 도움이 되기도 하겠지만 그만큼의 수고도 감수해야 하니까 나로서는 그리 매력적으로 느껴지지 않았다.

바람이 구름층을 밀어낸 사이로 여린 빛살이 창을 뚫고 들어왔다. 어미 고양이는 빗장을 풀고 기어이 외출을 감행했다. 연이어 새끼 고양이도 따라 나갔다. 빈방에 홀로 남으니 고요 속에 갇힌 것 같았다. 깊은 고독감이 쓰나미처럼 몰려왔다. 하늘은 잿빛을 일부 걷어내고 연푸른빛을 군데군데 드러냈다. 어릴 적, 태양을 향해 눈을 감고 있으면 오렌지빛이 닫힌 눈꺼풀 안을 가득 메우던 때가 떠올랐다. 사물에 대한 호기심으로 끊임없이 미지의 세계에 대한 탐험을 시도했던, 어쩌면 어린 연구가였을지도 모르던 그때가. 보자기를 펼쳐놓은 듯 마름모꼴 모양의 햇살이 비쳐들었다. 벌어진 창틈으로 바람이 쉬쉬 소리를 냈다. 불꽃이 푸르르, 소리를 내며 흔들렸다. 나는 햇살이 퍼지는 장판 한쪽을 차지하고 앉아 하늘을 바라봤다. 부업하느라 바쁜 아내는 하늘을 볼 시간이 없을 것 같았다.

고무줄을 질끈 동여맨 아내의 머리카락 일부가 얼굴 쪽으로 헝클어져 내려와 있었다. 눈 밑으로 거무스레하게 그늘이 번져 있었다. 일이 급할 때는 잠을 제때 자지 못하고 물량을 맞춰야 하므로 아내는 다크서클이 끼어있을 때가 많았다. 약간 벌어진 아내의 입술 사이로 이가 하얗게 보였다. 아내는 부업이 긴급하다고 해도 자신을 가꾸는 일에는 소홀히 하지 않았다. 나는 아내의 발그레한 입술이 꿈틀대는 것을 보았다. 대학을 졸업한 아내는 단순한 부업을 하면서도 여전히 생기가 있었다.

아내와 나는 최근 몇 년 동안 숨 쉴 틈 없이 짜인 시간 속에서 긴장하며 살았다. 아내의 잔소리에 나는 해야 할 말을 감추며 겉으로는 아무 일 없는 듯 무표정했는지도 모른다. 빨리 돈 벌어서 넓은 집에 가서 살아요, 아내는 잊을 만하면 그 말을 했고, 나는 그에 발맞춰 살려고 애를 썼다. 물질이 풍성한 세상에 가진 만큼 행복할 수 있다는 믿음을 가진 아내에게 나는 늘 성에 안 차는 가장이었다. 그럼에도 나는 회사에서 김 씨의 이중 처신쯤은 별 것 아닌 양 버텨야 했고, 비굴함을 느끼면서도 상사에게 때때로 억지웃음을 흘려야 했다. 회사 생활은 그리 즐겁지 않았다, 학원을 운영할 때보다 부담감은 덜했지만. 프랜차이즈 학원에 밀려 문을 닫을 때까지 피 말리는 시간을 보낸 나로서는 많지 않지만 꼬박꼬박 일정 금액의 봉급을 받는 것만으로도 안도감을 느꼈다. 하지만 그 시간도 그리 오래 가지 못했다. 절반 정도의 인원 감축설이 돌자 같은 파트에서 내 밑에서 일을 하던 김 씨가 윗사람들에게 알랑방귀를 뀐 보상으로 나를 밀어내고 그 자리를 지키기 위해 돈을 썼다는 소리를 들었다. 나로서는 속수무책이었다. 폐가엔 아무것도 없었다. 약육강식도, 사람들의 가면도, 김 씨의 이중처신도, 모자 쓴 사내의 위협도, 빵빵거리는 차 소리도, 딱딱거리는 패킹 소리도, 직장을 구해야 한다는 강박감도 없었다. 긴장하지 않아도 되는 더없이 평화롭고 안온한 공간이었다.

고양이 우는 소리가 아기 울음처럼 들려왔다. 소리는 커졌다가 작아졌다가를 반복하며 절규하듯 이어졌다. 어미 고양이는 발정이 난 것 같았다. 뒤늦게 이 사실을 떠올린 건 내가 아내 생각에 골몰해 있었던 탓이었다. 아내는 지금도 패킹을 끼우고 있을 것이다. 나는 불현듯 아랫도리가 뻐근해져 왔다. 불쑥 솟아오른 성기는 한동안 가라앉지 않았다. 모자를 쓴 사내에 대한 질투심이 불길같이 치솟았다. 아내의 패킹 끼우는 소리와 교성 소리가 뒤엉켜 들리는 것 같았다. 아내는 젊을 때의 모습으로 내 곁에 누워 있다. 긴 생머리에서는 풋풋한 과일향이 난다. 나는 아내를 부둥켜안는다. 고양이 울음소리는 점점 멀어지고 있었다. 여섯 개의 면으로 둘러싸인 방안에 침묵이 흘렀다. 오롯이 나만이 존재하는 공간에서 느끼는 익숙한 감정, 하지만 고립된 느낌이 서로 뒤섞였다.

구름 사이로 햇살이 삐져나와 창으로 비쳐들었다. 명주실 가닥처럼 줄줄이 빛이 갈라져 내렸다. 회색빛 지붕들에 햇빛이 살포시 내려앉았다. 축축한 마당에도 햇살이 드리웠다. 마당 표면은 바람이 불어 꾸덕꾸덕 말라가고 있었다. 저 길을 건너면 아내가 있는 집이 있다. 환청처럼 아내가 내는 딱딱 소리가 들려왔다.

전화벨이 울렸다. 아내에게서 온 전화였다.

"여보, 현지 등록금 어찌 됐어? 아직 입금이 안 됐던데."

아내는 아무 일 없었다는 듯 평소와 같은 어투였다. 아내의 말이 혼란스러워 머리에 통증이 느껴졌다. 고양이의 털이 빛줄기를 타고 떠돌았다. 수십 가닥의 털이 햇빛 속을 부유하며 나를 포위했다. 나는 팔을 휘저었다. 숨이 막혀 왔다. 창문이 흔들렸다. 비틀린 문 사이를 비집고 불청객이 들어와 한 바퀴 돌았다. 웅웅. 나는 찬바람의 습격에 몸을 떨었다.

폰에서 알림 소리가 났다. 이번 달 보험금이 미납되었다는 내용의 문자였다. 정해진 날짜가 되자 독촉이 한꺼번에 날아왔다. 오래전부터 넣어 오던 생명보험을 떠올렸다. 쌓아둔 옷가지와 흩어진 신문지 뭉치를 방 가운데로 모았다. 내게 남은 최후의 방법은 이것뿐이라는 생각이 불쑥 들었다. 아내에게 전화를 걸었다. 아내가 받는 순간 나는 전화를 끊었다. 나와 통화가 되지 않으면 아내는 나를 찾을 것이다. 전화벨이 울렸다. 라이터에 불을 댕기려다 멈칫했다. 화면에는 아내의 이름이 떠 있었다. 나는 전화를 받지 않았다. 창틈으로 휘이이 바람이 새어 들어왔다. 방 한가운데 물건을 쌓아둔 앞에 섰다. 라이터 부싯돌 휠에 엄지손가락을 올렸다. 순간 고양이 울음소리가 들렸다. 창밖을 보니 낯선 고양이가 한 마리 더 끼어 세 마리로 늘어 있었다. 집 나간 어미 고양이가 수컷 고양이를 데리고 새끼와 함께 돌아온 것이다. 두 마리의 고양이는 밀착되어 있었고, 새끼 고양이는 그 주변을 맴돌며 뛰었다. 세 마리 고양이의 보드라운 털 위로 햇살이 희미하게 비치고 있었다. 아내는 어떤 일이건 내가 없는 것보다는 낫다고 생각할지 모르겠다. 좋아서 그러지 않았다는 아내의 말을 믿고 싶었다. 아내에게 사실을 털어놓고 막노동이라도 하면서 일자리를 찾아야겠다. 손에 힘을 빼고 라이터를 떨어트렸다. 구석에 둔 가방을 어깨에 메고 어두침침한 그곳을 빠져나왔다.

진눈깨비가 뿌옇던 골목길에는 바람이 몰아치고 있었다. 나는 우리 집을 향해 걸었다.

한 걸음 한 걸음, 문장을 찍는 작가
따뜻한 마음으로 글을 쓰겠습니다

그해 겨울, 몹시 추운 날, 무리하게 일을 해서 입원한 적이 있습니다. 살갗은 짓무르고, 몸 구석구석이 어긋나고 있었습니다. 면역 기능이 마비될 정도로 나빠졌습니다. 큰 병을 앓으시던 아버지가 링거병을 품고, 그것이 딸을 일으켜 세울 거라는 소망을 담아, 차가운 길을 걸어서 병원으로 오셨습니다. 아무것도 할 수 없는 딸을 두고, 응급실에 실려 간 아버지는 며칠 후에 운명하셨습니다. 당신의 바람대로 저는 다시 일어날 수 있었습니다. 우연처럼 아버지의 기일에 당선 통보를 받았습니다.

오래 함께하길 꿈꾸어도 짧게 그치는 인연을 생각하면, 글에서 무엇을 찾아야 할지 막막합니다. 중심을 알아야 하는데 자꾸 변두리를 건드렸나 봅니다. 아직 덜 여물어서 마음 다잡으며 글을 씁니다. 이 잠시의 기쁨이 기나긴 인내를 요구하겠지요?

따뜻한 격려와 조언으로 소설에 대한 열정을 지니게 해주신 권지예 선생님, 작가 정신을 일깨워 어제보다 나은 글을 쓰게끔 이끌어주신 장창호 선생님, 동리목월 문창대학의 엄창석 선생님, 이우상 선생님, 소설에 첫발을 딛게 하신 조돈만 선생님, 함께 공부한 문우, 고맙습니다. 독서회에서 책을 마음껏 볼 수 있어서 행복했습니다. 울주도서관 관계자님의 덕분입니다. 믿고 응원해준 우리 가족, 여든 나이에도 밭일을 하시는 어머니, 하늘나라에 사시는 아버지와 기쁨을 함께하겠습니다.

제가 가는 길에 힘을 실어주신 경남신문사와 심사위원님께 감사드립니다. 한 걸음 한 걸음 문장을 찍는 작가가 되겠습니다.

단편의 미학 · 신인의 신선함 가득

선자(選者)들에게 넘겨진 60여 편의 소설은 다양했다. 가족 플롯을 근간으로 하면서 고단한 현실을 서술하는 소설이 주류였지만 간혹 새롭고 신선한 내용과 형식을 지닌 작품들과 마주치기도 했다. 청소년을 주인공으로 삼는 작품이 눈에 띄게 부상하고 있음을 알 수 있었다. 특히 구직과 실직의 모티프는 읽는 이의 마음을 무겁게 했다. 지구화 시대에 어울리게 이주와 여행의 서사가 더러 보였고 판타지나 해양소설과 같은 유형을 선택한 이들도 없지 않았다.

이와 같이 서로 다른 모습을 지닌 작품들을 두고 우리는 단편소설이 지녀야 할 미학과 신인이 품어야 할 신선함을 잣대로 작품을 읽었다.

그리하여 걸러진 '엄마를 읽는 밤', '고양이가 사는 집', '퍼즐', '다투' 등 네 편을 두고 논의를 거듭했다. '다투' 는 제재의 신선함과 주제의 무거움을 겸비한 작품이지만 서사의 안정감이 다소 부족했다. 이러한 점은 '퍼즐' 에서도 흡사하게 나타났다. '엄마를 읽는 밤', '고양이가 사는 집' 은 질병의 고통과 실직의 가난이 매개된 가족서사이다. 여타 소설에서도 자주 반복되는 내용이어서 주제의 참신함이 떨어졌다.

새로움과 미학이라는 관점에서 최종 남겨진 작품은 '다투' 와 '고양이가 사는 집' 이다. 선자들은 이 두 작품을 두고 오랫동안 판단을 유보했다. 전자가 지닌 신선함과 후자가 지닌 완결성이 일방의 선택을 망설이게 한 것이다. 그리고 마침내 우리는 고양이가 사는 폐가와 자신의 집을 병치해 서술 능력을 증명한 '고양이가 사는 집'을 당선작으로 선정하게 됐다. 당선자에게 축하를 보내며 낙선자들에게도 격려의 말을 전한다.

경상일보 이은미

2010년 강원일보 신춘문예 동화 당선
2011년 목포문학상 동화부문 당선

　하루 종일 잘 지냈어요? 나는 상냥하게 인사한다. 그녀의 몸을 질질 끌어 냄새나는 매트 위에 똑바로 올려놓는다. 남편을 만나느라고 좀 늦었어요. 내 남편이요, 잃어버린 아이의 아빠. 당신은 임신중독증으로 아이를 잃었지만 나는 불과 십 분도 안 되는 시간에 아이를 잃었어요. 그녀의 옆구리께로 다가가 손을 집어넣는다. 그녀의 이마에 핏줄이 선다.

경상일보

바람의 노래

이은미

그냥 소리만 내지 말고 리듬을 타면서 우는 게 좋겠어요. 그래야 문상객들의 마음도 자극하고, 먼 곳 가는 사람의 발걸음도 가벼울 겁니다. 창자가 끊어지듯 애절한 소리를 내는 사람도 있지만, 그건 좀 부담스러워서 다들 싫어해요. 편한 마음으로 진심을 다해서 울면 됩니다.

힘을 많이 쏟으면 몸이 금세 지칠 수 있으니까 조심하라고 남자는 자상하게 덧붙인다. 전화목소리가 따스하다. 남자는 처음부터 친절했다. 남자를 봐서라도 오늘은 좀 더 곡진하게 울어야할 것 같다. 외출준비를 할 시간이 충분치 않다. 검정 벨벳 투피스를 꺼낸다. 옷장 속에 함께 걸려 있던 정장 바지가 툭 떨어진다. 오늘따라 창문도 심하게 덜컹거린다. 십오 층 높이의 오피스텔 창문 앞을 황사가 가로막고 있다. 멀리 도로변 전봇대와 가로수 사이에는 오피스텔과 상가를 임대한다는 현수막이 걸려 있다. 줄과 줄이 뒤엉켜 자꾸 윙윙 소리를 낸다. 아직 개발되지 않은 외곽 지역의 오피스텔은 허허벌판에 웅크린 짐승처럼 고적하다.

작은 신음 소리가 귓전을 스친다. 아. 그녀에게 다가간다. 은주 씨, 오늘 뭐할 거야? 중얼거려 본다. 그녀의 눈동자가 설핏 움직인다. 당분간이야. 남편의 여자였던 그녀를 오피스텔에 들이면서 생각했다. 그녀는 손쉽게 포획한 전리품 같았다. 임신중독증으로 부종과 당뇨가 겹친 뱃속에서 그녀의 아이이자, 남편의 아이는 한 줄기 빛도 쐬지 못하고 사라졌다.

그녀를 돌보는 것이 복수심에서 기인한 것은 아니다. 그녀가 우연히 내 앞에서 쓰러졌을 때, 나는 헬스클럽 스트레칭 매트에서 몸을 일으켜 세우는 중이었다. 그녀는 바로 옆자리 매트 위로 철퍼덕 소리를 내며 널브러졌다. 눈을 홉뜬 채, 미세한 경련을 일으키기 시작했다. 낮 시간대라 헬스클럽의 실내는 한산했다. 당황한 트레이너는 구급차를 불렀다. 나는 떠밀리듯이 구급차 뒷좌석에 올라탔다. 출장 중이던 남편은 그녀의 핸드폰으로 걸었던 트레이너의 연락을 받지 못했다. 그녀는 가족이 모두 미국에 있어서 무연고였다. 졸지에 나는 그녀의 보호자가 됐다.

외출에 앞서 그녀에게 정해진 식사를 제공해야한다. 그녀는 후두에 구멍을 뚫어 튜브를 꽂고 있는 상태다. 환자용 영양액을 주사기로 빨아들인다. 치익. 목에 있는 거즈를 벗겨내고 튜브를 통해 주사기로 영양액 100cc를 주입한다. 의사는 후두에 구멍을 뚫지 않으면 생명이 위태롭다고 말했다. 혼수상태가 지속되어 식물인간을 면하기 어렵다고도 덧붙였다. 나는 보호자 동의서에 기꺼이 사인을 했다. 그녀의 생명이 위태롭다고 하지 않는가. 영양액이 흘러 들어가자 그녀는 감전이라도 된 듯 본능적으로 무릎을 세우려고 한다. 발가락, 손가락을 움찔거린다. 후두구멍을 통해 내려간 그녀의 생명줄이 보내는 신호일 것이다. 나는 50cc를 더 주입한다. 150cc가 한 끼 적정량이다. 가제 수건으로 그녀의 후두구멍 주위를 닦아내고 소독한 거즈를 덮는다. 흘러내린 침이 손에 달라붙어 끈적거린다. 나는 수건에 따뜻한 물을 묻혀 그녀의 얼굴을 닦기 시작한다. 그녀의 얼굴은 이제 광대뼈가 도드라지고 눈자위는 검붉게 변색되어 있다. 날렵한 콧날은 사라졌다. 깊게 함몰된 뺨과 거스러미가 잔뜩 일어난 입술을 가만가만 닦는다.

은주 씨.

나는 조용히 그녀의 이름을 불러본다. 남편이 무수히 불렀을 은주라는 이름을 나는 아주 메마른 어조로 부른다. 그녀의 입술은 아무런 움직임도 없다. 하지만 아마도 그녀는 속으로 내게 고맙다는 말을 하고 있을지도 모른다. 생명을 연장시키는 것이 그리 쉬운 일은 아니니까. 그녀의 옆구리를 들어올린다. 악취가 번진다. 먹자마자 배설을 하는 그녀. 나는 기저귀를 갈지 않는다. 그녀의 양미간이 미세하게 일그러진다. 후두 구멍에서 글그렁거리는 소리도 새어나온다. 그녀가 쏟아낸 배설물을 꼭 제 때에 치워야할 의무는 내게 없다. 그녀도 내가 자기를 항상 뽀송뽀송하게 해주리라고 기대하지는 않을 것이다.

꺼내놓은 벨벳 투피스를 입는다. 검정 스타킹은 어울리지 않는다. 비둘기색에 살짝 금사가 섞인 스타킹을 신는다. 머리에는 검은 베일을 덧쓸 것이다. 베일을 개서 가방에 집어넣는다. 나는 그녀에게 다가가 귀에다 입을 바짝 댄다. 다녀오겠다는 인사를 한다. 그녀의 눈꺼풀이 순간적으로 깜박거린다.

오늘이 아르바이트를 시작한 후, 세 번째 우는 날이다. 장례식장은 아담하고 정갈하다. 영정 속의 남자는 하얀 이를 드러내며 웃고 있다. 중국에서 섬유업을 하던 남자는 칠 년을 넘게 공들여 지어놓은 공장을 순식간에 중국 관리에게 빼앗겼다고 했다. 중국 공안과 같이 들이닥친 관리는 공장 터에 큰 길을 닦아야 한다는 일방적인 통보만을 했다. 남자가 체결했던 이십 년 임대계약서는 휴지조각이 됐다. 너무도 어처구니없는 일이라, 남자는 자동차를 몰고 무작정 사막으로 향했다. 사막을 횡단하는 여행객들에게 발견되었을 때, 남자의 사체는 모래구덩이에 반쯤 잠겨 있었다고 했다.

목이 쉬어서 울 수가 없어요. 제 대신 목청껏 울어주세요. 허무하게 가 버린 사람, 원이나 없게요.

미망인은 내게 빨간딱지가 붙은 드링크제를 건네주면서 담담하게 말한다. 슬픔의 뿌리가 가슴 속에 단단하게 얽혀 있는 듯하다. 미망인의 앞이마에 터럭 같은 흰머리가 삐쳐 나와 있다. 삼십 대 중반의 나이에 어울리지 않게 겉늙어 보인다. 칭얼거리던 아이가 미망인의 상복 고름을 잡아당겼다. 미망인은 옷섶을 여미며 아이를 안고 영안실 뒷방으로 들어간다.

나는 가방에 넣었던 베일을 집어 든다. 검은 베일을 뒤집어쓰자 영안실이 어둠 속에 잠긴다. 드문드문 보이는 문상객들이 베일을 쓴 내 모습을 흘깃거린다. 그들은 주춤거리며 선뜻 영정 앞으로 다가오지 않는다. 나는 배를 힘껏 부여잡는다. 신호를 내기 전에 배가 먼저 감지한다. 뱃속이 타오르는 듯 홧홧해진다. 횟배 앓는 사람처럼 서서히 배가 뒤틀리기 시작한다. 뱃골을 타고, 목구멍을 타고 올라오는 울음을 게워내기 시작한다. 울음소리는 나 자신도 놀랄 정도로 곡진하게 흘러나온다.

우연히 인터넷 사이트에서 곱게 치장한 여자가 눈물을 흘리는 사진을 보게 되었다. 꽃을 머리에 단 그녀의 표정은 슬픔과 희열이 뒤범벅이 된 기묘한 표정이었다. 온몸에 소름이 돋았다. 아무도 알 수 없도록 눈물로 치장한 그녀의 얼굴이 부러웠다. 나도 그런 얼굴을 지니고 싶었다. 그 일 이후로 매일 넘쳐나는 내 눈물을 팔고도 싶었다.

인터넷을 뒤졌다. 그냥 울어주는 것, 소리를 높이 내어 울어주는 것, 창자가 끊어지도록 울어주는 것. 곡소리에도 일정한 룰이 있고 가격도 천차만별이었다. 곡소리가 폭포수처럼 몰아칠 때, 곡소리가 백 미터 전방을 넘나들 때, 수백 명의 사람들이 곡소리에 심장이 벌렁거리며 슬픔에 휩싸일 때. 여러 분류가 그럴 듯하게 묘사되었다. 나는 곧바로 '울어주는 아르바이트'라고 검색어를 입력했다. 아르바이트 자리는 어렵지 않게 구할 수 있었다. 당신은 울 준비가 되어있는 사람 같군요. 내 얼굴을 훑어본 남자는 단번에 오케이 사인을 했다. 남자는 각종 아르바이트를 안 해 본 것이 없었지만 울 수 있는 아르바이트가 그런대로 수요가 많다고 말했다. 처음에는 사람 찾아주는 아르바이트를 했지만 사람을 찾아도 설득하기가 힘들고 험한 일이 많이 생긴다고 했다.

누군가 내 어깨를 살짝 건드린다. 미망인이다. 눈초리가 살짝 들려 있다. 곡소리에 가속도가 붙어 멈추기가 힘들었다. 목을 외로 조금 꺾어본다. 미망인은 내 앞에 풀썩 앉더니 손을 들어 내 베일을 살짝 위로 올린다. 베일 속에서의 나는 눈물과 콧물이 뒤섞여 흘러내리는 보기 흉한 모습일 것이다.

제가 힘들어서 부탁을 하긴 했는데 사람들이 이상하게 생각하는 거 같아서……. 아무래도 제가 실수한 것 같아요. 아르바이트하는 사람이라고 설명해도 자꾸 물어봐서 곤란하니까 그만 우시는 게 좋겠어요.

알았어요.

나는 아직 목구멍으로 치미는 눈물의 뿌리를 자르지 못해 꺽꺽대며 겨우 대답한다. 인터넷에서 보았던 여자처럼 처연하게 울고 싶어도 그게 뜻대로 되지 않는다. 매번 얼굴은 눈물범벅이다. 차마 고개를 들기가 창피하다. 미망인에게 고개만 주억거린다. 뭐 하는 여자야. 상가를 나서는 내 등 뒤에 수군거림이 이어진다.

나는 휘적휘적 상가를 빠져나와 아래층 대기실로 통하는 계단을 내려온다. 대기실 입구에 설치된 티브이 모니터에서 황사주의보를 알리는 기상캐스터의 멘트가 흘러나오고 있다. 병원 현관 입구에 바람이 휘돌고 있는 모습이 보인다. 사람들이 무리 지어 현관문을 열고 들어온다. 열려진 문틈으로 황사가 와락 들이닥친다. 대기실을 분주히 오가던 사람들의 검거나 흰 치마가 들썩거린다. 나는 갑자기 불어 닥친 바람에 몸을 피하지 못하고 주춤거린다. 먼지를 옴팍 뒤집어쓴다. 눈에 이물질이 낀 듯 시야가 부옇다. 눈이 따끔거리면서 미처 튀어나오지 못한 울음이 조금씩 목구멍을 타고 입으로 터져 나오기 시작한다. 나는 대기실 바닥에 철퍼덕 주저앉는다.

그날도 황사가 심한 날이었다. 아침부터 황사주의보가 기상캐스터의 목소리로 전해졌다. '전날 오전부터 몽고 고비사막에서 발생한 황사가 대륙고기압 확장에 따라 서해 북부 해상을 거쳐 한반도 내륙으로 이동했습니다.'

아이가 자꾸 채근하는 바람에 남편과 나는 황사주의보에도 불구하고 놀이공원에 가야 했다. 놀이공원은 아이를 대동한 사람들로 가득 차 발을 내딛기조차 힘들었다. 부유하는 먼지가 진군하는 병정들의 말발굽

사이에서 길을 잃고 오락가락하는 듯했다. 대다수의 사람들이 마스크를 착용하고 있었다. 사람들의 모습이 만화캐릭터 같이 우스꽝스러웠다.

나는 놀이공원의 경사진 언덕길 입구, 조붓한 나무의자에 앉았다. 바로 옆 새장에서 극락조가 무지갯빛 날개를 펼쳤다. 원앙 한 쌍이 서로의 꽁지를 애무하고 있었다. 남편은 아이를 무동 태운 채 아이의 팔을 새처럼 활짝 펴들고 빙빙 돌았다. 아이는 온전히 남편의 차지가 되었다. 부자의 모습이 슬로비디오로 아련하게 펼쳐졌다. 행복하다는 느낌이 가슴속 깊은 곳에서 뜨겁게 솟았다. 더도 덜도 아닌 내가 원하던, 내게 꼭 알맞은 행복감이었다.

퍼레이드가 시작된다는 장내 멘트가 단속적으로 흘러나왔다. 퍼레이드 선이 설치되기 시작했다. 노란 선이 순식간에 남편과 나 사이를 가로막았다. 아이를 무동 태운 남편의 모습이 휘황한 마차의 뾰족한 장식에 가려져 보이지 않았다. 아이의 얼굴이 퍼레이드 차가 지나갈 때마다 사라졌다가 불쑥 떠오르곤 했다. 아이가 안보이면 나는 고개를 치켜들었다. 지금 생각해보면 그것은 불행의 전조였다. 퍼레이드 막바지에 발리 댄스를 추는 무희들의 마차가 등장했다. 율동 중에 한 사람의 베일이 벗겨져 공중을 떠다니더니 내 발치에 너울거리며 내려와 앉았다. 나는 베일을 손에 쥐고 행렬을 따라갔으나 인파에 치어 더 이상 다가가지 못했다. 그 대신 내 손에는 검은 베일이 쥐어져 있었다.

퍼레이드 행렬이 끝났다. 아이는 '하늘을 나는 코끼리' 기구를 손가락으로 가리켰다. 긴 막대모양의 과자도 먹고 싶어 했다. 아이만 탈 수 있는 '하늘을 나는 코끼리'를 타러 나무계단을 오르던 아이는 갑자기 뒤를 돌아봤다. 나를 향해 두 손을 팔랑팔랑 내저었다. 남편은 아이가 나오는 출구에서 기다리겠다고 했다.

잠시 후, 막대 과자를 손에 쥔 내가 아이와 남편을 찾았을 때, 남편의 얼굴은 사색이 되어 있었다. 출구에서 기다렸지만 아이는 끝내 보이지 않았다고, 기가 막힐 노릇이라고 말했다. 아이가 분명히 파란 코끼리 날개를 만지며 공중에서 손을 흔들었노라고 말하며 남편은 울먹거렸다.

미아보호소, 방송실, 놀이공원의 각종 놀이시설 구석구석을 뒤졌으나 아이는 없었다. 바람이 끊임없이 몰아치고 있었다. 아이는 보이지 않았다. 황사가 아이를 집어삼킨 것은 아닐까. 사막으로 아이를 데려간 것일까. 그 이후, 더 이상 지상에서 아이를 찾을 수는 없었다.

핸드폰이 울린다. 남편이다. 이혼 서류를 보냈지만 남편은 아직 법원에 접수조차 시키지 않은 상태다. 장기간 출장을 갔다가 얼마 전에 돌아왔다고 말한다. 당신 요즘, 어때. 습하지도 건조하지도 않은 남편의 목소리가 지루하게 느껴진다. 아이의 존재를 잊어버리기 위해서는 살아온 과정을 다 잘라내야 했다. 그 중심에 남편이 있었다.

우연히 헬스클럽에서 운동을 하는 중에 옆에서 전화하는 여자의 소리에 귀를 기울이게 되었다. 그녀는 사이클링을 하면서 통화를 하고 있었다. 자기야? 나, 배가 불러와서 이제 운동하기가 점점 힘들어져. 그래도 애기가 나올 때까지 운동은 조금씩 해둘 거야. 도드라지지 않으면서도 왠지 매력적인 여자. 분명히 나는 그녀와 서너 번 정도 마주친 적이 있었다. 러닝머신 위에서 땀을 흘릴 때, 거울에 반사되는 그녀의 다부진 몸매를 망연히 바라보기도 했었다. 여자가 사이클링 자세를 바꾸려다가 손에서 핸드폰을 놓쳤다. 여자의 핸드폰이 떨어지면서 액정화면에 낯익은 얼굴이 눈에 들어왔다. 남편이었다. 남편과 그녀가 어깨를 마주하고 활짝 웃고 있었다. 핸드폰은 내 엄지발가락을 툭 건드리고 납작 엎드렸다. 발톱이 빠질 듯 아팠다.

남편과 나 사이의 연결고리는 이미 끊어진 상태였다. 남편의 늦은 귀가나, 이른 새벽의 출근에도 나는 관심을 기울이지 않았다. 아이를 잃은 후 우리는 서로에 대해 사소한 일조차 어색해지기 시작했다. 남편이 내는 수저와 젓가락의 딸그락거림 같은 것도 듣고 싶지 않았다. 아이에 대한 최소한의 배려라는 생각이 들었다. 우리는 아이를 지키지 못한 대가를 치러야만 했다.

그녀의 배를 바라보았다. 완만한 곡선을 이루고 있었다. 임신 육 개월쯤 되셨나 봐요. 나는 사이클링을 멈추지 않은 채 그녀에게 물었다. 그녀는 고개를 끄덕거렸다. 요즘 부쩍 숨이 찰 때가 많아요. 어렴풋한 그녀의 뒷말을 들으며 나는 사이클링의 속도계를 최대속도로 올렸다. 속도계가 올라갈수록 내 발에 박차가 가해졌다. 발이 공중에 붕 헛돌았다. 남편은 내가 헬스클럽을 이용하기 전부터 꾸준히 운동을 해오고 있던 터였다.

남편은 한번 만나자고 말한다. 나는 집에 홀로 남은 그녀를 떠올린다. 그녀에게 오늘 한 끼의 영양액을 주었을 뿐이다. 그녀의 배는 움푹 꺼져 있을 것이고 엉덩이는 배설물로 짓이겨져 있을 것이다. 얼마 전부터 그녀는 누런 물똥을 싸기 시작했다. 누런 물똥은 그녀의 엉덩이에 물컹거리는 이물감으로 자리 잡아 엉덩이를 헐게 만들고 벗겨진 살갗에 잡균을 퍼뜨릴 것이다. 욕창이 생겨 그녀의 등허리는 썩어 들어가고 그녀의 골반 뼈에 기어 들어간 잡균은 그녀의 전신을 마비시킬 것이다.

엄밀히 말해 나는 그녀의 보호자가 아니다. 내가 할 수 있는 일, 이를테면 그녀에게 한 두 차례 영양액을 밀어 넣어주고 젖은 기저귀를 가끔씩 갈아 주고 일주일에 한번 시트를 갈아주는 일, 이 정도면 충분하지 않을까. 그 이외의 것은 내가 할 수 있는 일도 아니고 나는 그런 일을 하고 싶지도 않다. 아참, 그녀의 뚫린 목구멍으로 튜브를 넣어 가래를 빼내는 일을 잊어버렸다.

석선은 보통 하루에 세 번 정도는 해주어야 호흡하기가 수월하다. 가래가 가득 차오르면 먼저 기도가 막힌다. 가느다란 기관지로 한꺼번에 몰려온 가래가 그녀의 호흡을 중단시킬 지도 모른다. 나는 잠시 생각하다 남편에게 대답한다. 오늘 시간 낼게. 오피스텔 부근에서 약속을 정한다. 남편은 오피스텔의 대략적인 위치만 알고 있다.

오피스텔은 원래 쌍둥이 건물처럼 지으려고 하다가, 건축업자가 부도를 내고 도망갔다는 소문이 무성하다. 바로 옆에는 한동안 장막이 쳐져 있었고 땅을 파던 굴착기 소리도 들을 수 있었다. 굴착기가 사라진 곳에는 꽤 깊게 패인 웅덩이와 그 웅덩이에서 뱉어낸 흙더미가 군데군데 쌓여 있다. 간혹 술에 취해 그 웅덩이에 빠진 사람들이 지르는 비명소리도 심심찮게 들을 수 있다. 아이가 사라진 후 나는 혼자 있을 수 있는 공간이 필요했다. 남편에게는 알리고 싶지 않았다. 오피스텔 계약을 하고 입주를 망설이고 있을 때였다. 그녀는 내 앞에서 벼락을 맞듯 넘어졌고 남편은 한동안 방황하는 듯 보이더니 오랜 기간 출장을 떠났다.

오피스텔 옆 공터에는 밤이 되면 주홍빛 휘장을 두른 포장마차가 들어선다. 간혹 이곳을 통과하는 사람들이 길가에 차를 주차하고 국수를 먹는다. 아직도 분양중이라는 현수막을 내건 부동산업자들이 우르르 떼거리로 몰려들기도 한다. 정부의 부동산 대책이 그들의 안주거리가 되기도 한다. 남편은 주홍빛 포장마차 문을 열고 들어온다. 내가 입은 검은 색 투피스를 보고 놀라는 눈치다.

당신, 검정색 싫어했잖아.

나는 아무 대답도 하지 않은 채 조금 열린 포장마차 휘장을 통해 그녀가 누워 있는 오피스텔 위치를 가늠해 본다. 그녀의 그르렁거리는 숨소리가 또렷하게 들리는 듯하다.

빨리 서류를 처리해주면 좋겠어.

내 말이 끝나기가 무섭게 남편은 술을 입으로 털어 넣는다. 여전히 남의 말에는 무관심한 척하는 그 사람 특유의 행동이다.

요즘 생활은 어떻게 하지? 내 돈도 안 받잖아.

나 아르바이트 해. 실컷 울 수 있는 아르바이트.

그런 아르바이트가 있나? 놀랍군. 하기야 사람 찾아주는 직업도 있으니까.

누구 찾을 사람이라도 있어?

나도 모르게 꼴딱 침을 삼킨다. 나는 그녀를 보호하고 있을 뿐이니까. 괜찮다.

그냥 알고 지내던 사람이 갑자기 없어져서 말이야. 감쪽같이.

담담한 어조로 말하지만 남편의 목소리에는 떨림이 있다. 쥐고 있던 술잔이 흔들린다.

'나도 감쪽같이 없어진 내 자식을 찾아 헤매고 있어. 넌, 여자를 찾고 있다고? 자식을 잃어버린 부모가?

주머니에 넣고 있던 손에 저절로 경련이 일어난다. 바로 앞에 얼굴을 드러낸 남편의 붉게 충혈 된 눈이 점점 내 앞으로 다가온다. 남편이 손을 내밀어 내 뺨을 어루만지려 한다. 나는 남편의 손을 밀어낸다. 누워 있는 그녀의 혼몽한 눈이 떠오른다. 가래가 끓고 있을 그녀의 목구멍. 무안해진 남편의 목구멍으로 꿀컥꿀컥 술이 넘어간다.

그녀가 떨어트린 핸드폰 액정화면에서 남편의 모습을 본 이후에, 나는 아이가 사라진 시각, 남편의 통화내역을 알아보았다. 남편은 아이가 '하늘을 나는 코끼리' 기구를 타고 손을 흔들던 그 시각에 그녀와 통화를 했다. 십 분. 십 분 정도면 놀이 기구가 멈추고 아이가 출구로 나올 시간으로 충분했다. 출구에서 아이가 주위를 두리번거리며 엄마 아빠를 찾는 시간은 단 몇 초에 지나지 않았을 것이다. 내가 막대 과자를 사기 위하여 줄을 선 채로 아이와 남편이 있는 곳을 바라보았을 때도 남편은 통화중이었다. 내가 길게 늘어 선 줄을 헤집고 막대 과자를 사들고 오기까지 십오 분 정도가 걸렸다. 내가 자리를 뜨자마자 남편은 그녀에게 전화를 한 것이다.

핸드폰 벨이 울린다.

아이래요, 여섯 살짜리. 오늘 낮에도 힘들었는데……괜찮겠습니까? 아이 엄마는 혼절해 있고 어른들도 그렇고. 특별히 울어줄 사람이 없다고 합니다. 내일 바로 화장할 거라는데.

남자의 목소리에 미안함이 묻어 있다. 핸드폰에서 새어 나오는 남자의 음성이 들린 탓인지 남편의 얼굴이 잔뜩 찌푸려진다.

딴 놈이 생긴 게로군. 어쩐지.

남편은 벌떡 일어나 포장마차 휘장을 걷으며 휘청휘청 걸어 나간다. 나도 곧바로 일어나 돈을 계산하고 남편의 뒤를 따라간다. 남편은 공사장 주변에 쌓아놓은 흙더미를 발로 차며 넘어지기를 반복한다. 이윽고 허리를 꺾더니 끅끅 토사물을 뱉기 시작한다. 나는 남편의 등을 쳐 주려고 손을 내밀다가 이내 손을 접는다.

아이가 사라진 그 십 분의 시간을 그녀와 통화하느라 아이를 놓친 남편. 그 사실을 알게 된 것도, 그녀의 보호자가 된 것도 다 우연이다. 하지만 그녀는 지금 내 오피스텔에 누워있다. 사지가 묶여 옴짝달싹 못하는 짐승처럼. 나는 오피스텔을 올려다본다. 불이 켜진 창문이 별로 없다. 그녀가 누워 있는 십오 층의 창문에도 휑한 달빛만 무리지어 있다. 물론 그녀도 어둠 속에서 입술을 달싹거리며 몸부림을 치고 있을 것이다. 남편은 음식물을 토해내면서 무릎을 꺾은 채 흙더미 위에다 머리를 박고 있다. 내가 다가서자 남편은 반사적으로 내 팔을 부여잡는다. 엉겁결에 나는 남편의 어깨를 힘껏 밀어낸다. 남편은 몸을 가누지 못하고 뒤로 넘어진다.

남자는 병원 로비에 나와 서성이며 나를 기다리고 있다. 그는 코트의 깃을 세우며 나를 향해 웃는다.

오늘은 말하자마자, 재까닥 왔군요. 항상 까다로웠잖아요. 불러내기가 어찌나 힘들었는지. 남자를 원하면 나라도 목청껏 울고 싶은데, 아직 남자를 찾는 상주는 없군요.

저번에 어떤 광고를 보니까 음대 나온 남자를 채용한다고 하던데요. 성량이 풍부하고 정성이 담긴 울음으로 장례식 분위기를 살릴 수 있는 사람이면 된다고.

남자는 흥미롭다는 듯 나를 천천히 바라본다.

이제 보니 말도 잘하시네. 처음 아르바이트를 하겠다고 찾아왔을 때는 울려고 아예 작정한 사람 같았는데. 허허.

남자가 말끝을 흐리며 웃는다. 남자와 이야기를 오래 나눈 것은 처음이다. 남자의 전화목소리를 들을 때마다 느꼈던 정겨움이 되살아난다.

아이는 여섯 살 정도의 여아다. 소아암에 걸렸다가 갑자기 발작을 일으켰는데 응급처치를 했지만 끝내 살릴 수 없었다고 한다. 영안실 주변은 조용하고 한산하다. 아이의 엄마는 영안실 뒤쪽 방에 실신한 채 누워 있다고 했다. 영정사진 속 아이는 돌쟁이다. 어릴 때부터 아프기 시작한 아이의 유일하게 아프지 않은 모습일 것이다. 눈을 두릿거리는 아이의 모습이 갈 곳 잃은 천사 같다. 아이의 영정사진 밑에 얼룩이 묻어있는 것이 눈에 띈다. 나는 휴지를 꺼내 침을 묻혀 얼룩을 지운다. 얼룩은 잘 지워지지 않고 점점 더 번진다. 모래바람이 불어 닥치듯 시야가 뿌옇게 흐려진다. 갑작스레 목구멍이 타 들어가는 것 같다.

장례를 치러줄 수도 없는 내 새끼. 사라진 내 새끼. 가슴께가 홧홧 타오른다. 불구덩이 속에 뛰어들면 이럴까. 뜨거워 견딜 수 없다. 나는 검은 벨벳 윗옷을 벗는다. 가슴팍을 부여잡는다. 너무 뜨겁다. 가슴을 쥐어뜯다가 손으로 바닥을 쾅쾅 내리친다. 급기야 바닥에 널브러진다. 사람들이 모여든다. 웅성거리는 소리가 들린다. 누군가 내 어깨를 감싸 안는다. 나를 일으켜 세운 뒤 남자는 내 옆에 벗어놓았던 옷을 챙기기 시작한다. 남자가 내 팔을 옷에 꿰어 넣느라 안간힘을 쓴다. 나는 비로소 남자의 얼굴을 바라본다. 이마에 땀이 배어 있다. 남자는 아이의 가족에게 연신 머리를 조아리며 나를 부축하고 상가를 빠져나온다. 어깨를 감아쥔 남자의 손이 따뜻하다.

왜 오늘은 베일을 쓰지 않았죠? 베일을 쓸 때는 씩씩해 보이고 울음소리도 듣기 좋았는데. 마치 성스런 의식을 행하는 사람 같았거든요.

남자가 내 머리카락을 가만가만 쓰다듬는다. 남자는 나를 보듬듯 안고 밖으로 나와 차로 향한다. 히터가 켜진 차 안은 따뜻하다. 남자가 눈물 자욱이 채 마르지 않은 내 얼굴을 부드러운 손으로 감싸 안는다. 남자의 입술이 조심스럽게 뺨에 닿는다. 눈을 감은 순간, 황사가 내 머리채를 힘껏 휘어잡는다. 나는 남자를 밀쳐낸다. 남자가 멋쩍게 웃으며 나를 바라본다. 남자는 구석구석 온몸에 퍼져있는 내 눈물의 뿌리를 탐색하는 것 같다. 나는 남자의 품에 얼굴을 묻었다.

남자가 오피스텔 입구에 나를 내려놓으며 잘 들어가라는 손짓을 한다. 눈물을 닦아 주던 감촉이 아직도 내 뺨에 남아 있다. 나는 뺨을 손으로 감싼다. 누군가 내 눈물을 좀 더 일찍 닦아줬더라면. 나는 문득 남편이 빠졌던 웅덩이로 다가가 안을 들여다보았다. 어둠이 깊게 깔려 있다. 아무런 기척도 느껴지지 않는다. 남편은 자신이 원하는 것은 무엇이든 갖고야 마는 그런 사람이었다. 하지만 혼자 힘으로 기어 올라오기는 힘들었을 것이다. 비명을 질렀을까. 남편의 비명이 오피스텔 십오 층 그녀의 귓가에도 들렸을까. 그들이 내지르는 비명이 허공 어딘가에서 서로 뒤엉키진 않았을까.

오피스텔 번호키를 꾹꾹 누르고 현관문을 연다. 현관 인공감지등이 켜짐과 동시에 부스럭대는 소리가 들린다. 실내에 악취가 진동한다. 인기척 소리에 눈을 치켜뜬 채 나를 바라보는 그녀의 모습이 희미하게 보인다. 잔뜩 원망에 찬 시선이다. 그녀가 누워 있는 침구는 겹겹이 접혀 있다. 온 힘을 다해 움직거렸을 그녀의 시위는 겨우 자기 육신이 깔고 누운 침구를 조금 흩트려 놓았을 뿐이다.

하루 종일 잘 지냈어요? 나는 상냥하게 인사한다. 그녀의 몸을 질질 끌어 냄새나는 매트 위에 똑바로 올려놓는다. 남편을 만나느라고 좀 늦었어요. 내 남편이요, 잃어버린 아이의 아빠. 당신은 임신중독증으로 아이를 잃었지만 나는 불과 십 분도 안 되는 시간에 아이를 잃었어요. 그녀의 옆구리께로 다가가 손을 집어넣는다. 그녀의 이마에 핏줄이 선다. 목구멍에서 새어나오는 가래 끓는 소리가 모닥불 지피는 소리처럼 탁탁탁 분절되어 들린다. 검불같이 삭은 그녀의 몸뚱아리. 어쩌면 후두에 구멍을 내지 말아야 했을지도 모른다. 의사는 말했다. 후두에 구멍을 내는 것은 전적으로 보호자의 의견에 달려 있는 거라고. 나는 의사의 눈빛에서 그녀의 목을 뚫어야만 한다는 강렬한 의지를 느꼈다. 그녀의 임시 보호자였기에 동의를 한 것은 당연한 일이다. 하지만 그녀의 목숨이 경각에 달려 있었는지에 대해서는 지금은 알 수 없다. 그녀의 눈자위에 경련이 인다. 가래가 거의 목구멍까지 가득 차오른 듯 그녀는 숨을 헐떡인다.

누군가 현관문을 세차게 두드린다. 쿵쾅대는 울림에 놀란 그녀가 달팽이처럼 몸을 오므리는 시늉을 한다. 여기 있는 거 다 알아! 남편의 목소리다. 웅덩이를 빠져 나온 후 오피스텔 주변을 배회하다가 내 뒤를 밟기라도 한 걸까. 엘리베이터에서 내렸을 때 오피스텔 복도 끝에 웅크린 동물 같은 그림자를 보긴 했다. 남편이라고는 생각을 못했다. 아니 남편이었어도 상관없는 일이다. 나는 헐렁한 운동복으로 갈아입는다. 이제 두려운 것은 없다. 흡입기계를 꺼낸다. 손에는 비닐장갑을 꼈다. 전원을 올린다. 기잉. 튜브가 펴지면서 기계도 따라 그 몸을 길게 늘어뜨린다. 똬리를 틀었던 뱀이 스르르 몸을 푸는 형상이다. 기계소리가 들리자 그녀의 온몸에 미세한 경련이 일어난다.

나는 그녀의 후두구멍으로 십 밀리미터 굵기의 튜브를 조금씩 조금씩 밀어 넣는다. 가래는 순식간에 튜브에 가득 빨려 들어온다. 그녀의 얼굴이 시퍼렇게 질린다. 나는 튜브를 그녀의 목구멍에서 빼내고 준비한 그릇에 가래를 털어낸다. 가래의 모양이 꾸물거리는 벌레 같다. 다시 그녀의 목구멍으로 튜브를 집어넣었다가 빼는 행위를 반복한다. 그녀의 얼굴이 백랍처럼 창백해진다. 석선을 할 때의 느낌은 힘센 남자가 목을 조르는 느낌이라고 누군가 말하는 것을 들었다. 그렇다면 나는 그녀의 목을 하루에 두세 번씩 조르는 셈이다. 두세 번씩 그녀의 목을 쥐락펴락 조르는 일이 그녀의 목숨을 부지하게 만드는 일이었다.

남편은 계속적으로 현관문을 두드렸다. 그러다가 현관문에 몸을 내던지는지 퍽퍽 소리가 벽면까지 울린다. 거기 있는 것 다 알아. 남편은 또 한 번 외친다. 남편답지 않은 목소리다. 그녀가 숨을 할딱거린다. 실낱같은 숨이다. 이물질로 가득한 목구멍에서 새어나오는 숨소리는 나까지 밭은숨을 내쉬게 만든다. 어둠 속을 지나가는 바람이 창문을 흔든다. 그녀의 가래 끓는 소리와 바람소리가 뒤섞여 사막의 거대한 돌풍이 한꺼번에 휘몰아치는 듯하다. 나는 흡입기계의 전원을 끈다. 그녀의 출렁거리던 가슴께가 잦아든다. 등 뒤에서 그녀의 숨소리가 차츰 잦아든다. 더 이상 내게 아무것도 들리지 않는다. 다만 그렁거리던 그녀의 가래 끓는 소리만이 이명처럼 남는다. 나는 가만히 서서 십오 층을 휘돌아 지나가는 바람소리를 듣는다.

이윽고 현관문을 열었다. 남편은 뿌리 없는 나무처럼 문에 들어서자마자 앞으로 무너지듯 무릎을 접는다. 그녀의 모습을 바라본 남편이 울기 시작한다. 나는 생전처음 남편의 울음소리를 들었다. 아이를 잃은 후에도 결코 눈물을 보이지 않던 남편의 우는 모습을 나는 망연히 바라본다. 남편의 울음소리에 그녀의 글그렁거리던 숨이 되살아나는 것 같다. 그녀는 아직도 숨의 꼬리를 잡고 있는 걸까. 나는 현관문을 닫고 밖으로 나왔다.

오피스텔 복도 막다른 곳에 이르러 창문을 열었다. 창문에 매달려 아우성치던 황사가 와락 얼굴을 뒤덮는다. 나는 품속에서 베일을 꺼내 넘실거리는 황사를 향해 힘껏 던졌다. 베일은 새처럼 공중을 한 바퀴 선회하더니 시야에서 천천히 사라져갔다. 나는 창문을 닫고 비상구를 통해 계단을 내려오기 시작했다. 어디선가 짐승 같은 울부짖음이 들려왔다. 마지막 계단에 발을 내디뎠을 때 황사는 더 이상 보이지 않았다. 발걸음이 점점 가벼워졌다.

당선소감 : 이은미

소설은 내게 삶의 미로이자 실타래
올곧게 나갈 것

    시리고 시린 가슴이 뻥 뚫립니다. 허허로운 사막을 홀로 걷다가 신기루를 만난 느낌입니다. 가장 힘들고 처절할 때 보물처럼 찾아온 귀한 낭보…… 아리아드네가 건넨 실타래를 생명줄처럼 부여잡은 테세우스가 미로를 탈출할 때 이런 기분이었을까요. 소설은 제게 삶의 미로이자 실타래였습니다. 그런 양면성이 저를 오랫동안 소설 곁에 머무르게 한 것 같습니다. 테세우스는 미로를 빠져나온 후 아리아드네를 버렸다고 합니다. 소설은 그렇게 피하고 싶은 천형일지도 모릅니다. 그렇지만 오늘도 저는 그 미로 속을 헤맵니다. 어디선가, 제게 툭 던져질 실타래를 놓치지 않을까 전전긍긍하면서 말입니다.

    창문을 열면 눈꽃이 만개한 길이 보입니다. 그 길 위에 수없이 많은 발자국이 찍혀 있습니다. 가만히 뒤돌아보면 하나였다가 둘이었다가 뭉크러지고 짓밟히고 뒤섞인 많은 발자국들이 보입니다. 이젠 남겨진 발자국을 돌아보기보다는 앞으로 나아갈 발자국의 모양을 신경 쓸 나이가 됐습니다. 어떤 사람이 예수님과 사막을 걷고 있는데 두 사람의 발자국이 나란히 찍혀 있던 사막에 어느 새 한 사람의 발자국만 남아 있었다고 합니다. 황망해진 그 사람은 "왜 나만 홀로 남겨 두십니까" 하고 예수님을 원망했습니다. 그러자 예수님은 "네가 너무 힘들어해서 내가 너를 업고 걸어왔단다" 라고 말씀하셨습니다. 고통 속에서도 나를 업고 걸어

65

오신 예수님처럼 묵묵하고 올곧게 앞으로 나아갈 것입니다. 그 동반자 역할을 할 든든한 소설이라는 빽도 생겼으니까요. 뽑아주신 심사위원 선생님들, 정말 감사합니다. 사랑하는 우리 가족들, 항상 든든한 지원군 역할, 앞으로도 평생 부탁합니다. 모두 고맙습니다. 조금 늦은 나이지만 열정만큼은 물 만난 고기처럼 항상 파닥파닥 숨죽지 않는다는 것을 오래도록 증명해보이겠습니다.

상징물의 위트·스토리텔링에서 높은 점수 받아

　단편소설은 뚜렷한 주제 하나를 단순하고 통일된 사건으로 압축해 인생의 단면을 극명히 표현해야 하므로, 간결 정확한 문장, 설령 비극을 이야기할지언정 미소를 떠올리게 하는 해학적 여유로움, 세상만물을 긍정적으로 바라보는 따스한 시선, 결말의 반전(反轉)이 요건이다.

　이것은 체홉, 모파상, 헨리 같은 대가들이 예전에 이미 정립해놓은 '단편문학의 정석'인데, 신진들 작품에서 이런 맛깔스런 '소설미학'을 기대하는 것은 지나친 욕심인지 모르겠다.

　예심을 거쳐 본선에 올라온 아홉 편은 각각 나름의 개성과 자질이 엿보이지만, 이 중에 소설적 완성도가 비교적 높은 〈금요일의 남자〉와 〈바람의 노래〉 두 편을 일단 골랐다.

　〈금요일의 남자〉는 평범한 정년퇴직자가 후쿠시마원전 폭발사고를 계기로 방사능 오염공포에 민감해져 회복불능 정신병자가 되어가는 과정을 아내의 안타까운 시선을 통해 추적한 작품인데, 그 갑작스러운 병적 심리악화의 필연성이 납득되지 않아 아쉽다.

　〈바람의 노래〉는 놀이공원에서 아이를 잃고 파경에 든 별거부부의 후일담이다. 아이 실종이 남자가 내연녀와의 통화에 몰두한 부주의 때문이고, 곡비(哭婢) 아르바이트로 생계를 유지하는 여자는 식물인간이 된 그 내연녀를 자기 오피스텔에 숨겨 가학적으로 돌보며, 이 사실을 알아버린 남편의 경악과 절망이 작품의 큰 틀을 이루고 있다.

복잡한 구성과 사건 연결고리의 작위가 껄끄러우나, 황사와 검정베일을 상징물로 배치한 위트, 소설의 첫째 덕목인 스토리텔링에서 높은 점수를 받았다.

　당선을 축하하며 꾸준한 정진을 당부한다.

경향신문 사익찬

본명 김다혜
1991년 서울 출생
동국대 문예창작학과 3학년 재학 중

아버지 말이 맞았어. 진짜 거기에 몸이 딱 맞는 거야. 안에 들어 있던 건 어쩌고? 밖으로 빼놨어? 몰라, 뺐는지 그대로 뒀는지. 아무튼 아버지가 들어가실 여유는 충분했어. 그런데 아버지가 금고 안에 들어가고서 그러시더라고. 뭐라고? 문을 좀 닫아달라고. 뭐? 추우니까, 문을 좀 닫아달라고 그러셨어. 그래서 어떻게 했어? 누나가 황당하다는 얼굴로 나를 보았다.

경향신문

입체적 불일치

사익찬

    당숙이라는 사람은 세 가지 사실을 알려주었다. 수의사였던 아버지가 죽었다는 것, 커다란 금고 하나를 남겼다는 것, 허언증이 심한 이복누이가 감옥에 들어가 있다는 것. 얼른 오는 게 좋겠구나. 조금 급박한 어조였지만 냉정을 잃지 않은 채로 당숙이 말했다. 더 묻고 싶은 게 있니? 나는 모든 것이 궁금했으나 당숙과 나의 관계를 따져보아 하나를 먼저 물었다.

    금고라고요? 그래, 금고. 무슨 금고지요? 무슨 금고긴, 금고가 금고지. 뭐가 들었는지 묻는 거냐? 당연한 말이었다. 연을 끊고 지내던 아버지는 죽었고 누이는 감옥에 들어갔다. 당숙이 말한 세 가지 사실 중에서 나와 유일하게 관련이 생길 수 있는 것이 있다면 금고뿐이었다. 마침 잘 말했다. 안 그래도 금고 때문에 골치가 아프려던 차였다. 그게 보안 시스템이 좀 특이하다던데. 뭐라더라, 홍채인식이라던가.

    아저씨, 아버지가, 눈을 감으셨습니까? 그래, 어젯밤에 돌아가셨다니까. 아니요, 그게 아니라……. 나는 더 이상 묻지 않았다. 아버지를 보지 않은 지도 벌써 이십 년이 넘어버렸다. 그런 와중에 잘 알지도 못하던 당숙에게서 대뜸 부고 통보를 전해 듣다니. 나는 이 상황을 이해할 수 없었지만 그것은 당숙에게도 마찬가지일 터였으므로 더 자세한 것을 묻는 일은 자제하기로 했다. 밤 열시쯤이었다. 전화를 끊는 것이 서로에게 도움이 될 것 같은 시간이었다.

아버지의 얼굴이 맥락막 뒤편에 찬찬히 떠올랐다. 오목한 이마며 굵은 쌍꺼풀, 투박한 두 개의 콧볼, 깨진 턱의 흉터 같은 자잘한 부위들이 기억 속에서 산발적으로 튀어나오면서 하나의 '아버지'를 빚어내기 시작했다. 그것은 초상화라기보다는 콜라주에 더 가까울 법한 형상이었다. 즉각적으로 조립된 그 괴상한 몽타주는 "나는 네 아버지다" 하고 입을 빠끔거리고 있었다. 그러나 그 몰골이 너무나 형편없던 나머지 나는 그만 몽타주의 주장을 쉽게 무시해버리고 말았다.

나는 그때 또 다른 얼굴을 기억해내야 할 필요성을 느꼈다. 나처럼 아버지를 알고 있을 내 기억 속의 다른 누군가에게 이 몽타주의 신원을 확인해줄 수 없냐고 묻고 싶었던 것이다. 증인이 되어줄 수 있는 사람은 얼마 되지 않는다. 아버지와 나를 동시에 아는 사람이라곤 어머니와 이복누이 정도. 그러나 누나의 얼굴은 아버지만큼이나 본 지 오래되었고 어머니는 별로 생각하고 싶지가 않다. 어머니를 애써 떠올렸는데 그런 어머니가 내가 어머니를 기억하기 싫은 것만큼이나 아버지를 보고 싶지 않다고 할지도 모르고, 이건 절대 네 아버지가 아니라고 내게 호통을 칠 수도 있기 때문이다.

진짜 아버지의 얼굴은 기억나지 않는데 내가 기억해놓은 아버지의 모습은 뇌리에서 사라지지 않는다. 그렇다면 나는 분명 아버지를 기억하고 있는데도 엉뚱한 사람을 기억하는 꼴이 되는 걸까. 어쩐지 아버지의 몽타주가 자꾸만 비참해지고 있는 것 같아 나는 그만 증인 찾기를 포기하고 다시 아버지의 얼굴을 바라보았다. 몽타주는 눈을 꿈뻑거리며 내가 네 아버지라니까, 하고 우물거리고 있었다.

아버지는 죽었고 아버지의 동공은 이제 빛을 빨아들이지 못하게 되었다. 그것은 홍채가 아주 느슨해져버렸기 때문이고, 안구를 조절하는 시

신경이 움직이지 않게 되었기 때문이고, 좀 더 근본적으로는 뇌가 모든 근육의 행위를 정지시켰기 때문이다. 뇌가 꺼짐과 동시에 그 속에 저장되어 있던 사람들이 모두 다 죽어버렸다. 몇 명이나 그 안에서 몰살당했을까 생각해보았지만 가늠할 수가 없었다. 그래도 아버지는 수의사였으니까 사람보다는 동물을 더 많이 기억하고 있었을 것이다.

사람 대신 동물이 한꺼번에 구제역을 치르듯 그렇게 처형당한 게 차라리 다행이지 않을까 싶다가도 아버지는 명색이 수의사, 그것도 대동물 전문 수의사였는데 온갖 동물을 치료하기 위해 평생을 투신한 당신의 치하를 따져보자면 그런 유치하고 단순한 비교는 금물이라는 생각도 들었다. 동물을 위해 살았던 아버지. 동물밖에 몰랐던 아버지. 그래서 어머니와 헤어질 수밖에 없던 아버지…… 아버지가 마지막으로 본 것은 무엇일까. 아버지는 마지막으로 무슨 생각을 했을까.

아버지는 세상에 존재하는 어떤 것에게도 이제 시선을 나눠주지 못한다. 그것은 아버지의 눈빛에 의미가 사라져버렸다는 뜻이다. 적어도 산 사람에게는 그러한데, 문제는 금고에게만큼은 그 눈빛이 유효한가 하는 것이었다. 어디서든 불빛만 있다면야 죽은 자의 눈에도 빛이 담길 것이다. 눈이 부패되어 홍채에 변질이라도 일어나지 않는 한 금고는 여전히 아버지의 눈빛을 읽을 수 있다. 눈을 통해 소통할 수 있다는 점에서, 그리고 금고가 소통할 수 있는 유일한 상대가 아버지라는 점에서 아버지의 눈빛은 아직 의미가 있었다.

아버지의 흔적이 저장되어 있는 금고. 적어도 아버지의 일부 한 가지는 뚜렷이 기억하고 있는 금고. 평소에 금고를 열어놓고 다니는 사람은 없다. 그 말인즉 아버지가 금고를 열어둘 경황도 없이 죽었을 거라는 말이다. 아버지의 발인 전에 금고를 열 수 있을까. 나는 지금 아버지가 땅에 묻히기 전에 아버지의 시신을 홍채인식기 앞에 옮겨 눈알 한 쪽을 가져다 대고 싶은 충동을 느끼고 있었다. 오른쪽이든 왼쪽이든 상관은 없다. 오른쪽이 틀리면 왼쪽을, 왼쪽이 아니라면 오른쪽을 갖다 대면 그만일 테니까. 어차피 두 눈 사이의 간격은 5㎝ 정도밖에 되지 않았다.

그러니까 아버지가 묻히기 전에. 아버지의 눈이 썩어버리기 전에. 아버지의 수정체 안에서 구더기가 아늑하게 들어앉아 알을 까기 전에. 그전에 아버지를 금고 앞으로 모실 수만 있다면. 혹시 아버지의 눈알만이라도 따로 끄집어내어 보관할 수는 없을까. 터무니없는 이야기지만 지문인식이었더라면 정말 손가락 하나를 어떻게 했을지도 모르겠다. 당숙이 내게 서둘러 내려오라고 한 것 역시 어떤 동의를 구하고 싶기 때문은 아닐까. 여는 데에 얼마나 걸릴지 모르는데, 그럴 바에야 죽은 시신의 눈꺼풀을 잠시 열어 인식기 앞에 갖다 대는 것은 수가 아니겠냐는. 물론 그것은 시신에 대한 적절한 예우가 아니다. 그러나 금고 문을 열어야 한다는 사실에는 변함이 없다.

　또 한편으론 농촌의 대동물 수의사였던 사람이 얼마나 대단한 걸 가지고 있었겠느냐는 데에도 생각이 닿았다. 그것을 억지로 열어봤자 허탕만 치는 게 아닐까. 문을 열었는데 그 안에 허접쓰레기 같은 것들만 가득하다면, 그야말로 김빠지는 일이었다. 물론 아버지에게 그 안에 든 물건은 아주 의미 있고 소중한 것일 수 있다. 거기서 나오는 것이 쓰레기든, 보물이든, 그것은 아버지가 내게 남긴 유산이다.

　당숙과 전화를 끊고 고민을 거듭하다가 나는 친구 성혁에게 전화를 걸었다. 벌써 열두시 반이었지만 성혁이라면 아직 잠자리에 들지 않았을 거란 확신이 쉽게 그의 번호를 누르게 했다. 아니나 다를까, 그가 전화를 받았다. 새로 금고가 하나 생길 것 같아. 금고가 필요해진 모양이지? 그렇게 묻는 성혁의 질문 속에는 금고를 새로 장만할 정도로 진귀한 무엇이 내 수중에 들어오지 않았나 궁금해하는 눈치가 있었다. 나는 아버지가 돌아가셨다고 했다. 그는 금고를 아버지의 유산에 대한 은유라고 생각했던 모양인지 축하할 일이라고 했다. 아버지가 돌아가신 게? 죽음과 유산은 별개의 문제지, 하고 키득거리는 성혁은 죽음과 유산이 일맥상통하는 문제라고 판단하고 있었다. 오랫동안 왕래 없이 살던 늙은 아버지의 소식이 별안간 들렸는데 빚 문제나 부양 문제 따위가 아니라 유산 상속에 관한 것이니 어떤 의미에서는 희소식이라는 것이었다.

희소식인 걸까. 3년 전 집을 마련한다고 대출한 돈이 있다. 얼마 갚지도 못했는데 천정부지로 이자가 붙고 있었다. 이로써 내가 금고에 기대를 걸 만한 이유 하나쯤은 충족된 셈이다. 나는 성혁에게 홍채인식금고에 대한 이야기를 들려주면서 너라면 어떻게 할 것이냐고 물었다. 성혁은 대단히 흥미롭다는 듯이 농촌 대동물 수의사의 거대한 비밀이란 무엇일까, 하고 내게 다시 반문했다. 성혁은 이번엔 금고와 비밀을 동일시하고 있었다. 물론 거대한 비밀 같은 것이 있을 리 없었다. 거대한 것은 아버지의 금고뿐이었다.

요즘엔 금고가 정말 흔한 물건이란 말이지. 우리 집에도 작은 금고가 있어. 열쇠로 여는 것인 데다 열쇠의 여분도 두 개나 되지. 싸구려지만, 어쨌든 잠그는 데에는 문제가 없어서 금고라 부를 만해. 너는 금고에 뭘 넣어두었지? 내가 물었다. 쓸데없는 것들. 성혁이 대답했다.

쓸데없는 것? 정말 중요한 것은 금고에 넣지 않아. 와이프가 의심할 테니까. 금고에 귀중한 것을 넣고 싶다면 금고 자체의 존재를 숨겨야 해. 금고는 기만적인 물건이야. 보는 순간 마치 소중한 것이 들어있을 것만 같은 기대를 하게 되잖아? 나 같은 경우에는 아내와 연애시절에 주고받았던 편지 따위 같은 것들을 넣어 두었지. 아내가 열어보았을 때 보고 기뻐할 만한 것들 말이야. 누구도 탐하지 않을 만큼 사소하고 자질구레한 것이지만, 거기 들어있을 만한 설득력을 갖추고 있는 것들. 그러나 실제로 내가 그 안에 넣어둔 것은 아내에 대한 두려움이야. 부록으로 불신도 함께 넣어두었지. 내가 정말 그 안에 뭔가를 내 의지대로 넣을 수 있다면, 나는 절대 구겨진 종이쪼가리 따위를 넣어두려고 하진 않았을 거야. 나는 말없이 성혁의 이야기를 듣기만 했다.

나는 종종 편지를 바꿔치기해서 이혼서류를 넣어두는 상상을 해. 그렇게 해도 크게 달라지는 것은 없어. 어차피 아내는 접힌 종이를 펴볼 생각이 없을 테니까 죽을 때까지 그걸 연애편지라고 믿고 살아갈 테지. 진심인가? 내가 묻자 그가 잠시 대답을 망설였다.

진심이야. 그러나 그럴 생각이 없다는 점에서 거짓말이야. 금고를 볼 때마다 아내도 나도 속고 있다는 기분이 들어. 요새는 정말 금고 열쇠를 잃어버리고 싶은 심정이라니까. 그러나 문제는 내가 거기에 뭐가 들었는지 잊어버리는 순간 발생할 테지. 나는 거기에 아주 중요한 게 들어 있을지도 모른다고 착각할 테니까. 너의 문제와도 비슷한 경우지 않나? 아버지의 금고를 발견하자 거기에 대단한 의미를 걸고 싶어진 거잖아. 그렇지?

성혁은 내게 억지로 금고를 열어봤자 실망만 할 뿐이라고 말하고 싶은 듯했다. 실수는 하지 않았으면 좋겠어. 어차피 아들인 네가 가져갈 물건이잖아. 맞는 말이었다. 금고 스스로 도망가지 않는 한, 그 안의 물건은 오로지 아버지의 것으로 남았고, 이제는 자식인 나의 수령을 기다리고 있었다.

고향에 내려가서 맨 처음 만난 것은 당숙이었다. 그는 큰 키에 검은 얼굴을 한 초로의 사내였는데 얼마 전 염색을 한 모양인지 얼마 남지 않은 머리가 유난히도 시커멨다. 내가 당숙 앞으로 걸어가자 그는 주머니에 넣었던 손을 꺼내 내게 악수를 청했다. 그의 손이 너무나 건조했던 나머지 나는 불쾌감을 이기지 못하고 잡은 손을 서둘러 놓아버렸다.

당숙이 나를 데리고 간 곳은 재밖에 남지 않은 집터였다. 한때 아버지, 어머니, 그리고 나와 이복누이가 살던 곳이었다. 아버지는 화재 때문에 죽었다. 실로 엄청난 화재였다. 모든 것이 새까맣게 타버려서 시신조차 찾을 수 없었다. 시신이 다 타버릴 때까지 피어오르는 불을 마을에서 그대로 방치해뒀다는 사실이 나는 도무지 믿기지 않았다. 나도 모르게 숯 더미 앞에서 입을 틀어쥐었다. 사방이 온통 아버지의 잔해들로 보였다.

나보다 앞서 마을 이장을 만났던 당숙은 벌써 경찰서에 다녀온 참이라고 했다. 뜸을 들였더군. 당숙이 눈썹을 만지작거리며 내게 말했다. 서울에서 처리해야 할 일이 좀 많았습니다. 제약회사에서 일한다고? 네, 약을 팔고 있습니다. 나는 히죽 웃었다. 자네, 이복누이를 알고 있지? 그 정신이 좀 이상한 여자 말이야. 당숙은 고개를 절레절레 흔들었다. 집에 불을 낸 게 네 누이야. 누나라면 불가능한 일은 아니겠군요. 나는 정말 그렇게 생각했다. 누나라면, 그럴 수도 있었을 것이다.

누나가 어릴 때 아버지의 첫 번째 부인은 누나와 함께 음독자살을 시도했다. 그 결과 친모는 사망했지만 누나는 운 좋게 살아남았다. 부인의 자살 이유까진 알 수 없다. 아무도 나에게 그 사실에 대해 귀띔해준 적이 없기 때문이다. 다만 아버지와 이혼하고 나서 한참 후에야 어머니가 그 일을 두고 "그 양반이야 사람 미치게 하는 데에 큰 재주가 있으니까" 하고 비아냥거렸을 뿐이었다.

사람들은 독극물을 마시고나서부터 누나의 머리가 이상해졌다고 했다. 그러나 나는 누나가 말을 좀 잘한다고 생각하는 정도였다. 말은 잘하는데 단지 질 나쁜 말들만 골라서 하는 바람에 문제가 생긴다고. 누나는 태생이 거짓말쟁이였다. 아니, 누나는 죽다 살아난 뒤부터 거짓말만 하게 되었다. 엄마가 자신에게 네스퀵이라면서 농약을 마시게 했다고, 혼수상태에서 깨어난 누나는 주장했다. 어쩌면 그건 정신을 차린 누나가 한 최초의 거짓말일지도 모른다. 어쨌든 불과 일곱 살에 불과했던 누나가 어머니를 속여 약을 먹이고 자기도 따라 마셨을 리는 없다. 누나는 피해자였다. 하여튼 팔자가 좀 기구한 사람이었다.

누나가 열두 살 되던 해에 아버지는 나의 어머니를 두 번째 부인으로 맞았다. 어머니는 아버지의 동물병원에 애완견을 데리고 찾아왔던 견주였다. 당시 어머니는 서울에서 여자대학을 갓 마치고 고향에 내려와 있던 참이었는데 집에서 키우던 페키니즈 한 마리가 마침 발정이 났다. 중성화수술을 시켜야겠다고 생각한 어머니는 마을에 딱 하나 있던 동물병원을 찾아갔다. 그리고 거기서 아버지를 만났다.

먼저 신호를 건넨 것은 어머니 쪽이었다. 어머니는 신중히 개의 고환을 살피는 의사에게서 야릇한 본능을 느꼈다. 말끔한 가운 차림으로 수술에 대해 성심성의껏 설명해주는 의사의 진지한 모습이 꽤나 늠름해 보였던 것이다. 아버지도 어머니의 추파에서 뭔가를 감지했음에 틀림없다. 개를 바라보던 아버지의 눈이 자주 어머니의 얼굴로 향했다.

수술 상처가 다 아물어 개가 수컷의 본능을 완전히 잃어버리기도 전에, 아버지는 어머니를 임신시키는 데에 성공했다. 아무래도 과묵한 시골 수의사였던 아버지는 쾌활하고 당돌한 어머니에게 끌릴 수밖에 없었을 것이다. 아버지가 하루 종일 마주하는 것이라곤 아픈 동물들과 모자란 딸 하나뿐이었다. 그러니까 고단한 홀아비였던 아버지 삶에 어느 날 갑자기 젊고 예쁜, 그야말로 매력적인 어머니가 등장했는데 아버지는 외로웠던 나머지 그런 어머니를 차마 거부할 수 없었던 것이다.

그러나 결혼 후 아버지에 대한 어머니의 생각은 처음과 많이 달라졌다. 수의사의 아내가 되는 것은 생각보다 따분한 일이었다. 아니, 꼭 수의사의 아내였기 때문이 아니라, 시골이란 원래 사람이 쉽게 따분해지는 곳이기 마련이었다. 시골 수의사의 아내로 살기에 어머니는 요리를 잘했다. 피아노를 잘 쳤다. 운전을 잘했다. 애교를 잘 부렸고 싫증도 잘 냈다. 어머니는 한마디로 재능도 많고 감성도 풍부한 사람이었는데, 가진 게 많다는 것은 그것을 충분히 알아봐줄 사람을 필요로 한다는 뜻이었다. 아버지의 시선만으론 부족했다.

아버지는 동네에서 유일무이한 동물병원장이자 농장주들에게 없어서는 안 될 대동물 수의사였다. 아버지는 병원을 지키고 앉아 아픈 애완동물들을 진찰하는 것보다도 전화를 받고 출장을 가는 일이 훨씬 잦았다. 그건 탈이 난 동물들이 다 소나 말, 돼지 같은 대동물들이었기 때문이다. 아버지는 어머니 대신 아픈 동물에게 신경을 쏟기에 바빴다. 아버지는 남편보다는 의사로서 더 유능한 사람이었다. 다시 말해 아버지는 어머니가 아플 때보다 어머니의 페키니즈가 아플 때 더 도움 되는 사람이란 뜻이었다.

시도 때도 없이 차를 끌고 나가는 아버지 때문에 어머니는 아이들과 집에 붙어 있을 일이 많았다. 누나는 학교를 다니고 있었는데 학교 선생에게 말도 안 되는 거짓말을 해서 어머니를 자주 골치 아프게 했다. 어머니가 무슨 훈계라도 하려고 하면 누나는 네스퀵은 싫다며 게거품을 물고 쓰러졌다. 어머니는 누나와 친해지는 것을 포기해버렸다. 집안에서 어머니가 애정을 쏟아부을 수 있는 상대라곤 이제 아들인 나뿐이었다. 그러나 나는 어머니보다도 아버지를 훨씬 더 따랐다. 나는 어머니보다는 아버지를 더 닮은 자식이었다. 말문이 트였을 때 아버지를 먼저 외쳤고, 걷기 시작할 때부터는 아버지만 쫓아다녔다.

어머니가 아버지와 이혼한 뒤 나를 데리고 서울로 간 것은 내가 열한 살 때의 일이었다. 두 사람의 이혼은 내게는 좀 충격적이었다. 아버지가 보고 싶어 힘들었지만 어머니 앞에서 함부로 아버지 이야기를 꺼낼 수 없었다. 서울에서 어머니는 두 번 더 결혼을 감행했고, 두 번 또 이혼했다. 첫 번째 남편은 사업가였고, 두 번째 남편은 중학교 교사였는데 둘 다 아버지보다는 출근과 퇴근시간이 비교적 정확한 사람들이었다. 어머니는 그 사람들에게 깃이 번듯한 셔츠를 다려 입힌 뒤 입맞춤 받는 것을 낙으로 살았다.

남자들은 나에게 친절했다. 새아버지로서 나와 친해지기 위해 그들은 아낌없이 자신만의 장기를 꺼내들었다. 야구 마니아였던 첫 번째 계부의 경우 티켓을 흔들며 함께 야구 경기를 보러 가자고 나를 꼬드겼다. 그러나 어느 날부턴가 자기가 응원하던 팀이 패배한 날이면 분풀이라도 하듯 야구방망이로 내 엉덩이를 사정없이 구타하기 시작했다.

두 번째 계부는 그보다는 정격화 된 방식으로 체벌을 가했다. 어려운 숙제를 내준 뒤 내가 기한 안에 분량을 다 풀지 못하면 손바닥을 대라고 하는 식이었다. 그가 체벌을 위해 사용하던 것은 30센티 자였는데 얼마나 많은 아이들의 손바닥을 내리쳤는지 눈금이 다 사라져 사실상 자라고 부를 수도 없었다.

부정의 권리로 그들이 내게 행사한 폭력 앞에서 어머니는 입을 다물었다. 그러곤 아침마다 더욱 정성스럽게 그들의 넥타이를 고르고 식사에 신경을 썼다. 어머니는 그들에게 언제나 나를 좀 부탁한다고 이야기했다. 지금 어머니는 아버지들에게 건네받은 위자료를 통해 이탈리아에서 평화로운 말년을 보내고 계시다.

누가 함부로 데려갈 엄두를 내지 못해서 마흔이 넘은 누이를 아버지가 그렇게 책임지고 데리고 살았다는 사실은 그럴싸했는데, 그래도 누나가 아버지가 들어있던 집에 불을 지르고 내빼버렸다는 사실은 좀 충격적이었다. 누이 역시 어머니처럼 감당할 수 없을 만큼 분노가 커졌던 걸까. 외로워서, 그래서 방화를 저지른 것일까. 누나 같은 사람에게 아버지를 벗어나는 방법이란 정말 그것뿐이었는지도 모른다. 나는 아버지의 눈알이라도 찾듯, 집 더미를 발로 건드렸다.

자네 누이가 이상한 말을 지껄여댔다는군. 내 발길질을 빤히 주시하던 당숙이 말했다. 누이를 좀 만나보는 게 좋겠는데. 그 전에 금고는 어떻게 된 거죠? 나는 누이의 일이라면 관심이 없었다. 누이가 집에 큰불을 냈고, 아버지는 집과 함께 타버렸다. 그 결과 누나는 죗값을 치르러 감옥에 들어갔다. 아버지의 묘지 안에 들어갈 것이 빈 관뿐이라는 것은 안타까운 일이었지만 어쨌든 장례는 치러야 한다. 그러니까 모두, 종결된 사건이었다. 남은 것은 아버지의 금고였고 나와 당숙 사이에 마무리 지어야 할 일도 오직 그것뿐이었다. 관 속에 아버지를 대신하듯 커다란 금고를 넣을 수도 없는 일 아닌가. 당숙이 입에 담배를 물었다. 그러나 쉽게 불을 붙이지는 못하고 말없이 잔해 더미를 바라보았다.

이복누이는 집 안 구석구석 시너를 뿌렸다고 했다. 어디 한 군데 불길이 미치지 않은 곳이 없었다. 소방차가 도착할 무렵에는 이미 집 스스로가 알아서 소화 작업에 들어간 상태였다고 했다. 거대한 붉은 고양이가 바닥에 납작 엎드린 듯한 자세로 거드름을 피우고 있는 형상이었다. 모든 걸 태워버린 집 안에서 유일하게 발견된 것은 강철로 만들어진 금고 하나뿐이었다. 겉이 좀 새까맣게 그을렸을 뿐, 원체 어떤 상황에서도 내용물을 지키게끔 만들어진 물건은 과연 금고로서의 위엄을 갖추고 화재 속에서 직사각형의 형태로 살아남았다. 물론 내부가 어떨지는 열어봐야 알 수 있었다.

사람들은 부지깽이로 두드리면 부식된 금고를 금방 열 수 있을 거라고 생각하고 있었다. 금고가 내용물을 잘 보관하고 있길 바라면서 그 입구가 쉽게 개봉되기를 바라는 건 모순이었다. 금고제작회사에 문의했을 때 업체 쪽에서는 금고를 여는 것이 시간문제라고 했다. 다만 그 시간이 짧지 않다는 게 문제였다. 더구나 아버지의 금고는 생산된 지 얼마 안 된 튼튼한 새 제품이므로 더욱 많은 시간을 잡아먹는다고 했다. 집에 불이 나기 두 달 전쯤 주문한 거라고 하더구나. 대체 뭘 넣어둘 생각으로 그런 비싼 걸 장만하게 된 건지. 당숙이 혀를 차며 말했다.

세상에 존재하는 금고 중에서 열리지 않는 금고란 것은 없다. 문을 열기로 작정한 사람 앞에서 금고는 어린아이처럼 무력하다. 그러나 그 어린아이는 고집스럽다. 융통성도 없다. 심한 낯가림을 하는 농아처럼 충직하게 제 부모만을 기다린다. 금고는 외부인이 아니라 시간을 버티는 기계였다. 즉 금고의 등급을 결정하는 것은 여는 데 걸리는 시간인데 아버지의 금고는 금고 중에서도 특급에 속한다고 했다. 여는 데 빨라야 보름이 소요된다는 것이다.

보름씩이나? 아니, 금고를 만들었다면서 그렇게 오래 걸린단 말이오? 당숙이 따졌다. 우리는 주인 아니면 열리지 않는 물건을 만들 뿐입니다. 보름씩이나 걸린다면, 그만큼 훌륭한 상품이라는 뜻이지요. 금고업체 직원은 그렇게 설명했다고 했다. 그렇다면 금고를 맡겨두고 기다리면 될 일 아닌가요. 내가 당숙에게 물었다. 아까 자네 누이가 이상한 소릴 했다고 했지? 누나 얘기는 왜 자꾸 하시는지 모르겠네요. 그년이 글쎄 집에 불을 지르기 전에 제 아버지를 금고에 넣었다는 거야.

쇼윈도 안에는 몇 마리의 개들이 목에 이상한 깔때기를 꽂은 채 배를 내밀고 있었다. 어디가 아파 거기 들어가 있는지는 몰라도 꽤나 나른해 보이는 표정들이었다. 나는 한때 아버지의 동물병원이었던 그곳 앞에 서서 오래도록 동물들을 구경했다. 누군가 발견한다면 무척이나 개에게 관심이 많은 사람으로 비쳐질지도 몰랐다. 아버지는 반년 전쯤 이 병원을 처분해버렸다고 했다. 농장주들의 호출에 더 이상 호응하지 않게 되었던 것도 그 시기였다. 일흔이 넘어 노쇠해진 아버지는 아마 동물들을 상대하기가 힘에 부쳤을 것이다.

아버지는 한평생 소들의 산파로 살았다. 소가 출산할 때가 되면 어느 농가에서나 빠지지 않고 아버지를 찾았다. 아버지는 전화가 울리면 시간을 가리지 않고 진찰가방을 챙겼는데 그 안에는 온갖 수술용 도구들이 빼곡히 들어 있었다. 아버지가 차를 몰 때면 나는 자주 조수석을 차지했다. 나는 언제나 아버지처럼 수의사가 되는 게 꿈이라고 망설임 없이 지껄이곤 했다.

아버지가 그런 아들의 손에 쥐어주는 것은 큐브였다. 목적지에 도착하면 아버지는 내게서 큐브를 빼앗아 사정없이 비틀었다. 이것을 다 맞추기 전에 돌아오마. 아버지는 그렇게 단언하고서 차 밖으로 나갔다. 3×3 큐브는 어린 아들의 지루함을 달래기 위해 아버지가 마련한 시간을 버티는 기계였다. 처음엔 정말 그것을 다 맞추기도 전에 아버지가 돌아왔다. 얼마나 집중했던지 아버지가 돌아온 것도 잊을 정도였다. 그것을 풀어봤자 칭찬이나 선물 하나 없이 돌아오는 건 오직 아버지뿐이었지만, 나는 정말 열심히 큐브를 맞췄다. 아버지는 집에 도착하는 대로 내게서 다시 큐브를 빼앗아갔다. 내가 하루 종일 가지고 놀면 금세 큐브에 대한 흥미를 잃을까봐 걱정한 모양이었다.

시간이 지나면서 내가 큐브를 푸는 시간은 점점 줄어들었다. 그리고 얼마 뒤에 큐브는 내게 너무나 쉬운 물건이 되어버렸다. 내가 여섯 면을 맞추는 원리를 완전히 터득해버린 까닭이었다. 그때부터는 큐브를 다 맞춰도 아버지가 돌아오지 않는 것이 일상이 되었다. 나는 아버지에게 시간을 더 주기로 했다. 거의 다 맞춘 큐브를 두세 번씩 다시 돌려놓고서 아버지가 오기 직전까지 완성을 미룬 것이다. 어떻게 보면 그때 나는 실망하지 않기 위해 기를 쓰고 있었는지도 모른다.

한 번은 큐브를 다 풀고 무료함을 이기지 못해 안전벨트마저 풀어버린 적이 있다. 축사로 다가가자 아버지가 소의 가랑이 앞에서 실랑이를 벌이고 있는 것이 보였다. 한참 동안 소의 뒤꽁무니를 쳐다보던 아버지는 빨간 비닐을 팔뚝까지 뒤집어 쓴 채 소의 가랑이에 손을 쑤욱 집어넣고서 사정없이 휘저었다. 그러자 신기하게도 송아지의 두 앞다리가 아버지의 손에 붙잡혀 산도를 빠져나왔다. 아버지는 미끌거리는 송아지 새끼를 쇠난간 위에 걸쳐놓고 주둥이를 사정없이 훑어 내렸다. 송아지는 혀를 빼물고 죽은 듯 늘어져 있다가 한참만에야 메에, 하는 새된 소리를 냈다. 신기했다. 어린 나에게는 무엇보다 신기한 장면이었다. 그 뒤로 심심할 때면 나는 큐브를 두고 소의 출산을 구경하러 갔다.

가끔은 역산이 돼서 송아지의 뒷다리부터 어미의 몸 밖으로 튀어나올 때가 있었다. 그럴 때면 아버지는 농장주에게 어미의 꼬리를 잡으라고 명령한 뒤, 자신은 송아지의 뒷다리를 잡고 힘껏 잡아당겼다. 힘이 달릴 때면 동아줄로 소의 발을 묶어 농장주와 한쪽씩 사이좋게 붙잡고 영차를 외치기도 했다. 소가 넘어지면 아버지는 몇 번이고 소를 걷어찼다. 일어나! 그리고 다시 실랑이. 소는 조용한데 호들갑을 떠는 것은 주로 아버지 쪽이었다. 아버지가 돌아와 더러워진 옷을 벗으면 나는 호스를 잡고 아버지의 몸 여기저기에 물줄기를 쏴댔다. 소의 오물 더미에서 한참을 뒹굴다 온 아버지의 몸에선 비릿한 흙냄새가 났다.

병원 앞에서 너무 오랫동안 서 있었던 탓일까. 아니면 표정이나 행색이 지나치게 수상해 보였던 걸까. 안에 있던 젊은 수의사가 가게 밖으로 나왔다. 필요하신 게 있으세요? 나는 수의사에게 전에 이 병원 원장이었던 아버지의 이야기를 했다. 그러자 수의사는 깜짝 놀라며 자신이 아버지의 제자라고 밝혔다. 그는 나를 반갑게 안으로 맞이했다. 아버지와 꽤 친분이 두터운 모양이었다. 나는 고향을 찾게 된 연유에 대해 말하면서, 혹시 금고 안에 무엇이 들어 있을지 짐작 가는 게 있느냐고 수의사에게 물었다. 글쎄요, 동물을 마취하거나 안락사시킬 때 필요한 약품들을 거기다 보관하시지 않았을까요? 금고를 병원이 아니라 집에다 갖다 두신 이유는 알 수 없지만요.

아버지가 수의사 일을 그만두었던 결정적인 계기는 소의 출산을 도우러 갔다가 그만 흥분한 가축의 뒷발에 얼굴을 얻어맞으면서였다고 했다. 목격자인 농장주 말로는 당시 아버지가 삼 분 정도 기절해 있었다고

82

했다. 피범벅이 된 얼굴로 정신을 차린 아버지는 비틀거리면서 일어나 다시 황소의 뒤꽁무니에 달라붙었다. 지금이 아니면 늦는다고 했다. 아무것도 보이지 않는 상태로, 아버지는 껌껌한 소의 자궁 속을 한참 동안 더듬었다.

간신히 밖으로 빼내고 보니 송아지는 이미 죽어 있었다. 언제나 살아 있는 새끼만을 꺼낼 순 없는 것이지만, 아버지는 상심했다고 한다. 농장주가 병원에 태워다주자 내리면서 면목이 없다, 고 아버지가 말했다. 아버지는 그때 무슨 생각을 하고 있었을까.

나와 열두 살이나 나이 차가 나던 누나는 내가 열 살 즈음에 임신 비슷한 것을 한 적이 있다. 자꾸만 배가 커지는 누이를 보고 아버지는 당장 임신을 의심하며 누이에게 아이 아버지가 누군지 물었다. 그때 아버지와 어머니는 지적 장애가 있는 누이가 어디서 함부로 강간을 당한 모양이라고 생각했다. 아버지의 머릿속에 동네 남자들 얼굴이 차근차근 떠올랐다. 아버지는 기억나는 모든 인물들의 이름을 대며 이 놈이냐, 저 놈이냐, 하고 누이를 닦달했다. 누이는 입을 꾹 다문 채 닭똥 같은 눈물만 흘릴 뿐이었다. 아버지 입장에선 아는 누군가가 딸을 범했다고 생각하면 아마 피가 열 번이고 더 거꾸로 솟구쳤을 것이다. 딸을 강간한 줄도 모르고 범인의 집을 찾아가 그놈 소유인 암소의 출산을 도왔다고 생각하면, 터무니없이 기가 찼으리라.

한참을 섧게 울던 누이는 병원에 가자는 아버지의 말에 드디어 입을 뗐다. 누이의 입을 통해 밝혀진 전말은 뜻밖이었다. 소……, 소예요 아버지. 잘못했어요. 누이는 아이의 아버지가 소라고, 그야말로 자신은 그리스로마 신화의 파시파에 같은 존재라고 말하고 있었다. 그렇다면 누이의 뱃속에 있는 것은 소의 머리에 인간의 몸을 한 미노타우로스라도 된다는 말인가. 당장 작은 요람이 아니라 거대한 미로를 준비해놓아야 할 판국이었다.

누이는 거짓말을 하고 있었다. 아버지는 누이를 끌고 병원으로 향했다. 산부인과에서 의사는 누이를 진찰하더니 상상임신이라는 진단을 내렸다. 그러니까, 누이의 말은 완전한 거짓말은 아니었던 셈이다. 누이는 정말로 소가 아이의 아버지라고 믿고 있었다. 대체 어떻게 된 거냐고 윽박지르는 아버지 앞에서, 누이는 얼마 전 밖에 나갔다가 돌아오는 길에 소를 한 마리 보았다고, 그 소를 보고 자기도 모르게 연정을 품었다고 말도 안 되는 소리를 지껄였다.

소 새끼를 뱄다는 누이의 공갈임신은 삽시간에 동네에 소문이 났다. 누나의 배가 너무 많이 불러서 사람들의 눈총을 샀던 게 일차적인 탈이었고, 단단히 화가 난 아버지가 제 딸을 겁탈한 범인을 절대 가만두지 않겠다고 큰소리치고 다녔던 게 결정적인 말뚝이었다. 우리 집은 동네에서 대대적으로 손가락질을 받았다. 우아하고 고고한 어머니는 어쩌면 그때 아버지와 헤어질 마음을 굳혔던 것일지도 모른다. 참을 수 없는 수치를 준 남자와 남자의 딸을 도무지 용서할 수가 없어서.

네가 올 줄 알았어. 면회를 갔을 때, 누나는 유리로 된 방범창 너머에서 싱글벙글한 얼굴로 나를 맞았다. 즐거워죽겠다는 표정이었다. 나로서는 누나를 만나는 것이 썩 내키지 않는 일이었지만, 누나가 이유에 상관없이 마냥 기분 좋은 표정을 짓고 있기에 나도 마지못해 웃어주었다. 애, 여기는 밥이 맛이 없더라. 도대체 나는 언제까지 여기 있어야 하니? 누나가 물었다. 그러게 왜 집에 불은 지르고 그랬어. 불을 지르긴 누가? 누나가 눈을 동그랗게 뜨며 빽 소리를 질렀다. 집 곳곳에 시너를 뿌린 게 누나잖아. 왜 그랬어? 누나의 반응은 아랑곳 않고, 나는 계속 불을 지른 이유를 채근했다. 나는 안 그랬어. 진짜 안 그랬어. 누나가 고개를 외로 꼬며 말을 흐렸다. 나는 누나가 예전보다 더 형편없이 변해버렸다고 생각했다. 그래, 안 그랬다고 쳐. 누나, 아버지 금고 알지? 금고? 그러엄, 알지. 알다마다. 아버지가 거기에 뭘 넣어 두셨지? 그건 왜? 그냥, 궁금해서. 궁금해하지 마, 큰일 난다 애. 누나는 나름 심각한 표정을 지어 보였는데, 내겐 그것이 영 우스꽝스러워 보였다.

정말 궁금해서 그래. 누나가 거기에 아버지를 넣었다며? 누가 그러니? 당숙이 그러던데. 누나가 그렇게 말했다고. 내가 넣은 게 아니야. 아버지가 들어가신 거야. 누나가 억울하다는 듯 외쳤다. 아버지가 눈을 실명하신 거 아니? 실명하셨다고? 소 뒷발굽에 차였을 때 그만 양쪽 시력을 다 잃어버리신 걸까. 응, 아무것도 안 보였어. 나 없이는 밥도 못 드시고 일도 못 보셨어. 얼마나 고생하셨는지 몰라. 그러면서 누나는 눈물을 뚝뚝 흘리기 시작했다. 아버지가 나도 못 알아보고, 자기도 못 알아보고, 정말 아무것도 못 알아보셨어. 그런데 자꾸 불을 꺼달라고 하시대? 깜깜한 방안에서. 형광등을 꺼달라고 자꾸 그러셨다고. 눈이 따가우시다면서 도저히 잠을 못 자겠다고 그랬단 말야. 누나가 옷소매로 제 눈을 세게 비볐다.

그런데 금고에는 왜 들어가신 건데? 나도 몰라. 그냥 어느 날 보니까 아버지가 금고 앞에 앉아 계셨어. 금고 앞에? 응. 한참을 그 앞에 앉아 계시다가 갑자기 엉금엉금 기어서 그 안에 들어가셨어. 기어 들어가셨다고? 응. 그걸 보고 내가 아버지, 뭐하세요? 뭐하시는 거예요? 그랬더니 아버지가 그러시는 거야. 여기에 내가 들어갈 수 있을 것 같지 않냐고. 그래서 들어가시게요? 하고 물었더니 한 번 들어가 보고 싶다고 하셨어. 그래서 네에, 고개 잘 수그리세요. 하고 뒤에서 밀어주었어. 누나는 흔들림 없는 눈을 하고서, 내게 또박또박 말하고 있었다.

아버지 말이 맞았어. 진짜 거기에 몸이 딱 맞는 거야. 안에 들어 있던 건 어쩌고? 밖으로 빼냈어? 몰라, 뺐는지 그대로 됐는지. 아무튼 아버지가 들어가실 여유는 충분했어. 그런데 아버지가 금고 안에 들어가고서 그러시더라고. 뭐라고? 문을 좀 닫아달라고. 뭐? 추우니까, 문을 좀 닫아달라고 그러셨어. 그래서 어떻게 했어? 누나가 황당하다는 얼굴로 나를 보았다. 닫아달라고 하시기에 닫아드렸지. 당연한 거 아니니? 문을 닫아드리고 아버지 좋으세요? 했더니 참 좋다, 아늑하다, 그러셨어. 기가 막혔다. 누나는 도무지 머릿속이 어떻게 된 걸까.

그걸 어떻게 열 줄 알고. 그건 방이 아니라 금고야. 금고 중에서도 홍

채인식금고야. 아버지 눈이 열쇠라고. 아버지가 밖에서 눈을 대야 그걸 읽고 금고가 열리는 거라고. 아버지가 거기 들어가시면 아무도 그걸 열 수가 없어. 나는 누나에게 거칠게 쏘아붙였다. 그러나 누나는 내가 뭐라고 떠들든 표정 하나 변하지 않았다. 죄수복 안에 손을 쑥 넣고서 몸 여기저기를 긁어대던 누나가 활짝 기지개를 켰다. 글쎄, 아버지가 열어달라는 말은 안 하시던걸.

아버지의 장례식에는 온통 어르신들뿐이었다. 아버지의 도움을 빌리던 인근 농장주 몇몇이 볼이 푹 꺼진 얼굴을 하고서 득시글 모여들었다. 농사일에 치여 살면서도 어두운 외투 하나를 장롱에서 꺼내 걸치고 오는 여유쯤은 구비해둔 모양이었다. 내가 상주의 자리에 앉아 있으려니까 몇몇이 데면데면한 얼굴로 서툰 인사를 하고 지나갔다. 멀리 떨어진 거리에 자리를 잡고 앉아 나를 멀거니 쳐다보던 그들은 어쩌다 눈이라도 마주치면 금세 소같이 순박한 표정을 지어 보였다. 개중엔 나를 기억하는 듯한 이도 있었으나 나는 끝내 그들을 알아보지 못했다.

처음엔 함부로 말을 걸기 꺼리는 눈치더니 술을 좀 마시고는 나를 붙잡고 생전 아버지에 관한 이야기들을 꺼내놓기 시작했다. 검은 옷을 입은 내가 신부로 보이기라도 하는 모양이었다. 다들 시시콜콜한 일화들을 고해성사처럼 풀어내는데, 종내에는 아버지가 얼마나 좋은 의사였는지를 입을 모아 이야기했다. 동물 고치는 덴 아주 귀재였다니께. 동물 맴을 어뜨케 다 알아 듣구 그러코롬 강단지그 고쳐내는지. 여그 사람들 다 동물로 벌어먹고 사는 사람들인디 이 농촌 바닥에서 너그 아부지 없었으면 우린 진즉 망해브렸어. 그러면서 농장주 몇이 하얗게 튼 손등으로 눈물을 훔쳐냈다. ……미칠 노릇이었다.

같은 얘기를 계속 듣고 있자니 어르신들의 손을 잡고 그 손바닥 위에 내 귀 두 짝을 가지런히 내려놓은 뒤 자리를 비우고 싶은 심정마저 치밀었다. 이제 겨우 만 하루가 지나고 있었다. 병풍 뒤에는 아버지가 없었지만, 모두 아버지의 혼령이 여기서 벌어지는 대화를 엿듣기라도 하는 듯 점잖게 행동하고 있었다. 그들은 해장국에 밥을 말아 먹고 막걸리를 돌려 마신 뒤 새벽녘이 되어서야 조용히 취해 돌아갔다.

장례식이 이어지는 동안 나는 내내 당숙의 집에서 머물렀다. 당숙 내외와 조카들은 홀대도 환대도 아닌 애매한 태도로 나를 대했는데 그래서 차라리 마음 편히 그 집에서 지낼 수 있었다. 거실 한복판에서 얼굴이 마주칠 때면, 당숙은 내게 여기까지 내려와서 고생이 많다고 했고, 나는 오히려 수고롭게 도와주서서 고맙다는 말을 했다. 우리는 번번이 같은 말을 주고받았다. 이런 인사치레 같은 대화들도 금고가 열리면 끝이었다. 조만간 금고업체에서 연락이 올 것이다. 당숙과 나는 그 안에 아버지가 없다고 굳게 믿고 있었지만, 나는 정말 그 안에 아무것도 들어 있지 않기를 바랐다.

장례식이 끝나는 마지막 날, 꿈을 꿨다. 까맣게 그슬린 아버지의 금고가 폐품처럼 앞에 놓여 있었다. 무릎걸음으로 그 앞에 다가가 살펴보니 문틈이 슬쩍 벌어져 있었다. 나는 그 앞에 쭈그리고 앉아 틈 사이에 조심스럽게 손을 밀어 넣었다.

금고에는 큐브가 들어 있었다. 여섯 면이 모두 검은색이었다. 아무리 돌려도 풀 수 없고 어떻게 돌려도 완성되는 이상한 장난감이었다. 앞면과 뒷면을 붙잡고 한 바퀴를 감았을 때, 스르륵, 금고문이 닫혔다. 다시 열려고 했을 땐 꿈쩍도 하지 않았다. 나는 우두커니 금고를 바라보다가 아버지, 하고 불러보았다. 대답이 없자 노크를 했다. 그러나 여전히 조용하기만 했다.

등단이란 목적 위해 창작 고통 참으며 달려

크리스마스 날, 스물다섯을 목전에 둔 내가 평생에 단 한 번뿐인 글을 쓰고 있다. 2015 을미년에 1991년생 양띠인 내가 등단하기까지 딱 24년 만큼의 시간이 걸렸다. 문예창작학과에 들어간 뒤 오직 등단이라는 목적 하나만을 바라보며 달려왔다.

때로는 조급하게, 때로는 너무나 간절하게. 앞으로 더 오랜 시간 지독한 고민과 고독 속에서 나 자신과 맹렬한 사투를 벌여야 할 것이다. 그러나 힘든 일이라곤 생각지 않는다. 창작의 고통이 곧 쾌락이다. 글에 미친 마조히스트처럼 고통을 만끽하기 위해 멈추지 않고 소설을 쓴다.

재학 중에 많은 훌륭한 분들을 만났다. 문학의 지평을 크게 넓혀주셨던 나의 정신적 아버지 황종연 교수님, 일학년 때부터 지금껏 쭉 성장기를 지켜봐주신 장영우 교수님, 항상 잘될 거라고 자상하게 격려해주신 이장욱 교수님, 소설 읽어달라고 귀찮게 따라다녔던 서희원 교수님, 언제나 칭찬을 아끼지 않아주신 든든한 지원군 복도훈 교수님, 긁지 않은 복권이라고 말해주신 김개영 선생님, 꾸준히 크고 작은 도움을 준 이갑수 오빠, 송지현 선생님, 축하해준 동국대 문예창작학과 12 동기들, 선후배들, 모두 감사합니다. 대학 시절 내내 친자매처럼 지냈던 경란, 다원, 다영, 유안, 우리 늘 함께 가자. 엄마, 아빠, 딸이 잘할게. 울지 마. 그리고 사랑스러운 나의 성혁, 흠잡을 데 없는 인격의 소유자인 네가 내 남자라서 너무 기쁘다. 마지막으로, 무수한 작품들 가운데에서 '입체적 불일치'의 가능성을 눈여겨보고 뽑아주신 심사위원분들께 진심어린 감사 인사를 드리는 바다. 내 손을 벗어나 내가 없는 곳에서 꿋꿋이 살아남아준 작품에게도 고맙다.

소설 다루는 솜씨 뛰어나 다음이 더 기대돼

예심을 거쳐 본심에 올라온 작품은 모두 10편이었다. 이들 작품을 놓고 선자들은 전반적으로 현실 환기력이 떨어진다는 데 의견의 일치를 보았다. 소설이란 무릇 상상력을 바탕으로 현실을 재구성해 삶의 지속 가능성을 묻는 장르이다. 하지만 대부분의 작품들이 파편적이고 모호한 장면의 나열에 그치면서 공감의 문턱을 넘지 못하고 있다는 인상을 받았다.

젊은 세대의 왜소해진 의식을 반영한 것일까? 이상의 얘기들이 오간 끝에 '터널' '오늘의 날씨' '숨바꼭질' '입체적 불일치' 네 편으로 압축해 놓고 다시 논의를 진행했다. '터널'은 비교적 안정된 문장으로 이야기를 끌고 나가다 후반부에 이르러 서사체계가 붕괴 되었다. '오늘의 날씨'는 그 어조와 톤이 호소하는 여운에 시선이 끌렸으나, 막상 구체적인 주제 제시가 없어 모호하다는 느낌을 받았다.

'숨바꼭질'과 '입체적 불일치'를 두고 선자들은 긴 시간에 걸쳐 논의를 거듭했다. 치열한 경합을 벌였던 게 아니라, 어느 쪽도 당선이 주는 무게감을 지탱하기에 한 움큼씩 부족하다는 의미에서였다. 무려 1200여편이나 되는 응모작 중 단 한 편에 해당하는 소설이기에 더욱 까다로운 심정이 되었다. 우여곡절 끝에 '숨바꼭질'이 제외되었는데, 이 작품은 주제의식이 뚜렷한 데 비해 별다른 전술적 시도 없이 이야기가 수평적으로 흘러가면서 독창성이 결여된 작품이 되고 말았다.

그렇다면 '입체적 불일치'가 과연 단 한 편의 돌올한 소설일까? 심사가 끝나고 나서도 선자들은 의구심이 포함된 여운에 사로잡혀 있었다. 소설을 다루는 솜씨는 그중 뛰어났으나, 지나친 기교와 서사가 뒤틀리는 장면도 간간이 목격되었다. 또한 문제의식이 부족하다는 느낌도 끝내 지워내기 힘들었다. 그럼에도 이 작품을 당선작으로 결정한 것은 온전히 하회(下回)에 대한 뜨거운 기대 때문이었다. 당선을 축하하며 부디 좋은 작가로 거듭나기를 바란다.

광남일보 김유현

1978년 안동 출생
2002년 장안대학 문예창작과 졸업
2007년 경기문화재단 사이버 문학상 (산문부분) 입선
초등 독서토론 및 글쓰기 지도사 활동
한국방송통신대학 국어국문학과 휴학 중
파주출판도시 출판유통회사(북센) 근무

　남편은 흔쾌히 내 말에 동조해주었다. 마치 기다리고 있었다는 듯 개의치 않는 표정으로 남편은 내게 이혼의 이유조차 묻지 않았다. 그동안 당신에게 나는 무엇이었나? 사진 속 남편은 그저 눈을 크게 뜬 채 웃고만 있었다. 결혼사진은 버리기로 했다. 결혼사진뿐만 아니라 남편이 깃든 모든 흔적을 없애기로 하고 사진을 검은 봉투 안에 따로 모았다. 의외로 남편이 채웠던 자리는 꽤 넓었다.

광남일보

터닝 포인트

김유현

    이정표를 다시 확인한다. 길을 잘못 든 걸까. 내비게이션이 알려 준 대로 왔을 뿐인데, 지금 앞에 보이는 이정표엔 엉뚱한 지역 이름이 쓰여 있었다. 또랑또랑한 안내 음성이 귀에 거슬린다. 신뢰를 잃어버린 목소리는 더 이상 확신을 주지 못했다. 다음 안내시까지 직진…. 전원을 끄자 차안이 조용해진다. 부유물처럼 떠다니던 기계음이 사라지자 복잡했던 머릿속이 한결 맑아진다. 얼어붙듯 뻣뻣해진 고개를 뒤로 한껏 젖힌다. 아귀를 맞추듯 목뼈 쪽에서 우두둑 소리가 난다. 4시간째 운전대만 잡고 있었다. 차로는 초행길이라 긴장도 됐거니와 내비게이션이 알려 준 방향대로 운전을 하다 보니 숨 돌릴 틈이 없었다. 길을 잘못 든 걸 알았을 땐 불현듯 엄습한 불안감에 쉴 여유조차 잊고 있었다. 오랜만에 느껴보는 긴장감이었다. 예전, 유년의 길 위에서 목적지를 잃었을 때 느낀 감정이랄까. 아무튼 그런 막연한 위태로움에 머릿속이 잠시 복잡했다. 백미러를 통해 슬쩍 뒷자리로 눈을 돌린다. 창밖을 내내 바라보던 딸아이가 한쪽으로 몸을 기울인 채 잠들어 있다. 뒤쪽으로 손을 뻗어 아이를 좌석에 반듯이 눕힌다. 부산한 손길에 잠시 뒤척이던 아이가 다시 깊은 잠에 빠져든다. 머리를 쓸어 올리며 아이를 바라본다. 마치 쟤가 장시간

운전이나 한 듯 노곤한 모습이다. 파도처럼 넘실대는 딸아이의 숨결에 피로와 졸음이 한꺼번에 몰려든다. 쉬고 싶은 생각이 간절하다. 다시 고개를 들어 이정표를 바라본다. 내비게이션이 가리킨 대로라면 분명 이 길이 맞는데…… 지도를 손에 들고 차문을 연다. 4시간 만에 맞이한 바깥 공기는 서슬처럼 차가웠다. 점퍼를 입고 나와 오그라든 몸을 푼다. 지방도라서 차들은 많이 오가지 않았다. 멀리 오리탕 간판 하나만 덜렁 눈에 보일 뿐 인적이 드문 길이라 주위는 한산했다. 차 보닛 위에 겹겹이 포개진 지도를 펼친다. 이정표에 나와 있는 도로와 지명을 찾아보지만 쉽게 눈에 띄지 않는다. 이토록 좁은 땅덩어리에서도 길 하나 찾기가 이리 힘든데…… 만약 미국이었다면 어땠을까. 생각만 해도 혀가 입 밖으로 비쭉 튀어나온다. 미국이었다면 차라리 집 안에 틀어박혀 있는 게 더 나을지 모른다. 나 같은 길치에겐…….

언제 가니? 다음 주 월요일이요. 으응, 그렇구나…… 말끝을 흐린 고모의 어투엔 못내 아쉬움이 서려 있었다. 자신이 권했으면서도 한편으론 죄책감을 느끼던 고모였다. 고모는 자신이 우리 모녀를 밖으로 내몬 것 같아 기분이 좋지 않다고 했다. 작은아버지가 잘 챙겨 주실 게다, 거기서 크게 목장도 하고 있으니 생활하는데 불편함은 없을 거야. 그리고 넌 영어강사도 했으니까 소통엔 문제없을 테고……. 이민을 생각한 건 올 초 사촌동생 결혼식에 참석한 작은아버지를 만났을 때였다. 마흔 후반에 이민을 간 작은아버지는 미국 서부지역에서 크게 목장을 운영하고 있었다. 그래서였을까. 이민을 간 뒤론 외모에서부터 풍기는 언행이 마치 서부영화에나 등장할 법한 사나이처럼 자유분방해보였다. 같은 형제였지만 웅크린 듯 고지식한 아버지와는 다르게 작은아버지는 성격부터가 남달라 어렸을 때부터 내겐 선망의 대상이었다. 사춘기 시절, 작은아버지가 우리 아빠였으면, 하고 바란 적도 있을 만큼 어릴 적부터 작은아버지를 많이 따랐다. 영란이 오랜만이다, 얘가 네 딸이구나, 허허……. 작은아버지는 딸아이 뺨을 쓰다듬으며 어쩔 줄을 몰라 했다. 하지만 아이는 느닷없는 손길에 내 뒤로 몸을 숨기며 울상을 지었다. 허허, 낯을 많이 가리는구나, 어릴 때 지 엄마랑 똑같네. 고모는 그런 나와 작은아버지를 바라보며 다급히 친지들의 안부로 화제를 돌렸다. 그때까지도 작은아버지는 딸아이에게 무슨 일이 있었는지 모르고 있었다. 내가 무슨 생각을 갖고 있는지도…….

노란색 363번 지방도에 나타난 지명은 목적지에서도 한참을 벗어난 곳이다. 어디서부터 잘못된 걸까. 집으로 돌아가는 길은 쉽지 않아 보였다.

새로 이사했다는 고모집은 예전 할아버지가 살던 곳이었다. 창고와 낡은 화장실을 죄다 뜯어낸 뒤 집안 곳곳을 리모델링한 고모는 자신의 작업실로 바꾸었다. 작가인 고모는 아주 그곳에 눌러앉아 집필에만 몰두하며 지냈다. 나도 이제 나이가 들었나보다, 자꾸 꿈에 그곳이 나타나……. 고모는 젊은 시절 그토록 떠나고 싶어 하던 고향집을 몇 해 전부터 그리워했다. 여기 네 할아버지, 아버지 묘 다 있잖니…… 그래도, 떠나기 전에 아버지는 한 번 보고 가야하지 않겠어? 수화기 너머로 들리던 고모는 한참을 망설이다 조심스럽게 입을 열었다. 어머니가 일찍 세상을 뜬 뒤 고모에게 많이 의지했던 터라 사이는 여느 모녀처럼 돈독했지만, 아버지 이야기만 나오면 이내 대화는 급격히 어색해졌다. '아버지'라는 단어는 매번 화를 돋우었고, 그런 내 모습에 고모는 그저 고개만 끄떡끄떡 할 뿐이었다.

삼남매 중 첫째딸이던 나는 항상 아버지 손길에서 겉돌았다. 시골 촌구석에서 할아버지에게 전형적인 구시대 유물을 고스란히 대물림 받은 아버지……. 할아버지가 살아계실 땐 그저 농사만 지을 줄 알았지 세상엔 눈이 먼 사람이었다. 앞뒤 꽉꽉 막힌 촌부지렁이였던 아버지가 고향을 떠난 뒤에도 농사 외에는 할 줄 아는 일이라곤 없었다. 그런 아버지였기에 남아(男兒)에 대한 기대는 남달랐다. 농사꾼으로서 아들을 낳지 못하면 대역죄인이 되는 양 엄마가 매일같이 정화수를 떠놓고 빌었다는 웃지 못할 말이 있을 정도로 간절했다고……. 하지만 모든 정성과 기도를 비웃듯 내가 태어났고, 그토록 바라던 고추는 문간에 내걸리지 못했다. 태어나서 한 번도 할아버지와 아버지 품에 안기지 못한 나는 늘 관심 밖으로 밀려나 있었는데, 당시 나의 탄생은 그 자체만으로도 두 부자에겐 탐탁지 못한 결과물이었다. 그것도 첫째가 딸이었으니 오죽했으랴. 아버지는 할아버지의 따가운 눈길과 구박을 한꺼번에 받았을 것이다. 그 설움은 둘째와 셋째가 태어나면서 무마됐지만 임종 직전까지도 아버지는 사기 전과로 교도소에 있는 두 형제가 더 좋은 모양이었다. 한 달 한 번씩 빼놓지 않고 꼬박꼬박 면회를 갔던 걸 보면……. 단지 아들이라는 것이 그 이유였다. 누군가 지금 이런 얘기를 듣는다면 시대가 어느 시댄데, 라고 반박할지 모르겠지만, 분명 그런 시대는 전유물처럼 내 곁에 남아 지독히도 천천히 흘러갔다. 내게 있어 아버지 노릇을 톡톡히 한 건 결혼식장에 나를 이끌고 입장한 그날뿐이었다.

마지막으로 말이다……. 마지막이라는 단어를 힘주어 말한 고모의 말은 의외로 설득력이 있었다. 떠나는 마당에 못 갈 것도 없지, 고모에게 줄 것도 있으니……. 그동안 이민 준비로 분주했던 마음도 정리할 겸 이젠 고모의 집이 된 그곳으로 차를 몰았다. 도착할 때까진 아무 문제가 없었다. 물길을 따라 흐르듯 유려히 목적지에 닿았지만 되돌아가는 길은 만만치가 않았다. 분명 지나왔던 길인데도 하루도 안 되어 모든 것이 낯설게만 느껴졌다. 길치에겐 방향성이 문제인걸까, 아니면 기억력이 짧은 걸까.

지도에 나타난 방향과 이곳 위치를 눈으로 가늠한다. 도대체 어디서부터 잘못된 걸까. 한 무리의 새들이 낮은 저공비행을 시도하며 눈앞을 쏜살같이 지나간다. 새들이 날아간 도로 옆 강가를 굽어본다. 고즈넉한 산자락에 내려앉은 강줄기가 여유로운 운치를 뽐내고 있다. 하지만 잠시 여유로운 감상에 빠질 새도 없이 지도를 쥔 손이 땀으로 질척인다. 빨리 결정을 해야 한다. 멀리 강을 둘러싼 산등성이 너머로 땅거미가 몰려들었다. 일찌감치 어둠을 불러들인 야속함에 결단을 내리지 못하고 서성이다 문득 차 안에 잠든 아이 모습이 눈에 들어왔다. 두 손을 아랫배 밑으로 포갠 채 웅크리듯 잠든 아이를 물끄러미 바라본다. 언제부턴가 아이는 잠들 때마다 저런 모습이었다. 의사는 무의식중에 일어나는 방어기제 같은 것이라고 했다. 아이는 아직도 길에서 낯선 남자를 보거나 마주치면 아랫도리를 손으로 가린 채 주춤거렸다. 의사는 평생을 안고 갈 짐을 아이가 지게 되었다고 말했다. 늦은 나이에 결혼해 낳은 자식이었다. 그래서 더 애지중지하게 키웠건만……. 나도 모르게 한숨이 터져 나온다. 이혼 후, 여자 혼자 아이를 키우는 일은 그리 녹록하지 않았다. 생활비를 벌기 위해 아이를 놀이방 같은 위탁시설에 맡겨야했는데, 그게 큰 실수였다는 걸 나중에 알게 되었다. 자식을 홀로 방치한 부모는 결국 아이에게 지울 수 없는 상처를 주었다.

지도를 네 겹으로 포개며 차에 오른다. 어쨌든 이곳에서 돌아서야 한다. 더 가면 되돌릴 수 없을지 모른다는 생각에 차 핸들을 급히 꺾는다.

다행히 이번엔 제대로 방향을 잡은 것 같다. 아무래도 사거리 지점에서 길을 잘못 든 모양이다. 돌아서길 잘했다는 생각에 불안했던 마음이 눈 녹듯 사라진다. 차창 밖으로 곳곳에 남은 흰 눈이 드문드문 눈에 들어온다. 한국에서 보는 마지막 눈이라고 생각하니 조금은 아린 기분이 든다. 눈을 보자 뒷자리에 있는 아이에게 시선이 간다. 언제 깼는지 아이는 차창에 코를 박은 채 눈꺼풀만 끔뻑이고 있다. 마치 낯선 뭔가를 마주한 듯 얼떨떨한 모습에 마음이 불편해진다. 딸아이는 유독 눈을 좋아했다. 눈만 오면 밖으로 쏜살같이 달려 나가던 아이였는데……. 이젠 내가 없으면 집 밖을 한 발짝도 나서지 못했다. 창밖을 바라보던 딸아이는 자꾸만 뭔가를 망설이는 눈치다.

"눈 구경 좀 하고 갈까?"

아이의 눈에서 반짝임이 감지된다. 때마침 갓길 옆으로 주유기와 포크가 나란히 그려진 간판이 나타났다.

간이 안 된 팅팅 불은 국수는 별맛이 없었다. 국수 대신 햄버거를 입에 문 딸아이가 주유를 하는 동안 흰 눈을 두 발로 꼭꼭 누르고 있다. 얼어붙은 흰 눈덩이가 검게 뭉친 채 갓길에 쌓여있다. 사람들 발에, 혹은 차들에 의해 짓이겨지고 뭉개진 눈덩이를 멍하니 바라본다. 아이와 함께 갓길로 치워진 눈 위에 발을 가져간다. 뾰족한 구두 자국이 눈 위에 찍힌다. 순간 사납게 날선 바람이 머리채를 뒤흔들고 지나간다. 헝클어진 머리카락을 손가락으로 애써 진정시켜보지만 장난을 치듯 바람이 연거푸 불어온다. 몇 킬로미터 안 떨어진 장소지만 아까 한적했던 강가와는 사뭇 다른 분위기다. 우, 우……. 울부짖듯 겨울바람이 산등성이를 타고 넘나들며 우리 모녀 주위를 맴돈다. 아이가 품에 폭 안겨온다. 한국 땅이 이토록 기후가 다를 만큼 넓은 곳이었던가. 이 작은 땅덩이도 표정이 다른 사람들처럼 서로 다른 날씨를 간직하고 있는데, 하물며 미국은 어떻겠는가. 해변에서 일광욕을 즐긴다는 친구의 말과 토네이도로 집과 농장을 모두 잃었다는 뉴스를 동시에 접했을 때, 미국은 그저 아득히 먼 곳이라고만 생각했다. 하지만 내가 그곳에 간다고 생각하니 조금은 두려워졌다. 나야 네가 오면 언제든 환영이지. 안 그래도 영어 잘하는 한국 사람이 필요했는데, 잘됐구나. 고모에게서 내 이민계획을 들은 작은아버지는 흔쾌히 대답했다. 생활영어 정도는 가볍게 구사할 수 있었지만, 서류나 업무에 필요한 형식적인 대화에 있어선 무척 난감해하던 작은아버지였다. 예전에도 몇 번 사업과 관련된 영어를 물어보기도 했었는데, 그럴 때마다 작은아버지는 쉽지 않다며 한숨을 내쉬곤 했다.

두 손으로 얼굴을 감싼다. 붉게 언 뺨을 어루만지며 길게 숨을 내쉰다. 허옇게 뿜어 나온 입김마저 얼려버릴 듯 시린 바람은 쉽게 잦아들지 않는다. 온기가 그리워지는 순간이다. 작년에 시작된 겨울이 1년이 지나도록 내 곁을 맴도는 기분이다. 지독히도 천천히 유장하게……. 지금껏 지나온 시간 중에 따뜻한 봄날이 있었던가. 겨울만 있었지 봄의 기억은 없었다. 내 시린 계절은 작년 이맘때쯤 멈춰버렸다. 병원에서 처음 마주했을 때처럼 품에 안긴 아이가 잔가지처럼 몸을 떤다.

의사는 몇 가지 검사를 더 해야 한다고 말했다. 언제부터였죠? 의사는 처음 했던 질문을 다시 반복했다. 인근 놀이방에 나가면서부터 아이는 급격히 기운을 잃어갔다. 밥을 먹을 때도, 인형을 가지고 놀 때에도, 눈이 올 때에도 좀처럼 아이의 표정은 밝아지지 않았다. 처음엔 이혼 직후라 아빠와 헤어지게 되서 그런가보다 생각했었다. 단순히 그런 줄만 알았다. 하지만 전화를 받은 그날, 병원에서 본 아이의 눈빛은 완전히 달라져 있었다. 들짐승에게 쫓긴 초식동물의 떨림 같은 아이의 행동에서 불안감이 엄습했다. 검사는 여러 단계로 진행되었고 약물치료와 심리치료가 병행되었다. 화지에 그려진 아이의 정신감정 상태는 충격적이었다. 검은 색 바탕에 홀로 서 있는 여자 아이와 그 아이의 다리 사이를 파고드는 환형동물……. 딸아이가 다니던 놀이방 원장은 정년퇴임한 학교장 출신이었다. 그런 믿음 때문에 아이를 맡겼건만……, 증언에 따르면 딸아이 말고도 원장에게 성추행을 당한 아이는 몇 명이 더 있었다. 하지만 원장은 모든 일을 강력히 부인하며 여전히 놀이방을 운영 중이었고, 아이들의 증언만으로는 정황을 판단하기 어렵다며 재판이 기각됐다. 사회적 기부 활동으로 높은 인지도를 쌓은 원장의 과거 이력에 의심이나 반기를 드는 사람은 아무도 없었다. 작년 이맘때였으니 정확히 일 년 전 일이었다. 강사 일도 그만둔 채 법원과 상담소를 오가는 동안 지난했던 겨울은 끝날 줄을 모르고 이어졌다. 여보세요, 누구세요? 전화를 했으면 말씀을 하세요. 힘든 마음에 남편에게 전화를 걸었지만, 결국 어떤 말도 꺼내지 못했다. 그날 이후, 시간이 멈춰버린 듯 여전히 봄은 오지 않고 있었다.

"다 됐습니다, 손님. 오만 원 주유 끝났습니다."

등 뒤로 주유소 직원의 나직한 목소리가 들린다. 아이를 먼저 차에 태운 뒤 코트 안주머니에서 주섬주섬 지도를 꺼내든다. 네 등분으로 반듯하게 접힌 지도를 차 보닛에 펼쳐 보이자 직원이 의아하게 나를 바라본다. 잠시 망설이다 가까스로 그에게 입을 뗀다.

"그러니까……, 제가 여기 처음이라 그런데요……. 지금 이곳이 여기

쯤인 것 같은데……."

추위에 얼어붙은 손가락으로 지도 위를 가리킨다. 주유소 직원도 손가락을 따라 시선을 옮긴다. 또다시 길을 잃을까봐 걱정이 돼 확실히 방향을 다잡고 싶은 마음에 재차 그에게 묻는다. 그때 서너 대의 차가 주유소로 들어선다.

"죄송한데, 목적지가 어디신데요?"

조금 답답함을 느꼈는지 직원의 목소리에 살짝 살얼음이 낀다.

"아 그게……, 여기요. 여기를 가려고 하는 데요……."

손가락을 짚은 곳으로 시선을 옮긴 그가 고개를 숙인다.

"아…… 이쪽이라면……."

그때서야 직원은 알겠다는 듯 지도에서 눈을 뗀다. 보지 않고도 알 수 있다는 자신감이 얼굴에 가득하다. 직원의 그런 모습에 한결 마음이 놓인다. 어디서 날아왔는지 흰 눈가루가 얼굴로 날아든다. 한기가 든 것처럼 몸이 부르르 떨린다.

"이 길 따라 쭉 가시면 군부대가 하나 나오는데, 부대를 지나 두 갈래 길에서 오른쪽으로 가시면 이정표가 나올 겁니다."

직원은 뭔가 해냈다는 뿌듯함에 한껏 도취된 모습이다. 그의 설명에 고개만 끄떡거린 나는 지도를 다시 네 등분으로 접어 주머니에 넣는다. 직원은 봄볕 같은 미소를 지어 보이며 카드 영수증을 건넨다.

"정 모르겠으면 내비를 사용하세요. 그럼, 안전운전 하십시오."

꾸벅 허리를 숙인 그에게 눈인사를 한 뒤 다시 도로로 들어선다. 꺼져 있는 내비게이션을 힐끔거린다. 여자의 안내에 따라 왔다면 지금쯤 도착했어야 한다. 전원을 켜려던 손가락을 냉큼 거둔다. 왠지 목적지가 아닌 다른 방향으로 이끄는 것 같아 그냥 이정표를 따르기로 한다. 직원의 말을 믿고 가는 수밖에……. 핸들을 쥔 손을 꾹 움킨다. 왠지 길을 나선 게 후회된다. 하지만 괜한 충동에 빠져 나선 길은 아니었다. 과거에 미련이 남았던 건 아니지만 그냥 모든 게 마지막이라고 생각하니 허전해졌다. 이 땅에서 살아온 치열했던 날들에 대한 아쉬움 정도라고 해두자.

그토록 벗어나고 싶었던 터전이었는데……. 나는 지나왔던 길을 천천히 되짚어 도로 위를 달린다. 떠날 준비는 모두 끝났다.

　지난 주, 처분할 물건들을 정리하기 위해 죄다 거실 안에 꺼내놨더니 온갖 잡동사니로 발 디딜 틈이 없었다. 언제 이렇게 많은 물건들이 숨겨져 있었을까. 각종 접시세트와 집기류, 진열장에 들어 있던 비품까지 몽땅 꺼내 버릴 것과 가져갈 것들을 정리했다. 품목별로 우선순위를 정했지만 여전히 아쉬움이 남는 물건들이 있었다. 결혼할 때 혼수로 사온 접시세트도, 예복으로 맞춘 드레스도, 모두 미련이 남았지만 입술을 꾹 감춰물었다. 어차피 짐만 될 뿐이었다. 비용도 비용이지만 그곳까지 이 물건들을 가지고 갈 이유가 없었다. 유난히 다도를 즐기는 고모에게 다기가 포함된 접시세트를 주기로 하고 하나하나 처분할 것들을 분류했다. 혼수로 장만했던 이불과 예물 상자, 계절별로 나뉜 옷가지들…… 문득, 버릴 물건들을 보자 내 곁을 떠난 이들이 생각났다. 자수가 꼼꼼히 들어간 연분홍 이불에선 엄마가, 예물이 든 상자에선 남편이 눈앞에 포개지듯 떠올랐다. 암으로 일찍 세상을 등진 엄마는 내 결혼식도 보지 못했다. 자신의 운명을 예감했는지 엄마는 눈을 감기 전, 고모에게 예단과 혼수품을 부탁했다. 연분홍 이불은 네 엄마가 직접 고른 거야……. 고모는 이불을 볼 때마다 옛 생각이 나는지 찔꺽눈이 된 채 코를 홀쩍였다. 아버지와 작은아버지 사이에서 자란 고모 역시 나와 같은 이유로 할아버지에겐 살가운 존재가 아니었다. 일찍 할머니를 여읜 상처 때문에 그 고통은 더 컸을 것이다. 그래서였을까. 아버지에게 시집을 온 어머니에게 그렇게도 의지했던 고모였다. 시누이와 올케 사이는 앙숙이라는데…… 하지만 그들은 친자매보다 더한 결속력으로 서로를 꽁꽁 엮어댔다. 어쩌면 엄마에게서 나로 이어지는 좀처럼 쉽게 풀리지 않을 것 같은 고모와의 돈독함은 집안 내력인지 몰랐다. 일단 이불은 가져가기로 했다. 추억이 깃든 물건 정도는 한두 개쯤은 있어야겠지. 그곳에서도 가끔씩 이곳이 그리워질지 모르니까…… 하지만 다음 물건을 봤을 때, 감상적인 기분은 금세 표백되듯 싹 가셨다. 결혼사진. 눈을 유난히 동그랗게 뜬 남편과 하얀 웨딩드레스를 입은 내 모습이 10년 전 시간 속에 고스란히 머물러 있었다. 웃고 있는 이들은 앞으로 닥칠 일에 대해 알고 있을까……. 신뢰를 잃어버린 내비게이션의 안내음성처럼 막다른 길로 치닫고 있음을 말이다. 사진을 보자 마치 타인을 바라보듯 생경한 기분이 들었다. 남편이 다른 여자와 잠자리 한 사실은 그리 충격적이지 않았다. 어차피 육체적 관계는 지극히 단순하고도 본능적인 일이니 분명 충동적이었을 것이다. 하지만 정말 마음이 벼랑 끝으로 내몰렸던 순간은, 손깍지를 낀 채 남편과 그 여자가 마트에서 장을 보던 모습이었다. 그들이 그냥 손만 잡았어도 그리 아프지 않았을 것이다. 하지만 다정하게 여러 갈래로 얽힌 그들의 손가락을 봤을 때, 그때서야 뭔가 크게 잘못됐음을 감지했다. 잘못된 길로 들어섰음을……. 과연 이혼으로 잘못된 경로를 벗어날 수 있었을까. 내겐 선택의 여지가 없었다. 이대로 더 가다간 정말 벼랑 끝으로 떨어질 것만 같았다. 좋아, 당신 뜻대로 해줄게……. 남편은 흔쾌히 내 말에 동조해주었다. 마치 기다리고 있었다는 듯 개의치 않는 표정으로 남편은 내게 이혼의 이유조차 묻지 않았다. 그동안 당신에게 나는 무엇이었나? 사진 속 남편은 그저 눈을 크게 뜬 채 웃고만 있었다. 결혼사진은 버리기로 했다. 결혼사진뿐만 아니라 남편이 깃든 모든 흔적을 없애기로 하고 사진을 검은 봉투 안에 따로 모았다. 의외로 남편이 채웠던 자리는 꽤 넓었다. 남편이 깃든 사진을 모두 빼내자 앨범엔 몇 장의 사진밖엔 남지 않았다. 솔직히, 법원을 빠져나와 돌아설 때까지도 당신이 밉지 않았다. 그저 잘살길 바랄 뿐이었다. 그런데 병원에서 딸아이가 잠결에 당신을 찾았을 때, 그때만큼은 당신이 죽도록 미웠다. 당신은 어디에도 없는데, 당신을 바랄 수밖에 없는 현실이 너무도 고통스러웠다. 여보세요, 말씀을 하세요. ……누구야? 멀리 희미하게 들리던 낯선 여자의 목소리……. 그 여자였겠지. 통화는 이내 끊어졌지만 선뜻 수화기를 내려놓을 수가 없었다.

갓길에 차를 세우고 내비게이션을 켠다. 믿음을 주기엔 탐탁지 않지만 그래도 혼자보단 낫겠지…… 차를 갓길에 세워둔 채 주머니에서 지도를 꺼낸다. 땀으로 눅진해진 지도가 나달나달해져 있다. 목적지에 집주소를 입력하자 아까 중지했던 여자의 안내 음성이 이어진다. 오백 미터 전방에서 우회전입니다. 아까 주유소 직원이 알려준 방향대로 여자가 길을 안내한다. 조금씩 신뢰가 생긴다. 이대로라면 머뭇거리지 않고도 제대로 된 길을 찾을 수 있을 것 같다. 그때 낮게 퍼지는 둔중한 소리가 하늘을 가로지른다. 해가 기웃기웃 넘어가는 아청빛 하늘 위로 빛 하나가 궤적을 이루며 지나간다. 점점이 멀어지는 비행기가 시선을 이끈다. 차를 바로 출발시키지 않고 핸들에 몸을 기댄 채 비행기를 바라본다. 느른한 고도에 엔진음을 일으키며 상승기류를 탄 비행기가 하늘 위를 뻗어나간다. 회항점을 넘어설 때까지 시선을 유지한다. 터닝 포인트…… 그 지점을 넘어서면 결코 돌아올 수 없게 되는, 그 마지막 순간을 잠시 눈으로 감상한다. 준비는 잘하고 있니? 고모집으로 가던 중 걸려온 작은아버지의 목소리가 왠지 아늑하게 느껴졌다. 이제 모든 걸 함께해야 한다는 기분 때문인지 그가 진짜 내 부모처럼 느껴졌다. 아버지보다 더 아버지다운 목소리…… 그런데 이상하게도 그의 음성을 들을수록 서러움이 북받쳤다. 정말 같은 형제가 맞는지 의심이 들 정도로 둘의 인생은 너무도 달랐다. 왜 아버지는 이런 말을 하지 못했을까…… 팔십평생 빈말이라도 한 마디 할 수 있지 않았을까. 이혼했을 당시에도 아버지는 그저 묵묵히 침묵으로만 일관했다. 솔직히 그런 아버지가 남편보다 더 미웠던 건 사실이다. 새삼 지금 와서 아버지에게 아쉬움 있거나 미련이 남진 않았다. 대학 등록금을 낼 때나 서울로 올라와 직장 근처에 집을 얻을 때에도 눈곱만큼 바란 적이 없었으니까…… 다만, 이런 감정을 남겨둔 채 떠난다는 것이 안타까울 뿐이었다. 모든 게 정리됐지만 그 한 가지만은 구석에 낀 먼지처럼 켜켜이 쌓여있었다. 확실히 매듭짓지 못하고 무책임하게 홀쩍 사라지는 기분이 발길에 채이듯 자꾸만 거치적거렸다. 준비는 다 됐어요. 그래…… 저기, 아버지는 만나봤고?

나는 잠시 망설이듯 입술을 감쳐물었다. 작은아버지도 평소와는 다르게 조심스러운 눈치였다. 잠시 뜸을 들이다 말라붙은 입술을 뗐다. 지금 가는 중이에요……. 음, 그렇구나…… 그래, 잘 마무리하고 오럼. 통화가 끊기자 주위는 공명처럼 비어갔다. 어떤 소리도 들리지 않는 빈자리. 그 한가운데 허허롭게 서 있는 기분이었다.

석양 위에 뜬 비행기가 서서히 회항점을 넘어선다. 불현듯 작은아버지의 말이 떠오른다.

공항 대기실은 한산했다. 출국심사를 기다리는 작은아버지의 표정은 처음 만났을 때와는 다르게 굳어 있었다. 결혼식을 마치고 작은아버지를 배웅 나온 나와 고모는 아무런 말도 하지 않았다. 그저 한 무리의 사람들이 나타났다 사라지는 모습만 멍하니 지켜볼 뿐이었다. 사람들은 줄기차게 떠났고, 또 줄기차게 돌아왔다. 대체로 떠나는 사람들의 옷차림은 화려한 반면, 돌아온 사람들은 단출하고 소박했다. 입국장에 들어선 이들의 표정엔 여행에 모든 기력을 소진한 모습이 역력했다. 다국적 언어가 혼재된 대기실이 잠잠해졌을 때, 고모는 커피를 사오겠다며 잠시 자리를 비웠다. 작은아버지는 창밖 하늘로 유유히 뻗어나가는 비행기를 바라보고 있었다. 비행기가 말이다……. 먼저 말을 꺼낸 건 작은아버지였다.

'이륙 후에 계속 비행을 해야 할지 회항을 해야 할지 결정해야 하는 순간이 있단다. 그걸 반환점, 터닝 포인트라고 하지. 결국, 그 선을 넘으면 이륙한 시점에서 되돌아올 수 없음을 뜻하는 거야.'

작은아버지는 나를 물끄러미 바라봤다. 고모한테서 얘기 다 들었다……. 작은아버지의 눈가에 주름이 쓸쓸하게 잡혀갔다.

'처음엔 네가 온다는 말에 그저 반갑고 기뻤단다, 하지만 그게 일종의 도피라고 생각하니까 마음이 편치 않구나.'

탑승수속을 받기 전, 작은아버지는 일별하듯 한 마디를 내 귀에 흘렸다.

'네 인생에 전환점이 됐으면 좋겠구나. 기다리고 있으마.'

멀리 고도를 가르는 비행기의 엔진음이 허공을 메워간다. 흰 띠처럼 남겨진 비행의 흔적을 고스란히 눈으로 뒤쫓는다. 비행기는 회항점을 지나 유유히 멀어진다. 내비게이션에 표시된 목적지를 다시 한 번 확인한다. 고개를 들어 조감도처럼 펼쳐진 풍경을 바라본다. 산중턱을 가로지른 도로가 구불구불 이어져 있다. 비행기는 하늘 위로 긴 여운을 아득히 남겨놓은 채 사라진다.

다시 돌아올 수 있을까? 문득 그런 생각이 든다. 차를 출발시키지 못한 채 잠시 망설인다. 갑자기 이제 와서 두려워진 거야? 스스로에게 되묻는다. 돌아올 수 없는 길이란 걸 알면서도 자꾸만 미련이 남는 이유는 왜일까……. 백미러에 비친 딸아이는 멍하니 차창만 응시하고 있다. 이게 정말 아이와 나를 위한 일인지 불안해진다. 다시 길을 잃은 기분에 머릿속이 복잡해진다. 도로 갓길에 세워진 이정표를 바라본다. 이번엔 길이 아닌 자신감을 몽땅 잃어버린 기분이다. 누군가에게 길을 묻는다면 과연 내게 어떤 대답을 해줄 수 있을까. 다시 고모집에 돌아가고 싶어진다. 멀어지는 고모의 모습이 자꾸만 눈에 밟힌다.

다기 세트를 받은 고모는 흥분을 감추지 못했다. 예전부터 눈독을 들이던 것이니 그럴 만도 했다. 고모의 어깨가 미세하게 떨린 건, 어서 빨리 차를 우려내 마셔보고 싶다며 물을 끓이던 그때였다. 커피포트에서 뿜어지던 수증기의 진한 여운이 감돌던 순간…… 이마에 손을 짚은 고모의 두 뺨이 눅진하게 젖어 들었다. 잠시 낮잠에 빠져있던 딸아이를 두 손으로 쓰다듬으며 고모는 연신 불쌍한 것, 불쌍한 것, 하며 되뇌었다. 불콰해진 눈을 애써 훔치며 나는 고개를 돌렸다. 창피하게…… 울고 싶지 않았다, 아니 우는 모습을 보여 주고 싶지 않았다. 나이가 드니깐 주책만 늘었네, 어휴……. 찻물을 우려낸 고모는 조금 진정이 됐는지 한숨을 몰아쉬며 내 앞에 놓인 잔에 차를 따라주었다. 고모와 나는 한동안 아무 말 없이 차만 마셨다. 겨울해의 짧은 역광을 등진 채 바라본 고향집의 앞뜰은 의외로 아늑했다. 막상 떠난다고 생각하니 눈에 보이는 모든 것이 아쉬워졌다. 글은 잘 써지겠네. 애써 눙치듯 퉁명스럽게 내뱉은 말에 고모는 입꼬리를 올리며 웃었다. 다음 달 출간이라는 말에 나는 책을 보내지 않으면 고모 팬 카페에 들어가 악플을 달겠노라 으름장을 놓았다. 고모와 나는 한참을 웃다가 시린 겨울의 스러지는 볕처럼 조용해졌다.

　아버지 묘에는 그동안 길고 억센 잡초들이 자라 있었다. 책과 노트들만 즐비한 고모집엔 낫이나 호미 같은 농기구가 없어 손으로 일일이 풀을 뜯어야했다. 딸아이는 간만에 본 나무와 풀들이 신기한지 연신 묘 주변을 뛰어다니며 신나했다. 왜 조금 더 일찍 찾지 않았을까…… . 괜히 딸아이에게 미안한 마음이 들었다. 봉긋이 솟은 묘에 돋은 풀을 뽑으며 엄마 옆에 나란히 묻힌 아버지를 바라봤다. 평생 처음으로 아버지와 오래 마주한 시간이었다. 독백하듯 나는 아버지에게 두런두런 말을 건넸다. 이민 준비는 모두 끝났으며 당신이 그토록 아끼던 두 아들도 만났노라고 이야기했다. 동생들은 많이 초췌해진 모습으로 내 앞에 나타났다. 푸른 죄수복을 입은 동생들은 나를 보자 주뼛거리며 교도관 눈치를 살폈다. 하지만 이민을 가게 됐다는 말에 이내 동생들은 빗방울 같은 눈물 주르륵 쏟아냈다. 그 순간만큼은 파렴치한 사기범이 아닌 철부지 꼬마들이 되어 있었다. 그래, 조금 일찍 엄마를 여읜 탓이겠지…… 내가 엄마 역할을 잘했으면 동생들도 엇나가지 않았을 텐데…… . 울먹이는 녀석들을 보자 가슴이 먹먹해졌다. 출소하면 누나 돈부터 제일 먼저 갚겠다고 했지만, 나는 그저 건강히 잘 지내라고만 말해주었다. 동생들은 잘 있어요, 그러니 너무 걱정하지 마세요. 산소 주변을 정리하며 이런저런 말을 늘어놓자 신기하게도 마음속 응어리진 것들이 말끔히 풀리는 기분이었다. 머나먼 길을 돌고 돌아 제자리를 찾은 느낌이랄까…… . 이민을 생각하기 전에 이곳을 찾았다면 혹시 다른 생각을 했을지도…… . 처음으로 바보 같단 생각이 들었다. 마치 한곳만 바라보는 인형처럼 다른 곳을 보지 못한 내 스스로가 한심하게 느껴졌다. 어쩌면 그런 점이 길치들의 가장 큰 약점이 아닐까 싶다.

얼마 후면 우리 모녀는 미국인이 된다. 국적이 달라지고 서류상 외국인이 된다는 게 고모는 왠지 믿기지 않는 눈치였다. 고모는 떠나는 나와 딸아이를 꼭 끌어안은 채 또 놀러오라며 울먹였다. 멀어지는 고모의 모습에서 눈을 떼지 못한 나는 이미 그때 자신감을 잃었는지 모른다. 떠나는 자의 조건 중 돌아보지 말고 가야한다는 말이 있지만 나는 이미 수십 번 뒤를 돌아봤다. 마치 떠나기도 전에 되돌아온 사람처럼 초췌하고 후줄근한 모습이었다.

나는, 떠나는 방법조차 잊은 채 길을 나섰는지도 모른다.

이정표에 새겨진 지명과 거리를 가늠해본다. 딸아이가 의자 등받이에 매달려 왜 가지 않느냐고 묻는다. 나는 딸아이의 뺨을 손으로 쓰다듬으며 살짝 미소를 짓는다. 조수석에 펼쳐놓은 지도를 다시 반듯하게 접어놓고는 차를 천천히 출발시킨다. 다음 안내시까지 직진입니다…… 안내음성이 강조하듯 반복한다. 다음 안내시까지 직진입니다…….

멀리, 또 한 대의 비행기가 회항점을 향해 날고 있다.

더 열심히 하라는 채찍질로 생각

5년이란 시간이 지났다. 소설을 써야겠다고 다짐한 그날부터 5년……. 글쎄, 누군가에게 5년은 인생의 짧은 한 부분일 것이다. 소설로 치면 단편 정도 분량이나 될까…….

5년 동안 내 주위에 있던 사람들은 결혼을 했고, 이별을 했으며, 또 누군가는 세상을 떠났다. 그렇게 시간은 사람들 곁을 머물다 각자의 방식대로 흘러갔다. 그럼 그 5년이란 시간 동안 나는 무엇을 했나……. 그래, 난 소설을 썼다.

크리스마스이브, 정말 크리스마스 선물처럼 당선 전화가 걸려왔다. 내가 지금껏 받아본 크리스마스 선물 중에 가장 의미 있고 기쁜 선물이었다. 한편으론 기쁘고 가슴이 벅찼지만, 다른 한편으론 조금씩 두렵고 망설여졌다. 간절히 기다린 일이긴 했지만, 솔직히 말하면 올 가을부터 내 안에 뭔가가 자꾸 사라져가는 기분에 많이 혼란스러웠다. 과연 소설을 계속 써야 할 것인가 말 것인가를 두고 기로에 서있었던 것이다. 어쩌면 현실이 내민 단 꿀 같은 타협에 내 스스로 무릎을 꿇은 것일지도 모른다.

5년 동안 소설을 썼지만 직장생활도 꾸준히 해왔다. 다른 이들처럼 마음 편히 쉬어본 적 없이 일을 해온 것이다. 그래서일까……. 언제부턴가 내 인생의 커다란 부분을 차지했던 문학이란 경계가 조금씩 허물어져가고 있음을 직감했다. 어쩌면 나는 그곳에서 조금씩 멀어지고 있었는지도 모른다.

　하지만, 포기하지 말라고 내게 손을 내밀어준 광남일보에 진심으로 고마움을 표하고 싶다. 더 열심히 하라는 채찍질로 생각하고 다시 느슨해진 정신을 가다듬어야겠다.

　고마운 분들이 아주 많다. 일단 제 작품을 뽑아주신 심사위원 분들과 광남일보에 감사드리며, 부모님과 형에게도 고마움을 전하고 싶다.

　특히, 다음카페에서 함께 활동하는 '종각역 글벗들' 그리고 '블라인드 스토리텔러' 문우들에게도 고맙다는 말을 하고 싶다. 아마 이들과 함께하지 못했다면 분명 문학의 끈을 놓쳤으리라…….

　앞으로 더 좋은 소설을 쓰기 위해 노력하겠다.

서사가 살아야 구성도 탄탄하다

응모작들을 보면 대체로 문장이 평준화되어 있어, 이제 신춘문예 공모에서 문장으로 승부를 겨룰 수 없을 것 같다. 응모작 대부분이 세태를 반영하듯 노인문제나 청년실업 외에 사소한 개인의 일상이 이야기의 주류를 이루고 있고 여전히 길고양이 등장도 많았다.

전체적으로 서사가 부족하고 사회를 꿰뚫어보는 시대적 안목이 결여된 점이 아쉬웠다.

본선에 오른 10편에서 '시간을 훔치는 도둑', '안드로이드 점원', '지구를 식혀라', '터닝 포인트' 등 4편으로 압축하고 꼼꼼하게 다시 읽었다. 아들을 감옥에 둔 엄마가 거리에서 교통카드 충전을 해주는 이야기 '시간을 훔치는 도둑'은 주제를 살려내는데 실패했다.

'안드로이드 점원'은 로봇 점원의 눈에 비친 인간들에 대한 이야기로 소재가 신선하기는 하나, 구성이 헐겁고 주제도 약하다. '지구를 식혀라'는 여수 해양박물관에서 쓰레기를 줍는 청소 아줌마의 삶을 다루었다. 역시 구성이 산만하고 주제가 약한 것이 흠이다. 이상 세 작품은 서사가 약한 탓으로 구성이 헐거운 결점을 갖고 있다.

'터닝 포인트'는 미국 이민을 앞둔 이혼녀 이야기이다. 화자는 놀이방 원장에게 성추행을 당한 딸과 함께, 내비게이션이 가리키는 대로 아버지의 고향에 내려가 고모를 만나고 돌아온다. 다소 진부한 소제에 구성도 단조로우나 문장이 깔끔하고 서사도 살아 있다. 이야기를 설득력

있게 끌어가고 있는 힘이 돋보이고 인생의 터닝 포인트를 찾는다는 주
제도 어느 정도 살려냈다. 빼어난 작품은 아니지만 소설적 완성도를 갖
춘 '터닝 포인트'를 당선작으로 결정했다.

광주일보 이연초

1963년 전남 장흥 출생
전남대 영문과 졸업
광주대 문예창작대학원 재학

스님이 걸어간다. 허정허정 걷는 그를 따라 그녀도 소리없이 걸어간다. 스님이 걷는다. 느릿느릿 걷는 그를 따라 그녀도 걷는다. 숲이 깊어진다. 인적 없는 깊은 숲 속, 사위가 저물어간다. 덤불 우거진 수풀 속으로 스님이 기어간다. 그녀도 따라 기어간다. 스님이 여윈 어깨를 들썩이며 땅을 판다. 그녀도 땅을 판다. 두 손 가득 피가 나게 땅을 판다.

광주일보

천화(遷化)

이연초

여자는 쪽창 가까이 의자를 끌어당겼다. 오금지에 바짝 힘을 주면서 고개를 창가로 밀착시켰다. 화단가에서 불쑥 뻗어 나온 나뭇가지처럼 생뚱한 팔 하나가 여자의 시선을 잡아챘다. 허공에 들린 그 팔만 아니라면, 상체가 한쪽으로 15도쯤 기운 노인의 모습은 여섯시 오 분 전에 멈춰 선 시계바늘 같았다. 지팡이를 짚은 오른손과 달리 머그잔 같은 것을 치켜든 다른 한 손 때문에 여자는 점점 긴장감을 느꼈다.

저 팔 좀 내렸으면……. 여자는 두 손으로 횡격막을 문질렀다. 평소라면 화장실을 다녀온 뒤 야채수를 마실 시간이었다. 여자는 마른 입술을 달싹거렸다.

그만 들어가세요.

어디로, 어디로 말인가? 내가 들어갈 곳은 없다네. 나갈 곳도 없다네.

고집 센 영감탱이라니.

여자는 모노드라마 배우처럼 표정을 바꿔가며, 손가락으로 창틀에 낀 먼지뭉치를 퉁기듯 건드렸다. 마침 화단가 목련이 흰 꽃잎을 화르르 노인의 기우뚱한 어깨위로 떨구었다.

누가 좀 데려갔으면. 어느 보호소에서라도 나와 햇살 따스한 곳으로

114

데려갔으면.

여자는 웅얼거렸다. 실내의 서늘한 기운에 몸이 떨렸다. 푸르뎅뎅한 맨발을 꼼지락거리던 여자는 몸을 이리저리 비틀었다.

움직이란 말야!

여자는 방광이 터질 것 같았다.

망할 노인네! 죽어버려!

노인의 요지부동이 가증스러워졌다. 어서 한 마리 꽃뱀처럼 스르르 화단 속으로 사라지든지, 민달팽이처럼 햇빛 속에 녹아나버리든지. 여자는 그런 종말을 지켜보고 싶었다.

죽어, 차라리 죽어! 그대로 고꾸라져버려!

한바탕 통증이 등뼈를 훑고 지나갔다. 여자는 거친 숨을 가다듬었다. 노인이 한 마리 새처럼 보였다. 여자는 손등으로 눈물을 닦았다. 이제 노인은 허수아비 같았다. 누가 좀 데려갔으면. 그녀는 누군가 나타나기를 다시 간절히 바랐다. 경비라도 다가와 담벼락에 기대 세워준다면. 그저 담배 한 개비 입에 물려주면서, 오늘 햇살이 참 좋겠군요, 말을 붙여준다면……

통증이 등뼈를 타고 사타구니로 흘러내렸다.

노인이 잠깐 움찔했다. 허공에 들린 왼팔을 가볍게 내렸다. 여자는 한숨을 내쉬었다. 이제 자유로워진 손목은 노인의 엉덩이 옆에서 흔들거렸다. 당장 화단가에서 꽃이라도 꺾을 수 있을 것 같았다.

여자는 비로소 쪽창 턱받이에 놓인 탁상시계를 바라보았다. 의자를 붙잡고 몸을 일으켰다. 방광이, 가슴이, 위가, 등뼈가, 열 손가락 마디마디가 일제히 아우성 댔다.

그 순간, 기우뚱한 노인의 얼굴이 여자 쪽으로 향했다. 노인은 하회탈처럼 웃고 있었다. 그가 분명 웃고 있었다. 부드럽게 퍼져 내린 사월의 아침 햇살이 가장 먼저 노인의 얼굴위로 내려앉아 있었다.

노인이 기다렸던 것은 저 첫 햇살일까. 기다린 연인을 만난 듯 흐뭇한 얼굴로 햇살의 애무에 온몸을 맡긴 저 포즈라니. 변덕 심한 노인 같으니라고. 그 완고한 고집은 사라지고 노인은 한없이 유순해 보였다. 15도 각도 기울어진 저 몸 어디에서 저런 기운이 솟아오르는가. 노인은 당당했다. 홀로 서서, 두 다리로 온전히 홀로 서서 해바라기 하는 기쁨을 맘껏 뽐내고 있었다.

　아파트 쪽문 옆 작은 공터에 흰 빨랫줄이 쳐져있다. 화단에는 수국이 덩치 큰 사내의 주먹 같은 잎사귀를 펴 올리고 있고, 그 옆에 누군가 재미삼아 심은 푸른 보릿대가 오소소 시퍼런 기운을 내뿜고 있다. 공터는 햇빛에 반사된 시멘트 바닥으로 눈이 부셨다.

　여자는 자꾸 눈을 감았다 다시 떴다. 화단의 진초록 빛과 대조적인 하얀 공터에 노인이 동그마니 혼자서 담벼락을 따라 걷고 있다. 그는 등산용 지팡이로 더듬어가며 이 끝에서 저 끝으로, 시계추처럼 왕복하고 있다. 흰 빨랫줄이 몸에 닿으면 노인은 그대로 돌아선다. 그는 그 선을 넘으면 안 된다. 고압선이라도 되는 듯 우뚝 멈췄다가 돌아선다.

　인간은 항상 선(線)을 만들었다. 안전과 평화, 질서와 행복을 지켜주는 경계선. 법과 도덕과 관습, 교양과 예의라는 각종 이름의 선. 그렇지만 선은 위태롭다. 위태로워서 아름답다. 햇빛처럼, 흰 빨랫줄이 튕겨내는 저 팽팽한 햇빛처럼. 윙윙대는 흰 빛이 날카롭고 어지럽다. 저것이 고압선이라면, 차라리 150,000V 고압선이라면 좋겠다. 여자는 다시 눈을 감는다. 어지럼증이 쉽게 가시지 않는다.

　며칠 전 노인은 혼자 쪽문에 이르렀다가 문턱에 걸려 얼굴을 짓찧었다. 무릎이 꺾인 노인을 지나던 초등생들이 일으켜 세웠고, 마침 할머니가 등산에서 돌아왔다. 누가 예까지 나오라했어! 참 내……. 할머니 목소리는 쌀쌀맞았다. 여자는 땅바닥에서 베레모를 집었다. 할머니가 낚아채듯 받아들었다.

　그날 당장 빨랫줄을 산 것 같았다. 할머니가 쪽문 옆 빈 공터에 줄을 쳐두고 등산을 다녀오는 동안, 노인은 두 시간쯤 선 안에서 보낸다. 왼손목에는 머그잔 크기의 라디오가 항상 달랑거린다. 노인은 시간의 흐름을 청각으로 해결한다.

이 여편네가 오늘 또 늦는구먼······.

노인이 라디오를 껐다. 나 좀 도와주시오오, 도움을 호소한다. 여자의 존재를 감지했을까. 그냥 허공에 내어보는 소리는 아닌 것 같다. 쪽문 입구에 조용히 서 있던 여자가 느릿느릿 노인에게 다가간다. 노인의 눈 밑에는 아직 생채기가 남아있다.

─할멈이 또 안 오구먼. 나 집에 가고 싶은데.

─제 어깨 잡으세요.

─아이고, 고맙소. 색시는 몇 동에 사오?

─바로 앞 동이에요······. 혹시, 조금이라도 앞이 보이세요?

─아녀, 아녀, 전혀 안보여. 나이가 몇이나 되여? 목소리가 꼭 우리 막내딸 정도밖에 안 되는 거 같어.

뭐가 좋은지 합죽 웃는다. 누런 앞니 끝이 전부 삭아있다. 흰 눈썹 아래 쌍꺼풀진 두 눈이 살짝 열리면서 끔벅거린다. 그렇게 해바라기를 열심히 하는데도 얼굴은 음지식물처럼 희멀겋다.

─딱 삼년 되었어, 이렇게 눈이 먼 지. 그래도 다리 아파 못 걷는 사람보단 내가 낫지. 내 친구는 꼼짝 못하고 방구석에만 박혀있어. 허, 내가 백번 낫지. 난 이렇게 맘대로 걷고 있잖여.

─장애물 없으니 편히 걸으세요.

그녀 말에 한결 긴장을 푸는 기색이다. 주차차량을 지나 노인의 아파트까지는 4·50미터 거리다. 출입구에 이르자, 노인이 안도의 숨을 내쉰다. 숨이 찬 것은 오히려 그녀 쪽이다.

─고마워요. 색시. 이제 혼자 갈 수 있어.

노인은 지팡이로 더듬거리며 벽을 지나 엘리베이터 버튼을 눌렀다. 노인의 집이 1층일 거라는 여자의 추측은 틀렸다. 엘리베이터 문이 열리자 여자는 저도 모르게 미끄러져 들어간다. 노인의 손이 익숙하게 7층을 누른다. 역한 체취가 좁은 엘리베이터 안에 진동한다.

순간, 노인이 고개를 돌린다. 여자는 침묵한다. 유령처럼 노인을 뒤따라 나온다. 노인이 머뭇머뭇 해찰한다. 경계하는 기색이다. 여자는 다시 숨을 멈춘다. 느리게 주위를 둘러본 다음 노인이 번호 키를 누른다. 뜻밖에 손놀림이 정교하다. 마치 다섯 개의 숫자를 누르기 위해 손가락 다섯 개가 온전히 붙어있는 것 같다. 문이 열리고, 열린 문은 노인을 삼키고 재빨리 닫힌다. 푸른 색 조명 아래 드러나는 투명형광글자처럼 여자는 비로소 유형의 몸으로 돌아온다. 천천히 몸을 돌려 계단을 밟는다.

*

가슴보다 쇄골이 더 튀어나온 상체를 바라보며 여자는 거칠게 숨을 몰아쉰다. 아무것도 하지 않는 것이 악행보다 반드시 낫다고 할 수 있을까? 여자는 납작 달라붙은 유방을 움켜쥔다. 유두는 검은 빛으로 죽어있다. 여자는 바짝 졸아든 음부와 앙상한 허벅지를 천천히 쓰다듬는다. 발바닥에 힘을 준다. 물젖은 욕실바닥에서 중심을 잡은 여자의 두 다리에 정맥이 터질 듯 솟아있다.

여자는 갑자기 허기를 느낀다. 회복기에 50킬로까지 올랐던 체중이 급격히 30킬로대로 곤두박질친 이후, 그녀는 배고픔을 알지 못했다. 선식과 녹즙, 야채수프를 먹는 것도 중단했다. 그런데 갑자기 여자는 먹고 싶어졌다. 먹이고 싶어졌다. 몸을 잘 먹이고 싶다는 충동에 사로잡힌 여자는 병원에서 받은 식욕촉진제를 떠올렸다. 배가 두둥실 부풀어 오른다. 만삭의 배. 생각만으로 숨이 가쁘다.

시든 신선초와 당근 두 뿌리를 개수대에 버려두고 여자는 지갑을 찾아들었다.

회색 베레모 노인은 오늘도 아파트 쪽문 옆에 서 있다. 그의 손에 하얀 빨랫줄이 감겨있다. 혼자서 자박자박 감았음에 틀림없다.

—할멈이 안와. 망할 놈의 망구 같으니라구.

전에 없이 노인은 화가 나 있다.

—아이 참, 할아버지, 혼자 잘 찾아가시던데요. 제가 안내해드릴게요.

애교 섞인 목소리에 스스로 놀라면서 여자는 노인의 팔을 잡아끈다. 노인 얼굴이 금세 헤벌쭉 펴진다. 다 삭은 치아 너머로 컴컴한 목구멍이 보인다. 노인이 조심스럽게 여자 팔에 몸을 의지한다. 단단한 뼈마디와 체중감에 일순간 여자의 몸은 긴장한다.

―물 한 잔 마시고 가오?

엘리베이터가 멈추자 이번에는 노인이 팔을 잡았다. 기름종이 위, 보이지 않는 글씨 같은 여자를 향해 노인은 서있다. 3할 쯤 열린 눈으로 끔벅인다. 보이지 않는 눈 위의 흰 눈썹이 발발 떨고 있다. 어쩌자는 것일까, 저 떨림은. 여자는 그 떨림에 이끌리듯 노인을 뒤따른다.

―허, 내게도 이런 손님이 생길 줄이야. 가만 있어보우, 내 냉장고에서 뭐 하나 가져오지.

노인의 동작은 실외에서와 달리 민첩하다.

―그만 가 볼게요, 할아버지.

―아, 아니어. 그냥 가믄 안되어. 여기, 여기서 박카스 좀 꺼내줘요. 내가 안보여서 말야.

노인은 냉장고 문을 열어둔 채 엄살을 부린다.

―색시도 마셔어. 고마워, 우리 색시.

순간 핑 돈다. 박카스 한 병에 여자는 어지럼증과 취기가 한꺼번에 몰려든다.

―이게 말이여, 내겐 평생 친구여, 피곤할 때마다 난 이걸 마신다우. 금방 기운이 펄펄 돌아와.

노인이 미소 짓는다. 흐뭇한 저 미소라니. 문득 빼앗고 싶다. 여자는 팔에 실린 노인의 묵중한 중량감을 떠올린다. 아직 고갈되지 않은 기운에 질투가 인다. 여자는 빈 박카스 병을 식탁위에 소리 나게 놓는다. 그녀는 얄팍한 제 손을 천천히 들어 올린다. 노인의 손을 해파리처럼 감싼다. 노인이 움찔 놀란다. 작고 마른 두 손이 노인의 투박한 손을 들어올린다. 그녀의 밋밋한 가슴께로 들어올린다.

어 어, 노인이 뭔가 저항하려 한다. 그녀는 민둥한 젖가슴에 그의 손을 가져간다. 살 거죽만 남은 강퍅한 갈비뼈 언저리에 달랑 매달린 두 젖가슴이 노인의 손아귀에 들어간다. 얇은 티셔츠 위로 미세한 떨림이, 손가락질이 느껴진다. 아기의 손놀림이 이럴까. 여자는 생애 처음이자 마지막이 될 터치에 눈을 감는다. 노인은 이제 장년이자 열아홉 미소년, 두 살배기 아이가 된다. 저릿저릿 피가 데워진다. 피가 돈다. 빙빙 돈다.

여자는 황급히 눈을 뜨고 일어선다. 허공에서 서서히 낙하하는 노인의 두 손, 놀란 노인의 표정을 맞바라본다. 노인의 실명(失明)이 그녀를 더 대담하게 만든다. 의자 옆으로 두 손을 늘어뜨린 채 어쩔 줄 모르는 노인을 그녀는 가만 안아준다. 그녀 가슴에 푹 담긴 노인의 얼굴. 아기처럼 안기던 노인이 어 어, 애써 이성을 찾으려한다.

─그만 가볼게요.

*

진통제를 패치로 바꾸었다. 집이 점점 넓어져간다. 통증에서 벗어나 잠시 숨 돌릴 때마다 여자는 물건을 없앴다. 자잘한 잡동사니에서 소파와 장롱, 텔레비전과 오디오까지. 물건들은 제 몸집과 나이에 따라 크고 작은 그림자를 남기고 사라졌다. 모형 메타세쿼이아 같은 진초록 율마는 라흐마니노프곡이 흐르던 자리에 덩그러니 놓인 후로 빠르게 윤기를 잃어갔다.

얼마나 더 이 집에서 머물 수 있을까. 사흘씩 유지되던 패치조차 간격이 짧아지자 방문간호사는 난감한 표정을 감추지 못했다. 패치를 교체하기 전에 미리 경구용 진통제를 먹어보지만 두 시간은 항상 통증에 시달려야 했다. 여기저기 옮겨 붙인 패치자국으로 붉어진 가슴팍을 만지며 여자는 서둘러 전화기를 집어 든다.

─이번엔 컴퓨터를요.

어딘가에 좀 더 유익하게 처분할 수도 있을 텐데 귀찮았다. 여자는 가장 손쉬운 쪽을 택했다. 재활용센터. 어쩌면 귀국 전 여름의 기억 탓일지 몰랐다. 햇빛에 선명히 반짝이던 문구, '재생자원(再生資源)'.

여자는 매일같이 땀에 젖어 깨어났다. 에어컨을 끄고 창문을 열어둔 채 가까스로 잠이 들면 그새 참새 떼들처럼 시끄러운 소리가 잠을 깨웠다. 축축한 습기와 새벽 공기에 진저리치며 창문을 닫기 위해 창가에 서면 이미 숙소 밖 담장 밑에 즐비해있던 삼륜차들. 경운기 같이 생긴 그 짐칸 모서리에는 노란 형광색으로 선명히 돋을새김 하는 단어, '재생자원'이 있었다.

삼륜차 주인들은 짐칸을 차지하고 누워 줄곧 하늘과 손바닥만 들여다보며 시간을 보냈다. 작은 가로수아래 웃통을 벗어든 채 트럼프를 하다가도 이내 삼륜차에 올라 종이박스로 상체를 덮은 채 잠이 들었다. 최소한 굶어죽지는 않는다는 배짱이 그들을 천연덕스럽게 만든 것인지. 여자는 그들이야말로 재생자원 같았다. 그러나 해질 무렵이 되면 그들은 언제 모았는지 종이박스며 빈 물병과 음료수 캔으로 가득 찬 수레를 끌고 득의양양하게 철수했다.

어느 날 문득 여자는 그렇게 돌아갈 곳이 있는 그들이 부럽기 시작했다. 다투는 듯 높은 그들의 고음과 욕설, 웃음소리가 갑자기 부러웠다. 뙤약볕과 먼지 속에서도 태평한 그들을 여자는 식은땀을 흘리며 오래 바라봤다.

예정보다 일찍 서울로 돌아왔을 때, 그녀를 기다린 것은 새로운 삶이 아니라 암의 재발이었다. 겨우 1년만이었다. 암의 재생만이 명명백백한 사실임을 인정했을 때, 여자는 얼토당토않게 삼륜차들이 떠올랐다. 다시 떠나고 싶었을까.

어디로? 어디로 말인가? 내가 들어갈 곳은 없네. 나갈 곳도 없다네. 이러고 있을 수밖에. 멈춰 선 회색 베레모 노인, 박제된 새처럼 시선을 끌던 그가 웃는다. 허, 내가 백번 낫지. 난 이렇게 맘대로 걷고 있잖여.

여자는 노인을 흉내 내듯 눈을 감고 천천히 거실 안을 걸어본다. 마침 창가로 흘러든 햇빛에 눈이 눈부셨다.

나도 눈이 멀었으면. 차라리 눈이 멀고 고통 없이 더 살아남는다면……. 내년 봄에도, 그 다음 봄에도 이 무사한 햇살을 느낄 수만 있다면…….

여자의 눈꺼풀 위로 온갖 초록햇빛이 타임랩스처럼 펼쳐진다.

눈 먼 노스님이 낡고 닳은 겨울이불을 덮은 채 꼿꼿이 앉아있다. 감긴 두 눈과 동그랗게 패인 눈자위가 해골의 커다란 눈구멍 같다. 구들이 식은 지 오래인 바닥은 냉랭하고, 뭉툭한 초 두 개만 달랑 천수경 옆에 놓여있다.

봄이 많이 왔는가?

아직 덜 왔습니다. 쑥이 덜 자랐어요. 진달래도 안 피었구요.

그럴 것이어. 이번 겨울이 좀 추웠나.

환한 초록빛줄기들이 장방형 법당 안을 사선으로 가로지른다. 여자는 미간을 좁히며 빛을 따라간다. 잎 없는 어린 비파나무 아래 연초록 돌나물과 어린 딸기나무 잎들이 듬성듬성 돋아나있다. 사이사이에 곰보배추가 푸른빛을 내뿜고 있다,

스님, 곰보배추로 김치 담가볼까요?

무슨, 효소나 담그는데 쓰이지.

그래도 배추는 배춘데요, 사람도 그렇게 제 운명을 가지고 나는 걸까요?

여자는 눈을 가늘게 뜬다. 곰배배추로나 다시 태어날까. 여자는 창밖의 빛을 흡입하듯 창가에 바짝 붙어 선다.

—어? 이거 아주 좋은 건데요?

컴퓨터 기기 앞에 선 재활용센터 직원이 여자를 바라본다.

—이것도 가져가세요.

여자는 노트북까지 건네고 만다.

—저기, 어디 많이 아프신가본데…….

벌써 세 번째 방문인 그는 아무래도 마음이 편치 않은가보다. 말도 못

붙이던 그가 오늘은 꽤 머뭇거린다. 그럼 절 한 번만 안아주세요. 그녀는 그에게 안기고 싶다. 이런 것도 성욕이라면, 여자는 시시각각 성욕을 느끼는 중이었다. 말로 되어 나오지 못한 그녀의 끈끈한 눈빛이 당혹스런지 그가 땀을 훔친다.

—얼른 가져가세요. 싫다면 다른 데 연락할 테니까요.

여자는 냉랭하게 돌아서며 냉장고에서 박카스 두 병을 꺼내든다. 그에게 하나를 건넨다. 그는 더욱 난처한 표정이 된다. 두 손으로 작은 박카스 한 병을 비비고만 있다. 흠, 그 속에 뭐라도 들었을까봐? 여자는 눈을 부릅뜨고 그를 노려본다. 그가 얼른 고갤 숙여 마개를 비튼다. 여자의 눈자위에 실핏줄이 번진다. 두 눈알이 빠질 듯 아프기 시작한다. 여자는 양 손바닥으로 얼굴을 쓸어본다. 그는 오늘따라 당황해 한다. 흥, 이제 다시 만날 일은 없을 것이다.

—그럼, 안녕히 가세요.

그가 컴퓨터 본체를 현관 밖으로 내놓기도 전에 여자는 서둘러 작별 인사를 한다. 그의 튼실한 어깨가 다시 그녀의 시선을 붙든다. 지금 순간 여자는 햇살 한 자락, 풀 한포기, 지상의 무엇이라도 다 붙들고만 싶다.

—제가 뭐 도와드릴 거 없나요? 몸이 많이 불편하신 거 같은데.

그가 여전히 머뭇거린다. 무엇이 그를 멈칫하게 하는가. 죽음의 그림자가 그의 옷자락을 당기고 있는가. 여자는 자신의 머리채를 확 잡아당긴다. 손에 들린 가발을 총채처럼 흔들며 소리친다. 가란 말야, 어서 가! 그가 허둥대며 구두를 꿰찬다. 탕! 문이 요란하게 닫힌다.

그가 돌아서온다. 그녀는 무너지듯 그의 가슴에 안긴다. 숨을 헐떡인다. 온몸으로 돌고 도는 통증 때문에 숨쉬기가 곤란하다. 아아, 견딜 수 없어, 나를 좀 놔 줘. 그러면서도 그녀 손은 갈고리가 되어 그를 붙든다. 나를 잡아 줘, 나를 꼭 잡아 줘. 그녀는 주저앉는다. 거실 모서리의 몰딩 부분이 등허리를 자극한다. 이제 한 차례 통증이 지나나보다. 바닥의 딱딱한 감촉이 느껴진다. 눈을 뜬다. 아무도 없다. 노트북마저 사라진 텅 빈 집. 터엉. 터엉. 집이 우는 소리가 들린다.

현관에는 남자가 급히 나가면서 흩뜨려놓았던 흰 운동화가 제각각 흩어져있다. 다 버리고 남은 운동화 한 켤레. 여자는 엉금엉금 기어가 바르게 정돈한다.

*

네 들어갈게요…….

마침내 방문간호사에게 완화병동 입소를 약속했다. 병실만 나면 모든 것은 순식간에 진행될 것이다.

여자는 새삼스럽게 실내를 휘둘러본다. 책장은 흔적을 남기고 빠져나갔다. 장식장과 텔레비전이 놓인 벽면도 마찬가지다. 겨울옷가지들과 히터가 빠져나간 옷장, 접시와 그릇들이 비어버린 수납장, 액자가 사라진 벽의 못 자국들…….

물건들도 저렇게 제 흔적을 남기는데. 여자는 윤기 잃은 율마 화분을 잠시 노려본다. 한 그루만으로도 푸른 원시림을 연상시켰던 그것은 하루가 다르게 갈색으로 변했다. 여자는 손으로 쓸어본다. 까칠한 줄기에서 아직 향기가 난다. 그녀는 더 남아있으려는 물건들이 거추장스럽다. 포획물을 찾듯 허기진 여자의 눈이 천장과 베란다, 사면 벽과 거실을 가로질러 부엌으로 향한다.

이제 여자는 검정 양장본 한 권을 손에 들고 노려본다. 책장을 버리면서 빼놓았던 유일한 책, 요절시인 하이즈에 관한 것이다.

"내일부터는 행복해야지
말 먹이고 장작패고 세계를 여행하리
양식과 채소에도 관심을 가져야겠지
내게는 집이 한 채 있어, 너른 바다 마주하고
봄이 오면 꽃이 피리……"

내일부터는, 여자는 조용히 속삭인다. 내일부터는, 행복해야지. 속세에서 행복하기를 바랐던 하이즈는 이 시를 쓴 지 두 달 만에 철길 위에 목을 놓았다. 여자는 시인보다 훨씬 오래 살았다. 여자는 시인보다 이백 배, 이천 배 일찍 잊힐 것이다.

봄이 오면 꽃이 피리. 여자는 내년 봄을 생각해본다. 자신이 죽고 없는 내년 봄. 그녀가 없어도 꽃은 필 것이다. 내년에 필 봄꽃을 미리 보아둬야 한다는 듯 여자는 오늘도 어김없이 벙거지를 쓰고 집을 나선다.

시야가 자꾸만 희뿌옇고 어지럽다. 노인 또한 예외 없이 공터에서 홀로 걷고 있다. 여자는 자동인형처럼 그에게 다가간다. 손목에 걸린 소형 라디오를 머그잔으로 여길 만큼 시력을 잃었다니, 어쩌면 그에게서 느낀 생기도 착각이었을까.

—햇살이 눈부셔요, 할아버지.

사월의 쨍쨍한 햇빛 속에 화단가 철쭉이 붉게 녹아내리고 있다.

—어, 어.

그녀를 알아챈 노인은 이제, 어, 어 소리밖에 할 줄 모른다. 지팡이를 짚은 그의 손가락이 움직거린다. 그녀도 노인의 손가락 감촉을 빠르게 재생한다.

노인이 멈칫하는 새에 그녀는 흰 빨랫줄을 걷어 감는다. 감을 때마다 햇빛이 피시식 사그라지며 잦아든다. 기세등등한 흰 빛을 잃어버린 빨랫줄은 이제 아무것도 아니다, ……아무것도 아니다. 라이터 한 방이면 활활 타오를 나일론 끈이다.

—할아버지, 줄을 감았어요.

—어? 어.

—가시게요.

감은 줄을 노인 손에 쥐어주고 팔을 가볍게 잡는다.

—어, 어? 이쪽이 아니여. 방향이 틀렸어.

침묵을 끊고 노인이 항의하듯 멈춰 선다. 고집 센 영감탱이. 그녀는 가볍게 짜증이 이는 걸 참는다. 침착할 필요가 있다.

―안 보고도 잘 아시네요.

노인이 긴장을 푸는 기색이다. 칭찬은 고래도 춤추게 한다지.

―아직 시간이 많은데, 저희 집에서 차나 한 잔 드시고 가세요.

―아, 그러자고…….

여자는 노인의 옆구리를 바짝 낀다. 그녀가 이끄는 대로 노인이 느릿느릿 움직여 준다. 그녀를 따라 엘리베이터 안으로 들어오며 웅얼거린다. 이럴 필요 없는데, 어, 참. 엘리베이터 상자는 금방 열린다.

―301호예요.

여자는 필요 없는 말을 덧붙인다. 노인이 아, 하며 신중하게 고개를 끄덕인다.

노인을 식탁 의자에 앉힌 다음 여자는 부엌 창가에 선다. 노인의 집 출구가 정면으로 보인다. 아무도 없다. 화단에는 철쭉만 만개해 있다. 붉고 흰 꽃무더기 위로 햇살이 흐른다. 꽃잎과 푸른 나뭇잎들을 머금은 햇빛이 형형색색으로 허공에서 산란한다. 석상처럼 굳어있던 노인. 마른 나뭇가지 같은 팔 하나가 허공에 떠 있던 노인. 여섯시 오분 전 시계바늘로 멈춰 선 회색베레모의 노인. 그가 지금 순간이동이라도 한 듯 그녀 앞에 앉아있다.

여자는 부엌창가의 블라인드를 내린다. 실내가 일시에 그늘진 듯 서늘해진다. 눈꺼풀 위로 명암차이를 감지하는지 노인의 눈이 바쁘게 껌벅인다.

―박카스 드릴까요?

노인이 뭐라 대답하기 전에 여자는 박카스 뚜껑을 연다. 노인의 팔목에 감겨있는 라디오 줄을 마저 풀어 식탁위에 놓은 다음 박카스를 노인 손에 쥐어 준다.

―하하.

낯익은 음료가 노인을 웃게 만든다. 불안이 가신 저 천진한 미소. 좋은 일이다. 여자는 노인을 따라 박카스를 단숨에 들이켠다. 뱃속이 홧홧 뜨거워진다. 준비한 과일들이 생각났지만 더 이상 냉장고문을 열고 싶지 않다.

여자는 호흡을 가다듬는다. 손은 따뜻할까? 마디마디 뼈마디는 온전한 것일까? 현기증을 가라앉힌 여자는 무릎걸음으로 노인에게 다가간다.

노인의 손을 잡는다. 손이 따뜻하다. 그의 손이 따뜻하다는 것은 여자에게 용기를 준다. 노인의 손을 젖가슴 위로 가져간다. 노인은 놀라지 않는다. 지켜보자는 듯 멈춰있는 노인의 손. 철사로 뼈대를 만들어 놓은 의수 같다. 여자는 노인의 손가락을 하나하나 비틀어 그녀 가슴을 움켜쥐게 만든다. 그의 손가락 마디마디에 피가 돈다.

장롱과 화장대가 빠져나간 방에는 침대만 동그마니 한 쪽 벽에 붙어 있다. 숱한 밤, 고통으로 삐걱댄 침대 위로 눈 먼 노인을 불러내는 일이라니. 여자는 부지런히 자신을 설득한다. 상식이란 살고자 하는 이들에게나 필요한 것. 여자는 다시 한 번 깊이 숨을 들이마신다. 심장이 쿵쾅대는 소리가 파도소리처럼 낯설다.

여자는 눈에 질끈 힘을 준다. 사타구니 사이로 조그맣게 오그라든, 호두과자 같이 생긴 고환. 듬성듬성한 흰 거웃과 충혈된 성기. 이를 앙다문 여자는 노인의 물건을 두 손으로 꼭 쥔다. 물컹하다. 놀란 그녀는 하마터면 손을 놓을 뻔 한다.

노인의 삭은 이빨과 여자의 부실한 이빨이 부딪힌다. 날렵한 혀가 입 안을 휘젓는다. 흡입력에 놀란 여자가 노인을 밀친다. 빠져나온 혀가 여자의 목덜미를 지나간다. 쇄골을 지나 가슴에 이르자 여자는 비로소 혐오감을 통제한다. 노인의 손아귀에 들린 젖 거죽이 있는 힘을 다해 부푼다. 앙상한 가슴뼈는 가슴뼈끼리, 팔 다리 네 쌍의 마른 가지는 가지끼리 열을 내기 시작한다. 부싯돌처럼 뜨거워진다.

한 숨의 불길, 한 톨의 피가 그녀를 촉박하게 만든다. 정신은 또렷해지고 고통은 더욱 극심해져간다. 고통은 모든 것을 점령했다. 마지막 남은 한 숨마저 빼앗기기 전에, 여자는 제 손으로 육신을 갈가리 찢어 산화하고 싶었다. 그렇게 사라지고 싶었다. 여자는 눈을 꼭 감는다.

스님이 걸어간다. 허정허정 걷는 그를 따라 그녀도 소리 없이 걸어간
다. 스님이 걷는다. 느릿느릿 걷는 그를 따라 그녀도 걷는다. 숲이 깊어
진다. 인적 없는 깊은 숲 속, 사위가 저물어간다. 덤불 우거진 수풀 속으
로 스님이 기어간다. 그녀도 따라 기어간다. 스님이 여윈 어깨를 들썩이
며 땅을 판다. 그녀도 땅을 판다. 두 손 가득 피가 나게 땅을 판다. 낙엽
몇 장 그러쥐고 스님이 홀로 눕는다. 그러쥔 몇 장의 낙엽으로 얼굴을
덮는다. 밤이슬이 내리고, 어디선가 승냥이가 울부짖는다. 이마가 넓고
주둥이가 뾰족한 붉은 색 승냥이가 반짝, 나타난다. 연이어 회갈색, 황
갈색, 홍갈색 승냥이 떼들이 스님을 파헤친다. 여자는 그만 그 자리에서
흐르르 물이 되어버린다.

가슴속에서 핵이 폭발하는 파동이 인다. 여자의 두 눈에 광채가 난다,
꺼지기 전 마지막 불꽃처럼 일렁인다. 여자가 노인 위로 올라탄다. 노인
의 입술을 열고 여자는 마지막 폭발음을 토해 넣는다. 여자는 이제 노인
의 검은 성기를 움켜쥔다. 제 몸에 맞춰보려고 애를 쓴다. 노인이 그녀
를 안아들고 뒤집기를 한다. 그녀의 온 존재, 전 생애가 다시 한 번 저항
한다. 수치와 두려움, 환희와 안도가 북받치는 감정의 혼재.

아으으으. 삼륜차들이 질주하기 시작한다. 흰 목련꽃잎이 화르르 쏟
아져 내린다. 번쩍거리는 금빛 삼륜차들이 흰 꽃잎 속에서 끝없이 행진
한다.

―주책맞게 어디를 함부로 다녀어, 가만있지 않구설랑.

―어, 박카스 하나…….

노인의 목소리가 필요이상 크다. 블라인드가 걷힌 부엌 쪽창으로 무
사한 햇빛과 함께 들어오는 창밖 소음들. 적요한 시간 속에 살아있는 것
들의 소리, 소리들.

노인이 할멈과 함께 나란히 앞 동 입구로 사라져간다. 검은 입. 두 노
인을 삼킨 검은 입을 바라보며 여자는 진통제를 입에 털어 넣는다. 창을
닫는다. 블라인드를 다시 내리고 천천히 침대로 돌아온다.

이대로 잠이 들면. 내일은 다시 오지 않았으면. 머리끝에서 발끝까지 아지랑이가 피어오른다. 장롱얼룩이 돌아가신 부모님 형상처럼 다가든다. 여자는 눈을 감는다. 길이 열린다. 좁다란 길 위에 회색베레모 노인이 서있다. 노인이 발가락을 꼼지락거리자 파드닥, 한 마리 새가 솟구쳐 날아간다. 어느새 노인 대신 삼륜차 한 대가 그녀 앞에 서 있다……. 눈부시게 반짝이는 노란 글귀에 홀려 다시 보니 이번엔 황금마차다.

여자는 눈을 번쩍 뜬다.

미욱한 딸의 등을 아버지가 떠밀어주신 것 같습니다

당선 소식을 전하는 기자님께 제가 꽤 사무적으로 응했던 것 같습니다. 요양원을 알아보느라 이리저리 전화문의 중이어서 제가 무척 딱딱해져 있었던 것입니다. 소식은 정말 뜻밖이었습니다. 잠시 망연자실했습니다. 누군가에게 이해받고 공감 받았다는 사실에 가슴 밑바닥이 따뜻해지기 시작했고, 비로소 눈물이 핑 돌았습니다.

이 소설은 아버지가 돌아가신 직후의 봄에 쓰인 것으로, 한 발짝도 더 나아가지 못한 채 가슴 속에 멈춰있던 것이었습니다. 발병 후 1년 만에 가신 아버지는 끝내 봄을 맞지 못하셨지요. 해묵은 작품을 버리지 못하고 간직한 이 미욱한 딸의 등을 아버지가 떠밀어 주신 것 같습니다. 홀홀 털고 좀 앞으로 나아가라고 말입니다. 아니, 모든 것을 내어주시는 엄마의 선물 같기도 합니다. 정작 요양원을 알아보고 있는 딸에게 말이죠. 울컥했지만, 그럴 틈이 없었습니다. 엄마를 실은 주간보호차가 도착했으니까요.

팥죽 드셨냐는 제 물음에 엄마는 천진무구한 얼굴로 고개를 저었습니다. 물어보나마나한 질문이었지요. 저는 엄마 손에 귤 하나를 쥐어주고 부리나케 집을 뛰쳐나갔습니다. 시설에서 드셨을지라도 엄마는 항상 처음 드시는 것이니까요. 그 좋아하시는 팥죽을 앞으로 몇 번이나 더 사드릴 수 있을까요?

사춘기 시절 이후 지금까지 가장 하고 싶은 일이 소설쓰기였지만 삶은 항상 소설보다 1순위였습니다. 지지부진, 지리멸렬한 제 소설쓰기에 대한 변명이기도 합니다. 앞으로도 크게 달라지지는 않을 것입니다. 그러나, 이 수상에 누를 끼치지 않도록, 올곧은 글쓰기를 더 가열차게 하겠습니다. 단 한사람의 이해와 공감만으로도 저는 소설쓰기의 모든 외로움과 노역을 견디는데 단련되어 있으니까요.

단편소설의 시적 묘사 돋보여

소설은 사람의 이야기, 사람들의 삶의 이야기이다. 그리하여 어떤 이
야기를 전달하고자 할 때(작가 의도) 염두에 두어야 할 것이 있다.

'어떤 형식을 취할 것인가(기법, 플롯)'와 '창작자가 사람과 세상에
갖는 태도(가치관, 세계관, 창작관)가 기본적으로 작동되었는가'. 제목
의 기술, 소재 선택능력과 그것을 주제로 끌어올리는 집중력, 문장, 묘
사력, 그리고 기법 운용 능력을 중심으로 심사에 임했다.

본심에 오른 작품은 모두 11편이었다. 이 중 완성도와 미학적인 독창
성 면에서 확연히 눈에 띠는 작품은 '물어라 쉭'과 '천화(遷化)' 두 편
이었다.

'천화(遷化)'는 단편 소설의 미학을 갖춘 작품이다. 죽음에 직면한 삼
십대 암 말기 환자 여성과 실명 상태의 노인을 봄의 햇살과 꽃의 흐름
속에 배치하고 중첩시켜 장면화하고 서사로 이끈 기술이 뛰어나다.

80매 내외 분량의 단편소설 양식이 전체소설 장르에서 시(詩)에 비견
된다면, '천화(遷化)'가 그에 해당된다. 피어나는 꽃(또는 빛)과 죽어가
는 재생(再生)의 법칙에 대한 처절한 듯 담담한 묘사가 주목할 만하다.

이러한 대비와 묘사들로 짜인 단락들이 긴장력을 유발하고, 한 편의
살아있는 작품(Texture)으로 형상화되어 인상적이다.

신춘문예는 창작을 통한 신인 발굴의 장(場)과 축제의 의미를 겸한다.
한 해 혼신의 힘을 다해 작품을 생산하고 투고한 수상자와 응모자들 모
두에게 축하와 응원의 마음을 보낸다.

국제신문 송지은

1964년 충남 금산 출생
충남대 국문학과, 한남대 교육대학원
강원도 춘천 거주

　　손과 발로 바닥을 움켜쥐고 엉덩이를 치켜든다. 파카와 남방 밑자락이 아래로 쏠려 얼굴을 덮는다. 맨살이 드러난 아랫배에 도깨비바늘처럼 냉기가 달라붙는다. 내가 요가를 버린 것은 인도에서의 모든 것을 잊고 싶어서였다. 인도로 가면 새로운 세상에서 살 수 있을 것 같았다. 지진이 난 것처럼 몸이 떨린다. 피가 아래로 쏠려 머리통이 빠질 것만 같다.

국제신문

알라의 궁전

송지은

　분명히 인기척이었다. 문을 두드린다. 모네 레코! 아니, 여기는 한국
이다. 도와주세요! 쾅쾅쾅. 한쪽 귀를 문에 붙이고 사람의 소리를 좇는
다. 냉장실 모터 소리뿐이다. 환청이었을까. 기차 소리를 들은 것 같기
도 하지만 종이박스 같은 것이 바닥으로 떨어지는 소리였다. 오금이 꺾
이면서 바닥에 무릎을 찧는다. 또다시 잠이 들었던 모양이다. 머리카락
속으로 손가락을 집어넣는다. 감각이 없다. 두피를 움켜쥔다. 손톱을 세
워 박박 긁어본다. 톱질 소리가 난다. 속이 메스껍다. 그대로 눕는다. 졸
음이 쏟아진다. 눈을 떠야 한다. 잠이 들면, 끝이다.

　얼마나 시간이 지난 것일까. 아니, 얼마나 더 버틸 수 있을까. 갑자기
내가 왜 냉장실에 갇히게 되었는지조차 기억나지 않는다. 누가 가둔 것
일까? 기차 소리다. 눈꺼풀이 저절로 들린다. 기차 바퀴의 철거덕 소리
는 순식간에 냉장실 모터 소리에 묻혀 사라진다. 다시 눈을 감는다. 타
르 속 같은 어둠이 내 몸의 모든 구멍으로 흘러든다. 머리를 흔들어 어
둠을 털어낸다. 정신을 차려야 한다. 저체온증에 빠지면 안 된다. 케노,
뚜미 아마게 잘라또? 케노, 케노! 뿌드드드. 왜 자꾸 나를 괴롭히는 거냐
고 부르짖는 소리를 전기드릴이 분쇄한다. 신축 건물 공사하는 소리가

분명하다. 이 건물 바로 맞은편이다.

제자리 걷기부터 다시 시작한다. 팔을 뻗어 수납장을 잡는다. 수납장이 흔들 하면서 삼각플라스크 병들이 바닥으로 굴러 떨어진다. 부딪히고 깨지는 소리에 머리가 팽 돈다. 고장 난 문고리를 잡고 간신히 일어선다. 큰소리로 숫자를 세며 걷는다. 에크, 두이, 띤. 무엇에 걸리지도 않았는데 자꾸 넘어진다. 다시 한 번 하나 둘 셋, 소리를 높이지만 백 킬로그램을 넘나드는 몸은 액체를 담은 부대 자루같이 바닥으로 쏟아진다. 머리로 강철 문을 들이받는다. 퍽퍽. 공사 현장에서 나는 소리인지 내 머리가 터지는 소리인지 분간이 되지 않는다.

아침이 된 것일까? 그렇다면 어제였다. 한 외국인 노동자가 전기드릴로 아스팔트콘크리트 바닥을 뚫고 있는 한국인 옆에서 파편을 쓸어 담고 있었다. 그가 입고 있던 감색 점퍼 뒷면에 맥주 회사 이름과 로고가 크게 박혀 있었다. 눈이 마주치자 그는 구부렸던 허리를 펴며 나를 향해 웃어 보였다. 아쌀나무 알라이꿈! 그도 내가 방글라데시인임을 알아본 것이다. 나는 그의 인사를 무시하고 연구동 건물 안으로 들어와 버렸다. 목구멍을 타고 흘러내리는 콧물이 따뜻하다. 아직도 내 몸에 온기가 남아 있다니, 신기하다.

"잠자는 근육을 깨우면 되잖아."

나디의 목소리에는 지친 기색이 없다. 나디는 어둠 속에 숨어 태평하게 장난을 걸고 있다. 이런 상황에서 요가라도 하라는 거냐고 소리를 지르려는 순간 아랫배가 부풀어 오른다. 들이마신 공기로 횡격막이 늘어날 대로 늘어나고 뱃가죽이 퍼질 만큼 퍼졌다. 복식호흡이다. 내 몸이 요가를 기억하고 있다니. 5년 전 인도를 떠나 한국으로 오면서 버렸던 단어이다.

"갇혀있다는 생각을 버려, 티푸."

나디는 언제나 저렇게 태연하다.

"생각을 버리면 이 고장 난 냉장실 문이 열리기라도 한다는 거야? 우리는 지금……."

죽음 앞에, 라는 말은 잊고 싶지 않다. 난 죽음이란 단어 자체도 거부한다. 부릅뜬 눈알이 시큰하다.

연잎 향기다. 나디가 연꽃자세로 앉아 깊은숨을 내쉬면 이런 냄새가 난다. 나디는 지금 어둠 속에서 요가를 하고 있는 것이 분명하다. 두 발 뒤꿈치를 회음부 앞에 나란히 모으고 앉는다. 무릎은커녕 정강이도 제대로 바닥에 닿지 않는다. 양손으로 두 무릎을 세게 누른다. 엉덩이 솔기가 뜯어졌다. 다카 거리에 나뒹구는 시신과 갠지스 강에 떠내려가는 타다 만 시체 곁을 숱하게 지나다니면서도 내가 죽을 수 있다는 생각은 해 보지 않았다. 언젠가는 죽겠지만 스물여덟 살, 네 평 남짓 되는 냉장실 안에서의 이런 죽음은 결코 아니다. 더구나 내 박사학위 논문이 심사 중에 있다. 가슴을 들어 올리며 호흡을 깊게 한다. 들이마신 냉기가 기도를 훑는다.

손과 발로 바닥을 움켜쥐고 엉덩이를 치켜든다. 파카와 남방 밑자락이 아래로 쏠려 얼굴을 덮는다. 맨살이 드러난 아랫배에 도깨비바늘처럼 냉기가 달라붙는다. 내가 요가를 버린 것은 인도에서의 모든 것을 잊고 싶어서였다. 인도로 가면 새로운 세상에서 살 수 있을 것 같았다. 지진이 난 것처럼 몸이 떨린다. 피가 아래로 쏠려 머리통이 빠질 것만 같다. 척추는 늘어진 뱃살을 감당하기 버거워 자꾸만 아래로 처진다. 숨구멍을 무엇인가로 틀어막은 것 같다. 콧물이 눈으로 들어가 안구가 쓰라리다. 눈물이 콧물을 씻어낸다. 두 가지 액체가 섞여 이마를 타고 바닥으로 떨어진다. 내 몸에서 빠져나가는 이 한 방울의 따뜻함도 아깝다. 어릴 때 살던 집이 생각난다. 지붕도 없었지만 따뜻했다.

냉장실 문이 닫히던 순간이 생각난다. 고장이 난 문이기 때문에 처음부터 신경을 바짝 썼었다. 안에 있는 상태에서 문이 닫히면 열 수가 없다. 발디딤대를 문에 끼우고 냉장실 안으로 들어갔다. 나올 때도 신경을 곤두세웠다. 두 팔로 묵직한 시약 박스를 끌어안고 있어서 발로 문을 열고 닫아야했다. 한 발로는 문을 활짝 열어젖히고 한 발로는 문틈에 끼워둔 접이식 발디딤대를 빼낼 생각이었다. 문제는 철제문의 무게를 간과

했다는 것이다. 문을 발로 밀어내는 순간 발디딤대는 안으로 빠졌고 문의 무게를 감당하지 못한 운동홧발이 미끄러졌다. 그리고 문이 닫혀 버렸다.

헛웃음이 났다. 악마와의 싸움 일 라운드에서 이긴 기분이었다. 내겐 2G이지만 성능 좋은 휴대폰이 있었다. 들고 있던 시약 박스를 바닥에 내려놓았다. 바지 호주머니에서 전화기를 꺼냈다. 휴대폰에 딸려 잡동사니들이 쏟아졌다. 원룸 키, 반으로 접힌 오천 원짜리 지폐 한 장과 천 원짜리 두 장, 꼬깃꼬깃한 캐시카드 영수증과 로또 한 장. 휴대폰을 놓고 들어왔다면, 생각만으로도 등골이 오싹했다.

통화버튼을 눌렀다. 박 대리 번호가 떴다. 유일하게 통화한 사람이 박 대리였다. 수화기 그림이 명암을 달리하며 들썩거리더니 바로 통화권 이탈 표시로 바뀌었다. 까치발을 하고 두 팔을 뻗어 눌러 보고 바닥에 납작 엎드려 시도해 봤지만 소용없었다. 주먹이 냉장실 문으로 날아갔다. 얼음가루 같은 찬바람이 머리카락 속을 헤집고 들어왔다. 나는 바람구멍을 향해 발디딤대를 집어 던졌다. 벽에 부딪혔다가 튕겨 나온 발디딤대가 전등을 스치는 순간 유리파편 섞인 어둠이 흙더미처럼 쏟아져 내렸다.

다운도그 자세인데 두 다리가 펴지지 않는다. 하이힐을 신은 듯 까치발이 들리고 오금이 접혔다. 무게중심을 발뒤꿈치로 쏠리게 하자 정강이 근육이 찢어질 듯 아프다.

"아픔은 없어. 고통이라고 느끼는 생각만이 존재해."

"나디. 제발 그 개똥철학 좀 집어치울래?"

나의 도망치는 뒷모습을 보면서도 나디는 웃었을까. 세상엔 화낼 일이 있는 것이 아니라 화를 내는 자신이 있을 뿐이라고 했던 나디이다. 환경을 선택할 수는 없지만 감정은 스스로 선택하는 것이라고 잘난 체를 했다. 나디가 그런 태도를 보이면 나는 더 화가 났다. 나는 감정이 아니라 환경을 선택한다. 깨진 아스팔트 조각을 쓸어 담으며 추위에 떨어야 하는 환경 대신 스팀이 스물네 시간 가동되는 실험실에서 학위를 위해 공부하는 환경을 선택했다. 나디의 환경을 바꾼 것도 결국 나였다. 그날 밤 내가 나디의 손목을 잡고 그렇게 뛰지 않았다면 나디는 봄베이 빅토리아역 뒷골목에서 아직도 벗어나지 못했을 것이다.

내 몸으로 들어가는 기운과 내 몸에서 나가는 기운에 집중해야 한다. 배꼽을 척추 쪽으로 끌어당기면서 늑골 사이사이에 공기를 채운다. 여기에 들어온 처음 순간의 기억으로 다시 돌아가야 한다. 기억의 연상 작용이 내 의식을 분명하게 해 줄 것이다. 시약 박스를 들고 나는 어디로 가려 했던 것일까. X 모양 뼈마디 위 빨간색 해골이 눈앞에 어른거린다. 문 바깥쪽 '화기 위험물' 글씨 옆에 붙어 있다. 학번이 가장 늦어 이 냉장실 청소와 시약 박스를 옮기는 일은 언제나 내 차지였다. 눈 감고도 들락거릴 수 있을 만큼 익숙한 공간이다. 가슴께가 뻐근하다. 전기드릴 소리가 내 머리뼈를 뚫는 소리처럼 가깝다. 저 전기드릴만 있다면 이 냉장실에서 나갈 수 있을 텐데. 나는 기어서 문 쪽으로 간다.

"모네레코! 모네레코! 문 좀 열어주세요!"

죽을힘을 다해 문을 때리지만 공사장 소리가 묻어버린다.

냉장실 안은 문이 있는 쪽을 제외한 세 면이 철제 수납장으로 둘려 있다. 그 가운데에 두 사람이 간신히 드나들며 박스를 옮길 수 있는 공간이 있다. 종이박스는 모두 여덟 개였다. 그 안의 모든 것은 인간의 생명을 연장하기 위한 연구용 시약들이었다. 박스에서 내용물을 꺼내 한쪽으로 모았다. 빈 종이박스 접착 부분을 펼쳐서 4장을 바닥에 깔았다. 그 위에 누웠다. 나머지 4장으로는 겹겹이 몸을 덮었다. 5분도 누워 있을 수가 없었다. 그대로 냉동인간이 될 것 같았다. 방 열쇠 끝으로 종이박스에 촘촘히 골을 냈다. 그리고는 몸에 둘둘 감았다. 가장 작은 박스 하나를 머리에 뒤집어썼다. 용수 같긴 했지만 코끝을 베는 듯한 찬바람을 막기에는 도움이 됐다. 그 상태로 걸었다. 4평도 안 되는 냉장실 안을 그것도 게걸음으로.

냉장실 안에서는 시간이 제멋대로 흐른다. 참고 참다가 한 시간 이상 흐른 것 같아 확인하면 고작 이 분 정도가 지나 있었다. 무엇보다 견디기 어려운 것은 의식의 시간대가 엉망진창이 되어 버렸다는 것이다. 내가 돌아보고 싶지 않은 시간으로 자꾸 나를 끌어다 놓는다. 시계는 네 안에 있어. 그 시계를 먼저 볼 수 있어야 해. 세상의 시계만 바라보면 너의 시간을 허비하게 되는 거야. 시계를 사 달라는 나에게 아버지 아미르가 한 말이다. 시계를 사 줄 수 없는 아버지의 가난한 변명으로 들렸다. 내 손에 돈을 쥔 첫날 나는 시계를 샀다.

휴대폰 배터리가 빠르게 닳았다. 들어올 때가 밤 열한 시 반이었다. 배터리 표시가 작은 막대 두 개뿐이었다. 플래시라이트를 사용해서인지 15분도 지나지 않아 그나마 한 개가 사라졌다. 피식피식 비어져 나오던 웃음이 거기서 멈췄다. 나머지 막대 한 개가 사라지는 순간 나라는 존재도 이 세상에서 지워질 것만 같았다. 나는 휴대폰 전원을 꺼 놓았다.

이마를 바닥에 대고 엎드려 눕는다. 양 손바닥으로 겨드랑이 아래 바닥을 짚는다. 발등으로 바닥을 누르면서 상체를 일으킨다. 천적 앞의 뱀처럼 정면을 쏘아본다. 다카 저잣거리에서 피리 소리에 맞춰 대가리를 꼿꼿이 세우고 있던 코브라를 본 적이 있다. 속이 느글거릴 만큼 정신이 아뜩했지만 눈을 떼지 않았다. 엄마가 손바닥으로 내 두 눈을 가렸다.

"뱀은 지금 아이를 고르고 있어, 티푸. 가장 뚫어져라 쳐다보는 아이의 꿈속으로 오늘 밤 찾아가려는 거야."

어린 나는 몸을 돌려 엄마의 배에 얼굴을 묻었다. 엄마 냄새를 맡고 있으면 세상에 무서울 것이 없었다. 나는 지금 꿈을 꾸고 있는 것인지도 모른다. 두 귓불을 세게 잡아당기면서 눈을 부릅뜬다. 보이는 것이 어둠뿐이고 귓불 감각이 사라졌어도 꿈은 아니다. 아직 살아있는 것이다. 모터 소리가 더 크게 들린다.

아도무카스바사나를 하다가 수리야나마스카를 하고 있다. 상관없다. 시간은 많고 할 수 있는 것이라고는 요가밖에 없다. 그렇게 도망치고 싶었던 방글라데시 사람으로 되돌아온 기분이다.

"아빠. 우리 집에는 왜 지붕이 없어요?"

"그래야 저 위에 계신 분에게 우리의 기도가 더 잘 들리지 않겠니?"

아버지는 웃었다. 앞니가 빠져서 생긴 시커먼 구멍이 가난귀신이 사는 동굴처럼 보였다.

"아빠는 왜 더러운 신발들을 꿰매요?"

"알라께서는 헌신짝을 더 좋아하시거든."

옆에 있던 엄마도 웃었다. 엄마가 웃으면 잇몸과 이가 반반씩 드러났다. 엄마의 이는 어린 나의 것보다 작았다. 그 조그만 이도 가난귀신이 갉아먹어 시컴시컴했다.

가난한 부모의 엉터리 철학에 고개를 끄덕일 수 있는 나이는 아홉 살까지였다. 썩고 빠지고 구멍 뚫린 이를 가지고 부족함이 없는 사람처럼 환하게 웃어 보이는 부모를 참을 수가 없었다. 일등 한 성적표를 내보여도 아버지는 고개를 저었다.

"일등을 위해서 학교에 다니는 거니? 이웃과 어울리지 않고 공부만 해서 얻은 지식은 저 헌신짝들보다 쓸모가 없는 거야."

학교도 다녀보지 못했으면서 뭘 안다고 그래? 나는 고래고래 소리를 질렀다.

"이 세상이 학교야. 알라의 품으로 돌아가는 길을 가르치지."

아버지가 두 손바닥으로 하늘을 받들며 웃었다. 그날 밤 나는 아버지가 꿰매 놓은 헌 신발들을 모두 공중화장실에 처넣어버렸다. 배움의 끝까지 가는 것이 부모처럼 살지 않는 유일한 길이었다.

어지럽다. 누군가 나를 뺑뺑이 돌린 듯 핑글핑글 돈다. 목 뒤 근육을 무리하게 수축 이완했나 보다. 공사장에서 소리가 들려온다. 세상에서 공해가 될 만한 소리는 다 모아다 놓은 것 같다. 사람 소리만 없다. 내가 미친다면 추위나 배고픔 때문이 아닐 것이다. 쓰레기 더미 같은 소음 때문일 것 같다. 그래도 냉장실 모터 소리만 들리는 것보다는 낫다. 나는 팔베개를 하고 엎드린다. 피로감이 대형 프레스처럼 등을 짓누른다. 또다시 졸음이 쏟아진다. 요가를 하면서도 자꾸 잠에 빠져드는 것은 요가

자세가 제대로 만들어지지 않기 때문이다. 오 년 만에 하는 요가이기도 하지만 몸무게가 삼십 킬로그램 이상 늘었다.

숟가락을 사용하면서부터 식욕이 조절되지 않았다. 처음엔 한국 식당에서도 손으로 먹었다. 옆 테이블에 있던 손님이 주인을 찾았다. 주인이 나에게 포크를 가져다줬다. 포크를 사용하는 서양인은 되는데 손으로 먹는 중동인은 왜 안 되는 거냐고 따졌다. 나의 영어를 못 알아들은 것인지 내 말뜻을 이해하지 못한 것인지 식당 주인은 경찰을 불렀다. 그 후로도 나는 손으로 먹었다. 그러다가 수저를 사용하기로 한 것은 한국 음식이 손으로 먹기에 적합하지 않기 때문이었다. 국물 음식이 많은 데다가 뜨겁고 매웠다. 젓가락에 익숙해지기 전까지 나는 숟가락만 사용했다. 입을 그릇 가까이 대고 음식을 입안으로 쓸어 넣는 식이었다. 그러다 보니 급하게 먹고 많이 먹는 버릇이 저절로 몸에 뱄다. 손끝으로 음식의 질감을 즐기며 먹으면 엄마의 젖꼭지를 주무르며 젖을 빨 때처럼 풍만감과 충족감을 동시에 느낄 수 있다.

"과식은 죄야. 배고픈 사람의 몫을 훔치는 짓이고 너의 몸이 쉴 수 있는 시간을 빼앗는 거야, 티푸."

먹을 것이 부족하기 때문에 지어낸 아버지의 군색한 변명이라고 생각했다.

배가 고프다. 배고픔은 일정한 간격을 두고 나를 괴롭힌다. 허기증 차원의 괴로움이 아니다. 공포에 가까운 불안과 초조로 나를 안절부절못하게 한다. 나에게 배고픔은 죽음의 암시였다. 죽어가는 사람들의 눈이 하나같이 허기진 배처럼 움푹 패어 있었다. 허기질 때마다 뼈만 앙상한 채 죽어간 부모의 모습이 떠오르고 냄새나는 웅덩이 물을 손 바가지로 퍼마시던 때가 생각났다. 내가 요기가 될 수 없었던 것도 결국 단식 때문이었다. 나는 죽는 연습 같아서 단식 그 자체가 싫었다.

나에게 한국은 먹을 것의 천국이다. 실험실에서 나와 밤 열한 시경 대형마트로 가면 포장 음식들을 반값으로 살 수 있다. 양념치킨, 잡채, 모둠 튀김 같은 것들을 세 개씩 묶어 한 개 값으로 팔 때도 있다. 거의 매일 밤 그런 것들을 사다가 라면과 곁들여 먹었다. 먹다가 남은 것들이 냉장고 안에 쌓였는데도 그 다음 날 다시 사왔다. 냉장고 안은 폭식한 내 뱃속처럼 언제나 꽉 찼다. 상한 음식을 버릴 때마다 움푹 들어간 눈들이 떠올랐지만 습관은 쉽게 고쳐지지 않았다.

온몸의 털이 쭈뼛 서고 뒷목 근육이 찢어질 듯 당긴다. 찐득한 콧물이 코와 바닥을 연결하고 있다. 썩은 음식들을 떠올렸는데도 침이 줄줄 샌다. 냉장고 속 세균이 된 것처럼 쓰레기통에 집어 던졌던 음식들이 미치도록 먹고 싶다. 뿌드드드. 전기드릴 소리에 내 몸이 사정없이 흔들린다.

견딜 수 없을 만큼 가슴이 갑갑하다. 나는 또 팔베개를 한 채 바닥에 엎드려 있다. 이 자세로 꽤 오래 있었나 보다. 이마가 팔에서 떨어지지 않는다. 육체를 지배하는 것이 정신인 줄 알았다. 그런데 섭씨 4도 냉장실에서는 육체가 정신을 지배하려 든다. 시간이 더 지나면 정신은 육체에게 사정할 것이다. 제발, 나를 좀 쉬게 해 달라고. 육체는 죽고 의식은 산 상태에서 관속에 갇히게 된다면 이런 느낌일까. 누군가가 내 몸을 뒤집는다.

"나디?"

나디는 시치미를 떼고 다시 어둠 속으로 숨는다. 모든 소음도 사라졌다. 죽어가는 사람들의 가래 끓는 소리 같던 냉장실 모터 소리도 들리지 않는다. 정신을 차려야 한다. 나는 모터 소리를 찾는다.

목이 마르다. 혀가 갈라질 듯 타들어 간다. 참아야 한다. 아직 마지막 남은 것을 마셔야 하는 순간이 아니다. 술을 한잔 하고 들어와서인지 갇히면서부터 목이 심하게 말랐다. 삼각플라스크에 담겨있던 세포배양액을 마셔 댔다. 세포배양액이 인체에 무해하다는 것은 알고 있었지만 김 빠진 맥주에 물을 탄 맛이라는 것은 처음 알았다. 술 때문인지 배양액 때문인지 크고 작은 볼일을 두 차례나 보아야 했다. 비커나 플라스크에 담을 수 있는 양이 아니었다. 하는 수없이 종이상자를 하나 접어 그 안에다 해결했다. 얼마 지나지 않아 종이 박스가 퍼져버렸다. 그 바람에 다른 상자들마저 못 쓰게 되었다.

"티푸, 모네 레코!"

나디가 비명을 지르듯 소리친다. 나디! 어디 있는 거야? 팔을 휘두르며 나디를 찾는다. 팔을 뻗을 때마다 물건 쏟아지는 소리가 모터 소리를 끊는다. 맨 위 칸에 놓여있던 시약병들이 떨어진 것이 분명하다. '3차 증류수'라고 적힌 플라스크도 떨어졌을 것이다. 마지막 남은 마실 것이었다. 잘 보관해 두겠다고 맨 위 칸에 올려놓았다. 뚜껑이 알루미늄 포일이었으니 바닥에 쏟아진 것이 분명하다. 마실 것이 사라졌다는 사실에 목이 타들어간다. Buffer C 병뚜껑은 플라스틱이었다. 플라스크가 깨지지 않았다면 내용물이 쏟아지지 않았을 것이다. 찾아내야 한다. pH 6.5니까 마실 수 있다. 나는 낮게 엎드려 바닥을 더듬는다. 깨진 유리 조각에 손이 베인 것도 같지만 통증은 없다. 한 줌 걸쭉한 것이 손에 잡혔다. 코 가까이 가져간다. 독사에 물리기라도 한 듯 나는 오른손을 턴다.

문에, 수납장에, 닿는 대로 오른손을 문지른다. 청바지 호주머니 속에 든 것들을 꺼내 닦아낸다. 지폐도 로또 종이도 다 소용없다. 나는 오른손을 더럽혔다.

"티푸! 뭐 하는 거야? 그런다고 너의 오른손이 깨끗해지니?"

나디의 카랑한 목소리에 내 몸이 바닥으로 쏟아진다.

뚜드드드. 전기드릴 소리에 내 심장이 둥둥거린다. 호흡이 불규칙해졌다. 맥주 회사의 감색 파카를 입고 아스팔트 깨진 조각을 줍던 노동자의 웃음이 떠오른다. 나를 비웃는 것이었는지도 모른다. 딸꾹질이 시작됐다. 아버지는 마지막 숨을 거둘 때까지 딸꾹질하듯 숨을 할딱거렸다. 뺑소니차에 치이고 사 일 만이었다. 응급처치만 제대로 할 수 있었어도 살았을 것이다.

"엄마, 우리에게 왜 이런 일이 생기는 거지?"

"사랑하는 자에게 시련을 많이 허락하신단다."

나는 눈을 부릅떴고 엄마는 눈을 감았다. 감은 눈에서 눈물이 새나왔다.

엄마는 비소 중독이었다. 비소 중독엔 수술이 필요 없다는 것을 몰랐던 나는 엄마의 수술비를 모으기 위해 돈을 훔쳤다. 학교 교장 선생님의 지갑을 훔쳤고 부자동네 정육점에서 금고를 들고 나왔다. 금고를 열기 위해 철공소에서 전기드릴을 훔쳤다. 훔친 돈을 건네는 나를 보던 엄마의 눈빛을 기억한다. 핏발선 엄마의 눈에 고인 눈물이 핏물처럼 보였다.

"티푸, 엄마에게 필요한 것은 내 아들의 선량한 손이야. 알라가 바라시는 것도 바로 그것이고."

알라 앞에서는 떳떳했다. 훔칠 수밖에 없는 상황을 알라가 만들었다고 생각했다. 엄마의 생사가 달린 상황에서 나에게 윤리나 신앙심은 화장실 뒷물보다 소용없는 것이었다. 아버지가 떠나고 이 년이 채 되지 않아 엄마도 알라의 품으로 돌아갔다.

그 날부터 나는 라마단도 지키지 않고 하루 다섯 번 기도도 하지 않았다. 알라의 사랑을 받기 위해 치러야 하는 시련 따위는 필요 없었다. 부모의 죽음 앞에 아무것도 할 수 없었던 아들이 신의 축복을 받거나 저주가 무서워 그의 규율에 맞춰 산다는 것이 뻔뻔스럽고 가증스럽게 느껴졌다. 나는 밤새 엄마의 돌무덤을 만들었다. 그리고 새벽 국경을 넘어 인도로 갔다.

선명한 기차 소리가 내 몸을 훑고 지나간다. 우다이푸르로 가는 기차 소리 같기도 하고 학교 근처 철로에서 나는 지하철 소리 같기도 하다.

무릎을 꿇는다. 두 팔을 등 뒤로 뻗쳐 손깍지를 낀다. 무릎이 꿇리기는커녕 엉덩이가 발뒤꿈치에서 이십 센티미터 이상 떨어져 있다. 몸의 배신이다. 아니, 내 몸에 내가 무슨 짓을 한 것일까. 가슴을 열어젖히는 것 자체로 고통스럽다. 초의식상태가 될 때까지 파드마사나로 앉아 있던 오 년 전 일이 믿어지지 않는다. 숨을 헐떡인다.

"너는 너의 몸을 훔친 거야."

"뭐? 내가 무엇을 훔쳤다고?"

나디는 나의 고함에도 아랑곳하지 않고 어둠 속에서 꼼짝하지 않는다.

"티푸. 잘 생각해 봐."

남자 목소리다. 누구……박 대리? 잘, 생, 각, 해, 봐. 낮고 굵은 박 대리의 음성이 공중에 던져진 긴 테이프처럼 굴절된다.

"이건 죄가 아니야. 오히려 한국에 유익을 주는 거지."

박 대리 얼굴이 면도한 달마 같다. 심각해질 때 짓는 표정이다. 박 대리를 처음 봤을 때 동남아시아 사람인 줄 알았다. 작은 키에 피부가 검고 눈이 부리부리하다. 유 냉장실 키 오케이? 네. 제가 냉장실 열쇠를 가지고 있습니다. 와, 유 코리아 랭기지 퍼팩트. 아닙니다. 아직 많이 부족합니다. 박 대리와의 인연은 그렇게 시작되었다. 그는 시약 배달을 올 때마다 위 숏 타임 커피? 같은 변칙 영어로 한국어능력시험 최고급 소지자인 나에게 말을 걸었다.

"티푸, 돈 필요하잖아. 나디 구하러 안 갈 거야?" 박 대리가 귓속말을 한다.

"나디를……?"

딸꾹질이 난다. 박 대리가 나디를 알 리가 없다. 나는 아무에게도 나디에 대해 말을 하지 않았다. 나, 윽. 내 딸꾹질 소리에 나디의 이름이 뭉개진다.

어릴 적 나는 굼벵이를 가지고 놀았다. 소똥에서 꺼내 손바닥 위에 올려놓으면 여섯 개의 다리는 가만히 있고 희고 살진 몸통만 바동댔다. 나도 지금 누군가의 손바닥 위에서 버둥거리고 있는 것은 아닐까. 아버지는 내 손바닥 위에서 죽어가는 굼벵이를 다시 소똥 위에 올려놓았다. 이것은 알라께서 바라시는 것이 아니야, 티푸. 그럼 장난감을 사 주든가? 나는 아버지의 다리를 마구 차 댔다. 아버지는 나를 번쩍 들어 올렸다.

"발길질을 하다니, 알라의 궁전에 가고 싶은 모양이구나?"

알라의 궁전이라는 말에 움찔했지만 겨드랑이가 간지러워 까르르 웃음을 터뜨렸다.

아빠, 죽지 마! 아버지의 얼굴이 돌처럼 차가워지고 단단해진 후에도 나는 아버지의 귀에 대고 계속 소리를 질렀다. 소리를 지르느라 아버지의 마지막 말을 듣지 못했다.

"죽음은 시작이야."

"엄마, 난 속지 않아."

"혹시 엄마 뱃속에서의 삶을 기억하니? 이 세상으로 나와야 했던 순간에도 너는 나오지 않겠다고 고집을 부렸잖아. 죽기 싫다면서."

엄마가 웃었다.

"나오고 나서도 한참을 울었지. 죽은 줄 알고 말이야." 웃고 있었지만 엄마의 두 눈 속에는 넘칠 듯 눈물이 그득했다.

"죽음이란 이 세상에서 다른 세상으로 가는 통로일 뿐이야."

엄마의 목소리가 모터 소리를 걷어낸다. 엄마! 나는 엄마를 찾아 두 팔로 어둠을 휘젓는다.

죽음이 아무리 더 좋은 세상으로 이어지는 통로라 해도 난 살고 싶다. 살기를 포기한 근육을 깨우고 열을 발산시켜야 한다. 웬만한 사람의 몸통만 한 허벅지이다. 이 지방을 태우면 생명을 연장할 수 있을 것이다. 바닥에 앉는다. 숨을 크게 들이쉰다. 두 다리를 박쥐 날개처럼 벌린다. 발끝을 몸 쪽으로 당긴다. 허벅지에 두 손을 올려놓고 상체를 숙인다. 턱이 바닥에 닿기는커녕 허벅지 뒤쪽 근육이 찢어질 것만 같다. 찢어져도 좋다. 통증을 느낄 수 있다는 것은 내가 살아있다는 것이다. 기차 소리다. 사람 목소리만 들리지 않을 뿐 전기드릴 소리도 나고 망치 소리도 들린다. 낮이 분명하다. 낮이라 해도 학교 지하 일 층에 있는 이 냉장실 문을 여는 사람은 아무도 없을 것이다. 금요일 밤 열한 시 삼십 분에 나는 이곳으로 들어왔다. 이틀이 지났다 해도 아직 일요일이다. 내 몸이 끈 끊어진 마리오네트처럼 바닥으로 허물어진다.

딸꾹질이 다시 시작되었다. 주먹으로 가슴팍을 두드린다. 다시 호흡에만 집중한다. 다리를 벌리고 앉아 상체를 구부린다. 턱으로 바닥을 찍는다. 클린 히어. 그것이 전부였다. 세포 배양과 실험동물사육실 청소를 맡기면서 그 누구도 방법에 대해서는 설명해 주지 않았다. 나는 인터넷을 통해 얻은 정보 반 눈치 반으로 청소를 했다. 매일매일 마우스 케이지 먼지를 닦아주고 깔짚을 갈아줬다. 인도에서는 릭샤를 끄는 일에 하수관 청소를 하며 학비를 벌었다. 냉난방이 적절히 유지되는 한국 대학의 실험실에서 못할 일이 없었다. 한 달쯤 지났을 때 청소를 하고 있는 나를 향해 박진 교수는 무어라 한국말로 소리를 질렀다. 한국말을 전혀 알아듣지 못했던 때였다. 지도교수의 성난 표정에 대고 영어로 영문을 물을 수가 없었다. 그는 그달 월급을 지불하지 않았다. 나는 그의 노트북을 훔쳤다. 보증금 없는 사글세를 살고 있었기 때문에 달리 방법이 없었다.

이제 휴대폰을 켜야 하는 순간이 온 것 같다. 인간을 위한 식품과 약품의 신선도를 유지하기 위한 최적온도, 섭씨 4도에서 인간이 죽어 나갈 수는 없다. 손가락에 감각이 없어 바지 호주머니 속 휴대폰을 꺼내기가 힘들다. 간신히 꺼낸 휴대폰을 바닥에 떨어뜨린다. 나는 얼른 집어 두 손으로 감싼다. 가슴에 댄다. 숨을 몰아쉰다. 나도 모르게 기도가 나온다. 한 통화만 할 수 있도록 제발, 도와주세요! 살려주세요, 란 기도는 끝내 발설되지 못한다. 전원 버튼을 길게 누른다. 빛이다. 한 점으로 시작되는 붉은빛에 동공을 찔린다. 그래도 눈을 감지 않는다. 붉은색 영어로 된 상품 이름이 뜬다. 멈춘 것 같던 심장박동 소리가 모터 소리를 삼킨다.

통화버튼을 누른다. 전화기를 감싼 두 손이 부들거린다. 통신 상태를 알리는 막대들이 화면을 채운다. 탱큐, 탱큐! 탄성이 터진다. 녹색 막대들이 나타났다 사라지기를 반복한다. 도야 꼬레, 도야 꼬레, 제발! 막대들이 점점 작아진다. 큰 막대들이 차례로 지워진다. 작은 막대들도 뜨지 않는다. 통화 버튼을 연이어 두드린다. 전원이 나갔다.

"아악! 도야 꼬레, 아마께 바짠! 제발, 살 려 주 세 요!"

잘 생각해 봐, 티푸. 박 대리의 목소리가 늘어진다. 냉장실에서 썩힐 거 다른 실험실로 넘긴다는데 그게 무슨 죄가 되냐구? 박 대리 말대로 내가 훔치려는 시약은 이곳에서 방치된 채 유통기한을 넘길 것이고 언젠가는 폐기처분 될 것이다. 티푸. 저 시약이 얼마짜린 줄 알아? 자그마치 삼천만 원어치가 넘어. 나디 구하러 안 갈 거야? 눈이 번쩍 뜨인다. 불이다. 불길 속에서 먹구름이 솟구친다. 사람들의 울부짖는 소리가 모터소리에 찢긴다. 다카 방직공장에 불이 났다. 유튜브 동영상이 눈앞에서 돌아간다.

"나디가 행방불명됐어. 티푸, 돌아와."

티푸! 나디가 나를 부른다. 촛불을 들고 있다. 뉴델리에는 전기가 자주 나갔다. 우리는 촛불을 켜놓고 춤을 추고 요가를 했다. 우다이푸르로 가는 기차가 출발하는 순간 내가 뛰어내린 것은 나디로부터의 도망이 아니었다. 가난 속에서 안주해야 하는 환경으로부터의 탈출이었다.

누군가 전류가 흐르는 못으로 내 이마에 줄을 그어대고 있다. 손을 뻗어 쳐내버리고 싶은데 꼼짝할 수 없다. 나디는 살아 있을 것이다. 무너진 건물 속에서도 요가를 하며 숨을 고르고 체온을 유지하고 있을 것이다. 내가 한국으로 도망친 것을 몰랐던 나디는 만삭이 된 몸으로 나를 찾아 다카로 갔다. 나디를 거둔 사촌이 장문의 이메일을 보냈지만 난 답장을 보내지 않았다. 일주일 전 인터넷으로 다카 화재 소식을 접했을 때 나는 처음으로 사촌에게 전화를 했다. 한국에 도착하고 처음 한 전화였다. 사촌은 전화를 기다렸다는 듯 울음부터 터뜨렸다. 나디가 행방불명됐어. 화재현장에 있었거든. 티푸, 돌아와.

잠이 들었던 것일까. 아니, 만일 잠이 들었다면 나는 죽었을 것이다. 죽은 것일까. 냉장실 모터 소리가 너는 아직 살아 있다고 대답한다. 몸을 움직여야 한다. 팔꿈치를 바닥에 대고 엎드린다. 앞팔로 바닥을 누르며 엉덩이를 들어 올린다. 물구나무서기를 하듯 한 발씩 차올린다. 마치 보이지 않는 끈이 내 발목을 끌어올려 주는 것 같다. 다리가 전갈의 두 집게처럼 균형감 있게 공중에 떠있다. 들숨과 날숨이 물의 흐름처럼 자유롭다. 복근이 거북이 등처럼 단단해진다. 설마 이것이 꿈은 아니겠지. 순간 내 두 다리가 바닥으로 떨어진다. 뱃속에서 무엇인가가 꿈틀거린다. 스멀스멀 기어올라 내 숨통을 막았다.

"꽥, 꽥."

까맣고 반들반들한 전갈 한 마리가 내 목구멍에서 튕겨져 나왔다. 성대를 찢어놨는지 비명조차 지를 수가 없다. 전갈이 다시 내 몸속으로 들어올지 모른다. 입을 다물고 싶다. 몸을 웅크리고 싶다. 몸이 꼼짝하지 않는다. 후후후. 가쁘게 내뱉는 날숨에 두 입술이 타들어간다. 다행히 전갈은 나를 거들떠보지도 않고 어둠 속으로 사라진다. 무슨 소리가 들린다. 전갈이 사라진 것이 아니다. 암흑보다 더 캄캄한 어둠 속에 숨어 무엇인가를 갉아먹고 있다. 두 손으로 귀를 틀어막아도 고막을 찢는 듯한 소리를 없앨 수가 없다. 냉장실을 통째로 갉아먹을 모양이다. 빛이 쏟아진다. 전갈이다. 눈에서 불을 뿜으며 나를 향해 기어오고 있다. 아악.

티푸! 눈 좀 떠봐. 익숙한 목소리가 나를 깨운다. 이번 실험 결과가 가설과 맞지 않아 비관이 컸나 봅니다. 박 대리 목소리다. 졸업도 막막하게 된 거죠. 무슨 소리야? 내 논문은 거의 통과되었다구. 벌떡 일어나 고함치고 싶지만 힘만 주어도 철수세미로 목을 긁어내리는 것 같다. 나는 졸업과 동시에 미국으로 가 포스트닥터 과정을 밟을 것이다. 제 폰에 티푸 부재중 전화가 여러 번 남겨져 있어서……. 환청이 분명하다. 눈을 떠야 한다. 잠이 들면 안 된다. 나는 죽을 준비가 되지 않았다. 아직 알라의 품으로 돌아가는 길을 배우지 못했다. 빛의 잔상이 꼬물댄다. 전등이 켜져 있던 자리가 분명하다.

"저 불빛이 끝나는 곳에 알라의 얼음궁전이 있어, 티푸."

아버지는 도심의 휘황찬란한 야경을 가리키며 알라의 궁전 이야기를 해 주었다.

"알라는 나쁜 짓을 한 사람을 궁전으로 초대한단다. 맛있는 음식으로 배를 채우게 한 다음 지하에 있는 얼음방으로 가게 하지. 그 방은 진귀한 보석으로 가득하지만 안에서는 문을 열 수가 없거든. 보석에 정신이 팔려 있는 사이 알라는 밖으로 나와 문을 닫아버리서. 회개할 때까지 말이야."

매미 우는 소리가 고막을 찢는다. 아니, 모터 소리다. 나는 아직도 냉장실 안에 있는 것이 분명하다. 이제 그만 돌아와. 사촌이 했던 말을 아버지가 다시 하고 있다.

"이제 그만 돌아와, 티푸. 스위티가 자꾸 엄마를 찾아."

죽으면 아버지와 엄마를 만날 수 있을까? 그래서 더욱 죽을 수가 없다. 사바사나부터 다시 시작하면 된다. 누운 상태로 손바닥을 위로 한다. 하늘을 향해 두 손을 편다. 뜨거운 액체가 목젖을 적시며 몸속으로 흘러든다. 나는 훔치기만 했다. 부모에게서 선한 아들을 훔쳤고 나디로부터 사랑하는 남자를 훔쳤다. 스위티에게서 자상한 아빠를 훔쳤고 친구들에게서 유쾌한 친구를 훔쳤다. 나에게서 웃음을 훔쳤고 알라로부터 신실한 한 자녀를 훔쳤다. 그 모든 것을 훔쳐 나는 섭씨 4도 냉장실 안으로 도망친 것이다.

눈을 감는다. 수 없이 깜박이는 빛의 편린에 눈이 찔려 감을 수가 없었다. 암흑보다 더 캄캄한 어둠 속에 이제 나를 맡긴다. 몸이 한 개 점이 될 때까지 나에게서 멀어진다. 그 점에서 다시 시작할 수 있을 것이다. 나는 아직 숨을 쉬고 있다. 멀리, 아득히 먼 곳에서 기차 소리가 들려온다. 전기드릴의 두둘거리는 소리에 내 몸이 흔들리는 것 같기도 하다.

당선소감 : 송지은

'꿈은 ☆ 이루어진다'의 ☆을 붙든 도전

화초에 물을 주고 다시 앉았다. '당선소감'을 써놓고 한참 고민하며 앉아 있었다. 화분이 눈에 들어왔다. 해피트리, 파피루스……, 물보 수 국까지 아래쪽 잎사귀가 누렇게 말라가고 있었다. 목마름에 약한 작은 꽃들이 사라진 지 오래되었다. 소설을 쓴다고 틀어박혀 있는 동안 사라 진 것이 어디 그것뿐일까.

신춘문예에 응모하는 나를 보고 누군가 말했다. 불가능에 도전하는 당신은 아름답다. 내 나이와 신춘문예라는 제도의 특성을 잘 아는 사람 이기에 할 수 있는 말이었다. 내 생각도 비슷했다. 하지만 나는 '꿈☆은 이루어진다'를 붙들었다. 특히 ☆을. 소설이 좋고, 쓰고 싶은 마음을 ☆ 이 주었다고 믿는다. 앞으로도 나는 ☆을 붙들 것이다.

나의 글이 세상 사람과 소통할 공적 자격을 주신 국제신문과 심사위 원 정찬 선생님, 이순원 선생님, 이상섭 정인 예심위원님 감사합니다. 소설일 수 없는 첫 글을 소설로 읽어주시고 용기까지 주셨던 전상국 교 수님 감사합니다. 최인 선생님, 박상우 선생님, 최덕용 씨 그리고 함께 공부한 문우님들 감사합니다.

존경하는 아버지. 날마다 기도해 주시고 응원해주신 덕분이에요. 사 랑하는 엄마 그리고 어머님 아버님께 이 기쁨을 올립니다. 하늘에서도 평안하시죠? 현철 민철. 너희가 엄마 소설의 시작이었다. 늘 고마워. 사 랑하는 석무, 의선, 다윗, 은송, 요셉 그리고 은강. 평생의 영감이 되어

줄 것을 믿어. 응원해주신 대전 가족과 대구 가족 고맙습니다. 기다려준 친구들, 집사님들 고마워요. 이 작품의 영감을 주고 이름까지 빌려준 무하마드 티푸 술탄과 무하마드 하싼에게 감사를 전합니다. 조나단. 당신이 곁에 있어서 모든 것이 가능했습니다. 앞으로 빨래 건조대에서 속옷가지를 걷어 입는 일은 없게 할게요.

　너의 이름을 부르면 당선소감을 끝낼 수 없을 것 같아 마지막으로 부른다. 내 동생 선영! 지난 두 달 너의 검정코트를 입고 글을 썼어. "언니는 재밌고 사람들 막 울리는 작가가 되었으면 좋겠다." 네가 있는 곳으로 가게 될 그 날까지 잊지 않을게. 미안해. 고마워. 사랑해 선영아.

외국인 연구자의 삶에서 우리의 모습 잘 그려내

좋은 소설은 서사가 스스로 주제를 만들어간다. 현실을 바탕으로 하면서도 현실과는 또 다른 낯선 모습을 통해 우리에게 역설적으로 다시 현실의 문제를 이야기해야 한다.

본심에 올라온 작품 가운데 '감마선은 달무리 얼룩진 금잔화에 어떤 영향을 끼쳤는가' 와 '기찻길' 은 주제를 전면에 드러내다 보니 서사가 너무 도식적으로 흐르고 말았다.

'세공' 은 은세공을 소재로 군데군데 묘사가 빼어나기는 하지만 은세공의 이야기와 사람과 사람 사이의 이야기가 따로 노는 느낌이었다. 바라나시로 떠나는 남자의 이야기보다 주인공의 삶에 더 깊이 천착했으면 하는 아쉬움이 있다.

'지하1층' 은 전철역 지하층에서 생활하는 사람들의 삶은 충실하게 그려냈지만, 저마다의 삶이 너무 설명적이고 인물 간의 긴밀함이 없어 전체적으로 작품 밀도가 떨어진다. 마지막 심사에서 '안드로메다은하로 가자' 와 '알라의 궁전' 이 경합했다. 두 작품 다 당선작으로 내도 좋은 작품이긴 하지만 '안드로메다은하로 가자' 는 문장도 구성도 다 좋지만 결말이 너무 쉽게 보인다는 지적을 피할 수 없었다.

거기에 비해 당선작으로 뽑은 '알라의 궁전' 은 한국 연구기관에 들어와 있는(마치 외국 노동자와 비슷한 처지의) 외국인 연구자 시각으로 그들의 삶을 이야기하는 듯하지만, 한 꺼풀 속내로 들어가 보면 그것이 바로 여지없는 우리의 모습임을 너무도 잘 그려내고 있다. 이야기의 전개도 무리가 없고, 무엇보다 끝까지 긴장감을 놓치지 않는다. 잘 생긴 새로운 신인의 출발을 축하하며 응모자 모두의 정진을 바란다.

농민신문 정정화

1968년 울산 출생
1992년 동아대학교 국어국문학과 졸업

　달빛이 밝아서인지 앞집 담벼락에 담쟁이가 새순을 틔우고 작은 손을 시멘트벽에 고정시키고 있는 게 보였다. 그 많은 우여곡절에도 살아남은 담쟁이가 한 그루 있었다. 길이 꺾이지 않은 초입에 위치하고 있어서 겨우 살아난 듯했다. 지난날 담장을 가득 메웠던 담쟁이의 푸른 행렬처럼 새 담장을 타고 진군할 보드라운 순을 오래도록 쳐다보았다.

농민신문

담장

정정화

 귀를 찢는 듯한 쇳소리에 잠이 깼다. 창문이 흔들리고, 바닥에서는 미세한 진동이 느껴졌다. 나는 불편한 손님을 맞이한 주인같이 언짢아졌다. 주섬주섬 옷을 입고 밖으로 나갔다. 담장 너머 앞집에는 굴착기가 기와집을 뭉개고 있었다. 집을 새로 짓는다고 하더니 드디어 공사를 시작한 모양이었다. 소들이 우는 소리가 요란스레 들렸다. 소들은 누웠다가 내가 들어가면 무거운 몸동작으로 천천히 일어나곤 했는데 오늘따라 큰 눈을 끔벅이며 모두 일어서 있었다. 암소 여덟 마리에 수송아지 두 마리가 내가 키우는 소의 전부다. 그중 몇 놈은 습관처럼 꼬리를 올려 좌우 등짝을 탁탁 쳤다. 짚을 먼저 주고 바가지에 사료를 퍼서 구유에다 부었다. 소들이 우적우적 씹는 소리를 냈다. 늘 들어도 맛있는 소리다. 소의 분뇨냄새가 아침 공기를 타고 콧속을 파고들었다.
 구제역 때문에 키우던 소와 돼지를 모두 땅에 묻고 새로 시작하기까지 힘든 고비를 넘었다. 매끼마다 맞닥뜨리던 놈들을, 멀쩡하게 눈을 끔벅이는 놈들을 모두 죽여야 한다고 했을 때 눈앞이 캄캄했다. 두 번 다시 짐승을 키우지 않겠다고 고집을 피우다가 배운 일이 그것뿐이라 다시 소를 키우게 됐다. 구제역이 발생했을 때, 소는 죽어서 매몰을 했지만 돼지는 산 채로 묻었다. 굴착기로 구덩이를 파고 수백 마리의 돼지를 집어넣는다. 굴착기에 달린 차갑고 두꺼운 쇳덩이가 돼지를 구덩이로 밀어 떨어뜨린다. 처음엔 땅을 짚고 서 있던 돼지들이 숫자가 늘어나면서 서로 올라서려고 짓밟으며 찢어질 듯한 비명을 지른다. 틈 없이 빽빽해지자 돼지들이 앞발을 들고 사람처럼 기립 상태로 절규한다. 돼지들의 귀를 찢는 듯한 울음소리가 아비규환을 방불케 한다. 죽을힘을 다해 다른 돼지를 밟고 올라서지만 계속 떨어지는 돼지들에 의해 결국 압사당한다. 맨 위의 돼지들 역시 흙에 덮여 죽는다.

시간이 제법 지났지만 아직도 어제 일처럼 잊히지 않는다. 나는 눈을 질끈 감고 고개를 가로저었다. 굴착기의 진동이 텅 빈 돈사를 뒤흔드는 바람에 그때의 기억이 생생하게 재생되었다.

앞집으로 가는 길, 우리 집과 경계인 담과 길 쪽으로 난 담벼락에 담쟁이들이 무성했다. 푸른 잎들이 아침 이슬을 머금고 햇빛을 받아 은빛으로 반짝였다. 얼기설기 무리를 이루고 뻗쳐나가는 게 씩씩한 군인 행렬 같았다. 작은 흡착근이 벽에 딱 붙어서 얽히고설켜 있었다. 어릴 적엔 영남 형과 함께 담쟁이잎 아래의 줄기를 가지고 눈꺼풀에 끼워 눈을 크게 만드는 장난을 치곤 했다.

쌍꺼풀진 눈이 유난히 동그란 형수가 입을 야무지게 다물고 팔짱을 낀 채 작업을 지켜보고 있었다. 나는 가볍게 목례를 하며 들어섰다. 구릿빛으로 그을린 피부의 영남 형이 눈가에 굵은 주름을 잡으며 웃는 얼굴로 나를 맞았다.

"인자 드디어 새 집을 짓는갑네."

"응, 동생 왔나? 나야 뭐 그대로 살아도 괜찮은데 집사람이 불편해서 살 수가 없다니 별 수 있나."

영남 형이 아쉬움과 설렘이 뒤섞인 듯 모호한 표정을 지었다. 먼지가 날리며 한쪽에 남아 있던 망와가 풀썩 내려앉았다. 허물어져가는 기와집을 바라보니 지난날 팔작지붕을 자랑하던 위풍당당한 모습이 생각났다. 영남 형네는 마을에서 늦게 집을 새로 짓는 축에 속했다. 기와집이 여느 집보다 크고 깨끗해서 다른 집에 비해 느지막이 양옥으로 바꿀 마음을 낸 것이다. 그것도 형이 형수와 결혼하지 않았다면 새로 지을 마음이 없다고 얘기하곤 했다. 형은 사람 좋고 착실했지만, 혼처가 나서지 않아 마흔이 넘도록 노총각으로 있다가 3년 전에 형수를 만나 가까스로 결혼했다. 형수는 전남편과의 사이에서 아들 하나를 둔 이혼녀로 형이 자주 가는 식당에서 만났다고 했다.

어릴 때부터 나는 영남 형 집에서 많이 놀았는데 형이 쓰던 작은방과 대청마루에 대한 기억이 선명했다. 작은방에서 주로 만화책이나 잡지 같은 흥미를 끌만한 것들을 보며 시간을 보냈다. 햇살이 실처럼 빛을 뿌리던 대청마루에서 딱지치기도 하고, 윷놀이도 하고, 잘 놀다 뜬금없이 싸워서 코피를 쏟기도 했다. 기억의 한 편에 자리잡은 애틋한 추억들도 함께 사라지는 것 같아서 쉬이 그 자리를 뜨지 못하고 서성거렸다.

하루 만에 아래채만 남기고 텅 비어버린 공간을 보며 현대적인 장비가 사람이 할 수 있는 몇 사람 몫의 일을 순식간에 해내는 점에 새삼 놀랐다. 소여물을 주려다가 일이 얼마나 진척되었는지 궁금해서 앞집으로 향했다. 가다보니 헐어버린 담벼락 터에 줄기를 잃어버린 담쟁이 밑동이 서너 장의 잎을 매단 채 떨고 있었다. 시골 담벼락에 운치를 더하며 영화를 누리던 날도 어제의 일이 되었다. 담쟁이가 잘려나간 흔적을 보니 앞집에 가보려던 마음이 싹 달아났다. 우리 집 외양간으로 발길을 돌렸다.

외국산 쇠고기 수입이 늘어나고, 구제역의 여파로 소값이 많이 떨어졌다. 소를 키워도 인건비와 사료비 충당이 어려운 실정이지만 특별한 대안이 없어 이제나저제나 키우고 있다. 소값은 떨어져도 한우의 고기값은 떨어지지 않아 수요와 공급이 원활하게 이루어지지 않았다. 중간에 폭리를 취하는 사람들이 있어도 그에 대해 문제삼는 일은 흔치 않았다. 언론에서 한 번씩 떠들었지만 어느 순간 슬그머니 꼬리를 감추었다. 농사가 천직이라며 살아온 세월이지만 농민의 삶은 도박하는 사람처럼 굴곡이 심하였다. 고추, 양파, 배추도 가격변동이 심했다. 수확도 안 한 배추를 그대로 갈아엎는 농가가 속출했다. 흙과 함께 찢겨져 뒤섞이는 배추를 보면 속병을 앓을 수밖에 없었다. 예전에는 농사지으면 배는 안 곯는다 했는데 요즘엔 아차 하면 빚더미에 앉기 쉬웠다.

비오는 날 빼고 여름 한 달 내내 집짓는 일이 시끌벅적하게 진행되었다. 나는 가끔 가서 집짓는 구경을 하기도 하고, 새참으로 먹는 막걸리를 한 잔씩 거들어 마시기도 했다. 앞집의 일이 내 일인 것처럼 뻔질나게 들락거렸다. 마누라는 그런 나를 흘겨보며 집안일이나 하지 쓸데없이 다닌다고 지청구를 했다.

맹렬하던 뙤약볕의 열기가 가라앉고 찬바람이 불기 시작했다. 앞집에서는 건물의 외장 페인트 작업까지 마쳐 드디어 집이 완공되었다. 내가 집을 새로 지은 것처럼 기분이 들떴다. 앞집으로 가는 길에 잘려나간 담쟁이덩굴 밑동에서 새로운 줄기와 잎이 나서 자라고 있었다. 담장이 허물어져 올라갈 곳이 없어 허방다리를 짚듯 허공을 향해 손을 뻗은 모습이었다. 질긴 생명력을 자랑하며 새 움을 틔운 녀석들이 갈 길을 잃고 공중 곡예를 하듯 흔들렸다. 영남 형에게 집이 다 지어진 걸 축하한다며 인사했지만 담쟁이를 생각하니 마음이 편하지만은 않았다. 형은 개구리처럼 튀어나온 눈을 이리저리 굴리며 열없게 웃었다. 내일부터 블록으로 담장 작업을 한다고 했다. 저만치 형수가 다가왔다.

"형석이 아빠, 내일 우리가 담장 작업하는데 예전에 우리 터였던 곳을 찾아서 담을 칠 거니까 그리 아세요."

"그기 무슨 말인교?"

"아따, 와 사람 말을 못 알아듣노? 원래 우리 땅이었던 터까지 넣어서 담장을 칠 거니까 경운기를 밖으로 빼놓든지 하라고요."

"그거는 그때 아제가 십시일반으로 모은 돈을 받고 내놓은 땅인데 지금 와서 글카면 우짜능교?"

"내사 마, 호랑이 담배 피던 시절의 이야기는 모르겠고, 우리 땅이니까 우리가 건사하는 거는 당연하다고 생각합니다."

"거 참, 그카면 우리는 우째 다니라 말인교."

"그러니까 경운기를 마을회관에 대놓든지 하라 안 합니까?"

도시에서 살다 시집온 티를 내는 형수의 말투가 앙칼졌다. 나는 화가 나서 가래침을 카악 내뱉었다.

"사람살이가 그런 기 아입니더. 형수요."

한 마디 하고는 뒤도 안 돌아보고 돌아섰다. 부아가 머리끝까지 치밀었다. 대문 옆 들어오는 길머리에 놓인 양동이를 발로 힘껏 찼다. 노란 양동이가 시멘트와 부딪히며 둔탁한 쇳소리를 냈다. 마당 곁 채마밭에서 잡초를 뽑던 아내가 영문을 모르겠다는 얼굴로 나를 빤히 쳐다봤다.

"에이 씨발, 더러워서."

입에서 욕이 튀어나왔다. 곧장 외양간에 가서 소에게 먹을 것을 챙겨 주는데 몸값이 잘 나갈 때는 그렇게 살갑던 녀석들이 사료만 축내는 것을 쳐다보고 있자니 울화가 치밀었다. 조만간 한 마리를 팔아야 밀린 사료비를 해결할 수 있을 것이다.

"많이 먹어둬라. 이놈들아."

소에게 사료를 챙겨주면서도 형수가 한 말이 자꾸 생각나 돌아가는 세탁기에서 이는 세제 거품처럼 분한 마음이 부풀어 올랐다.

밤이 새도록 길에 대한 생각에 골몰해 있었다. 앞집에는 아직 사람들이 오지 않았는지 별 기미가 보이지 않았다. 일찌감치 소여물을 주고, 외출 준비를 서둘렀다. 앞집에 가서 별난 형수에게 얘기해 봐야 본전도 못 찾을 거고, 면사무소에 가서 민원을 제기해 볼 심산이었다.

'친절 봉사 행정 실현'이라고 적힌 현판을 뒤로 하고 지루한 낮빛을 한 공무원들이 자리를 지키고 있었다. 그중에 나를 알아보는 직원이 인사를 건넸다. 건축 민원과 관련해서 볼일이 있어 왔다고 하니 담당자가 있는 쪽으로 안내해줬다. 담당 직원은 사무적으로 인사하고 무슨 일로 방문했느냐고 물었다. 나는 아버지 세대에 있었던 일부터 시작해서 지금 담을 길 쪽으로 나와 치려고 한다는 것까지 내력을 이야기했다. 담당 직원은 어쨌든 좋은 쪽으로 합의를 하는 것이 좋지 않겠느냐며 영남 형

네로 전화를 걸어 설득해 보겠다고 했다. 좋게 해결하고 싶지만 막무가 내인 형수의 호기어린 눈동자가 예사롭지 않아 신경 쓰였다.

집으로 돌아오는데 엉킨 실타래처럼 머릿속이 복잡했다. 다리 너머에 끊임없이 들어오는 신설 공장들이 검회색 매연을 뿜어내고 있어 괴괴한 분위기를 자아냈다. 그 주변이 산업 단지가 되면 지역주민에게 취업의 혜택을 주고, 인구가 유입되어 발전이 될 것이라는 말은 무지갯빛 환상 일 뿐이었다.

통근차 수십 대가 아침저녁으로 나다니며 인근 대도시로 직원들을 실어 나르는 바람에 난데없이 출퇴근 시간이면 차가 막히는 기현상이 생겼다. 사람들은 통근의 불편함에도 아이들의 교육환경이 열악한 곳으로 이사를 하지는 않았다. 공장 굴뚝에서 내뿜는 짙은 회색 매연은 오랫동안 이어져 내려온 청정지역의 공기를 오염시켰고, 페인트 냄새 같은 독한 냄새를 공기에 실어 날랐다.

골목으로 들어서는데 길 모양이 이상했다. 곧은길에 뭔가 뾰족하게 튀어나온 부분이 있었다. 이미 땅에 홈을 파서 선을 그어놓은 상태였다. 내가 면사무소에 갔다오는 사이에 작업을 시작한 모양이었다. 경운기가 들락거리기 힘들 정도로 좁게 남겨두고 구획이 되어 있었다. 다짜고짜 앞집으로 달려가 형을 불렀다.

"왔는가?"

영남 형이 약간 멋쩍어하며 마주치는 눈길을 외면했다. 그 옆에 형수가 불퉁한 얼굴로 나를 쳐다봤다.

"형, 진짜 너무 함더. 아무리 그래도 경운기 길이라도 내줘야 농사를 지을 거 아닌교? 내가 살다 살다 별꼬라지 다 보겠소. 돈 받을 땐 무슨 맘이고 이제 와서 땅을 찾아가겠다니 칼만 안 들었지 완전 강도짓 아인교?"

"아따, 뭐라 캅니까? 이제까지 남의 땅 밟고 잘 다녔으면 고맙다 해야지 이게 무슨 경웁니까? 권리를 주장하려면 서류를 내놓든가. 안 그러면 남의 일에 감 놔라 배 놔라 하지 마세요."

"사람 인정이 그런기 아이다 아인교? 농사짓고 먹고 사는데 이레 길을 막아뿌리면 우째 살아라 말인교? 딱 가다가 죽어라 말인교?"

눈길을 피하는 영남 형의 멱살을 우악스레 움켜잡았다.

"와 이카노?"

영남 형이 피하려 했지만 내 주먹은 이미 형의 얼굴을 강타하고 있었다. 한 대 맞은 형이 씩씩거리며 나의 멱살을 잡으려고 했다. 잇달아 주먹으로 형의 얼굴을 때렸다. 순간 붉은 피가 형의 코에서 퍽 쏟아졌다. 흥분된 나는 주먹을 휘둘러댔다. 하늘색 와이셔츠에 영남 형의 코피가 범벅이 되어 퍼져나갔다. 순간 머리에서 탁 하고 둔탁한 소리가 나면서 깨질 듯한 통증이 느껴졌다. 형수가 곡식을 옮겨 담을 때 쓰는 빨간 바가지로 내 머리를 내려친 것이었다.

"남의 신랑 잡을 일 있나? 어디 와서 행패고 행패는."

코피를 계속 쏟고 있는 형을 보니 정신이 퍼뜩 들었다. 억울한 마음으로 치자면 불이라도 지르고 싶었지만 고함을 치며 그곳을 물러났다.

사람만 겨우 드나들 정도의 길 모양을 보니 흉측하기가 그지없었다. 구획작업을 하면서 몇 뿌리의 담쟁이는 뿌리째 뽑혀나가고 없었다. 작은 손가락을 하늘로 뻗고 구원을 요청하던 녀석들이 담벼락 옆에서 맥없이 몸을 늘어뜨린 채 시들어가고 있었다.

"갔던 일은 우째 됐는교? 에구머니나, 우야다가 온몸에 피를 이레 묻히가 왔는교?"

아내가 단춧구멍만한 눈을 동그랗게 뜨고 호들갑을 떨었다. 걱정스런 눈으로 달려드는 아내를 무시하고 외양간으로 갔다. 소들이 매일 쏟아내는 분뇨도 길이 없으면 실어낼 수가 없다. 소들이 철퍼덕 철퍼덕 똥을 눈다. 분뇨가 켜켜이 쌓인다. 층계를 이루어 지붕에 닿고 축사 전체를 뒤덮는다. 우리 집 소들이 분뇨 속에 파묻히는 상상에 빠진 나는 몸을 흠칫 떨었다. 산다는 것이 문제에서 자유로울 수는 없겠지만 이렇게 대책 없이 힘들 때는 많지 않았던 것 같다. 소들이 엉덩이와 다리 쪽에 분뇨를 잔뜩 묻히고 서 있었다. 아버지나 앞집 아제가 살아 돌아온다면 일이 쉽게 해결될까? 면직원이 형수에게 전화하면 효과가 있을까? 방도를 찾지 못한 나는 애가 탔다. 그날따라 밧줄을 풀고 돌아다니는 놈, 철 구조물을 망가뜨려놓은 놈 등 소들이 가지가지로 애를 먹였다. 갈수록 거구거산이라고, 살았을 적 어머니가 하던 말이 생각났다.

저녁을 먹는다고 있는데 대문간이 떠들썩했다. 양철 긁는 목소리를 내는 앞집 형수였다.

"내가 알아듣도록 말을 했건마는 뭣 땜에 면사무소에 말을 해가 이리 시끄럽도록 하는지 모르겠네."

반말로 마당에서 한 마디 뇌까리고는 방으로 득달같이 달려왔다.

"대통령이 뭐라 캐도 우리 땅 찾아서 담 칠거니까 그리 알아요."

살집 없이 깡마른 얼굴에 부리부리한 눈이 금방이라도 사람을 잡아먹을 기세였다.

"우리도 농사는 짓고 살아야 할 거 아닌교?"

"그건 이 집 사정이고 우리가 알 바 아니지."

"형님요, 듣자듣자 하니 너무 하네요. 이웃에서 우째 그럴 수가 있는교?"

못내 아는 척을 하지 않던 아내가 정색을 하고 한 마디 거들었다.

"이웃이고 뭐고 나는 다 필요 없으니까 이 일 갖고 동네 시끄럽게 떠들고 다니지 마세요. 온 면에 소문나서 어디 얼굴 들고 다니겠나?"

목까지 분노가 차올라 고함을 칠까 하고 있는데 형수는 어느새 방문을 열고 휑하니 등을 보였다. 늘 일방적인 태도로 심기를 건드린다. 아내도 분을 못 참겠는지 설거지를 하면서 구시렁거리고 있었다.

밤새 뒤척이느라 잠을 도통 이룰 수가 없었다. 경운기가 못 다니면 농작물도 실어나르기 어렵고, 소를 키우면서 해야 하는 일도 하기 힘들어진다. 그런 실정을 뻔히 알면서도 담을 치겠다는 형수도 그렇지만 그냥 따라가는 영남 형도 괘씸하기는 마찬가지였다.

추수를 대비하여 논도랑을 치기 위해 집을 나섰다. 앞집 공사장 옆을 지나는데 삼각자의 꺾어진 등허리 모양으로 삐져나온 선을 보니 잠시 가라앉았던 분통이 다시 치밀어 올랐다. 어릴 적 영남 형과 함께 소먹이러 다니고, 딱지치기, 구슬치기, 썰매타기를 했던 생각이 났다. 친형제처럼 웃고 울고 했던 시절이 아득한 옛일같이 느껴졌다. 나는 홈을 파기 위해 박아둔 말뚝을 발로 한 번 차서 비뚜름하게 만들고는 가던 길을 계속 갔다.

금빛으로 넘실대는 들판에는 벼들이 고개를 숙이고 있었다. 벼에 내린 투명한 이슬이 햇빛에 반짝거렸다. 군데군데 거미줄이 갓 세공을 마친 수정처럼 영롱한 이슬을 매달고 미풍에 가만가만 흔들렸다. 내 기분과 상관없이 벼들은 잘 여물어가고 있었다. 물이 많이 고이는 고논으로 들어가서 물 빠짐이 좋아지도록 논도랑을 치기 시작했다. 해마다 하는 일인데도 그날따라 허리가 뻐근하고 뒷다리가 평소보다 당기는 것이 피로가 몰려왔다. 고인 물에서 비릿한 물비린내가 올라왔다. 제대로 먹지 못한 바람에 속에서 헛구역질이 올라왔다. 어지럼증을 간신히 참으며 벼 포기를 뽑아 물길을 텄다. 내가 치는 논도랑처럼 앞집과의 일도 시원하게 해결되면 좋겠다는 생각이 들었다. 한나절 동안 일을 하고 나니 허리를 펴기가 힘들었다. 한 공기의 밥을 먹기 위해서 몇 번이나 사람의 손을 거쳐야 하는지 농사짓지 않는 사람들은 잘 몰랐다. 주인의 발자국 소리를 듣고 자란다는 벼가 아니던가. 일이 힘들 때마다 농부들의 숨은 땀에 대한 생각을 떨치지 못했다.

우리 집에는 아직 콤바인이 없어서 바인더로 벼를 베야 한다. 이웃집 콤바인을 불러서 하면 마지기당 나가야 하는 돈이 만만찮다. 1년 동안 농사지은 수고가 거의 헛농사에 가까워질 수도 있다. 조금이라도 비용을 아끼기 위해 바인더로 작업하려니 고생도 되고 일도 더뎠다. 그렇다고 수천만 원이나 되는 콤바인을 살 엄두는 더더욱 낼 수가 없다. 농사지어서 그렇게 큰돈을 만들기가 쉽지 않은 것이다. 시대 따라 사람들이 쉽게 하는 농사법을 따르는 것이 어쩔 수 없다고 여기면서도 한편으로는 한심하다 싶었다. 부대비용은 늘어나고, 생산성은 빤한 농사의 미래가 불투명하고 대비책을 마련하는 것 또한 쉽지 않았다. 초등학교에 다니는 아이들이 조금 더 자라면 교육비가 만만치 않게 들 것이다. 축사에 소를 불려가는 것을 낙으로 삼았는데 그것마저도 소값이 떨어지면서 사료비를 충당하고 나면 인건비조차 건지기 힘들었다. 우울한 생각을 하면 끝이 없을 것이고, 마지막 벼 포기를 뽑아 옮기면서 생각을 바꾸려고 안간힘을 썼다.

일을 끝내고 돌아오는 길에 보니까 벌써 홈 아래로 옹벽공사가 한창 진행 중이었다. 화가 머리끝까지 치솟았다.

"형, 진짜 이럴 긴교?"

"우야겠노. 미안하지만 우짤 수가 없네. 집사람이 자기 뜻대로 안 해주면 집을 나가겠다고 카니 낸들 방법이 없다네. 벽을 치면 경운기가 나갈 수 없으니 우선에 회관 앞에라도 갖다 대놓게."

"이놈의 담벼락 그냥 다 뿌사버리고 말끼라."

씩씩거리며 집으로 돌아왔다. 도저히 묘수가 떠오르지 않았다. 늦은 나이에 이혼녀와 결혼할 수 있었던 어리숙한 영남 형이 형수의 엄포에 기가 죽은 것이었다. 우선에 경운기를 회관 앞에라도 옮겨놓아야 방법이 없었다. 담장 작업이 본격적으로 시작되면 실제로 경운기를 옮기는 일은 불가능하다. 자존심이 상했지만 어쩔 수 없이 경운기를 회관 앞에다가 옮겨놓았다. 오는 길에 이장을 만나 자초지종을 말하고 하소연을 했다. 이장은 국민권익위원회에 민원을 바로 넣으면 빨리 해결되니까 그렇게 해보라고 말했다. 조급한 마음에 내일 만나 그곳에 넣을 서류 준비를 좀 도와달라고 했더니 흔쾌히 그러마고 고개를 끄덕였다.

이장을 만나려고 가는 길에 담장 작업을 하는 인부들이 보였다. 낯선 사람들인데도 왠지 미운 마음이 생겼다. 굳은 표정으로 그 사람들을 쏘아보았다. 인부들은 그런 내게 관심도 주지 않고 시멘트블록을 쌓아올렸다. 기필코 저 담장을 무너뜨리리라, 나는 마음을 다져먹었다. 여러 번 마을 일을 맡아 경험이 많은 이장은 어렵지 않게 민원서류를 작성했다. 그동안 있었던 사실을 죄다 넣어서 서류를 꾸몄다. 이장이 작성한 내용을 읽으며 당장이라도 일이 해결될 것처럼 마음이 바빴다. 나온 김에 우체국에 들러 서류를 등기우편으로 보냈다.

집으로 가는 길에 담장 옆을 지났다. 무릎 위까지 쌓아올려진 담장은 길을 더 좁아보이게 했다. 마음 같아서는 쇠메를 들고 와서 담을 뭉개버리고 싶었다. 담쌓는 인부들을 눈으로 흘기며 지나갔다. 담을 쌓는데 열중하던 인부 한 명이 나를 힐끗 쳐다보았다. 턱밑에 덥수룩하게 자란, 깎지 않은 수염까지 밉살스레 보였다.

작업복으로 갈아입고, 장화를 신고 외양간에 갔다. 분뇨를 쳐낼 때가 되어서 소의 발이 분뇨에 푹푹 빠지고 냄새가 심했다. 다리 중간까지 똥이 거멓게 묻어 질척거리고 있었다. 내 발이 그 속에 파묻힌 것처럼 찝찝한 느낌이었다. 경운기로 한 번 쳐내면 그만일 테지만 지금의 길 상태로는 일하기가 어려울 것이다. 작은 수레를 이용하여 꺾어진 담장 부분에서 옮겨 실어야만 작업이 가능하기 때문이다. 당장 축사의 분뇨부터 해결해야 하는데 내 입술은 위 아래로 자꾸만 앙다물어졌다. 영남 형 내외에 대한 증오심이 한여름의 태풍처럼 회오리쳤다.

회관 앞에 있는 경운기를 몰고 왔다. 소의 분뇨를 작은 수레에 삽으로 떠서 싣고, 그것을 다시 경운기로 옮기는 작업은 쉽지 않았다. 길이 갈라지는 곳에서 경운기를 돌려 뒤로 들어와야 했다. 시간과 노력이 두세 배는 더 들었다. 앞으로 이 일만이 아니라 짚을 들이거나 벼를 담은 포대를 실어나를 때도 똑같은 수고를 해야 한다. 생각할수록 화가 치밀었다. 여러 번 옮기다 보니 옷에 분뇨가 묻고 길바닥에 떨어지고 난리였다.

나는 계속 구시렁거리며 작업을 했다. 인부들은 일찍 퇴근하고 없었지만 집 안에 분명 사람이 있을 텐데도 앞집에서는 아무도 내다보지 않았다. 한 시간이면 끝날 일을 네 시간에 걸쳐 하고 나니 날이 어둑해져 있었다. 일하는 과정이 힘들고 속도가 나지 않아 진이 빠지고 속은 부글부글 끓었다.

한밤중에 새 담장이 있는 곳으로 갔다. 담장을 뭉개버릴 마음으로 허리 부분까지 쌓아올려진 곳에 올라가서 발로 밀어보았다. 꿈쩍도 하지 않았다. 형 집 아래채의 문이 열리는 소리가 났다. 흠칫 놀라 내려서려 했으나 발이 시멘트블록 사이에 끼었다. 슬리퍼를 신고 나오는 것이 아니었는데 발을 빼내는 순간 슬리퍼가 시멘트블록의 구멍 속으로 들어가 버렸다. 손을 넣어 빼내려 했지만 어찌된 일인지 더 깊이 들어가 버렸다. 문을 열고 형수가 나오고 있었다. 나는 한쪽이 맨발인 채로 부리나케 집으로 줄행랑을 쳤다. 한밤중에 다시 나가 찾아보려 했는데 낮에 분뇨를 치우느라 진을 뺀 탓인지 잠이 들어 일어나지 못했다. 다음 날에 나가보니 담장 작업이 더 진행되어 있었다. 내 슬리퍼는 담장 속에 파묻혀 찾을 수가 없었다.

눈이 빠지게 기다리던 우편물은 보낸 지 보름이 넘어서야 배달되었다. 국민권익위원회의 주소가 찍힌 서류봉투를 조심스럽게 개봉했다. 그곳에 회신 내용을 보니 통행만은 보장해줘야 한다는 원론적이고 애매한 답변이 적혀 있었다. 그것을 들고 이장에게 달려갔다. 이장은 동네 어르신들과 함께 영남 형을 설득해 보겠다고 했다. 그 길로 면사무소에 가서 담당자에게 민원 결과를 보여줬다. 농사짓는 경운기 길이라도 틔워 주면 좋겠다고 말했다.

"실소유자인데다가 길을 만들 당시에 주고받은 증거서류도 없으니 일이 쉽지가 않습니다. 다니는 길이 막힌 것도 아니어서 담을 허물기도 힘들어요. 게다가 그 집 사모님 성정이 보통이 넘던데……."

담당자는 난색을 표했다. 앞집에서 경운기 길을 막았으니 이건 농사짓는 사람더러 죽으라는 말과 같다며 담당자에게 짜증을 냈다. 한 번 더 설득해 보겠다는 확답을 받고서야 바빠 보이는 직원을 뒤로 하고 돌아섰다.

집으로 오는 길에 앞집에서 웅성웅성하는 소리가 들렸다. 동네 사람 네댓 명이 앞집 마당에 모여서 형 내외와 옥신각신하고 있었다.

"이번에 우리 땅을 확실히 안 해놓으면 언제 찾으라고요. 이렇게 와서 얘기해봐야 소용없으니까 확실하게 우리 땅이 아니라는 증거를 가지고 오세요."

형수의 목소리가 카랑카랑 울렸다.

"사람 사는 도리가 그게 아니지. 이집 선친이 살았을 때 그때 시세대로 값을 쳐서 길을 내준 거라 말일세."

바우 영감이 점잖게 한 마디 했다.

"우린 그런 거 모르니까 더 이상 그 일에 대해서는 왈가불가하지 마세요. 왜 남의 일에 일일이 간섭하고 드는지 모르겠네요."

"영남이 자네는 알잖는가? 이 동네 살라카면 서로 도우며 살아야지 이기 무슨 해괴망측한 짓이고."

말깨나 하는 소호 아제가 목에 핏대를 올리며 말했다. 영남 형은 아무 말도 못하고 쭈뼛거리며 서 있었다.

"지 땅 지 가져가는 게 무슨 문제가 되는지 법적으로 해결하세요. 그럼 매매계약서라도 가져와서 따지든지요. 저는 할 말 다했으니 모두 가주세요."

형수가 눈에 불을 켠 듯 희번덕이며 똑부러지게 반박을 했다. 동네 사람들이 더 이상 대화가 안 될 것 같은지 한 명 두 명 발걸음을 돌렸다.

"혼자 잘 묵고 잘 사소. 에이 더럽다 더러워. 어디서 굴러먹던 개뼉다구 같은 기 동네 들어와 물 다 흐리네. 자, 자, 사람도 아이니 이만 갑시다."

바우 아제가 소리를 고래고래 질렀다. 나는 멈칫거리다가 동네 어르신들을 보고 고개 숙여 인사를 했다.

"어이, 형석이. 인자 농사짓기 수월찮겠네. 이 집 안주인이 오죽 드세야 말이지."

공장에서는 오늘도 시커먼 연기를 내뿜고 있었다. 세상이 온통 잿빛으로 물든 듯 노랗게 익어 수확을 기다리는 벼들도 몸을 웅크린 모습이었다. 앞집을 지나쳐 오는데 형수가 대문간에 널어놓은 콩을 뒤집고 있었다. 인사도 하기 싫어 그냥 외면하고 지나치려 했다.

"이제 사람을 숫제 그림자 취급을 하네요."

"형수가 원인 제공해 놓고 뭔 참견인교?"

"도면을 보니까 옆집이 길을 많이 잡아먹고 있던데 왜 모두들 나만 못 잡아먹어 안달인지 모르겠네."

형수가 악을 쓰며 말할 때마다 눈썹이 올라갔다 내려갔다 했다. 형수를 똑바로 쳐다보지 않고 발길을 돌렸다. 더 이상 말을 섞고 싶지 않았다. 내일 면사무소에 가서 다시 한 번 방법이 없는지 알아봐야겠다고 생각했다. 형수가 성재 형 집에서 길을 잡아먹고 있다고 한 말도 어찌된 내막인지 확인해 봐야 할 것 같았다.

면사무소에 가서 지적도를 열람해 보니 실제로 성재 형 집이 길 쪽으로 나와서 담을 쳤다는 것을 알 수 있었다. 예전에는 큰 문제가 안 될 때 면 집의 경계를 주인 맘대로 치는 경우가 종종 있었다. 나는 농사짓는데 경운기가 들락거리지 못하는 게 말이 되느냐며 길을 둘러싼 주변 집에 대해 정확한 측량을 해달라고 민원을 제기했다. 담당 직원이 공부를 면밀히 검토하고 현장답사한 후에 가부를 결정해서 연락하겠다고 했다.

이 일을 성재 형에게 가서 말을 해야 하나 말아야 하나 망설였다. 말을 하면 형이 뭐라고 할까 걱정이 되었다. '에라 모르겠다, 될 대로 되라'고 생각하며 성재 형 집 대문에서 뒤돌아섰다.

농작물을 수확하여 집에까지 옮기려면 골머리를 썩이며 일을 하게 된 나는 더 이상 성재 형 생각을 하며 걱정하는 일을 하지 않게 되었다. 어떻게든 경운기가 다닐 길은 확보되어야 내가 농사를 지으며 살 수 있기 때문이다.

면사무소 직원과 군청 직원들이 와서 정밀 측량을 하고, 성재 형 집의 땅 일부가 길이라는 판정이 내려질 때까지 나는 바깥출입을 거의 하지 않았다. 괜스레 성재 형과 부딪히면 좋은 소리를 못 들을 것 같아서였다.

면사무소에서 성재 형네의 담을 허물어야 된다고 통보한 날이었다.

늦은 밤에 성재 형은 술이 잔뜩 취해 우리 집에 와서 한바탕 난리를 쳤다. 두 집이 싸우는데 내가 왜 피해를 봐야 하느냐며 같은 말을 반복하였다. 속으로 미안한 감이 있었지만 달리 방도가 없었기에 고개만 주억거렸다.

"시골 인심 이레 사나워져서 무서워 살겠나?"

성재 형이 원망할 때마다 쥐구멍이라도 있으면 숨고 싶은 심정이었다.

"나도 농사지을라 카면 우짤 수 있는교?"

성재 형이 원망스러운 듯 눈을 부라렸다. 그날 밤 성재 형의 핏발 선 눈이 오랫동안 뇌리에 박혀서 떠나지 않았다.

앞집에는 발길도 하지 않고 지내고 있었는데 이장으로부터 형수가 가출했다는 소리를 들었다. 성재 형과 내가 싸우는 모습을 보고 영남 형이 형수에게 우리가 양보하는 게 어떻겠느냐는 말을 했는데, 그 소리에 화가 난 형수가 영남 형과 대판 싸운 것이었다. 다음날 이른 아침에 형수는 가방을 싸서 집을 나갔다고 했다. 늦게 결혼한 영남 형이 안 됐다는 생각이 들었지만 들여다보지 않았다.

성재 형 집 주위로 측량선이 그어지고, 그 집 담장이 허물어지고 앞집에서 튀어나온 모양과 비슷한 형태로 담이 다시 쳐졌다. 옛날처럼 경운기가 일직선으로 가지는 못하지만 핸들을 꺾으면 경운기는 다닐 수 있게 되었다. 길이 완성되던 날 소의 분뇨를 경운기에 실어나를 때는 가슴 위까지 차오른 체증이 내려가는 기분이었다.

길을 가운데 두고 벌인 쟁탈전 때문인지 우리 세 집은 기름과 물처럼 데면데면하게 지냈다. 형 아우 하던 것도 아랑곳없이 내왕이 없었다. 그도 그럴 것이 서로에게 좋지 않은 감정까지 속내를 드러내 보인 것 때문에 마주보며 이야기하기가 어색했다.

"집사람이 돌아왔다. 이웃끼리 밥 한 끼 먹자."

뜻밖에도 영남 형의 전화였다. 그동안 영남 형을 찾아가 보지 못해 미안한 마음도 있고 해서 선뜻 가겠다고 했다. 소문에 형수는 아들 얼굴이라도 한 번 보려고 갔다가 못 만나고 여기저기 떠돌았다고 했다. 돈을 벌기 위해 예전에 다니던 식당에서 일하다가 일주일 전쯤에 장날에 낫을 사러 나간 영남 형과 조우해서 다시 집으로 돌아오게 되었다고 했다. 그 소리를 들었을 때 나도 모르게 안도감이 밀려왔다. 그날 동네 사람 대여섯 명이 함께 영남 형 집에서 밥을 먹었다. 성재 형도 섞여 있었다. 막걸리를 함께 내놓는 바람에 얼굴이 벌게지도록 마셨다. 술이 들어가니 처음에 어색하던 마음은 사라지고 언제 그랬느냐는 듯 형 아우 하면서 너스레를 떨었다.

"영남 형, 새 집 지어놓으니 넓어 좋네요."

"글라. 내사마 우리 집에 사람들이 이래 법석대는 기 더 좋다. 그동안에 여러 가지로 미안케 됐다. 고래 싸움에 새우등 터진다고 성재 니한테도 참말 미안타."

"고마, 됐다. 지난 야기하면 뭐하노. 술이나 묵자."

영남 형이 잔이 넘치도록 막걸리를 따랐다. 형수가 음식 뒷수발을 마치고 밥상 귀퉁이 쪽에 앉았다.

"형수도 한잔 하소. 내가 그동안 여러 가지로 형수한테 섭섭했지만 우쨌거나 이레 돌아와서 다행임더."

형수가 빈 술잔을 내밀면서 동그란 눈을 초승달처럼 하고 어색하게 웃었다. 술기운 탓인지 형수의 눈웃음이 밉지가 않았다.

술이 기분 좋을 만큼 취해 집으로 돌아오는 길이었다. 달빛이 밝아서인지 앞집 담벼락에 담쟁이가 새순을 틔우고 작은 손을 시멘트벽에 고정시키고 있는 게 보였다. 그 많은 우여곡절에도 살아남은 담쟁이가 한 그루 있었다. 길이 꺾이지 않은 초입에 위치하고 있어서 겨우 살아난 듯했다. 지난날 담장을 가득 메웠던 담쟁이의 푸른 행렬처럼 새 담장을 타고 진군할 보드라운 순을 오래도록 쳐다보았다.

욕심 내려놓고 침잠의 세월
더 보고싶은 그리움 써갈것

실낱같은 기대를 붙들고 연말 내내 전화를 기다렸습니다. 당선 소식을 들은 그날, 흥분으로 밤잠을 설쳤습니다.

문학적 성과에 목이 타던 때가 있었습니다. 열리지 않는 문을 두드리는 막막한 시간이 지나고 어느 순간 작가처럼 묵묵히 쓸 수 있을 때 소설가가 되겠지 하는 생각을 했습니다. 제 생각의 변화를 알아챈 것처럼 작품이 답을 해왔습니다.

꽃상여가 나가던 길에서 저도 모르는 그 무엇을 잃어버린 느낌을 붙잡고 싶습니다. 보이지 않아서 더욱 보고 싶은 것들에 대한 그리움, 풀어헤쳐 보기가 겁나는 알 수 없는 현실, 일상에서 주고받은 상처와 이야기하고 싶어서 오늘도 글을 씁니다.

제 작품에 큰 격려말씀으로 소설에 대한 열정의 불씨를 심어주신 권지예 선생님, 날마다 글을 써서 밥값을 하는 일이 작가의 소임임을 깨우쳐주시고 제 글이 튼실하게 자라도록 이끌어주신 장창호 선생님과 동리목월문창대학에서 가르쳐주신 엄창석 선생님, 이우상 선생님, 소설에 첫발을 딛게 해주신 조돈만 선생님 고맙습니다. 함께 글공부를 한 오두막 문우, 동리스터디 회원, 독자로서 작품을 읽어준 남편, 응원해준 딸 민정 · 현정, 그리고 여든이 넘어서도 밭을 일구시는 엄마와 이 기쁨을 나누고 싶습니다.

가던 길 계속 갈 수 있도록 길을 열어주신 농민신문사와 두 분 심사위원님, 진심으로 감사드립니다. 끊임없이 정진하는 작가가 되는 것으로 은혜를 갚겠습니다.

구성 탄탄하고 진행 안정적
화자의 소박한 시선 돋보여

본심에 오른 10편의 작품은 대체로 고른 수준을 보여줬다. 소재도 다양했고 저마다 개성을 지닌 작품들이어서 심사위원들을 적잖게 고민하도록 만들었다. 신중한 검토를 거쳐 마지막까지 남은 세 편의 소설은 〈독감〉 〈친전〉 〈담장〉이었다.

〈독감〉은 서민들이 모여 사는 소도시 주택가의 병원을 무대로, 간호사인 화자를 통해 노인 환자가 대부분을 차지하는 병원 내부의 일상적인 풍경들이 아기자기하게 그려져 있다. 다양한 인물들이 펼치는 자잘한 에피소드를 퍽 실감나게 엮어냈지만, 그것들을 하나로 묶어낼 만한 갈등구조와 중심사건이 빠져 있다는 게 치명적 약점이었다.

〈친전〉은 지하철 택배 일을 하는 노인의 하루를 차분하게 그려냈다. '친전'이라 적힌 스티커가 붙은 봉투를 수취인에게 전달하기까지의 동선을 꼼꼼하게 잡아낸 점은 인상적이었지만, 정작 노인의 개인사에 대한 세부적인 내용이 빈약했다. 결말 부분이 모호해질 수밖에 없었던 이유도 거기에 있다.

〈담장〉은 다른 작품들에 비해 구성의 탄탄함과 안정감 있는 이야기 진행이 돋보였다. 이 소설은 담장을 사이에 두고 농촌의 이웃 간에 벌어지는 갈등을 다루고 있다. 사실 소재 자체만 놓고 보자면 자칫 진부하고 빤한 이야기로 떨어지고 말 위험도 없지 않다. 그럼에도 이 소설을 그 위험으로부터 용케 구해낸 힘을 든다면, 우선 화자의 소박하고 진솔한 시선이라고 할 수 있다. 절제된 문장이며 감칠맛 있는 대화도 인상적이고, 다른 무엇보다 도시 출신 형수라는 인물이 상황의 실재감이랄까, 이야기에 사실성을 주는 데 한몫을 했다.

　그럼에도 결말 부분은 아쉬움이 남는다. 지나치게 깔끔한 화해 장면이 부자연스럽다는 느낌을 주는 것도 사실이다.

　당선자에게 축하를 보내며 장차 문운이 활짝 피어나기를 바란다.

동아일보 한정현

1985년 전남 구례 출생
조선대 영어과 졸업
동국대 국어국문학과 대학원 석사 수료

호주에서 아이에게 처음 가르치는 말은 뭐예요? 호주에서는 아이가 처음 글자를 배울 때 동물들의 이름을 익히게 하는 풍습이 있었다. 애버리지니어를 쓰는 호주 최대 원주민 부족의 풍습에서 유래된 것이었다. 캥거루. 캥거루? 옥희가 미소를 머금듯 옅은 웃음을 지어 보였다. (중략) 그를 바라보던 옥희가 다시 그에게 물었다. 무슨 다른 뜻이 있는 거예요? 잠시 옥희를 바라보던 그가 대답했다. 아무것도 모른다. 캥거루는 나는 아무것도 모른다, 라는 뜻의 애버리지니어였다.

동아일보

아돌프와 알버트의 언어

한정현

 그는 주로 아돌프 히틀러의 『나의 투쟁』이나 알버트 아인슈타인의 『특수상대성 이론』과 관한 책들을 즐겨 읽곤 했다. 그는 책의 여러 페이지에 줄을 그었으나 시간이 흐른 뒤에 노트에 옮겨 적은 구절은 이런 것들이었다.

 수학 법칙은 현실을 설명하기엔 확실치 않고, 확실한 수학 법칙은 현실과 아무런 관련이 없다.

 이것은 알버트 아인슈타인이 특수상대성 이론을 완성한 직후 남긴 말이었다. 사실 학창시절 아인슈타인은 수학 낙제생이었다. 그가 새로운 가설을 세울 때마다 그의 곁에서 수학공식을 대신 풀어준 친구가 아니었다면 사람들은 여전히 뉴턴의 법칙을 신봉하고 있을지도 모를 일이었다. 그런가하면 또, 『나의 투쟁』의 뒤편엔 이런 구절을 적어 놓았다. 알수 없어요, 내가 누구인지 알 수 없어요. 이것은 아돌프 히틀러가 자신의 가족에 대해 조사했던 나치스의 친위대장 힘러에게 했던 말이었다. 게르만 민족만이 최고라는 믿음을 심어줘야 했던 나치스는 히틀러의 혈통에 대해 조사했다. 그러나 결과는 참담했다. 히틀러의 큰형은 미치광이였고 조카는 그의 집요한 구애를 견디지 못해하다가 자살했으며 동생들은 히틀러에게 총을 겨눈 전력을 가지고 있었다. 히틀러의 아버지라고 알려진 그 오스트리아인은, 그러나 그의 친아버지인지조차도 확실치 않았다. 이 모든 사실은 먼 훗날, 그러니까 히틀러가 자신의 숨겨놓은 여인 에바 브라운과 함께 지하 벙커에서 자살한 후에야 비로소 그녀의 존재와 함께 밝혀진 내용이었다. 물론 그는 히틀러와 에바 브라운이 죽고 이십여 년이 흐른 뒤에야 그 구절에 관한 내용을 접할 수 있었지만, 긴 시간이 무색할 만큼 그 구절을 자주 중얼거렸다. 알 수 없어요, 알 수 없어요. 그가 왜 그 구절들에 마음을 빼앗겼는지 그 이유를 정확히 설명할 수는 없었다. 게다가 왜 하필『나의 투쟁』과『특수상대성 이론』에 심취했는지도 알 수 없었다. 생각해보면 히틀러와 아인슈타인은 2차 세계대전을 겪은 인물들이라는 것 이외엔 별다른 공통점이 없었다. 무엇보다 히틀러는 나치스였고 아인슈타인은 유태인이었다.

그가 이 구절들을 반복적으로 읽어대던 시절, 그는 자신이 군인이 되거나 물리학자가 될 거라고 생각했다. 또한 만약 조국인 호주를 떠난다면 그건 전장에 뛰어들어야 하거나 우주를 탐험해야 하기 때문일 거라고 짐작했다. 가능한 일이었다. 그가 그 책들에 심취해있던 시절, 소련의 흐루쇼프는 쿠바에 핵미사일을 배치하기로 결심했고 케네디는 그에 맞서 해상 봉쇄를 선언했으니 말이다. 바야흐로 1960년대였다. 소련과 미국이 경쟁하듯 달에 우주선을 쏘아 올리던 1960년대. 그러나 미국의 젊은이들이 핵보다는 에이즈를 더 두려워하게 되고,『나의 투쟁』이나 『특수상대성 이론』보다는 보니 앤 클라우드와 같은 청춘영화의 스냅사진이 잔뜩 실린 잡지를 더 즐겨보게 되었을 때 그가 호주를 떠나게 된 건 아돌프 히틀러나 알버트 아인슈타인 때문이 아니었다. 물론 그가 군인이나 물리학자가 된 것도 아니었다. 그는 언어학자가 되어 호주를 떠나게 되었다. 그가 지원한 국가인 한국은 전장도 아니었고 달의 뒷면도 아니었다. 그저 동북 끝에 위치한 생소한 언어를 쓰는 작은 나라일 뿐이었다. 그리고 그것이 그가 한국에 대해 아는 전부였다.

한국에 지원하기 몇 달 전까지 그는 박사과정을 마무리하기 위한 학위 논문을 쓰고 있었다. 논문의 연구 대상은 호주 북부 원주민들의 언어인 카야르딜드어였다. 모든 언어가 그러하듯 카야르딜드어에도 고유의 법칙이 존재했다. 카야르딜드어 화자들은 자신의 감각이 아닌 나침반의 방위를 기준으로 언어를 구사했다. 그가 카야르딜드어를 배우면서 가장 어렵다고 느꼈던 것이 바로 그 부분이었다. 어떻게 본다면 카야르딜드어를 사용한다는 건 세상 모든 것에 대한 존중을 드러내는 것이었기 때문이었다. 그가 겨우 자신보다는 표현하고자 하는 대상을 우선시하는 자세를 갖게 되었을 때였다. 연구는 논문의 마지막 장을 다 채우지 못하고 중단되었다. 카야르딜드어의 마지막 화자는 어느 순간부터 대화가 어려울 정도로 노쇠해지고 있었다. 마지막 화자의 죽음과 동시에 모든 것을 오해 없이 말하려했던 언어 하나가 완벽히 소멸했다. 논문은 완성되지 못했고 심사는 기일을 정하지 못한 채 미뤄졌다. 새로운 연구 주제에 대해 언급하는 지도교수를 보며 그는 언젠가 카야르딜드어의 마지막 화자와 나누었던 대화가 떠올랐다. 카야르딜드어를 쓰는 부족에게는 반드시 다른 언어를 쓰는 부족과 혼인해야 한다는 전통이 있었다. 그러한 이유로 가정에서는 평균 여섯 개 정도의 언어가 사용되었다. 다른 부족의 언어를 인정하는 것이 그들에겐 동쪽에서 해가 떠오르는 것만큼이나 자연스러운 일이었다. 대체 왜 그렇게 많은 언어를 사용하죠? 유럽이나 아시아의 많은 국가들은 오로지 단 하나의 언어만을 사용한다고 합니다. 그의 물음에 카야르딜드어의 마지막 화자는 진심으로 의아한 표정이 되어 이렇게 되물었다.

단 하나의 언어로 어떻게 세상 모든 것을 설명할 수 있습니까?

그는 곧 단일어를 쓰는 유럽과 아시아 국가들에 대해 조사하기 시작했다. 그리고 그 중 한국이란 나라에서 언어적 특이점 하나를 발견하게 되었다. 한국어 중 일부가 한국전쟁 이후부터 원래 의미와 다르게 사용되거나 사라지고 있었던 것이다. 남한에서는 빨강, 제복, 동무와 같은 단어들이, 북한에서는 반동분자와 같은 단어들이 사라졌거나 삼십 여

년 전과는 다른 의미로 사용되고 있었다. 그는 여태 한 번도 관심 가진 적 없는 한국이라는 나라에 가기로 결심했다. 물론 그는 한국에 대해서도, 한국어에 대해서도 별로 아는 바가 없었다. 하지만 그건 고려대상이 되지 못했다. 오랜 시간 연구해 온 카야르딜드어에 대해서도 그가 말할 수 있는 건 아무 것도 없을 것 같았기 때문이었다.

그로부터 3개월 후 그는 한국 땅을 밟기 위해 짐을 꾸렸다. 데이비드 쉐이퍼. 호주 국립대학 문화역사 언어학 전공. 학생증 위에 쓰인 단 두 문장만이 그를 입증해 줄 수 있는 전부였다. 그는 비행기를 타기 전 학생증을 여행가방 안쪽에 꿰매어 넣었다. 여권을 찾으러 들어갔던 방구석에서『나의 투쟁』과『특수상대성 이론』을 발견하여 잠시 서성이기도 했으나 그는 결국 조금 더 가벼운 가방을 들고 비행기에 오르는 편을 선택했다.

한국에 거의 다 도착했을 무렵에서야, 그는 자신이 아버지에게 들르지 않았다는 사실을 깨달았다. 아버지는 죽은 뒤 그 자신이 평생 이와이자어를 가르쳤던 호주 북부 아넘랜드의 한 마을에 묻혔다. 아버지의 꿈은 그곳에 이중 언어·이중 문화 학교를 설립하는 것이었다. 아버지는 그 학교의 가치에 대해 말할 때마다 'ganma' 라는 은유를 사용하곤 했다. 'ganma' 란 강을 따라 흘러 내려가던 민물 기류가 반대로 유입되는 바닷물과 섞이는 특별한 혼합을 가리키는 단어였다. 그는 아버지를 떠올리면 아버지의 얼굴이나 말투, 행동, 체취보다 'ganma' 라는 단어가 떠오르곤 했다. 그 또한 어린 시절에는 아버지를 따라 몇 번 그 마을을 방문한 적이 있었다. 그곳은 어머니가 태어나고 자란 곳이었기 때문이었다. 그러나 당연하게도 그는 이와이자어를 하나도 알아들을 수 없었다. 언제나 발끝만 내려다보며 입을 다무는 그에게 마을 사람들은 염려의 눈길을 보냈다. 그들은 인간은 누구나 태어나면서부터 '아버지의 언어' 를 부여받는다고 생각했기 때문이었다. 그럴 때마다 아버지는 "누구든 이와이자어를 배울 수 있습니다. 이 아이도 곧 여러분과 이야기 할 수 있답니다." 라고 유창한 이와이자어로 그를 감싸주곤 했다. 당시 마을 사람들과 자유롭게 소통하는 아버지를 보며, 그는 아버지가 제법 성공한 삶을 살았다고 생각했다. '자신과 아들의 언어보다 이와이자어를 더 잘 아는 아버지'로서 말이다. 하지만 그의 생각과는 달리 아버지는 그다지 성공한 삶을 살진 못했다. 아버지는 끝내 그 마을에 이중 언어·이중 문화 학교를 세우지 못했던 것이다. 이와이자어의 많은 화자들이 직업을 구하기 위해 도시로 나가면서부터 그들은 영어를 사용하기 시작했고 자연스레 이와이자어는 침묵 속으로 빠져 들어 갔기 때문이었다. 아버지는 이와이자어를 기록하여 보존하기 위해 애썼지만 그마저 뜻대로 되지 않았다. 관찰자에 의해 복원된 언어는 완벽할 수 없었다. 아버지는 좋은 청자는 될 수 있었지만 완벽한 화자는 될 수 없었던 것이다. 결국 아버지가 평생에 걸쳐 남긴 것이라곤 이제는 한 명의 화자도 남아 있지 않아 해독이 불가한 언어를 기록해 놓은 종이 뭉치들과 그 곁에서 쓸쓸하게 죽어간 늙은 육신뿐이었다.

아버지의 부고 소식을 들었을 때 그는 전날 학교 축제에서 만난 여자와 이제 막 관계를 가지려고 하던 참이었다. 발기된 페니스 때문에 지퍼를 제대로 잠그기 어려웠지만 그래도 한달음에 아버지에게 달려갔다. 그러나 아버지의 죽음을 확인하고도 그는 전혀 울지 않았다. 장례식이 끝난 직후에는 성당 구석에서 여자와 관계를 갖는 것까지 성공했다. 도무지 눈물은 흐르지 않았다. 아버지를 생각하면 얼굴이나 채취 대신 'ganma', 자꾸만 낯선 그 이와이자어가 떠올랐기 때문이었다. 그가 아버지의 유품을 정리하러 집으로 돌아간 것도 장례식을 치르고 한참이 지나서였다. 특별한 이유가 있어서라기보다는 어디선가 이와이자어로 말하는 낯선 방문객이 불쑥 등장할 것 같았기 때문이었다.

겨우 집으로 돌아간 그가 아버지의 방문을 열었을 때 다행히 이와이자어로 말하는 낯선 화자는 나타나지 않았다. 다만 데이비드 쉐이퍼, 그의 눈에서 눈물이 조금 나왔을 뿐이었다. 곰팡이가 피기 시작한 빵조각, 그 옆에 말라붙은 딸기잼, 돌돌 말린 채 책상 밑에 던져져 있는 양말들.

평범하기 짝이 없는 중년 남성의 소지품들을 정리하면서 이상하게도 눈물이 조금씩 흐르기 시작했다. 애써 눈물을 참으며 책상 위에 놓인 소지품들을 정리하고 마지막으로 서랍을 열었을 때였다. 그는 서랍 안에 놓인 사진 한 장을 보았다. 사진 속에는 그의 나이 또래보다 어려보이는 여자와 그와 엇비슷한 또래의 아버지가 서 있었다. 아버지는 감색의 정장 재킷에 붉은 꽃 한 송이를 단 채 최대한 늠름해 보이려 애쓰는 표정이었고 아버지 곁의 여자는 프릴이 많이 달린 하얀 원피스를 입은 채 밝은 표정으로 웃고 있었다. 실밥 정리가 제대로 되어 있지 않은 원피스의 치마 단을 보니 싸구려가 분명했다. 아버지의 정장도 썩 다르지 않았다. 바지 길이가 껑충한 것이 누군가에게 빌려 입은 것 같았다. 건강한 혈색에 새까만 눈썹을 가진 여자는 이 사진을 찍고 이년 뒤에 죽을 거였다. 그는 사진 속 젊은 부부를 보며 이번엔 좀 펑펑 울었다. 그는 아버지의 방에선 낯선 언어로 말하는 이방인만이 나올 거라고 생각했다. 아버지는 이와이자어와 결혼했다고 생각했고 아버지의 가족은 아넘랜드의 원주민이라고 생각했었다. 그는 아버지의 평생이 담긴 상자 하나를 가지고 나오면서 아버지를 이와이자어의 땅이 아니라 어머니의 곁에 묻어줄 걸 그랬다고 생각했다. 생각이 거기까지 미치자 그의 눈에선 주체할 수 없을 정도로 눈물이 흘러내리기 시작했다. 아버지의 언어, 아버지의 여자. 혹은 그의 어머니. 하긴, 이제 아버지는 많이 늙었고 어머니는 하얀 원피스를 입은 사진의 여인 그대로였으므로 어쩌면 지금은 어머니가 더 이상 아버지를 사랑하지 않을 수도 있었다. 그렇게 스스로를 위로하며 아버지의 유품을 정리해서 집을 나온 뒤 그는 두 번 다시 그 집으로 돌아가지 않았다. 아니 돌아갈 수 없었다. 그가 반드시 돌아가야만 하는 이유가 사라졌기 때문이었다.

그는 곧 집을 처분했다. 그렇게 마련된 돈과 아버지가 남긴 보험금이 그의 생활비가 되었다. 박사과정을 이수하고 있었지만 수업은 아예 들어가지 않았다. 어차피 그때 그에게 박사과정이란 그저 당장 일자리를 알아보지 않아도 되는 좋은 핑계 중 하나였을 뿐이었다. 학교에 가는 대신 그는 날마다 술을 마시고 여자를 불렀다. 돈이 필요하다고 하는 친구들에겐 그냥 돈을 주기도 했다. 그 무렵 그는 누구와도 거의 대화를 나누지 않았다. 오늘이 무슨 요일이지? 이런 질문조차 낯설어졌을 땐, 이미 몇 년의 시간이 흐른 뒤였고 돈은 모두 탕진한 후였다. 방세를 지불할 돈마저 남아있지 않게 되자 그는 더 이상 술을 마실 수도 없었고 여자를 부를 수도 없었다. 물론 그의 곁에 남아있지 않은 건 돈과 술, 여자뿐만이 아니었다. 그의 곁엔 단 한 명의 친구도 남아있지 않았다. 돈을 빌려줬던 친구들을 찾아가 보기도 했지만 번번이 문전박대를 당했다. 심지어 그 친구들 중 한 명이 그를 스토커로 경찰에 신고까지 했다. 물론 다음 날 혐의 불충분으로 귀가 조치되었으나, 문제는 그 스스로 자신이 대체 어디로 가야할지 알 수 없었다는 거였다. 그에게는 더 이상 돌아갈 집이 없었다. 아버지의 평생이 담긴 상자와 지갑 속에 들어있는 학생증이 그에게 남은 전부였다. 그는 아버지의 상자와 학생증을 번갈아가며 바라보았다. 그 상자와 학생증이 아니라면 그가 누구의 아들인지, 영국에서 왔는지 아이슬란드에서 왔는지 혹은 호주 시민인지 아닌지 그 어떤 것도 증명할 수 없을 거였다. 그는 결국 학교로 돌아가는 쪽을 선택했다. 다시 박사과정을 이수하는 학생 신분이 된다면 대학의 기숙사에 머무를 수 있었기 때문이었다. 그러나 그가 박사과정을 이수하고도 논문을 쓰지 않는다면 이야기는 달라질 수밖에 없었다. 대학 측에서 본다면 그는 더 이상 편의를 봐주어야 할 학생도, 성과를 기대할 수 있는 연구자도 아니었다. 논문이 중단됨과 동시에 그는 기숙사를 나와야 했다. 그리고 기숙사에 더 이상 머무를 수 없다는 건 결론적으로 그가 반드시 그곳, 호주 어딘가에 있을 이유가 없다는 뜻이 되는 거였다.

그가 여행 가방 속 학생증을 떠올렸을 때 비행기는 서서히 고도를 낮추며 착륙을 준비하고 있었다. 그는 안전벨트를 채우며 힐끗 창문 아래를 살펴보다가 다시 앞을 바라봤다. 비행기가 착륙할 때 느껴지는 막연한 추락의 공포 이외엔 별다른 감흥이 들지 않았다.

현장 언어학자란 소규모 집단 사람들이 사용하는 기록되지 않은 언어나 사라진 언어를 발굴하는 사람을 의미했다. 그러나 한국에서 서른 살의 호주인 데이비드 쉐이퍼가 현장 언어학자로서 하는 일은 그보다 훨씬 단순했다. 그는 대부분의 시간을 현장보다는 학내 연구실에서 보냈기 때문이었다.

그는 애당초 그가 지원한 서울의 대학에 파견되지 못했다. 서울에서 차를 타고 몇 시간이나 남쪽으로 내려가야 닿을 수 있는 도시의 대학에서 근무하게 된 것이다. 그가 파견된 대학엔 언어학과가 없었다. 대학 측에선 그를 국문학과로 배정할지 영문학과로 배정할지를 두고 우왕좌왕하는 모습을 보여주었다. 며칠 뒤 그가 학교 측의 연락을 받았을 때 그는 어학원에 소속되어 있었다. 어학원에서 기초 회화 강의를 하는 것이 그의 주된 업무가 된 것이다. 그는 이전까지 누군가를 가르쳐 본 적이 없었다. 그는 언어 교육학을 전공한 게 아니기 때문이었다. 학교 측으로부터 어학원에 배정되었다는 통보를 받은 날, 그는 어린 시절 참석했던 아넘랜드의 한 부족 장례식에서 아버지와 나누었던 대화를 떠올렸다.

저 사람들이 무슨 말을 하는 거야?

이와이자어로 진행되는 장례식을 알아들을 수 없었던 그가 아버지에게 물었다. 아버지는 잠시 그를 바라보다 곧 다시 장례 절차를 기록하며 글쎄, 이렇게만 대답했다. 그런 아버지를 잠시 올려보던 그가 되물었다.

아빠는 이와이자어를 알아들을 수 있잖아, 늘 이것만 생각하잖아.

어린 시절 그가 잠시나마 아버지를 자랑스럽게 여겼던 때가 있었다. 다른 이들은 알지 못하는 언어를 쓰는 사람들과 어려움 없이 대화하는 아버지가 대단해보였던 것이다. 가만히 그의 말을 듣던 아버지는 장례 절차를 기록하던 노트를 덮은 뒤 한쪽 무릎을 꿇고 그의 앞에 앉았다.

알아들을 수 있다고 해서 모두 완벽히 이해할 수 있다는 건 아니란다.

그의 머리를 한 번 쓰다듬은 후 아버지는 다시 일어섰다. 늘 어떤 것에 대해 생각한다고 해서 그것을 다 아는 것도 아니고. 다시 노트를 펼친 아버지가 매우 정확한 영어 발음으로 그렇게 덧붙였다. 훗날, 그가 언어학을 전공으로 선택할 때 그는 아버지의 그 말을 참고했다. 학창시절 내내 그는 언어 때문에 늘 곤란을 겪었다. 그의 발음과 문법은 원주민 부족의 아이들과 함께 방과 후 학습을 해야 할 정도로 형편없었다. 그러나 대학을 결정하고 전공을 정할 때 그는 언어학을 선택했다. 항상 이와이자어만 생각하던 아버지도 이와이자어에 대한 그의 질문에는 결국 답변하지 못했다. 그렇다면 전공이라고 해도 완벽히 이해해야하거나 잘 해내야 하는 것만은 아니지 않은가. 그는 그렇게 생각했다. 물론 한국에 온 이유도 그것과 크게 다르지 않았다. 한국의 언어적 특이점은 사실 수단에 불과했다. 그는 어차피 자신의 연구가 마무리되지 못할 거라는 사실을 누구보다 잘 알고 있었다. 그러므로 자신이 한국 남쪽 도시의 대학교 어학원에서 강의를 하든, 사라진 언어를 찾든 그에게는 별로 중요하지 않았다. 한국 전쟁 직후 사라지거나 전혀 다른 뜻으로 사용되는 언어를 발굴하겠다는 연구계획서는 어학원 책상 서랍 속에서 깊은 침묵에 빠져 들어갔다.

어학원에 배정된 것 자체는 크게 신경 쓰지 않았지만, 자신의 부족한 지식과 강의 경험에 대해서는 신경 쓰지 않을 수가 없었다. 비록 언어학 전공이었다고 하더라도 그의 세부 전공은 음성 언어학이 아닌데다가 교육학은 배우지도 못했으므로, 그의 영어 강의는 말 그대로 조악하기 그지없었던 것이다. 그는 자신의 강의가 못미더웠다. 미국식 영어에 익숙해진 한국인들에게 영국식 영어를 사용하는 호주인인 자신의 발음이 아무래도 어색할 거란 생각도 들었다. 그는 난생 처음 교육학 책을 구해 공부해 보기도 했다. 학생들 가운데 뉴욕이나 시카고에서 유학한 사람들이 있어 그의 강의를 문제 삼지 않을까 걱정하기도 했다. 하지만 그런 염려도 처음 몇 달 뿐이었다. 사람들은 그를 만날 때마다 미국의 날씨, 미국의 아침, 미국의 친구에 대해서만 물었다. 이유는 정확히 알 수 없었지만 몇몇 학생들은 조금 사나운 눈빛으로 미국 정부에 대해 묻기도 했다. 사람들은 그를 미국인이라고 생각했다. 처음에 그는 자신이 미국인이 아님을 말하곤 했다. 호주라는 나라에 대해 설명해보기도 했다. 그러나 얼마간의 시간이 흐르고 난 뒤 최종적으로 깨달은 건 사람들에게 그는 그저 외국인일 뿐이라는 거였다. 어느 순간부터 그는 더 이상 자신의 나라에 대해 말하지 않게 되었다. 시간이 조금 더 흐르자 이번에는 누군가 묻지 않아도 먼저 미국에 대한 이야기를 꺼내기도 했다. 또한 최대한 미국식 영어에 가까운 어조와 발음을 유지하려고 노력했다. 때때로 오해는 진실보다 편리했기 때문이었다.

그러니까 사실 그 도시에서 그를 정말 곤혹스럽게 한 건 그의 소속이나 강의, 국적과 같은 것이 아니었다. 오히려 그를 당혹스럽게 만든 건 그 도시 사람들의 대화방식에 관한 것이었다. 그곳의 사람들에겐 독특한 대화 습관이 하나있었다. 그것은 일종의 침묵이었다.

사실 그는 한국에 어떤 정치적 문제가 있는지 정확히는 알지 못했다. 퇴근 시간마다 버스를 세워둔 채 되풀이되곤 했던 불심 검문에서조차 그는 언제나 제외되었기 때문이었다. 그는 그저 텔레비전의 뉴스를 통해서 상황을 대충 짐작할 수 있을 뿐이었다.

그가 있던 도시에서 남쪽으로 한참을 더 가야 하는 항구도시의 미국 대사관이 화염에 휩싸였던 것도 5월이었다. 그곳만큼 격렬하진 않았지만 그해 5월 그가 있던 도시에서도 어김없이 시위가 있었다. 그러나 대학 캠퍼스는 이상하리만치 조용했고 모든 수업 또한 정상적으로 진행되었다. 그날도 그는 자신이 맡은 영어회화반의 수업을 하고 있었다. 당시 그가 맡았던 영어회화반은 늦은 나이에 대학에 들어온 학생들이 대부분이었기 때문에 수업은 매우 더디게 진행되고 있었다. 학기의 삼분의 일이 이미 지난 후였지만 수강생들은 그날도 여전히 영어로 자기소개를 하고 있었다.

나의 이름은 김옥희입니다.

그날 수업에서는 옥희라는 여학생이 영어로 자기소개를 했다. 강의실

맨 뒤에 서서 그 모습을 지켜보던 그는 자기도 모르게 옥희라는 이름을 소리 내지 않고 따라 발음해보았다. 옥희, 옥희. 외국인인 그에게 쉽지 않은 발음이었다. 옥희는 감정을 드러내는 일이 거의 없는 조용한 여학생이었다. 그녀는 평소 웃음을 꾹 참는 것 같은 미소만을 띄고 있었다. 하지만 수업에 참여할 땐 조금 다른 모습이 되었다. 특히 더듬거리지만 정확한 발음으로 의사표현을 하는 모습은 다른 학생들과는 확연히 다른 점이었다. 그는 그때까지 한국 여자들의 얼굴을 잘 구분하지 못했지만 어느 순간부터 옥희의 얼굴은 정확히 알아볼 수 있었다. 그가 옥희의 얼굴을 확실히 인식할 무렵, 그는 그녀를 보며 종종 자신의 어머니가 입었던 싸구려 프릴 원피스를 떠올렸다. 옥희의 검은 눈은 어머니보다 길고 작았지만 어쩐지 전혀 낯설지가 않았다.

나에게는 동생이 한 명 있습니다.

자기소개를 부탁하면 대부분의 한국인들은 자신의 이름을 말한 뒤 곧장 가족들에 대해 설명하곤 했다. 이름과 나이, 취미와 거주지를 말하며 자신에 대해 설명하는 호주인들과는 조금 다른 모습이었다. 그날의 수업에서는 옥희가 영어로 자기소개를 했다. 옥희가 동생에 대해 뭔가 더 설명하려 했을 때였다. 네 동생은 이제 죽었잖아. 누군가 옥희에게 그렇게 말했다. 그는 곧 의아한 표정으로 옥희를 바라봤지만 그녀의 표정은 마치 숙면을 취하고 일어난 사람처럼 안정적이었다. 잠시 후 옥희가 다시 말했다. 나에게는 동생이 있습니다. 소란스러운 건 아니었지만 사람들은 분명 저들끼리 웅성거리고 있었다.

혹시 네 동생이 죽었니? 그는 최대한 조심스럽게 물었다. 과거에 있었지만 현재는 더 이상 없는 상태라면 현재형 시제 대신 과거형 시제를 써야 한다는 설명도 조금 망설인 후 덧붙였다. 그러나 옥희는 무언가를 결심한 사람처럼 단단한 눈빛이 되어 '있었다.' 라는 과거형 시제는 쓰지 않겠다고 했다. 나에게는 동생이 있습니다. 옥희는 반복해서 말했다. 그때 그는 그저 옥희가 동생을 많이 그리워하고 있다고만 생각했다. 그가 잠시 동안 '이와이자어는 과거형과 현재형과 미래형을 모두 한 문장에 표현할 수 있다.' 던 아버지의 말을 떠올리고 있을 때였다.

그날 도청 앞에서 네 동생을 본 사람이 있어!

견딜 수 없다는 듯 누군가 일어나 소리쳤다. 순간 웅성거림은 침묵으로 바뀌었다. 그 침묵은 일종의 강요된 것이었다. 말하지 말아야 할 것을 말하는 자를 목격했을 때의 침묵, 강요된 복종을 거부하는 자를 바라볼 때의 침묵, 부당한 것에 대한 억울함보다는 공포가 더 선명하게 보일 때의 침묵. 그는 사람들이 의도적으로 침묵한다는 것을 알 수 있었다. 물론 그는 일생동안 그런 침묵을 겪어보진 못했다. 하지만 마주친 적은 있었다. 바로 이 나라에서였고 이 도시에서였다. 이 도시의 사람들은 어떤 순간이 되면 모두 의식적으로 침묵했다. 그는 그 침묵 사이에서 말할 수 있는 자는 오로지 자신뿐이라는 걸 어렴풋하게 느낄 수 있었다. 그러나 그날 그가 했던 일이라곤 옥희를 보며 그저 가슴께를 한 번 만져 본 것뿐이었다. 뜨거운 무언가가 말 대신 목을 타고 넘어오는 게 느껴졌다.

한국전쟁 직후 남한에서는 빨갱이라는 단어가 만들어졌고 빨강이라는 단어는 사라져야했다. 삼십여 년이 흐르는 동안 특정한 단어들과 그 의미는 이런 식으로 상실되었다. 가령 동무라는 단어는 남한에서 더 이상 친구라는 의미로 쓰이지 않았다. 그러한 단어들은 아무도 모르는 사이에 사라지거나 오로지 누군가를 상처내고 오해하기 위하여 선택되었다. 그런가 하면 어떠한 단어들은 침묵 속에서만 발음되기도 했다. 이 도시의 사람들을 침묵하게 만드는 단어들이 바로 그런 종류였다. 물론 그 단어들 사이에는 옥희의 동생과 같은 사람들의 이름도 포함되어 있었다.

나에겐 동생이 있습니다.

침묵 속에서, 옥희가 다시 한 번 느리지만 정확한 발음으로 그렇게 말했다.

처음 호주를 발견했던 영국인들은 토착 원주민이었던 테즈메니아인들을 무차별 강간하고 사살했다. 대부분의 테즈메니아 여인들은 발가벗겨진 채 숲 가운데 세워져 야생동물의 먹이가 되었고 어린 아이들은 숨이 붙어 있는 상태로 땅에 묻혔다. 남성들이 생포된 경우엔 성기를 잘라내고 가죽을 벗겼다. 노인들은 산 채로 결박당한 채 부족이 멸망하는 모습을 지켜봐야했다. 영국인들은 테즈메니아인들을 사살하기 전 그들에게 영어로 '살려 달라' 라고 외칠 것을 강요했다. 그러나 아무도 살려달라고 말하지 않았다. 대체 왜 살려달라고 하지 않지? 영국인들이 물었을 때 가장 나이 많은 장로가 대답했다. 우리는 이미 여러 차례 말했소, 우리의 언어로 말이오. 테즈메니아인들이 영어로 살려달라고 하지 않은 건 분노나 적대감 때문이 아니었다. 장로는 그저 피로한 듯, 그러나 당당한 말투로 이렇게 덧붙였다.

당신들에게 당신들의 아버지가 있듯이 우리에겐 우리들의 아버지가 있잖소.

훗날 이 끔찍한 테즈메니아인 학살 사건은 많은 역사학자들과 인류학자들의 연구 대상이 되었다. 언어학자들 또한 학살로 인해 많은 부분이 소실되거나 왜곡된 그 부족의 언어를 찾아 나섰다. 데이비드 쉐이퍼의 아버지도 그 중 한 명이었다. 대학에서 언어학을 전공했던 그의 아버지는 평생 단 한 편의 논문을 남겼고 그것이 바로 테즈메니아 언어에 대한 연구였다. 그러나 그 논문은 어느 곳에서도 인정받지 못했다. 늘 미완성인 채였기 때문이었다. 살아남은 소수의 테즈메니아인들은 어떤 순간이 오면 늘 침묵했다. 그들의 언어에서 학살, 영국인, 테즈메니아 언어 같은 단어들이 사라졌기 때문이었다. 특히 그들은 아버지라는 단어를 결코 사용하지 않았다. 그의 아버지는 논문 안에서 의도적으로 아버지라는 단어를 배제한 채 문장을 써나갔다. 논문의 제목은 공란으로 남겨두고 발표했다. 아버지의 논문은 공격과 혹평을 동시에 받았고, 얼마간의 시간이 흐른 뒤에는 더 이상 연구실에 남아있을 수조차 없게 되었다. 어떤 의미에서 학살은 테즈메니아인들 뿐만 아니라 아버지에게도 일생동안 지속되었던 것이다. 비록 대학의 연구실에서는 나와야 했지만 아버지는 자신의 신념마저 그곳에 두고 나오진 않았다. 아버지는 호주의 또 다른 소수 언어를 찾아 북부 아넘랜드로 떠났다. 그리고 그곳에서 자신이 평생 발굴하고 기록하게 되는 언어인 이와이자어를 알게 되었고 그의 일생 내내 사랑이라고 부를 수 있는 단 한 명의 여자를 만나게 되었다. 그 여인이 바로 데이비드 쉐이퍼의 어머니였던 것이다.

세월이 흘러 옥희와 그가 부부의 인연을 맺은 뒤에도 그들은 그 날의 이야기를 좀체 다시 입에 올리지 않았다. 그가 데이비드 쉐이퍼였다가 신동일이 되었을 즈음에야 비로소 그 날의 이야기를 꺼낼 수 있었다.
그러니까 네 번째 수업 시간까지도 네 엄마는 영어로 겨우 자기소개만을 할 수 있었단다.
90년대 중반까지 그가 말 할 수 있었던 그 정도였다. 그러나 이후부터는 이렇게도 말할 수 있었다.
그러니까 이 도시에서 자행된 학살에서 너희 외삼촌도 희생되었어.
신동일이 된 후 그는 종종 그렇게 말하곤 했다.

번번이 아버지의 핑계를 대곤 했지만, 사실 그가 언어학을 전공했던 건 가장 실패할 확률이 높은 것에 대한 선택이었다. 무슨 공부를 하든지 결국 완벽하게 아는 것이 불가능하다면 차라리 영원히 제대로 알 수 없는 쪽을 선택하는 편이 낫지 않을까 했던 것이다. 그리고 어느 정도는 자신의 그런 선택이 아주 틀린 건 아니라고 느꼈던 것도 사실이었다. 자신이 스무 해 넘도록 함께 살았던 아버지, 그가 도와주었던 친구들, 그리고 그가 살아왔던 그 땅, 그 나라. 그는 아버지의 평생이 담긴 이와이자어를 단 한 마디도 제대로 알아들을 수 없었으며 그가 도와줬던 친구들에겐 모두 배신당했고, 연구하던 카야르딜드어는 그의 의지와는 상관없이 영원한 침묵 속에 빠져버렸다. 어느 것을 떠올리든 그가 '알고 있다.' 라고 대답할 수 있는 건 하나도 없는 것 같았다. 그리고 그래서 그는 한국을 선택했다. 차라리 이방인으로 살아가는 편이 나을 것 같았기 때문이었다. 그렇게 선택한 한국이었기 때문에, 처음에 그는 한국어를 열심히 배우지도, 거리를 부지런히 살피며 걷지도 않았다. 그러나 옥희를 만나고부터 그는 집보다는 바깥에 머무는 시간이 늘어났다. 조금씩 한국에 대해 알고 싶어졌고 한국어를 배우고 싶어졌다. 그의 모든 것이 달라졌다. 아니, 모든 것이 조금씩 명확해지기 시작했다.

옥희.

그가 옥희와 결혼을 결심할 무렵 그는 처음으로 주변 사람들에게 자신의 이야기를 하기 시작했다. 그러니까 옥희에 대한 이야기였다. 발음의 한계로 그가 자꾸만 오키,라고 발음하면 몇몇 주한미군 출신들의 미국인들이 해방촌 뒤의 '오케이 걸'들이 떠오른다며 우스갯소리를 하기도 했다. 그때마다 그는 이상하리만큼 화를 내곤 했다. 옥희는 말이 없고 조용한 여자였지만 그렇다고 해서 만만한 여자는 아니었다. 적어도 그에겐 매우 어려운 여자였다. 옥희의 눈썹이 조금만 처져도 그는 종일 연구실 안을 서성이며 불안해했고 옥희가 조금만 크게 웃어도 덩달아 기분이 좋아졌다. 무엇보다 그는 옥희를 알게 되면서 이전보다 자주 아버지와 어머니의 결혼사진을 떠올리게 되었다. 그리고 그때가 돼서야 환하게 웃는 어머니 곁에서 애써 늠름한 표정을 지었던 아버지를 생각하며 고개를 끄덕일 수 있었다. 그의 인생에서 처음으로 아버지와 같은 표정을 짓는 순간이 오고 있다는 생각이 들었던 것이다.

이렇듯 아무런 노력 없이도 어느 순간 깨닫게 되는 것이 있는 반면 아무리 노력해도 나아지지 않는 것도 있었다. 그에겐 한국어가 그랬다. 시간이 흘러도 그의 한국어 실력은 쉽게 나아지지 않았다. 영어 화자인 그에게 한국어 발음은 낯선 것이 많았다. 게다가 그는 직업상 하루 종일 영어를 사용해야 했다. 영어회화 강의를 한국어로 할 수는 없는 노릇이었기 때문이었다. 물론 어느 순간부터는 그 스스로가 한국어를 배우는 것에 게을러진 것도 사실이었다. 우선 옥희는 영어를 할 줄 알았으며 한국어로 말하는 속도도 매우 느린 편이었다. 부부로 사는 세월이 늘수록 자연스레 대화는 줄어들었다. 그는 그와 옥희가 말이 없어도 서로를 이해하고 많은 부분을 알고 있다고 생각했다. 그는 한동안 언어에 대한 불편을 느끼지 못했다.

그가 다시 한국어를 배우고 싶다고 느낀 건 옥희의 고등학교 동창들이 놀러왔을 때였다. 집에 오는 손님은 드물었지만 어쩌다 서로의 손님을 맞게 되면 옥희와 그는 약속이라도 한 듯 번갈아가며 집을 비워주곤했다. 그 날도 그는 꽤 늦게까지 학교의 연구실에 있다가 집에 들어갔다. 이른 퇴근이 아니라고 여겼는데도 대문 너머로 여전히 웃음소리가 넘어오고 있었다. 바깥에서 시간을 좀 더 보내야겠다는 생각에 몸을 돌리던 그는 문득 거실 창 너머로 무엇인가 열심히 말하고 있는 옥희를 보게 되었다. 옥희는 곁에 앉은 친구의 팔을 때리며 웃기도 했고 어느 순간엔 열변을 터뜨리는 것처럼 보이기도 했다. 친구들은 옥희의 이름을 자주 불렀다. 옥희야, 옥희야. 순간, 그는 집으로 들어가 다른 이들과 함께 옥희의 이야기를 듣고 싶어졌다. 그리고 오키가 아닌 옥희를 한 번이라도 제대로 불러보고 싶어졌다. 다음 날 그는 학교에 가자마자 한국어 강좌를 찾아보았다. 그러나 그해, 그가 맡은 영어회화 반의 강좌수가 갑자기 늘어나면서 그는 한국어 수업에 참여하지 못했다. 결국 그의 옥희 발음은 그 다음 해가 지나고 그 다음 해가 되어서도 그대로였는데, 물론 이번엔 그의 직업이나 강좌 개설 여부 때문은 아니었다. 그와 옥희 사이에 아이가 생기면서 그는 한국어보단 가장의 노릇에 집중해야했기 때문이었다.

옥희와 그 사이에 아이가 태어났을 때였다. 그는 꽤 오랜 시간 바깥에 중요한 물건을 두고 들어왔다가 기억해낸 사람처럼 문득 옷장 안에 넣어 두었던 여행 가방을 떠올렸다. 그리고 곧장 여행 가방 안주머니 부분을 뜯어냈다. 그곳에서 그는 앳된 데이비드 쉐이퍼의 얼굴이 있는 학생증을 발견할 수 있었다. 여전히 만 서른의 데이비드 쉐이퍼가 그곳에 있는 것 같았다. 그는 사진을 보고 옥희를 한 번 봤다. 그리고 옥희와 그를 반반 섞어 놓은 것 같은 갈색 머리의 아이를 보았다. 그가 아이를 뚫어져라 바라보고 있을 때였다. 피로한 음성으로 옥희가 천천히 물었다.

호주에서 아이에게 처음 가르치는 말은 뭐에요?

호주에서는 아이가 처음 글자를 배울 때 동물들의 이름을 익히게 하는 풍습이 있었다. 애보리진어를 쓰는 호주 최대 원주민 부족의 풍습에서 유래된 것이었다.

캥거루.

캥거루? 옥희가 미소를 머금듯 옅은 웃음을 지어보였다. 그의 아버지도 처음 그에게 글자를 가르쳐줄 때 캥거루라는 단어를 노트 한 가득 써서 보여주었다. 캥거루, 캥거루. 머뭇거리듯 더듬거리며 그가 캥거루를 발음하자 그의 아버지는 우선 박장대소했지만 눈가는 촉촉했었다. 그때를 떠올리자 그의 얼굴에 슬며시 미소가 번졌다. 그를 바라보던 옥희가 다시 그에게 물었다. 무슨 다른 뜻이 있는 거예요? 잠시 옥희를 바라보던 그가 대답했다.

아무 것도 모른다.

캥거루는 나는 아무 것도 모른다, 라는 뜻의 애보리진어였다. 그는 조그맣게 캥거루라고 다시 발음해보았다. 그는 그날 집으로 돌아오자마자 아이의 이름을 지었다. 옥희와 그의 첫 아이의 이름은 유진이었다. 한국어 이름이었다. 한국인으로 살길 바라는 마음에서였다. 물론 이름이 한국어라고 해서 한국인으로 사는 건 아니라는 걸 그도 잘 알고 있었다. 그러나 평생 동안, 후에 그가 사석에서 언급한 바로는, 그가 데이비드 쉐이퍼가 아니고 신동일이 되어서까지 그의 삶에서 정말 잘했다고 할 수 있는 몇 가지 안 되는 일 중에 하나가 바로 아이들의 이름을 한국어로 지은 것이라고 했다.

그가 혼자서도 별 무리 없이 공과금을 납부하고 병원에서 진료를 받을 만큼 한국어가 능숙해졌을 즈음이었다. 옥희는 건강 검진에서 유방암 말기 진단을 받았다. 곧장 항암치료를 받았으나 약물은 오히려 옥희를 조금씩 사라지게 하는 것만 같았다. 머리카락은 매일 새로 자라는 것처럼 빠지고 환자복은 나날이 그 치수가 커져갔다. 달라지지 않는 건 옥희의 말수와 미소뿐이었다. 병원에서도 옥희는 별다른 말을 하지 않았다. 여전히 웃음을 참는 것 같은 미소를 지을 뿐이었다. 그도 마찬가지였다. 이제는 그 어떤 어려운 표현도 정확한 문장으로 쓸 수 있고 말 할 수 있었지만 이상하게도 그는 옥희에게 아무 말도 해줄 수가 없었다.

옥희가 그의 곁을 떠나던 날, 그날도 그는 학교에서 강의를 하고 있었다. 한국어에는 사실상 존재하지 않는 동사의 과거완료형 시제에 관한 내용이었다. 한국인들이 어려워하는 부분 중 하나였다.

교수님, 영국인들은 인생의 시간을 너무 완벽하게 나누려고 했던 것 같아요.

한 학생이 그에게 말했을 때였다. 그는 달려온 조교로부터 옥희의 부고 소식을 들었다. 소식을 듣고 곧장 병원으로 달려갔지만 이상하게도 눈물이 흐르지는 않았다. 의사의 사망 판정을 들은 뒤에도 그는 그저 옥희의 마른 발에서 가만히 양말을 벗겨냈을 뿐이었다.

말할 수 없을 땐 침묵하라.

누군가는 비트겐슈타인의 저 당부를 따르지 않고 무엇이든 언어를 통해 설명하려 했던 인류에게 경외심을 표하기도 했다. 언어를 통한 소통의 시도가 결국 다양한 문화를 만드는 원동력이 되었기 때문이다. 그러한 인류의 노력처럼 그도 처음엔 옥희에게 자신의 모든 것을 설명해보고자 애썼다. 그러나 그는 옥희의 이름조차 완벽하게 발음하기가 어려웠다. 어색한 자신의 발음이 신경 쓰였던 그는 차츰 옥희의 이름을 부르는 일을 주저하게 되었다. 이름을 부르는 일이 줄어들자 대화도 함께 줄어들기 시작했다. 시간이 흘러 관계가 익숙해지면서부터는 인정을 이해로 받아들여 더 이상 많은 대화를 하지 않아도 서로에 대해 잘 안다고 믿게 되었다. 아이들이 크면서부터는 옥희라는 이름이 더욱 희미해져갔다. 그 뿐 아니라 다른 사람들도 옥희라는 이름 대신 유진 엄마나 유정 엄마라는 호칭을 더 자주 불렀다.

아버지는 왜 어머니의 이름을 한 번도 불러주지 않으세요?

담담하게 옥희의 양말을 벗겨 내는 그에게 유진이 원망 가득 담긴 표정으로 저렇게 물었을 때서야 그는 깨달을 수 있었다. 옥희의 이름을 자주 불러주지 못한 것이 그의 남은 인생동안 후회로 남을 것임을 말이다. 그는 자신도 모르게 가슴께에 손을 얹어보았다. 오래 전 옥희의 자기소개를 듣던 강의실에 서 있던 데이비드 쉐이퍼의 모습이 아른거렸다. 눈물 대신 뜨거운 무언가가 가슴을 타고 흘러내리는 것 같았다. 물론 여전히 눈물은 흐르지 않았다. 그건 장례 절차가 진행되는 동안에도 마찬가지였다.

아버지는 평생 대체 어디에 계시는 거예요?

울지 않는 그를 보며 유진은 마치 길을 잃은 어린아이처럼 더욱 서럽게 눈물을 흘렸다. 그는 유진에게서 오래 전 데이비드 쉐이퍼의 얼굴을 보았다. 그리고 아버지가 어째서 그렇게 평생 이와이자어를 보존하고 이해하려고 애썼는지, 그에 비해 왜 아버지 자신에 대해선 한마디도 하지 않았는지, 그제야 조금은 알 수 있을 것 같았다. 누군가를 또다시 떠나보내고 나서야 그는 어렴풋하게나마 아버지를 이해할 수 있었던 것이다. 그래도 여전히 눈물이 흐르지는 않았다. 그는 대답 대신 옥희의 사진을 한 번 바라봤다. 옥희는 사진 속에서도 평소처럼 웃음을 참는 듯한 미소만 짓고 있을 뿐이었다.

옥희의 유골을 납골당에 안치하기 전날이었다. 납골당에 놓아둘 옥희의 소지품 몇 개를 챙기기 위해 그는 집으로 돌아갔다. 집안은 옥희가 입원하기 전과 똑같았다. 그가 생각하기에 옥희는 딱히 취미가 있지도 않았고 무언가를 사 모으지도 않았다. 아무리 생각해도 옥희가 무엇을 좋아했는지 쉽게 떠오르지 않자 그는 난감한 기분이 되었다. 아버지를 떠올릴 때면 언제나 'ganma'가 떠오르는 것처럼, 누군가를 추억하거나 생각하기엔 그렇게 명백한 무언가가 있는 편이 나았던 것이다. 망연히 서서 집안을 둘러보던 그는 이윽고 안방의 옷장과 서랍을 차례로 열어보았다. 오래 입은 옷 몇 벌과 입원하기 전날까지 입었던 작업복이 잘 개켜진 채 놓여있을 뿐이었다. 그는 한동안 옥희와 평생을 함께 했던 방을 둘러보았다. 옥희가 원래 이 집에 없었다고 해도 이상하지 않을 정도로 그녀의 흔적이 별로 없었다. 그는 옥희를 안 적이 없었던 것 같은 기분에 휩싸였다. 옷 몇 벌만을 챙겨 나오려던 그는 마지막으로 화장대 서랍장을 열어보았다. 아버지의 방문을 열면 낯선 이와이자어의 화자가 나오지 않을까 염려했던 것과는 달리, 옥희의 서랍장에선 아무 것도 나오지 않을 것 같아서 불안했다. 그러나 그가 옥희의 서랍을 열었을 때, 그제야 그는 평생 제대로 부르지 못했던 옥희를 어떻게 불러야 할 지 정확히 알 수 있었다.

나의 언어.

그는 그때까지 서른 살 데이비드 쉐이퍼의 학생증 위에 쓰인 언어가 곧 자신의 언어라고 생각해왔다. 유진의 질문에 선뜻 대답하지 못했다고 생각했던 것도 그 이유라고 생각했다. 그러나 '남편이 좋아하는 반찬, 남편이 싫어하는 것, 남편에게 챙겨주어야 할 것들' 이러한 메모가 가득한 편지를 서랍 안에서 발견한 순간 그는 비로소 깨달을 수 있었다. 호주를 그리워했기 때문이 아니라 단지 조국으로 생각하지 않았기 때문이라는 걸 말이다. 평생 한국과 호주를 떠돌며 찾았던 자신의 언어가 무엇인지 그제야 확신할 수 있었다. 다음 날 그는 옥희의 편지를 유골과 함께 안치하며 주체할 수 없을 정도로 많은 눈물을 흘렸다.

이후 그는 신동일이라는 이름으로 개명하고 귀화 신청을 했다. 그는 신동일이라는 이름과 한국 국적을 얻은 후 오 년을 더 살았다. 그 오 년 동안 한 달에 한 번 옥희가 안치되어 있는 납골당을 찾았고 오키든 옥희든 그녀의 이름을 불러보았다. 오 년 중 이 년 남짓은 학교에서의 강의를 이어갔고 이후 거동이 자유롭지 않을 정도로 몸이 불편해진 나머지 삼 년 사이 그는 퇴임하게 되었다. 퇴임 후 이 년여 동안 그는 80년 5월에 사라진 언어들을 정리하여 방송국과 신문사에 보냈다. 그 언어들 중 일부는 이미 사라진 상태였지만 결코 포기하지 않았다. 어떠한 것들은 소멸된 이후에야 완벽히 납득되거나 이해될 수 있기 때문이었다. 마치 아버지가 그랬고 옥희가 그랬던 것처럼. 급격히 쇠약해진 마지막 일 년,

그는 의사의 허락 하에 아버지의 묘를 찾아 호주에 다녀왔다. 돌아와서는 유진과 유정을 불러 그 어느 때보다 정확한 발음으로 말했다.

나는 한국에, 옥희의 곁에 있고 싶다.

유진과 유정은 고개를 여러 차례 끄덕이고 나서야 집으로 돌아갈 수 있었다.

그즈음 그는 죽어서도 아넘랜드에 남은 아버지를 떠올리며 한 번도 제대로 이해받지 못하고 한 번도 제대로 알 수 없었던 것들에 대해 생각해보았다. 인생의 절반을 살았던 한국에 대해 떠올려보았고 나머지 절반가량을 보냈던 호주에서의 날들을 추억했으며 유진, 유정과 함께 보냈던 날들을 더듬어보았다. 반평생을 일했던 대학교와 끔찍한 학살이 자행되었던 도시에 대해 숙고했으며 평생 동안 그의 귓가에 머물렀다 사라진 무수한 언어들을 되짚어보았다. 그는 여전히 많은 것을 제대로 이해할 수도, 정확하게 알 수 있을 것 같지도 않았다. 심지어 오래 전 호주에 두고 온 『나의 투쟁』과 『특수상대성 이론』의 뒤편에 적어 놓은 그 구절들을 왜 그렇게 즐겨 읽었는지, 왜 하필 그 구절들이어야만 했는지, 그것조차 여전히 제대로 설명할 수 없을 것 같았다. 그러나 이제 그는 눈물을 흘리는 대신 웃을 수 있었다. 적어도 한 가지는 확신할 수 있었기 때문이었다.

나의 언어, 나의 이름.

신동일, 이 한국인은 칠십 세의 나이로 자신이 살았던 한국의 남쪽 도시에서 숨을 거뒀고 유해는 아내인 김옥희의 곁에 안치되었다.

※소설의 소수언어 부분과(카야르딜드어, 이와이자어, ganma, 비트겐슈타인, 장례식)현장언어학자에 대한 설정 · 설명은 니컬러스 에번스의 『아무도 모르는 사이에 죽다』를 참고하여 변용 · 인용하였습니다.

고마운 사람들 너무 많아 눈물
읽고 쓰는 데 매진할 것

"우리가 미치지 않을 수 있었던 건 유머를 잃지 않았기 때문이다." 이 것은 제가 가장 좋아하는 작가인 로베르토 볼라뇨가 '부적' 이라는 소설에서 한 말입니다. 그의 소설을 믿기에 저는 여태 꽤나 쾌활하게 살아올 수 있었습니다. 하지만 당선 전화를 받은 그날 오후에는 조금 울먹였습니다. 이 말은 조금 거짓입니다. 사실은 많이 울었습니다. 유머를 잃었거나 미칠 것 같아서는 아니었습니다. 그 순간 고마운 사람들이 너무 많이 생각났기 때문입니다.

우선 사랑하는 부모님과 가족분들에게 감사드립니다. 장영우 선생님, 박성원 선생님, 한만수 선생님 감사드립니다. 오한기, 김은희, 권두현, 유인혁, 이종호, 조형래 등 대학원 선후배님들과 동대미문 선배님들, 전지은, 윤지혜, 한지혜, 신유리, 김효정, 한진아, 전은현, 김형준, 정보영, 기재홍, 장가문, VINCENT, 사랑하는 친구들 모두 감사합니다. 마지막으로 제게 기회를 주신 심사위원분들께 감사하다는 말씀 꼭 전하고 싶습니다.

모든 분들 감사하고 또 고맙습니다. 이제는 미치지 않기 위해서 제가 유지해야 할 것이 단지 유머뿐은 아닐 거라는 생각이 듭니다. 열심히 읽고 열심히 쓰겠습니다. 고마운 분들과 저 자신을 위해 늘 노력하겠습니다. 감사합니다.

희귀언어에서 존재의 의미 추구하는 인간상 구현

올해 동아일보 신춘문예 단편소설 부문의 본심 진출작에서 나타난 특이한 현상은 외국의 지명과 외국어 제목, 외국 사람이 주인공인 작품이 압도적 다수라는 것이다. 세계화와 미디어의 발달 때문이겠지만 한편으로는 지금 여기에서 벌어지는 일들이 문학적으로 소화하기에는 너무나 생경하고 끔찍하고 상상을 초월하는 것이라서 소설이 바깥으로 시선을 돌린 게 아닌가 하는 생각도 든다. 그러나 바깥, 외국, 외계라고 해서 지금 여기와 크게 다를 바가 없다는 것, 결국 중요한 건 무대가 아니라 절실함과 진실함이라는 것을 여덟 편의 본심 진출작이 보여주고 있다.

서수겸의 '타코와 칠리'는 치료비가 싼 병원을 찾아 멕시코로 간 두 남녀가 현지에서 겪는 일을 보여준다. 마치 실제로 겪은 일처럼 디테일이 생생하다. 그런데 마지막까지 독자가 공감할 수 있는 게 무엇인지 잘 느껴지지 않았다.

박다현의 '검정을 새기다'는 신춘문예 본심 작품에 흔히 등장해 온 문신을 다룬다. 물론 이 작품에 나오는 문신은 그 전에 나온 문신 이야기와는 달리 시를 대체하는 문신이다. 시는 한 사람의 존재 이유와도 연결된다. 그런데 많은 시가 그렇듯이 그런 과정에서 말하려고 하는 바가 뭔지 막연하다. 문신을 하는 개연성도 찾기 어렵다.

김진주의 '핼과 쎈'은 얼음 위로 가볍게 미끄러져 가는 스케이터처럼 빠르다. 걸리는 데 없는 젊음의 풍속, 희망이 소멸한 세계에서 절망하지 않고 연연하지도 않으면서 일상을 여행처럼 살아가는 면모가 살아 있다. 하지만 독자가 비슷한 삶을 살아가는 사람이 아니라면 호오가 심하게 갈릴 것 같다.

당선작으로 선정한 한정현의 '아돌프와 알버트의 언어'는 쉽지 않은 작품이다. 단서를 모으다 보면 '인간은 언어의 동물'이라는 정의를 떠올리게 되고 사라져가는 희귀언어에서 존재의 의미를 추구하는 한 인간의 모습이 드러난다. 이 작품은 부풀어 있는 언어 조직 속에 틈새와 구멍이 많다. 이는 독자의 적극적인 해석을 유도하고 다의적인 울림과 느낌을 만들어 낸다. 이러한 면이 소설과 작가가 함께 진화하게 하는 동력이 될 수 있다고 판단했다. 당선자에게 축하와 함께 각고면려의 정진을 당부한다.

매일신문 신희우

1971년 충북 옥천 출생
계명대학교 일반대학원 문예창작학과 석사 졸업

공포심이 들기 시작한다. 시간도 공간도 가늠할 수 없다. 아기는 보채는 기색도 없다. 그저 그녀에게 집요하게 달라붙는다. 도망치고 싶어도 마치 뿌리와 연결되어 있는 나무둥치처럼 옴짝할 수 없다. 공포심이 점점 그녀를 압박한다. 결코 아기를 떼어 놓을 수 없다. 어쩔 수 없이 그녀는 아기를 안으려 안간힘을 쓴다. 아기는 바위처럼 무겁다.

매일신문

고양이는 따뜻했다

신희우

1

자한은 광장이 보이는 곳에 방을 하나 얻었다. 광장은 마을 한가운데 있었다. 광장 곁에 류의 카페-레스토랑 플로리아가 있고 그 곁으로 몇몇 호텔과 카페, 여행자 정보센터와 환전소, 토산품점, 마트 등이 빙 둘러서 있었다. 자한의 방 발코니에서 플로리아가 바로 건너다보였다. 돌로 지어진 플로리아의 외벽은 온통 송이가 탐스럽고 색이 선명한 다채로운 꽃들로 뒤덮여 있었다. 한여름 꽃에 뒤덮인 플로리아는 여행자들의 발길을 사로잡기에 부족함이 없어 보였다.

플로리아는 흰색 깃발을 내걸어 영업 중이라는 것을 알렸다. 오늘은 깃발이 꽂혀 있지 않았다. 손님을 받지 않는다는 뜻이었다. 왜 하필 흰색 깃발일까. 다른 수많은 색의 깃발들 중 왜 하필 흰색인지 자한은 문득 궁금해졌다. 류를 만난다면 물어볼 수도 있을 것이다. 이곳에 도착한 지 일주일째였다. 하지만 자한은 류와 다른 친구들을 만날 것인지 마음을 정하지 못했다.

자한은 광장을 가로질렀다. 스포츠 용품점이 보이는 교차로에서 왼쪽으로 꺾었다. 평평한 돌이 깔린 길 양옆으로 아이스크림 가게와 패스트푸드점, 은행과 우체국, 서점과 약국, 옷가게들이 줄지어 선 상점가였다. 여행자들이 많이 다니는 거리였다. 상점가가 끝나는 부근까지 걸어가면 갈림길이었다. 갈림길의 왼쪽은 잡목 숲 사이로 완만한 오르막길이 시작되는 트레킹 코스였다. 대부분의 여행자들은 그 길로 들어섰다. 그녀는 갈림길 앞에서 망설였다. 결국 어제와 마찬가지로 오른쪽으로 발길을 옮겼다. 언덕길을 올랐다. 언덕을 오르다 완만하게 경사진 길을 따라 내려갔다. 호젓한 주택가가 나타났다. 주택가의 거리는 조용했다. 마치 사람이 살지 않는 것 같았다. 주택가를 빠져나가면 차도였다. 자한은 차도를 따라 걸었다. 도로를 달리는 자동차는 거의 없었다. 보행자도 거의 눈에 띄지 않았다.

마침내 자한은 마을 묘지에 도착했다. 죽은 지 오래된 자들의 묘지가 산책의 목적지는 아니었다. 며칠 산책을 하는 동안 우연히 그곳을 알게 되었을 뿐이었다. 한 무리의 관광객들이 몰려 있었다. 묘지도 관광 코스의 일부였다. 한 관광객이 대형 분묘 앞에서 기념 촬영을 하고 있었다. 묘석 위에 놓인 국화는 이미 시들기 시작했다. 관광 가이드는 냉소적이고 명쾌한 목소리로 묘비에 얽힌 이야기를 풀어놓고 있었다. 자한은 그곳에 묻힌 이들 대부분이 한때 유명한 알피니스트였다는 것을 처음 알게 되었다.

자한이 귀도에게 물은 적이 있었다. 산이 왜 그렇게 좋아. 모든 살아 있는 존재는 자기 자신이 되고자 한다. 올챙이는 개구리가, 애벌레는 나비가, 상처받은 사람이 완전한 인간이 되고자 하는 것처럼 나는 산에서 그 길을 찾고 있는 것뿐이다. 귀도는 그렇게 대답했다. 귀도의 말을 들었을 때, 자한은 두려웠다. 자한은 귀도가 찾고자 하는 것이 무엇인지 쉽게 헤아릴 수 없었다. 하지만 귀도가 가고자 하는 그 길에 언제나 위험이 도사리고 있다는 것을 알았다. 귀도는 틀림없이 자기 본연의 모습을 찾아낼 것이었다. 그러기 위해서 끊임없이 산에 오를 것이었다. 그리고 훗날 언젠가는 자한이 결코 닿을 수 없는 곳으로 떠나버릴 것 같았다. 그 근거 없는 확신 때문에 자한은 불안했다. 불안은 점점 확장하고 확장할 뿐 결코 확장을 멈추지 않았다.

드높은 하늘에 바람과 새와 패러글라이더가 뒤섞여 떠돌았다. 여행자들은 산을 오르고 암벽을 타고 기구에 몸을 묶고 새처럼 무겁게 하늘을 날았다. 그들은 감탄스러울 정도로 삶과 밀착된 사람들이었다. 단순하고 직접적이고 복잡하지 않은 스냅 사진 속의 인물들처럼 묘지에서조차 환한 웃음을 지을 줄 알았다. 죽음에 대해서 이야기하기에는 그들 속에 너무나 많은 즐거움이 가득했다. 오래전에 죽어버린 이들의 묘지 위에도 경이로운 삶의 풍경은 존재했다.

귀도는 일기에 썼다. 날고 싶다. 귀도는 그 문장에 자신의 바람을 오롯이 담았을 것이다. 귀도의 일기는 미호와 함께했던 순간들에 대한 비밀스러운 기록이었고 산행 일지였다. 자한은 결혼한 미호를 사랑했던 귀도의 의식과 도덕과 양심의 무게에 대하여 생각했다. 또한 귀도가 동생인 자한을 위해 짊어졌던 책임과 의무의 무게에 대하여 생각해 보았다. 귀도는 억제의 틀을 부수고 이성의 세계에서 탈출하고 싶었을 것이다. 진정으로 새이고 바람이고 싶었을 것이다. 저 하늘의 새처럼 바람처럼 경계 없이 자유롭고 싶었을 것이다. 이 뒤늦은 깨달음은 자한을 오래도록 괴롭혔고 한없이 아프게 했다. 그리고 아직도 여전히 가슴 아팠다.

관광객들은 오래 머물지 않았다. 그들이 빠져나간 묘지는 한층 적막해졌다. 해가 기울고 있었다. 수많은 나무와 풀들과 무덤과 무덤 사이사이로 햇살은 점점 더 얇고 가볍게 마치 비늘처럼 스며들었다. 지속적이고 감지할 수 없는 사멸의 시간이 다가오고 있는 것 같았다.

2

류는 늦게까지 잠을 잤다. 철호와 지욱과 태오는 이미 나가고 없었다. 류는 커피를 한 잔 마시고 책을 손에 들었다. 하지만 책에 집중할 수가 없었다. 류는 플로리아의 창을 통해 광장을 내다보았다. 한낮의 타는 듯 뜨거운 햇살이 사방으로 낭자했다. 선글라스를 낀 여행자들이 느긋한 걸음으로 광장을 오갔다. 여행자들은 이 마을을 기점으로 동서남북 어느 쪽으로 가든 A산군의 경관을 마음껏 즐길 수 있었다. 서부 유럽의 한 작은 마을인 이곳의 원주민은 고작 1만 명에 불과하다. 하지만 7, 8월에는 거의 10만 명에 가까운 여행자들이 쏟아져 들어왔다. 이곳은 지금 성수기의 관광지답게 북적였다.

수많은 여행자들 틈에서 광장을 가로지르는 한 동양 여자가 눈에 띄었다. 여자는 백팩을 메지도, 아웃도어를 챙겨 입지도, 트레킹화를 신지도 않았다. 그저 어깨에 작은 크로스백 하나를 걸치고 스키니진과 흰색 티셔츠를 입고 운동화를 신었다. 여자는 어딘가 모르게 류의 눈길을 잡아끌었다. 작고 마른 여자의 체구가 낯설지 않았다. 저 여자는 자한일지도 모른다. 막연한 짐작이 확신처럼 류를 사로잡았다. 하지만 선글라스를 낀 여자의 얼굴을 확인할 수는 없었다. 그러기에는 거리가 너무 멀었다. 이윽고 여자의 모습이 완전히 사라졌다.

류는 책을 다시 집어들었다. 귀도의 마지막 선물이 되어버린 책이었다. 류는 그 책을 최근에서야 읽기 시작했다. 죽음이 아무것도 아니라면 삶 또한 아무런 가치가 없다. 밑줄이 그어진 문장. 밑줄 긋는 습관은 자한의 것이었다. 귀도는 메모장에 바로 옮겨 적는 타입이었다. 엄밀히 말하자면 그 책은 자한의 것이었다. 귀도와 자한. 세상에 단 둘뿐이었던 가족. 서로에게 말없이 환히 웃을 줄 알았던 남매. 그들과 가까이 지내던 한때, 류는 남매가 공유하는 소소한 일상과 친밀함이 부러웠다. 류는 자기가 어딘가 다른 가족을 가졌더라면 더 행복했을까 하는 생각을 해본 적이 있었다.

류와 진은 아주 어린아이 때부터 많은 것을 배웠다. 영어, 바이올린과 피아노, 일 년에 한 번 있는 학예회 준비를 위해 성악 개인 레슨도 받았다. 각종 음악과 미술 경연 대회에도 참가했다. 진은 무엇을 배우든 스펀지처럼 잘 받아들였다. 각종 대회에서 상도 받았다. 진은 장래가 촉망되는 아이였고 부모의 자랑거리였다. 반면에 류는 그것이 무엇이었든 마음먹었던 만큼 좋은 결과를 얻지 못했다. 어떤 대회에서도 입선조차 한 적이 없었다. 학업 성적도 좋지 않았다. 수도 없이 실망을 거듭한 후

류는 어떤 성과를 얻는 일에 아예 무관심해졌다. 류는 진의 그렇고 그런 쌍둥이 동생으로 불리는 것에 익숙해졌다. 하지만 극복하지 못한 열등감 때문에 까다롭고 산만하고 소심해졌다. 주변에서 벌어지는 일을 삐딱하게 받아들이는 못된 버릇까지 몸에 뺐다.

류의 부모는 스스로를 원칙과 믿음을 가진 합리적인 사람이라고 믿었다. 진이 산악 동아리에 가입했을 때 부모는 그저 스펙 쌓기의 일종으로 여겼다. 류는 진이 오르는 산에 관심 없었다. 하지만 누구보다도 빨리 진의 변화를 알아챌 수 있었다. 진은 열정적으로 몰입했다. 누구도 예상하지 못한 태도였다. 진은 주말마다 산으로 갔다. 자일을 묶고 암벽을 탔다. 진은 활기차졌다. 표정도 밝아졌다. 전에 없이 말도 많아졌다. 하지만 진의 성적이 떨어지기 시작했다. 고등학교 3학년이었다. 수능이 코앞이었다. 산은 언제라도 오를 수 있다. 공부는 때가 있다. 부모는 진의 동아리 활동을 더 이상 용납할 수 없다고 했다. 진은 부모의 그런 생각이 합리적이지 않다고, 수긍할 수 없다고, 부당하다고 항변했다. 소용없는 짓이었다. 부모는 자신들의 믿음과 달리 더 완고하고 보수적이었다. 진은 산에 오를 수 없었다. 다시 말수가 적어졌다. 공부만 했다. 성적이 올랐다. 마침내 수능 모의고사에서 예전처럼 전교 1등을 차지했다.

부모는 기뻐했다. 류는 그 나름의 방식으로 진을 치켜세웠다. 독한 새끼, 하이파이브. 둘은 오랜만에 유쾌하게 웃었다. 그리고 그날 처음 류는 진에게 물었다. 만일 아무도 내게 묻지 않는다면 나는 내가 산에 왜 가고 싶어 하는지 알고 있다고 믿어. 하지만 너처럼 질문하는 사람에게 그 이유를 설명하기란 쉽지 않아. 그런 질문을 받는 순간 나조차도 그 이유를 알 수 없게 되어버리거든. 그리고 진은 자신이 남의 눈에 비친 그대로의 사람이라는 사실과 거기에서 벗어날 길이 없다는 것이 견딜 수 없다고 덧붙였다. 열여덟은 무엇이든지 선택할 수 있는 나이였다. 진은 스스로 목숨을 끊었다. 부모는 그 사실을 받아들이지 않았다. 친척에게조차 사고사였다고 둘러댔다. 이웃이 알게 되는 것을 꺼렸다. 먼 곳으로 이사를 했다. 류의 부모는 자책감과 상실감을 체면 따위와 맞바꾸어 버렸다. 류는 진실도 견딜 수 있을 만큼만 선택하는 부모를 증오했다. 류는 앞으로 이전과 같은 마음으로 살 수 없으리라는 사실을 깨달았다.

류는 대학교에 입학했다. 집과 부모를 떠났다. 사진을 찍기 시작했다. 대체로 호기심을 자극하는 사물의 사진을 많이 찍었고 곁에 있는 친구들의 얼굴을 찍었다. 사진을 찍으러 다니는 동안 몇몇 친구들이 떠났고 새 친구들을 사귀었다. 그 시절 귀도와 자한, 철호와 지욱, 태오를 만났다. 그들은 서로 허물없이 지내는 사이였다. 특히 귀도와 철호와 지욱은 산과 바위와 심장과 열정, 그리고 약간의 행복만으로도 완전히 만족하는 삶을 살고 있는 듯 보였다. 누군가 곁에 아무도 없는 사람은 유령이라도 만들어서 데리고 다녀야 한다고 했는데 그들은 분명 류에게 유령보다 가까웠다.

3

한 아기가 있다. 남자 아기다. 뼈대가 튼튼하다. 살이 오른 팔다리가 엮인 밧줄처럼 울퉁불퉁하다. 머리와 몸이 비례하고, 아기의 얼굴은 섬뜩할 정도로 무표정하다. 아기가 벌떡 일어나 뒤뚱뒤뚱 자한에게 다가온다. 갑자기 무섬증이 들기 시작한다. 그녀가 뒷걸음친다. 그래 봐야 소용없다. 아기는 어느새 그녀 앞에 섰다. 그녀가 뒤돌아서 뛰기 시작한다. 하지만 제자리다. 뭔가 잘못되었다.

공포심이 들기 시작한다. 시간도 공간도 가늠할 수 없다. 아기는 보채는 기색도 없다. 그저 그녀에게 집요하게 달라붙는다. 도망치고 싶어도 마치 뿌리와 연결되어 있는 나무둥치처럼 옴짝할 수 없다. 공포심이 점점 그녀를 압박한다. 결코 아기를 떼어 놓을 수 없다. 어쩔 수 없이 그녀는 아기를 안으려 안간힘을 쓴다. 아기는 바위처럼 무겁다. 아기는 여전히 표정이 없고 그녀의 안색이 점점 창백해진다. 간신히 아기를 품에 안았을 때, 아기의 목이 가붓이 뒤로 꺾인다. 마치 나뭇가지 부러지듯 툭.

산만하고 무섭고 기이한 꿈이었다. 꿈에서 깰 때마다 모든 경험, 모든 사건을 지우고 마는 끔찍스럽게 조용한 어둠 속에서 사람들이 어째서 외로움 때문에 죽는지 상상할 수 있었다. 아무리 면밀하게 들여다보아도 꿈은 겉으로 드러내기 불가능한 것들, 그 본질을 알 수 없는 것들로 가득했다. 흩어지고 찾아드는 꿈의 파편들 중 어떤 것은 의미가 있고 어떤 것은 의미가 없다. 꿈의 종말도 끝내 알 수 없다. 시간 또한 언제나 불가해하다. 꿈은 시점도 없고 시작도 없으며 끝도 없는 순간과 같다. 그럼에도 불구하고 자한은 깨어 있을 때보다 꿈속에서 더 치열하게 산다고 느꼈다.

자한이 산책에서 돌아와 잠깐 잠이 든 사이 밖은 벌써 어두워졌다. 자한은 꿈의 여운을 떨쳐내지 못한 채 창을 멍하니 쳐다보았다. 안과 밖의 온도 차로 김이 서린 창이 희뿌옇다. 바깥 풍경과 한데 뒤섞이어 어슴푸레 창에 되비친 자신의 모습을 망연히 응시했다. 마치 꿈과 현실의 어느 경계쯤에 자신의 실체가 머물러 있는 것 같았다. 고립감이 엄습했다.

예전에 비해 더 빨리 찾아오고 더 뜨겁고 더 늦게 끝날 것 같은 열기에 숨이 턱턱 막히던 작년 여름, 그날 밤 자정이 가까운 시간에 자한은 자고 있지 않았다. 자한은 낮에 전통시장을 구경했다. 냉면 그릇을 두 개 샀고 귀도의 여름 홑이불도 새로 구입했다. 집에 오는 길에 배추 몇 포기를 샀다. 저녁 내내 배추를 손질하고 소금에 절였다. 귀도는 갓 담근 김치를 좋아하지 않았다. 담근 지 일주일쯤 지난 김치를 가장 좋아했다. 귀도는 일주일 후에 집으로 돌아올 예정이었다. 귀도는 류의 플로리아에 머물고 있었다. 철호와 지욱과 함께였다. 귀도는 자기 몸의 일부와 같은 일기장과 등반용품을 빈틈없이 확인하고 짐을 쌌다. 늘 그러했듯 자한은 비행기 안에서 읽을 만한 책을 골라 귀도에게 주었다. 류가 좋아하는 안동 간고등어와 황기도 따로 챙겨 주었다. 고등어는 결국 상해서 먹지 못했다. 황기를 넣고 삼계탕을 끓여 먹었다. 곧 자신이 오르고자 했던 바위산을 등반할 예정이라고 며칠 전 통화에서 귀도는 말했다. 귀도의 음성은 세상을 다 가진 듯 생기가 넘쳤다. 자한은 함께 가자고 했을 때 따라나서지 않은 것을 후회했다. 자한은 시원한 캔맥주를 마시며 텔레비전을 보았다. 오랜만의 외출로 몹시 피로했지만 더위 때문에 잠들기가 어려웠다.

첫 번째 현관 벨이 울렸을 때 자한은 어리둥절했다. 모니터에 비친 얼굴은 태오였다. 자한은 가만히 모니터를 지켜보았다. 태오는 귀도가 이곳에 없다는 것을 알고 있었다. 십여 일 전 태오는 자한과 함께 귀도 일행을 공항까지 배웅했었다. 태오가 할 일 없이 자한을 찾아올 리 없었다. 가까운 사이였으나 귀도가 없을 때 불쑥 찾아오는 경우는 없었다. 몇 분 후 다시 두 번째 벨이 울렸다. 자한의 뇌리에 불안이 스쳤다. 머릿속에 종잡을 수 없는 불길한 생각들이 들끓기 시작했다. 몹시 혼란스러웠다. 태오는 조급해 보였다. 자한의 심장이 미친 듯이 뛰고 있었다. 자한이 주저하는 동안 세 번째 벨이 울렸다. 모니터를 응시하는 태오의 눈. 그 눈이 모든 것을 말해주고 있는 듯했다. 듣지 않아도 알 수 있을 것 같았다. 듣고 싶지 않았다. 원치 않는 말을 듣게 되리라는 두려움. 그 두려움으로부터 달아나고 싶었다. 끝내 문을 열지 않으려 했다. 태오는 끈기있게 기다렸다. 개새끼. 뜻밖에도 자한의 입에서 욕이 튀어나왔다. 누구에게랄 것도 없었다. 자한은 문을 열었다. 그리고 들었다. 자한의 예상은 빗나가지 않았다.

4

해질 무렵이면 류는 이 마을이, 플로리아가 세상으로부터 완전히 잊힌 장소처럼 여겨졌다. 심지어 시간이 멈춰버린 듯한 느낌마저 들었다. 모든 것에서 멀리 떨어져 이 세상 끝에, 허무의 한복판에 서 있는 기분이 들기도 했다. 벌써 오 년째 이곳에 살고 있는데도 좀처럼 익숙해지지 않았다. 어쩌다 이곳까지 오게 되었을까. 장소 하나 바꾼다고 해서 사실로 받아들이고 싶지 않은 것들을 꿈을 잊듯 잊을 수는 없었다.

일 년 전 오늘 전화는 류가 했다. 철호와 지욱은 그럴 만한 정신이 아니었다. 한국 시각으로 오후 일곱 시쯤이었다. 전화를 받은 태오는 주로 듣기만 했다. 그 이후 두세 번의 통화가 더 이루어졌다. 류는 태오에게 자한과 함께 이곳으로 와달라고 부탁했다. 훗날 태오는 말했다. 그날 그에게 맡겨진, 어쩌면 알지도 못하고 상상할 수조차 없는 절망을 자한에게 알리고 싶지 않았다고. 그래서 시간이 조금 더 걸렸다고.

비행기를 환승하며 열두 시간 만에 J공항에 도착해 류의 자동차로 플로리아에 다다를 때까지 자한은 아무것도 묻지 않았다. 비는 주위를 집어삼킬 듯 쏟아졌다. 차고 자욱한 습기가 플로리아를 에워싸고 있었다. 철호와 지욱은 몹시 피로해 보였고 안공이 푹 꺼진 눈은 더욱 침울하고 강렬해 보였다. 까칠해진 얼굴의 윤곽이 더 두드러졌다. 철호는 사고 경위를 설명하는 중이었다. 귀도와 함께 등반했던 철호와 지욱 중 돌아온 자 누군가는 해야만 하는 일이었다. 철호는 목이 잠겨 말을 멈추었다. 오래 울어 불어터진 눈시울이 다시 붉어졌다. 더 이상 말을 잇기 어려워 보였다.

자한은 미동도 없었다. 지도만 내려다보았다. 등반 코스가 상세히 기술된 지도였다. 자한은 철호의 설명 따위는 안중에도 없는 것 같았다. 귀도가 돌아오지 못하리라는 사실은 분명하고 뚜렷했다. 그 자명한 사실 앞에서 철호의 말은 하나 마나 한 소리였다. 그 뻔한 소리를 해야만 하는 철호와 묻고 싶은 말을 몸 밖으로 감히 꺼내지 못하는 자한을 지켜보는 류도 참담했다. 류는 그들 모두가 자한을 죽이고 있다는 생각까지 들었다.

절망에 꺾이고 두려움에 빠진 자한의 표정. 그 표정 뒤에 숨겨놓은 감정의 중심에는 일종의 분노가, 어디로 쏟아내야 할지 알 수 없는 분노가 확실히 존재했다. 논리로는 설명이 되지 않는, 형체가 잡히지 않는 감정들이 소용돌이칠 것이었다. 이해할 수 없는 일들은 분노와 증오를 불러일으킨다. 그 분노를 지닌 채 살아갈 수 있다는 것, 그것은 분명 놀라운 일이다.

자한은 끝 모를 상실의 심연에 놓여 있었다. 그 무엇과도 비교할 수 없고, 그 어떤 말로도 위로할 수 없는 유일무이의 슬픔. 그 차고 텅 빈,

옴짝달싹할 수 없는 심연을 공유한다는 것은 불가능했다. 그 심연을 이해한다고 말한다면 거짓말이다. 행복과 불행은 집단적일 수 없고 너무나 개별적이다. 그래서 사람은 온전히 혼자일 수밖에 없다. 마치 고아처럼 혹은 참선하는 사제처럼 그 심연을 홀로 견뎌야 한다. 자한은 그 심연에 재갈을 물리듯, 세상으로부터 마음을 거두어들이듯 잠을 잤다. 눈과 입을 닫아버린 자한의 얼굴은 어둠 그 자체였다. 밖은 온통 천둥소리와 소란한 빗소리로 가득했다. 빗소리가 외부 세계와 플로리아를 완전히 갈라놓고 있었다. 류는 그토록 기진한 하루를 보내고도 잠을 이룰 수 없었다. 귀도와 진의 얼굴이 젖은 그물 같은 빗속에 서성이는 것 같았다. 두려움도 슬픔도 공포도 아는 사람에게만 보이는 법이다.

5

자한은 귀도의 죽음을 보지 못했다. 보지 못했으니 믿을 수 없었다. 믿을 수 없으니 받아들일 수 없었다. 믿지도 받아들이지도 않은 채 자한은 귀도 몸의 일부와 같았던 물건들과 남았다. 자한은 종종 라면을 끓여 새로 산 냉면 그릇에 담아 먹었다. 며칠째 소금에 절어 숨이 다 죽어버린 배추로 김치를 담갔다. 짠 김치를 안주 삼아 술을 마셨다. 술에 취하면 새로 장만한 홑이불을 덮고 시도 때도 없이 잠을 잤다. 꿈속에서 자주 곁에 있었으면 하는 죽은 사람들을 만났다. 술에 취한 어떤 밤, 그런 날 꿈속에선 그들의 얼굴도 전혀 모르는 얼굴들처럼 달라져 있었다.

잠은 끝도 없이 쏟아졌지만 수많은 밤을 뜬눈으로 지새우는 날도 많았다. 그런 날, 자한은 공항에 나가서 어디론가 떠나거나 돌아오는 사람들을 지켜보았다. 귀도가 있는 곳, 그를 두고 온 곳으로 가는 항공 시간표를 몽땅 외울 수 있었다. 공항을 나오면 발길 닿는 대로 아무 데나 걷기 시작했다. 낯선 거리를 이리저리 쏘다니고 또 쏘다녔다. 일을 마치고 집으로 돌아가는 엇갈린 표정의 남자와 여자들, 학교와 학원으로 돌고 도는 쾌활한 학생들, 영화를 보거나 식사를 마치고 나온 온화하고 꿈꾸는 듯한 표정의 연인들, 방금 누군가와 헤어져 알 수 없는 표정으로 홀로 걷는 사람들과 부대끼며 부산하고 시끌벅적한 거리에 서 있으면 마치 머리가 아니라 피부가 생각을 하는 것 같았다. 온몸의 세포 하나하나가 죽어가는 기분이었다. 아무리 낯선 곳을 아주 먼 곳까지 걸어도 결국 변하는 것은 아무것도 없었다.

자한은 집에 틀어박혔다. 간간이 철호와 지욱, 류와 태오를 떠올렸다. 그들의 연락은 받지 않았다. 다른 누구의 연락도 받지 않았다. 그 누구에게도 연락하지 않았다. 누군가 함부로 던지는 위로의 말을 듣고 싶지 않았다. 누군가의 이해를 얻고 싶지도 않았다. 서투른 위로와 이해의 말들이 자한의 심장에 총을 겨누는 것 같았다. 시간이 약이라고 말하는 이들이 있다. 자한은 그 말을 믿지 않는다. 시간이 고통을 치유하지 못한다는 것쯤은 알 만한 나이였다. 자한에게 필요한 것은 때때로 어두운 길 모퉁이에서 마주치는 고양이처럼 단순하고 초연한 짐승의 두 눈이었다.

하루가 가고 한 주가 지나고 달이 바뀌고 계절이 변했다. 그리고 지난여름과 같지 않은 여름, 그게 이 여름이었다. 창문을 열었다. 밤공기가 하루 사이에 더 차가워졌다. 일주일 사이에 기온이 완전히 변해 버렸다. 서늘한 공기가 가슴 깊숙이 스며들었다. 어찌나 서늘한지 마치 나신이 공기 중에 떠 있는 느낌이었다. 모든 감각이 날을 세운 듯 예민해졌다.

자한은 불 켜진 플로리아의 창가를 왔다 갔다 하는 그림자들을 보았다. 류의 플로리아에 태오와 철호와 지욱 일행이 머물고 있다는 것을 알고 있었다. 귀도의 오랜 친구였고 자한의 친구이기도 했던 그들. 만약 그들을 만난다면 결국 덧없는 친밀함과 끝없이 존재하는 거리감을 경험하게 될 것이었다. 줄곧 떨어지는 피부의 비듬 같은 기억들이 서로에게 상처만 줄 터였다. 류가 아직도 감춰둔 비밀이 많은 얼굴로 사진을 찍는지, 어째서 흰색 깃발에 집착하는지, 태오가 여전히 담배를 많이 피우는지, 철호와 지욱이 변함없이 자일파티로 등반을 계속하는지, 자한은 알지 못했다. 하지만 자한 자신이 그러하듯 그들이 지난여름과 같은 사람이 아니라는 것쯤은 알 수 있었다. 자한은 끝내 그들을 만나지 않을 것이었다.

214

광장 너머를 아무리 뚫어지게 바라보아도 대단한 것은 보이지 않았다. 달빛과 어둠이 띠가 되고 기둥이 되어 마을과 산과 산 사이를 채우고 연결해 더 가깝고 생생하게 만들어 놓았다. 바위로 철갑을 두른 듯 육중한 산맥이 위압적이었다. 산맥의 무겁고 틈새 하나 없는 거대한 침묵은 역시 견디기 어려웠다. 달빛과 어둠이 뒤섞이어 침묵은 점점 더 조밀해졌다. 산의 존재감 또한 철옹성처럼 더 견고해졌다. 저 산은 끊임없이 자한의 마음을 사로잡았다. 꿈에서조차 마치 자석처럼, 이 세상에 존재하는 자극처럼 그녀를 끌어당겼다. 빙하와 얼음과 만년설로 뒤덮인 저 산 어딘가에 귀도가 있었다. 귀도는 마치 자신의 삶을 허구로, 수수께끼를 닮은 허구로 만들기로 작정한 사람처럼 그 누구의 눈에도 띄지 않는 곳으로 사라져 버렸다.

자한은 여느 날처럼 술을 찾았다. 단 몇 방울의 술만으로도 신경이 좀 느슨해지는 것 같았다. 술을 마시면 자신에게 일어난 일들을 어쩌다 흘려들은 이야기처럼 잊을 수 있었다. 일상이 아무렇게나 흘러가도 상관없었다. 자신은 어디로든 갈 수 있고, 내키지 않으면 어떤 곳으로도 가지 않을 수 있다. 어떤 곳에 머무르든 다를 게 없다. 아는 사람도, 뭔가를 바라는 사람도 없는 곳에서 미래가 없이 살아가는 것도 나쁘지 않다. 이제는 곁에 없는 이들을 그만 놓아버리고 더 이상 미안해할 필요 없이, 그 누구에 대한 원망도 없이 있는 듯 없는 듯 살아도 괜찮다고 치부할 수 있었다. 술은 새에게 자유를 주는 것처럼 그녀 자신을 한없이 풀어놓아 주었다. 자한은 술을 마신다.

6

류는 온종일 책을 읽었다. 철호와 지욱과 태오는 낮에 소주 한 병을 들고 산행을 다녀왔다. 귀도를 위한 첫 추모 산행인 셈이었다. 그들은 잊지 못했기 때문에 귀도와 자한에 대하여 말하지 않았다. 작년 이 무렵처럼 그들은 술에, 자책감에, 먹먹함에 그 모두에 취해 있었다.

육 개월 만에 자한을 다시 보았을 때, 류는 철호의 결혼식에 참석하기

위해 서울에 머물고 있었다. 어디서나 캐럴이 질척거리던 지난 연말이
었다. 그날 태오의 재즈클럽은 철호의 결혼식 피로연으로 한창 들떠 있
었다. 과장된 축하의 말들이 오갔다. 폭죽이 터졌다. 색종이 조각이 흩
날렸다. 테이블마다 케이크가 놓였다. 술잔이 빠르게 비어 갔다. 수많
은 친구들이 술잔을 치켜들고 철호의 결혼을 축하했다. 파티는 흥겨웠
고 모두 기분이 좋아 보였다. 흥분된 분위기에 휩쓸리다 보면 돌연 미묘
한 우울이 찾아들었다. 술이 독처럼 쓰고, 음악이 그저 시끄러운 소음에
불과하고, 상처받고 치유받지 못한 웃음 띤 얼굴들이 괴물처럼 끔찍해
보였다. 기분 탓이지만 류는 다소 지쳤고 어디든 조용히 혼자 있고 싶었
다.

　클럽의 주방으로 난 뒷문을 열면 후미진 골목이었다. 하룻밤에도 쓰
레기봉투가 높게 쌓이고, 담배꽁초가 어지럽게 흩어지고, 찌그러진 캔
이 굴러다니며, 취객과 길고양이가 지린 오줌 냄새가 시큼하게 피어오
르는 골목은 류에게 친숙했다. 그곳에 의자 하나가 있었다. 그 차가운
의자에 자한이 앉아 있었다. 뜻밖에도 고양이와 함께였다. 자한은 그동
안 마치 먹을 것을 입에 대 보지 않은 사람처럼, 마치 굶어 죽기로 작정
한 사람처럼 유례없이 말라 있었다.

　자한은 류를 보고도 전혀 놀라지 않았다. 고양이는 움직임이 없었다.
죽었어. 류의 눈길을 알아차린 자한이 말했다. 정신이 딴 데로 쏠린 듯
한 자한의 눈빛. 그 눈빛 뒤에 어떤 광기가 숨어 있는 것 같았다. 애초부
터 이곳으로 오려던 생각은 아니었어. 단 한 번의 몸짓으로 단 한마디의
말로 철호의 행복한 순간을 망치게 될까 봐 조심스러웠거든. 그런데도
결국 이곳까지 와 버렸어. 요즘 나는 나를 이길 수가 없어. 저 아래 찻길
옆에서 이 고양이를 발견했어. 사고였겠지. 품에 안았을 때 고양이는 아
직 따뜻했어. 병원으로 달려갔어. 다리가 골절되고 척추 손상도 있고 머
리도 조금 다쳤지만 누군가 조금만 일찍 병원에 데리고 왔더라면 살릴
수도 있었을 것이라고 수의사가 말했어. 살아 있었어. 그리고 꼭 살 수
있을 것 같았어. 그런데 오래 견디지 못했어. 너무 오랫동안 추위와 싸

운 탓이었어. 조금만 더 일찍 발견했더라면 살릴 수도 있었겠지. 하지만 그 누구도 그렇게 하지 않았어. 어쩌면 할 수 없었겠지. 반은 술에 취하고 반은 제정신인 채 자한은 혼잣말을 쏟아냈다.

류는 어떻게 해야 할지 무슨 말을 해야 할지 몰랐다. 자한은 더 이상 어떤 것도 얘기할 마음이 없다는 듯 입을 다물었다. 침묵은 계속되었다. 눈이 내리기 시작했다. 류는 자한에게서 고양이를 안아 들었다. 야위고 다친 고양이의 몸은 식어 있었다. 류는 고양이를 묻어 줄 만한 장소를 찾아 골목을 빠져나왔다. 추위가 전날 밤보다 더 매서웠다.

수년 동안 귀도와 자일파티였던 철호와 지욱은 자한에게 말하지 못한 진실이 있을지도 몰랐다. 자한 또한 그들이 하지 못했던 말들 속에 어떤 진실이 감추어져 있는 것은 아닐까 하는 추측으로 자신을 괴롭혔을지도 몰랐다. 생각은 어떤 식으로든 할 수 있지만 그 진실은 끝내 알 수 없는 법이다. 류는 자한에게 분명히 생각하는 것, 실제로 일어난 것, 사실로 알고 있는 것에만 관심을 갖는 것, 그것이 고통을 줄이는 유일한 방법이라고 말하고 싶었다. 하지만 류가 돌아왔을 때 자한은 이미 그 자리를 떠나고 없었다.

철호와 지욱과 태오는 잠이 들었다. 뒤에 남아 죽어간 이들과 곁에 없는 이들을 추억하는 건 쓸쓸했다. 류는 낮에 광장을 가로지르던 여자를 떠올렸다. 귀도의 기억과 함께 외로이 남겨진 자한. 자한이 찾아오지 않는다면 만날 수 없을 것이었다. 자한은 불가능한 것을 소망하는 사람처럼 귀도와 함께 나누었던 소박한 일상에 대해, 귀도의 수많은 등반에 대해, 귀도와 관계된 모든 사람들에 대해, 그리고 귀도의 마지막 산행에 대해 생각하고 또 생각하며 삶이 실체로 채워지지 않는 텅 빈 공허의 구덩이를 품고 있을지도 몰랐다. 먹고 자고 일하고 운동을 하고 친구를 만나 그 무엇을 해도 공허는 아물지 않고, 지난 시간이 그러했듯 한 해가 가고 또 한 해가 바뀌어도 삶은 여전히 텅 비어 있을 것이고, 정말 머지 않아 자신이 허공 속으로 날아가 버리겠지, 하는 생각을 하며 길을 잃고 헤맬지 모를 일이었다. 그러한 류의 이해는 무의미할 수 있으나 아렸다.

누군가의 마음을 이해하는 것은 자신의 마음을 전제로 한다. 류는 이전에 진을 잃었고, 아팠고, 공허했다. 그리고 마침내는 그 모든 것을 잊은 듯이 살고 있다. 그럼에도 류는 아직도 죽음을 도무지 알 수 없었다.

그리운 이들에게 못했던 말들, 이젠 내 안의 글 쓰기로

몹시 추운 날이었다. 나는 담요를 둘둘 말고 베란다에 서서 창밖을 내다보고 있었다. 캣타워에 올라앉은 내 고양이와 함께였다. 내 고양이를 안으면 정말 따뜻하다. 담요 따위는 두르지 않아도 된다. 하지만 내 고양이는 좀처럼 곁을 내어주지 않는다. 어쩌면 관계 맺기에 필요한 알맞은 거리감을 본능적으로 체득하고 있는지도 모르겠다.

주변 경관이 온통 회색빛이었다. 모든 것에 스며들고 마음 깊숙한 곳까지 파고들어 결국 우울을 불러내는 그런 회색이었다. 놀이터에는 알록달록 원색의 아이들이 추운 줄도 모르고 흙바닥에서 놀고 있었다. 아이들의 웃고 떠드는 소리가 이리저리 흩어졌다. 그 소리에 정신을 팔고 있을 때 전화벨이 울렸다. 신문사로부터 걸려온 전화였다.

당선 소식을 듣고 가장 먼저 떠오른 얼굴들. 이제는 곁에 없는, 어쩌다 꿈속에서나 볼 수 있는 얼굴들. 그래서 더욱 그리운 이들. 그들에게 미처 하지 못했던 말이 아직도 두서없이 머릿속을 떠다닌다. 소중한 내 아버지와 한결같은 마음으로 내 곁을 지켜주는 형제자매에게도 표현이 서툴고 쑥스러워 하지 못했던 말은 많다. 그리고 또한 가까이 지내는 따뜻한 친구들, 고마운 선후배들에게도 마찬가지다.

밖으로 내몰 수도 안으로 들일 수도 없던 그 많은 말을 이제는 오롯이 내 안으로 들여야겠다. 아마도 앞으로 내 글쓰기는 마음을 들여다보고 말을 모으는 것으로부터 시작될 것 같다. 그러기 위해서는 내 안으로 더 자주 더 깊이 들어가야 할 것이다. 그리고 이제야 겨우 내 안으로 들어가는 문 앞에 선 기분이다. 그 문을 마주 볼 수 있도록 기회를 열어주신 심사위원 선생님들께 진심으로 감사드린다.

방황하는 인물들 자기 탐색 과정 산만하지 않게 잘 처리

언어의 진실이 왜곡되고 이 왜곡이 오히려 정상인 듯 여겨지는 오늘날, 문학에 정진하는 문청들의 존재는 그 자체로 고귀하다. 부디 이 문청들의 글쓰기가 자신들만의 보람으로 그치지 않고 언어의 진실과 삶의 진실을 새롭게 발견하는 더 깊은 수준으로 나아가기를 기대한다.

2015년 매일신문 신춘문예 소설 분야 본선에 오른 작품 중 심사위원들은 신희우의 '고양이는 따뜻했다', 김견숙의 '게릴라 가드녀와의 조우', 정선아의 '2시 46분', 원보람의 '발견' 등을 특히 주목했다. 이 작품들은 공히 예선을 통과하고 본선에 진출할 만한 장점들을 지니고 있었지만 심사위원들은 신희우의 '고양이는 따뜻했다'를 당선작으로 결정하는 데 크게 주저하지 않았다.

신희우의 '고양이는 따뜻했다'는 비교적 장대한 스케일의 배경과 장소를 바탕으로 인물들의 자기 탐색의 방황과 그럼에도 불구하고 채워지지 않는 생의 공허를 이야기하는 작품이다. 그런데 인물들의 자기 탐색의 방황과 그에 따른 심리적 갈등을 산만하지 않게 처리하는 작가의 방법이 돋보인다. 다소 산만할 수 있는 인물들의 관계를 등산을 매개로 하여 압축하는 방법도 돋보이지만 특히 유기된 고양이를 상징으로 활용하는 결말 장면은 압권이다.

김견숙의 '게릴라 가드녀'가 상상하는 세계는 따스하다. 황폐와 남루가 넘실대는 이 세계에서 우직하게 게릴라 가드녀를 자임한 인물을 창조한 작가의 따스한 마음이 읽힌다. 그렇지만 게릴라 가드너의 설정은 좀 더 내적 개연성을 확보해야 문학적 감동으로 나아갈 것으로 보인다. 꼰대로 불리는 게릴라 가드너의 성격도 일면적이지만 꼰대에 거리를 두던 '나' 의 변모가 갑작스럽다.

정선아의 '2시 46분' 은 각별한 인연으로 기억되지만 더는 존재하지 않는 한 일본인 남성을 찾아가는 '나' 의 여로소설이다. 그렇지만 어렵사리 찾아가 일본 현지에서 '나' 가 개에 물리는 소동이나 일본 원전 사고에 관한 서술이 이 소설의 주제 형성에 기여하는 문학적 사건과 장면으로 녹아들지 않아 아쉽고 대목 대목마다 '나' 의 감상이 치고 올라와 단편이 요구하는 압축과 절제의 구조를 방해하는 점이 아쉽다.

도축장과 집을 오가며 다소 폐쇄적인 자아로 살아가는 '나' 의 자의식을 이야기하는 원보람의 '발견' 도 이와 같은 문제가 없지 않다. 노숙자 시신으로 발견된 아버지와 이를 부인하는 '나' 의 모습이 어떤 울림을 주는 게 아니라 간단한 삽화처럼 읽혀 아쉬움을 준다. 특히 집 냉장고에 보관된 정체불명의 사물은 '나' 의 자의식을 함축하는 설정으로 보이기는 하지만 작품의 문학적 의미를 깊게 하는 문학적 상징과 비유로 녹아들지 않아 전체적으로 소설이 작위적인 인상을 준다.

당선의 영예를 받게 된 분에게는 진심으로 축하를, 아쉽게 탈락한 분들에게는 그에 값하는 격려를 드린다. 그렇지만 당선 여부보다 더 중요한 건 문학에 대한 투고자들의 진중한 태도이리라. 모두 그 진중한 태도로 언어와 삶의 진실을 탐색하는 대장정에 나서주기를 기대한다.

무등일보 김정호

서울 출생
세종대학교 대학원 영화예술학과 석사 졸업

아내가 죽었다. 엑셀을 더 밟았다. 저 아이들의 아버지는 살인자였다. 속도계가 120까지 올라갔다. 죄책감이 일었고, 핸들을 잡은 손끝에서 아내의 목의 떨림이 다시 느껴졌다. 아내의 목을 잡고 있는 순간, 아내의 표정이 다시 떠올랐다. 고통에 일그러진 표정과 신음. 그동안 느껴보지 못했던 쾌감이 손끝에서 느껴졌다. 핸들을 놓고 한 손을 창밖으로 내밀었다. 바람이 닿았다.

무등일보

고속도로 소나타

김정호

   트렁크를 열었다.

   오전 9시밖에 되지 않았지만, 트렁크를 덮고 있는 차체는 이미 데일 정도로 뜨거웠다. 5층부터 낑낑대며 들고 내려온 대형 아이스박스를 잠시 바라보다가 허리 숙여 끌어안았다. 있는 힘껏 들어 올려 트렁크 안에 올린 후, 두 손바닥으로 깊숙이 밀어 넣었다. 이미 젖어버린 셔츠와 이마에서 흐른 땀줄기가 턱 끝에서 떨어져 쥐색 섬유 재질 바닥에 타들어 가듯 스며들었다. 곧 이어 두 아이가 샌들을 신고 뛰어 내려왔다. 각자의 가방을 받아 트렁크에 실었다. 첫째, 일곱 살 난 아들 녀석이 들고 있던 가방은 물놀이에 필요한 튜브와 물안경 따위가 든 것이었고, 둘째 다섯 살 딸아이가 든 가방은 모래놀이를 할 수 있는 장난감이었다. 팔로 이마의 땀을 훔치며 잠시 하늘을 보았다.

   무더운 여름이었다. 그리고 나는 두 아이를 가진 가장이었다.

   5층을 세 번 왔다 갔다 했다. 트렁크 안은 바캉스를 위한 4인 가족의 짐들로 가득 찼다. 트렁크를 내려 닫자 10년 된 진주색 소나타 승용차의 로고가 보였다. SONATA. 결혼을 시작할 무렵 샀던 차였다. 그 당시 이 차는 '뉴 EF' 소나타라는 명칭으로 팔렸고, 2000cc 중형차였으니 어디가도 꿀리지 않을 정도였다. 하지만 지금은 아니다. 세월을 거스를 수 없듯 소나타는 여기저기 상흔을 입었다. 나는 안전운전주의자였기 때문에 큰 사고를 내본 적은 없었다. 아내가 종종 주차 실수로 차를 긁어먹은 적이 있었을 뿐이지만, 알파벳 S자 어디론가 사라져있었고, 곳곳에 칠이 벗겨졌으며, 세차도 되지 않은 상태였다.

"세차 안 했어! 어제 뭐 한 거야, 도대체!"

아내가 계단을 내려와 소리쳤다. 아내와 나는 대화가 거의 없었지만 아내는 잔소리를 할 땐 거리낌 없이 말을 걸어왔다. 나는 어제 무얼 했을까. 반성하는 마음이 절로 들었다. 어제 일을 떠올리면 직장의 박상무 얼굴 밖에 떠오르질 않았다. 치켜 올라간 눈을 가진 박상무가 검지로 안경을 올리면서 나에게 했던 모욕적인 말들…… 회사를 그만두라고 강요하는 분위기였다. 사실 나는 어제 회사를 그만둘 것을 결심했다. 물론 아내에게 말하지는 못했다. 이번 여름휴가 중간 눈치를 봐서 말해볼 생각이었다.

"아이스박스에 생수랑 커피 꺼냈어?"

아……. 나는 말없이 트렁크를 다시 열었다. 깊숙이 박혀있는 아이스박스를 꺼내기 위해 짐을 다시 내렸다. 아내가 그런 나를 노려보더니, 도울 생각은 하지 않고 차에 올라탔다. 에어컨이라도 미리 좀 틀어두지! 빨리 와! 시동 걸어! 라는 말이 귀에 박혔다. 아이스박스의 빨간 뚜껑을 열었다. 갖가지 양념과 식재료들이 일회용 비닐 팩과 사각 통에 차곡차곡 담겨 있었다. 빈틈 하나 없었다. 그 많은 식재료들이 다 들어가 있는데도 그 안은 균형이 똑바로 서 있었다. 땀이 다시 트렁크 바닥을 적셨다.

내비게이션을 강릉 해수욕장에 맞춰 놓고 나의 소나타를 움직였다. 차가 덜덜거리는 느낌이 있었지만 개의치 않았다.

"엄마, 언제 도착해? 가자마자 수영해도 돼?"

"엄마, 모래놀이 먼저 해도 돼?"

아이들은 들떠 있었다. 아내는 일정을 차분히 설명했다. 도착하면 숙소에 먼저 갈 것이고, 식사를 한 후 바닷가에 갈 거라고. 나에게 말하는 투와는 달리 다정하면서도 정성스럽게 말했다. 그러면서도 얼굴에 선크림을 덕지덕지 바르고는 붉은 립스틱을 칠했다. 첫째가 뒤에서 덥다고 투덜대자 아내는 신경질적으로 에어컨을 강하게 틀었다. 강한 바람이 흘러나왔지만 쾌쾌한 냄새도 같이 공기 중에 퍼졌다.

"장거리 뛰는데 정비도 안했지? 내가 한 달 전부터 얘기 했어, 안했어?"

한 달 내내 야근한 거 너도 알잖아. 출발하자마자 말다툼을 하기 싫어 입을 닫았다.

"애들 태우고 다니는데, 사고라도 나면 어쩌려고. 정말 왜 이렇게 무심해?"

아내는 실내를 둘러보며 짜증 가득한 표정을 지었다. 언제부턴가 아내는 나의 소나타를 싫어한다. 결혼한 지 10년이 되었건만, 차 한 대 바꿀 능력이 없다는 거다. 그 소리가 듣기 싫어 차를 팔아버릴 생각으로 중고차 시세를 알아본 적이 있었다. 나의 소나타는 고작 150만원을 받을 수 있다고 했다. 차가 문제만은 아니었을 거다. 아이가 둘이 되어, 우리 집의 평수는 오히려 줄어들었다. 아내가 생각했던 결혼 생활, 아내가 그렸던 플랜이 자꾸 어긋나 그 균형에 금이 가고 있었던 것이다. 그 본보기가 되는 것이 이 차였고 아내는 나의 소나타를 미워했다.

"왜 한 차선만 가, 옆에 비었잖아. 끼어들어!"

내 운전스타일도 싫어했다.

"지금 외곽 막히니까 시내로 가."

"엄마! 나, 게임 해도 돼?"

시내 길로 간다는 게 딴 생각을 하다 외곽순환도로 입구로 들어가 버렸다.

"뭐해, 왜 빠졌어?"

"깜박했네."

"막힌다니까!"

아내 말대로 외곽순환도로에 들어서자마자 불길한 예감이 들었다. 한창 피크인 8월 첫째 주였으니까 막힐 것은 어느 정도 예상은 했다. 그러기에 나는 강원도까지 가지는 말자고 했었다. 하지만 아내는 서해는 싫다고 했다. 그리고 휴가 날짜를 이렇게밖에 잡을 수 없는 나를 원망했다. 직장생활한 지 몇 년쨀데 여름휴가 날짜 하나 마음대로 못하냐며 몇 년 전부터 그렇게 짜증을 부렸다. 빼곡히 들어서 있는 차들이 병합 구간에 멈춰있는 걸 보자마자 아내의 표정을 살폈다. 어휴 정말. 아내는 나에 대한 화를 억누르며 머릿속으로 계획을 세우고 있는 듯했다. 아마도 막힐 경우, 어느 경로로 우회해야 할지를 생각하고 있을 것이다. 국도 경로도 나보다 더 잘 알고 있었다.

명절이나 여름 휴가철이면 지옥을 맛보게 하는 한국의 고속도로 상황. 막힐 걸 알면서도 나오는 사람들. 우리도 다를 것 없었다. 뭘 위해 여기 멈춰있는 것일까. 바다 풍경? 모래사장? 해수욕? 아내는 선탠도 하고, 모래찜질도 하고 싶다고 했었다. 나는 결국 아내의 모래찜질을 위해 여기 멈춰 있는 것이었다.

영동고속도로. 통행권을 뽑는데도 한참이 걸렸다. 머릿속은 온통 회사 문제로 가득했다. 박상무가 했던 살벌한 말들이 계속 뇌를 찌르는 듯했다. 게다가 도로 상황은 짜증이 안 날래야 안 날 수 없었다. 고속도로 진입한 후로 시속 30킬로 이상 달리지 못했다. 스마트폰 게임을 하던 아이들도 슬슬 지루해 졌는지, 아무렇게나 기대어 누웠다. 에어컨을 끄고 창문을 열었다.

"더워! 그냥 에어컨 틀어!"

아내의 짜증스런 말투에 더 이상 못 참겠다 싶었지만 말없이 창문을 닫았다.

"아빠 근데 파워레인저 다이노포스 액션가면 언제 사 줄 거야?"

녀석은 뭐 사달라고 할 때만 말을 건다. 대답하고 싶지 않았지만, 바다 갔다 오면 바로 사주겠다고 이야기했다.

"거짓말……."

딸아이는 어디서 들었는지 아빠한테 돈이 없고 엄마한테 돈이 있다고 말했다. 나는 라디오를 켜고 교통방송을 틀었다.

그로부터 두 시간이나 흘렀지만, 정체는 계속 되었다. 가다 서다를 반복했고 어떻게 여기 있는지 모를 장사꾼들이 모습을 보였다. 예전에 많았던 뻥튀기 장사는 보이지 않았지만, 얼음물과 얼린 캔 커피를 파는 사람들이 보였다. 챙이 넓은 모자에 마스크를 쓴 장사꾼들이 햇볕 아래 보이자 뭔지 모를 답답함이 느껴졌다.

"내년에 이사 가기 힘들겠지?"

자고 있는 줄 알았던 아내가 불쑥 말을 건네 왔다.

"힘들겠지."

"대출이라도 받아 볼까?"

"서울 전세가 얼만데……. 이자 갚을 능력도 없는데."

"내가 몰라서 그래?"

내년이면 첫째아이가 초등학교에 들어간다. 아내는 그것 때문에 요즘 혈안이 되어있다. 지금 사는 동네가 마치 위험한 곳인 양 마음에 들지 않아했고, 아이를 조금이라도 좋은 학군에서 학교를 보내기를 원했다.

"어떻게 해 볼 생각은 안하고 맨날 저딴 소리나 하고 있어. 아휴, 답답해. 길은 왜 이렇게 안 뚫려."

이 더운 날 열기 가득한 고속도로 시멘트 위에 서 있는 저들이나, 차 안에 갇혀 있는 나나 똑같게 느껴졌다. 숨이 턱 막혔다. 창에 반사되는 빛들이 출렁였고, 속까지 울렁거렸다. 창문을 열고 손짓으로 장사꾼을 불렀다. 얼은 생수를 하나 사서 뚜껑을 열었다.

"물 있는데, 또 뭐 하러 사! 돈도 많아!"

먹던 물은 열기에 이미 다 녹아있었다. 한 번만 더 잔소리를 했다가는, 이 꽝꽝 얼은 생수병으로 머리를 내리치고 싶은 마음이 일었다. 아직 얼어있어 잘 나오지 않는 생수병을 입에 가져다 대고 혀를 날름거렸다.

"답답해! 사람이 어째 저렇게 무심해."

오른 손에 생수병을 쥐었다가 잠시 아내를 바라보았다. 아내는 보기 싫다는 듯 조수석 창에 눈을 내리 깔았다. 관자놀이에 핏대가 섰지만, 가만히 생수병을 내려놓았다. 교통방송에서는 정체가 지속될 거라고 지껄였다.

차가 막힐수록 30도가 넘는 기온이 지속될수록 점점 견디기 힘들어졌다. 언제부턴가 자살 충동이 일었었다. 그와 더불어 공황장애 증상도 있었다. 정신과에 갈 용기와 비용이 없어, 비록 인터넷으로 자가진단을 해본 것이 전부였지만 중증 우울증 단계였다. 우울감이 낮밤 할 것 없이 2주 이상 지속될 때는 정말 죽게 될 것 같았다. 고속도로 차 안에 갇힌 나는 두 아이의 아빠였고, 한 여자의 남편이었다. 심장이 두근거렸다. 나는 회사에서 무능하다……. 온몸에서 땀이 배출됐다. 집에서도 나는 무능했다. 손, 발, 온몸이 떨려왔다. 그랬다. 무능에도 다 이유가 있는 거다. 내 주의를 둘러싼 차 안의 모든 사람들이 창문을 열고 날 비난하는 느낌이 들었다. 질식할 것만 같았다. 어쩌면 이대로 미쳐버리거나 자제력을 잃어버릴 것 같은 두려움이 몰려왔다. 이 상태로라면 차가 폭발할 것만 같아, 도피하듯 엑셀을 힘껏 밟았다. 다행히 길은 뚫리기 시작했다.

진짜 고속도로……. 시속 100킬로까지 달릴 수 있었다. 소나타의 가쁜 호흡이 얼마나 지속될지는 몰라도 정체는 사라졌다. 아내의 표정도 조금은 편해보였다. 룸미러로 뒷좌석 아이들을 보니 속력의 일정한 흐름에 적응한 듯 곤히 잠들어있었다. 심장의 두근거림도 안정을 취해가고 있었다. 잠시나마 찾아온 평화였다. 배가 고파졌으나 아내에게 뭘 달라고 하진 않았다. 이 흐름을 깨고 싶지 않았기 때문에. 문득 계기판을 보니 올해 초부터 계속 말썽이던 제네레이터에 불이 들어왔다 나갔다 하고 있었다. 불길했지만 괜찮겠지, 괜찮을 거야를 되뇌며 달렸다. 10분 정도 달렸을까……. 이젠 배터리 쪽에서도 문제가 있다며 신호를 보내왔다. 내가 계속 계기판을 들여다보자 아내가 눈치를 챘다.

"왜 자꾸 계기판에 불이 들어와?"

평소 같았으면 장거리 운행 전에 카센터에 들르곤 했는데, 이번 여행은 가기 싫었고 돈도 없고 해서 수리를 미루고 있었다. 덜커덩. 나의 소나타가 덜커덩 거리는 게 발끝에서 느껴졌다. 순간적으로 온몸에 한기가 들었다가 핸들 잡은 손이 금세 젖었다. 브레이크에 발을 올려 여러 번 나누어 밟으며, 차를 갓길 쪽으로 몰았다.

"뭐야! 이 차 왜 이래! 고장이야? 어?"

차를 멈췄다. 문제가 있는 것 같다고 말하고 시동을 꺼야할지 말아야 할지 고민했다. 아내는 혀를 찼다.

"이제 좀 가나 싶었더니, 뭐야 이게!"

엔진룸을 열어보려면 꺼야 할 거 같아서 시동을 끄고 엔진룸 오픈 레버를 당겼다. 투덜거리는 아내를 두고 차에서 내려 엔진룸 쪽으로 갔다. 열어봤지만 솔직히 뭐가 뭔지 알리가 없었다. 배터리 쪽을 살펴봤지만 눈에 띄는 이상이 보이지 않았다. 뭐라도 발견해야 되겠다는 생각에 고개를 처박고 엔진룸 내부를 꼼꼼히 살폈다. 아내가 뭐라고 소리쳤지만 잘 들리지 않았다. 고개를 들고 도로를 봤더니 차들이 빠른 속도로 지나쳐갔다. 문득 혹시 모를 2차 사고가 걱정되어 섬뜩해졌다.

트렁크를 열고 아이스박스를 다시 꺼내 안았다. 차 뒤로 30여 미터 걸어가 박스를 놓고 붉은 색 뚜껑을 안전 삼각대 대신해 세워 놓았다. 아내가 창으로 고개를 빼고 짜증스럽게 소리쳤다.

"그냥, 보험회사에 연락하라니까!"

뭘 어떻게 해야 할지 몰라, 느릿느릿 다시 차로 걸어가 엔진룸을 살폈다. 바닥으로 흐르는 것이 없는지 몸을 눕혀 차 밑을 살폈다. 이상은 없었다. 일어서자 태양이 나에게 초점을 맞춰 내리 꽂는 것 같았다. 덜컹. 갑자기 타들어가 듯 심장이 두근거리기 시작했다.

"뭐해! 답답하게! 보험회사 연락하라고!!!"

아내는 보험 회사에 연락하고 다시 소리치고 있었다. 나는 무시하고 다시 차를 돌며 진지하게 살폈다. 아내의 닦달이 지속됐고, 시간이 지날수록 공황장애 증상이 더해갔다. 몇 분이나 지났을까, 죽음이 엄습하듯 숨이 턱 막혀 다시 차에 올라탔다. 안정을 찾기 위해 숨을 모았다 내쉬는 나를 노려보며 아내의 비난조 말들은 계속됐다. 들리지 않았다. 숨을 계속 내쉬며 다시 시동을 걸어봐야 할 것 같아서 떨리는 손으로 차키를 돌렸다. 불길하게 시동이 걸리지 않았다. 다시 돌렸다. 크악. 헛도는 소리가 반복되었다.

"잘한다! 그냥 아무것도 하지 말고 있으라고! 언제 니가 건든다고 제대로 된 적 있어?"

에어컨은 멈춰 있었고 셔츠가 비 오듯 젖기 시작했다. 한기가 몰려왔다가 사라지자, 몸이 떨리기 시작했다. 아내는 핸드폰을 들고 있었다. 다시 시동을 걸어보았다.

"안 들려? 어? 안 들려! 좀 있으라고 좀 가만히! 전화하라고 몇 번을 얘기했어?"

숨이 막혀 핸들에 시선을 내리깔고 있다가, 아내의 얼굴을 서서히 올려다봤다.

"뭐 다시 얘기해줘, 안 들려 이제 귀까지 먹었니!"

땀에 녹아내린 선크림으로 아내의 얼굴은 흉하게 번들거렸다.

"뭘 봐!"

아내의 눈을 바라보며 오른 손을 뻗어 아내의 얼굴 가까이 가져갔다.

"손 치워!"

순간, 확! 아내의 목을 움켜쥐었다. 양손으로 내 손을 치우려고 하는 아내의 행동에 나도 모르게 손에 힘이 더 들어갔다. 아내가 뭐라고 소리쳤으나, 제대로 발음되지 않았다. 나는 이를 악 물고 아내를 바라봤다. 힘에 부치자 아내는 발버둥 치며 온몸으로 나를 밀어내려고 했다. 나도 모르게 살기가 올라 왼손까지 동원되었다. 내 숨소리와 아내의 숨소리가 히터를 틀어 논 것처럼 소리를 냈고, 우리는 몸싸움을 벌였다. 난 양손으로 아내의 목을 다시 차지하려 했고, 이를 악물고 겨우 다시 차지하였다. 손가락마디마디까지 힘은 이전보다 더 세게 들어갔다. 아내가 조수석 창 쪽으로 고개를 돌려 저항하려 했지만, 나는 몸을 일으키면서까지 그녀의 목을 누르고 말았다. 아내의 몸이 뒤틀렸다. 창에 얼굴이 처참하게 눌려 일그러졌고, 붉은색 립스틱이 미끄러지면서 자국을 만들었다. 아내가 힘을 빼는 듯싶어 손을 떼자, 머리가 창으로 떨어졌다. 내 심장이 쿵. 소나타 바닥에 떨어진 듯했다. 여보! 머리를 들어 창에 기대 놓고, 숨을 쉬는지 손을 입과 코에 가져다 대어 보았다. 반응이 없었다. 순간 뒷좌석의 아이들을 보았다. 아들이 눈꺼풀을 움직였다. 아들은 눈을 감고는 있었지만 감은 눈을 다시 깜박였다. 식은땀이 흘렀다.

믿기지 않았다. 내가 무슨 짓을 한 건지……. 여보, 일어나……! 아들아, 넌 이 광경을 봤니……?

아내의 한 손은 밖으로 도망가려는 듯 문고리를 잡고 있었다. 아내를 흔들어 깨워 봤지만, 아무런 반응이 없었다. 다른 손에 쥐고 있는 핸드폰에서 알림 음이 들렸다. 핸드폰을 살며시 꺼내 문자를 확인했다. 긴급출동 서비스……. 아내는 답답한 나머지 이미 전화를 한 것이었다. 잠시후, 사이드미러로 보험회사 차가 다가오는 것이 보였다. 가슴이 철렁 내려앉았다. 견인까지 할 수 있는 차가 소나타 앞에 섰다. 차에서 풍채 좋은 남자가 내려, 내 차로 다가왔다. 본능적으로 문을 열고 나갔다. 남자는 온몸이 땀으로 젖은 나를 이상하게 보는 듯하더니, 상냥하게 말을 걸었다.

"많이 놀라셨죠?"

"네……."

자동차 배터리는 엔진에 달려 있는 제네레이터에서 전기가 만들어지면 그 전기는 레귤레이터라는 것을 거쳐 배터리를 충전하게 된다는, 알고 싶지 않은 설명을 들었다. 아내는 창에 머리를 기댄 채 정지 상태였다. 견인을 하겠냐는 말에 뜸을 들였다. 아니오, 라고 대답했다. 견인을 하게 되면……. 모르겠다. 머릿속은 그저 텅 비어있었다. 남자는 점프를 대 시동은 걸어주겠지만, 제네레이터 상태가 안 좋은 것 같다며 오래 가지 못할 수도 있다고 경고했다. 그러면서 아내를 쳐다보았다. 그가 시선을 빨리 거두기를 애태우면서, 서둘러 가야한다며 시동만 걸어달라고 했다. 남자는 배터리 단자를 열고 점프 선을 연결하며 다시 아내를 쳐다보았다.

"사모님이 많이 피곤 하셨나보네요."

남자가 시동을 걸고 사라진 것은 채 5분이 되지 않았으나, 몸에 체액이 반쯤 빠져 나간 것 같았다. 에어컨을 다시 틀었다. 자던 아이들이 꿈틀대기 시작했다. 이제 어떻게 해야 하는 것일까? 아이들이 일어나면 엄마를 찾을 것이다. 그러면 금세 발각 되겠지…….

나는 조수석에서 아내를 끌어내 번쩍 들어 안아, 트렁크에 실었다. 두 아이를 키우면서도 자기 관리에 철저했던 아내는 생각보다 무겁지 않았다. 아내를 밀어 넣고 그 앞을 아이스박스로 가렸다. 가려지지 않은 몸은 여행 짐으로 막 덮었다. 차에 다시 올랐고, 내비게이션으로 근처 병원을 검색했다. 다시 고속도로에 진입하자마자 딸아이가 깼다.

"엄마, 물……."

아들도 어느 새 눈을 뜨고 있었다.

"아빠가 줄 게."

물을 건네 줬다.

"엄마는……?"

아들이 조심스레 물었다. 나는 엄마가 아파서 병원에 데려다 주고 왔다는 말도 안 되는 말로 둘러댔다. 룸미러로 아들의 표정을 살폈다. 내가 쳐다보는 걸 느꼈는지, 아들은 시선을 창밖으로 고정했다. 딸아이는 엄마가 많이 아프냐고 물었다. 많이 아픈 건 아니라고, 좀 쉬면 될 거라고 갈라진 목소리로 말했다. 엄마가 어디가 아픈데? 아들이 물었고, 머리가 아프다고 대답했다. 그럼 언제 와? 아들이 다시 물었고, 내일 데리고 올 거라고 대답했다. 어느 병원에 있는데? 아들이 다시 물었다. 말문이 막혔다. 손에 땀을 주체할 수 없어 에어컨에 가져다 댔다.

"얘들아, 배고프지? 아빠가 휴게소 가서 맛있는 거 사줄게. 먹고 싶은 거 다 얘기해."

"아이스크림!"

딸아이가 대답했다. 아들녀석은 말이 없었다. 병원으로 맞춰 놓은 내 비게이션 설정은 취소해버렸다. 나는 아내를 죽였다. 아들은 날 의심하고 있는 것 같다.

휴게소에 주차하고 시동을 끄지 않고 내렸다. 누군가 내 차안에 들어올 수도 있을지 모른다는 불안감이 있었지만 다시 걸리지 않을까봐 끌수가 없었다. 아이들을 데리고 남자 화장실로 먼저 들어갔다. 딸아이가 좌변기에서 소변을 볼 수 있게 도와주고 나서 아들 옆에서 나란히 서서 소변을 보았다. 아들은 나를 쳐다보지도 말을 하지도 않았다.

아이들에게 각각 케첩이 뿌려진 핫바를 하나씩 물렸다. 그리고 아이들이 좋아할 만한 간식을 더 사기 시작했다. 오징어구이, 호두과자, 통감자구이, 떡볶이, 치킨팝콘…… . 아이들은 좋아하면서도 너무 많은 음식에 놀란 표정을 지었다. 끝이 아니었다. 편의점으로 아이들을 데리가 아이스크림과 과자와 음료수를 고르게 했고, 나도 마구잡이로 주워 담았다. 한쪽에 기념품과 완구류가 보이길래 장난감도 몇 개 주워 담았다. 이상하리만치 걷잡을 수 없는 소비욕이 일었다. 계산을 하며 눈에 보이는 담배와 라이터를 더했다.

덜덜. 시동이 걸린 소나타 앞에서 2년 전 끊었던 담배를 다시 피웠다. 한 모금에 머리가 핑 돌았다. 병원에 갈 수는 없을 것 같다. 어떻게 해야 할지 모르겠다. 머리가 무겁고 담배의 성분이 분해되어, 뇌의 신호가 피부에 그대로 느껴지는 듯했다.

다시 고속도로를 달렸다. 아이들은 뒤에서 휴게소 음식을 먹으며, 새로 산 새로울 것도 없는 장난감을 뜯어보며 정신이 빠져있었다. 아들 녀석은 유치한 장난감에 관심은 없어 보여도, 오징어를 물어뜯고 있기에 조금이나마 안심은 되었다. 아무 생각 없이 가던 길을 운전했다.

아내가 죽었다. 엑셀을 더 밟았다. 저 아이들의 아버지는 살인자였다. 속도계가 120까지 올라갔다. 죄책감이 일었고, 핸들을 잡은 손끝에서 아내의 목의 떨림이 다시 느껴졌다. 아내의 목을 잡고 있는 순간, 아내의 표정이 다시 떠올랐다. 고통에 일그러진 표정과 신음. 그동안 느껴보지 못했던 쾌감이 손끝에서 느껴졌다. 핸들을 놓고 한 손을 창밖으로 내밀었다. 바람이 닿았다. 아내와 난 섹스리스 부부였다. 둘째를 가진 이후론 관계를 가진 적이 없었다. 그게 없어도 결혼생활이 유지될 수 있다는 사실을 우리 부부는 몸소 증명해 보였다.

"아빠, 나 오줌마려."

아들 녀석이 드디어 말을 걸어왔다. 휴게소에서 출발한 지 30분 정도밖에 되지 않았고, 아들은 분명 내 옆에서 소변을 봤었다. 계속 사온 음식을 먹고는 있었지만, 오는 내내 내 눈치를 살피는 것 같았다. 뭔가 이상했다.

"급해?"

"어. 쌀 거 같아."

하는 수 없이 차를 다시 갓길에 세웠다. 역시나 시동은 끄지 않았다. 아들은 서둘러 차에서 내려 차 뒤쪽으로 갔다. 따라서 내려 아들을 살폈다. 아들은 고속도로 방호벽을 보고서서 지퍼를 내렸다. 그 모습을 보며 다시 담배 하나를 꺼내 피웠다. 아들에게 시선을 거두고 고속도로를 바라봤다. 난 뭘 하고 있는 걸까……. 차들이 무서운 속도로 지나갔고, 눈앞에서 담배연기는 빠르게 사라져 갔다. 이대로 앞으로 걸어간다면, 차에 치여 내 몸은 산산조각이 날 것 같았다. 이렇게 죽으나 살인자로 형을 살다 죽으나 똑같을 것이다. 아내가 트렁크에서 걸어 나와 아무 일 없단 듯이 이 여행을 지속했으면 좋겠다. 아니다. 담배를 발로 밟으며 고개를 돌려 아들이 있던 곳을 봤다. 축축한 소변 자국이 벽에 그려져 있을 뿐, 아들은 보이지 않았다. 고개를 두리번거리다 운전석 안을 내려다보니, 어느새 들어온 아들이 뭔가를 하고 있는 게 아닌가! 야, 임마! 뭐하는 거야! 내 목소리가 들리자 아들 녀석은 재빨리 뒷좌석으로 도망치듯 들어갔다. 순간, 덜컥! 하고 트렁크가 입을 살짝 벌렸다. 아들은 뒷좌석 문으로 뛰쳐나가 트렁크로 달려갔고, 나 또한 필사적으로 트렁크 쪽으로 달려갔다. 짧은 거리였지만, 당황한 나머지 미끄러졌다 일어섰다. 아들이 트렁크를 위로 재끼려는 그 순간, 내가 먼저 트렁크를 내리쳤다.

쾅! 하고 닫혔고, 아들은 손이 꺾였는지 고통스러운 표정을 지었다.

"괜찮니?"

숨이 턱 막혔다. 가쁜 숨을 몰아쉬며 아들의 손을 살폈다. 상처는 없었다. 트렁크에 찍히거나 그런 것 같진 않았다. 아들은 나의 소나타에 관심이 많았다. 실제로 운전을 해보고 싶어 하기도 했고, 운전석에 앉혀 놓고 이것저것 알려주기도 했었다. 트렁크 여는 방법쯤은 당연히 알고 있었다. 아들의 이름을 나지막이 불렀다.

"내 장난감 꺼내면 안 돼?"

어디서 어디까지 본 건지는 모르겠지만⋯⋯. 아들은 알고 있는 것 같았다.

"아빠가, 아빠가 꺼내 줄게."

아들은 나를 빤히 올려다보았다.

"너 사고 싶다던 게 뭐였지? 액션가면?"

"파워레인저 다이노포스 액션가면."

아들을 최대한 따스하게 바라보려 애쓰고 있는 나를 느꼈다.

"지금 사러 갈까?"

아들은 한참을 대답하지 않다가 고개를 끄덕였다. 나도 모르게 따라서 고개를 끄덕였다. 아들을 뒷좌석에 태웠다. 긴장을 한 탓 인지 다시 소변을 보고 싶었다. 아들이 본 자리에다 그대로 오줌을 분출했다. 물줄기가 타들어가는 소리가 났다. 여전히 등이 뜨거웠다.

내비게이션에 대형마트를 검색하고 출발했다. 고속도로를 잠시 빠져 나와 파워레인저 다이노포스 액션가면 세트와 딸아이가 좋아하는 키티 인형을 사 나왔다. 아이들은 출발할 때처럼 들떠있었다. 다시 고속도로에 진입한 나는 주파수를 돌려, 지루한 교통방송을 음악이 나오는 채널로 바꿨다. 마침 여름과 어울리는 신나는 노래가 흘러 나왔다. 아들은 가면을 쓰고 칼과 총을 들고 포즈를 잡았고 딸아이는 인형놀이를 시작했다.

해맑은 저 아이들의 아버지는 고속도로를 달리고 있는 살인자였다.

소나타는 모든 에너지를 쏟아 붓듯 있는 힘껏 달리고 있었다. 아이들은 아빠가 엄마를 죽였다는 충격으로 살아가야 한다. 그렇다면 내가 살인자란 사실을 알리면 안 되는 것일까. 진실을 숨길 순 없겠지……. 과속 카메라가 눈에 들어왔다. 140으로 달리고 있었지만, 속력을 줄이지 못했다. 평생 주차위반 딱지 한 장 떼지 않았던 나는 어디에 있는 것일까.

문득 룸미러로 다시 아이들을 보았다. 엄마가 없는 뒷좌석은 음식물이 시트와 바닥이고 너부러져 있었고, 장난감 포장지들로 어지러웠다. 저 아이들을 먹여 살리려면 회사를 그만두는 것은 잠시 보류해야겠다는 생각이 들었다. 갑자기 땀이 아닌 물이 눈에서 떨어졌다. 아내가 나를 보며 웃는 얼굴이 스쳐갔다. 결혼 시작부터 삐걱거렸지만, 안 좋았던 것은 아니었다. 아내는 나를 위해 많은 걸 포기했고, 나만 바라보며 살아왔으며 아이들에게 최선을 다했다. 나는 소리 없이 눈물을 흘리고 있었다. 미안한 마음에 죄책감이 섞여 있었다. 살아야 할까…….

나도 모르게 다른 차들을 추월하며 달렸다. 고속도로이라는 것만 인식했을 뿐, 소나타가 하늘을 나는 것 같았고 시간 개념조차 사라져 있었다. 그저 앞만 보고 한참을 달리다가, 문득 내비게이션의 잔여 시간을 봤다. 우리 가족이 출발한지 다섯 시간이 지났고, 앞으로 차가 막히지 않는다는 전제하에 세 시간을 더 가야한다. 속도를 100까지 줄이면서 현실로 돌아왔다. 꼬르륵 하는 소리가 뱃가죽을 울렸다. 정작 나는 휴게소에서 아무것도 먹지 못했다. 호두과자 봉투에 손을 집어넣었다. 식은 호두과자가 그대로 남아있었다. 입 안에 집어넣고 우걱우걱 씹었다. 하나가 식도로 내려가기도 전에 다시 두어 개를 집어넣었다. 달콤하면서도 텁텁한 탓에 목이 막혀왔다. 물을 마심으로 위장으로 음식물을 쓸어내리고 나니 계속된 극도의 불안이 조금은 누그러진 것 같았다. 아내가 트렁크에 있을 뿐, 우린 여전히 넷이다. 호두과자를 비우자마자 오징어다리를 입에 물고, 어금니로 꽉 물어 끊었다. 그래, 살아야 한다.

사체를 어떻게 처리 할 것인가…… 도무지 답은 나오지도, 나올 리도 없었다. 그렇게 또 한 시간을 달렸다. 아이들은 다시 잠에 들었고, 어느

새 삶에 대한 의지는 또다시 사라져갔다. 그냥 이대로 사라지고 싶었다. 아이들이 잠든 사이 내가 증발해버린다면, 살인자의 자식이란 오명을 쓰지 않아도 되지 않을까……. 아이들만 남겨두는 것, 그것도 말이 되지 않았다. 다시 혼란과 불안감이 가슴을 치고 들어왔다. 이대로 나는 고속도로를 벗어 날 수 없는 존재가 되어버렸다. 앞으로만 달려야했고, 뒤로 돌아갈 수도 없다. 오늘 아침 아내의 얼굴이 떠올랐다. 치켜 올라간 눈으로 세차를 하지 않았다고 잔소리 하던 아내. 길을 잘못 들었다고, 정비를 하지 않았다고, 차가 고장 났다고, 보험회사에 전화하지 않았다고 날 비난했던 아내. 뭘 보냐며 쏘아붙일 때 그 흉물스런 얼굴…….

아내는 나의 소나타를 싫어했다. 그러더니 결국 트렁크 안에 갇혀버린 것이다. 뭔가 원인과 결과가 들어맞는 것 같았다. 잘못을 한 건 아내였다. 이건 애초에 아내의 잘못이었다. 미안함과 죄책감은 사라지고 억울함만이 남았다. 왜 죽었어. 왜. 저년은 내가 야근하는 사이 아이들을 재워두고 몰래 바람도 피웠을 것이다.

그때 저만치 눈앞에서는 터널이 보였다. 소나타가 아니 내가 깊고 깊은 어둠 속으로 빠져 들어가기 시작했다. 조명이 일정한 패턴으로 나를 비췄고, 아침부터 지금까지의 시간이 모두 꿈처럼 느껴졌다. 잠이 들 것만 같았다. 깊고도 슬픈 어둠 속에서…….

"아! 빠! 근데 나 아까 밖에서 아빠가 잠든 엄마를 들고 있는 거 봤는데……."

느닷없이 딸아이의 목소리였다. 화들짝 놀라 잠에서 깼다!

"나도 아빠랑 엄마랑 싸우는 거 봤어."

이번엔 아들. 눈앞이 캄캄했다. 룸미러를 봐도 어두워서 아이들이 잘 보이지 않았다.

"아빠가 엄마 목을 졸랐어."

섬뜩해져 다시 식은땀이 흘러내렸다.

"그리고 트렁크에 실었지."

뒤를 돌아 아이들을 보려 애태웠지만, 잘 되지 않았다. 으아악! 나도 모르게 소리를 내질렀고, 발버둥을 쳤다. 때맞춰 소나타는 터널을 빠져나왔고, 나는 8월의 빛을 다시 마주했다. 숨을 고르며, 룸미러를 보았다. 하지만 아이들은 곤히 자고 있을 뿐이었다.

나는 아내를 죽이지 않았다.

목적지인 강릉 표지판이 보였다. 강원도 억양의 요금소 직원에게 통행료를 지불하고 고속도로를 빠져나왔다. 오후 다섯 시 사십오 분이었다. 아직 밝았다. 해안도로로 접어들었고 아이들은 바다를 보며 신기해했다.

소나타의 바퀴가 무사히 바다가 보이는 펜션의 자갈을 밟았다. 짐은 풀지도 않고 체크인을 한 후 바로 근처 식당으로 가 아이들 밥을 먹였다. 그 사이 나는 소주 한 병을 비웠다.

아이들을 잠시 바닷가에서 놀게 해주었고, 어두워지자마자 재웠다. 자기 전에 아들은 파워레인저 티라노 킹이란 합체되는 장난감을 사달라고 했고, 나는 당연히 그러리라고 대답했다. 피곤했던지 아이들은 쉽게 잠들어버렸다.

트렁크를 열었다.

아내를 안아 들고 모래사장으로 낑낑대며 걸어갔다. 동트기 전, 칠흑 같은 새벽 무렵이라 사람은 없었다. 깊숙이 땅을 파내고, 아내를 가지런히 눕혔다. 그 위에 모래를 촘촘히 덮었다. 아내의 눈감은 얼굴만 보였다. 아내 옆에 가만히 누워 하늘을 바라보았다. 파도소리가 날카롭게 들려왔다.

바다에 오고 싶다고 했지. 모래찜질 하고 싶다고 했잖아…….

아내는 함께였다. 덜덜. 나의 소나타는 계속 시동이 걸린 채 서 있었다.

당선소감 : 김정호

쓸 수 있다는 행복한 고민의 시작

별일은 별일이다. 어려서부터 책과 멀었던 내가 당선되었다는 게…….

신춘문예에 응모해 놓긴 했어도, 결과에 대한 관심은 없었나보다. 발표 날짜가 언제쯤인지 관심도 없었고, 기다리지도 않았다. 내 글에 대한 자신감도 크지 않았다. 그저 한 편 써 보았다는, 스스로 작은 만족감을 가졌을 뿐이었다.

당선 전화를 받고 난 후, 속으로 가장 먼저 내뱉은 말이, 이건 뭘까? 하는 놀람의 반응이었다. 손가락을 접으며, 대학 졸업 후 영화 시나리오를 썼던 시간을 세어 보았다. 10년이란 시간이 되어간다는 것에 새삼 놀랐다. 언젠가 소설을 써봐야겠다는 생각을 해본 적은 있었지만, 올해 처음 실천에 옮기게 될 줄도 몰랐고, 성과를 얻게 될지는 더더욱 몰랐다.

그러니 당선 소식에, 기쁨보다 머릿속이 좀 복잡해진 것이 사실이었다.

시나리오 쓰며 인정을 받긴 했지만, 영화화된 작품이 없어 타이틀을 얻진 못했다. 정체되고 가라앉았던 올해에, 숨을 고르고 누구의 간섭도 없이 내가 쓰고 싶은 것을 소설이란 매체에 담아 본 것이었다.

나에게 영화란, 그리고 소설이란 무엇일까…….

불시착한 것 같다. 영화 시나리오를 쓰며 비행했던 내 삶은 목적지에 채 다다르지 못했고, 기기고장을 일으키고 있었다. 비행기는 흔들렸지만 다행히 착륙지점을 찾았고, 안전히 내려앉았다.

처음 형식을 갖춘 소설을 썼다는 것, 그 경험 자체가 나에게 의미가 있을 거라 생각했다. 그런데 수상까지 하게 되다니, 인생의 어느 한 지점에 잠시 착륙한 것 같은 기분이 든다. 그 지점에서, 어떤 것을 타고, 어디로, 얼마나 가게 될지는 모르겠다. 하지만 회항하진 않을 것 같다. 소설과 시나리오라는 매체에 대한 경계를 넘나드는 작업을 하고 싶다는 생각도 든다. 하지만 사실은 다 잘할 수 있을까 하는 불안감이 더 크게 든다.

어쨌든 행복한 고민이라고 생각하고 싶다.

올 한 해를 이렇게 정리할 수 있는 것에도 감사한다.

신춘문예와 소설에 대해 조언해 준 동료 작가, 항상 지지해주는 가족들, 무등일보 관계자와 부족한 글을 뽑아주신 심사위원님께 진심으로 감사드린다.

무의식적 억압의 구멍 플롯 제어 돋보여

　올해의 응모작들은 엄혹한 자본주의의 비정한 세계에서 살아남기 위한 존재들의 고통과 공포와 몰락을 실감나게 묘사하면서 자본주의의 야만성과 해악을 입증하는 특징들이 두드러졌다. 주인공이 세계와 반목하고 불화하면서 인간적 가치나 윤리적 정당성을 추구하는 것은 소설에서 아주 중요한 덕목인데, 자본주의의 해악과 굴레에 대해 단순히 울분을 토로하거나 투덜거림으로 소산시켜버리는 약점을 노정하고 있었다. 다른 한편으로는 투고자의 연령대가 높아지면서 아름다웠던 과거의 추억이나 회한 어린 상념을 곡진하게 드러내는 작품들이 많아졌다. 좋았던 옛날이나 따뜻했던 유년의 기억에 대한 묘사들이 단지 불행한 현실을 보상하는 차원에 그치거나 정서적 퇴행에 머물러버리는 한계를 보였다는 게 아쉬웠다.

　본심에 오른 작품들은 '부목', '디타의 토요일', '고속도로 소나타'가 있었다. '부목'은 중증 장애가 있는 여동생에게 부모님의 사랑이 집중되는 것에 대한 질투와 여동생을 향한 연민 사이에서 갈팡질팡하며 사춘기의 분열을 겪는 소년의 성장통을 실감나게 그리고 있다. 소년을 둘러싼 불합리한 세계와 냉정한 준거집단에 대항해서 모순과 혼돈, 자기 연민과 모멸감에 고통 받는 모습이 설득력 있게 묘사되고 있었다. 하지만 주인공의 정신적 성숙에 이르는 과정이 좀 더 구체적이고 힘 있게 다루어졌으면 하는 아쉬움이 남았다.

'디타의 토요일'은 대리모를 주인공으로 삼은 작품이다. 임신이 불가능한 트랜스젠더와 남성 커플의 아이를 대신 낳아주는 주인공과의 기묘한 가족관계를 묘사하면서 인간 조건의 쓸쓸함과 연민을 차분하게 드러내고 있다. 불구적이고 슬픈 가족의 초상화를 통해 오히려 역설적으로 진정한 의미의 만남과 사랑과 가족을 되묻고 있는 작품이었다. 하지만 문장의 충실함과 구성의 촘촘함이 보완되었으면 좀 더 완성도가 높은 작품이 되지 않았을까 싶었다. 마지막으로 당선작으로 밀어올린 작품은 '고속도로 소나타'였다. 가장 그럴싸하고 썩 괜찮은 여름휴가를 누리고자 했던 가족이 어떻게 비참하고 끔찍하게 붕괴되는가를 속도감 있는 문장으로 건조하게 그려낸 작품이다. 이 작품은 완벽한 행복을 향한 가족 구성원 각자의 미션과 고군분투가 마침내 임계점에 도달하자마자 어떻게 광기로 돌변하는지를 실감나게 보여주고 있다. 완벽한 가족에 대한 강박적이고 낭만적인 욕망이 수시로 균열을 일으키고, 무의식적 억압의 구멍이 뚫리는지를 플롯으로 적절히 제어하고 있는 솜씨가 돋보였다. 작가라는 새로운 길에 선 당선자에게 문운이 늘 함께하길 기원한다.

문화일보 도제희

본명 도은숙
1979년 충남 서천 출생
기독교교육, 신학 전공

그가 침대에 걸터앉아 브래지어 훅을 채우려는 내 손을 저지하고는 브래지어를 던져 버렸다. 오늘 J를 만나지 않았더라면 입지 않았을, 레이스와 리본이 과하게 달린 연분홍 브래지어가 반투명 유리로 된 화장실 문 앞에 툭 떨어졌다. J는 곧 나를 다시 침대에 눕혔다. 순식간에 그가 내 이마와 코와 입술과 목에 키스하고 내 가슴을 부드럽게 애무했다.

문화일보

유령의 2층 침대

도제희

　세라믹으로 된 그릇이 되고 싶었다. 내가 먼지 같아서였다. 패턴도 없이 무리 지어 흩날리다 여기저기 떠도는 기분이었다고 해야 하나. 그래서 저 지층 깊은 곳까지 성공적으로 진입해 흙이라 불리는 존재가 되고, 그러다 그릇의 일부가 되고 싶었다. 불에 구워져 더는 화학작용을 할 수 없고 그래서 더는 작은 들풀 하나 피울 수 없게 된다 해도 좋았다. 차라리 그릇이 되고 싶을 만큼, 나는 어디에도 소속되지 못한 채 32년을 살아온 기분이었기에, 누군가에게 견고하게 밀착돼 도저히 거기에서 떼어낼 수 없는 상태에 있고 싶었다. 말하자면, 연애라는 걸 해보고 싶었다는 뜻이다.

　그러다 J를 만났다. 넉 달 전 J가 집으로 들어가려는 나를 붙잡아 기습적으로 키스했을 때 깜짝 놀란 것도 잠시, 아 이게 키스라는 거구나 했다. 그의 입술과 몸에서 나는 체취에 숨이 찼다. 황홀했다. 너무 절박해 보이지 않아야 했겠지만 그가 몰랐을까. 나의 서툴고도 집요한 입술의 움직임을. 초연하기엔, 이것은 정말 드디어, 드디어였다. 기뻤다. 내가 남들처럼 한 남자와 몸과 얼굴을 비볐다는 사실이. 평범해진 기분이었고, 평범함이 주는 기쁨은 세상 어떤 것과도 비견할 수가 없었다. 비로소 지표에 정착해 흙이 되고 마침내 견고한 자기가 된 기분이었다.

하지만 내게는 유령이 있었다. 그와 아쉬운 작별의 포옹을 나누는 순간 나도 모르게 그녀를 떠올리고 만 것이다. 나의 룸메이트 휘. 어째서일까. 굳이 휘를 떠올린 건. 나의 평범한 행복이, 비록 자발적이되 내 원룸에서 갇혀 살다시피 하는 휘에게 차마 끝까지 고개를 들 수는 없었던 걸까. 내 서른한 살 생일 선물로 7평 원룸에 2층 침대를 들여온 사람, 집주인이 1층을 쓰는 게 당연하다며 자신은 2층으로 올라가 순식간에 잠들었던 휘, 집주인인 나보다 내 공간에서 훨씬 많은 시간을 보내는 사람. 나는 나의 연애가 휘에게 상당히 푸대접받으리란 사실을 알 수 있었다. 직감이랄 것도 없었다. 최근 그녀가 가장 두려워하는 것은 나무꾼이 숨겨둔 날개옷을 찾아 하늘로 가버린 선녀처럼, 내가 웬 남자를 만나 원룸 생활을 청산하고 결혼해 그녀를 버리는 상황이기 때문이다. 그래서 나는 처음으로 시작한 이 연애에 대해 침묵했다. 그리고 결심했다. 휘를 내보내기로. 그러나 아주 평화스러워야 했기에, 그러니까 휘가 우리의 동거가 끝나는 상황을 슬퍼만은 하지 않아야 나도 마음이 편할 것이기에 나름대로 계획을 세웠다.

"아니 그래서 잠들었다고?"

"응. 너무 졸리더라고. 눈 뜨니까 갔던데?"

"잘 좀 해보지. K 씨 진짜 괜찮은 남잔데……. 내가 이번에는 졸려도 절대 잠들지 말라고, 걔 진짜 아까운 애라고 했잖아."

"어디가 괜찮은데?"

"능력 있고, 훤칠하고, 키도 크고, 배려심 있고, 책임감 있고."

"그래? 근데 난…… 지루했어."

하지만 계획이란 건 원래 이렇게 계획대로 되는 게 아닌 모양인지, 휘에게 남자 친구를 만들어주기란 정말 쉽지가 않았다. 처음 만나는 자리에서 갑자기 잠들어버리는 여자를 쉽게 이해할 수 있는 남자가 몇이나 될까. 신경질이 났다.

"휘, 과자 부스러기 떨어지잖아. 조심해야지."

"응 미안."

휘는 2층에서 잽싸게 내려와 바닥에 떨어진 과자 부스러기를 주워 입에 부서 넣고는 다시 올라갔다. 내가 한마디만 해도 착한 막냇동생처럼 말 잘 듣는 그녀인데 이상하게 소개팅 주선만큼은 잘 되지 않았다. 이해할 수 없었다. 휘는 왜 남자를 진지하게 만날 생각이 없을까? 그러기에 휘는, 예뻤다. 그냥 적당히 예쁜 게 아니라 아주 예뻤다. 서른두 살에 눈 밑에 주름 하나, 기미 하나 없이 뽀얀 피부, 도톰한 데다 붉은 입술, 적당히 솟아 웃을 때마다 보기 좋게 도드라지는 광대, 높지도 낮지도 않은 귀여운 코, 강아지처럼 살짝 처져 웃으면 반달이 되는 눈, 아무리 먹어도 납작한 아랫배와 가느다란 팔다리. 그녀의 이름이 "빛난다"는 뜻이라고 했던가. 그보다 더 적당한 이름은 없었다. 한국 남자 십중팔구가 작당이라도 한 듯 이상형으로 꼽는 그런 외모를 아무런 노력도 없이 달고 태어난 것이다.

그에 반해 나는, 남자를 꽤나 만나고 싶었다. 마지막에 지독하게 배신당하고 차이더라도 평범하게 만나고 만지고 섹스하고 밥 먹고 하는 일들을 하고 싶었다. 그러나 내 외모가, 대체로 남자들에게 호소되지 않는다는 걸 확실하게 깨달은 건 스물여덟 살, 4년간 죽자고 쫓아다녔던 대학 선배를 통해서였다. 그는 내가 인간적으로는 좋지만 자신의 성적 취향에 들어맞지 않는다고 표현했다. 성적 취향. 나는 그때 그 말이 정확히 무엇을 의미하는지 모르면서도 격한 비참함을 느꼈다. 그러나 그에게라면 어떤 모멸이라도 견딜 수 있었다. 그는 사람을 모멸하는 사람이 아니었기 때문이다. 그에게 물었다. 내가 남자들에게 어필이 안 되는 외모인가요? 그는 침묵했다. 침묵의 시간 동안 나는 굉장히 어둡고 험한 지하, 바닥에 무엇이 기다리고 있는지 모를 그런 지하로 떨어지고 있었는데 내 톡 솟은 광대와 각진 턱, 넓은 어깨와 튼튼한 종아리가 험한 측면 지형에 부딪혀 크게 상처 입고 있었다. 역시 그는 좋은 사람이었다. 대단히 솔직했다. 차밍스쿨에 다녀 보면 어때? 정말 그렇게 말했다. 니가 여동생 같아서 그래(이건 거짓말이었겠지만). 자신감을 가져. 사람

248

의 기본적인 매력은 자신감이야. 이런 훌륭한 말들을 했다. 내 어깨를
툭툭 두드려준다거나, 어설픈 위로를 하지 않았다. 그날 나는 내 외모
를, 몸을 직시했고, 그러자 그간의 내 인생과 앞으로의 삶을 꿰뚫어 보
게 되었다.

　그래서, 필사적으로 예뻐지기 위해 노력했다. 이제는 아르바이트비를
고스란히 대학 등록금과 생활비에 쏟지 않아도 되는 직장인이 되었으니
수입의 절반을 미용에 투자했다. 지속적인 안면 경락을 받아 얼굴선을
부드럽게 하고 얼굴이 최대한 응집돼 보이게 그러니까 작아 보이게 해
서 광대에 함몰된 콧대도 최대한 살렸다. 피부 관리는 이 원룸의 월세만
큼 지불하면서 꾸준히 받았고, 요가는 학원에서 집에서 수시로 했다. 걷
는 자세나 체형이 잡혀가면서 내가 생각해도 나는 전보다는 훨씬 괜찮
아진 것 같았다. 어느 순간엔 제법 예뻐 보이기도 했다. 그러던 차에 J를
만났다.

　당장 2층에 올라가 요란하게 과자를 씹어대는 휘의 엉덩이를 때려주
고 싶었다. 내가 시간과 돈과 정신적 에너지를 들여 얻을 수 있는 것들
을 휘는 거들떠보지 않았다. 사람의 심리란 참 알다가도 모를 것이어서
휘가 상대들에게 무심할수록 그들은 더욱 열광했다. 심지어 그 열광의
대열엔 내 짝사랑 선배도 있었다. 휘는 내가 더 이상 선배와 연락을 하
지 않자 고백하듯 말했다. 그 선배가 자기에게 지근댔다고. 나는 선배에
게도 느끼지 못했던 모멸을 휘에게서 느껴야 했다.

　"너…… 왜 남자를 안 만나려고 해?"

　휘는 배를 깔고 눕는 자세로 바꾸어 과자를 씹으며 심드렁하게 대답
했다.

　"나 같은 30대 백수가 남자 만나서 뭐해?"

　"야 니가 왜 일을 안 해? 하잖아."

　"야 그거, 휴대폰 요금 내고 우리 집 관리비 내면 끝이야."

　휘는 한 웹 매체에 로맨스 소설을 연재하고 있었다. 엄청나게 다운그
레이드해서 아침 드라마처럼 쓰면 그럭저럭 먹고산다고 했다. 그런데

고작 그 정도 벌이였단 말인가. 그렇다면 관리비라도 내가 내서 휘에게 경제적 여유를 주면 좀 달라질까. 나는 한숨이 나는데, 휘가 천진난만한 얼굴을 2층 난간에 기댄 채 스커트와 블라우스를 벗는 내게서 눈을 떼지 않고 말했다.

"미영아, 진짜 너 몸이 예뻐졌네. 완전 여자 같애."

나는 심장이 쿵 하는 소리를 듣고는 마저 벗고 있던 슬립을 휘 얼굴에 집어 던졌다. 이내 슬립이 바닥으로 떨어지고 배시시 웃는 휘의 얼굴이 보였다.

"너무 예뻐지지 마. 니가 나 버리면 나 어디 가."

"또 그 소리. 그럼 우리가 평생 같이 살아?"

"에이, 평생 어떻게 그래."

휘는 바보가 아니었다. 언제 다리를 뻗고, 언제 접어 넣어야 할지 알고 있었다. 뒷걸음질 친 사람이 계면쩍어질 만큼 정확하게 언제나 그랬다. 역시 신경질이 났다.

*

J는 아주 진지한 얼굴로 말했다. 농담이 아니었다. 정말 그의 말이 맞는다면 휘는 천하의 사기꾼 아닌가.

"정말 휘가 자는 척하는 거라고 생각해?"

"니 얘길 들어보면 그래."

하지만 그럴 리가. 휘가 부지불식간에 잠들 때에는 정말 숨소리도 규칙적으로 균일하게 났다. 흔들어도 꿈쩍도 안 했다. 자는 척하는 거라면 그야말로 명연이었다.

"아니면 자기최면인 거지."

"자기최면이라니?"

J가 오른 주먹을 움켜쥐고 연기하듯 말했다.

"바로 지금이야! 잠들자!"

하하하. 웃음이 났다. 하지만 웃다 보니 휘를 모독하는 것 같아 그만두었다. 나는 그의 주먹 쥔 손을 거칠게 내리고 그의 가슴을 쓰다듬었다. 역시 그의 체취가 아주 좋았다. 모텔에 들어섰을 때 날 불쾌하게 하던 특유의 세제 냄새도 금세 그의 체취에 점령당했다.

"휘 씨는 주로 언제 잠이 드는데? 거기에서 패턴을 찾아야 해."

"패턴? 규칙?"

"그렇지."

"자기 추리소설 좋아해?"

"아니. 그냥 이건 아주 특이하잖아. 최근에 언제 잠들었는지 생각해봐. 너랑 무슨 얘길 할 때였어?"

뭐였더라. 그래, 명절 얘기를 할 때였다. 내가 부모님, 조카들 용돈 주느라 허리 휜 얘기였다. J는 내 말을 듣더니 오른손 검지로 자기 코끝을 가볍게 두드렸다. 생각에 잠기고 있다는 뜻이었다. 하지만 왜 J가 굳이 휘 일로 골몰한단 말인가. 그럴 필요는 없었다.

"그만 생각해."

"아! 자기는 그렇게 하지 못하니까 그런 현실에서 도피한 거네. 서른이 넘은 백수는 명절이 제일 괴롭지 않겠어? 용돈, 결혼 그런 거 생각하기 싫은 거지."

나는 상반신을 들어 그를 물끄러미 바라보았다. 현실 도피라고? 물론 휘는 갑자기 발작적으로 잠드는 기면증에 걸린 게 아니었다. 우린 대학 2학년 때 리버 피닉스하고 키아누 리브스가 주인공으로 나온 '아이다호'를 같이 본 적이 있었는데 영화 속 리버 피닉스처럼 길 위에서든 어디서든 갑자기 발작하고 잠드는 증상이 휘에게는 없었다. 그냥 아주 평범한 상황에서, 주로 실내에서 아무 발작도 없이 시나브로 잠들었다. 휘 말로는 초등학교 5학년 사춘기 때부터였다고 했다. 가슴이 봉긋해지고 허리가 잘록해지고 아무나 쉽게 볼 수 없는 곳에 검은 체모가 돋아나는 그때부터였다고, 그렇게 2차 성징에 몸이 적응하느라 자꾸 자려던 것이 습관이 되지 않았겠냐고. 병원에서는 심리 상담을 받아보라고 권유

했지만 휘는 그러지 않았다. 그저 사람과 얘기하다가, 책을 읽거나 영화를 보다가 잠드는 것이기 때문에 기면증 환자처럼 위험하지 않다는 게 휘의 생각이었다. 더욱이 본인은 갑자기 잠들었다가 깨는 그 느낌이 싫지 않다고 했다. 마치 아무 일도 없었던 것 같은 그 느낌이 좋다고. 그렇다면 J의 말대로 정말 그것은 회피일 수도 있었다. 추석에도 휘는 본가에 가지 않고 내 원룸에 있었다. 자식 노릇, 고모나 이모 노릇도 못하는 자신의 처지를 자각시키는 상황에서 회피한다…… 꽤 근거 있게 들렸다.

"내가 한번 휘 씨랑 만나볼까? 제3자가 냉정하게 관찰해보는 거지."

"안 돼!"

나도 모르게 소리 지르듯 말했다. 깜짝 놀란 J가 눈을 동그랗게 떴다.

"뭐, 뭐 휘가 실험 대상이야?"

왜 이렇게 말이 더듬거려질까.

"아니, 그런 게 아니라 니가 너무 휘 씨 걱정을 하고, 니 베스트프렌드니까 나도 만나보면 좋은 거잖아."

"우리 원룸은 되게 좁아. 오죽하면 2층 침대를 쓰겠어."

"뭐 어때? 요즘 원룸들이 닭장 같고 다 그렇지. 같이 앉아서 맥주나 한잔하다 나오면 돼. 내가 가서 너랑 뭘 할 수 있겠어?"

그가 내 엉덩이를 툭툭 치고는 장난스러운 표정을 지었다. 하지만 나는 어쩐지 계속 기분이 나빠져서 자리에서 일어나 옷을 입기 시작했다.

"뭐야, 벌써 나가?"

그가 침대에 걸터앉아 브래지어 훅을 채우려는 내 손을 저지하고는 브래지어를 던져 버렸다. 오늘 J를 만나지 않았더라면 입지 않았을, 레이스와 리본이 과하게 달린 연분홍 브래지어가 반투명 유리로 된 화장실 문 앞에 툭 떨어졌다. J는 곧 나를 다시 침대에 눕혔다. 순식간에 그가 내 이마와 코와 입술과 목에 키스하고 내 가슴을 부드럽게 애무했다. 그의 혀가 내 배 위에서 춤추는가 싶더니 어느새 그곳까지 침범하고 있었다. 나는, 속수무책이 되었다. 그리고 깨달았다.

그의 체취를 내 원룸에 배게 하고 싶지 않다. 휘가 있는 곳에 배게 하고 싶지 않다. 이 향기는 나만이 갖고 싶다. J는 오로지 내 거여야 했다.

*

K가 기안서를 들고 내 자리로 왔다. 문제가 없는지 한번 봐달라는 거였다. 나는 어떻게 소개팅 자리에서 갑자기 잠이나 자는 여자를 소개해 주었느냐는 핀잔을 들을까 걱정했으나 K는 며칠째 그런 말은 일언반구도 없었고, 지금은 정말 순수하게 내게 자기 업무를 살펴봐 달라고 요청했다. 나는 K의 이 성실함과 겸손함이 몹시 마음에 들었다. 똑똑하고 잘난 사람이 선배 대할 줄도 알았다. 최근 사내 세무 근거 자료가 유실되는 사태가 계속 발생하자 구매 발주서 시스템을 정립해야 한다는 오더가 내려왔는데 그것이 K의 업무였다. 이제 입사한 지 6개월밖에 되지 않은 K는 자신이 사용한 기안서의 문장이나 용어 등이 우리 회사에서 통용되는 것이 맞는지 걱정했다. 그럴 만도 했다. 우리 회사 회장은 60대 여성이었는데 유독 명문대 출신의 젊은 남자 직원을 지방이나 해외로 데리고 다니길 즐겼다. 딸만 둘 낳아 시댁에서 구박받던 콤플렉스라고 직원들은 수군거렸다. 명문대 출신인 K는 인물도 훤했고, 영어도 유창했고, 상식도 풍부해 유난히 회장 마음에 쏙 드는 듯했다. 그렇게 만 4개월 회장의 액세서리 생활을 하다가 얼마 전에야 실무 선으로 풀려난 K는 신입사원으로서는 벅찬 오더 프로세스 개선책에 투입됐다. 말도 안 되는 일이었지만, 어쩌겠는가. 모두 회장의 지시였다.

"여기 베트남 공장 옆에 청도 공장도 써요. 베트남보다 중국이 더 규모가 커요."

직원들은 수군거리며 K를 경계했다. 특히 대리급 이상의 남자 직원들은 정도가 심했다. 그러나 나는 K가 괜찮았다. 회장 바로 뒤에 서서 어디론가 바쁘게 다닐 때 그의 표정을 보면 회장과의 동행을 전혀 즐기지 않는다는 걸 알 수 있었다. 그저 견디고 있을 뿐이었다.

"아, 고맙습니다. 다른 덴 어디 문제없나요?"

나는 관련 자료 미제출 시 당할 불이익을 좀 더 강경하게 표현하라고 조언해주었다. 그는 고개를 끄덕이며 기안서를 한참이고 쳐다보았다. 그런데 그가 자기 자리에 갈 생각을 하지 않고 미적거렸다. 무언가 내가 먼저 말을 꺼내길 기다리는 눈치였다. 역시 휘 얘기를 안 할 수 없었다.

"내 친구가 많이 미안해하고 있어요. 저도 모르게 잠들어버렸다고. 내가 미안해요."

"아니. 저는 사실 다시 만나보고 싶어요. 그날 깰 때까지 기다리려고 했는데 갑자기 급한 일이 생겼어요."

K는 손에 든 기안서에 의미 없는 시선을 둔 채 말했다. 아, 결국 그랬구나. K도 휘에게 반하고 만 것이다. 초면에 그렇게 무례하게 잠든다 해도 다시 보고 싶은 얼굴인 것이다. 마음 한 곳에서 철썩하며 질투심이 일었으나 그보다는 기뻤다. 이건 계획대로 되고 있다는 뜻이었으니.

"우리 캔 커피 마실래요?"

그가 보일 듯 말 듯한 미소를 지었다. 소년의, 미소였다. 소녀의 미소를 품고 사는 휘와 제법 잘 어울린다는 생각이 들었다. 그가 나를 바짝 따라왔다. 동료들의 시선이 느껴졌다. 허리와 목이 더욱 꼿꼿해지면서 내 자리와 출입문이 더 멀지 않은 게 어쩐지 아쉬웠다.

*

휘는 무릎이 툭 튀어나온 진회색 추리닝을 입은 채 현관 앞에 서서 한마디도 하지 않았다. 반달눈에 힘이 한껏 들어가 있었다. 이건, 계획에서 벗어나 있기는 했다. 이렇게 무방비 상태인 휘에게 무턱대고 K를 데려올 참은 정말 아니었다. 그저 어쩌다 보니, 였다. 어쩌다 보니 K와 저녁을 먹었고, 어쩌다 보니 2차까지 고를 외치다, 어쩌다 보니 K가 우리 원룸 앞에까지 와 이렇게 우리 방에 초대하게 된 것이다. K는 경직된 휘의 얼굴을 보더니 돌아가려 했다. 나는 K를 붙잡아 휘가 좋아하는 육포를 좀 사다 달라고 부탁했다. 그가 다녀오는 사이 휘를 설득하기로 했다.

"어쩌다 보니?"

"응, 술에 좀 취해서 그랬어."

"너 잘 안 취하잖아."

물론 나는 웬만해서는 취하지 않는다. 그저 기분이 좋았다. 초밥과 정종은 아주 맛있었고, K의 태도는 아주 신사적이었다.

"K가 널 꼭 다시 만나고 싶다고 나한테 아주 잘하더라고요."

"너한테 잘해서 데려왔다고?"

"아니, 너랑 잘해보려는 게 기특했다고."

"난 싫다고 했잖아."

나는 아직 구두도 벗지 못한 채 좁은 신발장 앞에 서 있었다. 하루 종일 앉아 있거나 서 있었던 탓에 발은 퉁퉁 부어 있었다. 신발장 문에 장착된 거울에 타이트한 투피스 정장을 입고 볼이 좁은 8센티 힐에 발을 욱여넣고서 휘에게 변명하고 있는 내가 비쳤다. 내 발가락은 힐 속에서 절규하고 있었고, 휘의 발가락은 화로 꿈틀대고 있었다. 우리의 발은 서로 으르렁대고 있었다.

"그럼, 그냥 내 친구라고 생각해. 집에서 가볍게 술 한잔하는 게 그렇게 어려워?"

나는 맥주병이 든 편의점 비닐봉투를 바닥에 내려놓고 힐을 던져버리듯 벗은 뒤 다과상을 펼쳤다. K가 오기 전에 편한 바지로 갈아입고, 셋이서 가볍게 맥주를 한잔하는 거다. 그리고 K는 가고, 우리는 자고, 나는 내일 K에게 안됐지만 내 친구는 너에게 완전히 관심 없다고 통보해주는 거다.

"너, 폭력적이야."

뭐? 폭력적? 나는 그 말에 화들짝 놀라 옷을 갈아입다 멈췄다. 폭력적이라니…… 그제야 강한 깨달음이 머릿속을 한 바퀴 휙 젓고 지나갔다. 어느 날 일언반구도 없이 배낭을 짊어진 휘가 2층 침대를 대동하고 나타났을 때의 당황스러움, 그것이야말로 내게는 어마어마한 폭력이었다. 중고등학교 시절, 휘가 10분 만에 대충 써낸 시가 백일장에서 상을 타고, 내가 심혈을 기울이고 기울여 쓴 시가 가작에도 못 올랐을 때 나는 이 세상이 얼마나 폭력적인지 느꼈고, 그저 휘와 같이 길을 걷고 있다는 이유만으로 낯모를 사람들에게 비교 어린 시선을 받을 때마다 거대한 폭력을 느꼈다. 가장 큰 폭력이 드러나는 때는 내 생각을 열과 성을 다해 휘에게 전달하고 있는데 휘가 그냥 잠들어버리는 순간이었다. 그럴 때마다 수천 킬로미터나 되는 만리장성을 한낱 사람에게 쌓게 한 진시황의 폭력이 어떤 것인지를 느꼈다. 휘는 습관적으로 "그래서?" "그래서?"라고 명령했고 나는 참으로 열성적으로 복종하며 말을 이어갔다. 그러노라면 그녀는 어느 순간 잠들어 있었다. 그런데, 내가 K를 데려왔다는 이유만으로 휘에게 폭력적인 인간이 된 것이다. 나는 무언가 대단히 잘못돼 있다고 느꼈다.

더 놀라운 건 내 눈을 의심할 수밖에 없는 장면이었다. 휘는 마치 그런 말을 언제 내뱉은 적이 있느냐는 듯 화장대로 가 맨 위 칸 서랍에서 갈아입을 옷을 뒤지기 시작했다. 휘가 처음 우리 집에 왔을 때 내가 할애해준 수납 칸이었다. 나는 거기에 들었던 내 속옷을 이동식 미니 서랍을 사서 수납했다. 고마움을 모르는 나쁜 년 같으니. 진시황보다 나쁜 년 같으니. 욕지기가 치밀었다. 휘는 나를 등진 채 검은색 롱 원피스로 갈아입고 노란색 카디건을 걸친 뒤 얼굴에 파우더를 바르기 시작했다. 금세 눈썹을 그리고 입술에 립글로스를 발랐다. 내 눈을 의심했다. 휘는 지루하게 느끼는 상대를 위해 저렇게 꽃단장을 할 사람이 아니었다. 나는 휘가 계속 무릎 튀어나온 추리닝을 입고, 부스스하게 올려 묶은 머리 그대로, 노메이크업 상태 그대로 이 상에 둘러앉아서 맥주나 홀짝거리다가 갑작스레 잠들 거라고 생각했다. 사실은 그래도 좋았다. 꼭 누군가의 바람이 이루어지지 않아도 어쩐지 흥거운 날이었다. 인터폰이 울렸다. 수화기를 들자 접니다 하는 K의 목소리가 들렸다. 나는 잠시 망설인 끝에 열림 버튼을 누르고 입고 있던 바지의 훅을 서둘러 채웠다.

*

허허허. 하하하. 흐흐흐.

7평 원룸 안에서 휘의 느릿느릿한 중저음의 목소리와 K의 웃음소리
가 끊이지 않았다. 휘가 무슨 말만 하면 그 말이 채 끝나기도 전에 K의
웃음소리가 이어졌다. 그 웃음소리 끝에는 그래서요? 가 옵션처럼 따라
붙었다. 절대, 교주의 말씀이 끊어지지 않게 하겠다는 자세를 지닌 열혈
신도 같았다. 헛웃음이 났다. 내가 K를 오래 알았던 것도, 휘를 뼛속까
지 아는 것도 아니지만 저렇게 많은 말을 할 줄 아는 사람이 휘였고, 저
렇게 호쾌하게 웃을 줄 아는 사람이 K였다니. 사람이란 상황에 따라 얼
마나 다양한 면을 꺼내 드는 걸까. 그 여러 면이 모여 그 사람을 이룰 텐
데, 각각의 모든 면은 한 사람 안에서 무사히 조화를 이루어낼 수 있는
걸까.

"미영이도 당황스러웠겠죠. 우리 집에 아무도 없다고 해서 자러 온 건
데 엄마, 아빠, 형부, 조카들까지 모여 야식을 먹고 있으니 짜증이 났을
거예요. 하지만 저는 그때 집에 아무도 없는 거하고 똑같았고, 미영이가
있어야, 그러니까 우리 가족이 아닌 다른 사람이 있어야 나는 안전하게
느껴졌거든요."

하지만 대화가 진행될수록 휘의 이야기는 미궁에 빠져들었다. 우리의
고등학교 시절을 말하는 건 좋지만 대체 무슨 말을 하고 싶은 걸까. 본
인이 내게 그렇게까지 거짓말을 하면서 나를 자기 집에 얼마나 많이 데
려갔는지 기억이나 할까. 나는 번번이 믿었다. 집에 아무도 없다고, 혼
자 자기 무섭다고 말끝을 흐리는 휘의 말을.

"그러니까 미영 선배가 휘 씨한테 엄청나게 중요한 존재네요."

"네, 미영이는 저한테 아주, 중요한 친구죠. 성실하게 사는 모습이, 속
과 겉을 다르게 할 수 없음이, 자기를 있는 그대로 방치하지 않고 계속
변화시키려는 그 뜨거운 것이 정말 마음에 들어요. 이건 마치 열심히 살

기 위해 태어난 사람 같거든요. 누구나 미영이의 그런 점들을 존경해줘야 해요."

"아, 멋진 우정인데요."

맥주잔을 두 손으로 움켜잡은 채 고개를 살짝 돌려 휘가 나를 보았다. 도톰한 입술 끝에서 냉소가 스쳤다. K를 데려온 것이 이렇게도 중죄였을까. K는 성실하고 예의 바르게 굴고 있었다. 물론 매끄러운 대화를 이끌어가려는 K의 노력이 나도 조금은 지루했고 성가시기는 했다. 대충 맥주 한잔하고 가는 센스를 발휘해주면 얼마나 좋을까. 회장 옆에서 사원으로서 제대로 일할 수 있는 날을 기다리고 견뎠듯이 휘 옆에서 휘에게 의미 있는 존재가 되기를 기다리고 견디는 걸까.

"근데, 휘. 넌 왜 그때 집에 아무도 없는 거하고 똑같았다는 거야? 내가 한두 번 간 것도 아닌데 거의 너네 가족이 있었어."

나는 휘가 대답은 안 해도 좋으니 잠들어버리면 좋겠다고 생각했다. 그러나 휘는 나와 K를 번갈아 가며 무표정하게 바라보더니 나직이 입을 열었다.

"음, 그게…… 아빠가 날 너무 좋아했거든. 아빤데, 이상할 정도로 날 좋아했어."

삽시간이었다, 7평짜리 침묵이 찾아든 건. 우리의 원룸은 고요한 사각형이 되었다. 균일한 소리를 내며 구르던 시간도 갑자기 멈춰서 우리 원룸 안에 갇혀버렸다. 오로지 휘만이 이 공간을 지휘할 수 있었다.

"그런데 작년에 아빠가 돌아왔고, 이제는 그때처럼 널 데려갈 수 없으니까, 그냥 내가 왔던 거야."

휘는 1층에서 2층으로 연결되는 침대 다리를 검지로 툭툭 치며 빙긋 웃었다. K의 얼굴이 더없이 어두워졌다. 휘에게 물어야 했다. 대체 그게 정확히 무슨 뜻이지? 왜 하필 지금 말하는 거지? 우리의 대화가 왜 이런 식으로 이루어져야 하지? 나한테 벌을 내리고 싶은 거야? 화가 났다. 너무 가혹하니까. K에 대한 대가치고 이것은 지나치게 가혹하니까.

K가 난데없이 자리에서 벌떡 일어섰다. 그러곤 싱크대로 가 물을 틀

어 손을 닦았다. 이유를 알 수 없는 세수식이 1분, 2분 이어졌다. 수도꼭지를 잠그고 K가 두 손을 바지에 쓱쓱 문지르며 작은 목소리로 이만 가보겠다고 말했다. 휘가 짧게 웃었다.

하하하.

그 소리가 몹시도 우렁차 K와 나는 눈을 동그랗게 뜨고 마주 보아야 했다. K가 서둘러 자기 짐을 챙기기 시작했다. 인터폰이 울린 건 그때였다. K의 바로 뒤에 있는 인터폰은 조급한 소리를 내며 연이어 울렸다. K는 나를 보았다. 어떻게 해야 하느냐는 얼굴이었다. 번지를 잘못 안 야식 배달원인가. 나는 턱으로 인터폰을 가리켰다. K가 망설인 끝에 수화기를 들었다. 누구세요, 라고 말하는 K의 말이 끝나기가 무섭게 공격적인 상대의 목소리가 들려왔다.

"미영이네 집 아닙니까?"

"아, 네 맞습니다."

"당신 누구야?"

"아 저는……."

맙소사. J였다. 그까지 왔단 말인가. 아무 연락도 없이? 그래, 내가 휴대폰을 확인하지 않았기 때문이다. 나와 연락이 닿지 않아 그가 온 것이다. 나는 K에게 남자 친구라고 해명하며 휘를 보았다. 우리에게 시선도 두지 않은 채 저 혼자 맥주를 마시고 있었다. K가 열림 버튼을 누르고 한숨을 쉬었다. 나는 현관문으로 달려갔다. 이내 문 두드리는 소리가 들렸다. 문을 열자마자 나는 바로 J의 양팔을 잡았다. 그를 진정시키기 위해 아주 빠르게 말했다. 휘와 직장 후배와 술을 마시고 있었다, 전화하는 걸 잊었다, 너는 진정해야 한다! 그제야 J가 좁히고 있던 미간을 풀었다.

"아, 그분이시구나. 들어오세요."

휘가 어느샌가 내 뒤로 와 J에게 인사를 했다. 그런데 그분이시구나? 역시, 알고 있었던 걸까. J가 운동화를 벗고 성큼성큼 안으로 들어왔다. 방 안 풍경을 슥 훑고 K를 노려보듯이 하더니 손을 내밀어 악수를 청했다. K가 마지못해 손을 내밀었다. 시간이, 삐거덕 소리를 내더니 다시 천천히 구르기 시작했다.

*

방 안이 꽉 찼다. K와 J는 둘 다 170 중반대의 보통 체격이고, 휘는 야리야리했으며, 나야 최근에 55반 사이즈 보통 체격이 되었지만 아무래도 성인 남녀 네 명이 편하게 둘러앉아 있기에, 2층 침대까지 있는 7평 원룸은 벅찼다. 휘와 J가 침대에 기대앉았고, K와 내가 맞은편에 앉았다. 숨이 막혔다. 갑자기 들이닥쳐 험한 분위기를 만들었던 자기 행동을 만회하기 위해 호들갑을 떨며 맥주를 따르는 J 때문에 더 숨이 막혔다. 반갑다는 말을 몇 번이고 하며 휘의 잔에 맥주를 붓는 J의 얼굴에 미소가 가득 담겼다. 진심으로 휘를 반가워했다. 그는 K의 잔에도 맥주를 채웠다. 생각보다 K는 우유부단했다. 나라면, 그냥 갔을 것이다. 아무리 J가 손을 잡아끌었다 해도 이렇게 불편한 자리에 있을 이유가 없었다. 휘는 나와 K를 완전히 농락하고 비웃지 않았는가. 아무 사정도 모르는 J는 마지막으로 내 잔에도 맥주를 부으며 눈을 찡긋했다. 아, 내가 전화만 받았어도 J가 이 방에 올 일은 없었을 것이다, 휘가 눈치챘다는 사실을 몰랐을 것이다, K는 갔을 것이다. 이렇게 모든 게 엉망이 되지는 않았을 것이다.

J가 건배를 하자는 자세로 잔을 들어 올리자 모두 어색하게 잔을 들었다. 짠. 휘가 상반신을 휘청하며 잔을 부딪치는가 싶더니 한 번에 들이켰다. 이내 스스로 잔을 채우고 다시 들이켰다. 휘에게 모두의 시선이 모아졌다. 휘가 또 맥주병을 집자 K가 채어 가 휘의 잔을 채워주었다. 휘가 풀린 눈으로 살풋 웃었다. K의 눈동자가 급격히 흔들렸다. K를 붙잡은 건 J의 손이 아니라 휘였는지도 몰랐다. 하지만 그 순간 왜 J의 눈동자까지, 미세할지언정 함께 흔들렸을까. 휘는 분명 만취 상태였으나 얼굴색 하나 변하지 않은 채 느릿느릿 잔을 입으로 가져다 댔다. J가 K

를 보며 물었다.

"그래서 두 분이 서로 좋은 감정으로 만나보기로 하신 건가요?" K가 손사래를 치더니 말했다.

"물론…… 저는, 그러고 싶죠."

휘가 픽 웃었다. 그녀의 웃음이 음주 신호이기라도 한 듯 K도 술을 들이켰다. 단 한 번 봤을 뿐인 여자 때문에 저렇게까지 감정적이 될 수 있을까. 그렇다면 휘는 왜 이렇게 술을 마실까. 그녀의 표현에 따르자면, 내 폭력적인 행동 때문이겠지. 나는 휘의 아버지를 여러 번 보았다. 무뚝뚝했던 그녀의 어머니와 달리 아버지는 친절했고 인자했다. 휘의 방에서 잔 다음 날 아침엔 꽃게탕이니 하는, 내 자취방에서는 절대 맛볼 수 없는 식사를 대접받고 그녀의 아버지 차를 타고서 등교했다. 그런데도 몰랐다. 갑자기 집을 나갔던 아버지가 돌아오셨다기에 다행이라고만 생각했다. 그러니 나는 그녀에게 폭력적인 걸까. 휘가 원하기 전에 남자를 소개해주면 안 되는 것이었을까.

느릿느릿, 혀 꼬부라진 목소리로 휘가 물었다.

"미영아, 그런데 너 왜 남자 친구 소개 안 해줬어?"

휘의 시선을 따라 모두의 시선이 내게 모였다. 나는…… 나는 아무 말도 하고 싶지 않았다. 남자 친구를 꼭꼭 숨겨둘 이유란, 전혀 없어야 했다. 그러니 내 인생에서 처음으로 만난 남자의 체취를 독점하고 싶었다고 말한다면 이해할까? 나의 연애를 너에게 말하는 순간 내가 굉장히 슬퍼질 일이 생길 것 같았다고 말한다면 이해할까? 이해할 수 없을 것이다. 너는, 원하지 않는데도 밀려들고, 나는 원하는데도 쓸려나가는 것들이니까. 항상 궁금했다. 왜 너는 원하지 않는지.

J가 아무 말도 못 하는 나를 거들고 나섰다.

"미영이가 자기 혼자 연애한다고 유난 떨기 싫다고 했어요."

아. 아. 아.

휘는 무슨 마이크 테스트하는 사람처럼 아. 아. 아, 를 반복하더니 말을 이어갔다.

"아…… 그런가요. 아 나는, 아주 솔직히 누가, 누구를 만나든, 누구를 만나서 연애를 하든 지인짜 상관이 없어요. 아무런 감흥이 없어요. 연애…… 그런 거…… 하면 영화도 보고 공원에도 놀러 가고, 그런 거잖아요? 그리고 연애는, 저도 알아요. 섹스가 핵심이죠. 그러니까…… 나는 그런 거에 관심이 없어. 어느 쪽이냐 하면 싫은 쪽이죠. 그렇지만…… 나는 그게 미영이 너라면 네가 그렇게 해서 행복하다면 나는 상관없고 오히려 더 좋아했을 거라고, 해야 하나? 왜냐하면 너는…… 그럴 권리가 있어. 니가 원하는 걸 가질 권리가 있어."

휘의 말이 끊어질 듯 끊어질 듯하면서 이어졌다.

"그런데…… 너는 그게 좋아 가지고…… 나를, 나를…… 짐스러워하고…… 뭐 피해망상 같은…… 그런 거…… 그런 거일 수도 있지만…… 물론…… 내가, 내가, 이렇게 니, 방에서…… 사는 게…… 잘한다는 건, 아니고……."

휘가 모를 수 있다고, 휘를 속일 수 있다는 생각은 자기기만이었다. 나는 잠들기 전까지 J와 메시지를 주고받았다. 전화가 오거나 걸고 싶으면 밖으로 나갔다. 휘는 타인의 행동과 말과 생각에 무심하니 그럴 수 있을 거라고, 그렇게 생각해버렸다. 그러면 편했다. 그러나 몇 번이고 드는 생각이지만 휘는 바보가 아니었다. 더욱이 그녀는 갈 데가 정말 없었으니까, 알고 보니 그녀는 절박했으니까.

하지만 우리는 가족이 아니었다. 친구가 친구를 얼마나 돌봐줄 수 있을까. 아니 내가 돌봐준 건 아니지만 얼마나 더 이렇게 작은 원룸 2층 침대 위아래에서 사이좋게 살 수 있을까. 분명 나의 연애를 감추었던 게 배신감을 안겨줬겠지만, 막무가내로 남자를 소개했던 게 불쾌할 수도 있지만 사실은 두려웠던 것인데 그것을 나는 어떤 방식으로 말해야 할까. 더욱이 오늘 무언가 설명해야 한다면 내가 아니라 휘여야 하지 않을까.

"그런데 휘, 너는 왜 말하지 않았어? 왜 이제야 말하는 거지? 그것도 오늘?"

J가 눈을 가늘게 떴다. 무슨 말인지 모를 터였다. K가 나를 정면으로 노려보았다. 힐난의 눈길이었다. 휘는 연신 나를 보았다 고개를 떨어뜨렸다 하며 좀처럼 입을 열지 못했다.

"휘, 왜 이제야, 그것도 오늘 이런 식으로 말하는 거냐고?"

"미영아, 휘 씨한테 왜 그래?"

어느새 방 안에 J의 체취가 가득 퍼져 있었다. 나 혼자 갖고 싶었던 이 냄새, 휘와는 결코 공유하고 싶지 않았던 것, 그러나 결국 실패한 그것. 나는 일어나 블라인드를 올리고 창문을 열었다. 4월 말의 봄바람이 기다렸다는 듯 달려들었다. 이 바람이 어서 방 안의 공기를 희석해주기를 바랐다. K가 창밖을 응시하며 세상 다 산 사람 같은 표정을 지었다. 지쳐 보였다. 하기는, 벌써 새벽 1시가 넘어가고 있었다.

"K 씨 내일 출근도 해야 하는데 이제 그만 가보지 그래요?"

"싫습니다."

"왜요?"

"들어오라고 한 건 선배잖아요. 이제는 또 맘대로 나가라는 겁니까?"

K의 목소리가 높아졌다. 그러자 J가 눈을 치켜떴다. 아, 이제 모두 화가 나 있었다. 나도, K도, J도, 휘도 모두 화가 나 있었다. 화난 사람끼리 함께 있으면 할 수 있는 게 싸움밖에 더 있겠는가. 그러나 휘는 앞으로 고꾸라지기 직전이었다. 아마도, 드디어 잠들 터였다. 모두의 화와 자기의 화를 품고 잠의 나락으로 빠져들 것이다. 유령처럼 이 상황에서 유유히 빠져나가 우리 머리 위에 떠다니며 이 상황을 관조할 터였다. 정말 J의 말대로 휘의 잠은 회피일까. 그렇다면 잠들게 두고 싶지 않았다. 나는 휘의 어깨를 툭툭 쳤다. 휘는 내 쪽을 보지도 않았다.

"휘, 내가 묻잖아. 왜 이제야 말하는 거냐고? 대답해봐, 말해보라고."

J가 내 손목을 잡으며 고개를 가로저었다.

"이거 봐. 나 휘랑 할 말 있어."

K가 더는 참지 못하고 소리쳤다.

"그만 좀 하세요!"

K의 외침과 동시에 휘가 툭 소리를 내며 앞으로 고꾸라졌다. 다과상 위에 있던 과자, 육포, 맥주잔이 쏟아져 내렸다. K와 J가 나를 노려보았다. 나는 휘의 등을 다시 두드렸다. 휘는 꿈쩍도 하지 않았다.

"얘기하고 있었잖아, 또 잘 거야? 응? 응?"

J가 고꾸라진 휘를 사이에 두고 내 어깨를 잡았다. K가 내 등 뒤로 와서 나를 제압할 기세였다. 왜들 이러지? 휘는 내 친구지 당신들 친구가 아니야. 우리는 근 20년 지기라고. 얘기를, 얘기를 해야 했다. 휘야, 휘, 휘! 등 뒤에서 K가 내 어깨를 부여잡고서 나를 일으켜 세웠다.

"너 뭐야?"

"선배는 뭐예요?"

"너 가! 내 방에서 나가!"

K는 내 어깨를 잡은 채 더는 대꾸가 없었고 J는 내 눈앞에서 휘를 들어 안으려는 자세를 취했다.

"자기, 뭐 하는 거야?"

"잘 사람은 자게 하자. 침대에 눕히자고, 응?!"

"그만해. 휘한테 손대지 마!"

"뭘 그만해! 너 진짜 오늘 왜 이래?"

쿵쿵쿵. 쿵쿵쿵.

J가 목청을 높이자마자 방문 두드리는 소리가 들렸다. J는 휘에게서 손을 떼고 방문을 열었다. 웬 남자의 고성이 들렸다. 야밤에 왜 이렇게 시끄럽죠? 지금이 대체 몇 십니까? 몇몇 사람의 웅성거리는 소리도 들렸다. J가 연신 사과를 했다. 나는 씩씩대며 문가로 가 방문을 닫아버렸다. J가 어이없다는 표정으로 날 보았다. 쿵쿵쿵. 다시 문 두드리는 소리가 들렸다. J가 서둘러 문을 열며 다시 사과했다. 나는 또 문을 쾅 닫았다. 밖에서 문 두드리는 소리와 함께 고함이 들리기 시작했다. 이런 미친 새끼들! 나와! 당장 나와! 안 나와? 안 나와! 당신들 경찰에 신고할 거야. 어디 한번 계속 그래봐 어? 어?

J가 다시 문을 열고 나갔다. 문이 닫혔다. 누군가 방문을 툭툭 발로 찼

다. J의 사과하는 말소리가 들렸다. 술에 취해서 그렇습니다. 원래 이런 사람들이 아니에요. 정말, 정말 죄송합니다. 얼른 정리하겠습니다. 다음부터 절대 이런 일 없게 하겠습니다. 나는 현관문 앞에서 서서 두 손을 허리에 얹고 씩씩거렸다. 화가 났으니까! 정말 화가 났으니까! 휘에게! J에게! K에게! 그리고, 그리고!

얼마 후 J가 들어왔다. 나를 끌다시피 해 방 한가운데로 데려왔다. 어느새 휘는 침대 1층 내 자리에서 곤히 자고 있었다. 떠날 채비를 끝낸 K가 인사도 없이 방을 나섰다. 쾅 소리를 내며 문이 닫혔다. 그 소리와 함께 나는 굉장히 어둡고 험한 지하, 바닥에 무엇이 기다리고 있는지 모를 그런 지하로 떨어지기 시작했다. 떨어지는 도중 험한 측면 지형에 내 톡 솟은 광대와 각진 턱, 내 넓은 어깨와 튼튼한 종아리가 부딪히고 부딪혔다. J는 양손을 내 어깨에 올린 채 나를 보았다. 많은 의문이 담긴 눈빛이었다. 이렇게 지척에 J가 있는데 나는 계속 떨어지고 있었고, 그래서 아주 멀리에서 J의 향기가 나는 것만 같았다. J 역시 외투를 챙겨 입더니 운동화를 꿰어 신었다. 그를 붙잡아 이 모든 상황을 설명하고 싶었지만 떨어지고 있는 나는 그럴 수가 없었다. J는 내일 연락하자는 말을 남기고 문을 열었다. 이내 쾅 문 닫히는 소리가 들렸다. 그 소리와 함께 드디어 나는 어느 바닥엔가 툭 떨어졌다.

바닥엔, 맥주병과 과자 봉지, 육포 같은 것들이 나뒹굴었고 공기 중엔 J의 향기와 다른 사람들의 향기가 뒤섞여 있었다. 그리고 휘가 있었다. 2층 침대의 1층에서 휘는 아무 일 없었다는 듯 고요하게 잠들어 있었다. 그녀의 잠은 정말로 고요할까. 깨고 나면 진짜 아무 일 없었던 것처럼 느껴지는 잠을 자고 있을까. 나는 형광등을 껐다. 밖에서 비쳐든 빛이 원룸의 유일한 가구랄 수 있는 2층 침대의 실루엣을 비추었다. 침대로 가 2층으로 오르는 계단을 더듬었다. 한 칸, 두 칸, 세 칸 올라와 요를 판판하게 펴고 그대로 누워 이불을 끌어당겼다. 이불과 베개에서 휘의 냄새가 났다. 그리고 어디선가 단단한 자기들이 요란한 소리를 내며 깨지는 소리가 들렸다.

뜻밖의 두려움
불신 반복하는 내 삶에 큰 힘

당선 소식을 들었을 때 어서 집으로 가고 싶었습니다. 집에 가서 전기장판을 켜고 이불 속으로 기어들어가 잠들고 싶었습니다. 그리고 늦은 밤 일어나 라면을 끓여 먹은 뒤 설거지를 하고, 춥다고 툴툴대다가 멍하니 있고 싶었습니다. 아무 일도 없었던 것처럼 말입니다. 두려워서였습니다. 제 속에는 아주 하찮게 살고 싶은 욕망과 특별해지고 싶은 욕망이 제멋대로 교차해 있기에 갈팡질팡 몸 둘 바를 몰랐습니다.

하지만 이미 마음 한편에서는 어떤 뜨거운 것이 올라와 코끝까지 찼습니다. 그리고 고마운 사람들 몇이 눈앞에 떠올랐습니다. 임고을 작가님, 고맙습니다. 제 게으른 글쓰기를 당신은 늘 좋은 언어와 따뜻한 마음, 공정한 시선으로 응원해주었습니다. 나도 당신에게 그런 사람이 될 수 있다면 얼마나 좋을까요.

L, 고맙습니다. 당신의 대단히 인색한 칭찬과 날카로운 비판은 다른 의미에서 나를 독려했고, 마니악한 당신의 문화 취향은 내 감성의 폭을 넓혀주었습니다. 또한 저와 밥을 먹고, 대화를 하고, 웃고 울었던 친구들에게 고마움을 전합니다. 그들이 무심코 말했던 구절들, 스쳐 보였던 눈빛, 내쉬었던 깊은 한숨, 토해냈던 울음과 웃음소리는 각각 전혀 무관한 파편이었다가 이렇게 새로운 맥락에 함께 놓여 완전히 새롭게 숨 쉬

게 되었습니다.

예심·본심을 보신 선생님들과 문화일보에도 감사합니다. 특히, 세상의 온갖 당선 소감을 볼 때마다 과연 심사위원께 그렇게도 감사한지가 의문이었는데, 그보다 더한 진심은 없음을 각성했습니다. 제 글을 읽어주시고 격려해주셔서 정말 고맙습니다.

이 한 번의 당선이 저를 꽤나 특별한 존재로 만들지는 않을 겁니다. 그 사실을 깨닫고 나니 어쩐지 안심이 되어 밥을 두 공기 먹었습니다. 그럼에도, 자신에 대해 확신했다가도 불신하기를 반복하는 삶에서 이상이 큰 힘이 되었음을 절대 부정할 수는 없겠습니다. 진심으로 고맙습니다.

'심리적 갈등 응축' 절제된 문장·통제력 인상적

 본심에 오른 작품은 11편이었다. 저마다 소재와 이야기를 풀어내는 방식은 다양했지만, 전반적으로 폭력적이랄까 어둡고 암울한 분위기가 두드러졌다. 사실 심사위원들이 당선작을 골라내기까지엔 다소 어려움을 겪어야 했다. 묘하게도 약속이나 한 듯 작품 다수가 비슷한 약점을 공유하고 있었다. 스토리와 장면을 그럴듯하게 이어가는 재치는 상당하지만, 정작 인물 형상화 및 객관적 거리 확보에서 약점을 드러냈다. 그리고 이는 당연히 주제 형상화 미흡, 모호하고 맥락이 실종된 허술한 결말로 이어졌다.

 '늑대를 그리다' 는 차분한 이야기 전개가 장점이지만 결말의 무리한 설정이 문제였다. '하루' 는 과거 시간을 역추적해가는 추리적 전개가 인상적이긴 하나 역시 모호한 결말 처리가 아쉬웠다. '틀니 닦기' 는 시종일관 화자의 과도한 진술 안에 갇혀버린 인물들이 답답해 보였고, 다소 진부한 인물 관계 설정도 마음에 걸렸다. '당장 필요한 것' 은 매끄러운 전개가 장점이긴 하나 인물과 상황의 개연성이 부족했고, 특히 모호한 결말 처리에서 약점을 드러냈다. 유나가 과연 아버지를 살해했는지, 그날 무슨 일이 있었는지에 대한 독자의 관심을 최소한 작가가 의식했어야 했다.

 당선작 '유령의 2층 침대' 를 지배하는 키워드는 화자의 내면에 은밀히 장전된 '질투' 와 '열등감' 이다. 그 대상인 친구 '휘' 와 화자의 동거가 이루어지는 공간은 대학가의 원룸. 여기에 또 다른 두 남자가 우연히 합세하면서부터 소설은 마치 한밤의 소란한 무대극처럼 빠르게 전개된다. 언뜻 가벼운 시트콤에 더 어울릴 법한 공간과 인물의 구도로부터 보란 듯이 이 소설을 구해낸 힘은 무엇보다 정교하게 절제된 문장과 대화의 내공에 있을 것이다. 짧막하고 무의미해 보이는 대화 속에 복잡 미묘한 심리적 갈등을 응축해내는 문장 감각, 그리고 마지막까지 팽팽한 긴장감을 유지해내는 절묘한 통제력이 매우 인상적이다.

부산일보 천종숙

필명 천이경
1957년 고성 출생
방송통신대학 국문과 졸업
2006년 부산일보 신춘문예 시 부문 당선

티엉은 잠이 오지 않았다. 억울한 생각에 화도 나고 앞으로 자신이 어떻게 처신해야 할지, 이런저런 생각에 뒤척였다. 별로 먹은 것도 없는데 배까지 살살 아파왔다. 화장실 변기에 앉아 무심코 화장실 거울을 쳐다보았다. 그런데 화장실 거울에 붙어있던 거미가 보이지 않았다. 어디로 갔지? 티엉은 변기에 앉아 타일바닥이며 벽, 천장 등 주변을 살펴보았다.

부산일보

홈메이트

천종숙

눈꺼풀 위로 빛이 스며들었다. 티엉은 반사적으로 눈을 떴다. 방안이 온통 하얀빛으로 가득 차 있었다. 이런, 늦잠을 자다니. 티엉은 당혹스러웠다. 아무래도 꿈 때문인 것 같았다. 고향 마을을 헤매는 꿈이었다. 구릉마다 낮게 엎드려 있는 카사바 밭들, 산사태로 허물어져 내린 흙담집, 긴 장대에 널려 있는 옷가지, 어른 키보다 높게 자란 바나나 나무. 그리고 길에서 만난 사람들. 사탕수수를 든 노인, 켜켜이 포갠 바구니를 등에 진 남자, 닭을 안고 아이까지 업은 여자. 그들은 하나같이 티엉을 낯선 시선으로 쳐다보았다. 그렇게 티엉은 돌아갈 곳도, 머물 곳도 없는 막막함에 눈물을 쏟다가 잠에서 깨어났다. 왜 하필이면 그런 꿈을 꾸었을까. 아무래도 하노이 여자, 중리를 만난 탓인 것 같았다.

며칠 전, 티엉은 큰길에 있는 마트에 갔다. 노파가 불러준 품목들을 적은 쪽지를 손에 들고 식품 관으로 들어갔을 때였다. 얼굴빛이 창백한 한 여자가 이상한 행동을 하고 있었다. 구워서 잘라놓은 시식용 돼지고기를 허겁지겁 집어먹고는 곧바로 뱉어냈다. 무슨 상한 음식이라도 입에 넣은 것 같은 표정이었다. 여자는 시식코너를 돌면서 그런 행동을 되풀이했다. 티엉은 여자에게서 시선을 떼지 못했다. 아무래도 여자가 자

272

신과 동족인 것 같았다. 여자도 똑같은 생각을 한 듯 티엉과 눈이 마주치자 옅은 웃음을 지어보였다.

역시 여자는 티엉에게 다가와 다짜고짜 베트남어로 물었다. 그렇죠? 베트남사람 맞지요? 티엉이 얼떨결에 고개를 끄덕이자 여자는 곧바로 티엉의 손을 잡아끌었다. 티엉을 자판기 옆 의자에 앉히고 음료수 두 잔을 뽑아왔다. 음료수를 건네며 자신은 하노이에서 왔다고 했다. 티엉은 가끔 베트남 사람을 보기는 하지만 고향사람을 만나기는 처음이었다. 어쨌든 반가웠다. 경계를 풀고 잠시 여자와 이야기를 나누었다. 여자는 말했다. 자신의 이름이 중리라고, 한국에 들어온 지 일 년도 채 안되었다고. 티엉처럼 베트남에서 중개인의 소개로 지금 남편을 만났다고.

그렇게 한창 자신의 이야기를 늘어놓던 중리가 갑자기 헛구역질을 했다. 나, 지금 아기를 가져서 입덧이 심해요. 하며 울상을 지었다. 티엉은 무슨 말을 해야 할지 얼떨떨했다. 중리의 사정을 몰라 힘들겠다고 하기도, 축하한다고 하기도 이상했다. 아무 말도 못하고 멍하니 중리를 쳐다보았다. 그런데 중리가 갑자기 울음 터뜨렸다. 중리는 흐르는 눈물을 닦으며 말했다. 엄마가 만들어주는 pho(퍼)가 너무 먹고 싶어요. 중리의 말을 듣는 순간 티엉도 고향생각에 왈칵 눈물이 났다. 티엉과 중리는 서로를 쳐다보며 더욱 감정이 북받쳤다. 와락 끌어안고 한참을 울었다. 헤어지기 직전 중리가 말했다. 베트남에 사랑하는 사람이 있어요. 어릴 때부터 한 동네에서 자란 사람이에요. 그 사람은 언제까지나 기다리겠다고 했어요. 나도 언젠가는 그 사람에게로 돌아갈 거라는 막연한 희망을 품고 있었나 봐요. 그런데 아기가 생겼어요. 이젠 정말 다 끝이에요.

중리의 막막함이 가슴에 와 닿았다. 티엉은 꿈속에서 느꼈던 막막함을 떠올리며 주위를 둘러보았다. 노파와 함께 살게 된지 다섯 달이 지났지만 여전히 낯설었다. 티엉이 노파의 집에 들어와 살게 된 것은 여성회관의 사회복지사를 통해서였다. 남편과 사별한 할머니가 가족처럼 함께 살 사람을 찾는다고 했다. 마침 티엉도 이혼하고 오갈 데 없던 차였다. 노파는 처음 만난 자리에서 딸처럼 지내자고 했다. 티엉은 그 말에 심장이 뛰었고, 마음이 움직였다. 선뜻 노파의 집으로 들어왔다.

　노파는 벌써 일어났을 터였다. 다른 때 같으면 문을 쾅쾅 두드리거나 벌컥 열고 들어 왔을 텐데 조용했다. 쯧쯧! 혀를 차며 한심하다는 듯이 쳐다볼 노파의 시선이 떠올라 마음이 편치 않았다. 노파가 거실 소파에서 텔레비전을 보고 있을 시간이었다. 티엉은 방문을 살며시 열었다. 노파는 보이지 않고 창으로 스며든 햇빛이 저 혼자 뒹굴고 있었다. 티엉은 그제야 안도의 숨을 쉬며 잔뜩 움츠린 어깨를 폈다.

　티엉은 햇빛 속의 먼지알갱이를 멍하니 쳐다보았다. 먼지알갱이들이 와글와글 살아있는 생명체처럼 보였다. 꿈속에서는 왜 저런 햇빛이 느껴지지 않았는지. 티엉은 이상하다는 생각을 하며 고개를 갸웃했다. 부챗살처럼 펼쳐진 햇빛은 벽에 걸린 사진액자 위에서 끊겨 있었다. 노파의 가족사진이었다. 젊잖게 생긴 남편과 노파를 빼닮은 아들딸과 함께 찍은 사진이었다. 사진속의 노파는 지금의 모습과는 많이 달랐다. 마치 다른 사람을 보는 것 같았다. 깊게 팬 주름살과 처진 군살이 얼굴의 모습을 바꿔 놓은 것 같았다. 어쨌든 사진을 볼 때마다 티엉은 우울했다. 자신은 아무리 노력해도 노파의 가족이 될 수 없다는 생각.

　잠시 사진을 바라보던 티엉은 노파의 방문 앞으로 다가갔다. 노크하려던 손을 멈추고 가만히 손잡이를 잡아 오른쪽으로 돌렸다. 달칵! 하는 소리가 유난히 크게 들렸다. 티엉은 순간 멈칫했다가 방안을 들여다보았다. 커튼을 드리운 방안은 아직도 어두웠다. 열린 문 사이로 스며든 빛이 방안을 비췄다. 노파는 죽은 듯이 잠들어 있었다. 이불을 걷어내고 웅크린 채 자고 있는 노파의 모습은 화장실 거울에 붙어있는 하얀 거미를 연상케 했다. 몸통이 볼록한, 가느다랗고 긴 다리를 가진 거미는 마치 거울에 비친 모습에서 제 존재를 확인하려는 것처럼 보였다.

　티엉은 거미가 언제부터 거울에 붙어 있었는지는 기억나지 않았다. 처음 발견했을 때는 곤충의 사체인 줄 알았다. 닦아내려고 보니까 거미가 거울의 위쪽에서 아래쪽으로 조금 이동해 있었다. 티엉은 거미를 치우지 않고 그대로 두었다. 생명이 다할 때 까지 살다 갔으면 싶었다. 노파가 보면 잔소리할 게 뻔했지만. 방안의 화장실을 쓰고 있어 그럴 일은 없을 것 같았다. 티엉은 가끔 한 번씩 거미를 손가락으로 툭! 건드려 보았다. 살아 있는지 확인하기 위해서였다. 거미는 실처럼 가느리고 여린 다리를 조금쯤 움직여 살아있음을 증명해보였다.

티엉은 거미처럼 노파를 건드려보고 싶은 충동이 일었다. 하지만 언젠가 숨을 쉬는지 확인하려고 노파의 가슴에 손을 올려놓았다가 된통 혼이 난 적이 있었다. 죽은 듯이 누워있던 노파가 갑자기 눈을 번쩍 뜨며 소리를 질렀다. 무슨 짓이야! 이년! 순간 티엉은 심장이 멎는 줄 알았다. 노파가 지르던 쉿소리가 아직도 귀에 쟁쟁했다. 어쩌면 지금도 노파가 자는 척하고 있는지 모른다는 생각이 스쳤다. 티엉은 이불을 덮어주려다 그만두었다. 소리 없이 물러나 방문을 닫고 나왔다.

노파가 일어나기 전에 먹을 음식을 만들기 위해 주방으로 갔다. 싱크대 앞에 서서 어떤 음식을 만들어야할지 생각했다. 머릿속으로 이것저것 떠올려보았다. 노파가 좋아하는 들깨를 갈아서 넣는 된장국은 아무래도 자신이 없었다. 노파는 어떤 음식을 만들어도 맛있게 먹어 준 적이 없었다. 몇 번 휘젓다 숟가락을 놓아 버렸다. 티엉은 음식을 만들 생각만 해도 머리가 지근거렸다. 티엉은 주방의 창문으로 건너편 아파트를 바라보았다. 주방에 들어설 때마다 저절로 시선이 가는 곳이었다. 앞치마를 두른 여자의 모습이 보였다. 남자와 아이들도 눈에 띄었다. 볼 때마다 부러웠다. 티엉의 꿈은 저렇게 단란한 가정을 일구고 사는 것이었다. 티엉은 오늘도 분주하게 움직이는 여자의 모습을 보면서 생각했다. 저 집의 식탁에는 어떤 음식이 차려졌을까? 발뒤꿈치를 들고 식탁을 엿보려 했지만 보이지 않았다.

티엉은 시선을 거두고 다시 이것저것 궁리해보았다. 노파가 그나마도 잘 먹었던 음식이 돼지고기를 다져서 넣은 짜조와 멸치로 다시를 낸 퍼였다. 한국에 온지 3년이 지났지만 티엉이 잘 만드는 요리는 여전히 베트남 음식뿐이었다. 한국 생활에 적응하지 못하는 것만큼 한국 요리 실력도 늘지 않았다. 오늘따라 티엉 자신도 퍼를 먹고 싶은 마음이 간절했다. 퍼를 만들기 위해 싱크대 안에서 중간 크기의 냄비를 꺼냈다. 정수기의 물을 받아 가스레인지 위에 올렸다. 그리고 멸치를 찾기 위해 냉동실 안을 뒤적였다. 어찌된 일인지 멸치가 보이지 않았다. 며칠 전에 노파가 된장국을 끓인다고 멸치 봉지를 손에 들고 있었던 것이 생각났다. 또다시 엉뚱한 곳에 둔 모양이었다. 노파는 자신이 둔 곳도 잘 찾지 못했다. 그러고는 티엉에게 핀잔을 주었다. 왜 제 자리에 두지 않느냐고. 멸치는 야채실에 들어가 있었다. 멸치가 든 비닐봉지를 찾아들었을 때 노파와 보물찾기 게임을 한 것처럼 피식 웃음이 나왔다.

티엉은 다시마 한 조각과 멸치와 비프스파이스를 한 줌 집어서 냄비에 넣었다. 그때까지도 노파는 일어나지 않았다. 티엉은 한 번씩 노파의 방문을 쳐다보았다. 티엉은 퍼에 들어갈 쇠고기와 야채들을 냉장고에서 꺼냈다. 마트에서 퍼에 들어갈 재료를 사왔을 때 노파가 쓸데없는 물건들을 사왔다고 몇 번이나 곱씹던 모습이 떠올랐다. 티엉은 설레설레 고개를 저었다. 쌀국수봉지를 들고 잠시 망설였다. 내친김에 뜯어놓은 비닐봉지에서 쌀국수를 한줌 집어 찬물에 불려두었다. 냄비에서 쌕쌕거리며 이내 물이 끓기 시작했다. 다시금 노파의 방문을 쳐다보았지만 좀처럼 열릴 기미가 보이지 않았다. 너무 오래 잔다 싶어 덜컥 겁이 났다. 저러다가 잘못될 수도 있었다. 노파와 같은 나이로 죽은 티엉의 할머니가 그랬다. 어머니는 너무 오래 잔다 싶었던 할머니가 영영 깨어나지 않았다고 했다.

티엉은 가스레인지 불을 중간으로 낮추고 노파의 방문 앞으로 다가갔다. 심호흡을 했다. 그때 방문이 벌컥 열리며 노파가 모습을 드러냈다. 티엉은 엉뚱한 짓을 하다가 들킨 아이처럼 화들짝 놀랐다. 노파는 뿌옇게 수증기가 감돌고 있는 주방을 힐끗 쳐다보았다. 숨을 들이쉬며 얼굴을 잔뜩 찌푸렸다. 아침부터 무슨 비린 냄새야? 쌀국수를 만들려고 다시 물을 끓이고 있었어요. 티엉은 재빨리 말해 놓고 노파의 안색을 살폈다.

표정으로 봐서는 싫다는 것인지 알 수 없었다. 노파의 얼굴은 언제나 표정이 없었다. 얼굴의 모든 근육이 굳어버려 표정을 지을 수 없는 사람처럼. 하얀 밀랍 같은 얼굴이 부석부석 부어 있었다. 걸음조차 어둔해 보였다. 노파는 거미처럼 휘어진 걸음으로 느릿느릿 걸어가 소파에 앉았다. 습관처럼 리모컨으로 텔레비전을 켰다.

티엉은 환기를 시키기 위해 베란다의 창문을 조금 열었다. 열린 문 사이로 기다렸다는 듯이 찬바람이 와락 달려들었다. 문을 열어놓고 고개를 돌려 노파의 눈치를 살폈다. 노파의 시선은 텔레비전에 붙박여 있었다. 티엉은 안심하고 문을 열어놓은 채 거실로 들어갔다. 주방에서는 냄비 뚜껑이 들썩거리며 다시물이 끓고 있었다. 비프스파이스 향이 집안에 가득 찼다. 티엉은 다시물이 끓는 동안 퍼에 들어갈 재료들을 준비했다. 텔레비전에서 여자와 남자가 주고받는 말이 들렸지만 무슨 내용인지 알 수 없었다. 여자가 흐느끼는 소리로 보아 아침드라마가 방송중인 것 같았다. 노파는 드라마를 보면서 쯧쯧! 혀를 찼다. 종종 그랬다. 티엉은 자신에게 혀를 찬 것인 줄 알고 또 뭘 잘못했는지 한참 생각했었다.

티엉은 고수와 숙주, 양파와 파를 씻어 소쿠리에 건져 두었다. 노파는 퍼에 들어가는 향신료 냄새를 싫어했다. 다른 것은 노파의 입맛에 맞추어 주었지만 베트남 음식만큼은 향신료 하나라도 빼고 싶지 않았다. 집안에 비프스파이스와 포플레이버 향으로 가득 차자 우울했던 기분도 조금씩 풀려갔다. 삶아서 건져놓은 쌀국수 위에 다시 물을 붓고 잘게 다진 쇠고기를 얹었다. 틀니를 하고 있는 노파는 부드러운 음식 외에는 잘 씹지 못했다. 음식물을 씹다가도 틀니가 덜컥 빠질 때가 있었다. 그럴 때면 얼굴이 벌게지면서 숟가락을 내던졌다. 이렇게 질긴 음식을 나더러 먹으라는 거냐고.

노파와 식탁에 마주 앉으면서 티엉은 문득 가족이란 말을 떠올렸다. 한 집에서 자고 일어나서 밥을 먹고 함께 생활하는, 그것은 보통 가족들이 살아가는 모습이었다. 티엉은 고향의 가족도 생각이 났다. 어머니, 아버지, 오빠, 동생들이 밥상에 둘러앉아 함께 밥을 먹던 장면들. 따뜻한 분위기 속에 오가던 대화며 동생들이 깔깔거리던 웃음소리가 가까이에서 들리는 듯했다. 이제는 영영 볼 수 없는 가족이었다. 그들은 믿을 수 없게도 티엉이 베트남을 떠나온 해에 산사태로 모두 죽었다.

티엉은 애써 가족 생각을 지우려고 노파를 쳐다보았다. 노파의 굳은 표정은 언제 봐도 불편했다. 노파는 퍼를 젓가락으로 휘젓더니 잠시 망설이는 기색이었다. 그러고는 티엉 앞에 놓인 퍼를 슬며시 끌어당겼다. 자주 있는 일이었다. 처음에는 노파가 왜 그러는지 영문을 몰랐다. 하지만 곧 티엉을 못 믿어서 그러는 것이라는 것을 알아챘다. 노파는 젓가락으로 쌀국수를 감아올려 입으로 가져가기도 전에 주르르 흘렸다. 입안으로 들어가는 쌀국수는 몇 가닥 되지 않았다. 젓가락을 쥔 손이 흔들렸다. 거미다리처럼 여윈 손이었다. 그 모습을 지켜보면서 티엉은 불안했다. 노파는 평소에도 음식을 먹을 때 자주 흘렸다. 젓가락질을 하다 흘리기도 했고 입안에 넣은 음식물이 입 밖으로 흘러나오기도 했다. 오늘은 유난히 심했다. 젓가락질이 잘 되지 않자 노파의 표정이 일그러졌다. 몇 번 더 시도하던 노파는 젓가락을 소리 나게 탁! 내려놓았다. 아침부터 국수를 주다니, 이제 너까지 나를 늙은이라고 우습게 보는 게냐? 티엉은 노파의 말에 눈이 휘둥그레졌다. 노파는 식탁에서 일어나 방으로 들어가며 문을 소리 나게 닫았다. 어제 먹다 남은 무국도 있는데 괜히 퍼를 만들었나 싶었다. 티엉은 식탁에 혼자 우두커니 앉아 퍼를 휘젓다가 젓가락을 내려놓았다.

노파가 방으로 들어간 뒤에도 텔레비전은 저 혼자 떠들어댔다. 한국말은 언제 들어도 낯설었다. 타국에 와 있다는 것을 더 실감나게 해주었다. 노파는 잠자기 전까지 하루 종일 텔레비전을 켜두었다. 티엉은 설거지를 끝내고 청소기를 돌렸다. 진공청소기가 텔레비전소리까지 빨아들였다. 바지주머니에서 미세하게 진동이 느껴졌다. 휴대폰을 꺼내든 순간 전화는 끊겼다. 티엉에게 딱히 전화가 올 데는 없었다. 누구일까? 괜히 궁금했다. 전남편의 얼굴이 떠올랐다. 하지만 전남편의 전화번호는 아니었다. 얼마 전에 전화번호를 바꿔버렸기 때문에 전남편이 티엉의 전화번호를 알 리도 없었다. 전남편은 이렇게 한 번씩 불쑥 티엉의 생각 속으로 뛰어들었다.

혹시 위층남자일까? 위층남자는 엘리베이터를 타고 오르내리며 눈인 사정도 나누는 사이였다. 인상이 서글서글한 남자는 티엉에게 호감을 보였다. 티엉도 남자가 싫지 않았다. 한 번씩 남자와 함께 사는 자신의 모습을 상상해보기도 했다. 하지만 꿈같은 일이었다. 어제는 마트에서 장을 보고 오다가 건널목에서 남자와 마주쳤다. 남자는 티엉이 들고 있는 짐을 선뜻 들어주었다. 그렇다고 남자가 티엉에게 전화를 걸었을 리는 없었다. 남자는 한 번도 전화번호를 물어온 적이 없었다. 그래도 혹시? 하는 미련이 남았다. 찍힌 번호로 전화를 걸려다 잠시 망설였다. 스팸이거나 보이스피싱일 수도 있었다. 전화만 걸어도 수십만 원씩 통장에서 돈이 빠져나간다는.

진공청소기를 끄자 집안에는 텔레비전소리만 들렸다. 텔레비전에서는 이주민 여성에 대한 프로가 진행되고 있었다. 텔레비전에 나온 여자들은 각 나라에서 시집온 사람들이었다. 몽골, 필리핀, 베트남, 중국 등. 여자들은 남편과 아이들과 함께 출연해 있었다. 여자들이 자신들이 겪은 이야기를 풀어놓는 동안 아이들이 방송국 안을 헤집고 돌아다녔다. 티엉은 나에게도 아이가 있었다면, 잠시 그런 생각이 스쳤다. 화면에 비친 아이들은 어쩐지 이쪽도 저쪽도 아닌 것처럼 보였다. 한국에 온지 6년 되었다는 베트남 여자가 유창한 한국말로 자신의 결혼생활에 대해 이야기하고 있었다. 갓 시집와서 문화의 차이와 언어 때문에 시댁과의 갈등이 심했다고. 지금은 부모와 자식처럼 서로 허물없이 지낸다고. 여자가 소리 내어 웃을 때마다 붉은 잇몸이 드러났다. 여자의 파마가 풀린 듯한 긴 머리와 낮은 코를 보면서 또다시 중리를 떠올렸다.

그와 동시에 티엉은 전화를 건 사람이 중리일 거라는 생각이 들었다. 왜 그 생각을 못했는지. 위층남자가 아니라는 사실에 조금 실망스러웠다. 휴대폰에 찍힌 발신번호를 쳐다보며 잠시 망설였다. 헛구역질을 하던 중리의 모습이 떠올라 전화를 거는 것이 내키지 않았다. 휴대폰을 다시 주머니에 집어넣었다. 텔레비전에는 여전히 소란을 피우는 아이들이 비쳤다. 아무도 나서서 아이들을 제지하는 사람이 없었다. 오히려 여자들은 그런 자신의 아이들이 자랑스럽기라도 한 것처럼 흐뭇하게 바라보았다. 그 모습이 짜증스러웠다. 게다가 여자들이 하는 이야기들도 뻔했다. 티엉은 채널을 돌려버렸다. 다른 채널에서는 전문의가 나와서 당뇨병에 대한 이야기를 하고 있었다. 티엉은 텔레비전을 켜둔 채 걸레를 들고 베란다로 나갔다.

티엉은 베란다의 타일바닥을 걸레로 닦았다. 베란다는 겨울햇빛으로 눈이 부셨다. 따사로운 겨울햇빛이 좋았다. 고향의 막 떠오르기 시작한 아침 햇빛 같았다. 보리수나무와 비파나무에도 겨울햇빛이 가득 들어앉아 있었다. 나무들은 햇빛 속에서도 생기가 없어보였다. 병이 들었는지 잎은 비틀려 있고 하얀 점 같은 것들이 부스럼처럼 붙어 있었다. 키도 더 이상 자라지 않았다. 노파의 집에 처음 왔을 때나 다섯 달이 지난 지금이나 그대로였다. 화단이나 산에 심어야 하는 나무들이었다. 티엉은 그것이 마치 자신의 모습 같다는 생각이 들었다. 노파는 남편이 살았을 때 심어놓은 나무라며 자주 나뭇잎을 쓰다듬었다.

티엉은 시선을 옮겨 창밖으로 보이는 학교운동장을 물끄러미 내려다보았다. 방학을 맞은 아이들이 모여서 축구를 하고 있었다. 아이들이 내지르는 함성과 해맑은 웃음소리가 티엉에게까지 건너왔다. 아이들은 공을 쫓아 우르르 몰려다녔다. 한 아이가 힘껏 공을 차올리자 유난히 파란 겨울하늘이 쨍! 하고 소리가 나는 것 같았다. 무리 중에 키가 제일 작아 보이는 아이가 키가 큰 아이의 다리 사이로 공을 빼앗아 요리조리 몰고 다녔다. 아이는 발이 빨랐다. 위기의 순간에 뒷발로 공을 살짝 빼돌려 골대를 향해 힘껏 차 넣었다. 골대의 그물이 출렁! 물결치듯 뒤로 밀려났다. 골인! 하고 티엉은 낮게 탄성을 질렀다. 그런데 무리 속에 끼어들지 못하고 저 혼자 계단에 앉아 있는 아이가 눈에 띄었다.

저 아이는 왜 저러고 앉았을까, 한참을 보아도 아이는 오도카니 앉아 있었다. 아이들과 한 무리가 아닌지, 흔히 말하는 왕따인지 알 수 없었다. 아이들과 어울리고 싶은 아이의 간절한 마음이 읽혔다. 아이들은 아무도 그 아이에게 관심을 주지 않았다. 왠지 아이가 딱해 보였다. 티엉은 아이에게 그렇게 앉아 있지 말고 그만 집으로 돌아가라고 자꾸 입을 달싹거렸다. 한바탕 땀을 흘린 아이들이 축구를 그만두고 교문을 빠져나갔다. 그 아이도 자리에서 일어나 아이들과 몇 발짝 떨어져 엉거주춤 따라 나서고 있었다. 아이들이 완전히 시야에서 보이지 않을 때까지도 티엉은 시선을 떼지 못했다. 그 아이가 자꾸 눈에 밟혔다. 아이들이 사라진 텅 빈 운동장은 쓸쓸해 보였다. 방금 전까지 운동장에서 축구를 하던 아이들의 모습은 이 세상에서 사라져버린 듯했다. 텅 빈 적막감을 바라보고 있는데 전화벨 소리가 들렸다. 티엉은 화들짝 놀라며 창문을 닫고 돌아섰다.

전화벨 소리는 잠시 바깥으로 나가 있던 생각을 안으로 불러들였다. 티엉은 무심결에 주머니에서 휴대폰을 꺼냈다. 새까맣게 꺼져있는 액정 화면을 보고서야 거실의 전화기에서 나는 소리라는 것을 알았다. 티엉이 쫓아가 받는 순간 전화는 끊겼다. 돌아서는데 다시 전화벨이 울렸다. 수화기를 집어 들자 톤이 높은 여자의 목소리가 와락 달려들었다. 왜 전화를 빨리 안 받고 그래요, 언니 바꿔요! 노파의 사촌이었다. 티엉은 수화기를 내려놓고 노파의 방으로 들어갔다. 노파가 침대에 누워서 수화기를 들고 있었다. 나가라고 수화기를 들지 않은 손을 내저었다.

티엉이 방문을 닫고 나와 거실의 수화기를 내려놓으려는데 수화기 저편의 목소리가 들렸다. 언니, 미국에 있는 애들한테서는 여전히 연락이 안와요? 그러기에 애써 키워봐 봤자 아무 소용없다니까요. 참! 잃어버렸다는 물건은 찾았어요? 패물이나 귀중품은 내게 맡기라니까 고집은. 베트남 여자를 절대 믿어서는 안 돼요. 보기는 순해 보이지만 당찬 구석이 있는 여자예요. 티엉은 자신에 대한 이야기에 귀가 솔깃해져 수화기를 내려놓지 못했다. 사촌이란 여자의 말이 티엉의 귀에 우렁우렁 울렸다. 돈은 잃어버리지 않았어요? 가끔 언니가 정신을 놓을 때가 있으니 아마 잃어버린 것조차 모를 거야. 티엉은 자신도 모르게 마른침을 꿀꺽 삼켰다. 이참에 언니, 아파트 처분하고 저희 집으로 들어오세요. 아파트 처분한 돈은 우리 아들 사업자금으로 빌려주고. 이자는 은행보다 많이 챙겨 줄 테니까. 그러면 언니는 덜 외롭지 않겠어요? 자식도 못 믿는 세상에 남을 어떻게 믿고 한 집에 살아요? 그것도 베트남 여자를. 그렇게 살다가 베트남 여자가 언니에게 몹쓸 짓이라도 하면 어쩌우. 잠자코 듣고 있던 노파가 소리를 버럭 질렀다. 쓸데없는 소리하려거든 전화 끊어! 노파가 일방적으로 수화기를 내려놓았다. 티엉도 놀라서 서둘러 수화기를 내려놓았다.

티엉은 가슴이 두근거렸다. 무언가 자신의 가슴을 압박해오는 느낌. 한 번씩 마트나 은행을 가기 위해 외출했다가 돌아오면 자신의 방에서 느껴지던 석연찮았던 모습이 생각났다. 서랍장 위에 놓인 사진액자나 화장품들이 조금씩 위치가 바뀌어 있고 서랍 속에 차곡차곡 개어놓은 옷들이 흐트러져 있던. 트렁크 안까지 구석구석 뒤진 흔적들. 편지며 수첩, 통장, 사진들은 뒤죽박죽 섞여 있었다. 티엉은 전남편과 살던 악몽이 떠올랐다. 결혼하고 이 년이 지나도 아이가 생기지 않자 시어머니는 티엉을 의심하기 시작했다. 티엉의 소지품을 뒤졌고 전화내역까지 알아내곤 했었다.

티엉은 마음이 진정되지 않았다. 호흡이 가빠오며 가슴이 마구 뛰었다. 그대로 있다가는 가슴이 터질 것 같았다. 겉옷을 걸치고 신발장에서 운동화를 꺼내 신었다. 급하게 현관문을 나서려다 발이 워커에 걸려 몸이 앞으로 휘청했다. 노파의 죽은 남편 신발이었다. 노파는 현관바닥에 늘 워커를 놓아두었다. 워커는 왠지 위압적으로 보였다. 크기가 매우 커서 자리차지도 많았다. 그 때문에 한 번씩 걸릴 때가 있었다. 그럴 때마다 티엉은 자신이 낯선 곳에 와 있다는 것을 더욱 실감 했다.

티엉은 현관문을 열고 복도로 나갔다. 엘리베이터 앞에 서 있는데 어디선가 아이의 울음소리가 들렸다. 이 시간에 아이 울음소리가 들리다니. 티엉은 자신의 귀를 의심했다. 혹시 환청이 들린 것일까, 귀를 기울이자 소리는 점점 더 크게 들렸다. 티엉은 고개를 갸웃거리며 사방을 두리번거렸다. 복도에는 흐릿한 불빛 속에 어둠이 낮게 드리워 있을 뿐이었다. 계단으로 향하는 비상구 문을 열어보았다. 거기에도 마찬가지였다. 아무래도 앞집에서 나는 소리 같았다. 종종 아이 울음소리가 들리곤 했지만 이 시간에 아이가 집에 있다는 것이 의아했다. 앞집 여자는 네 살배기 여자아이와 단둘이 살았다. 아이는 아침이면 어린이집에 갔다가 저녁에 여자가 퇴근하면서 데려왔다.

티엉은 엘리베이터 앞에 섰지만 딱히 갈 데가 없었다. 엘리베이터는 바로 위층에 머물러 있었다. 위층남자가 타고 올라간 것 같았다. 티엉은 엘리베이터를 멍하니 올려다보았다. 엘리베이터 앞에 서 있는 동안에도 아이의 울음소리가 그치지 않았다. 이상하게 아이의 울음소리가 티엉의 가슴을 파고들었다. 평소에도 웬일인지 위태위태해 보이던 여자와 아이였다. 티엉은 앞집 현관문 앞으로 다가갔다. 무심코 현관문 손잡이를 잡고 돌렸다.

그런데 달칵, 하고 문이 열렸다. 티엉은 멈칫하다 현관 안으로 성큼 들어갔다. 여자는 보이지 않고 아이 혼자 자지러지게 울고 있었다. 티엉은 걱정이 되었다. 누워 있는 아이를 덥석 안아 들었다. 아이의 몸이 불덩이처럼 뜨거웠다. 이마를 짚어보니 이마도 불덩이 같았다. 티엉은 아이를 눕혀 놓고 찬물에 적신 물수건으로 아이의 손부터 닦기 시작했다. 물수건이 몸에 닿자 아이는 경기를 일으키듯 울어댔다. 그래도 티엉은 멈추지 않았다. 잠시 뒤 열이 내린 아이는 잠잠해졌다. 티엉이 가슴을 토닥이자 스르르 잠이 들었다. 잠든 아이의 모습은 사랑스러웠다. 보드라운 피부며 곱슬머리에 속눈썹이 긴 아이는 인형 같았다. 티엉은 아이를 가만히 안아 들었다. 아이에게서 향기로운 살 냄새가 났다. 아이는 티엉의 몸에 착 감기듯이 안겨왔다. 텅 빈 가슴이 가득 차는 느낌. 티엉은 아이를 안고 한참을 서성거렸다. 어쩐지 이 아이만 있으면 다 괜찮아질 것 같았다. 티엉은 그대로 아이를 안고 현관문 쪽으로 다가갔다.

현관문을 막 나서려는데 여자가 들어섰다. 여자의 손에는 약봉지가 들려 있었다. 티엉과 아이를 번갈아 쳐다보던 여자의 눈이 휘둥그레졌다. 지금 뭐하는 짓이에요? 여자가 다그쳤다. 티엉은 선뜻 할 말이 떠오르지 않았다. 아이가 많이 울어서……열이 나기에 병원에 데려가려고…… 티엉은 우물거리며 말끝을 흐렸다. 여자가 티엉에게서 아이를 빼앗듯이 낚아채며 중얼거렸다. 아무리 그렇다고 해도 남의 아이를. 잠에서 깬 아이가 다시 울기 시작했다. 여자가 손을 내저으며 소리 질렀다. 당장 여기서 나가요, 경찰을 부르기 전에! 티엉은 도망치듯 서둘러 밖으로 나왔다.

학교운동장에는 사람들이 트랙을 돌고 있었다. 티엉은 히말라야시다 나무 옆 벤치에 앉아 사람들을 멍하니 쳐다보았다. 눈은 사람들을 보고 있는 데 머릿속은 온갖 생각들이 떠돌았다. 왜 그랬을까, 여자가 나타나지 않았으면 정말 아이를 안고 나왔을지도 몰랐다. 아찔했다. 티엉은 생각할수록 자신의 행동이 어처구니없었다. 남의 아이를 데려와서 어쩌려고. 자신이 점점 이상해져 간다는 생각이 들었다. 어쩌다 이렇게 되었는지. 사람들과 외떨어져 앉아 있는 자신이 한없이 작고 초라하게 느껴졌다. 생각해보니 티엉은 한 번도 이렇게 멀리 떠나는 꿈을 꾼 적이 없었다. 꿈보다 더 꿈같았다. 27살이나 많은 남편과 결혼, 가족의 죽음, 이혼. 지나간 3년 동안 한 생을 다 살아버린 느낌마저 들었다.

그런데 노파는 무엇을 잃어버렸을까. 사촌에게까지 말했다면 중요한 것을 잃어버렸는지 몰랐다. 귀중품이나 금붙이 같은 것인지도. 문득, 노파가 가진 패물이 얼마나 될까? 하는 궁금증이 일었다. 사촌이 하는 말로 봐서는 꽤 많을 것 같았다. 노파는 옛날에 포목장사를 해서 큰돈을 벌었다고 했다. 그것들을 대체 어디다 숨겨놓았을까? 거미처럼 휘어진 노파의 몸에는 아무 소용도 없는 물건이었다. 자신에게 주면 얼마나 힘이 될까, 하는 생각이 들었다. 하지만 패물 구경도 못해보고 꼼짝없이 도둑으로 몰릴 처지였다. 티엉은 부르르 몸을 떨었다. 이럴 때는 어떻게 대처해야 하는지, 답답했다. 어디에도 물어볼 데가 없었다.

불쑥 전남편 생각이 났다. 티엉이 그래도 한때 아버지처럼 의지한 사람이었다. 이제는 가족도 아니고 자신과는 아무런 상관도 없는 사람이었다. 전남편은 이혼하고도 티엉을 몇 번 찾아왔었다, 다시 합치면 분가해서 살겠다고. 하지만 그럴 수는 없었다. 전남편은 지극한 효자였다. 그런 사람을 힘들게 하고 싶지 않았다. 가끔은 못이기는 척 따라갈 걸 그랬나 하는 후회도 되었다. 한 번만 더 찾아왔어도 따라나섰을지도 몰랐다. 티엉은 절로 한숨이 나왔다. 자신의 답답한 마음을 털어 놓을 수 있는 누군가 단 한 사람이라도 있었으면 싶었다. 티엉의 생각을 읽기라도 한 것처럼 전화기가 울렸다. 언니 나예요, 중리. 지금 만날 수 있어요? 하노이 여자였다. 티엉은 중리의 전화가 반가웠다. 응, 잠깐 시간 낼 수 있어.

학교정문 앞에서 기다린 지 10분도 채 지나지 않아 중리는 모습을 드러냈다. 며칠 사이 얼굴 표정이 밝아보였다. 목소리도 한층 생기가 있었다. 중리는 만나자마자 자랑처럼 떠벌리기 시작했다. 가족들이 아기 가졌다고 자신에게 너무 잘해준다는 거였다. 행여 유산이라도 될까봐 시어머니는 아무 일도 못하게 한다고. 남편은 먹고 싶은 거 말만 하면 죄다 사다 준다고. 왕비 대접받는 기분이라나. 그러면서 아직 불러오지 않은 배를 앞으로 내밀며 어루만졌다. 티엉은 왠지 그 모습이 눈에 거슬렸다. 며칠 사이에 달라진 중리가 혼란스럽기도 했다. 자신의 이야기는 꺼낼 기회조차 없었다. 티엉도 아기를 가졌다면 전남편이 얼마나 좋아했을지, 그토록 간절히 기다리던 아기였는데. 중리를 만나고 나니까 기분이 더 착잡해졌다. 티엉은 자신이 갈 곳이 노파집밖에 없다는 생각이 들자 다시 가슴이 답답해왔다.

티엉은 살며시 현관문을 열고 들어섰다. 티엉이 들어서자 노파는 기다렸다는 듯이 다가와 다그쳤다. 너, 그 물건 어떤 놈에게 주고 오는 길이냐? 티엉은 영문을 몰라 하며 노파를 빤히 쳐다보았다. 그게 어떤 물건인데 감히 그걸 네가 훔쳐가! 할머니, 무슨 말씀을 하시는지 모르겠어요. 나를 속이려고, 어림도 없다. 당장 다시 찾아와! 노파가 손으로 티엉의 가슴을 떠밀었다. 티엉은 뒤로 떠밀리며 말했다. 할머니, 저는 아무 것도 훔치지 않았고 아무에게도 주지 않았어요. 그런데 왜 몰래 나갔다 오는 게야? 가슴이 답답해서 잠시 바람 쐬고 왔을 뿐이에요. 허튼수작 부리지마! 할머니, 대체 어떤 물건을 잃어버리신 거예요. 말씀해보세요. 같이 찾아보게. 또 엉뚱한 데 두셨는지 모르잖아요. 네가 지금 나를 치매 걸린 노인 취급하는 게냐. 그렇게 해서 얼렁뚱땅 넘어가려고. 티엉은 참았던 눈물이 터져 나왔다.

티엉은 자신의 방으로 들어와 곰곰이 생각해보았다. 이 집에는 찾아오는 사람이 거의 없었다. 며칠에 한 번 정수기 아저씨가 다녀가고 한 달에 한 번 우유아줌마가 요구르트대금을 받기 위해 방문했다. 그 사람들이 물건을 훔쳐가지는 않았을 것 같았다. 그 사람들이 올 때마다 노파나 티엉 자신이 있었으니까. 노파의 사촌이 다녀갔을까? 노파의 사촌은 아파트 도어록 번호까지 알고 있었다. 노파의 자금출처라든가 귀중품에 대해서도 자세히 알고 있는 것을 보면 제일 의심스러운 인물이었다. 그래도 의심을 가장 많이 받게 되어 있는 사람은 한 집에 사는 티엉 자신이었다. 딸처럼 지내자고 하더니. 마음 같아선 당장 이 집을 떠나고 싶었다. 그러나 다른 일자리를 알아보는 일도 만만치 않았다. 먹고 자고 하는 일자리가 그렇게 쉽지 않았다. 게다가 며칠만 있으면 월급을 받는 날이었다. 노파는 다른 것은 인색하게 굴어도 월급만큼은 언제나 제때에 챙겨주었다.

시계를 쳐다보니 점심시간이 지나 있었다. 티엉은 며칠 전에 만들어서 넣어둔 짜조를 꺼내려고 냉동실 문을 열었다. 아침에만 해도 그렇지 않았는데 냉동실 안이 뒤죽박죽이었다. 짜조를 가지런히 랩으로 싸서 넣어두었는데 아무리 찾아도 보이지 않았다. 혹시 노파가 버렸나 싶어 티엉은 쓰레기통까지 뒤졌다. 하지만 곧 노파가 그렇게까지 하지 않았을 거라는 생각이 들었다. 무엇보다도 노파는 짜조를 잘 먹었다. 티엉은 다시 꼼꼼히 찾아보았다. 냉동실에 들어있는 생선이나 고기 같은 것을 하나씩 끄집어냈다. 냉동실 구석에 놋쇠로 된 이상한 물건이 눈에 띠었다. 크기가 꼭 담뱃갑만 한 게 모양도 담뱃갑과 비슷했다. 귀중품은 아닌 듯, 그저 손때가 묻은 오래된 물건 같았다. 티엉은 이게 뭘까? 하고 이리저리 살펴보았다. 케이스를 열자 속에 또 하나의 케이스가 들어 있었다. 뭔지 모르지만 노파가 찾고 있는 물건도 아닌 듯했다. 짜조는 그 물건 밑에 깔려 있었다. 티엉은 짜조를 꺼내놓고 놋쇠로 된 물건을 거실 장안에 넣어 두었다.

티엉은 프라이팬에 기름을 두르고 꽁꽁 언 짜조를 올렸다. 짜조가 녹으면서 기름이 튀었다. 불을 낮추고 프라이팬 뚜껑을 덮어놓고 생각했다. 노파는 대체 무엇을 잃어버렸을까. 노파가 말을 하지 않는 이상 알 수 없었다. 정말 답답한 노릇이었다. 티엉은 노릇노릇 구워진 짜조와 노파가 좋아하는 메밀차를 꽃무늬 쟁반에 담아 들고 노파의 방문 앞으로 다가갔다. 문 앞에 서자 노파가 보일 반응이 눈에 선했다. 그렇다고 식사를 안 챙겨줄 수는 없었다. 티엉은 노파의 방문을 노크했다. 할머니, 식사하세요. 안에서 아무런 반응이 없었다. 잠시 기다린 뒤 방문을 열었다. 노파는 화가 잔뜩 묻어난 목소리로 말했다. 너나 실컷 먹으렴. 할머니가 드시지 않는데 저 혼자 어떻게 먹겠어요. 그러지 말고 드세요. 글쎄 먹고 싶지 않다는데도. 안 드시면 더 기력이 없어요. 억지로라도 드셔야지요. 일없다! 음식에 무슨 짓을 했는지 어떻게 알고. 노파가 쟁반을 손으로 밀쳤다. 메밀 차와 짜조가 방바닥으로 쏟아졌다. 그 순간 티엉도 몹시 화가 났다. 할머니가 저를 그렇게 못 믿겠다면 이 집에서 나갈게요. 노파가 움찔 놀라며 티엉을 쳐다보았다. 얘가 무슨 말을 하는 거야, 훔친 물건을 돌려줄 때까지 아무데도 못가! 할머니, 저는 정말 아무것도 훔치지 않았어요. 제발 믿어주세요. 뭘 잃어버리신지 모르지만 다시 한 번 잘 찾아보세요. 노파가 소리를 버럭 질렀다. 내가 제대로 찾아보지 않고 너를 의심하는 것 같으냐. 백번도 더 찾아봤어. 네가 나를 정신 나간 노인네 취급하는데 아직 말짱해.

티엉은 잠이 오지 않았다. 억울한 생각에 화도 나고 앞으로 자신이 어떻게 처신해야 할지, 이런저런 생각에 뒤척였다. 별로 먹은 것도 없는데 배까지 살살 아파왔다. 화장실 변기에 앉아 무심코 화장실 거울을 쳐다보았다. 그런데 화장실 거울에 붙어있던 거미가 보이지 않았다. 어디로 갔지? 티엉은 변기에 앉아 타일바닥이며 벽, 천장 등 주변을 살펴보았다. 사방이 꽉 막힌 화장실 안에서 어딘가로 이동해 갈 수도 없을 것 같았다. 티엉은 변기에서 일어나 타일바닥이며 화장실 구석구석을 들여다보았다. 죽었다면 사체라도 있어야했다. 거미는 흔적 없이 사라져버렸다. 문득, 불길한 예감이 들었다.

티엉은 화장실에서 나와 노파의 방문 앞으로 다가갔다. 방문 앞에 서서 잠시 망설였다. 자신이 지나치게 과민한 게 아닌가 싶었다. 그깟 거미가 사라진 것이 노파와 무슨 상관이라고. 괜히 노파의 잠을 깨웠다가 또 무슨 봉변을 당하려고. 그냥 돌아서려다 그래도 확인해야 마음이 놓일 것 같았다. 티엉은 살며시 방문을 열었다. 그런데 침대위에 자고 있어야 할 노파가 보이지 않았다. 순간 티엉의 심장이 쿵! 하고 바닥으로 떨어지는 것 같았다. 티엉은 방안에 있는 화장실이며 침대 밑을 살펴보았다. 이 밤중에 노파가 도대체 어디로 간 것일까? 시계를 보니 새벽 3시였다. 정말 이상한 일이었다. 왠지 사라진 거미가 떠올랐다.

티엉은 방안에서 나와 집안 구석구석을 뒤졌다. 주방이며 서재가 있는 방까지. 밖의 화장실도 다시 살펴보았다. 혹시나 하고 거미가 있던 곳을 살피는데 사라졌던 거미가 벽과 거울 틈에 끼어 있는 모습이 눈에 띄었다. 티엉은 거미가 무척 반가웠다. 거미를 조심스레 꺼내 거미줄에 올려 주었다. 노파도 거미처럼 어딘가에 있을 것 같은 느낌이 들었다. 티엉은 베란다로 나가보았다. 베란다를 살펴보는데 검은 물체가 눈에 띄었다. 저것이 뭘까? 티엉은 가까이 다가갔다. 노파였다. 놋쇠골동품을 움켜쥔 채 노파는 보리수나무화분 뒤에 쓰러져 있었다.

의사는 조금만 늦게 발견했어도 큰일 날 뻔했다고 했다. 머리의 혈관이 터졌으면 죽었을 거라고. 수술을 하고 의식이 돌아온 노파는 티엉을 돌아보며 뜬금없이 희정아! 하고 불렀다. 티엉은 영문을 몰라 하다 곧 노파가 자신을 딸로 착각한다는 것을 알았다. 노파는 다시 한 번 희정아! 하고 다정하게 불렀다. 티엉은 그 소리가 싫지 않았다. 티엉은 노파의 침대 맡에 바짝 다가앉았다. 네, 저 여기 있어요. 나 좀 일으켜다오. 우리 집에 가야지. 아버지 기다리실라. 티엉은 바닥에 널려 있는 노파의 신발을 가지런히 놓아주었다. 그리고 노파의 귓가에 속삭였다. 네 우리 집에 가요. 신발을 신으며 노파가 물었다. 아버지 재떨이는 찾았어? 잠시만 재떨이가 안보여도 찾아대는 양반 아니냐. 티엉은 그제야 노파가 잃어버린 것이 재떨이였다는 것을 알아챘다. 놋쇠로 된 골동품 같은 물건이 재떨이였다는 사실도.

꿈이 없이 산다는 것은 무생물과 같다

 여자의 집은 해가 빨리 졌다. 그 때문에 겨울은 더 춥고 스산했다. 오늘도 역시 네 시쯤 되니까 창밖은 회색빛으로 점점 짙어져갔다. 하나의 계절이 문을 열고 사라지고, 또 다른 계절이 또 다른 문으로 들어오는 동안 미처 그 문을 빠져나가지 못한 장미는 고개를 꺾은 채 얼어붙어 있고. 중력도 없이 떨어져 내리는 나뭇잎, 그 잎들을 바라보면서 하릴없는 오후가 지나가는 그늘 속에 여자는 스산한 풍경처럼 놓여 있었다. 붙잡아보려 하지만 도무지 붙잡히지 않는 꿈의 조각 같은 것을 매만지면서. 자신을 자꾸 다독였다. 괜찮아, 언젠가는 저 문을 통과할 수 있어, 하고. 그 순간 거짓말처럼 당선통보가 왔다.

 꿈이 없이 산다는 것은 무생물이나 마찬가지였다. 어느 순간 죽을 수도 살 수도 없는 시간들이, 어쩌지 못하는 내 육신이 너무 버겁다는 생각이 찾아들었다. 살아 있으니 어쩔 수 없이 살아가야 했고, 살기 위해서는 어떤 일에든 의미를 부여해야 했다. 그것이 소설이었다. 내가 가장 하고 싶고 잘할 수 있는 일이기도 했다. 이제 소설은 내게 숨쉬기와 같은 일이 되었다. 내가 창조해낸 캐릭터들에 숨을 불어넣으면 덩달아 내 숨쉬기도 한결 편안해지는.

 당선통보를 받는 순간 여러 고마운 분들이 떠올랐다. 그리고 또 한 번 앞으로 나아갈 수 있게 문을 활짝 열어주신 부산일보와 심사위원들께 감사하고 또 감사한다.

홈메이트, 단일성과 긴장감 놓치지 않는 솜씨 믿음직

예심을 통과한 작품은 모두 7편으로 '성' '진실의 순간' '태풍을 기다리며' '홈 메이트' '미끼' '달야' '엄마의 강' 이었다. 다수의 작품들이 가족문제를 다루고 있었지만 신인으로서의 새로운 문제의식과 그에 수반되는 서술방법의 고민을 찾아보기는 어려웠다. 또한 소설의 세계가 요구하는 기본으로서의 산문정신과 서사성의 부족도 눈에 띄었다.

'홈메이트' 는 단연 눈에 띄는 작품이었다. 주인공은 노파와 같이 사는 베트남 여성 티엉이다. 노파는 딸처럼 대하겠다고 했지만 치매 초기인데다 티엉이 외국인이라는 데서 오는 거리감을 쉬 지우지 못한다. 그러던 차에 아끼는 물건이 없어졌다고 의심하면서 갈등을 증폭시킨다.

하루라는 압축된 시간 안에 노파와 티엉이 부닥치는 세세한 장면들을 실감나게 그려낼뿐더러, 노파의 사촌동생과 이웃집 여자들의 적절한 등장으로 이야기를 확대시키면서도 단일성과 긴장감을 놓치지 않는 솜씨가 믿음직하다. 거미와 같은 소도구의 활용과 잃어버린 물건이 무엇인지가 폭로되는 후반부 처리 등이 습작에 들인 시간이 적지 않음을 알게했다. 당선자는 물론 모든 투고자들의 정진을 빈다.

서울신문 이은희

1979년 서울 출생
인하대 국어국문학과 졸업

그녀는 유부장의 전두엽기능에 이상이 있을 수 있다고 생각했다. 도덕 원칙이 대단히 흐려진 상태인 걸로 보아서 전전두엽에 기능이상의 뉴런들이 많이 분포하고, 거기에 아밀로이드 침전물이 생겨나고, 그것 때문에 아세틸콜린 수치가 상당히 낮아지고, 낮아진 아세틸콜린 수치는 다시 전전두엽의 기능이상을 야기하는 악순환이 일어나는 중인 것 같았다.

1교시 언어이해

이은희

I

〈첫 번째 문제〉

다음 상황에 대한 설명으로 옳은 것은.

그녀는 하루에 세 문제를 만들었다.

월급에 대비해 그만큼이면 적당한 노동량인 것 같았다. 책을 만지면서도 돈을 벌 수 있다는 사실에 아주 기뻤다. 읽은 것에 관해 말할 줄 아는 정도의 능력만 있으면 되었다. 한 개의 독해 지문에 세 개의 문제를 만들어 달면 업무가 끝났다. 그녀는 기쁜 마음으로, 오래오래 회사생활을 할 생각이었다.

그런데 이상한 회사였다. 그녀의 동료들은 일을 하지 않았다. 그들은 읽거나 읽은 것에 관해 생각하는 일을 귀찮아했다. 한 달에 세 문제를 만들까 말까 하는 정도였으며 문제의 수준도 형편없었다. 그녀의 동료들은 일하는 척으로 일과를 보냈다. 대수롭지 않은 것에 관해 큰 목소리로 토의하며 바쁜 척했다. 읽고 생각하기만 하면 되지만, 적혀 있는 그대로를 읽어내는 능력 자체에 문제 있는 사람들로 보이기도 했다.

한때 그녀는 국문과 대학원생이었다. 지도교수가 갑자기 죽은 뒤에 이상하게도 그녀의 꿈이 사라졌다. 그녀는 학업에 품었던 자신의 꿈이 로스쿨 입시용 문항으로 재생산되는 것을 기꺼이 받아들였다. 번뜩이는 아이디어가 있을 때에는 세 시간 만에 세 문제가 만들어지기도 했고, 인고의 노력을 쥐어짜야 할 때에는 아홉 시간이 걸리기도 했다. 쉽게 만들어지든 오래 걸려 만들어지든 간에 개개의 문제가 전부 걸작이었다. 어떤 때에는 혼자 풀기 아까운 문제가 나오기도 했는데, 너무나 흥분한 나머지 동료들 모두에게 그 문제를 자랑하고 당장 풀어보게 만들기도 했다. 동료들은 마지못해 그녀가 낸 문제를 풀어보았으나 답을 맞히지 못했다. 그녀는 동료들이 지닌 지적 능력의 총합을 초월하는 자신의 창의력을 확인한 양 우월감을 느꼈고, 콧대가 우뚝해져서는 도파민의 폭풍에 정신 잃은 채 기뻐했다.

소용돌이 모양으로 생성된 회전은하와 스케이터의 연속 회전 간의 원리적 유사성에 관한 문제를 출제했을 때에는 그만 김연아 선수에게 그 문제를 선물할 뻔했다. 김연아 선수와 접촉할 방법이 있었더라면 그녀는 당장 전화를 걸었을 것이다. 김연아 선수를 응원하는 마음으로 금메달리스트의 스케이트 날처럼 날렵한 독해문제를 출제했으니, 한시바삐 문제를 풀어보고, 각운동량보존법칙에 관한 이해를 동원하여 더욱 멋진 연기를 보여 달라고 말하고 싶었다. 아울러 김연아가 그녀보다 훨씬 어린 사람이지만 존경한다는 말을 문제에 실어 전하고 싶었다. 김연아가 팔을 길게 뻗어 회전할 때에 보여주는 느긋한 우아함과, 몸을 움츠렸을 때 운동량이 보존됨에 따라 속도가 높아지면서 생겨나는 간절함은 청년이 생에 대하여 품어야 하는 희망이 어떠한 양상이어야 하는지 물리학적으로 보여주는 것과 같다고 전달하고 싶었다.

그녀의 대학시절 교수님에 대한 존경과 사랑을 담아 교수님의 소설로 문학문제를 출제하기도 했다. 헌정 출제의 성격을 완성하기 위해서 교수님의 작품 세계 전반에 대한 이해를 보충하는 〈보기〉를 달아 심화된 감상을 유도하기도 하였다. 어느 날 혼수상태에서 깨어난 후 타인들의 머리에 더듬이가 생겨난 것을 발견한 주인공의 혼란을 다룬 작품에서 '사람의 모습이 갑자기 바뀌었을 리 없다' 라는 독백에 밑줄을 치고 ㉠을 단 뒤, 그 ㉠에 관해 아주 많이 생각해보게 만들었다. 인간에 대한 신뢰와 애정이란 얼마나 허망하고도 희망적인 것인지에 대해 파악하도록 요구하는 문제였다. 그녀는 교수님의 소설과, 자신이 낸 문제를 바라보며 그 희망적인 허망함에 관해 성찰했고, 청년으로서 자신의 무거운 사명을 통감하면서 한 방울의 눈물을 흘렸다.

그런데, 차곡차곡 쌓인 그녀의 업무량과 비교하여 동료들의 게으름은 크게 눈에 띄기 시작했다. 동료들은 하루에 세 문제씩 꼬박꼬박 생산해내는 그녀가 미친 기차 같다고 자기들끼리 욕했으며, 방해하기 위해 시끄럽게 굴었다. 그들은 자신의 무능함을 감추기 위해서 촘스키가 글을 참 못 쓴다고 욕을 하거나, 과학 전공자가 아니고서야 과학 문제를 출제하는 것은 위험천만하지 않은가에 관해 토론하거나, 푸코의 저서는 번역이 엉망이어서 출제하기에 적합하지 않다고 비난하거나, 문학문제를 출제하기 위해서는 많은 독서가 바탕이 되어야 하므로 주어진 시간 안에 끝낼 수 없는 불가능한 임무라며 불만을 늘어놓았다. 하지만 값싼 노동력으로 하루에 세 문제씩을 즐겁게 생산하고 있는 그녀가 존재한다는 것은 그들을 불편하게 하는 것 같았다. 하루는 그녀의 동료 중 한 인물, 항상 고려청자색 눈빛을 지니고 있는 우애경이 그녀에게 말했다.

"나는 약간의 실수 때문에 서울대에 못 갔어요. 그 이후로는 모든 게 잘되지 않았어요. 이런 회사에서 문제 내는 일이나 하게 될 거라곤 상상도 못했어요. 내가 서울대에 가기만 했어도 나는 여기 있을 사람이 아닌데 말이죠."

그녀는 우애경에게 진지하게 말했다.

"그런 생각이 젊은 시절을 비탄에 빠지도록 만드는 거예요. 그 무엇이든 될 수 있는 가능성은 누구에게나 있는 것이지만 실제로 개인에 주어진 잠재력과는 큰 차이가 있는 경우가 대부분이에요. 자신의 잠재력을 직시하고 올바른 전제에서 추론을 시작해야 나의 모습을 검증할 수 있어요. 그것이 스스로를 성찰하는 과학적인 방법입니다."

　그녀는 멋있는 말이라고 생각하며 우애경으로부터 등을 돌린 뒤 다시 문제를 냈다. 모니터를 들여다보다가 이상한 소리가 나서 뒤돌아보니 우애경이 시뻘건 얼굴로 식식거리고 있었다. 그녀는 고개를 갸우뚱하고는 다시 출제에 골몰했다. 출제를 하며 우애경에 관해 생각했다. 우애경은 왜 화가 났을까? 어떤 결과에 이르기까지 원인은 다양하게 존재할 수 있으며 때로는 그것을 먼 원인과 가까운 원인으로 분류하여 한 줄로 세워볼 수 있다. 그녀는 우애경의 화라는 결과를 가져온 원인들을 물리화학적 원인과 심리적 원인으로 구분하고 생각나는 대로 정리를 해보았다.

　일단 생리 중일 수도 있다. 배가 고프거나 몸이 피곤하여 스트레스에 취약한 상태일 수도 있다. 이러한 물리적 상태가 저혈당증을 일으키고, 저혈당증은 다시 신경전달물질의 불균형을 초래하여 뉴런 간 화학·전기신호 작동이 원활하게 이루어지지 못하는 중일 수도 있다. 하지만 이러한 이유들은 화를 내는 상황과 관련이 있는 것일 뿐 직접적인 원인이 되지는 못하므로, 설령 이러한 이유가 작동했다고 할지라도 그것은 오로지 먼 원인일 뿐이라고 규정할 수 있다.

　그리하여 그녀는 우애경의 분노를 초래한 심리적 원인에 관해 생각해보았다. 가능성과 잠재력의 차이를 검토해보라는 말이 기분 나빴을 수도 있다. 그렇게 느꼈다면 그 이유 중에는 아래와 같은 것이 있을 수 있다.

　①가능성과 잠재력의 차이를 검토하기 싫어서,
　②가능성과 잠재력에 차이가 있다는 말에 동의하지 않아서,
　③그 말을 하는 사람(즉, 이우리)의 표정이나 말투가 기분 나빠서,
　④그 말을 하는 사람(즉, 이우리)이 싫어서,
　⑤아니면 모종의 의도가 있었는데 그것을 묵살당해서?(이 지점은 상상의 영역이므로 과학적 추론 불가)

위 내용 중 무엇에 해당하든 그것은 화가 나게 한 직접적인 원인이 된다. 기분이 찜찜해졌다. 알 수 없는 뭔가가 엄습하는 듯한 느낌이 들었다. 그리고 엄습하던 무언가의 실체는 다음날 점심시간부터 분명해졌다.

유난히 칼국수가 늦게 나오는 그 식당에 둘러앉아, 그녀의 동료들은 하염없는 잡담을 시작했다. 그녀는 대화에 참여하지 않기 위해 깍두기를 먹고 있었다. 잡담은 점점 석연찮은 내용으로 흘러가고 있었다. 대학시절 미팅하던 때처럼 남녀가 줄을 지어 앉아 밥을 기다리는 중이라는 데에서 시작한 잡담이 각자들의 출신대학에 관한 이야기로 이어졌다. 우애경이 유부장에게 말하기를, 유부장의 동문들과 미팅했던 것이 학창시절 가장 언짢은 일이었다고 했다. 유부장도 자신의 학창시절에 우애경의 동문들과 미팅했던 적이 있지만 유쾌하지 않았다고 했다. 두 사람은 티격태격했으나 마주보는 눈빛들은 사실 뭔가를 만끽하는 중인 듯 행복해 보였다.

화제는 갑자기 신촌의 추억을 늘어놓는 것으로 이어졌다. 그때껏 잠자코 있던 다른 인물이 배꽃처럼 웃으며 동참하더니 신촌의 추억을 떠들어댔고, 그들의 대화를 끊을 수도 낄 수도 없어서 가만히 듣고 있던 그녀는 칼국수가 나오기를 애타게 기다렸다. 끊을 수도 낄 수도 없는 인물로는 그녀 말고도 한 사람이 더 있었는데, 서교동에 있는 대학을 졸업한 사람이었다. 그 사람은 서울시 서대문구 전체에 관한 추억으로 이야기가 확장되지 않는 한 자연스럽게 대화에 끼지 못할 터였다. 서교동의 추억을 지닌 인물이 왠지 모를 경멸 섞인 눈으로 그녀를 바라보는 것을 보았다. 그녀는 자신이 소외감을 느끼고 있다는 것을 들킬까 봐 몹시 조심했지만 아무래도 들킨 것 같았다.

그녀가 지닌 신촌의 추억이란 극장 앞에서 시외버스를 기다린 것밖에 없었으므로, 그녀는 혹시나 자신에게 어떤 질문이라도 주어질까 봐 노심초사하고 있었다. 그리고 월미도나 맥아더장군에 관한 화제가 갑자기 나오는 것은 아닐지, 그러다가 그녀가 졸업한 대학에 관한 화제가 등장하는 것은 아닐지 걱정했다. 하지만 때마침 양푼에 가득 담긴 칼국수가 등장해주었고, 대화는 서대문구 창천동 일대에 관한 이야기에서 그친 채 모두 얌전히 칼국수를 먹었다. 그리고 마치 먹는 데에 열중한 것인 양 아무도 그녀에게 눈을 마주치지 않았다.

그날 저녁, 그녀는 회사에 혼자 남아 쓸쓸히 책을 뒤지고 출제를 했다. 김소진의 '개흘레꾼'을 다시 읽었고, 학생운동을 하다가 유치장에 갇힌 주인공이, 허름한 차림으로 빵을 사들고 온 아버지를 냉대하는 대목을 발췌하여 문제를 냈다. 개흘레꾼의 주인공은 말했다. '아버지는 ㉠테제도, 그렇다고 ㉡안티테제도 아니었다. 나의 아버지는 개흘레꾼이었다.' ㉠과 ㉡의 의미에 대한 출제를 하다 말고 그녀는 자신의 사원증을 꺼내어 바라보았다. 포토샵으로 다듬은 사진 아래에는 '이우리'라는 그녀의 이름이 쓰여 있었다. 그녀는 ㉠ 혹은 ㉡에 머물러 자기 자신의 의미가 규정되도록 놓아두지 않겠다고 결심했고, 일단 맹렬히 출제하는 것부터 시작하여 그 결심을 실현하기로 했다.

1. 위 글에 대한 설명으로 옳은 것은?
①주인공은 인천을 싫어한다.
②주인공은 우애경에 대한 반격을 결심했다.
③주인공은 자기 인생의 주인공이 자기라고 생각하고 있다.
④주인공은 '개흘레꾼'의 주인공에게 자신의 처지를 이입하여 생각하고 있다.
⑤주인공은 자기의 인생이 남들의 인생에 포함관계를 이루고 있다는 것을 모르고 있다.

II
〈두 번째 문제〉
다음 상황에 대하여 추론한 것으로 옳은 것은.

그녀는 하루에 아홉 문제를 출제하기로 했다.

세 개의 지문을 뽑아 각각 세 개씩의 문제를 다는 데에 온종일이 걸렸다. 그러기를 일주일이면 혼자서 한 벌의 모의고사를 완성할 수 있었다. 모두가 말하길, 그녀는 인간이 아니라 출제 기계라고 했다. 그녀의 유능함에 견주어 우애경은 점점 더 무능해 보였고, 아무나 붙든 채 자기가 수능에서 한 문제만 더 맞았더라면 서울대에 갔을 것이며 이 자리에 있지는 않았을 거라고 말하고 다녔다. 그런 우애경을 보며 그녀는 고지가 얼마 남지 않았다고 생각했다. 그녀가 얼마나 열정적이고 유능한지, 모니터를 향한 거북이처럼 되어버린 자세로 하루에 아홉 문제씩을 생산한 그녀가 얼마나 탁월한 출제자인지를, 시간이 흐르면 그녀의 문제를 풀어본 수많은 학생들이 직접 증언할 터였다. 그러던 어느 날, 우애경이 사고를 쳤다.

오전 열시의 고요한 사무실에서 들려오던 그 소리를 모두가 잊지 못할 것이었다. 처음엔 작게 시작한 그 소리가 점점 커졌고, 일본어이긴 했지만 그게 어떤 상황에서의 무슨 말인지는 누구나 대강 짐작할 수 있었다. 그 소리는 우애경의 컴퓨터에서 새어나오고 있었다. 어안이 벙벙해진 모두가 우애경을 지켜보는 가운데, 우애경은 붉어진 얼굴로 자리에서 일어나 몰려든 사람들 가운데로 숨었다. 우애경 주변의 남자 사원들이 대단히 당황하더니 화면 가득한 살색 움직임들을 어떻게든 없애려하다가 끝내는 컴퓨터를 두들겨 패듯 꺼버렸다. 우애경은 마치 남의 일인 것처럼 생글생글 웃으며 나 몰라라 하는 모습이었다. 인터넷 창에 지나가던 배너를 건드렸을 뿐인데 민망한 장면들이 끊임없이 튀어나오더라고 했다. 오히려 당황한 것은 남자 직원들이었는데, 그들은 우애경의 컴퓨터를 복구하느라 오전 업무시간을 다 써야만 했다.

"지나가는 배너를 건들기만 했는데도 저 정도로 감염이 될 수 있나요?"

그녀는 동료들에게 물었다. 모두가 못 들은 척했다.

"지나가는 배너는 왜 건드리죠?"

그녀는 우애경을 향해 물었다.

"포르노 사이트 광고였나요, 아니면 일반 광고였는데도 그렇게 된 건가요?"

그녀는 궁금한 것이 생기면 못 참는 성격이었다. 우애경은 달팽이관이나 청소골 같은 것이 없기라도 한 양 그녀 쪽은 쳐다보지 않은 채 배실배실 웃고 있었고, 속으로는 민망해 죽겠지만 어떻게든 상황을 모면하고 넘어갈 작정인 것 같았다. 그녀는 우애경과 담소하고 있는 다른 사람들을 향해 물었다.

"원래들 업무시간에 포르노 사이트에 들어가시기도 하는 건가요?"

정말로 궁금해서 그런 것인데, 우애경과 동료들은 아주 불쾌한 듯, 마치 포르노 사이트 접속으로 오전 업무를 마비시킨 장본인이 그녀이기라도 한 듯 아래위로 노려보더니 탕비실을 향해 우르르 가 버렸다. 그녀는 모두가 떠나 버린 사무실에 앉아 홀로 출제를 했다. 그녀는 정말로 왕따였다.

그녀는 우애경이 회사를 그만두거나, 적어도 질타를 감당하지 못해 괴로운 회사 생활을 할 것이라고 예상했다. 하지만 예상과 달리 우애경에게는 아무 일도 일어나지 않았다. 달라진 것은 우애경의 성격이 갑자기 능글맞고 넉살 좋게 바뀌었다는 것인데, 우애경은 스스로를 희화화하는 것으로 수치스러운 그 사건을 덮어버렸다. 유부장에게 말하길 "어머, 부장님. 계속 그렇게 야근시키시면 전 또 그 배너 건드려 버릴 거예요"라고 하거나, 다른 팀 직원에게 말하길 "다들 너무 일만 하면서 침체되어 있기에 내가 야동 바이러스 감염으로 활력소가 되어준 거잖아"라고도 했다. 우애경은 매일 스스로 그 이야기를 하고 다녔다. "그동안 몰랐는데, 일본어 공부에 좋은 게 일제 동영상이더군요"라는 말을 해서 일부 남자 직원들이 즐거워하도록 만들었으며 절묘한 순간에 "일하기 싫은 사람은 내 감염된 컴퓨터를 쓰도록 해"라는 말을 던져 좌중을 웃기기도 했다. 그러한 일이 반복되자 우애경이 재미있고 유쾌한 사람이라는 이미지만 남고, 살색 가득하던 컴퓨터 화면에 대한 기억과, 우애경이 업무시간에 포르노를 보는 여자라는 인상은 희미해지고 말았다. 종래엔 유부장이 "앞으로 말 안 듣는 사람 있으면 우애경 씨 컴퓨터를 쓰게 할 거야"라고 농담하기도 했는데 그런 말에 모두 웃게 되기까지는 사건 후 채 한 달도 지나지 않았다.

우애경은 변죽 좋아 보이도록 성격이 바뀐 것만이 아니었다. 갑자기 유능함을 인정받기 시작했다. 우애경은 아무 문제도 생산하지 않았다. 하지만 그녀, 이우리를 향해서 발톱을 세운 채 이우리가 하루에 아홉 개씩 낸 문제를 꼼꼼히 살피고, 거기서 오류를 발견해내는 것을 주요 업무로 삼았다. 각운동량보존법칙과 회전하는 나선 은하에 관한 문제에서는 은하의 나선 팔에 관한 설명 부분이 지나치게 길다고 지적했다. 실제 시험에 비해 한 단락 분량이 더 추가된 것이므로 모의고사에 수록하기에는 적합해 보이지 않는다는 것이었다. 그 지적 때문에 그녀는 우애경과 한 시간을 싸워야 했다. 나선 은하의 나선 팔 부분과 중심부는 각각 산개성단과 구상성단으로서 밀도가 다르다는 점이 은하의 형성원리를 이해하기 위해 아주 중요한 대목이라는 것을, 따라서 줄일 수도 뺄 수도 없는 부분이라는 것을 이해시키기 위해 한참을 다퉜으나 그녀가 진 것처럼 되어버리고 말았다. 그녀는 흥분하면 이마에 핏발이 서면서 얼굴이 새빨개지는 사람이었기 때문에 마치 뭐라도 잘못해서 당황한 사람처럼 보였고, 동료들은 그녀가 곤란해 하는 것을 즐거워했다. 그리고 그녀가 중력섭동이라든가 산개성단을 구성하는 중원소에 관해 자기가 공부한 내용을 장황하게 설명하는 동안 다들 하품을 하고 듣기 싫어했다. 이마에 핏발이 선 이우리가 언성을 높여가며 하는 말들이 알 수 없는 소리라고들 했다. 반면 그에 응수하는 우애경의 논리는 아주 간명한 것이었다.

"어찌 됐든 길잖아요. 지문이 너무 길잖아요. 안보여요?"

그녀가 낸 모든 문제에 관해 우애경은 어떻게든 시빗거리를 찾아냈다. 가장 억지를 부렸던 것은 '개흘레꾼'이 논란을 불러올 수도 있는 정치적인 주제를 다루고 있다는 주장이었다. 그녀는 '개흘레꾼'이 한 대학생의 자기 탐구와 심리묘사가 흥미진진한 작품일 뿐 정치적 논란의 대상이라고 볼 수 없으며, 1990년대 작품이기 때문에 현 시대상황과도 직접 관련이 없다고 대답했다. 우애경은 그에 대해서도 간명하게 말했다.

"문제가 발생할 가능성 자체를 없애야 해요. 경쟁사에서 우리를 불리하게 만들 수 있는 여지를 남기면 안 돼요."

민주화운동이 작품의 시대적 배경이라는 것과 테제, 안티테제 등의 용어가 오해를 불러일으킬 수 있다는 점 때문에 이 작품에 관해 출제된 문학 문제가 좌파 이념 전파에 기여하는 것으로 여겨질 수 있다는 것이었다.

"지난번 사건을 이우리 씨가 잊은 것은 아니겠죠. 이우리 씨가 조심하지 않으면 나라도 나서서 조심할 수밖에 없어요. '개흘레꾼' 문제는 폐기하는 걸로 하죠."

그녀는 말이 안 나왔다. 혀의 근육 어딘가가 마비되어 버린 것 같았다. 우애경은 마치 그녀의 상관이라도 되는 것처럼 굴고 있었다.

지난번 모의고사에서 그녀는 '내가 광우병에 걸려 병원 가면 건강보험 민영화로 치료를 못 받고 그냥 죽을 텐데 돈도 없고 땅도 없으니 화장해서 4대강에 뿌려다오'라는 안치환의 노래 가사를 문법적 오류가 존재하지 않는 정답의 선택지로 삼아 어법 문제를 출제한 바 있었다. 모의고사 시행 직후 게시판에 이의제기가 올라왔다. 출제자 중 누군가가 현 정권에 대한 강한 비판의식을 지닌 것 같은데 이는 모의고사의 공정성과 적합성에 대한 의심을 하게 만든다는 내용이었다. 실제 시험을 본학생이 올린 것처럼 적혀 있었지만 회원가입일이 게시일 당일인데다가 모의고사에 응시한 기록도 없는 회원의 글이었다. 그녀는 자신이 출제한 문제에 대한 비방이 아니라 자신에 대한 직접적인 비방이라고 생각했고, 직관적으로 그 글이 우애경의 짓이라고 생각했다. 본래 과학 연구에 있어 최초의 가설 설정이란 직관에 의하여 이루어지는 것이다. 그녀는 '우애경이 자작 이의제기를 게시판에 올린 것이다'라는 가설을 수립한 뒤 그것을 검증해나가려고 했다. 그런데 증거가 하나도 없었다. 유부장은 게시판 사건 때문에 노발대발하였으나 진짜 응시자가 올린 글이 아니라는 이야기를 듣고는, 며칠 추이를 지켜보자고 하더니 곧 잊어버렸다. 그녀 자신도 잊을 뻔한 일이었다. 그러나 우애경은 잊지 않고 있었고, 모두가 잊지 않기를 바라는 듯 그것에 관해 자주 이야기했다.

그녀가 우애경에게 닦달당하고 있을 때이면 어디선가 유부장도 홀연히 나타났고, '그러니까 지문이 길어요, 안 길어요. 그것만 대답해요'라든가, '데모하다 잡혀가는 학생 이야기가 나와요, 안 나와요. 그것만 대답해요'라는 말만 귀에 담아 들었다. 그리고 사람들 시선을 피해 유부장이 우애경의 등허리를 툭툭 치거나, 엄지손가락을 치켜올리기도 했는데, 그럴 때 우애경은 청자색 눈빛으로 유부장을 응대했다. 두 사람은 왠지 서로를 치켜 주는 것을 의무라고 여기는 듯했다. 학창 시절에 서로의 동문들과 미팅한 추억 말고는 별 공통점도 없는데 왜 그러는지는 이해 못 할 일이었다. 유부장은 '이우리 성질을 컨트롤할 사람은 우애경 씨 밖에 없어. 우애경 씨만 믿어'라고 했다던데, 그런 뒤 두 사람은 함께 칼 퇴근을 했다는 말도 들려왔다.

그녀는 자신이 원했던 바대로, ㉠테제에 의해서나 ㉡안티테제에 의해서 규정되는 존재가 아니었다. 하지만 대체 자기 자신은 이 회사의 무엇일까 하는 고민에 길게 빠졌다. 우애경과 싸우느라 흥분해서 문제의 질이 점점 떨어지고 있었다. 아홉 문제를 꼬박꼬박 출제하리라 결심했지만 그걸 못 채우는 날이 늘어갔고, 어디론가 훌쩍 떠나고 싶다는 생각이 들 때도 많았다. 모의고사 회차가 거듭되면 훌륭한 문제에 관한 학생들의 칭송이 이어질 거라고 생각했지만 아무도 그런 말을 하지 않았다. 응시생들이 점점 늘어가는 것이 바로 탁월한 출제 덕분이라고 생각하려 했으나 유부장은 그것이 자기 공이라고 했다. 모의고사의 성공은 곧 마케팅의 성공이라는 것이었다.

"아무리 개판으로 문제를 만들어 놓는다 해도 나는 전국 최다 응시생을 끌어모을 수 있어."

그녀는 학생들이 자신의 학습을 위한 선택을 함부로 할 리가 없으니, 응시생이 늘어간다는 것은 결국 훌륭한 교육물이라는 것을 인정받았다는 말이지 않겠느냐고 했다. 유부장은 한심하다는 투로 말했다.

"뭔가 착각하는 것 같은데, 우리 회사는 교육을 하는 곳이 아니야."

그녀는 그렇다면 무얼 하는 회사인 거냐고 반문했다. 유부장은 좌중을 둘러본 뒤 선언했다.

"교육 콘텐츠를 파는 곳이야."

진정 훌륭한 모의고사, 참된 독해력과 사고력 증진의 기회를 제공하는 모의고사 등등을 운운하며 보다 열정적으로 문제를 만들어 이 세상의 발전에 기여하고 싶다는 그녀를, 유부장은 구경하듯 바라보았다.

"마케팅 비용이 문항제작비의 이십 배는 돼. 마케팅이 훨씬 어렵고 중요한 거라고. 이우리 씨의 생사 또한 마케팅에 걸려 있는 거야."

유부장은 벽에 붙은 포스터광고를 가리켰다. '명문대 출신 엘리트가 만든 모의고사!'라는 캐치프레이즈 아래 '당신을 법조인으로 탄생시켜줄, 업계 최고의 역작'이라는 글씨가 시뻘겋게 붙어 있었다.

"응시생들은 절박한 상황이지. 어떻게든 기득권층이 되겠다는 욕심으로 가득해. 욕심으로 눈 먼 애들이 존재하는 한 우리는 먹고살 거야."

그녀는 유부장에게 따지고 들었다. 진정한 법조인이 되기 위해 그 길을 선택한 수많은 청년들이 있지 않겠느냐고 물었다. 유부장은 짜증스럽게 말했다.

"진정한 법조인이 되고 싶은 애들이 몇 명이나 되겠어. 있다 할지라도 그놈들은 알아서 혼자 공부해. 나한테 속아 넘어갈 놈들이 아니란 말이다. 사설업체 모의고사 같은 건 안 본다고."

동료들은 매일 놀고만 있었고, 자신들이 할당량을 채우지 못해도 이우리가 꼬박꼬박 만들어놓은 문제들이 있으니 걱정 없다는 말까지 했다. 이우리는 대체 이 회사에서 무엇인 걸까? 아무래도 자신의 정체가 진짜 출제기계인 것은 아닌지, 그래서 기계처럼 문제만 뽑아내면 이우리가 잘 작동하고 있다고 생각하는 것은 아닌지. 그녀는 모두가 그렇게 여기는 것만 같아 괴로웠다.

빈 사무실에 앉아 밤늦도록 출제를 하고 있을 때, 대표이사가 그녀에게 다가왔다.

"남아있는 사람은 이우리 씨밖에 없군."

대표이사는 트레이닝복 차림이었다.

"내가 퇴근하는 척 나가고 나면 모두가 집에 가 버릴 거라는 걸 알고 있었지."

대표이사는 텅 빈 사무실을 둘러보았다.

"누가 남아 있나 체크하러 나는 돌아왔지. 역시 이우리 씨 말고는 믿을 사람이 없어."

대표이사는 무릎이 날깃날깃 닳은 트레이닝복을 그녀에게 자랑했다.

"이건 내가 젊었을 적에 입던 옷이야. 나는 긴장을 늦출까 봐, 내가 가장 어렵던 시절의 옷을 버리지 않았어. 오늘 남아있는 직원들에게 이 옷을 보여주고 싶었는데, 안타깝게도 이우리 씨밖에 못 보게 되었군."

대표이사는 반짝이는 대머리를 기울여 그녀의 컴퓨터 화면을 바라보았다.

"양자역학에 관해 출제를 하고 있었네. 아인슈타인이 발견한 브라운 운동과 러더퍼드의 금박막 실험이라. 흥미로운데. 풀어봐야겠어. 나는 자네가 낸 문제의 팬이야. 힘내라구."

대표이사는 격려하는 표정으로, 그녀의 등도 아니고 옆구리도 아니고 겨드랑이도 아니고 오른쪽 가슴도 아닌 애매한 어딘가를 톡톡 치고는 떠났다. 팬이라는 말에 기뻐하다 말고 그녀는 모호한 기분에 휩싸였다. 정확히 어디인지를 설명할 수는 없지만 어찌 됐든 함부로 만져지면 안 되는 것 같은 부위에 대표이사의 손길이 남아 있었다. 찜찜한 그 부위를 괜히 긁적이며, 그녀는 대표이사가 청년시절을 잊지 않기 위해 입는다는 늘어난 트레이닝복을 생각했다. 세월이 흘러 그녀가 자신의 청년기를 떠올리면 어떤 장면을 가장 먼저 생각할까. 그녀는 절박한 마음으로 취업을 모색하던 백수시절을 떠올렸다. 어디든 취직만 된다면 일단은 살 것 같은 마음이었다.

그 시절이 생각난 것 때문에 그녀는 공지영의 '부활 무렵'이라는 단편소설로 문학 출제를 해야겠다고 마음먹었다. '부활 무렵'에서, 병아리는 알을 뚫고 나가려 안간힘을 쓴다. 사투를 지켜보던 아이들은, 병아리가 살아갈 힘을 얻으려면 스스로 뚫고 나오게끔 놓아두어야 한다고 배웠다 했다. 하지만 주인공인 아이들 엄마는 알 껍질을 조금 뜯어내어 준다.

"누가 그런 소리를 하든. 한 번만 살게 해주면 앞으로 어떻게든 사는 거야."

대표이사의 칭찬에 힘입어 그 소설의 구절이 생각났고, 겨드랑이가 좀 찜찜하긴 했지만 그래도 그녀는 멋진 출제를 하기로 마음먹었다. 그녀에게 뻔한 미래란 없다. 청년이란 미시세계의 전자처럼 입자이자 파동인 존재이다. 불확정성의 원리는 양자역학에만 존재하는 것이 아니라 인생에도 존재하니 말이다.

위 상황에 대해 추론한 내용으로 옳은 것은?

①이우리는 대표이사와 자신의 계급 차를 망각하는 우를 범했다.

②부하직원들은 그들의 상사인 유부장을 위해 존재하는 도구와 같다.

③이우리는 자신의 업무능력이 뛰어나다고 생각하지만 실상은 그렇지 않다.

④대표이사가 이우리의 몸 어딘가를 만진 것은 곧 다른 데도 만질 것이라는 예고이다.

⑤회사의 인물들이 품은 동상이몽은 결국 매한가지로 거대하고도 알 수 없는 것을 지탱하고 있다.

III

〈세 번째 문제〉

다음 상황에 대하여 파악한 것으로 적절한 것은.

그녀는 하루에 열두 문제를 출제하기로 했다. 대표이사가 그녀를 알아봐 주는 한 유부장이나 우애경이 그녀를 어떻게 괴롭힌들 상관없었다. 하루에 열두 문제라면 한 주 동안 모의고사 2회분이 생산될 양이었고, 우애경이 검토하고 흠을 잡기에도 벅찰 분량이었다. 그녀는 묵묵히 일하다 보면 모두가 자신을 인정할 거라는 생각은 버렸고, 본인이 하루에 열두 문제를 출제하고 있으며 그것은 어떤 것들인지에 관해 누가 듣든 말든 마구 이야기해대기 시작했다. 말을 많이 하느라 점심시간이면 밥을 거의 먹을 수가 없었다. 그녀는 부석부석 말라갔고, 밥을 씹어 삼킬 힘조차 아껴서, 문제를 내는 데에만 에너지를 썼다. 잠도 거의 자지 않았고 때로는 어차피 돌아와야 하는 것이 귀찮아서 집에 가지 않은 채 밤을 새우곤 했다. 그녀는 자신이 낸 아름다운 문제들과, 자신을 바라보는 우애경의 표정에서 희열을 느꼈다. 열두 문제를 내고 나면 뉴런 다발들이 걸레처럼 비틀어지는 것 같았지만 그녀는 자신이 우애경을 이겼다고 생각했다. 우애경의 눈 속에서 청자색이 옅어진 것을 본 그녀는 우애경을 때려눕히고, 옥수수처럼 흩어진 이빨을 주워 모아 목걸이를 해 걸기라도 한 것처럼 뿌듯해했다.

어느 날의 점심시간, 그녀는 유부장에게 조언했다.

"계란을 많이 드세요."

유부장은 반찬투정을 했다.

"흰자는 괜찮은데 노른자가 메스꺼워서 나는 계란을 안 먹어."

그녀는 드디어 원인을 찾았다는 생각을 했다.

"지난 사십년 생애 내내 계란을 멀리 하셨나요?"

유부장은 무심히 말했다

"그랬지. 내가 싫어하는 것 몇 가지가 있지. 계란, 콩, 두부."

그녀는 식습관을 바꿔야 한다고 말했다.

"한국인의 식생활에서 주된 콜린 공급원인 계란과 콩을 멀리하시니, 체내에선 아세틸콜린 합성이 원활하지 않을 거라고 생각됩니다. 그것도 사십년째이니 결핍이 심각하리라고 예상되어요. 밤에 잠은 잘 주무시나요."

유부장은 그녀에게 의학 상담이라도 하는 듯 진지해졌다.

"잠은 쉽게 드는데 새벽에 곧 깨서는 전혀 못 자곤 해."

그녀는 무릎을 탁 쳤다. 아세틸콜린 부족증상과 일치하고 있었다. 그녀는 유부장에게 자신이 출제한 문제를 꼭 풀어보라고 권했다. 치매의 발생과 뇌 내 아세틸콜린의 관계에 대한 문제였다.

"요즘 기억력이 많이 떨어지시는 것 같아 유부장님의 뇌 내 아세틸콜린 감소폭이 크다고 생각하고 있어요. 부디 콩을 드세요."

그녀는 유부장을 보며 말했다. 유부장은 국에서 콩나물을 건져내고 있었다.

"난 콩이 싫어."

그녀는 유부장의 전두엽기능에 이상이 있을 수 있다고 생각했다. 도덕 원칙이 대단히 흐려진 상태인 걸로 보아서 전전두엽에 기능이상의 뉴런들이 많이 분포하고, 거기에 아밀로이드 침전물이 생겨나고, 그것 때문에 아세틸콜린 수치가 상당히 낮아지고, 낮아진 아세틸콜린 수치는 다시 전전두엽의 기능이상을 야기하는 악순환이 일어나는 중인 것 같았다.

유부장은 어느 날, 그녀가 낸 문제들을 일괄 검토하고 싶으니 원본파일로 보내달라고 했다. 그녀는 수백 개의 문제를 유부장에게 주었다. 얼마 후, 이영준이라는 강사가 그 문제들을 묶어 저서를 출간한 것을 알게 되었다. 이영준이 말하길, 잠을 줄여 만들어낸 토끼 같고 알토란 같은 문제들을 수험생에게 바친다고 했다. 그녀는 대체 어떻게 왜, 그녀가 출제한 수많은 문제들이 강사가 출제한 문제로 둔갑하였는지를 알고 싶었다. 유부장은 별로 당황하지도 않았고, 오히려 그녀를 훈계했다.

"이우리 씨는 이 회사에서 월급 받고 문제를 낸 사람이고, 그 문제를 어디다 어떻게 쓸지는 몰라도 돼. 그건 회사가 결정하는 거야."

그녀는 주변을 수소문해서 사건 경위를 알아냈다. 이영준 강사는 계약을 해제한 뒤 경쟁사로 옮겨갈 계획을 품고 있었다. 유부장은 인터넷 스타강사인 이영준을 붙들어야 했고, 저서를 만들어 주겠다고 했다. 싱어송라이터인 가수가 사랑받는 것처럼, 직접 출제한 문제로 강의하는 엘리트 미남 강사라면 더욱 사랑받을 터였다.

"그건 저의 저작인격권을 침해한 거예요."

그녀는 바쁜 척, 그녀 같은 건 눈에 보이지도 않는 척 사무실을 누비는 유부장을 따라다니며 말했다.

"저작권에는 두 가지 개념이 있어요. 하나는 저작재산권, 다른 하나는 저작인격권. 저는 이 회사의 직원이므로 제 생산물의 재산권이 이 회사에 귀속되는 것만은 맞습니다. 하지만 저작인격권마저 유부장님이 침해하실 수는 없어요."

사과받고 싶은 나머지 애원하는 듯한 목소리가 흘러나왔다.

"제 인격권을 침해하신 점, 사과 바랍니다."

하지만 유부장은 들은 척도 않았고, 거래처에 간다며 나가버렸다. 그것뿐만이 아니었다. 유부장은 기억력이 심히 나빠진 것 같았다. 그녀가 자신 몫으로 매달 나오는 사원복지비를 전혀 쓰지 않았던 것은 그녀가 왕따였기 때문이었다. 그런 것이 있는지도 몰랐으니 청구하는 방법을 알 리가 없었다. 하지만 관리팀 김미영 대리는 눈을 휘둥그렇게 뜨고 무슨 소리냐며 반문했다.

"꼬박꼬박 사원복지비 십 만원씩 쓰셨던데 무슨 소리예요? 유부장님이 이우리 씨 복지비 신청을 대신 해주시던데요? 제가 영수증 다 갖고 있어요."

관리팀 김미영 대리와 함께 그녀는 그간 자신이 제출했다고 기록되어 있는 수십 장의 영수증을 살펴보았다. 밤 열한시 삼십분에 강남역 근처에서 맥주를 마셨다든가, 백화점에서 초밥을 먹었다든가, 동반인 1인과 함께 영화를 보고, 어린이용 문구세트를 샀다든가, 향수를 사고, 햄버거 세트를 먹었다든가, 디저트카페에서 타르트를 먹은 일 따위가 영수증에 씌어 있었다. 김미영 대리는 씁쓸한 표정으로 그녀를 돌아보며 말했다.

"유부장님이 매번 자기 계좌로 금액을 청구하시기에 좀 의아하긴 했어요."

그녀는 왜 자기 명목의 금액을 유부장이 사용한 것인지 따져 물었다. 유부장은 청각장애가 있기라도 한 양 빤히 보기만 했는데, 한국어를 알아듣지 못하는 사람인 것처럼도 보여서 그녀는 자신도 모르게 여러 번 천천히 쉽게 또박또박 말해보기까지 했다. 한참 후에나 유부장은 씩 하고 웃으며 겨우 말했다.

"미안, 나는 기억이 나질 않네. 이우리 씨가 무슨 말 하는 건지 전혀 모르겠어."

그런 뒤 유부장은 거래처에 간다며 휑하니 나가버렸다. 그녀는 허탈했고, 그리고 진짜로 자신이 뭔가 착각한 것은 아닌가 생각해보기까지 했다. 그다음에는 다시 그 이야기를 할 기회가 오지 않았다. 유부장은 며칠 지방 출장을 가 있었고, 유부장이 돌아왔을 때에는 그녀가 모의고사 마감을 해야 해서 미처 싸울 틈이 없었다. 열흘쯤 지난 뒤에 사원복지비 이야기를 꺼내려 하니 마침 유부장이 활짝 웃고, 다정해 보이기도 했기 때문에 차마 그 치사한 일에 대한 말이 떨어지지 않았다. 게다가 저작인격권 침해라는 더 중요한 문제도 있었기 때문에 그것부터 해결해야만 했다. 그래서 그녀는 말했다.

"부디 콩을 많이 드시고 착하게 사세요."

그녀는 밥을 먹는 유부장을 바라보았다. 유부장은 들은 건지 만 건지 콩나물은 건져둔 채 국물만 마셨다.

저작인격권 침해에 관해 유부장은 끝내 이렇게 말했다.

"아, 정말 짜증 나게 하네. 이우리 씨, 잘 들어. 월급 매달 제날짜에 받았어, 못 받았어?"

그녀는 월급이 무슨 상관이냐고 반문했다.

"네가 말하는 그것까지의 대가가 네 월급이야. 알았어?"

유부장은 내친김에 더 뻔뻔해지기로 한 것 같았다.

"그리고, 이영준 강사한테 교재를 넘긴 건 널 위한 일이기도 했어. 이영준이 고객을 끌어모아서 돈 벌어올 거고, 그러면 그 고객들이 네 모의고사에 응시할 거야. 결국 그 이익은 너에게로 돌아갈 거고 말이야. 난 오로지 회사를 위해서 한 일이었다고."

사과를 받지 못한 그녀는 대표이사를 찾아갔다.

대표이사는 자기 방을 찾아온 그녀를 아주 반가워했고, 대학 시절 미처 말 걸어보지 못했던 추억의 여인을 바라보듯 아련하게 미소 짓고 손수 음료도 내주었다. 그리고 그녀의 하소연을 진지하게 들어주었다. 인격권에 관해 이야기하다가 그녀가 눈물지을 때에는 티슈를 내어주기도 했다. 그녀는 대표이사가 맞장구까지 치면서 자기 이야기를 들어준다는 것에 마음이 좀 풀렸고, 울고 난 뒤에는 정신과 상담을 한 것만 같은 기분도 들었다. 대표이사는 그녀에게 말했다.

"일단, 내가 좋아하는 이우리 씨가 그런 마음으로 회사생활을 하고 있었다니 가슴이 아프네. 그동안 몰라주어서 그게 참 미안하다."

그러나 대표이사는 선량하고 무력한 듯한 표정으로 덧붙였다.

"하지만 회사에는 위계질서가 있는 거야. 사원인 너의 불만을 대표인 내가 직접 해결할 수는 없다. 그러면 내가 임명한 중간 관리자인 유부장의 권한을 무시한 게 돼."

대표이사는 콧물을 닦고 있는 그녀를 물끄러미 바라보더니 천천히 일어나 문을 열어주었다.

"생각해 볼 테니 나중에 다시 이야기하자. 내겐 곧 중요한 회의가 있다."

그녀는 다 털어놓고 난 뒤의 후련함과, 그러나 결국 아무것도 바뀐 것이 없으므로 여전히 석연치 않은 기분을 안은 채 자리로 돌아왔다. 컴퓨터 앞에 앉아 그녀는 생각했다. 대표이사가 말한 '나중에'는 오늘의 나중인지, 아니면 미래의 다른 어떤 날을 의미하는 것인지? 다른 어느 날이라면 가까운 미래인지 설마 먼 미래를 의미하는 말인지? 그 '나중에'가 오늘 저녁을 의미하는 것일까 봐 그녀는 밤 열시가 되도록 앉아 있어보았다. 그때껏 아무 일도 일어나지 않았다. 그녀는 자신이 무얼 기다리는지도 모른 채 허망한 희망을 품고 아주 천천히 출제를 했다. 어느 순간 등 뒤에서 발걸음 소리가 들렸다. 대표이사였다.

"이우리 씨."

돌아보니 대표이사는 멋쩍은 듯 웃음을 띤 채 그녀를 내려다보고 있었다. 손은 등 뒤로 감춘 채였다. 그녀는 순간, 자신의 가슴 속에서 희망이 반짝이는 것을 느꼈다. 대표이사는 씩, 하고 웃었다. 무릎이 허연 트레이닝 복을 입은 채였다.

"일단 집에 가긴 갔는데, 이우리 씨가 생각나서 그냥 있을 수가 있어야지."

대표이사는 혀를 살짝 내밀고 웃었는데, 그런 모습을 처음 봐서 어이가 없었다. 자기가 어렵던 시절을 잊지 않기 위해 젊을 때 타던 찌그러진 소형차를 몰고 왔다고 했다. 이따 한번 구경하지 않겠느냐고 묻는데 표정이 좀 이상해 보였다. 그녀는 대표이사에게도 치매가 시작된 것은 아닌지, 혹시 대표이사도 사십팔년째 콩이나 계란을 배제한 식생활을 하는 건 아닌지 잠시 생각했다. 의아해하며 대표이사를 바라보는 가운데, 대표이사는 새삼 주변을 둘러보고 아무도 없다는 것을 확인하더니 그녀의 턱 앞에 손을 불쑥 내밀었다. 따뜻한 김이 끼쳤다. 손바닥에 커다란 감자 두 알이 놓여 있었다.

"야근하느라 배고프지? 이거 먹어."

대표이사는 그녀의 책상에 감자 두 알을 올려놓았다.

그리고는 감자의 온기가 남아있는 손을 그녀의 등 위에 올려놓았다. 아주 짧은 순간임에도 불구하고 대표이사의 손바닥이 그녀의 7번 경추부터 꼬리뼈까지를 훑어 내려갔다. 그녀는 그 손바닥에서 몸을 떼어냈다. 반사적으로 말이 흘러나왔다.

"저는 감자 안 먹습니다. 사장님이나 드세요."

모니터를 바라보고 있는데 뒤에서 이상한 기운이 느껴졌다. 돌아보았더니 대머리까지 전부 빨개진 대표이사가 그녀를 노려보고 있었다.

"내가 감자 준 직원이 이 회사에 있는 줄 알아? 나 아무한테나 이러는 사람 아니야."

대표이사는 잠시 입을 앙다물더니 다시 말했다.

"감자 싫으면 그럼, 초밥 사다줄까? 초밥 먹을래?"

그녀는 대꾸도 하지 않았다.

돌처럼 굳어버린 채 모니터만 바라보고 있었다. 대표이사는 등 뒤에서 식식거리더니, 쿵쿵대는 발걸음으로 사라졌다. 그녀는 한참을 생각했다. 그리고 결심했다. 이제는 더 이상 버틸 수 없는 때가 왔다.

호와스코의 소설에는 격리되어 철교 건설에 투입된 일꾼들의 이야기가 나온다. 건설기간 동안 그들의 모든 일상은 오로지 노동을 위한 것이었으며, 그들의 꿈은 단 한 가지, 건설현장에서의 마지막 날을 보는 것이었다. 그런데 고대하던 그 마지막 날, 그들이 만든 다리를 떠나며 일꾼들은 뜨거운 눈물을 흘린다. 그들은 눈물의 이유를 알지 못한다. '그때 나는 그 다리가 이미 추억이 되었음을 깨달았다. 앞으로도 그 철교를 건너는 사람들은 그 다리가 우리의 것이라는 사실을 결코 모를 것이다.'

그녀는 소설 속의 인물들이 흘린 눈물과 알 수 없이 아파오는 마음에 관해 생각했다. 그리고 그것에 관해 마지막 문제를 내고 싶었지만 그 눈물의 의미를 정확히 표현하는 것에는 실패하고 말았다.

'눈물'의 의미와 위 글의 인물들에 대한 설명으로 옳은 것은?

①그들의 청춘 전부가 바쳐진 다리를 자신의 창작물처럼 여기고 있다.

②가장 본질적인 것까지 쥐어짜 노동했던 일에 관해 슬픔을 느끼고 있다.

③자신들의 청춘과 자신이 만든 다리를 동일시하는 우를 범하고 있다.

④박탈당한 청춘에 대한 애착이 말 못할 눈물을 흘리게 만들고 있다.

⑤드디어 노역에서 놓여났다는 기쁨보다 자신을 위해 쓰지 못한 청춘

의 의미가 더 크기 때문에 눈물이 흐르고 있다…….

선택지는 멈추지 않고 이어졌다. ⑥피 같고 살 같고 자식처럼 여겼던 대상이 고작 철교였다는 것을 깨달았으므로 그제야 흐르는 눈물이다. ⑦그들의 미래란 두고 온 날들보다 나을 것이 없으리라는 예감 때문에 흐르는 눈물이다. ⑧그들의 청춘이 누군가의 인생 속에서 부품이고 도구였다는 것에 대한 회한의 눈물이다. ⑨가장 중요한 것을 침해당했지만 그것이 무엇인지 기억할 수조차 없으므로 흐르는 눈물이다. ⑩정작 울어야 할 자들이 울지 않기 때문에, 대신하여 흘려주는 눈물이다…….

그녀는 알 수 없이 굴러 떨어진 눈물을 닦았다. 그리고 마지막 문제를 버려둔 채 자리를 떠났다.

방황의 길 끝에 난 계속 써야만 했다

2014년, 잊을 수 없는 비참한 일이 있었다. 많은 사람이 그러하듯 나도 그 일이 있기 전의 나날로 돌아갈 수 없게 되었다. 이런 하늘 아래에 문학은 무엇인지, 무엇인지 모르면서도 문학을 한다는 것은 무엇인지, 나는 왜 사는지도 알 수가 없었다. 그러던 어느 날 거울 속의 나에게 씻을 수 없는 표정 같은 것이 생겨 있는 것을 보았다.

방황하던 끝에 서서히 알게 되었다. 글을 쓸 수밖에 없도록 하는 뭔가가 내 바닥에 정말로 있었다. 나는 온갖 것을 다 감각하려 들고, 상처를 깊이 받으며, 분노하는 순간에는 순도 높고 강력하게 화를 낸다. 그러니 계속 써야만 했다. 혹시 누가 울 줄 모른다면 글을 쓰며 내가 울고, 분노하지 않는다면 내가 화를 내고, 즐거운 미래가 오는 때엔 내가 많이 웃어야겠다고 결심할 즈음 당선소식을 듣게 되었다.

내 은사님이신 소설가 김용성 교수님은 꽃을 참 좋아하셨는데, 꽃들이 바람에 바래던 어느 봄날 세상을 떠나셨다. 그리워할 사람들의 얼굴을 꼭 한번만 눈에 담고 급히 떠나신 터라 남은 우리는 한참 동안 가슴 아파해야 했다. 존경하는 김용성 선생님, 제가 이제 작가가 되었어요. 말로 못하도록 많이 그립습니다.

함께 문인이 되자던 오래전의 약속을 드디어 지켰으니 혈육 같은 수연선배, 나 이제야 보답을 시작했어요, 더 크게 보여줄 터이니 평생 함께합시다. 용기를 주셨던 최원식 교수님, 감사합니다. 선생님께서 주신 용기 품은 채 새벽길 떠나는 심정입니다.

여태 효도 못 해드린 우리 어머니와 장녀 노릇하느라 애쓰는 내 동생, 나를 참아주고 아껴주는 가족들에게 미안하고 사랑한다고 전합니다. 1번 독자들, '닥쏠' 동지들, 내가 무얼 하든 그건 너희 덕분이다. 힘내서 함께 살아가보자.

부족한 저에게 길을 열어주신 심사위원님들께 감사를 올립니다. 좋은 소설로 은혜 갚겠습니다. 온전히 독자의 것이 되는 작품을 쓰겠습니다.

설득력 갖춘 내실 있는 작품을 만나다

본심에 올라온 9편의 작품을 정독하면서 느낀 것은 겉은 그럴 듯하나 내실이 없는 경향이 심해졌다는 것이다. 단편소설이 가져야 할 정교한 구조, 정확하고 정련된 문장은 잘 보이지 않고 자기중심적인 이야기를 장황하게 늘어놓기만 할 뿐 공감할 부분과 설득력이 없는 게 많았다.

'칼과 당신' 의 사경희는 자신의 이야기를 전개할 줄 안다. 그런데 그 이야기에 독자를 끌어들일 만한 흡인력이 느껴지지 않는다.

이근자의 '히포가 말씀하시길' 은 말솜씨가 있고 재미있다. 하지만 말과 문장은 다른 규칙이 지배한다. 군데군데 소설의 문장으로 제대로 빚어지지 않아서 거칠고 설익은 느낌을 준다.

이예슬의 '선데이, 베이커리' 는 차분하고 안정된 문장이 돋보인다. 이야기의 전개가 불분명하고 애써 구축한 사건이 독자가 납득할 수 있는 결말로 연결되지 못했다.

당선작으로 뽑은 이은희의 '1교시 언어 이해' 는 국어 시험문제를 출제하는 직업에 종사하는 특이한 주인공을 다룬다. 주인공은 고지식하고 성실하지만 그렇지 않은 동료, 상사, 대표이사에게 괴롭힘을 당하는 '문제를 안고' 직장생활을 해나간다. 그런 상황을 시험문제 방식으로 정리하고 해석하려는 알레고리가 흥미롭다. 오늘날의 세태, 곧 출신 대학과 직장 내의 권력관계, 성희롱과 저작권 침해 사례 같은 것을 드러낸 것도 호감을 갖게 했다. 보편성에서 설득력이 나오고 특이함에서 변별력이 있는 서사 공간이 만들어지고 있다.

초고를 쓰는 데 들어가는 공력은 극히 일부에 지나지 않는다. 진정한 작가의 소설 쓰기는 고치고 고치고 또 고치며 완성도를 높이는 과정에 들어 있다. 그 과정을 즐길 줄 아는 게 작가적 재능이다. 새로운 작가의 탄생을 축하하며 배전의 정진을 바란다.

세계일보 이은희

1979년 서울 출생
인하대 국어국문학과 졸업

    나는 각각 입을 '아' 와 '으' 로 벌리고 있는 굴비 두 마리를 그렸다. 굴비의 눈에서 눈물이 흘러나와 굳은 모습과 자잘한 이빨들, '으' 의 입모양을 한 굴비가 조금 더 탄 것까지 전부 그렸다. 몸통에 세 군데의 칼집이 난 것과 거기에 양념을 얹어놓은 것, 그리고 양념에 쪽파와 깨가 들었던 것까지 그렸기 때문에 누군가는 그것이 자기 굴비라는 것을 알아볼 거라고 생각했다.

세계일보

선긋기

이은희

새 아파트가 아니었다.

엄마는 우리가 새 아파트로 이사 갈 거라고 말해왔다. 그 말은 알고 보니 새로 살게 될 집이 아파트라는 뜻이었다. 도시고속도로 바로 옆, 지은 지 삼십 년 된 여덟 동짜리 새 아파트 뒤쪽은 달동네였다. 나는 아파트 단지 인근이 영화에서 본 할렘 같다고 말했다가 엄마를 언짢게 했다. 우리 집 베란다에서 내려다보면 을씨년스러운 동산과 거기에 납작 붙은 빈집들이 훤히 보였다.

시에서 도시미화 사업을 한다더니 정말로 동네 곳곳에 원색의 그림들이 있었다. 금 간 담벼락을 뚫고 병아리가 나오려 하는 모습이라든가 콩나무가 블록을 쪼개고 자라나 비스듬한 전봇대를 휘감는 장면이 그려져 있었다. 피아노 건반이 그려진 계단 너머 언덕길에 무지개가 칠해져 있고, 무지개 너머에는 부수다 만 빈집들과 '생존권을 보장하라' 라는 붉은 글귀들이 있었다. 그것에 관해 이야기했다가 엄마에게 아주 혼이 났다. 절대로 그곳에 가지 말라는 말을 들었다.

이사를 오자마자 엄마는 예민해졌다. 동 대표가 은근히 텃세를 놓는다며 불만스러워했다. 이웃집 사람들도 마음에 들지 않는다고 했다. 앞집 사람은 쓰레기봉투를 현관문 앞에 내놓는 습관이 있었는데 때론 거기에서 액체가 흘렀다. '저 사람들 왜 저러는 거야, 쓰레기 국물이 흐르잖아, 쓰레기 국물이'라고 엄마가 신경질을 내서 나는 밥을 몇 숟갈 못 먹었다. 국그릇을 보자마자 메스꺼웠다.

위액이 울컥거리는 것을 느끼며 버스를 탔다. 가방을 열고 버스카드를 꺼냈을 때 생리대가 쏟아져버렸다. 나는 구둣발들 사이에 쪼그리고 앉아 생리대를 전부 주웠다. 총 일곱 개를 가지고 나왔는데 어찌된 건지 한 개가 보이지 않았다. 먼지를 털어 챙기는데 마음이 급했다. 누군가가 '학생, 여기'라고 말해서 돌아보니 생리대 한 개와 내가 담배를 보관하는 주머니가 떨어져있었다. 전부 집어넣고 일어섰을 때 기묘한 표정의 아저씨들과 눈이 마주쳤다. 얼굴 한가운데에 홍조가 몰린 듯도 하고 뭔가 냄새를 느끼기라도 하는 듯한 표정이었다.

등굣길을 잊기 위해 나는 그림에 집중했다. 오전 아홉시 이십분의 빛을 놓치면 안 되었다. 아홉시 이십분에서 오십분까지의 빛은 형태의 가장자리를 넓고 투명하게 만드는데, 서서히 엷어지다가 투명해지는 그 지점을 자연스럽게 그려내는 것이 내 목표였다. 커튼 틈으로 들어온 직선의 빛이 선생님의 머릿결과 귓불, 어깨와 팔에 부딪혀 곡선으로 튕겨 나가는 장면을 기억해 두었다. 가르마에서 반사되는 빛은 아주 투명하지만 머리칼의 경계 때문에 그리는 것에 한계가 있었다. 가장 눈부시고 투명한 빛은 불룩한 옆구리에서 반사되는 빛이었는데 그게 참 안타까웠다.

쓸개즙 같은 국을 먹고 온 것이 문제였을까, 전부 엉망이었다. 나는 몰래 그리던 그림을 빼앗겼다. 아침부터 짜증낼 작정으로 내 곁에 다가왔던 선생님은 그림을 보고 잠시 말을 잃더니 가져가버렸다. 칠판에 적힌 유리수 지수 문제를 전부 그렸기 때문에 혼내지 않겠다고 말했지만 아마도 빛에 감동한 듯한 표정이었다. 분필 글씨의 질감을 내기 위해서 지우개질을 한 것이 문제였다. 힘을 뺀 채 슬쩍 밀다가 가장자리에서 문질러버려야 투명함이 표현되는 건데, 마침 그걸 할 때의 팔 동작을 들키고 말았다. 수업이 끝나고 반 아이들은 왜 문제까지 다 그린 거냐고 내게 물었다. 문제를 푼 것이 아니라 그린 것일 뿐인데도 보지도 못한 그림에 대해 호들갑이었다. '그거야 뭐, 유리수 지수니까'라고 대답했는데 누가 알아들을 거라고는 생각하지 않았다.

금 간 담벼락에는 비어져 나온 팔다리를 그리는 것이 더 나을 뻔했다. 콩 덩굴 그림 같은 것보다 멍든 팔이 블록을 깨고 나와 전봇대를 부여잡는 것이 훨씬 어울릴 것 같았다. 엄마가 가지 말라고 했어도 나는 그 동네에 자주 갔다. 몰래 담배 피우기에 적당한 곳이 있었고 유치한 그림들도 볼 수 있었다. 내가 자주 찾는 장소는 꽃이 그려진 노란 담벼락과 파랑새가 그려진 하얀 담벼락 사이였는데 한 사람이 겨우 통과할 정도의 좁은 곳이었다. 동네는 지나치게 조용했다. 서늘한 것이 등덜미를 훑는 긴장 속에 쪼그리고 앉아 나는 담배를 피웠다. 다 피우고 나면 어느새 긴장이 가시고 쓸쓸한 위안이 찾아왔다. 그 느낌에 알 수 없이 가슴이 아파지기도 했다.

그 장소에는 가끔 고양이가 나타났다. 듬성한 털이 더러운 삼색고양이였는데 왼쪽 입가의 큰 점을 비집고 수염이 나 있었다. 노란 칼눈으로 훔쳐보는 모습이 기분 나빴다. 날 우습게 여기는지 도망가지도 않았고 입을 벌리고 얄미운 소리로 울었다. 고양이에게 주려고 가방에 참치 캔을 넣어 다니기 시작했다. 엄마에겐 학교 급식이 맛이 없어서 참치를 가져다 먹는다고 했다. 그랬더니 엄마는 고추장맛 참치 캔을 사다 놓았다. 나는 가게에 가서 고추장맛 참치를 보통 참치로 바꾼 뒤 고양이에게 주었다. 노란 담장과 하얀 담장 사이에 서서 나는 못생긴 고양이가 참치 먹는 장면을 훔쳐보았다.

그런데 이상한 것은 빈 캔이 매번 없어진다는 점이었다. 나와 고양이 말고는 좁은 틈에 아무도 들어가지 않을 터였다. 고양이가 먹고 난 캔은 매번 사라지고 없었다. 내가 버린 담배꽁초도 누군가가 치우는 것 같아서 신경이 쓰였다. 오래지 않아 나는 한 할머니가 그 캔을 가져간다는 것을 알게 되었다.

걸음을 뗄 적마다 입술에 힘을 주고 무릎을 짚는 할머니였다. 할머니가 큰 비닐봉지를 이끌고 무지개언덕 너머로 사라지는 것을 본 적이 있다. 시끄러운 비닐봉지 안에는 페트병과 콜라 캔 같은 것들, 그리고 내가 뜯은 게 분명한 참치 캔이 들어있었다. 우리 아파트 후문에서도 그 할머니를 본 적이 있었다. 약간 비가 온 터라 안개가 차갑던 저녁이었다. 낙엽을 담은 포대 위에 누런 액체가 든 페트병이 버려져 있었는데, 복잡한 꽃무늬의 솜바지를 입은 할머니가 그걸 만지작거리는 것을 보았다. 뭔가 고민하던 할머니는 페트병 마개를 열어 안에 든 액체를 하수구에 쏟더니 리어카 안에 챙겨 넣었다. 리어카에는 페트병과 캔 몇 개, 플라스틱 요구르트 병을 모아놓은 뭉치가 들어있었다. 할머니는 그 리어카를 끌고 젖은 잎이 깔린 길을 천천히 걸어갔다.

나는 어쩐지 외로운 기분이 들었다. 그래서 저녁의 풍경을 수채 색연필로 그려야겠다고 생각했다. 물을 발라 진해진 노란색으로 은행잎들을 그리고 싶었다. 그리고 먼바다처럼 아득하게 안개를 그리고 싶었다. 그러려면 울트라마린과 다크브라운을 섞어 은회색이 천천히 번지도록 해두고, 안개가 가장 짙은 부분에는 검정을 섞어 경계를 만들다가 희게 비워두면 될 것 같았다.

그런데 몰래 그려야 한다는 것이 문제였다. 엄마는 내가 그림 그리는 것을 좋아하지 않았다. 디자인전공을 할 거라면 모를까 미술학원에 보내지 않겠다고 했다. 내가 생각해도 내게 투자하는 것보다는 아파트에 투자하는 것이 분명 나은 일이었다. 우리 엄마 아빠에겐 빚도 많았다. 십 년이나 십오 년 정도는 있어야 아파트의 진짜 주인이 될 수 있었다. 물론 그 안에 이 아파트를 부수고 새로 짓는 일이 일어날 거고 그때는 어쩌면 엄마 아빠가 앉은 채 돈을 버는 일이 생겨날지도 몰랐다. 그래보았자 빌린 돈을 갚는 데 쓰겠지만, 누가 보더라도 서양화 전공보다는 그게 나은 일이었다.

비밀이 하나만 있으면 좋겠다고 생각해서였다.

아빠가 사둔 담배를 훔쳤다. 처음에는 몇 번만 피워볼 생각이었지만 결국 내내 담배를 피우게 되었다. 아무도 눈치채지 않아서였다. 기습 소지품 검사를 했을 때에 담임은 내 물건을 유심히 보지도 않았다. 검은 주머니에 담은 16색 파스텔 상자 속에 담배가 있는데도 아무도 눈치채지 못했다. 파스텔 도막으로 다글다글한 상자가 색색의 가루로 덮여서인지, 아니면 몸무게 32킬로밖에 안 나가는 애는 담배를 안 피울 거라고 생각해서인지 알 수 없었다. 한번은 담배를 필통 속에 넣어두었는데 그래도 아무도 알아채지 못했다. 사실 한 사람은 알긴 할 테지만 그 사람이 누군지를 알아낼 수가 없었다. 그때 마침 우리 반이 체육 수업 중이었고 누군가가 빈 교실에 들어와 도둑질을 했다. 나는 그날 오렌지색 펜과 4B연필을 잃어버렸지만 담배만은 멀쩡히 남아 있었다.

우리 부모는 내 키가 작다는 것을 그리 걱정하지 않는다. 언젠가는 자랄 것이라고 막연하게 생각하는 것 같았다. 내가 이미 고등학생이라는 사실도 자주 잊어버리는 것 같다. 내게 아동 사이즈의 옷을 사 입히기 때문일 수도 있다. 이사 오고 처음으로 반상회에 참석했던 날, 엄마는 나를 데리고 동 대표의 집으로 갔다. 외동딸이라고 나를 소개했을 때 동 대표 아줌마가 이렇게 말했다. '어머, 고등학생인데도 아직 애기 같네.' 나는 그 말을 듣고 어쩔 줄 몰랐다. 우리 엄마는 '그렇죠, 일곱 살에 학교 들어가서 아직 어려요'라고 대답했는데 어쩐 일인지 자랑스럽기라도 한 기색이었다. 덩치로 따지면 나보다 큰 아이도 있었지만 반상회에 따라온 아이들은 전부 초등학생이어서 나는 어디에든 숨고 싶었다.

사람들은 음식물 쓰레기를 창밖으로 던지는 주민에 관한 회의를 했다. 엘리베이터에는 이미 한참 전부터 경고문이 붙어있었다. '베란다 밖으로 음식물 쓰레기를 버리는 주민을 목격하신 분은 경비실로 신고 바랍니다'라는 글귀가 붓펜으로 적혀 있었는데 볼 때마다 감탄이 나올 정도로 명필이었다. 다들 음식물 쓰레기를 버린 것이 자기가 아니라는 걸 증명하려는 것처럼 '더럽잖아요', '범인이 누굴까요', '그거 때문에 고양이 들어와요' 라고 서둘러 말했다. 아무 말도 하지 않은 사람은 13층 아저씨였는데 사람들은 괜히 의심하는 표정으로 아저씨를 바라보았다. 우리 엄마는 좋은 옷을 꺼내 입고 결혼할 때 받았다는 목걸이를 하고 있었다. 마스카라가 칠해진 속눈썹이 벌레의 다리처럼 보였다. '그러게요, 누가 놀러왔다가 보기라도 하면 당장 품위 없어 보이잖아요' 라고 했는데 엄마에게는 아무도 맞장구치지 않았다. 엄마를 향해 어떤 아줌마가 난데없이 말하길 '우리들은 여기에 십년 넘게 살았어요' 라고 했다. 눈을 크게 뜨고 눈동자를 아래위로 굴리는 모습이 마치 갓 이사 온 우리 집에 융자가 많이 끼어있는 것을 알기라도 하는 듯한 표정이었다.

음식물 쓰레기에 관한 이야기는 별다른 답을 찾지 못한 채 다른 화제로 넘어갔다. 아파트 안에 들어와서 폐품을 집어가는 할머니가 있다고 했다. 재활용품 수거함에서 돈 될 만한 쓰레기들을 골라 간다는 것이었다. 경비아저씨들이 매번 내쫓았는데도 그 할머니가 자주 눈에 띈다고 했다. 혹시 참치 할머니인가? 할머니의 인상착의에 관한 이야기가 나올까봐 나는 귀를 기울였다. 어떤 아줌마가 그 할머니를 흉보고 있었다. 인근의 다른 노인들은 거리를 돌며 폐지를 모으는데 그 할머니는 약아서 아파트 주민들이 모아놓은 폐품을 공짜로 집어간다는 것이었다. 내내 말이 없던 13층 아저씨가 입을 열길 '아, 그거 어차피 버리는 건데 누가 가져가면 어때서 그래요' 라고 했다. 그러자 사람들은 일제히 아저씨에게 말했다.

"아니, 그런 사람이 폐품 말고 또 뭘 훔쳐갈지 어떻게 알아요?"

사람들이 중구난방으로 떠들었다. 경비실에서 맡아준 택배가 없어진 게 한두 번이 아니에요, 그리고 생각해봐요, 우리한텐 물건을 마음대로 버릴 권리가 있잖아요, 그거 다 관리비에 들어가는 거예요. 그리고 우리가 버리는 걸로 누가 왜 괜히 먹고살아요? 우리 엄마에게 은근한 견제의 눈길을 보내던 아랫집 아줌마는 이렇게 말했다.

"지난번에 그 할머니가 구루마로 우리 차 긁고 갔어요. 다음에 그 할머니 눈에 띄기만 해봐요, 나 가만 안 있을 거예요. 그 할머니도 당해봐야 알지."

동 대표 아줌마는 혀를 찼다.

"내가 사실은, 그 할머니를 내내 챙겨주고 있었어. 우리 집에서 뭐 생기면 나는 모아다가 그 할머니 갖다 줬다고. 아파트 안에 들어오지 말라고 내가 미리 그렇게 생각해주고 있었는데 기어코⋯⋯."

동 대표 아줌마는 목소리를 낮추더니 소곤거렸다.

"그 할머니가 부동산 몇 채를 가진 노인네라는 얘기가 있어. 그런데도 악착같이 폐지 줍고 구청에서 복지비 다 타먹고 아주 지독한 노인네라고."

누군가가 자기도 들었다며 맞장구를 쳤다. 50대 사업가 아들이 벤츠 타고 나타나서 이런 일 그만 좀 하시라고 말리더래요, 라고 말했다. 취미로 운동 삼아 그거 하는 거겠지 뭐, 우리한테 피해 안 주면서 하면 누가 뭐래? 우리한테 피해를 주니까⋯⋯. 나는 귓전을 때리는 말들 때문에 어지러웠다. 입 안으로 위액이 약간 넘어왔다. 우리 엄마는 듣고만 있었다. 집에 가고 싶다고 말했지만 엄마는 조금만 참으라고 말했다.

반상회에서 돌아와 결국 엄마와 싸웠다. 토할 것 같다고 했는데 엄마가 짜증을 냈다. '계란말이 해주면 먹는다고 했잖아!' 라면서 식탁에 억지로 앉혔다. 팽이버섯을 넣고 만들 거라고는 생각하지 못했다. 보건 시간에 기생충에 관해 배운 뒤로는 밥상에서 팽이버섯을 보고 싶지 않아졌다. 촘촘히 썰린 계란말이에 가지런히 들어찬 팽이버섯의 단면은 거기에 흰 알이 수도 없이 모여 있는 것처럼 느껴졌다. 생선 내장 속에 들었다는 회충이나 사람 배 속에서 꺼낸 십이지장충 사진을 본 것이 생각나서 그걸 먹느니 죽고 싶었다. 눈물을 떨어뜨리고 있는데 엄마가 소리를 질렀다. '너 말 안 들을 거면 나가, 들어오지 마!' 그렇게 말하고는 엄마가 안방으로 들어가 거칠게 문을 닫아버렸다. 나는 잠시 흐느껴 울다가 담배를 챙겨 들고 밖으로 나왔다.

해가 진 그 동네가 무서웠지만 나는 노란 담벼락과 하얀 담벼락 사이를 찾아갔다. 노란 담에 그려진 꽃은 물뿌리개에서 떨어지는 물방울을 맞고 있었다. 어둠 속에서 보니 빨간 꽃이 섬뜩해보였다. 꼬리뼈까지 서늘해지는 기분에 쭈뼛거리며 나는 좁은 틈으로 걸어 들어갔다. 어둠에 눈이 익자 비로소 그곳이 익숙해 보였다. 그리고 담배를 붙여 막 피우려던 찰나, 그 안을 들여다보는 참치 할머니와 마주쳤다.

나는 벌떡 일어났다. 할머니도 놀란 기색이었다. 할머니와 내가 마주 본 채로 몇 초간 얼어붙은 정적이 흘렀다. 할머니는 한쪽 팔로 무릎을 짚고 리어카를 세우더니 나를 향해 손을 저었다. 그건 하던 일을 계속하라는 의미인지, 일어서지 말고 앉으라는 말인지 알 수 없었다. 나는 담배를 떨어뜨리고 얼른 비벼 껐다. 할머니는 끄응, 하는 소리를 내고 돌아서서는 리어카를 끌고 가버렸다. 어둠 속에서 할머니가 무지개언덕을 오르는 것을 보았다. 그 뒷모습에는 어떤 취미도 없어보였다.

나는 여드름을 그린 적이 있다.

내 앞에 앉은 아이의 목에 솟은 여드름이 검지 손톱 크기로 자라나 검붉은색으로 익어가는 것을 스케치했다. 마지막 날에는 뾰루지가 터져서 셔츠 깃에 묻었는데 피 섞인 고름 방울이 맺힌 것도 그려 두었다. 출산에 관한 다큐멘터리를 보았던 가정 수업 시간이었다. 선생님이 감상소감을 묻자 장애인 아이가 '엄마께 효도해야겠다는 생각이 들었습니다'라고 말했다. 내 앞의 여드름 여자애는 작은 소리로 '쟤네 엄마는 진짜 열 받았겠다. 낳고 보니까 쟤였던 거잖아' 라고 말했다. 다큐멘터리에서 소처럼 울부짖던 산모는 출산이 끝난 소감을 묻자 '애기 나올 때에 굉장히 시원해요. 변비 있다가 확 뚫리는 느낌?' 이라고 대답해버려서 나는 어떤 비밀을 알게 된 것만 같았다. 나는 그날을 기록해두고 싶어서 익어가는 여드름을 그렸다. 그리고 그런 것은 절대로 그리는 것이 아니라는 것을 이내 알게 되었다.

나는 그날의 기분을 그리는 상상을 했다. 닭집에서 버리는 폐식용유에다 개똥 같은 걸 칼로 섞어서 길바닥에 문지른다. 동그라미도 아니고 곡선도 아니고 글씨도 아닌 것이 끊겼다가 이어져서 꿈틀거리게끔 그냥 마구 발라놓는다. 그런 걸 보고 싶은 사람이 없다는 것을 알고 있다. 똥 처럼 세상에 태어난 건지도 모른다는 생각에 더럽고 두려운 기분이 들었다. 그걸 그려서 기분이 나아진다면 나는 얼마든지 그렸을 것이다.

베란다 밖으로 던져진 음식물을 그린 적이 있다.

나는 그것이 더럽다는 생각을 한 적이 없다. 그릇에 담겨 있지 않을 뿐이지 그건 누가 차려놓은 아침밥 같은 것들이었다. 학교 가는 아침에 항상 그것들을 볼 수 있었다. 콩과 조가 섞인 쌀밥, 불고기, 멸치볶음, 총각김치, 미역국이었을 것 같은 흥건한 국물이 뿌려져 있었다. 어떤 날에는 계란 프라이, 김치볶음, 스팸구이와 김, 근대국이었을 것 같은 국물이 떨어져 있었고 부침개나 콩장, 깎은 사과와 김밥, 만두도 떨어져 있었다.

새벽까지 잠이 오지 않던 어느 일요일, 엄마 아빠가 곤히 잠든 것을 확인하고 동도 트기 전에 집 밖으로 나왔다. 얼른 담배를 피우고 다시 들어갈 생각이었다. 아파트 현관에서 막 나오려던 찰나 눈앞에 찰밥덩이가 떨어지는 것을 보게 되었다. 뒤이어 계란찜과 잡채가 떨어지더니 굴비 두 마리가 떨어져 내렸다. 위를 살피자 7층에서 마침 된장국을 확 쏟아붓는 중이던 사람을 볼 수 있었다. 나를 발견한 7층의 누군가는 당황한 듯 숨어버렸다.

나는 각각 입을 '아'와 '으'로 벌리고 있는 굴비 두 마리를 그렸다. 굴비의 눈에서 눈물이 흘러나와 굳은 모습과 자잘한 이빨들, '으'의 입 모양을 한 굴비가 조금 더 탄 것까지 전부 그렸다. 몸통에 세 군데의 칼집이 난 것과 거기에 양념을 얹어놓은 것, 그리고 양념에 쪽파와 깨가 들었던 것까지 그렸기 때문에 누군가는 그것이 자기 굴비라는 것을 알아볼 거라고 생각했다. 나는 엘리베이터에 그 그림을 붙여두었다. 하루도 지나지 않아 엄마가 그 그림을 떼어가지고 들어왔다. 엄마 손에 들린 굴비가 파스텔 가루를 날리며 펄럭거렸다. '이거 네가 그렸지? 왜 엘리베이터에 붙여놨어? 나는 먹고 싶어서 그랬다고 대답했다. 엄마는 별일 다 보겠다고 하더니 다음 날 굴비찌개를 끓였다. 퀴퀴한 국물 속에 잠긴 굴비가 나를 향해 혀를 내밀고 있었다. 엄마 아빠는 소주를 곁들여 찌개를 먹었다. 나는 탕 속에서 경악하던 굴비들 때문에 그날 밤 잠을 설쳤다.

7층 아줌마가 나에게 먼저 말을 걸었다. 슈퍼마켓에서 고추장맛 참치를 보통 참치로 바꾸고 있을 때였다.

"얘, 너 지난번에 조기 구운 거 그려서 엘리베이터에 붙였던 애지?"

아무도 없는 것을 확인하고 아줌마가 다가오더니 내게 말을 걸었다. 나는 아니라고 말하려 했지만 너무 놀라서 참치 캔을 떨어뜨렸다. 아줌마가 허리를 굽혀 캔을 주웠다. 아줌마의 뜨거운 손이 내 손을 스쳤다. 털을 전부 밀어버린 점투성이 돼지 같은 아줌마였다. 얼굴을 뒤덮은 기미 때문에 오싹한 느낌이 들었다. 나는 나도 모르게 뒷걸음질쳤다. 아줌마는 비굴한 표정으로 웃었다. 억지로 웃는 얼굴이 축축해 보였다.

"너는 학생이니까 모르겠지만 원래 객지 나간 식구 밥은 항상 따로 해놓는 거다. 그래야 타지 나가서도 밥 잘 얻어먹고 무사하고 그러는 거야. 요즘 사람들은 안 그러지만 옛날 사람들은 다 그렇게 식구 챙겼어."

나는 주춤한 채 아줌마를 바라보았다. 아줌마의 입에서 젖은 해초 같은 것이 꾸역꾸역 기어 나오는 장면을 상상했다. 아줌마는 숨을 몰아쉬며 내게 한걸음 다가오더니 목소리를 낮추어 말했다.

"사실, 우리 애가 얼마 전에 저기에 갔어. 키도 크고 잘생기고 그럴 애가 아닌데 군대 가서…. 그 사고가 났어."

아줌마는 턱을 치켜 하늘을 가리켰다. 당장 울 것처럼 안절부절못하는 모습이었다. 두려워져서 나는 자리를 피했다. 아줌마는 내 걸음을 뒤따라오며 계속 말을 이었다.

"아줌마 이상한 사람 아니야. 요 앞에서 부동산 해. 이 아파트에만 아줌마 집이 세 채야. 요 건너 삼성 아파트에도 집이 있고, 롯데캐슬에도 하나 있어. 거기 집은 복층이지. 내가 일을 너무 하느라 우리 애 외지 나갔는데도 밥을 안 챙겼어. 워낙 키가 커서 뭐 먹고 돌아서면 또 배고프다고 하는 애인데, 집 밖에서 잘 얻어는 먹고 있나 신경 썼어야 하는데, 내가 그걸 못했어."

아줌마는 말을 하다 말고 눈가를 훔쳤다. '너 오빠가 얼마나 잘생겼는지 아니? 우리 아들이 장동건 조인성보다도 잘생겼어. 네가 이사 온 지 얼마 안 돼서 우리 아들을 모르는 거야, 이 동네 여자애들은 우리 아들 다 알아…….'

아줌마는 숨을 헐떡이며 달동네 입구까지 나를 따라왔다. 나는 건반이 그려진 계단에 발을 올려놓다가 돌아섰다. 아줌마가 울고 있을까봐 일부러 얼굴을 보지 않았다.

"저, 지금 아줌마 처음 봐요. 그러니까 걱정하지 마세요."

나는 도, 미, 파, 솔, 시의 계단을 뛰어올라갔다. 그리고 콩나무를 지나 내 고양이가 기다리는 좁은 틈으로 갔다.

처음 이사 왔던 날, 나는 옥상까지 걸어 올라가 보았다. 15층 옥상에서 아래를 보고 싶었는데, 문이 잠겨 있을까봐 걱정했지만 쉽게 열렸다. 누군가 죽고 싶다면 여기에서 곧장 죽을 수 있겠구나 하고 생각하며 옥상에서 내려왔다. 그 뒤로 다시는 거기에 가지 않았다. 혼자 있기에는 지나치게 넓고, 문이 너무 쉽게 열렸다.

어느 날 새벽, 아파트에 경찰이 왔다. 재활용품을 훔치는 중이던 할머니를 잡아갔다고 한다. 이상한 사람이 단지 내에 침입해서 이상한 행동을 하는 것 같다고 누가 신고했다는 말을 들었다. 그 일에 관해 이야기하는 엄마 아빠는 평소보다 힘없는 말투였다. 아파트 사람들은 이런가? 하는 아빠 목소리는 어딘지 자신 없게 들렸다. 캔이 딸그랑거리는 소리 때문에 신고가 들어왔다고 하는데, 할머니가 경찰을 따라가지 않으려고 해서 소란이 커졌다고 했다. 그거 훔치면 절도죄야? 엄마가 물었다. 아빠는 아니지, 라고 한 뒤 버린 건데, 라고 덧붙였지만 여전히 자신 없는 목소리였다. 나는 그날 아침 학교에 가다가 할머니의 리어카를 보았다.

재활용품 수거함 근처에 세워진 리어카 안에는 원래 뭐였는지 알 수 없는 긴 봉, 캔이 든 비닐봉지와 신문지가 담겨 있었다. 경비 아저씨가 그걸 끌고 가서 관리실 뒤쪽에 세워두는 것을 눈여겨봐 두었다. 하지만 학교에서 돌아왔을 때에는 리어카가 보이지 않았다. 그리고 한참 동안 할머니도 보지 못했다.

엄마는 내게 왜 고추장맛 참치를 보통 참치로 바꿔 가느냐고 물었다. 슈퍼마켓 점원 아가씨가 그런 소리를 하더라고 했다. 나는 보통 참치가 더 맛있어서, 라고 대답했는데 엄마가 짜증을 냈다. 아니, 그럼 그냥 참치를 사달라고 하지 그걸 말을 못해? 그 말을 듣고 나서야 그러면 되는 일이었다는 것을 깨닫게 되었다.

학교 급식실에서 나는 때론 혼자 밥을 먹었다. 먹는 속도가 느리기 때문에 다른 아이들과 함께하는 것이 힘들었다. 아이들이 전부 먹어치우는 동안 나는 반의 반도 먹지 못했다. 때론 일부러 엎드려 자 버리고 밥을 굶었다. 입에서 침이 잘 안 나와서 삼키는 게 힘든데, 누구든 내가 음식 먹는 것을 답답하게 보았다. 어떤 아이는 내가 밥을 먹는 것을 한참 구경했다. 쟤 진짜 불쌍하게 먹지 않냐? 라고도 했고, 햄스터 같다, 라고도 했다. 숟가락을 잡으면 나는 오랜 시간을 들여 어렵사리 먹었다. 때론 내가 먹은 음식들이 잔뜩 부풀어 올라 배 속에서부터 나를 안아주기도 했다. 하지만 그런 때는 가끔이었고 주로 굴러떨어질 것 같은 느낌이 들었다. 아기 염소 대신 돌이 든 것도 모른 채 끊임없는 갈증을 느끼는 늑대처럼 나는 딱딱한 배를 안고 겨우 걸었다.

"아, 정말 날 왜 낳아가지고! 사람 귀찮게시리!"

그 말이 뭐가 그렇게 잘못되었다는 건지 알 수가 없었다. 엄마는 내가 그렇게 말하면서 엄마를 노려보았다고 하는데, 그래서 너무 상처받았다며 아빠에게 하소연을 하고 있었다. 너 진짜 그따위로 말했어? 아빠가 나를 노려보았다. 나는 그렇다고 대답했다. 뭘 사과하라는 건지 알 수가 없었다. 귀찮다는 말이 버릇없는 말도 아니고, 날 왜 낳았는지는 평소에 궁금해하던 것이어서 튀어나온 말인데 그렇게 나쁜 말인 것 같지는 않았다. 엄마는 상처받았다면서 세상이 무너지기라도 한 것처럼 주저앉아 울고, 계속 나를 나쁜 사람으로 만들고 있었다. 미안하다고 해도 소용이 없었다. 아빠가 말했다.

"지수 너, 사는 게 귀찮냐?"

나는 대답하지 않았지만 아빠가 말을 이었다.

"너 어린 게 그런 소리 하면 정신이 이미 썩은 거다. 공부하는 학생 입에서 나올 말이 아니야."

아빠는 마치 자기는 귀찮지 않기라도 한 것처럼 말하고 있었다. 자기들 멋대로 세상에 태어나게 하더니 말도 내 마음대로 못하게 한다. 이런 식일 거라는 건 알고 있었지만 나는 그때에도 똥처럼 가만히 놓여 있는 게 정말 귀찮았다.

음식물은 계속 버려졌다. 푸릇한 콩이 섞인 밥, 참기름 냄새가 나는 명란젓도 있었고, 고구마튀김, 무생채, 아주 작은 게를 볶은 반찬이 버려져 있었다. 연근조림이랑 브로콜리 볶음을 봤을 때에는 한참 침을 삼키기까지 했다. 속에 시금치가 든 계란말이와 소스가 묻은 돈까스, 오징어채를 빨갛게 무친 것, 두부와 다시마가 든 국이 버려진 날도 있었다. 어떤 날 아침엔 김치 넣고 끓인 콩비지찌개, 꽈리고추와 함께 볶은 꿀색 멸치들이 떨어져 있었다. 나는 또 어떤 반찬을 보게 될지 기대했다.

7층 아줌마의 비밀은 아무도 알지 못했다. 엘리베이터에 붙은 경고문이 낡아서 떨어지자 '음식물 쓰레기 무단 투기 엄금'이라고 적힌 경고문이 다시 붙었다. '엄금'을 빨간색 매직으로 쓴 글씨였는데 글자 위에 불이라도 붙인 것처럼 화가 많이 난 필체였다. 7층 아줌마가 고등어조림을 했던 날, 나는 그 냄새가 달콤하다고 생각했다. 생선조림에 든 무에다 밥을 비벼 먹고 싶다고 했더니 엄마가 양미리라는 생선을 사왔다. 뱀 토막 같은 모양도 싫었지만 사람 이름이 붙여진 게 무섭고 싫었다. 이거 양미리라는 거야, 하는 목소리를 듣자 지난번에 임연수라는 생선을 먹으라고 했을 때처럼 기분이 나빠졌다.

나는 좁은 틈에 자주 갔다. 날이 추워지면서 고양이가 보이지 않았다. 전날 열어둔 참치 캔이 그 자리에 그대로 있었다. 나는 새 참치 캔을 따서 놓아두고는 담배를 피웠다. 떠난 걸까, 설마 나쁜 일을 당한 걸까? 하도 못생긴 고양이여서 누가 이유 없이 괴롭힐 수도 있었다. 나는 누가 고양이 꼬리에 불을 붙였다는 뉴스나, 높은 곳에서 던져버렸다는 뉴스들을 생각했다. 못생긴 고양이가 다시는 여기에 오지 않을까봐 두려웠다. 그래도 당분간은 참치 캔을 놓아두고 기다려볼 생각이었다. 담배를 다 피우고 일어나려는 순간 어지러워 벽을 짚었다. 눈앞이 노랗고 다리가 후들거렸다. 다시 주저앉았다가 천천히 일어나는데 담과 담 사이에 할머니가 서서 나를 보고 있었다.

"고양이 찾나?"

할머니가 물었다. 나는 당황해서 대답을 못했다. 할머니가 말했다.

"구청에서 사람들이 와가, 고양이 다 잡아갔다."

할머니는 나를 흘끗 보더니 덧붙였다.

"그 사람들이 고양이 한데 잡아갔다가 한데 풀어놓더라. 며칠 있으면 다시 보일끼다."

할머니의 리어카는 무사했다. 할머니는 리어카에 매달아놓은 봉지를 뒤적였다. 그리고 이리 와봐라, 이리 나와 봐라, 하고 내게 손짓했다. 나는 주춤거리고 다가갔다. 할머니는 토스트를 꺼냈다. 흐뭇한 눈으로 웃고 있었다.

"이거 따뜻하니까 갈라 먹자."

나는 입에서 담배 냄새가 날까봐 가만히 있었다. 할머니가 나눠주는 대로 토스트 절반을 받아 먹었다. 우리 아파트 후문 앞 토스트집에서 쓰는 포장지였다. 마가린에 지진 식빵 사이에 계란부침이 들어있었다. 기름기가 달콤하고 따뜻했다. 나는 순식간에 먹어버렸는데 할머니는 아직도 빵을 들고 있었다. 더 먹을 거냐고 묻기에 고개를 저었더니 그제야 할머니도 토스트를 먹기 시작했다.

"참말 맛있다. 이 아줌마가 빵을 이래 잘 굽는다. 손님 없을 때 내 보면은 얼른 구워서 한나씩 준다. 서울 사람들이 이래 착해, 서울 사람들은 이래 잘 도와줘."

토스트를 다 먹은 뒤 할머니는 좁은 틈에 들어가 참치 캔을 들고 나왔다. 참치 줄 때에는 깡통째 주지 마라, 고양이 입 다친다, 라고 말하며 할머니가 물끄러미 나를 보았다.

"어린 몸에 불을 때고 그라면 안 된다 아이가, 키 커야제."

나는 무안해서 고개를 숙여버렸다. 할머니는 지그시 웃는 기색이었다. 리어카에는 페트병 몇 개와 참치 캔, 그리고 토스트집 아줌마가 줬을 것 같은 박스 서너 개가 실려 있었다. 할머니는 그걸 끌고 언덕 저편으로 갔다.

7층 아줌마가 드디어 들키고 말았다.

매일 던져지는 음식물 쓰레기 때문에 미칠 것 같다고 하던 우리 동 경비 아저씨는 새벽녘에 추위를 참으며 잠복했다. 벤치 뒤에 숨어 꼼짝도 않고 있던 새벽 6시경, 7층 아줌마가 소리도 없이 베란다를 열고 음식을 던지는 것을 보았다고 했다. 팥을 섞은 밥과 오이지무침, 손바닥만 한 파래부침개, 굴이 들어간 깍두기를 던지고 소고기무국을 쏟아부은 뒤 창문을 닫는 것을 전부 보았다. 경비 아저씨는 아무도 모르게 7층 아줌마에게만 따로 경고를 할 생각이었다고 했다. 하지만 7층 아줌마가 생사람 잡는다며 삿대질을 해서 큰 시비가 붙었다. 경비가 제 할 일을 안하고 쓰레기 버리는 사람을 못 잡아내자 자기에게 누명을 씌웠다는 것이었다. 몸을 떨고 눈물을 흘리며 7층 아줌마가 소리를 질렀다. 억울해! 난 억울하단 말이야! 마치 누가 때리기라도 한 것처럼 비명을 질러서 아파트 전체가 흔들렸다. 사과하라며 경비 아저씨를 몰아세우는데, 동 대표 아줌마가 이제 좀 그만들 하시라고 말려도 소용이 없었다. 7층 아줌마는 억울하다는 말만 하면서 악을 쓰고 울었다. 아무도 아줌마를 달래지 않았고 다들 시선을 돌렸다. 동 대표 아줌마가 말하길, 그냥 아저씨가 잘못 본 것 같다고 사과하세요, 라고 했는데 경비 아저씨는 그럴 수 없다고 했다.

그때 7층 아줌마와 눈이 마주쳤다. 아저씨를 무릎 꿇리고 사과를 받아내고 잘라버리기라도 할 것처럼 난리치던 7층 아줌마는 나를 보자 갑자기 정신이 든 것 같았다. 낮살도 얼마 안 됐는데 벌써 치매 왔냐, 낯짝도 두껍다, 천벌 받을 줄 알아라, 온갖 말을 해대며 천천히 기세를 접더니 이렇게 말했다.

"에그……. 지 잘못 인정을 하지 끝까지 우기긴. 하늘이 알고 땅이 알아! 평생 경비나 하고 살아라!"

그렇게 말한 뒤 7층 아줌마는 아파트 안으로 들어갔다. 어쩔 줄 몰라 하는 경비 아저씨를 향해 사람들이 한마디씩 했다. 아저씨, 고생하셨어요, 오늘 소주 한 잔 하셔야겠네요, 잊어버리세요, 이 지경으로 했으면 이제 음식물 쓰레기 보는 일은 없겠네요, 라는 말들 끝에 누군가가 말했다. "근데 앞으로도 버리면 그럼, 범인은 저 아줌마 아니라는 거잖아?" 그 말에 다들 잠잠해졌다. 뭔가 곤란한 문제였다. 나는 7층 아줌마가 앞으로도 계속 음식을 던질 거라고 생각했다.

나는 바닥에 떨어진 흑미밥을 그려서 엘리베이터에 붙여두었다. 밥공기에서 뒤집은 모양 그대로 동그랗게 떨어진 밥과 문어 모양으로 볶인 소시지를 일러스트로 그렸다. 문어 모양의 소시지가 피망 조각들 사이를 누비며 두리번거리고 보라색 밥덩이를 찔러보는 것을 그렸다. 보라색과 분홍색 색연필은 쓸 일이 거의 없었기 때문에 색감 연습으로 괜찮은 그림이었다. 어떤 문어 소시지는 하늘을 향해 무릎을 꿇고 기도하는 모습으로 그려두었는데, 7층 아줌마를 위해서 한 일이었다.

쉽지 않은 것은 직선으로만 완성하는 그림이었다. 나는 할머니를 위한 그림을 그려보고 싶었지만 아주 신중해야 했다. 최초의 선을 어디에 어떻게 긋느냐에 따라 그림이 결정될 터였다. 그래서 나는 꽤 오랫동안 첫 번째 선을 긋는 것에 관해 생각하며 지냈다.

색은 총 다섯 가지를 표현하기로 계획을 세웠다. 흰색과 검은색, 흰색의 검은 부분과 검은색의 흰 부분, 그리고 그림자의 색. 귀퉁이에서부터

그을 것인지 한가운데에서부터 그을 것인지 마음속으로 시작해보았다
가 매번 지웠다. 거친 선으로 그릴지 날카로운 선으로 그릴지부터 결정
해야 했다. 촉이 가느다란 검정 펜을 만지작거리기만 할 뿐 시작을 못하
던 어느 아침에 첫눈이 내렸다. 나는 할머니의 리어카를 오랜만에 보았
다. 리어카 안의 박스 몇 장이 눈에 젖어 있었다.

　그날 나는 아주 천천히 선을 그어 그림을 그렸다. 여러 번 덧대어 긋
자 눈을 맞은 듯 음영이 지고 한숨이 나오는 선들이 생겨났다.

　나는 그림의 바닥부터 맨 위까지 선이 쌓이게 놓아두었다. 결이 되고
면이 되도록 빈 종이에 선을 모으는 기분이었다. 신기하게도 어떤 선은
포동하고 뽀얀 빛을 지녔다. 손끝부터 어깨를 지나 반대편 손끝까지인
것처럼 어떤 것은 벌린 팔을 닮아 보였다. 우리 반 아이들은 그림을 보
고 의아해했다. 너 왜 선긋기 해? 미술 처음 하는 사람이나 하는 거잖아?
나는 이렇게 가득 모아서 주고 싶은 사람이 있다고 대답했다. 누군가 알
아들었을지 모르는 일이었다.

사람이, 세상이 무엇인지 매순간 고민하겠다

당선소식을 어머니께 전하자 "매순간 네가 소설을 써야만 하는 이유를 떠올리며 살아라"라고 하셨다. 사실, 생명체의 본분이 사는 것 자체를 통해 기뻐하는 것이듯이 소설을 좋아하는 이유도 마찬가지인 것 같다. 나뿐만 아니라 뜨겁게 살고 있는 대부분의 사람이라면 모두가 소설을 쓰는 중이라고 생각한다. 다만 그것을 다듬고 옮겨 적는지 그렇지 않은지의 차이가 있을 뿐이다.

2014년의 그 일 이후로, 항상 그 자리에 통증이 있다는 사실을 기억한다. 아직까지도 크기조차 가늠이 되지 않는 아픔이지만 이럴수록 맹렬해져야겠다고 결심했다. 참담한 하늘 아래 내가 할 수 있는 일이 없다면 아픔과 슬픔을 느낀다는 사실에 온전히 주목하는 것이라도 해야 한다는 생각이 들었다. 나는 아픔과 슬픔이 빼앗거나 짓밟으려는 힘보다 훨씬 큰 힘이라는 것을 믿는다. 이 믿음으로 나는 맹렬히 소설을 쓰고 싶다. 그리고 이것이 청년다운 태도이며 나의 은사님이신 소설가 고(故) 김용성 교수님께서 마음에 들어 하실 태도이리라고 생각한다.

평론가 류수연 선배와 나는 서로가 꿈을 좇는 과정을 처음부터 지켜본 사이다. 우리에게 꿈이란 이미 삶의 방식 같은 것이 되어버려서 앞으로도 과정만 있을 뿐 끝이 나지는 않는다. 수연 선배, 선하고 강한 선배의 모습이 바로 내 꿈의 일부이기도 합니다. 커다란 사랑을 알게 해주어 고맙다고 조카 동주에게 전한다. 지난 삼년간 슬프거나 기쁠 때 진심으로 함께 울었던 인, 정, 녕, 명과의 추억 덕분에 앞으로도 내내 가슴이 따뜻할 거라고 전하고 싶다.

고아 같은 처지이던 저를 거두어 주시고 힘을 주신 김종회 교수님, 감사합니다. 더욱 좋은 작품 보여드리겠습니다. 모자란 저에게서 가능성을 보아주신 심사위원님들께 감사 인사를 올립니다. 사람이 무엇인지 세상이 무엇인지 매 순간 고민하며 쓰겠습니다.

그림으로 커가는 성장기
문학적 성취도 높아

    예심에서 올라온 총 9편의 단편들은 대부분 아쉬움을 남겼다. 제목부터 너무 직설적이라 문학의 향취가 삭감되었고, 동성애를 다룬 '숭례문 블루스' 같은 단편은 이야기를 끌어가는 입심은 있으나 결말이 식상했다. 그중 최정나의 '잘 지내고 있을 거야'는 상징이 복합적으로 깔려 있어 마음을 끌었다. 오빠와 동생 부부가 가족 골프를 치러가면서 벌어지는 이야기를 세밀화처럼 그렸는데, 벚꽃 휘날리는 골프장에 날아오는 까마귀들과 "닌자와 가부키" 같은 호칭은 연극무대를 떠올리게 했다. 리무진과 골프로 대변되는 풍요로운 물질의 이면에 상처와 죽음의 그림자가 드리워 있어 만만치 않은 솜씨를 보여주었지만 골프 이야기가 길어서 약간 산만했다.

    당선작은 순식간에 정해졌다. 이은희의 '선긋기'는 그만큼 문학적 성취도가 높았다. 고가도로 옆에 지은 지 삼십 년이 되며 뒤에는 달동네가 있는 아파트, 그 오래된 아파트에 새로 이사 온 소녀가 그림으로 의미를 쌓아가는 성장기는 눈을 사로잡았다.

    어른이 되기 전 아이들은 흔히 생각한다. 우리가 선택하지 않은 자기 존재에 대해 "나는 왜 태어났을까?" 하고 반의한다. 32kg의 선병질 주인공도 "똥처럼 세상에 태어난 건지도 모른다"는 생각에 더럽고 두려워하지만 그림으로 무의미를 의미화한다. 7층 아줌마가 죽은 아들에게 매일 공양하느라 창밖으로 던진 문어모양 소시지 반찬을 무릎 꿇고 기도하는 모양으로 그리고, 늘 리어카를 끌고 폐품수집하는 할머니를 위한 그림을 그리고자 한다. 할머니와의 우정은 "흰색과 검은색, 흰색의 검은 부분과 검은색의 흰 부분, 그리고 그림자의 색" 다섯 가지로 표현하기로 계획한다.

　얼마나 절묘한 색깔인가. 소녀는 세상을 흑백으로 나누는 것이 아니라 이면의 그림자 색까지 보고자 한다. 예술가의 시선이다. 그림의 바닥부터 맨 위까지 선이 쌓이게 놓아두면서 "이렇게 가득 모아서 주고 싶은 사람이 있어서 그린다"고 말한다. 이것도 예술가의 행위이다. 어린 예술가의 조용한 분투가 감동을 준다.

영남일보 이선우

1959년 충남 아산 출생
2003년 한국방송통신대학교 국문과 졸업
2013년 제1회 김승옥문학상 소설부문 우수상 수상
2014년 제12회 동서문학상 소설부문 동상 수상

시골로 내려왔소. 월급쟁이 한의사로 취직했소. 모든 상황정리는 어머니가
하고 싶은 대로 하라고 했다. 여자는 내가 좋아한 사람이오. 불쌍하니 괴롭게
하지 마시오. 부탁이오. 문자메시지는 어머니에게 보내온 아버지의 오래 묵은
흰 깃발이며 동시에 붉은 깃발이기도 했다. 아버지가 불쌍하다고 지목한 사람
은 어머니가 아니라 화장품 집 여자였다.

영남일보

깃발이 운다

이선우

　눈을 떴다. 야광 삼각 깃발이 깃대에 매달려 파르르 떨고 있는 게 보였다. 몸이 땅바닥에 붙어 떨어지질 않는다. 오토바이를 벗어난 몸이 하늘로 치솟던 기억이 난다. 지금껏 물이 홍건한 수로에 꼬라박혀 있지 않은 것만도 다행한 일이다. 수로 바닥에 곤두박질 친 뒤로 풀숲으로 기어 오르던 것에서 필름이 끊어졌다. 몸이 결려 꼼짝할 수가 없다. 몸은 밤 사이 내린 이슬에 흠뻑 젖어 매 맞은 것처럼 무겁고 욱신거린다. 오토바이는 수로에 곡예하듯 아슬아슬 걸쳐있다. 오토바이 꽁무니에는 저팔계를 흉내 낸 아기돼지 야광 깃발만이 팔랑거리고 있다. 마치 우리를 진두 지휘할 때 아버지가 흔들던 깃발 같기도, 공단 외국인 노동자숙소 벽에 붙은 색색의 삼각 깃발 같게도 보였다.

　아버지는 성대결절 진단을 받던 날부터 깃발로 의사를 소통하기 시작했다. 성대 쓰는 걸 최소화 하라는 의사의 말을 듣고 온 후였다. 너희들 나 화나게 하면 안 된다. 너희들이란 말로 나와 어머니를 한 축으로 묶어 깃발부대를 창단했다. 60센티 막대기 끝에 삼각모양 흰 천, 붉은 천을 각각 매달아 상하 좌우로 흔들며 진두지휘했다. 유치하네. 물론 이 말은 어머니가 내 앞에서만 했던 말이다. 그러니까 아버지 혀끝에 놀아

나던 우리가 깃발 짓에 놀아나게 된 셈이다. 평소 마지못해 입을 열던 아버지는 깃발로 소통하는 것이 만족스러워 보였다. 문제는 어머니였다. 평소 잘 웃는 편이긴 해도, 아버지의 깃발 짓에 토를 달지 않는 것은 물론이고 까르르 웃기까지 했다. 아버지의 깃발 소통은 쭉 이어졌다. 차려놓은 밥상 앞에서 맥 풀린 얼굴로 참 참 참 게임을 하듯 머릿짓과 동시에 붉은 깃발을 휘저었다. 삭힌 깻잎과 물에 동동 띄운 오이지 앞에서는 양미간에 팔자주름까지 합세해 붉은 깃발을 흔들었다. 어머니는 팔랑이는 깃발 짓에 맞춰 그것들을 상 밑으로 잽싸게 내려놓았다. 시장 통에서 어머니 손에 들린 아이스크림을 보고 품격 운운하며 한 달간 어머니와 말을 섞지 않을 때도, 허벅지가 보이는 반바지 차림의 어머니를 슈퍼에서 만났을 때도, 열흘 동안 어머니 코끝에서 붉은 깃발이 오고갔다. 때로는 어머니가 차린 밥상에 앉지 않는 것으로 어머니에게 벌을 준다는 웃음도 안 나오는 일도 감행했다. 우유나 과일을 준비하겠다는 어머니의 말에는 강력하게 거부한다는 표시로 붉은 깃발을 수없이 팔락거렸다. 그럴 때마다 해적 깃발도 아닌데 어머니의 자존심을 해적질당하는 것 같아 나는 몹시 불쾌했다. 그런 아버지 앞에서 어머니는 여전히 명랑했다. 명랑할 일이 도대체 없어 보였지만 이해하기 어렵게 꾸준히 상냥하고 명랑했다. 나는 처음으로 어머니에게 바보냐고 화를 냈다.

대학교 1학년 때 4수 끝에 입학한 네 아버지를 만났어. 적당한 몸피에 음식도 소식가였어. 소처럼 많이 먹는 남자 싫었거든. 어머니는 나를 설득하거나 이해시키려는 말투는 아닌 듯 보였다. 정갈한 남자의 표본처럼 하얘가지고, 말수 없는 것이 좋았어. 그때부터 내가 네 아버지를 좋아했거든. 너는 명랑한 게 보기 좋더라. 그렇게 말하는 너희 아버지 말처럼 더 명랑해져서 나를 좋아하게 만들고 싶었어. 말을 맺는 어머니는 줄기 끝에 핀 보랏빛 붓꽃처럼 수줍어 보였다. 나는 수줍게 웃는 어머니를 볼 때마다 아버지의 치부를 들추고 싶은 것을 참느라 어머니에게 성깔을 부렸다.

사 개월 전 공영주차장 관리실로 족발을 배달하고 돌아가는 길이었다. 공영주차장 관리실은 두 평 남짓 공간이지만 모든 집기들을 갖춘 원룸 같았다. 한가한 틈을 타 뭉치는 주변 소상인들 덕분에 자주 배달을 갔었다. 공영주차장 바로 뒷골목이 경일한의원이었으므로 그 앞을 지나칠 때마다 습관처럼 올려다보곤 했었다. 평상시라면 병원 문을 닫을 시각이었지만 웬일인지 한의원에서 연한 빛이 새어나왔다. 올라간다고 반겨줄 아버지는 아니었지만 가게로 일찍 가봤자 주인의 새로 태어난 손자 자랑에 머리가 아플 것이고 30분 배달 수칙에도 여유가 있던 터였다. 계단을 절반쯤 올라갔을 때였다. 낮지만 정확하게 세 번 노크소리가 낮게 계단에 퍼졌다. 곧 문이 열렸다. 여자를 안에서 낚아채듯 끌어들인 건 분명 아버지였다. 똑깍, 안에서 문 잠그는 소리가 계단의 고요 속으로 사그라졌다. 나는 어느 사이에 절반쯤 올라갔던 계단을 순간이동 해 땅바닥을 밟고 있었다. 그 뒤로 성격이상자로 생각했던 아버지와의 소통부재가 근거 있는 정황이었다는 것으로 정리가 되었다. 어떤 것이 먼저였을까, 여자가 있어 가족과 소통하지 않은 것일까, 가족과 소통이 안 되기 때문에 여자를 품은 것일까. 나로서는 알 수 없는 일이었다. 아버지 본인은 정갈한 인간이란 가면을 쓰고 살았다. 속이고 속는 삶의 경계에서 어머니의 삶을 구겨놓고 구경꾼으로 살아가는 아버지에게 이대로 돌진하고 싶어졌다. 어머니는 보지 않고는 아버지의 현실을 믿지 않고 태엽 감은 인형처럼 언제까지고 명랑함을 잃지 않고 웃을 것이다.

아버지가 여자와 동행해 한의원에서 나오는 것을 발견한 건 처음 여자가 노크하고 양극이 음극을 끌어들이듯 쭉 빨려 들어간 뒤로도 서너 번 더 모르는 척 지나친 후였다. 나와 아버지가 눈빛을 교환했을 때 아버지는 그 짓을 끝냈어야 했다. 그때 아버지는 네 놈이 알면 뭘 어쩌겠느냐, 마치 점수가 낮은 내 성적표를 받았을 때처럼 조소가 담긴 눈빛만 보냈을 뿐 멈추는 일은 하지 않았다. 아버지가 멈추지 않은 것처럼 나는 아버지에게 보낼 응징의 시도를 멈추지 말라고 스스로에게 주문했다.

아버지는 12년째 같은 장소에서 노인환자가 대부분인 한의원을 하고 있었다. 대대로 대물리던 한의원은 규모가 줄고 줄어 뒷골목 작은 한의

원이 남은 것이다. 아버지는 한의원을 간신히 꾸려갔다. 탕약이 필요한 환자에게는 전문탕제원에 맡겨 탕약을 줄 정도로 규모가 작았다. 하루에 몇 안 되는 환자와 씨름하느라 성대가 결절되었다는 말 또한 이해되지 않았다. 시골 한약방 같은 규모가 못마땅한 어머니가 시외버스터미널 가까운 번화한 곳으로 확장을 권했지만 반응은 냉소적이었다. 번화한 곳에 연연하지 않는다는 대답만 돌아왔다. 이상하리만큼 동네를 고집했고 그 장소를 떠나지 못했다. 아버지는 내 성적표에 민감했다. 물론 한의원을 나에게 대물림할 생각은 처음부터 없었다. 중간 이하인 성적표를 받은 뒤 조소가 섞인 눈초리는 햇볕에 눈이 녹아내리듯 나도 녹아내릴 것처럼 따가웠다. 그런 상황이 못마땅해 혀를 치던 어머니는 나에게 위로 삼아 시집와서 들었다는 얘기를 했다. 아버지도 동거 동락하는 독선생에게 과외를 받았대. 한의대 입학할 때까지 도전시키겠다는 할아버지 말에 재수하다 미치겠다 싶어 미치도록 공부해서 네 번의 재수 끝에 지방한의대에 입학했단다. 그것도 턱걸이로. 어머니는 턱걸이에 악센트를 주며 무구하게 웃어보였다. 너는 재수만 했어도 지방한의대 쯤은 거뜬히 갔을걸. 아버지의 치부까지 끄집어내 위로하는 어머니가 고마워 나는 고갯짓으로 긍정의 답을 했다. 어머니는 내가 벌써 한의대생이 된 듯 으스댔다.

　아버지는 내가 이렇게 수로에 처박혀 꼼짝 못하고 있는 걸 안다면 어떤 표정을 지을까. 에이, 나쁜 놈아. 욕을 내뱉기 직전의 표정이 될까, 궁금했다. 시간이 얼마나 흘렀는지 알 수 없었다. 아마 네 시간은 족히 흐른 듯했다. 더구나 한밤중이었으니 인적이 끊겼던 것이 분명했을 것이다. 익어가는 수제비 반죽이 수면으로 떠오르듯 기억이 조각조각 떠올랐다. 기억이 되살아나기 시작하면서 3배속으로 내달렸다.
　아기돼지 야광 깃발을 오토바이 배달통에 꽂고 출발할 때까지도 나는 족발집 주인에게 신임 받던 배달원이었다. 국방의 의무를 마치고 복학할 때까지 주어진 자유를 스스로 반납하고 복학준비와 야식배달로 보낸

지 3개월이 지났다. 복학할 때까지 남은 3개월, 꾀부리지 않고 오토바이를 몰면 등록금은 만들 수 있을 것이라 생각했었다. 무늬만 한의사 사모님이었지 최소 생활비에 목매달려 있는 어머니를 위해 망신창이가 된 구두를 새 구두로 갈아주고 싶었다. 그런데 몸을 움직일 수 없다면 척추를 다친 확률이 높은데, 생각만으로도 끔찍하다. 의식은 점점 또렷해지는데 통증으로 몸을 움직거릴 수가 없다.

공단 쪽에서 읍내로 나가는 중이었다. 농로라서 좁고 어두운 반면 시간은 반으로 줄 수 있는 지름길이었다. 공단 쪽 야식배달은 위험을 무릅쓰고 이 길을 이용했다. 더구나 밤에는 거의 통행이 없는 곳이라 커브링을 즐기기에 최고였다.

"30분 배달시간 지켜라이."

주문을 걸 듯 사장은 출발 전 매일 같은 말을 뒤통수에 대고 쏘아붙였다. 상호와 안전제일이란 문구가 새겨진 아기돼지 야광 깃발을 다는 순간 머리가 복잡해졌다. 30분 배달시간 준수를 염두에 두고 달리다보면 생계형 운전자로 전락하기 일쑤였다. 빨리 가야 한다. 그것만이 목표요, 목적이었다. 250cc 오토바이로 5킬로미터까지 10분 이내. 사장이 정해 놓은 목표시간이다. 사장은 아무리 헤맸다고 사정해도 핑계로만 듣는다. 왕복 30분이 넘으면 배달 원칙 불이행이란 명분을 달아 땀으로 시큼해진 몸에 잔소리 샤워를 퍼부었다. 배달원 주먹에 쥔 돈을 건네받은 후에야 사장은 배달원의 무사귀환이 눈에 들어왔다. 늦은 배달은 다음 고객을 포기하는 것이라 했다. 나 대신 영식이랑 승호가 혼쭐나게 달렸을 것이다. 웬만한 신호는 위반이 필수였다. 안전모 미착용, 신호위반 같은 교통법규위반 범칙금은 걱정 말고 댕겨라이. 사장은 범칙금을 대납해줄 것이라 큰 소리쳤지만 한 번도 대납해준 적은 없다.

어둠을 뚫고 달렸다. 자정이 넘어 출발할 때, 알 것 같았던 3공구 B 블록을 찾기 위해 몇 바퀴를 돌았다. 어둠속에 그 건물이 그 건물 같았다. 즐비하게 선 높고 커다란 사각의 창고 형 건물들이 돌아도 계속 나왔다. 이상한 약품냄새가 밤공기에 섞여 구역질이 났다. 몇 번 왔던 길이지만 잡생각에 빠지면서 비슷해 보이는 공단 블록을 돌고 또 돌게 된 것이다. 도착했을 때 공장 한 켠 컨테이너를 불법 개조한 노동자 숙소에서 수난다와 안주라마가 나왔다. 염색공장에 다니는 티베트에서 온 벵가스 친구들이었다. 수난다와 안주라마는 우리 집 골목 끝 빌라에 사는 벵가스네 집에서 몇 차례 본 기억이 났다. 공장에서 얻어줬다는 빌라는 금방이라도 주저앉을 듯 낡은 집이었다. 벵가스는 가죽 가공 공장에 다니는 불법 체류자 수난다와 안주라마가 같은 나라에서 왔다는 이유로 사장 몰래 가끔 숙식을 함께했다. 배달하러 가면 여남은 명이 족발 하나 시켜놓고 현관문 앞에 바글바글 모여 족발을 맞이했다. 스무 개의 시커먼 눈동자를 굴리고 군침을 삼키는 소리가 산발적으로 들렸다. 벵가스는 가죽염색 기술자였다. 본인만 불법 채류자가 아니라는 말을 하면서 으스댔다. 빌라로 족발배달 하러 갈 때마다 30분 배달 원칙 시간에 남는 10여 분은 그들의 애로사항을 들어 주곤 했었다.

염색약품 냄새가 고약해 울컥 구역질이 났다. 그래도 어렵게 찾아낸 이곳에서 수난다와 안주라마를 보니 반가워 손을 내밀었다.

"너 나쁜 놈이다."

"그래 너 진짜 나쁜 놈이다."

"나쁜 놈. 너 죽인다."

그들이 다짜고짜 세 번을 반복해서 나를 향해 소리 질렀다. 나는 주위를 살폈다. 어둠 사이로 열어놓은 컨테이너 문틈에서 비집고 나온 희미한 불빛 아래 나쁜 놈이라 불릴 사람은 나밖에 없었다. 희미한 불빛을 등에 업고 서있는 수난다와 안주라마는 단호하고 의분에 찬 표정이었다. 염료가 반질거리는 더께가 진 작업복 색깔과 얼굴이 같아 보였다. 이 자식들이 미쳤다. 나는 차마 입 밖으로 내뱉지 못한 대거리를 가라앉혔다. 손에 들었던 족발과 서비스로 가져온 쟁반 막국수를 내밀었다. 그들은 족발이 목적이 아닌 듯했다. 족발은 나를 불러내기 위한 수단인 듯 보였다.

나쁜 놈. 아버지도 그들과 똑같은 말을 나에게 했었다. 너 나쁜 놈이다, 너 진짜 무서운 놈이다. 아버지의 허스키한 목소리가 귓속에 녹음기를 틀어놓은 듯 윙윙거렸다. 어머니는 많은 날을 연락 두절된 남편을 위해 밥상을 차렸다 물리기를 반복했다. 아버지는 언제나 갑자기 잡힌 세미나 때문에 그랬노라 했다. 어머니는 걱정에서 분노로, 안도에서 포기를 거듭했다. 어머니로부터 완전한 포기까지 가게 하지 않는 아버지의 수단이 야비해 환멸스러웠다. 아버지의 불륜을 목도하던 날 이후, 어머니는 한동안 흔들지도 않는 아버지의 깃발에 복종 하듯 깻잎과 오이지를 상 밑으로 내려놓고 우유는 사오지도 못했다. 태엽이 모두 풀린 인형처럼 웃음기 없는 얼굴로 서성거렸다.

빌라에서 여럿이 만날 때와 달리 공장으로 처음 배달 왔을 때 수난다와 안주라마는 경계의 눈초리지만 도움을 청하는 눈빛이 역력했다. 그때도 짐승의 가죽 냄새가 공기에 섞여 매케하고 메스꺼웠다. 하늘과 맞닿은 높고 맑은 곳에서 살다 화학냄새를 이겨내기 힘들었다고 했다. 가죽에 방충, 방습을 위해 사용된 화학약품과 염색에 쓰인 화학약품이 휘발되면서 유해가스가 나와 숨을 쉬기 어려웠다. 공단은 주로 도금공장이나 염색 공장이 있는 중소기업 정도의 열악한 공장이 밀집한 곳이었다. 야식 배달을 하지 않았더라면 이곳에 이런 공장이 있는 줄도 모르고 살았을 것이다. 우리나라 노동자들은 이곳을 기피하기 때문에 주로 외국인 노동자가 주를 이루었다. 자연히 사장들끼리 단합을 하며 외국인 노동자들의 불법 체류를 약점으로 횡포를 부린다고도 했다. 두 번째 배달을 시켜놓고 그들은 여러 가지 어려운 상황들을 이야기했다. 나를 어떻게 믿고 그랬는지 모를 일이지만 나도 30분 배달 원칙도 망각하고 함께 울분을 삼켰었다. 도움을 줄 수 있는 상황이 아니라고 말했지만 답답해서 말하는 것이라 했다.
"외국인등록증, 여권 사장이 보관해. 뺏었다."
"잃어버리면 안 되니까."
나는 군색한 대답을 했다. 그들의 까만 눈동자가 흔들렸다. 이 공장

사장은 내가 고등학교 다닐 때 큰 행사마다 초대되던 사람이었다. 후원금도 내고 모범적인 기업인이라고 자랑하던 교장의 말을 또렷하게 기억했다.

"만일 밖에 나갔다 교통사고라도 나면 나 누구인지 아무도 모른다."

수난다와 안주라마는 본인들의 말이 거짓이 아니라는 듯 동조의 눈길을 교환했다.

"잃어버릴까봐 그랬을 거야."

"여기 올 때 쓴 돈 갚아야 하는데 사장이 월급 미뤄 내 친구 다루에나가 있는 합판공장으로 간다. 사장은 참고 기다리라고 여권 안준다. 우리 이틀 동안 다루에나에게 다녀왔는데 도망갔다고 은행에 정기적금도 정지시켜 우리가 못 찾는다."

불법과잉대응이 확실하다는 생각이지만 나는 입 밖으로 내보내지 못하고 얼버무렸다. 먼저 배달 왔을 때도 수난다는 울먹였다.

"내 여자친구 E-6비자로 들어왔는데 소식이 끊겼다. 알아보니 E-6비자는 여자 데려다 술집에 팔아먹는다고 했다. 내 여자 친구 보고 싶다. 찾고 싶다."

수난다는 마침내 줄줄 흐르는 눈물을 염료가 더께진 옷소매로 문질렀다. 그 뒤 오늘이 세 번째 배달이었다.

컨테이너 주변은 재활용품인지 모를 것들이 점령해 쓰레기장을 방불케 했다. 족발이 들어있는 배달통을 열어 다시 내밀었다. 수난다는 족발을 받아 안주라마에게 건넸다.

수난다는 내 손을 끌고 컨테이너 박스로 들어갔다. 내심 두려움이 엄습했다. 나쁜 놈이라 말하는 이유도 모를 일이었다. 숙소 안은 이불이 어지럽게 널브러져 있고 향수병을 달래며 먹었는지 소주병이 흩어져 있었다. 벽에는 경전을 적어 넣은 색색의 삼각 깃발 사진이 벽 한 면을 차지하고 있었다.

"저 파르초가 우리를 지켜 줄 거다."

팔락이는 파르초를 바라보는 수난다의 눈이 그윽했다. 내 감정이 뒤엉켜 소용돌이치듯 사진 속 파르초도 세찬 소용돌이 속으로 빨려들어 갈 것 같았다.

새파란 하늘에 하얀 구름이 떠있는 배경에 색색의 깃발은 그들뿐만 아니라 나에게도 신성한 기가 들어올 것 같았다. 가시적으로만도 위안이 되었다. 수난다와 안주라마가 파르초의 기를 받아 나에게 마음 놓고 난폭해질 수 있기를, 그래서 저들이 조금이라도 울분을 삭이기를 간절히 바랐다.

한창 아버지의 깃발정책이 무성할 무렵이었다. 텔레비전 화면에 시원하게 티베트의 파르초가 나부끼고 있었다. 멀리 설산이 펼쳐있고 파르초가 바람에 찢어지도록 휘날리는 화면속이 장관이었다. 해발 4천200m의 세계에서 가장 높은 마을, 티 하나 없는 하늘에 유채색 파르초가 모든 근심을 잠재울 듯 나부꼈다. 색색의 과일향이 배어나올 것 같았다. 똑같은 깃발인데 아버지의 깃발과 의미가 달리 다가왔다. 아버지의 깃발은 오너라, 가거라, 하거라, 말거라 명령일색이었다. 파르초는 희망과 감사의 깃발이고 두 손을 모으는 것만으로도, 나부끼는 것만으로도 위안의 깃발로 다가왔다.

"왜 내가 나쁜 놈이야?"

"너 사장한테 우리 일렀다. 어제 사장이 무서운 사람 데리고 와서 회사에서 있었던 일 다른 사람한테 왜 얘기했냐고 때렸다. 너 나쁜 놈이다."

"나 사장 만나지 않았어. 나 미안하지만 너희들 신경 쓸 겨를이 없어."

수난다와 안주라마는 내 말을 믿지 않는 눈치였다.

"아직도 거짓말이야."

수난다는 자리에서 일어났다. 내 멱살을 잡아 흔들었다. 이방인이 자국민에게 손찌검은 쉬운 일이 아니었는지 벌벌 떨던 주먹을 떨어뜨리고 파르초 사진 쪽으로 나를 밀쳤다. 그들의 분노를 보면서 뒤편으로 보이던 파르초의 깃발도 심하게 펄럭이는 듯 보였다. 마치 나를 응징이라도 하려는지 윙윙 펄럭였다. 수난다가 안주라마에게 동조의 눈빛을 보냈다. 안주라마 역시 주먹 쥔 손이 내 턱밑에서 어퍼컷을 날리려다 파르르 떨던 주먹을 거둬들였다. 주먹질을 해대는 것보다 차마 때리지 못하는 그들의 손이 더 아파 보였다. 움켜 쥔 주먹에 돋은 힘줄이 터질까봐 겁이 났다. 나는 이상하게 반항할 수가 없었다. 오늘밤은 마음 놓고 난폭해져봐라. 그들이 흔드는 방향으로 흔들렸다.

"나쁜 나라, 나쁜 놈."

"그래 나 나쁜 놈이다."

공단 입구 편의점에서 맥주를 샀다. 목을 타고 넘어가는 맥주로도 갈증이 가라앉지 않았다. 좁은 농로로 접어들면서 속력을 가했다. 헤드라이트가 밝혀주는 시야만큼만 내가 알 수 있는 세상이었다. 왠지 어둠이 한결 포근하게 느껴졌다. 그래서 차라리 밤에 달리는 야식배달이 편했다. 이상하게 객기를 부리고 싶었다. 커브링을 즐기며 속력을 높였다 줄이기를 반복했다. 이미 30분 배달 원칙은 깨어진 지 오래다. 술기운이 올라왔다. 눈이 자꾸만 감겼다. 야광깃발이 정신 차리라는 듯 푸두두 거렸다. 참 오랜만이었다. 시간에 쫓기지 않고 오토바이를 몰다니, 더 힘차게 커브링을 즐겼다. 좁은 논두렁길을 신나게 달렸다. 아버지나 외국인 노동자들에게 들은 나쁜 놈이란 말이 납득되지 않아도 좋았다. 그저 달리면서 모든 것을 잊고 싶어졌다. 술기운이 확 돌았다. 오토바이 엔진소리와 펄럭이는 야광깃발 소리가 섞여 환호처럼 들렸다. 더 세게 달릴 것을 종용하는 듯했다. 뒷배를 봐줄 테니 염려 말고 달리라고 우우 거렸지만 그 말은 절대 안 믿을 것이다. 아버지가 근엄하고 권위 있는 얼굴을 하고 깃발로 어머니와 나를 조종할 때, 나는 깃발을 따랐던 것이 아니었다. 그것을 조종하는 아버지를 믿고 싶었을 뿐이었다.

더 사납게 핸들을 흔들었다. 더 큰 환호가 들렸다. 30분 배달이라는 목줄에 끌려 다니던 분주함을 스티커처럼 똑 떼어내는 순간 굉음과 속도를 즐기는 진정한 라이더가 된 기분이었다. 헤드라이트가 비춰지는 시야 밖은 너무 어두워 안도감마저 갖게 했다. 기이하게 나에게도 이런 폭발력과 반항심이 있다는 것이 새삼 다행이며 대견하기까지 했다. 더 세게 핸들을 흔들었다. 펄럭이는 야광 아기돼지 깃발은 깃대에 꼼짝없이 붙잡혀 펄럭이고 있었다. 더 사납게 달렸다. 뺨에 스치는 오월의 밤 공기가 아버지가 갈긴 뺨처럼 얼얼했다.

아버지는 매를 든 적이 없었다. 어려서 밥투정 할 때도 빌려 온 만화책을 볼 때도 아무 말 없이 다가와 뺨을 갈겼다. 늦은 시간까지 돌아오지 않던, 그래서 밥상을 여러 번 차리던 어머니와 달리 나는 아버지의 부재가 편안했다. 그러니까 아버지에게 뺨 맞은 것은 특별한 것이 아니었다. 아버지가 긴 세월을 어머니의 인생을 우습게 만든 비겁한 것에 대한 응징이 필요했을 뿐이다. 그러나 아버지에 대한 응징이 내게 필요했던 것인지, 어머니에게 필요했던 것인지는 지금도 헷갈렸다. 설령 그것이 어머니를 위한 응징이었다해도 결국 웃음을 잃은 쪽은 어머니였다. 아버지가 깃발을 휘두를 때 진작 붉은 깃발 대신 흰 깃발을 쳐들고 정전협정을 맺었더라면 좋았을 것이다. 그랬더라면 어머니의 명랑은 지금껏 계속되었을까. 어머니의 명랑은 정말로 명랑이었을까.

"죽어서도 썩지 못할 놈."

아버지가 쓰고 있던 두꺼운 가면이 완전히 벗겨지던 날, 집으로 돌아온 어머니가 처음으로 뱉은 말이었다. 그날 우리 앞에서 아버지의 가면이 벗겨졌듯, 어머니도 그 순간부터 명랑이란 두터운 가면을 벗었다.

"그 여자 불쌍한 여자야. 건들지 마."

아버지가 뱉어낸 말이 팔랑이는 붉은 깃발인양 여자에게 다가서지도, 털끝하나 건들지도 못하고 얼음땡 놀이하듯 굳었던 어머니는 동네를 헤매고 돌아다녔다. 장미넝쿨이 우거진 공터 앞에서 텅 빈 한의원을 올려다보기도 했다. 어머니는 '세미나 관계로 휴원' 문에 붙은 안내문을 떼어내 발기발기 찢어버렸다. 그것이 어머니가 할 수 있는 가장 적극적인 분풀이인 것처럼 말이다. 묵직한 것에서부터 탈출을 시도한 사람처럼 걷고 또 걸었다. 또 태극기와 도기(道旗)가 펄럭이는 읍사무소 앞을 정신 내놓고 서성였다. 어머니는 힘차게 날갯짓을 하는 깃발도 깃대에 매달려 있을 때 우우 울어댈 수 있다고, 지난 세월을 리플레이 하는 듯 올려다보았다. 나는 그런 어머니가 왠지 의무복무기간이 끝난 사람처럼 홀가분해보였다.

"네가 아버지와 여자가 한의원으로 들어가는 걸 봤단 말이지?"

펄럭이는 깃발의 날갯짓만큼이나 여러 번 나에게 묻던 어머니는 혹한기를 견디고 돌아온 훈련병처럼 볼이 벌게 있었다.

꼭 열이틀 전 일이었다. 종일토록 비가 내려 집안이 온통 습기로 가득차 짜증이 나 있던 때였다. 마침 한 달에 한 번 족발집이 쉬는 날이어서 방에서 빈둥대고 있었다. 어머니가 저녁상에 올릴 음식이 식으면 데우기를 댓 번 반복한 다음이었다. 연락도 없는 아버지 밥상을 뭘 예쁘다고 여러 번 차리느냐, 세미나 간 아버지가 언제 올지 모르지 않느냐, 서로 옥신각신하다 나도 모르게 뱉어낸 말이었다. 엄마 밥상 차리지 마, 세미나는 무슨……. 아버지 한의원에 있으니 같이 가봅시다. 한의원에 나타나는 어머니에게 남편 직장에 자주 오는 일이 얼마나 몰상식한 일인지 모르느냐, 얼씬도 못하게 했던 아버지 말을 상기하는 듯 잠시 망설이다 어머니는 내 손에 끌려 집을 나섰다. 한의원 앞에서 나는 계단을 오르며 돌아가야 할까를 계속 망설였다. 확인도 실망도 당사자의 몫이란 생각이 들었다. 어떤 식으로든 정리해야한다면 당사자의 명료한 확인이 필요하다고 생각했다. 한의원 침상 바람막이 겸 채광용 커튼 사이로 교묘하게 불빛을 차단한 실내에는 두 사람 사이에 작은 스탠드가 놓여 있었다. 아버지는 하얗게 질려있는 여자에게 다가가 여자 앞을 막아섰다. 어머니는 동그란 눈을 더 동그랗게 뜨고 말을 잇지 못했다. 나는 눈앞에 펼쳐진 삼각관계를 주시하고 있을 뿐이었다.

어머니는 골낼 줄을 모르는 사람이었다. 비위가 없는 건지, 아버지가 보내는 냉소와 질책을 받고도 늘 명랑함을 잃지 않았다. 아버지가 하는 어떤 상황에도 명랑하게 함박웃음을 웃던 어머니가 그날 처음으로 나는 무서웠다.

"아니, 왜 여기?"

여자를 보자 어지러운지 잠깐 비틀거리던 어머니는 접수대를 잡고 중심을 잡았다. 우리 집에서 몇 집 건너 화장품가게를 하는 여자였다. 남편이 사다주는 스킨이나 로션을 잘 바르지 않는다는 둥, 남편이 한의원 원장이지만 쥐꼬리만큼 생활비를 타 쓴다는 둥, 군인 간 아들이 곧 제대해 올 거라는 둥, 얼마 전 제대해 등록금을 벌겠다고 야식 배달을 한다는 둥, 어머니는 순한 얼굴로 본인의 치부를 얘기했을 테고 10년이 넘는 단골이었다.

아버지는 하얗게 질려있는 여자 입에 청심환을 밀어 넣었다. 어머니 손바닥에도 어머니 비위 같은 새까만 청심환을 올려주었지만 바로 어머니의 손에서 떨어져 또르르 굴러가 아버지 발밑에 멈춰 섰다. 나는 속으로 어머니가 아버지의 멱살을 부여잡고 흔들기를 간절히 바라고 있었다. 또 여자에게도 머리끄덩이를 잡아 흔들기를 얼마나 바랐는지 모른다. 그런 일은 일어나지 않았다. 어머니는 흔들지도 않는 붉은 깃발을 본 듯 또 얼음땡이 되어 꼼짝 못했다. 여자가 밖으로 뛰어나갔다. 아버지는 뚜벅뚜벅 나에게로 다가와 뺨을 후려쳤다. 너는 나쁜 놈이다. 어머니는 한 마디도 하지 않았다. 이상하게 대거리 하나 못한 어머니에게 범접하기 어려운 포스가 느껴졌다. 두 사람은 어머니 앞에서 유유히 사라졌다. 어머니에게 일어난 상황보다 내 뺨에 벌겋게 자국 난 일이 더 큰 일 인 듯 어머니는 내 볼을 만졌다.

"가자."

어머니가 앞서갔다. 나는 한의사 임성훈이란 명패를 내동댕이치고 밖으로 나왔다.

"맘 쓰지 마라."

속이 텅 빈 조각상처럼 어머니는 가볍게 걸어갔다.

"나한테도 신경 쓰지 마요."

몸 속 배관같이 연결된 신경을 차단하는 의식을 우리는 한 번 씩 주고받고 어머니가 앞서고 그 뒤를 따라 집을 향했다.

지금쯤 어머니는 아들의 부재를 눈치 챘을까. 점점 운신할 수 없는 것이 이상했다. 무릎을 세워보려고 했다. 통증이 심해 곧 포기했다. 허리를 오른쪽으로 틀어보았다. 허리가 꼼짝 할 수 없이 아팠다. 논바닥이 눈에 들어왔다. 막 모내기를 끝낸 논바닥에 뿌리내리지 못하고 비틀거리는 쓰러진 어린 모가 눈에 들어왔다. 끝 간 데 없이 너른 논바닥 너머에서 부연 빛이 퍼지기 시작했지만 아직도 시야 끝나는 곳 야산은 어둠이 머물고 있었다. 그 어둠 속에서 찬란한 해가 떠오르려면 조금 더 기다려야 할 것이다. 분명 어머니는 요즘 일어난 사건의 충격으로 어딘가에서 비명횡사한 것이 틀림없을 것이라 여길지 모른다. 전화도 불통인 아들을 앉아 기다릴 리 없을 어머니는 족발집을 찾아가 행방을 물었을 것이고, 그런 어머니에게 손해를 되물었을 사장까지 상상이 갔다. 명치가 저려왔다.

어머니는 아버지 불륜을 목도하던 날처럼 지금도 뿌연 새벽 공기를 가르며 연락두절인 나를 찾아 무작정 헤맬 것이다.

"너한테까지는 들키지 않기를 바랐는데…… . 화장품 집 여자라고는 꿈에도 생각 못했다."

어머니는 말하는 내내 명랑한 것이 뭐예요, 라는 얼굴을 했다. 나는 열흘 동안 어머니 뒤를 쫓아다녔다. 그렇게 딱 열흘, 어머니가 동네를 헤매고 쏘다니는 동안 아버지는 자취를 감추었다. 아버지는 지난 시간에 대한 변명도 사과도 없이 있었던 사실을 없었던 일로 만드는 재주를 도망가는 것으로 보여주고 떠났다. 스무 살에 만나 사랑했고 남자가 명랑해서 좋아 보인다는 한 마디에 평생 명랑함을 잃지 않은, 건초처럼 가벼워진 쉰 된 여자 뒷모습이 저녁 잔영 속에 희미하게 보일 간격으로 나는 뒤를 따랐다.

열흘 동안 아버지와 세 번 마주쳤는데 그때마다 나쁜 놈이란 말만 되풀이했다. 아버지는 흔들리기 전, 말간 물로 보이고 싶었던 상황이 언제까지 지속될 수 있다고 믿었을까. 나로 인해 어머니에게 이중생활이 까발려진 것에 분노하고 있었다. 아버지는 여자와의 관계가 10년이라고 했다. 10년이란 말에 악센트가 들어갔다. 십 년밖에 안 됐다는 말인지, 10년이나 됐으니 인정하라는 것인지 애매했다. 아버지는 여자와 10년 됐다는 말로 어머니에게 처음으로 흰 깃발을 단호하게 들어 올리고 사라졌다.

시골로 내려왔소. 월급쟁이 한의사로 취직했소. 모든 상황정리는 어머니가 하고 싶은 대로 하라고 했다. 여자는 내가 좋아한 사람이오. 불쌍하니 괴롭게 하지 마시오. 부탁이오. 문자메시지는 어머니에게 보내온 아버지의 오래 묵은 흰 깃발이며 동시에 붉은 깃발이기도 했다. 아버지가 불쌍하다고 지목한 사람은 어머니가 아니라 화장품 집 여자였다. 당신이 하고 싶은 대로 하라고 했지만 결혼 생활 통틀어 하고 싶은 것을 해봤을 리 없고, 해보고 싶은 것이 무엇인지조차 잊고 살았던 어머니였다. 이제 와서 하고 싶은 대로 하라했다. 47평 대지에 일이층 합쳐 34평 단독주택이 전부인데 뭘 하고 싶은 대로 하라는 것인지 모를 일이었다. 그 집도 아버지 명의로 돼 있었다. 아버지가 흔드는 깃발이 밝은 가정, 풍요로운 가정 만들기를 기대했었다. 파르초처럼 바라보고 손을 합장만 해도 지켜주고 희망이 되어 주기를 기대했다. 아버지의 깃발은 그야말로 연출에 불과했던 것이다.

기억의 짜깁기는 명확하게 맞춰져갔다. 논두렁길에서 과하게 속력을 내다가 돌부리에 걸렸거나 심한 커브링을 하다 튕겨져 나갔을 것이다. 어머니와 사장이 여러 차례 전화를 했을 것이지만 사고 나면서 휴대폰도 박살났는지 아무 소리가 없다. 유일하게 어머니만이 연락두절된 나를 찾아 족발집으로, 도서관으로 가서 문 여는 시간을 기다리며 초조해 하고 있을 것이다. 나는 의지하고 싶은 대상을 찾아 마음을 모아 상황을 종료할 수 있는 힘을 얻고 싶었다. 10여 명이 모여 족발 한 접시 시켜 놓고 둘러앉은 그들은 오히려 평안해 보였다. 비좁고 냄새나는 공장에서도 분노하는 모습을 보지 못했다. 대신 고향을 떠나와서도 그들의 소망을 기억하는 벽에 걸린 파르초 사진만이 그들을 대신해 화가 난 듯 벌떡 일어나 펄럭였다. 아버지가 휘날리는 깃발도 나와 어머니는 파르초가 될 줄 알고 복종했다. 웃음이 나왔다. 다리도 팔도 움직일 수가 없다. 지나가는 차량이 나를 발견할 때까지 기다려야 한다. 손을 움직일 수 있다면 야광깃발을 들어 흔들면 좋을 텐데 말이다. 야광깃발을 흔든다면 그것은 간절한 구원의 표시일 테지. 훗날 내게도 깃발 하나쯤 가진다면, 그래서 그 깃발을 흔든다면 그 깃발은 파르초와 아버지의 깃발 사이 어디쯤 있을까. 깃발은 깃대에 매달려 있을 때만 제 역할을 한다. 아무리 아우성쳐도 깃대에서 떨어져 나가면 아무 의미 없는 것이 된다. 아버지는 그것을 진작 알고 있었을까. 그래서 깃대에 붙은 채 펄럭이기만 한 것일까.

멀리 산기슭에서부터 해가 떠오르려는지 붉은 기미가 보였다. 잠깐 잠이 들었던 것일까, 푸르스름한 하늘이 퍼지는 햇살과 겹쳤다. 티베트의 하늘에 펄럭이던 깃발처럼 보였다. 수백 개의 깃발이 색색으로 제각각 바람을 맞으며 펄럭이던 장엄한 모습이 눈에 선했다. 합장을 하고 싶다. 내 속에서도 뭔가 꿈틀댄다. 그런데 아무것도 움직일 수가 없다. 먼 곳에서부터 자동차 소리가 점점 크게 들려왔다. 자꾸 눈이 감겨 왔다.

당선소감 : 이선우

걷고 걸었던 통학길, 나의 책이고 친구

지방 어느 카페에서 여고동창들과 소소한 이야기를 나누는 중에 당선 소식을 받았다.

친구들의 축하를 받는 동안에도, 하룻밤을 보낸 지금도 잘못 연락했 노라, 걷어 갈 것 같은 생각이 들어 두려웠다. 꽤 오랜 기간 응모와 무소 식이 반복된 까닭일 것이다. 응모한 사실조차 잊겠다, 다짐했지만 허사 였다.

모든 일상사 끝자락에서 응모한 소설이 끌려나와 괴롭혔다. 당선소감 을 쓰면서 비로소 볼 위로 뜨거운 것이 흘러내렸다. 나 자신을 품고 격 려하는, 진통을 겪으며 태어날 미래의 내 소설을 위한 눈물이었다. 또 뿌연 시야를 뚫고 하늘나라에 계신 부모님이 곁으로 다가왔다.

오늘 밤은 빈농으로 살다 간 부모님 생각으로 하얗게 지새우게 될 것 이다.

특별할 것 없는 반복된 일상의 언저리에서 작고 큰 일을 소설로 풀어 내는 것은 멀고도 험한 일이다. 그때마다 내 자양분이 되어준 고향의 땅 을 떠올리며 써내려갈 것이다.

걷고 걸었던 12년의 통학 길은 내게 책이었고 친구였다. 작은 소나무 숲, 저수지와 끝도 없이 긴 둑, 과수원길, 눈 쌓인 산야, 자연이 피워놓은 야생화와 잡풀들. 나는 그들에게 말을 걸었고 그들은 나에게 말을 걸어 왔다.

비포장도로의 풀풀 피어오르는 먼지 사이로 신기루 같은 아지랑이도 나의 벗이었다. 이제야 그들에게 고마움을 전하게 되어서 참 다행이다. 작고 초라한 능력이지만 그들을 품고 멀리 갈 것이다.

먼저 부족함이 많은 제 소설을 세상에 나올 수 있도록 해주신 영남일보와 심사위원 선생님들께 고개 숙여 깊이 인사드린다. 소설 입문에 함께 계셨던 이원섭 선생님, 조동선 선생님, 끝까지 가는 자가 이기는 것이라 성실함을 일깨워주신 이순원 선생님, 문학을 가슴으로 품게 해 주신 양진채 선생님께 머리 숙여 감사드린다. 내일처럼 기뻐해준 새얼 식구들, 부디 앞으로도 질책과 응원의 말로 소설 쓰면서 두려움과 막막함이 찾아올 때 외롭지 않게 함께해주길 부탁드린다.

먼 곳에서 또는 가까운 곳에서 지켜봐주고 격려해주시던 나를 아는 이들이 있어 용기를 내 소설을 썼다. 그분들께도 감사드린다. 더욱 깊은 소설로 보답하겠다.

짧지 않은 기간 지켜봐주고 격려해준 남편과 가족, 친지들께 지면을 통해 고마움을 전한다.

안정감 있지만 구식문체의 아쉬움 남아

편집부에서 넘어온 작품은 모두 8편이었다. 이 가운데 '나는 12월에 택배를 보내고 있었다' '빅뱅클럽' '깃발이 운다' 로 좁혀졌고, 세 편 모두 장단점이 있어 어느 작품을 쉽게 당선작으로 결정하기 어려웠다. 과거에 우리 두 사람은 어느 신문에서 만나 단 한 마디 말만 나누고 당선작을 결정한 적도 있지 않았던가.

'나는 12월에 택배를 보내고 있었다' 는 따뜻한 마음이 전달되는 작품이었으나 치밀함과 치열성이 조금은 아쉬워서 망설이게 되었고, '빅뱅클럽' 은 참신한 편이며 문학성도 뛰어났으나 세계가 어리다는 한계가 지적되었다. '깃발이 운다' 는 안정되었다는 점은 있으나 그 안정성이 구식 문체의 도움을 받고 있다는 문제를 안고 있었다.

세 편 다 결점들을 근본적으로 척결하지 않으면 안 된다고 여겼다.

어느 한 편이냐는 선택은 상대적일 수밖에 없다. 더군다나 당선은 시작의 씨앗이니, 앞으로 어떤 미래를 만드느냐 하는 작업은 끝없는 자기혁신을 요구하리라.

당선자에게 축하를 보내며 더욱 깊은 성찰과 연마를 거듭하여 대성하기를 빈다.

전북도민일보 오상근

2012년 행정자치부주관 공무원문예대전 단편소설부문 금상 수상
현재 전주지방검찰청 수사과 근무

살이 찢겨지고 피가 사방으로 튀는 어느 공화파 병사의 죽음 그리고 머리가
총알에 관통돼 흥건하게 피 흘리며 죽어가는 미군 병사의 사진을 보면서 나는
전율하지 않을 수 없었다. 만약 당신 사진이 마음에 들지 않는다면 그것은 너무
먼 곳에서 찍었기 때문이다.

전북도민일보

그 섬에 가면

오상근

우리가 바다에서 돌아왔을 때 김 노인은 보이지 않았다. 원주민 스태프들은 점심으로 제공할 돼지고기와 닭다리를 숯불에 굽느라 정신없어 보였다.

"조금 전에 벤치에 앉아 있었는데……. 소변보러 가셨나……."

지글거리는 닭다리를 뒤집으며 스태프가 말꼬리를 흐렸다. 스태프 말대로 나는 김 노인이 소변이나 보러 갔다 오기를 바랐다.

바다 다이빙을 마치고 돌아온 사람들이 일회용 접시를 들고 배식대로 모여들었다. 사람들은 스태프들이 나눠주는 돼지고기와 닭다리 바비큐, 소시지 그리고 밥과 김치 등을 한 접시씩 받아 간이용 테이블에 앉았다. 나는 따로 김 노인 몫의 점심을 한 접시 받아놓았다.

"역시 이곳은 최고의 다이빙 포인트야."

정 기자가 포크 쥔 손으로 카메라 액정을 돌려가며 감탄을 연발했다.

"이곳이 세계 10대 다이빙 포인트 중 하나라고 하지 않아요, 아마."

돼지고기 바비큐를 입에 넣고 우적거리며 김 차장 부인도 한 마디 거들었다. 스노클링만 했을 뿐인데 다들 바다 속 용궁을 다녀온 얼굴들이었다.

해저절벽은 갖가지 바다생물들이 다양한 색의 향연을 펼치고 있었다. 노란 연산호와 길게 늘어진 케이블 산호가 군락을 이루고 있었다. 그 주변을 바다거북과 잭피시, 레드스네퍼, 라푸라푸, 타이거 상어, 돛새치, 청새치 떼가 유유히 헤엄쳐 다녔다. 가히 외지 사람들이 환호성을 지를 만한 포인트가 틀림없었다.

점심을 마친 사람들은 한가롭게 해변을 산책했다. 하늘은 맑았고 바다는 청색 잉크를 풀어놓은 듯 온통 파란색이었다. 정 기자 부부와 김 차장 가족은 바다를 배경으로 갖가지 포즈를 취하며 사진 찍기 삼매경에 빠졌다.

"아까부터 어르신이 안 보이네……. 어딜 가셨지?"

브루스 김이 혼잣말 하듯 김 노인 행방을 물었으나 누구 하나 대꾸하는 사람 없었다. 김 노인 몫의 점심이 담긴 접시에 파리들이 날아다녔다.

"자, 다음 장소로 옮겨야지."

심각한 얼굴을 하고 있는 우리 쪽으로 신혼부부 팀 가이드 박이 다가왔다.

"또? 그 양반 어제도 그러더니만……."

김 노인이 사라졌다는 말을 듣자, 박은 어이없다는 듯 머리를 설레설레 흔들었다.

여행 이틀째인 어제 오후에도 김 노인은 말없이 사라졌다 슬며시 나타났다. 오전에 전쟁박물관을 다녀온 후 오후에는 맹그로브 정글 리버보트 투어가 예약되어 있었다. 뿌리가 땅 위로 솟아오른 맹그로브는 수질 정화기능이 뛰어난 나무라고 브루스 김이 설명했다. 그 맹그로브가 빽빽이 들어찬 강을 보트를 타고 한참 내려가 바다에 이르러 어느 섬에 내렸다.

그 섬에는 인공 동굴이 있었고, 전쟁 잔해인 녹슨 대포가 동굴 밖으로 바다를 향해 포신을 내밀고 있었다. 우리가 사진도 찍고 잠시 휴식을 취하는 사이 김 노인은 말없이 어디론가 가 버린 것이다. 브루스 김이 노인을 본 사람 있냐고 물었지만 관광객들도 어디로 갔는지 모른다고 했다. 김 노인은 혼자였고 우리 팀원들과도 대화가 없었기 때문에 아무도 눈치 채지 못하고 있었다. 다행히 잠시 후 김 노인은 아무 일 없었다는 듯 소리 없이 나타났다.

"시간 없는데, 일단 출발준비 해놓고 있자고…….."

박은 신혼부부들에게 배에 승선할 수 있도록 짐을 챙기라고 했다. 우리 팀도 짐들을 챙겨 간이 식탁에 올려놓고 의자에 앉아 쉬거나 해변 여기저기를 서성거렸다. 시간이 꽤 지났으나 김 노인은 나타나지 않았다.

"할아버지는 대체 어딜 간 거야? 다들 귀한 시간 내서 여행하는 건데…….."

성격 급한 정 기자가 참지 못하고 불평을 해댔다. 다른 사람들도 말은 하지 않았지만 조금씩 김 노인에게 불만이 쌓여가고 있었다.

"어르신이 잠시 어딜 간 것 같은데……, 곧 오실 거예요."

사람들을 달래고 있었지만 브루스 김도 당황한 빛이 역력했다. 관광객의 소재불명은 가이드로서 치명적인 일일 테니까.

"자, 조금만 기다려보자고. 어제도 곧 오셨잖아…….."

김 차장이 손바닥으로 사람들의 불만을 꾹꾹 눌렀다. 브루스 김은 굳은 표정으로 숲 근처를 왔다 갔다 했다.

그렇게 한 시간쯤 지났을까. 김 노인이 굽은 몸을 자축거리며 숲에서 걸어 나왔다. 거친 숨을 몰아쉬느라 홀쭉한 볼이 쉴 새 없이 오르락내리락 했다.

"어디 갔다 오셨어요? 얼마나 찾았다고요. 개인 행동하시면 안 된다고 어제도 말씀드렸잖아요. 길 잃어버리면 어떻게 하시려고……, 어르신, 절대 그러시면 안 돼요."

브루스 김이 볼멘소리로 쏘아붙였지만 김 노인은 소변이나 보고 온 것처럼 태연한 얼굴로 팀원 속으로 들어갔다. 일행들은 대체 뭐냐 하는 뜨악한 표정으로 김 노인을 쳐다봤지만 김 노인은 그런 눈들을 개의치 않았다.

일주일 전 김 차장은 내게 파격에 가까운 제안을 했다.

"오 기자, 이번에 여름 특집 하나 쓰는데 남태평양 같이 안 갈래?"

수습 딱지를 떼고 겨우 사회부 맛을 알아가는 기자 2년차인 나에게는 꿈같은 제안이 아닐 수 없었다. 5박6일 일정으로 남태평양 섬으로 태평양전쟁 흔적을 찾아 취재하는 출장이었지만 사실은 특별휴가나 마찬가지였다. 경찰서장 인사에 국회의원이 개입된 사건을 제보받아 한 건 터뜨린 것에 대한 보상차원이라고 김 차장이 귀띔했다.

학창시절 뜬구름 잡듯 나는 종군기자에 대한 막연한 환상을 갖고 있었다. 참혹한 전쟁의 실상을 직접 현장에서 보고 그걸 기록하고 세상에 알리는 일이란 얼마나 가슴 벅차고 보람될까. 그러나 사회부 기자 생활 1년 만에 현실은 그리 만만치 않다는 걸 깨달았다.

몇 주 전 광화문으로 시위현장을 취재 나갔다가 세종문화회관 미술관에 들러 '로버트 카파' 사진전을 보게 되었다. 살이 찢겨지고 피가 사방으로 튀는 어느 공화파 병사의 죽음 그리고 머리가 총알에 관통돼 흥건하게 피 흘리며 죽어가는 미군 병사의 사진을 보면서 나는 전율하지 않을 수 없었다. 만약 당신 사진이 마음에 들지 않는다면 그것은 너무 먼 곳에서 찍었기 때문이다. 팸플릿 첫머리에 인쇄한 로버트 카파의 말이었다. 그 평범한 말이 눈에 띄는 순간 오래전 꿈꿨던 전쟁의 리얼리즘에 다가가고 싶었던 꿈이 불현듯 생각났다.

취재 여행이 결정된 후 나는 웹사이트를 뒤져 미국 채널 HBO 미니시리즈 '퍼시픽'을 다시 봤다. 다분히 미국 관점에서만 보는 전쟁이었지만 그 리얼리즘만큼은 후한 점수를 줘도 괜찮은 영화였다. 그 태평양 전쟁 현장을 방문할 수 있다니 가슴 벅찬 일이 아닐 수 없었다.

취재팀은 김 차장과 나 그리고 사진기자인 정으로 꾸려졌다. 가족동반이 허락되었는데 나만 혼자였고 김 차장은 부인과 아들을, 신혼인 정 기자도 아내를 동반했다.

밤 11시에 출발하는 비행기를 타기 위해 공항에 나갔다. 김 차장 부인은 왕골 비치모자에 바람 불면 날아갈 것 같은 원피스를 입었고, 깜깜한 밤에 어울리지 않게 커다란 선글라스를 썼다. 정 기자 아내도 핫팬츠에 아르마니 비치용 슬리퍼를 신고 있었다. 김 차장도 하늘색 체크무늬가 들어간 난방에 채양이 짧고 갈색 리본이 달린 왕골 모자에 짙은 선글라스를 썼다. 이번 출장이 취재가 아니라 관광이라는 걸 짙게 풍기고 있었다.

취재는 내게 맡기고 김 차장은 즐기겠다는 의도가 다분했다. 그러나 나는 그다지 서운하지 않았다. 전쟁의 상흔을 직접 관람하고 취재하면서 학창시절 잠시 꿈 꿨던 종군기자의 맛을 조금이나마 볼 수 있다는 게 어디인가.

"……젊은이, 좀 도와줄 수 있겠소?"

여행사 직원과 미팅할 장소로 가는데 뒤에서 누군가 내 옷 소매를 잡았다. 돌아보니 노인이었다. 깡마른 체격에 허리가 굽었고 얼굴과 손등에 빗금을 그어놓은 것처럼 주름이 가득한 노인이었다. 늦가을 가뭄에 바삭 마른 나뭇잎이 연상됐다.

회색 남방에 같은 색의 바지를 입은 노인은 바짓단을 야물게 양말 밴드에 고정시켰고, 낡은 배낭을 짊어지고 있었다. 전쟁 통에 피난이라도 떠나는 옷차림이었다. 그러나 노인의 푹 꺼진 눈은 알 수 없는 전설을 간직한 어둡고 오래된 우물처럼 깊어 보였다. 먼 과거에서 달려온 사람처럼 보이는 노인은 내 호기심을 자극했다.

노인은 손에 들고 있던 메모지를 내게 내밀었다. 메모지에는 여행사가 지정한 장소가 적혀 있었는데 우리 팀 약속 장소와 동일했다.

"그 섬에 가시는 거예요?"

동반자도 없이 혼자인 노인이 의아스러웠다. 노인은 깊은 우물 같은 눈으로 나를 쳐다볼 뿐 대답이 없었는데 경계하는 눈치였다. 노인에게 여권을 받아 출국절차를 밟는 동안 노인은 내 곁에서 긴장한 표정으로

서 있었다. 여권에 적힌 걸 보니 '김' 씨 성이었고 나이는 구십이 다되었다.

김 차장과 정 기자 그리고 가족들은 여행에 부풀어서 한 뼘쯤 공중에 떠 걷는 것처럼 들떠 있었다. 내가 김 노인과 나타나자 호기심 어린 눈으로 김 노인을 쳐다봤다. 젊고 화려한 여행객들 사이에서 김 노인의 생김새와 옷차림은 확실히 눈에 띄었다.

옆자리에 앉은 김 노인은 비행기가 섬으로 날아가는 동안 잠을 자는 듯 조용히 눈을 감고 있었다. 그러다가도 뭔가에 놀란 것처럼 화들짝 눈을 뜨고는 긴장한 표정으로 주변을 두리번거렸다.

새벽 4시쯤 드디어 섬에 도착했다. 입국 수속은 꽤 길었다. 입국인원에 비해 심사대가 턱없이 적어 대기하는 시간이 길었고, 게다가 개인물품들을 꼼꼼히 보는 통에 더 지루했다. 남태평양에 왔다는 설레는 기분이 아니었다면 참을 수 없었을 것이다. 여행 기간 우리를 담당할 가이드 브루스 김이 피켓을 들고 서 있었다. 쿵푸 스타 브루스 리와 달리 브루스 김은 통통했고 후더분해 보여 친근감이 느껴졌다. 후끈한 아열대의 열기가 밀려오는 밖은 아직 어두웠다. 우리는 미니버스에 탑승해 호텔로 이동했다.

나는 김 노인을 방까지 안내해줬다. 호텔 안내원이 있었지만 김 노인의 깊은 우물을 닮은 눈이 자석처럼 나를 김 노인 곁에 있게 만들었다. 내가 방까지 안내하자 김 노인은 엷은 미소를 지었는데, 의외로 순박해 보였다.

아침 식사는 7시부터였고, 본격적인 투어는 오후부터였으므로 나는 부족한 잠을 보충하기 위해 침대에 누웠다. 후텁지근한 열기와 여행에 대한 기대로 쉬 잠들지 못했다. 그러다 설핏 잠들었다 깨었는데 밖은 이미 환하게 밝아 있었다. 바다는 호텔 앞까지 바짝 머리를 디밀고 있었다. 새벽에 들어올 때는 보이지 않던 바다가 호텔 앞에서 찰랑거리고 있었다. 햇볕이 부챗살처럼 물 위에 자르르 펼쳐져 있었다. 김 차장 가족과 정 기자 부부는 벌써 해변으로 나가 손가락으로 브이 자를 만들고 환하게 웃으며 사진을 찍느라 여념이 없었다. 김 노인은 보이지 않았다.

"아까 그 노인, 혼자 온 건가?"

김 차장이 아침 식사로 제공된 토스트에 잼을 바르며 김 노인에게 관심을 보였다. 내가 혼자 온 것 같다고 말하자 김 차장은 꽤 흥미롭다는 표정을 지었다.

"혼자 여행오기는 나이가 꽤 들어 보이던데……. 무슨 일로 왔을까?"

"여행 왔겠지 뭐하려 왔겠어요. 어서 먹어요. 남는 건 사진밖에 없는데 빨리 사진 찍으러 가게요."

계란 프라이와 주스 한 잔만 먹고 일어난 김 차장 부인이 김 차장을 재촉했다. 김 차장은 토스트를 입에 급하게 우겨넣느라 김 노인 이야기를 더 하지 않았다.

오후에 브루스 김이 호텔 앞에 미니버스를 댔다. 버스에는 우리 팀 말고도 신혼부부 팀이 더 탔다. 여행지에 대한 기대와 설렘으로 관광객들은 활기 넘쳐 보였다. 정 기자는 버스에 타자마자 카메라 셔터를 눌러댔다. 김 노인도 느린 걸음으로 버스에 올랐다. 김 차장 부인 말대로 김 노인은 여행객 중 한 사람처럼 보였다.

남태평양 섬답게 후끈한 열기가 느껴졌지만 공기는 맑고 산뜻했다. 서울의 찌든 공기에 비하면 폐 속에 들어차는 공기는 신선했고 살아 있는 제대로 된 산소를 마시는 느낌이었다. 첫 코스는 시내관광을 한다고 브루스 김이 말했다. 예전 수도였던 이곳은 우리나라 군청소재지 규모로 작았지만 맑은 날씨 탓인지 깔끔해보였다. 햇빛에 비친 풍경은 검소했고 깨끗했다.

이곳은 어느 곳이든 바다와 연결되어 있었다. 조금만 달리다 보면 곧 바로 바다에 닿았다. 바다는 내가 취재 목적으로 이곳에 왔다는 걸 잊게 할 만큼 맑고 투명했다. 사람들은 차에서 내릴 때마다 바닷가로 달려가 마음껏 바다를 만끽했고, 카메라 셔터를 눌러댔다.

내가 김 노인의 정체를 어렴풋이 눈치 챈 건 우리가 시내 관광을 끝내고 어느 평범한 다리에 머물렀을 때였다.

"이 다리 이름은 아이고 다리입니다. 일제 말기 조선인들이 징용으로 끌려와 만들었다는 다리입니다. 혹독한 노동에 시달리던 조선인들이 아이고 아이고 신음을 토하면서 일했다 하여 다리 이름을 '아이고 다리'라고 붙였답니다."

브루스 김의 설명을 듣고 관광객들은 잠시 숙연해졌고, 일본인이 만들었다는 표석 앞에서 기념촬영을 했다. 다리는 평범하고 한적하기 이를 데 없어서 관광객들은 사진촬영이 끝나자 바로 버스에 탑승했다.

언제 내렸는지 그 사이 김 노인은 다리 중간쯤까지 걸어가 한참을 다리와 바다를 응시하고 있었다. 다른 관광객들이 버스에 탑승했으므로 나는 김 노인에게 가 어서 버스에 타자고 했다. 그때 언뜻 김 노인의 눈가에 물기가 젖어 있는 게 보였다. 내가 가까이 다가가자 김 노인은 서둘러 눈가에서 눈물을 닦아냈다. 당황스러워진 나는 김 노인에게 왜 그러느냐고 물어보지 못했다.

버스에 앉았을 때 문득 김 노인이 이 섬과 깊이 연관된 사람일지 모른다는 생각이 스쳤다. 김 노인 나이는 구십에 가까웠다. 다리가 만들어질 무렵 충분히 이곳에 올 수도 있는 나이였다. 그렇다면 김 노인이 징용으로 이곳에 끌려왔던 사람이란 말인가? 그런 생각이 들자 알 수 없는 전율이 일었고 가슴이 뭉클해졌다. 자리에 앉아 있는 김 노인을 다시 쳐다봤다. 김 노인은 깡마르고 주름 자글자글한 노인에 불과했지만 평범한 사람이 아닐 수 있었다. 비통한 역사의 현장을 경험한 산 증인일 가능성이 높았다.

"그 영감님이 징용 노무자였다면 이번 여행에서 꽤 큰 대물을 낚은 건데……. 태평양 전쟁과 징용노무자라……, 이거 재미있는데……, 오 기자가 잘 해봐."

호텔로 돌아와 저녁식사를 하면서 김 노인 이야기를 꺼내자 김 차장이 먹잇감을 발견한 독수리처럼 눈을 번뜩였다.

"아직 확실하지는 않아요. 노인에게 직접 물어본 것도 아니고……."

나는 한 발 뺐다. 그저 짐작일 뿐 직접 김 노인에게 확인한 것은 아니니까.

"일본인 관광객 중에는 2차 대전에 참전했거나, 당시에 여기 살았던 사람들이 가끔 온다는군. 전쟁 이전부터 이곳에 일본인들이 많이 살았다고 하잖아. 징용으로 끌려왔던 우리 선조들이 지금 이곳에 오는 일은 드물 거야. 당시 고생했던 분들은 거의 다 돌아가셨지 아마……."

다음날 아침 로비에서 김 노인을 봤지만 말을 붙이기는커녕 인사도 하지 못했다. 경외심 같은 게 일어 가까이 가지도 못했다.

이틀째 일정은 빡빡했다. 호기심으로 가득 찬 관광객들은 공중에 붕 뜬 것처럼 경쾌하고 활기찼다. 그러나 김 노인은 처음 봤던 표정 없는 얼굴 그대로 깊은 우물 같은 눈만 껌벅거리며 따라다닐 뿐이었다.

오전에는 태평양전쟁과 관련된 지역을 방문했다. 먼저 전쟁박물관을 관람했다. 전쟁 당시 격전지를 현장 그대로 야외 전시장처럼 꾸며놓은 곳이었다. 파란 잔디밭에 기관총이 하늘을 향해 검붉은 녹을 뒤집어 쓴 총신을 꼿꼿하게 세우고 있었다. 그 옆에는 갑각류가 갑이 다 뜯긴 채 내장을 들어낸 듯 철갑이 떨어져 나간 전차가 검게 타 녹슬어 버린 흉물스런 모습으로 엎드려 있었다. 일본군 병원으로 사용했다는 건물은 외벽만 남아 있었다. 불에 타 심하게 그을린 건물 벽은 총탄 자국으로 벌집이 되어 있었다.

브루스 김이 팔을 펴서 하늘로 총구를 세운 기관총에 각도를 맞추고 허리를 구부려 활 쏘는 포즈를 취했다. 이런 포즈로 사진 찍는 게 유행이라 하자 신혼부부들도 같은 포즈로 사진을 찍었다. 참혹했던 전쟁의 흔적을 관광 상품으로 만들어 팔고 있었다.

영상이나 사진으로만 봤던 전쟁의 실체가 저 흉물들 속에 압축되어 봉인되어 있었다. 당장이라도 흉물들이 에너지를 얻어 거대한 굉음을 내며 세상을 분탕질할 것만 같아 오소소 소름이 돋았다.

"태평양 전쟁 당시 이곳에서 큰 전투가 있었지요. 저 아래쪽 섬에서 대규모 전투가 벌어졌고, 그 외 작은 섬과 수도가 있던 이 지역에서도 많은 전투가 있었다고 합니다."

병원건물을 돌아보는 우리에게 다른 팀 가이드 박이 진지하게 말했다.

사람들이 기관총과 전차를 배경으로 사진 찍는 동안 어찌된 일인지 김 노인은 차 밖으로 나오지 않았다. 이곳 전쟁박물관은 김 노인에게는 처참한 과거의 살아있는 무대였다. 나는 객석에 앉아 김 노인이 주연배우가 되어 펼치는 통한의 연극을 지켜보고 싶었다. 자, 무대 막이 올랐어요. 어서 무대로 입장하세요. 여기가 당신이 70여 년 전 경험했던 생생한 무대잖아요. 어서요.

그러나 내 기대와 달리 김 노인은 차 밖으로 나오지 않았다. '아이고 다리'에서 보였던 눈물도 보이지 않았다. 차 안에 앉아 있는 김 노인은 무슨 결심을 단단히 한 듯 아예 눈을 감고 있었다. 조용히 잠이라도 자는 것처럼 보였다.

나는 먼저 차 안에 남은 김 노인에게 밖으로 나오라고 권유할 수 없었다. 김 노인 스스로 하면 모를까, 징용자였을지도 모를 김 노인에게 무대에 등장하라고 먼저 권하는 것은 큰 실례가 아니겠는가.

그러나 끝내 무대에 등장하지 않는 김 노인을 보면서 내 추측이 빗나가는 것 같아 당황스러웠다. 어제 보인 행동만 보면 김 노인은 차 안에 저렇게 앉아 있어서는 안 되는 일이었다.

우리가 코리안 메모리얼 파크에 다녀온 뒤에 나는 내 추측이 잘못되었다는 걸 인정해야 했다. 메모리얼 파크는 태평양전쟁 당시 징용으로 끌려와 희생당한 우리 선조들을 추모하기 위해 조성된 공원이었다.

그곳은 대통령 궁 옆 후미진 곳에 있었다. 들어가는 길은 자갈이 깔린 비포장 도로였다. 사람들의 손길이 닿지 않았는지 여기저기 잡초가 우거져 있었다. 파크 안은 위령탑만 덩그러니 서 있었다. 바닥에는 대리석으로 태극기를 새겨 깔아놓았는데 오랫동안 관리가 안 돼 새까맣게 때가 끼어 있었다.

우리 팀과 신혼부부들은 버스에서 내렸다. 그러나 김 노인은 차에서 내리지 않았다. 사람들이 한국인 희생자 추념 평화 기념탑 앞에서 묵념하고 있을 때도 김 노인은 버스에서 미동도 하지 않았다.

"어르신, 구경하지 않으실 거예요?"

이번에는 용기를 내 김 노인에게 의향을 물었지만 김 노인은 고개를 돌리고 나를 외면했다. 김 노인이 징용자였을 거란 추측이 틀렸다는 것을 인정할 수밖에 없었다. 징용자였다면 메모리얼 가든 앞에서 어찌 저럴 수 있겠는가.

"그 영감님이 징용 왔던 사람이 아니라고?"

김 차장이 점심으로 나온 된장국을 뜨다가 오전에 보였던 김 노인의 행동을 듣고는 실망한 얼굴을 했다.

"아쉽게 됐네. 좋은 취재원 하나 생겼나 했는데……. 그 노인, 그냥 관광하려 오신 분이 맞는가 봐."

김 차장은 싱겁게 웃으며 결론을 내버렸다.

그랬던 김 노인이 그날 오후부터 이상한 행동을 보이기 시작한 것이다. 맹그로브 리버 투어와 여행 삼일 째 용궁 투어 때 갑자기 모습을 감췄다가 한참 뒤에 나타났던 것이다. 맹그로브 리버와 용궁 투어 지역은 딱히 징용과는 관련 없는 곳들이었다. 김 노인은 점점 수수께끼 같은 인물이 되어 가고 있었다.

여행 나흘째인 오늘은 난파선 탐험이 예약되어 있었다. 아침에 다이버 숍에 들러 다이빙 장비를 챙겼다. 브루스 김은 수트부터 호흡기, 부력조절기, 공기통과 스노클에 이르기까지 꼼꼼히 장비를 체크해가며 배에 실었다. 오전에 잠시 물이 깊지 않은 곳에서 다이빙 교육을 받은 뒤 본격적인 잠수를 위해 난파선이 잠자고 있는 바다로 나갔다.

잠수장비를 갖춰야 하는 난파선 탐험은 브루스 김이 주도하여 나와 김 차장, 김 차장 아들 그리고 정 기자가 하기로 했다. 다른 가족들과 신혼부부 팀은 가이드 박과 스노클링으로 바다를 즐기기로 했다. 김 노인 얼굴은 어제보다 더 어두워 보였다. 섬에 남겠다는 김 노인에게 브루스 김이 혼자 돌아다니지 말라고 어제보다 더 단단히 주의를 줬다.

잠수 장비를 갖춘 우리 기자 팀은 브루스 김을 따라 천천히 물속으로 들어갔다. 난파선은 바다 속 거대한 성으로 변해 있었다. 이미 배의 형태를 상실한 난파선은 바다의 일부가 되어 있었다. 세월의 더께가 켜켜이 쌓인 곳곳에 산호와 해면, 말미잘들이 붙어 있었다. 흰동가리와 대형 조개가 붙어서 제 영역을 넓혀 가고 있었다. 주변으로 바다거북과 자이언트 만타(쥐가오리)가 돌아다녔다. 선수 부위 거대한 포신도 해양생물들로 덮여 있었다. 선수 우현 앵커체인을 따라 내려가자 어뢰에 맞아 생긴 커다란 구멍에 블랙코랄이 무성했다. 갑판에는 병과 그릇들, 포탄들이 난파 당시 모습 그대로 놓여 있었다. 뒤쪽으로 이동하자 파이프라인이 이어지면서 폭격으로 뚫린 브리지가 보였다. 그 아래에는 선실과 엔진룸, 보일러실도 보였다. 워낙 거대해서 한 번에 다 관찰하기는 어려워 보였다.

"이 배는 원래 원유수송선인데 길이만 해도 143미터나 됩니다. 필리핀에서 이곳 섬으로 향하던 중 미군의 잠수함 공격을 받았고 다시 비행기 공습을 받아 폭발하여 침몰했답니다. 가장 유명한 난파선 유적지라고 할 수 있지요."

섬으로 돌아오면서 브루스 김의 간단한 설명이 있었다.

브루스 김의 당부에도 불구하고 우리가 섬으로 돌아왔을 때 김 노인은 또 모습을 감추었다. 이런 일이 벌써 삼 일째 반복되고 있어서 사람들은 이제 대수롭지 않게 생각했다. 섬으로 돌아온 우리 팀과 박의 팀이 점심 배식을 받고 있을 때 김 노인은 자축거리며 숲에서 나왔다.

김 노인은 어디를 헤매고 왔는지 무척 피곤해 보였다. 내가 노인 몫으로 받아놓은 점심을 내밀었지만 김 노인은 물만 마시고 음식은 손도 되지 않았다. 바다를 즐기느라 힘이 빠진 우리들보다 김 노인이 더 피로해

보였다. 김 노인에게 어디를 다녀왔느냐고 물어보고 싶었다. 그러나 브루스 김과 박이 재촉하는 바람에 서둘러 보트에 올라탔다.

다음 목적지는 독이 없는 해파리가 산다는 섬이었다. 세계 유일의 독 없는 해파리를 만나려면 작은 동산 하나를 넘어야 했다. 물갈퀴와 수경을 들고 수영복만 입은 채 슬리퍼를 신고 좁은 길을 걸어 산을 넘어갔다.

"어르신, 섬에서 혼자 어디를 다녀오시는 거예요?"

나는 그날 저녁 호텔로 돌아오면서 김 노인에게 물어봤다.

"……누구 좀 찾으려고."

김 노인은 들릴 듯 말듯 내게 말했다. 여간해서 말을 붙여주지 않던 김 노인이 며칠 곁에서 챙겨준 내게 그나마 마음의 문을 열었다고 할까. 그러나 그렇게 대답하고는 김 노인은 더 이상 말이 없었다. 누굴 찾으러 왔다고? 대체 누굴 찾으려 저 노구를 이끌고 이 섬에 왔단 말인가.

이제 여행 마지막 날이다. 김 차장은 취재는 내게 맡기고 가족여행에 전념했지만 나는 딱히 불만이 없었다. 태평양전쟁 현장을 직접 목격하고 그 생생함을 느꼈다는데 나름 의미를 두고 있었으니까.

이곳에서 배로 1시간 정도 떨어진 섬으로 가기로 했다. 그곳은 태평양전쟁 당시 가장 치열한 전투가 벌어졌던 곳이었다. 그곳 현지인의 안내를 받기로 했다. 우리가 도착한 섬은 꽤 컸다. 김 노인의 표정은 더 어두워져 있었다. 여행이라지만 5일간의 일정은 고령의 김 노인에게 버거운 행군이었을 것이다.

"어르신, 어디 편찮으세요?"

섬에 내려 일부러 김 노인에게 말을 붙여봤다. 김 노인은 알 수 없는 미소만 희미하게 지을 뿐이었다.

"찾으신다는 분은 찾을 수 있겠어요?"

"……."

"누굴 찾는데 그러세요? 오늘이 여행 마지막이라는 거 아시죠?"

김 노인은 쓸쓸한 표정으로 고개만 끄덕거렸다. 신혼부부 팀과 가족들은 해변에 남고, 우리 기자들만 현지인 안내를 받아 섬을 취재하기로 했다.

"미군이 상륙하면서 일본군에게 많이 희생당했지요. 그 피가 바다를 물들여 오렌지빛 같다고 해서 여기를 '오렌지비치'라고 부른답니다. 이 섬에서 2개월의 전투로 미군과 일본 사람들이 2만 명가량 죽었다고 합니다. 그랬으니 바다가 핏빛으로 변해 오렌지색처럼 보였겠지요."

현지인이 해변을 거닐며 진지한 표정으로 태평양전쟁 당시를 설명했다. 잔잔한 파도가 밀려와 고요한 백사장을 부드럽게 간질이고 있었다. 여유롭고 평온하기 그지없는 바닷가 어디에도 그 무시무시했던 전장의 상흔은 보이지 않았다.

기사를 쓰기 위해 나는 현지인의 말을 세세히 메모했다. 정 기자는 주변을 돌며 셔터를 눌러댔다. 섬 안으로 더 들어가 보기로 했다. 골격만 남은 미군셔먼전차와 일본군 경전차가 검붉게 녹슨 채 덩그러니 공터에 나앉아 있었다. 일부러 관광객들에게 보여주기 위해 숲 안에 있던 것을 밖으로 꺼내와 전시했다는 것이다.

"자, 이제 그만하고 점심이나 먹으러 가자고……."

김 차장이 일을 마무리하자고 했다. 취재에 별 신경을 쓰지 않는 김 차장은 해변에 있는 가족과 더 시간을 보내고 싶은 모양이다. 해변으로 나오자 신혼부부 팀과 우리 팀 가족들은 가까운 바다에서 스노클링을 하고 있었고, 스태프들은 점심을 준비하고 있었다.

김 노인은 역시 또 모습을 감췄다. 하지만, 다들 대수롭지 않게 생각하는 눈치였다. 김 노인은 다시 자축거리는 걸음으로 나타날 거니까. 여행 내내 김 노인은 사라졌다 나타나기를 반복했지 않는가. 우리는 전날과 마찬가지로 식사를 하면서 김 노인을 기다렸다.

그러나 김 노인은 한 시간이 지나도 돌아오지 않았다. 다들 식사를 끝냈고, 이미 철수할 준비를 마친 상태였다. 다음 목적지는 모세의 기적처럼 바다가 갈라진다는 해변이었다. 관광객들은 마지막 날을 아쉬워하며 바닷가를 거닐거나 사진을 찍으며 지루한 시간을 보냈다. 브루스 김은 화가 단단히 났는지 빨개진 얼굴로 숲 주변을 씩씩거리며 왔다 갔다 했다.

"하여튼 그 영감님 끝날 때까지 속을 썩이네."

급기야 정 기자가 또 불만을 터뜨렸다.

"영감님이 얌전히 계실 일이지 어딜 그렇게 쏘다니시는 거야. 어이, 안되겠어. 일단 이동했다가 다시 오더라도 오후 일정을 진행해야 될 것 같은데…… 우선 먼저 이동하자고?"

신혼부부 팀 박도 불평을 쏟아내며 일정을 재촉했다. 브루스 김은 더 이상 지체할 수 없었다. 매번 문제를 일으키는 김 노인을 우리 팀뿐 만 아니라 박의 팀원들도 고깝게 생각하고 있었던 것이다.

"제가 남아 있겠습니다. 아무도 없으면 놀라실 것 아니에요."

"그래주시면 고맙지요. 스태프들이 남아있긴 하지만……"

브루스 김은 고마운 표정이었지만, 김 차장과 정 기자는 의아한 눈으로 나를 쳐다봤다. 나는 김 노인에게 꼭 물어봐야 할 말이 있을 것 같았다. 그게 무엇인지 막연했지만 김 노인을 만나면 생각이 날 것 같았다.

여행객들은 짐을 챙겨들고 배에 올라탔다. 김 노인을 염려하는 사람은 없었다. 배가 떠나자 적막해졌고, 이 섬에는 오직 김 노인과 나만 남은 것 같았다. 김 노인이 어디선가 나를 기다리고 있을 것 같았다. 나는 김 노인 몫의 요깃거리와 물통을 배낭에 넣고 무작정 숲으로 들어갔다.

"어르신! 어르신!"

야자나무와 종려나무, 파파야 나무들이 빼곡히 들어찬 숲을 조심스럽게 걸어가며 나는 김 노인을 불렀다. 뿌리가 땅 위로 솟은 맹그로브 나무가 울창하게 우거져 앞으로 나가는 게 쉽지 않았다. 조금 더 들어가자 숲 여기저기에 작은 공터가 나왔다. 무너진 벙커와 휴지조각처럼 찢겨 나뒹굴고 있는 철 구조물들이 보였는데, 전투기 날개 형체를 갖춘 것도 보였다. 전쟁의 흔적들이었다. 숲의 일부가 되어 칙칙하고 검게 변한 철

구조물들은 어둡고 음산해서 마치 공포영화 세트장처럼 보였다. 내가 찾고자 했던 전쟁의 실체 한가운데로 들어왔다는 생각에 가슴이 두근거렸다. 당장이라도 조용한 숲 어디선가 기관총을 쏘아대고 폭탄이 터지고 전차의 굉음이 들릴 것만 같았다.

심호흡을 크게 하며 마음을 진정하고 나는 숲 안으로 더 들어갔다. 숲은 조금씩 경사를 이뤘고 여기저기 폐허가 된 콘크리트 잔해물이 보였다. 예전에 군용 벙커로 사용했던 곳으로 보였다. 풀과 나무들이 콘크리트 잔해를 뒤덮고 있었다.

김 노인은 대체 어디에 있는 것일까. 김 노인은 누군가를 찾으러 왔다고 했지만 지금껏 인가나 사람의 흔적을 발견하지 못했다. 김 노인을 불렀지만 숲은 고요했다. 좀 더 걸음을 옮기자 돌들로 덮인 계곡이 보였다. 천천히 계곡을 따라 산 위쪽으로 올라갔다. 이곳저곳에 굴이 하나둘 나타나기 시작했다. 사람의 손으로 일일이 파서 만든 것으로 보였다. 그중 제법 큰 동굴 앞에 앉아 물통을 꺼내 목을 축였다.

동굴 입구에 파괴되어 포신이 험악하게 찢겨진 대포가 포대 위에 깊은 잠에 빠진 듯 엎드려 있었다. 그 위를 넝쿨식물이 덮고 있었다. 밖에서 동굴 안을 기웃거리다 안으로 천천히 들어가 봤다. 동굴은 꽤 컸고 깊어 보였다. 혹시나 싶어 김 노인을 크게 불러봤다.

"……여기야, 여기."

정작 사람의 목소리가 들리자 흠칫 놀랐다. 다시 김 노인을 부르자 목소리가 더 커졌다. 김 노인의 목소리였다. 대체 김 노인은 여기까지 어떻게 올라왔을까. 그리고 이곳 동굴에는 왜 들어왔을까. 나는 천천히 안으로 더 걸어 들어갔다. 천장에 간간히 난 구멍으로 빛이 새들어왔다. 더 걸어 들어가자 희미하게 김 노인의 등이 보였다. 김 노인은 상체를 움츠리고 뭔가에 열중하고 있었다.

"어르신, 여기서 뭐하세요? 얼마나 찾았는지 알아요?"

나는 반가운 마음에 얼떨결에 목소리가 높아졌다. 어둠이 눈에 익으면서 동굴 안 광경이 들어왔다. 노인은 군용 삽 크기의 캠핑용 삽으로 땅을 파고 있었다. 여기저기에 이미 파 놓은 구멍이 보였다.

"대체 뭐하시려고 땅을 파세요?"

노인은 누군가 도와주길 기다렸다는 듯 허리를 폈다. 그리곤 들고 있던 삽을 내게 넘겼다.

"……젊은이, ……나 좀 도와주게."

나는 얼결에 김 노인이 건넨 삽을 받아들었다.

"뭘 찾으시는데요?"

비행기로 5시간이나 날아온 머나먼 남태평양 한가운데, 그것도 어느 섬 동굴에 들어와 땅을 파는 일이 몹시 비현실적으로 보였다.

"……여기가 분명해, 내 기억이 맞을 거야. 이 동굴이 분명해……. 오랫동안 이 동굴을 봐왔어……. 지난 70여 년간 꿈에서 봐왔는데 잊을 리가 있나. 여기가 바로 그 동굴이야."

삽을 받아든 채 김 노인이 파 놓은 구덩이와 흙을 유심히 살폈다. 구덩이에서 파낸 흙에는 군화의 밑창으로 보이는 고무와 방독면 마스크 필터, 녹슨 전화케이블 잔해가 섞여 있었다.

첫날을 제외하고 김 노인은 과거와는 전혀 관련 없는 사람처럼 행동했다. 특히 전쟁과 관련된 것에는 아예 아무런 흥미도 관심도 보이지 않았다. 그런 김 노인이 이 숲속 동굴에 들어와 이 전쟁 잔해를 파내는 건 또 무엇인가. 나는 김 노인이 대체 무슨 사연이 있는지 점점 궁금해졌다.

"무, 무엇을 찾으시는데……."

"친, 친구를 찾고 있어. ……친구가 여기 어딘가에 묻혀 있을 거야."

김 노인은 더운 숨을 몰아쉬며 흘러내리는 땀을 남방 소매로 닦으며 말했다. 왜 이곳에 어르신 친구 분이 묻혀 있는 거죠? 그렇게 묻고 싶었지만 나는 물어볼 수 없었다. 김 노인 스스로 답을 주기 전에는 물어볼 수 없었다. 그걸 물어본다면 오래전부터 잠들어 있던 마법 상자가 열리고 불길한 것들이 한꺼번에 쏟아질 것만 같았다.

나는 삽으로 땅을 파기 시작했다. 축축한 흙은 삽날이 들어가자 쉽게 젖혀졌다. 김 노인이 팠던 주변 땅에 삽을 꽂아 흙을 재꼈다. 파낸 흙속에 검은 물체들이 섞여 나왔는데, 부식이 심한 탄창과 수통이었다. 김 노인이 가리키는 대로 나는 마술에 걸린 듯 삽을 땅에 쑤셔 넣었다. 얼굴과 등에서 땀이 흐르기 시작했다. 삽을 놓고 앉아 옷소매로 땀을 닦았다. 동굴 안쪽에서 서늘한 습기가 몰려왔다. 배낭에서 물을 꺼내다 김 노인 몫으로 챙겨온 밥과 야채가 보여 김 노인에게 권했지만 물만 몇 모금 마셨다.

"친구는 어떤 분이셨어요?"

나는 조심스럽게 친구에 대해 물어봤다.

"……."

김 노인은 말없이 한동안 고개를 숙이고 있었다.

"이제 어디를 팔까요?"

괜한 말을 꺼냈다 싶어 나는 어색한 분위기를 바꾸려고 다시 삽을 들고 일어섰다. 그런데 얼핏 흐느끼는 소리가 들렸다. 나는 다시 천천히 그 자리에 앉았다.

"……어르신."

"……내, 내가 죽였네. 내가 죽였어. 동만이를 내가 죽였어……. 내 친구 동만이를 내가 죽였다고……."

김 노인은 흐느끼며 말을 이어나갔다. 앙상한 김 노인의 등이 흐느낄 때마다 격하게 흔들렸다. 나는 당황스러워 눈물 닦을 만한 것을 찾아 주머니에 손을 넣었지만 잡히는 게 없었다. 나는 삽 손잡이만 만지작거렸고 손에서 흐른 땀이 손잡이에 홍건했다. 한동안 흐느끼던 김 노인의 울음이 자자졌다.

"나는 만주에 주둔하고 있던 관동군 산하 14사단 2연대에 소속된 일본군이었네. 강제 징집되었지. 우리 연대는 이 섬을 방어했어. 무려 두 달에 걸친 전투였어. 석 달이나 방어준비를 했네. 그 일본군에는 나와 같은 조선 청년들이 아주 많았어. ……다 죽었지, ……다 죽었어. 내가 살아난 건 천행이었어. 난 지금껏 그걸 속여 왔었네. 홋카이도 탄광에 끌려갔다 왔다고 말했지. 이곳에 왔던 조선 노무자들도 많이 죽었지, ……많이 죽었어."

김 노인의 탄식 섞인 고백 한 마디 한 마디는 폭탄이 되어 내 가슴을 뚫고 날아가 동굴 벽에 부딪쳐 터졌다. 그 폭발음은 굉음이 되어 동굴 안을 가득 메웠다. 나는 숨도 제대로 쉬지 못하고 그 자리에 우두커니 앉아 있었다. 김 노인의 말을 듣는 순간 품고 있던 의문이 풀렸다. 일본 군이었던 김 노인은 떳떳하게 관광객들 앞에 나서지 못했던 것이다.

"……이러고 있을 때가 아니지. 삽 이리 주게."

한동안 앉아 있던 김 노인이 서둘러 일어나 내게서 삽을 빼앗으려고 했다.

"아니에요. 제가 할게요."

나는 얼른 삽을 들고 일어나 다시 땅을 파기 시작했다. 동굴 안쪽으로 박쥐들이 한두 마리씩 날아 들어갔고, 삽날이 흙과 돌조각에 부딪치는 소리와 내 거친 숨소리가 동굴 안을 메웠다. 김 노인은 숙연한 얼굴로 구부정하게 서서 삽질하는 나를 지켜봤다. 캠핑용 삽이라 삽질은 쉽지 않았다. 몇 번 흙을 걷어내고 나면 이마에서 땀이 흘렀다. 탄알과 탄피, 부식된 탄창들이 흙무더기에 섞여 나왔지만 인골은 보이지 않았다.

"친구 분은 어떻게 돌아가셨어요?"

잠시 허리를 펴고 숨을 고르며 김 노인을 쳐다봤다. 김 노인은 고개를 떨어뜨린 채 한동안 땅만 쳐다보다가 천천히 고개를 들더니 고해성사하듯 말했다.

"……나는 죄인이네, 죄인이야. ……총을 쐈지. 내, 내가 총을 쐈어. 오장이 내게 총을 겨누며 도망하는 동만이를 쏘라고 했어. 쏘, 쏘지 않으면 나를 쏴죽이겠다고 했어."

나는 또 아무 말도 하지 못하고 얼어붙은 듯 그 자리에 서 있었다.

"뭐 찾으시는 거 있어요?"

한 동안 침묵하고 있던 김 노인이 뭔가 생각난 듯 동굴 벽으로 다가가 어딘가를 더듬었다. 말없이 한참 벽을 더듬던 김 노인이 외쳤다.

"찾, 찾았어, 찾았다고……. 동만이가 써놓은 거야. 동만이가……."

나는 김 노인 쪽으로 다가갔다. 벽은 축축한 습기로 가득했다. 손으로 더듬자 서늘한 물기가 느껴졌다. 김 노인이 가리키는 벽을 천천히 살폈다. 벽은 검고 칙칙해서 구분이 잘되지 않았다. 김 노인이 손가락으로 천천히 벽을 가리켰다. 벽에 뭔가 글자 같은 윤곽이 들어났다. 글자들은 신경을 곤두세우고 보지 않으면 눈에 띄지 않을 정도로 흐릿했다. 나는 김 노인의 손가락을 따라 천천히 발음했다.

"어. 머. 니."

어두운 동굴 벽보다 짙은 검은색으로 적힌 그 글자는 어머니가 분명했다. 가슴에서 뜨거운 뭔가가 위로 솟구치는 것 같아 한동안 나는 말을 잃었다. 이미 땅에 묻혀 흙이나 다름없이 되었을 그래서 현실에서는 전혀 인식할 수 없는 역사속의 사건이 성큼 내 앞에서 환생한 듯했다. 저 글씨를 동만이라는 분이 썼다면 김 노인이 하는 말은 거짓이 아닐 터였다.

나는 김 노인이 글자를 발견한 지점부터 다시 땅을 파기 시작했다. 작은 삽으로 흙을 파는 일은 더디고 작업에 한계가 있었다. 그러나 나는 한 삽 한 삽 흙을 떠낼 때마다 어려운 문제를 풀 듯 천천히 그리고 조심스럽게 손을 놀렸다.

김 노인도 내 곁에서 내가 흙을 퍼내면 주위 깊게 그것들을 살폈다. 온몸이 땀에 젖었고, 어깨도 허리도 결렸다. 그러나 뭔가에 취한 듯 김 노인이 지시하는 곳을 파나갔다. 그리고 불현듯 내가 이곳 섬에서 맛보고자 했던 살아 있는 뭔가를 느끼고 있다는 뿌듯함이 벅차게 밀려왔다. 내가 흘리고 있는 땀과 어깨와 팔뚝, 허벅지와 장단지에 느껴지는 뻐근한 피로가, 그리고 삽날이 파헤치는 흙과 내 앞에서 숨 쉬며 생생하게 살아 있는 김 노인이 바로 그걸 증명하고 있었다.

소설의 씨앗 전주에서 뿌리 내려 뿌듯

　당선소식을 듣고 정말 기뻤습니다. 아직 투박하고 부족한 소설이라는 걸 알면서도 염치없이 소식을 듣고 울컥 눈물이 솟을 만큼 기쁘고 행복했습니다.

　오래전부터 소설이 제 곁에 있었습니다. 감히 넘볼 수 없다는 생각에 장막을 치고 그쪽으로 눈을 두지 않으려 했습니다. 그런데 어느새 또 마법에 걸린 듯 막을 걷어내고 다시 소설을 보고 있었습니다.

　바라보고만 있으면 좋으련만 무서운 줄도 모르고 만져보고 싶고 그 품에 안겨보고 싶었습니다. 그러나 그건 많이 힘든 일이었습니다.

　오랫동안 달리기를 해오고 있습니다. 뛰는 동안 고통스러워 내가 이 짓을 왜 하나 자책합니다. 그러나 결승점을 통과하고 나면 힘들었던 건 어디로 사라지고 다시 뛰고 싶다는 욕망이 생깁니다. 결국, 뛰는 게 행복했던 것입니다. 달리는 동안 느꼈던 육체의 고달픔은 고통이 아니었습니다. 몸의 괴로움은 마음의 행복을 만들어내는 '연료'였던 것입니다.

　소설 쓰기도 달리기와 마찬가지인 것 같습니다. 쓰는 동안 몸은 힘들지만 그 고달픔 끝에 환하게 웃으며 반겨주는 '마음의 행복'이 있으니까요.

　제 소설은 아직 거칠고 투박하고 부족한 점이 많습니다. 그 미약하고 보잘것없는 소설에 손 내밀어 주시고 기회 주신 심사위원 선생님께 깊이 머리 숙여 감사드립니다. 저를 선택해주신 선생님께 보답하는 길은 열심히 쓰는 일일 것입니다. 많이 공부하고 연습하고 담금질하겠습니다. 그리고 즐겁고 행복하게 쓰겠습니다. 모든 분들께 감사드립니다.

한 치 앞을 내다보지 못하는 우리 자화상

소설은 소설다워야 한다는 생각을 신인들의 작품을 읽을 때면 한결같이 하게 된다. 어떤 소설이 소설다운 소설인가를 따지고 들어가다 보면 작법의 문제까지 언급해야 되겠지만, 우선은 참신한 소재, 빛나는 주제, 인물들마다 제 역할을 다하는 성실성, 날줄과 씨줄이 얽히는듯한 촘촘한 구성이 기본이 될 것이다. 요는 소설의 정도를 지켜달라는 얘기이다. 그런 점을 바탕으로 응모작을 읽은 결과 양서영의 '아르고스의 눈' 과 송나라의 '오프라인게임' 과 노은희의 '관계자외 출입금지' 와 오상근의 '그 섬에 가면' 이 남았다. '오프라인 게임' 은 숨 가쁘게 읽히는 문장이 돋보였으나, 인터넷게임을 옮겨놓은 듯한 서술과 인물들이 제각기 따로 놀고 있는 듯한 허전함이 있었으며, '아르고스의 눈' 은 치밀한 구성이 호감을 얻었지만, 주인공이 코스프레 동호인 모임에 참석한 것이나 중년남자의 느닷없는 행위가 설득을 얻지 못했다.

'관계자외 출입금지' 는 중소기업의 사원이라는 관계자의 신분에서 벗어난 주인공이 교통사고를 당하여 입원한 병원에서의 일상을 관찰자의 눈길로 담담하게 그려내고 있는데, 관계자와 관찰자의 경계선이 애매하였다. 그러다 보니까 인물이나 사건을 그린 빛나는 부분들이 전체가 하나로 융합되지 못한 느낌을 지울 수가 없었다.

'그 섬에 가면' 은 태평양전쟁의 흔적을 찾아 남태평양으로 취재를 떠난 주인공의 눈을 통하여 드러낸 역사의 슬픈 발자취를 그려놓은 역사

여행 소설이다. 소설의 결말에서 칠십여 년 전쯤의 친구의 죽음 앞에 오열하는 김 노인의 행위가 생뚱맞았으나 작품의 곳곳에 깔아놓은 복선과 잘 어우러지고 있었다. 너무 쉽게 읽히는 점이 오히려 신인의 진지한 자세를 훼손하고 있다는 우려도 있었지만, 역사를 바라보는 작가의식과 인물들에게 보내는 따뜻한 시선의 가능성을 믿고 당선작으로 뽑는데 주저함이 없었다.

전북일보 박이선

1969년 남원 출생
7회 대한민국디지털작가상
전주덕진소방서 119대원

"별 일이야 없겠지요? 그래도 바다에서 살아온 양반인디."

김 사장은 말없이 굳은 표정이었다. 하구둑으로 다가갈수록 파도는 약해졌다. 털보는 어선을 통선문이 있는 곳으로 몰아갔다. 거대한 하구둑의 콘크리트 구조물이 우뚝 서서 가로막고 있었다. 마치 개미새끼 한 마리도 용납지 않겠다는 듯 거만한 몸집이었다.

전북일보

하구(河口)

박이선

1

봄은 봄이었다. 겨우내 볼을 얼얼하도록 몰아치던 바닷바람이 한결 부드러운 느낌이 들었다. 부두를 등진 월명산에도 연푸른 빛깔이 제법 진해지고 있었다. 이제 한 달만 있으면 하얀 벚꽃이 온 산을 뒤덮고 꽃구경을 온 사람들로 산이 북적거릴 터였다. 산을 내려와서 고개를 왼쪽으로 돌리면 군산시내와 항구를 이어주는 해망굴이 보였다. 자동차 한 대가 겨우 지나갈 수 있을 정도로 크지 않은 굴이다. 아니 굴이 아니라 터널이었다. 해망굴은 일제강점기 우마차의 통행을 위해 뚫어놓은 것이다. 굴속으로 들어가면 습기로 인해 서늘한 기분이 들었고 컴컴했다. 길지 않아서 입구와 출구를 번갈아 몇 번 바라볼 때쯤이면 벌써 밖으로 나오게 된다. 해망굴에서 이어지는 길 양편으로는 언제 지어졌는지 모를 집들이 허술하게 자리 잡고 있었다. 신호등을 건너 쭉 걸어가면 내항이었다. 소쿠리에 생선을 널어놓고 말리는 생선가게가 이어지고 몇 마리의 개들이 쪼그리고 앉아서 도둑고양이를 지키고 있었다. 가게를 갖지 못한 아낙들은 좌판을 벌여 놓았고 노점이 끝나는 지점에 도선장(渡船場)이란 간판이 보였다. 군산항은 하루 두 번씩 밀물과 썰물이 들락거렸다. 지금은 물이 빠져서 부교(浮橋)가 저 아래로 내려가 뻘밭에 걸친 것처럼 보였다.

"요런 날에 죽치고 있을랑게 삭신이 뻐근허구먼."

모자를 눌러쓴 노인이 도선장 대기실문을 열고 나오면서 하는 소리였다. 말을 마치고 그는 가래를 끌어올려 기세 좋게 뱉었다.

"황 선장님. 심심하시지라?"

경사진 부교를 오르느라 가빠진 숨을 내쉬면서 박 기사가 물었다. 그는 부교에 정박한 배들의 홋줄을 걸어주고 풀어주면서 소일을 하는 사람이었다.

"물이 찰라믄 얼마나 남았능가?"

"벌써 들어오기 시작했구만요. 인자 네 시간이믄 물이 방방해질 겁니다."

황 선장이라 불린 노인은 눈을 들어 멀리 장항을 바라보았다. 제련소의 높은 굴뚝이 우뚝 솟아 그 위용을 뽐내고 있었다. 고개를 오른쪽으로 돌리면 멀리 금강하구둑이 아스라이 보였다. 내항에 물이 완전히 찼을 때에는 어선이며 여객선이 부지런히 입출항 하느라 북적거렸다. 하지만 지금은 물이 들어오지 않았기 때문에 움직이는 배가 보이지 않았다. 움직이는 배는 오직 한 척 뿐이었다. 그것은 퇴적토를 퍼 올리는 준설선이었다. 날이 갈수록 군산 앞바다에는 모래가 쌓여서 수심이 낮아지고 있었다. 그것을 퍼내지 못하면 선박의 입출항이 매우 힘들었다. 그동안 퍼올린 퇴적토는 외항 쪽에 쌓아놓았는데 그로 인해 인공 섬이 하나 생겼다. 그곳을 여의도처럼 개발해서 쓴다는 말이 돌고 있었다.

"미쳤다고 물길을 막아서 저 염병을 허능가 몰라."

황선장은 뿌연 봄기운속에서 희미하게 바라보이는 금강하구둑을 바라보면서 퉁명스런 말을 내뱉었다. 못마땅한 표정이었다. 그리고 준설선에게도 한마디 덧붙이는 것을 잊지 않았다.

"안 혀도 될 일을 허느라 퍽이나 용쓰는구만."

황 선장의 말에 박 기사는 피식 웃고 말았다. 하루도 거르지 않고 하구둑과 준설선을 향해 악담을 퍼붓는 것에 익숙해져 있었기 때문이었다. 박 기사는 들고 온 통을 내려놓고 담배를 꺼내 물었다.

"선장님이 아무리 그려도 막힌 물길을 틀 수 없당게요."

그는 담배연기를 천천히 내뿜으면서 황 선장을 바라보았다. 시커멓게 그을린 얼굴에 깊이 새겨진 주름이 소금기에 쩔어 살아온 인생을 그대로 보여주고 있었다.

"도선장 문 닫은 것도 한참 지났지 않소. 나도 그 시절이 그립지만 한번 흘러간 세월은 돌아오지 않는 뱁이지라."

황 선장은 대꾸하지 않고 박 기사가 가지고 온 통을 뒤적였다. 부교에서 낚시로 잡아온 망둥어와 놀래미 몇 마리가 거품을 물고 퍼덕이고 있었다. 황 선장은 군침을 꿀꺽 삼키면서 박 기사를 재촉했다.

"가서 요기나 좀 허세."

앞장서서 휘적휘적 걷기 시작했다. 박 기사는 담배를 집어던지고 황 선장을 따라갔다. 두 사람은 해주식당이라 쓰여진 문을 드르륵 열었다. 저녁손님을 받을 준비하고 있던 해주댁이 고개만 돌려서 눈인사를 했다.

"어서 오시요."

"여기 쐬주 한 병 주구랴. 안주는 요기 있응게 대충 끓여주고."

마치 자기 안사람 부리는 듯한 목소리였다. 황 선장의 이런 말투에도 해주댁은 불평하지 않고 박 기사가 내민 생선을 받아들었다.

"에구, 이렇게 작아서는 손질만 복잡헌디. 그냥 앉아계시요. 내가 탕 하나 끓여줄랑게."

황 선장은 맥주잔 두 개에 소주를 나누어 따른 후 내밀었다. 그리고 물마시듯 한 모금 벌컥 들이켜더니 조개젓갈을 집어 오물거리면서 짭짤한 맛을 즐겼다. 그것으로 성이 차지 않았는지 다시 한 모금을 들이켰다. 연거푸 두 모금을 마신 다음 황 선장은 입을 썩썩 닦으면서 박 기사를 지긋이 바라보았다.

"자네도 여그를 떠나지 못하는구만."

박기사는 멋쩍은 웃음을 지었다.

"선장님이 똥 마려운 강아지 맨키로 여그를 뱅뱅 도는 것이랑 같은 이치 아니것소. 도선장에서 일해 온 것이 몇 년인디 갈 디가 어디 있것소."

하긴 도선장이 문을 닫은 이후로 박 기사는 여러 일을 전전했었다. 어선을 타고 나가보기도 하고 부안까지 가서 염전 일을 하기도 했지만 얼마 버티지 못하고 다시 돌아왔던 것이다.

"선장님이 군장정기선을 몰고 운항헐 때가 봄날이었소."

박기사는 눈을 지그시 감으면서 그때를 떠올렸다. 황 선장은 군산과 장항을 오가는 정기선의 선장이었다. 금강하구둑이 생기기 전만 해도 하루에 56회씩 운항을 했었다. 아침저녁으로는 학생들이 많았고 군산으로 물건을 사러 오는 장사치며 장항제련소에서 일하는 노동자들까지 모두 황 선장이 운항하는 정기선을 이용했다. 하지만 금강하구둑이 생기면서부터 이용객이 점점 줄어들더니 급기야 몇 년 전에는 도선장이 문을 닫고 말았던 것이다.

"그때가 좋았재. 자네 맨키로 홋줄 잘 던지는 사람이 없었네."

황 선장도 고개를 끄덕이며 박 기사의 말에 맞장구를 쳤다. 그때 군장정기선에서 조수를 맡고 있던 사람이 바로 박 기사였다. 사람들이 타고 나면 고리를 걸어놓고 뱃머리로 쫓아가서 던질 채비를 했던 사람이었다. 파도로 들썩이는 뱃머리에서 홋줄을 돌돌 말아 한 손으로 들고 힘껏 던지면 정확하게 부교에 박혀 있는 볼라드에 걸쳐지는 것이 신기할 정도였다. 파도가 거친 날 홋줄작업에 시간이 많이 걸리게 되면 그만큼 정박이 어려워지기 때문에 황 선장은 박 기사가 믿음직했다.

"인자 홋줄 던지는 일보다 받아주는 일밖에 없소."

박 기사는 힘줄이 툭툭 불거진 주먹을 치켜들며 아쉬운 목소리를 냈다. 더 이상 배를 타지 않으니 홋줄 던질 일도 없었다. 부교에서 낚시를 하다가 정박하러온 배에서 던진 홋줄을 볼라드에 걸어주는 일이 전부였다. 간혹 안면이 있는 어선에서 건네준 생선을 들고 해주식당으로 달음

질치는 모습을 볼 때 황 선장은 안쓰러운 마음이 들었다. 두 사람이 이야기를 하면서 술잔이 바닥을 드러내자 해주댁이 냄비 하나를 내밀었다.

"빈속에 술만 자시지 말고 요기라도 좀 허시요."

이 펄펄 오르는 냄비속의 얼큰한 매운탕이 군침을 삼키게 만들었다. 황 선장이 군침을 꿀꺽 삼키는 것을 보고 해주댁이 토라진 표정으로 말을 덧붙였다.

"선장님. 세월만 이렇게 까묵고 내 고향엔 언제 데려다 줄 거유?"

황 선장은 뜨거운 국물을 맛보느라 입을 오리처럼 뾰족하게 내밀고 후후 불어가며 쩝쩝거리고 있었다. 해주댁은 대답을 기다리면서 자리를 옮기지 않았다.

"어허, 조금만 기다려 보랑께. 세상이 변하믄 내가 데려다 준다고 하지 않등가."

"또 기다리란 말유? 그러다가 꼬부랑 할망구 되어도 안 되것네."

시원치는 않지만 그래도 대답을 들었으니 되었다는 투로 다시 도마 위에 놓인 생선을 손질하기 시작했다. 황 선장은 해주댁의 뒷모습을 물끄러미 바라보았다. 해주댁이 식당일을 시작한 것은 황해도 해주에서 배를 타고 피난을 왔던 남편이 죽고 난 이후였다. 남편은 조선기술자여서 군산에 터를 잡고 부지런히 배를 만들었다. 아이들까지 여기에서 학교를 보내고 세상사는 재미를 느끼기 시작했을 때 선거에 올려놓은 배가 기울어지는 바람에 남편은 추락을 했고 몇 달 동안 끙끙 앓다가 세상을 뜨고 말았다. 해주댁의 나이가 서른아홉 살 때였다. 해주댁이 식당일을 시작한 것은 생활고와 군산항에서 출항한 어선들이 때로는 장산곶 앞바다까지 고기를 잡으러 가기도 했기 때문이었다. 돌아온 어선들을 통해서 고향소식을 접할 수 있었다. 들려오는 소식이래야 북한경비정이 쫓아와서 간신히 도망을 쳤다는 둥, 북쪽 사람들의 얼굴이 선명하게 보일 정도로 접근을 해서 고기와 술을 바꿔 먹었다는 이야기며, 누구는 정신없이 고기를 잡다가 월경을 하게 되었고 납북되었다는 소리뿐이었다.

그래도 해주댁은 그 때마다 귀를 쫑긋 세우고 바람결에 들려오는 고향 소식에 애가 달았다. 황 선장은 도선장에서 군장정기선을 운항하고 있었기 때문에 해주식당에 발길이 잦았다. 그의 아내가 다섯째를 낳다가 불귀의 객이 되어 홀로 살고 있던 시절이었다. 부모가 있는 강경으로 자식들을 올려 보내고 혼자서 일을 하며 돈을 벌었다.

"진작에 꼬부랑 할매가 돼부렸는디 무신 걱정을 저리 헐꼬."

박 기사가 바닥에 남아 있는 술을 쭉 들이키며 빈정거렸다.

"글고 선장님도 그런 약조는 허지 마시요. 통일이 된다믄 모를까 워떻게 배를 몰고 해주까지 간단 말인게라."

황 선장은 아무 말 없이 매운탕을 뒤적였다. 해주댁도 더욱 요란스럽게 도마질을 하는 것으로 대답을 대신하고 있었다. 이제 물이 웬만큼 차오른 모양이었다. 밖에서 두런거리는 소리가 많아졌고 어선에서 시동을 걸어 통통거리는 소리가 들려왔다.

"나가보세. 물 들어왔응께."

모자를 푹 눌러쓰고 자리에서 일어섰다. 황 선장이 문을 열고 바다를 바라보니 어느새 물이 들어와서 뻘에 박혀있듯이 꼼짝도 않던 어선들이 둥실 떠올라서 좌우로 어깨를 흔들고 있었다. 물이 차서 더욱 비릿해진 갯냄새가 코를 자극했다. 황 선장은 코를 연신 벌름거리면서 성큼성큼 발걸음을 떼었다.

2

이튿날 아침 일찍 박 기사는 도선장 대기실문을 열었다. 군장정기선은 더 이상 운항하지 않았지만 좌판을 열거나 하릴 없이 부두를 거니는 사람들이 들어와서 쉬는 곳이었기 때문에 난로를 피우기 위해서였다. 대기실벽에는 물때를 알려주는 조석표가 붙어 있었고 군장정기선의 운임이 적혀있는 안내판이 보였다. 색깔이 바래고 페인트가 갈라져서 떨어진 모습이었다. 박 기사가 작은 석유난로에 불을 붙이고 밖으로 나왔을 때 작은 배를 타고 돌아오는 황 선장이 보였다. 박 기사는 부교를 건너 달려갔다.

"또 통선문에 갔다 오는갑소잉?"

황 선장이 탄 배는 어선으로도 쓰지 못할 정도로 너무 작았다. FRP로 만든 배에 스크류만 얹어 놓은 것이었다. 바다가 잔잔할 때 낚시를 하거나 투묘하고 있는 큰 배에 물품을 전해주는 것도 벅차 보일 정도였다.

"통선문은 아무나 드나들 수 없당께요. 허가를 받지도 않고 무작정 따라간다고 갈 수 있는 곳이 아니란 말요."

"잔말 말고 단단히 묶어."

차가운 아침바람에 얼굴이 새파랗게 변한 황 선장이 줄을 박 기사에게 건네주고 부교로 올라섰다. 삼월이지만 새벽 찬바람은 매서웠다. 부두에 서있기만 해도 눈물이 찔끔거렸을 것이다. 황 선장은 주르륵 흘러내리는 콧물을 소매로 쓱 닦아냈다. 뱃머리에 부딪힌 물보라를 뒤집어써서 비에 젖은 생쥐 꼴이었다. 그 모습을 보고 박 기사는 혀를 끌끌 찼다. 대기실에서 황 선장은 윗옷을 벗어 놓고 얼어 있는 손을 녹였다. 소금물에 젖은 홋줄을 걸고 당기느라 투박한 손이었다.

"인자 그만두시요. 허가도 없이 올라간다고 혀서 통선문을 통과헐 수는 없소."

뒤따라 들어온 박 기사가 툴툴거렸다.

"그러다가 사고라도 나믄 꼼짝없이 죽을 것이요. 신새벽에 누가 바다를 쳐다보고 있기나 허간디."

걱정이 되는 모양이었다. 박 기사는 온수통에서 물을 뽑아 황 선장에게 내밀었다. 그것을 받아들고 황 선장은 홀짝이며 몸을 녹였다.

"자네도 알다시피 내 고향이 강경 아니던가베. 언제고 올라가야 헐 길이란 말여."

아직 입이 풀리지 않아서 황 선장이 느릿하게 말했다.

"요새는 찻길도 좋은디 미쳤다고 통선문을 통과헐라고 그란다요. 백날 쫓아다녀봐야 허가를 안 해준당게라."

"알고 있네. 그려도 물이 차오르믄 가심이 답답혀서 견딜 수가 있어야재."

황 선장이 새벽부터 배를 타고 다녀온 곳은 금강하구둑이었다. 하구
둑에는 배수갑문과 물고기의 통행을 위한 어도가 설치되어 있었다. 그
리고 선박의 출입을 위한 통선문도 있었는데 50톤 규모의 작은 선박만
이 통행하는 것이었다. 하구둑으로 금강의 민물을 가두어놓아 바닷물은
섞일 수 없었다. 하루에 두 번씩 밀물과 썰물이 반복되므로 통선문은 특
수한 구조를 가지고 있었다. 바다에서 강으로 가기 위해서는 일단 농어
촌공사 금강사업단에 통행신청을 해야 가능한 일이었다. 사업단에서는
선박의 규모와 목적을 보고 통선문의 출입을 허가했는데 군산에서 올라
갈 경우에는 하부갑문을 열고 배를 도크 안으로 들여보냈다. 그리고 하
부갑문을 닫은 다음 상부갑문을 서서히 개방해서 수위를 맞추는 것이었
다. 금강에서 군산으로 내려갈 때는 반대로 갑문을 개폐했다. 이 절차가
복잡하고 수위를 맞추는 시간이 짧지 않아서 사실상 통선문을 이용해서
바다와 금강을 오가는 선박이 드문 편이었다.

"접때도 큰일 날 뻔허지 않았소. 무작정 앞서가던 선박을 따라가다가
갑문에 부딪혀서 뒤집힐 뻔허지 않았능가베."

박 기사는 왜 황 선장이 통선문을 얼쩡거리는지 잘 알고 있었다. 금강
하구둑이 건설되기 전에는 군산에서 강경을 지나 공주는 물론 부강까지
뱃길이 이어졌었다. 일제강점기에 군산에서 공주를 오가는 기선까지 두
척 운항될 정도로 항로가 좋았다. 황 선장은 고향 강경에서 배를 타고
군산을 오르내렸던 시절을 잊지 못하고 있었다.

"그만 잊어부리시오. 코딱지만 한 배 통과시킬라고 통선문을 열어줄
리는 없응께."

박 기사의 매몰찬 소리에 황 선장은 속으로 끙 소리를 낼 뿐이었다.
그도 모르지 않았다. 통선문은 손주들이 뻔질나게 드나들며 방문을 열
어젖히는 것처럼 아무나 열 수 있는 문이 아니었다. 통과신청을 하면 사
업단에서 검토를 하고 정해진 시간에 열어주고 있었다.

"열어주지 않으믄 지들이 워쩔 것이여. 언제부터 강을 오르내리는디

허가를 받아야 혔냐 그 말이시."

고집이 이만저만한 것이 아니었다. 박 기사는 황 선장의 고집을 꺾을 수 없다는 것을 알고 입을 닫아버렸다. 다만 나이를 생각지 않고 부두에서 하구둑을 바라보고 있다가 통선문으로 다가가는 배를 발견했을 때 부리나케 배를 타고 달려가는 모습이 걱정스러울 뿐이었다. 박 기사는 황 선장이 도선장을 떠나지 못하는 이유가 바로 통선문 때문이라고 생각했다. 두 사람 사이에 잠시 침묵이 흐르고 있을 때 누군가 불쑥 들어왔다.

"아따 따숩네이. 뭐 헌디야? 밥 묵었어? 안 묵었으믄 같이 가자고."

선외기 장사를 하고 있는 김 사장이었다. 수십 년간 황 선장과 인연을 맺어왔기 때문에 허물없는 사이였다. 김 사장은 조용한 대기실을 순식간에 떠들썩하게 만들어버렸다. 원래 수다스럽고 알맹이 없는 말을 많이 하는 편이었다. 김 사장은 두 사람을 끌다시피 해주식당으로 향했다.

"여그 뜨신 국물허고 밥 좀 내주시요."

해주댁은 머리를 곱게 빗어 넘겨 비녀를 꽂고 있는 모습이었다. 웬만하면 미장원에 가서 긴 머리를 싹둑 잘라버리고 파마를 할만도 했지만 아침마다 머리 빗기를 고수하고 있었다. 그 일은 여간 귀찮은 일이 아니었다. 머리를 감고 말려서 참빗으로 곱게 빗어 넘긴 다음에 또아리를 틀어 비녀를 꽂아야 했다. 젊었을 적 해주댁의 고운 머리를 보고 황 선장이 이런 말을 했던 일이 있었다.

"댁네는 참 머리가 고우이. 보고만 있어도 먼저 가버린 안사람이 생각난당께."

그 말 때문이었을까. 한 때는 황 선장이 못 잊어하는 아내 생각에 약이 올라 머리를 싹둑 자르고도 싶었다. 하지만 자신의 고운 머리를 바라보며 은근한 눈길을 보내며 지그시 눈을 감는 황 선장 때문에 머리를 자를 수가 없었다. 아마 황 선장이 아니었더라도 해주댁은 머리를 자르지 않았을 것이다. 남편도 자신의 길고 윤기 나는 머리를 얼마나 좋아했던가.

"꽃샘추윈가벼. 어제보다 겁나게 추워졌당게로."

김 사장은 잡담을 늘어놓으면서 소주를 한 병 냉큼 집어왔다

"해장부터 술 자실라요?"

해주댁이 걱정스러운 눈빛으로 물었다.

"걱정마시요. 우리가 하루 이틀 해장했간디. 황 선장, 안 그런가?"

황 선장은 아무 말 없이 술잔을 내밀었다. 꼴꼴꼴 술잔이 채워졌을 때 벌컥 한 모금 들이켰다. 그때 해주댁이 김이 모락모락 오르는 생태탕을 내왔다.

"술만 자시지 말고 밥이랑 같이 드시요."

황 선장을 보고 하는 소리였다. 그 말에 김 사장은 입을 삐쭉거리면서 해주댁을 곱지 않은 눈길로 쳐다보았다.

"돈은 내가 낼 것인디 호사는 황 선장이 다 누리네. 허허."

"쓰잘데기 없는 소리 말고 밥이나 드시요."

해주댁은 찬바람이 일도록 휑 돌아서버렸다. 그래도 김 사장은 넉살 좋게 웃음을 날리면서 개의치 않았다.

"아까 배가 들어 오든만 또 올라갔다 온겨?"

김 사장의 물음에 황사장은 대답을 하지 않았다. 대신에 허겁지겁 밥을 먹고 있던 박 기사가 말을 받았다.

"신새벽부터 하구둑을 다녀올 사람이 누가 있것소."

김 사장의 선외기 가게는 부둣가에 붙어 있어서 누가 오르내리는지 훤히 바라보였다. 아침에 가게 문을 열고 있을 때 위에서 내려오는 황 선장을 보았던 것이다.

"자네 고집도 엔간하네. 포기헐 때도 됐는디 기어코 물길을 따라 올라가것다고 고집을 부린당가."

김 사장도 걱정이 되는 모양이었다. 나뭇잎처럼 작은 배로 오르내리다가 무슨 사고라도 당하면 큰일이었다. 군산 앞바다는 천리를 달려온 금강이 몸을 푸는 곳이어서 넓었다. 예전에 배를 타고 장항까지 가는 데만도 15분 이상 걸리는 거리였다. 게다가 물이 들어왔을 때에는 오가는

어선들도 많고 금강하구둑에서 배수갑문이라도 여는 날에는 물살이 종잡을 수 없이 거칠어지는 것이었다.

"무담시 넘의 일에 간섭허지 말고 밥이나 머세. 그 놈의 잔소리는 죽을 때까지 멈추지 않을 것이구먼. 죽어서도 제사상에 감 놔라 배 놔라 헐 것이여."

황 선장이 퉁명스럽게 쏘아붙이는 소리에 해주댁이 피식 웃고 말았다. 이 모양을 보고도 김 사장은 화를 내기는커녕 황 사장의 말이 반가운 듯 했다.

"하믄, 격식대로 혀야재. 내 성에 차지 않으믄 제사상도 받지 않을 것이네. 그려도 내가 자네보다는 오래 살 것잉게 아모 걱정 말드라고."

그제야 황 선장도 웃음을 지으며 술잔을 들었다.

"한 잔 드세. 어김없이 봄이 오건마는 가버린 호시절은 왜 아니 올꼬."

이제 부두에서 일하는 인부들이 아침을 먹기 위해 해주식당을 들락거리기 시작했다. 해주댁이 생선을 다루는 도마소리가 바빠질 때 세 사람은 자리에서 일어났다.

3

꽃피는 봄을 시샘하는 것은 바다에도 있었다. 시퍼렇던 물이 봄기운에 누런 빛깔로 바뀔 때쯤이면 거센 폭풍이 몰아치는 것이었다. 차가운 북서풍에 맞서 밀어 올리는 동남풍이 마주쳐서 바닷물도 한바탕 뒤집어지는 것이었는데 사람들은 이것을 겨울바다가 시샘한다고 했다. 월명산의 벗나무에서 새순이 귀엽게 돋아 오르고 있던 삼월 하순이었다. 바람이 세차게 불더니 바닷물이 부두까지 넘실거리고 있었다. 정박한 어선의 대나무에 메어놓은 깃발이 찢어지도록 나부끼고 사방에서 서로 어깨를 부딪치는 소리가 들려왔다.

"아무래도 내일까지는 날씨가 심상치 않을 것 같소."

박 기사가 튀어 오르는 바닷물을 가리느라 한손으로 얼굴을 감싸고 부교를 뛰어오고 있었다. 정박해놓은 어선들의 홋줄을 보강해주고 오는 길이었다.

"제 아무리 발버둥을 쳐도 오는 봄을 막지 못할 것이다."

황 선장은 도선장 대기실 앞에서 박 기사를 맞이했다. 두 사람이 번갈아가면서 부교를 오가고 있었다. 선원들은 배를 정박해놓고 시내로 술 추렴을 하러 갔든지 아직까지 여관방에서 늘어지게 잠을 자고 있을 것이 분명했다. 부교에 정박한 수십 척의 배는 두 사람이 맡아두고 있는 것이나 마찬가지였다. 누가 시키지 않아도 부교에서 배로 냉큼 건너뛰어서 홋줄을 던지고 두 겹 세 겹으로 보강을 했다. 만약 홋줄이 끊어진다면 거센 바다로 둥실 떠내려 갈 것이 분명했다. 선장들은 정박했다가 떠날 때 수고비를 대기실에 들러 내놓고 갔다. 자신들이 해야 할 일을 대신해주었기 때문이었다.

"웬만치 했응께 들어가서 좀 쉽시다."

박 기사는 얼굴에 묻은 바닷물을 옷소매로 쓱 닦아내며 대기실로 뛰어 들어갔다. 난로 위에서는 노란 주전자가 김을 뿜어대고 있었다. 황 선장은 박 기사의 말에도 불구하고 부두가로 몇 걸음 걸어갔다. 그의 눈은 하구둑에 고정되어 있었다. 저 멀리 배 한 척이 보였다. 서해의 거친 파도는 외항에서 성질을 부렸지만 인공섬에 부딪혀서 그 기세가 약해졌다. 그래서 파도가 내항에서는 앙탈을 부리는 정도였다. 내항에서 금강 하구둑으로 거슬러 올라가는 물길은 굽어져 있었기 때문에 위로 갈수록 고분고분해졌다. 통선문을 통해 선박이 왕래하는 데는 아무런 지장이 없을 정도였다. 황 선장은 뚫어지도록 배를 바라보았다. 약간의 시간을 두고 바라보니 배가 투묘를 하거나 고기를 잡고 있는 것이 아니란 것을 알 수 있었다. 배는 통선문을 향해 나아가고 있는 것이 분명했다. 그것을 확인한 황 선장의 눈에 광채가 돌았다. 그는 대기실로 뛰어 들어가서 두툼한 외투를 걸치더니 부리나케 달려 나갔다. 커피를 타고 있던 박 기사가 미처 물을 틈도 없었다.

"어어어."

이 소리만 할 뿐이었다. 황 선장은 부교를 건너서 맨 안쪽에 메어져 있던 작은 배로 뛰어올랐다. 거침없이 엔진에 시동을 걸고 어선들이 빼곡히 정박해서 미로처럼 복잡한 곳을 빠져나가기 시작했다. 박 기사는 부두에서 그 모습을 얼빠진 표정으로 바라보고 있었다. 저렇게 급하게 가는 곳은 한 군데밖에 없었다. 여기에 생각이 미치자 박 기사의 마음이 급해졌다. 지금 바다는 거칠었다. 황 선장이 탄 배는 나뭇잎과 같아서 파도를 헤치고 가기에 역부족이었던 것이다. 박 기사는 부두에서 황 선장을 불렀다.

"선장님. 황 선장님."

애타게 부르는 소리에도 아랑곳 하지 않고 황 선장은 내항을 빠져나가고 있었다. 아마 소리가 들리지 않았을 것이다. 바람소리가 요란했고 엔진소리 때문에 박 기사의 외침은 전해지지 않았다. 박 기사는 큰일 났다 싶어 부교를 달려 내려갔다. 위아래로 심하게 들썩이는 어선의 갑판으로 뛰어올라 건너편 어선으로 다시 건너뛰었다. 몇 척이나 건너뛰었을까. 가장자리에 있는 어선의 후갑판으로 가서 박 기사는 가쁜 숨을 몰아쉬며 소리쳤다.

"선장님. 돌아오시요. 위험허당께요."

그때 황 선장은 기우뚱 거리는 어선들 사이를 빠져나와 위로 뱃머리를 돌리고 있는 중이었다. 바람결에 실려 온 목소리를 들었는지 그는 이쪽을 바라보았다. 뭐라고 입을 벌려서 말을 하는 것 같은데 알아들을 수가 없었다. 박 기사는 계속 손을 흔들면서 황 선장을 불렀다. 황 선장도 손짓을 하고 있었다. 아무런 걱정하지 말고 들어가라는 것 같았다. 파도가 뱃머리에 부딪혀서 하얀 포말을 뿜어대자 황 선장은 고개를 돌려버렸다. 정신 차리지 않으면 배가 뒤집힐 수도 있었다. 그렇게 황 선장의 배는 박 기사의 눈에서 멀어지고 말았다. 축 늘어진 어깨로 박 기사가 부두로 올라와서 하구둑을 바라보니 작은 점이 되어 달려가는 황 선장의 배가 보였다.

"무슨 일 있는가? 소금절인 파 맨키로 왜 풀이 죽어 있어?"

김 사장의 목소리였다. 그는 시내에서 볼일을 마치고 백년광장을 지나 돌아오고 있는 길이었다. 잔뜩 흐려 있는 날씨에다 저녁이 되어 벌써 어두컴컴해지고 있었다.

"선장님이 미쳤는갑소."

박 기사의 말이 끝나기도 전에 김 사장은 눈치 빠르게도 상황을 모두 파악했다. 키발을 짚고 바라보니 만조가 되어 물이 가득 찬 군산앞바다에 몇 척의 배들이 떠있었고 그 사이로 올라가는 작은 배가 보였다. 황선장이 분명했다. 가운데로 나갈수록 파도가 거칠었는지 황 선장의 배는 사라졌다 나왔다를 반복하고 있었다.

"이거 큰일 나부렀네."

김 사장은 도선장 대기실로 뛰어갔다. 그리고 낡은 책상위에 놓인 기관연락처를 뒤적여 전화를 걸었다.

"거기 금강사업단이요? 나는 여기 내항에 있는 사람인디, 네네, 그렇당께요."

전화를 받는 상대방의 목소리가 답답했던지 김 사장은 화를 벌컥 내기도 했다.

"맞소. 접때 그 황 선장이요. 이번에도 배를 타고 통선문 쪽으로 올라갔응께 통과시키든지 아니면 안전허게 붙잡아 달란 말이외다."

통화를 마친 김 사장의 표정은 굳어 있었다. 황 선장이 부두에서 하구둑을 바라보다가 통선문을 통과하려는 선박을 보고 쫓아간 적이 어디 한두 번이었던가. 허가 없이 통과할 수는 없는 일이었다. 금강사업단에서는 감시카메라를 통해서 누가 하구둑에 접근하는지 살펴보고 있었다. 그것은 하구둑의 안전과 접근하는 선박을 위해서였다. 갑자기 배수갑문이 열리면 엄청난 속도로 물이 쏟아져서 작은 배쯤은 단번에 뒤집어버릴 수 있었다. 그래서 일정구역내에서의 어로행위까지도 금지되어 있었던 것이다. 지금 황 선장은 통선문을 통과하려는 선박을 발견하고 부리나케 쫓아갔기 때문에 어떤 일이 벌어질지 예상할 수가 없었다. 황 선장의 생각대로 하부갑문이 닫히기 전 도크 안으로 들어간다면 금강 상류로 올라가서 강경까지 갈 수도 있었다. 하지만 그렇게 하도록 내버려두지 않을뿐더러 자칫하면 갑문에 부딪혀서 배가 파손될 수도 있었다. 김 사장이 조바심을 감추지 못하고 대기실을 들락거리고 있을 때 바지에 손을 넣고 엉거주춤 걸어오는 털보가 보였다. 그는 비응도에 살던 사람이었다. 김 사장과는 거래가 있어 친숙한 사이였다.

"여보게, 배 좀 띄우세."

"네? 요런 날씨에 무슨 배를 띄운단 말요. 어디 장항에라도 가실라요?"

"그게 아녀. 여기 황 선장이 쪽배를 타고 올라갔다네."

김 사장은 아래턱으로 도선장 대기실을 가리켰다. 눈을 껌뻑이고 있던 털보는 무슨 일인지 대강 짐작하겠다는 듯 김 사장을 따라갔다. 날은 어두워지고 있었다. 벌써 외등을 밝힌 어선들도 있었고 부두의 가로등불이 켜지기 시작했다. 부교에 내려가서 보니 털보의 배는 다른 어선들 사이에 있어서 빼내기가 쉽지 않았다. 박 기사가 건너편 어선으로 건너가서 홋줄을 걸고 다시 던지기를 몇 차례 반복하고서야 겨우 털보의 어선이 빠져나올 수 있었다. 혼자서 홋줄을 묶고 있던 박 기사는 옆으로 배가 다가왔을 때 훌쩍 올라탔다. 그 때부터 털보의 어선은 속도를 내기 시작했다. 통통통통 경쾌한 소리가 들리고 시커먼 연기가 뿜어져 올라 세찬 바람에 흩어졌다. 바다 가운데로 나갈수록 파도가 심했다. 배가 앞뒤로 사정없이 흔들리면서 파도를 헤치고 있었다. 뱃머리에 파도가 부딪힐 때마다 하얀 물보라가 튀어 올랐다. 그래도 김 사장과 박 기사는 아랑곳하지 않고 뱃머리에 서서 황 선장이 간 곳을 바라볼 뿐이었다.

"미쳤당게로. 이렇게 파도가 험헌디 쪽배를 타고 가당키나 허것는가 그 말이여."

이제 주위는 어두워져서 하구둑에서 장항으로 이어지는 가로등이 불을 환하게 밝히고 있었다. 박 기사는 걱정이 되는 모양이었다.

"별일이야 없것지요? 그려도 바다에서 살아온 양반인디."

김 사장은 말없이 굳은 표정이었다. 하구둑으로 다가갈수록 파도는 약해졌다. 털보는 어선을 통선문이 있는 곳으로 몰아갔다. 거대한 하구 둑의 콘크리트 구조물이 우뚝 서서 가로막고 있었다. 마치 개미새끼 한 마리도 용납지 않겠다는 듯 거만한 몸집이었다. 그들이 통선문에 이르러 살펴보니 이미 문은 굳게 닫혀 있었고 황 선장의 모습은 보이지 않았다. 김 사장은 전화기를 꺼내들었다.

"워떻게 됐소? 황 선장이 안으로 들어갔소 아니면 못 들어갔소?"

김 사장은 상대방의 말을 듣고 힘없이 전화를 끊었다. 박 기사가 바짝 다가서며 물었다.

"뭐라고 허등가요. 선장님이 올라갔지요?"

박 기사는 황 선장의 모습을 찾을 수가 없어 통선문을 통해서 올라갔다고 믿고 싶은 모양이었다.

"그게 아녀. 사업단에서 방송을 혀서 황 선장을 제지혔는디 기어코 통선문으로 돌진허드래야."

"그러믄 워떻게 됐단 말이요?"

"이미 갑문이 닫혔는디 워떻게 허겄능가. 어느 순간 감시카메라에서 사라져 버렸다는디 찾아봐야재."

그들이 통선문 주위를 뱅뱅 돌면서 황 선장을 찾고 있을 때 사업단에서 뛰어나온 근무자들도 둑 위에서 플래시를 비추고 있었다. 뒤이어 소방서에서 구조대를 보내오고 경찰이 도착해서 갑자기 시장바닥처럼 시끌벅적해졌다. 그렇게 황 선장을 찾는 일은 밤이 새도록 계속되었다.

4

끝내 황 선장은 나타나지 않았다. 몸을 나른하게 만드는 봄바람으로 바다가 대야에 물을 떠놓은 것처럼 잔잔해졌을 때에도 실종된 황 선장을 찾을 수 없었다. 사흘 만에 수색은 사실상 종료되었고 해경에서 세 척의 경비정을 보내 어청도까지 찾고 있을 뿐이었다. 워낙 밀물과 썰물이 심하게 반복되는 곳이어서 물에 빠진 사람이 순식간에 먼 바다로 떠내려가는 경우는 흔했다. 황 선장이 지금까지 나타나지 않는 것을 볼 때

먼 바다로 떠내려간 것이 분명했다. 박 기사는 도선장 대기실에서 술추렴을 하고 있었다. 웬만하면 해주식당에 가서 요기라도 하였겠지만 황 선장이 실종되고부터 식당 문이 닫혔기 때문에 주린 배를 소주로 채우고 있었다. 박 기사가 쥐포를 난로위에 구워서 찢어발기고 있을 때 김 사장이 들어왔다.

"허구헌 날 술추렴인가? 가세. 밥이나 묵어야 몸을 건사허재."

멀건 눈빛으로 올려다보는 박 기사의 팔을 잡아끌었다. 김 사장은 해주식당으로 발걸음을 옮겼다. 사흘 만에 해주식당의 문이 열려 있었다. 박 기사는 와락 반가운 마음이 들었다.

"우리 왔소. 뭐 먹을 것이나 좀 내주시오."

해주댁은 수건을 쓰고 있었다. 평소 정갈하게 머리를 빗어 넘기고 아무것도 쓰지 않던 모습을 생각하면 낯선 모습이었다. 박 기사는 자리에 털썩 앉아 금방이라도 울 듯한 얼굴로 해주댁에게 말을 건넸다.

"아주머니도 충격이 크셨을 것인디."

김 사장은 수건을 쓴 해주댁을 물끄러미 바라보았다. 누군가 어젯밤에 부두에서 울면서 바다에 하얀 무명광목으로 무엇을 돌돌 말아서 던지던 해주댁을 보았다고 했다. 지금 보니 해주댁은 머리를 짧게 자르고 파마를 한 것이 분명했다. 수건으로 가렸어도 주의 깊게 살펴보면 충분히 알 수 있는 것이었다. 어젯밤에 바다로 던진 것은 머리카락이 아니었을까. 김 사장은 여기까지 생각이 미치자 마음이 울적해졌다. 금방이라도 황 선장이 시커먼 얼굴을 들이밀고 나타날 것 같았다. 잠시 후에 상을 내오는 해주댁의 얼굴은 핼쑥해 있었다.

"벌써 부지런헌 벚나무는 봉우리를 틔웠다등만."

김 사장이 말을 건네도 해주댁은 조용히 쟁반을 내려놓고 돌아섰다. 그동안 배가 고팠던 박 기사가 허겁지겁 밥을 먹기 시작했다. 하지만 김 사장은 술 한 잔을 따라놓고 해주댁에게 말을 걸었다.

"나중에 월명산 꽃놀이라도 가볼라요?"

그래도 말이 없었다. 김 사장은 해주댁의 뒷머리를 바라보면서 한숨을 내쉬었다.

"인자 황해도 해주 고향땅을 못 가게 돼부러서 섭허것지만 황 선장은 잊어뿌리시요. 그 사람도 그것을 바랄 것잉께. 나도 마음이 답답허요."

평소 김 사장 답지 않은 넋두리였다. 차분한 말투가 수다스럽게 느껴지지 않았다. 한참 동안 도마에서 칼질을 하던 해주댁이 돌아서며 말을 건넸다.

"나도 고향 밟을 생각은 버렸소. 그나마 위로해주던 선장님이 없응께 고것이 서운헌 것이재."

"알지요. 그 마음. 아마 선장은 강경으로 올라갔을 것이요. 살아서 못 가믄 죽어서라도 물고기들이 데려다 줄 것잉께."

두 사람이 말을 주고받고 있을 때 밥 먹는 것에 열중하던 박 기사가 고개를 들었다. 이제 웬만큼 양이 찬 모양이었다. 그는 문득 창밖으로 쏟아지는 따뜻한 봄볕을 바라보았다. 강아지들이 젖꼭지 하나씩 물고 배부르게 젖을 먹은 다음 한가하게 어미 품에서 잠들어 있을 법한 날이었다.

"아따 봄볕이 좋구만이."

박 기사가 감탄사를 내뱉었다. 그 말에 김 사장과 해주댁도 밖을 바라보았다. 백년광장에는 바람을 쏘이거나 관광을 하러 온 사람들이 한가하게 거닐고 있는 것이 보였다.

"곧 월명산에 꽃이 만발하렸다."

김 사장이 혼잣말처럼 중얼거리고 한숨을 길게 내쉬었다. 세 사람은 항구에 내려 쪼이는 따뜻한 봄볕에 잠시 넋을 빼앗기고 있었다.

당선소감 : 박이선

주마가편의 상
문청 자세 잊지 않을 터

작년에 시골로 이사를 해서 겨울이면 땔감을 장만하느라 바쁩니다. 아파트에 살 때는 현관문을 꼭 걸어 잠그고 토끼가 굴속에 웅크리고 있는 것처럼 시간을 보내도 뭐라 할 사람 없지만 시골은 자질구레 신경 쓸 일이 많습니다. 눈이 많이 왔을 때 깜빡 잊고 늑장을 부리면 이웃집 영감님이 깨끗이 치워놓으니 여간 미안한 것이 아닙니다.

오전에 이웃집 영감님과 함께 복숭아밭에서 나이 든 나무를 잘라 땔감으로 만들고 돌아와 먼지를 털어내고 있을 때 갑자기 전화벨이 울렸습니다. 아무 생각 없이 받아든 전화기 너머에서 신문사라는 말과 함께 축하한다는 말이 들려옵니다. 순간 몸이 쩌르르 울렸습니다. 환호성을 질러야 할지 아니면 침착하게 응대해야 할지 혼란스러웠습니다. 헝클어진 정신을 가까스로 추슬러서 묻는 말에 간신히 대답을 하고 전화를 끊었습니다. 처마 밑에 그대로 주저앉아 한참을 킥킥거리며 웃었습니다. 아마 누가 보았으면 저 사람이 실성했구나 싶을 정도로 그렇게 기쁨을 만끽했습니다. 행운은 예상치 못했던 순간에 찾아오는 모양입니다.

그동안 소설을 쓴답시고 수차례 응모해보고 당선을 기다리며 당선되었을 때는 무슨 말을 할까 행여 속물처럼 보이지는 않을까 혼자 노심초사 마음의 준비를 해왔던 것도 사실입니다. 하지만 예상치 못했던 순간 기습적인 전화를 받고 보니 공들여 준비했던 말은 한 마디도 하지 못한 채 전화를 끊고 말았다는 것을 나중에 알게 되었습니다. 이제 차분한 마음으로 당선소감을 쓰고 있으려니 말문이 막히는 느낌입니다.

　이번 신춘문예 당선은 더욱 좋은 글을 쓰라는 의미에서 주신 주마가편(走馬加鞭)의 상이라고 생각합니다. 앞으로 열심히 쓰는 것이 상에 보답하는 길이요 문청의 자세임을 잊지 않고 노력하겠습니다. 하늘의 어머니께 영광을 돌리고 졸작을 읽어주는 수고를 마다 않으신 심사위원들께 감사드립니다.

노인의 꿈, '글과 서사' 참하게 다가와

소설을 '글로 듣는 이야기'로 정의해볼까요? 그렇게 규정하는 순간, 소설이 마땅히 갖춰야 하는 두 눈꺼풀이 절로 열립니다. '글'과 '서사'라는 양쪽 눈이 그것입니다. 예컨대 글이라는 것에는 눈썹이랄 수 있는 비유, 눈동자를 이루는 문장, 눈매로 상징되는 문체, 동공에 해당한다고 볼 수 있는 주제 의식 등이 있습니다. '서사' 쪽 눈에도 구성, 갈등, 반전 등의 요소가 있을 테지요.

출품작 '집행'은 이혼 자녀 집행관이라는 소재가 아주 매력적입니다. '글'이라는 측면만 놓고 본다면 그 눈동자가 자못 선연한 부분도 많았습니다. 하지만 '서사' 측면의 눈초리는 분명치 않고 현실적으로도 매우 흐릿합니다. 특히 갑작스런 결말로 인해 독후감이 영 개운치 않았습니다.

'러브 터치'는 청년 취업을 통해서 본 첫 세상 엿보기입니다. 헌데 비정규직 문제인지, 기업 스파이인지, 부업인 꿀벌치기에 대한 언급인지 어지럽습니다. 물론 그게 다일 수도 있는데, 그러려면 그 낱낱의 소재가 서로 유기적으로 녹아들어야만 하겠지요.

이모의 죽음을 반추하는 '달이 뜬다'와 풀 수 없었던 사랑의 방정식을 추억하는 '세상의 끝'에서는 소품이라는 느낌이 지워지지 않습니다. 그런 류의 작품들이 흔히 극복하지 못하듯 이른바 이야기 너머의 그 어떤 것, 작가가 말하고자 하는 게 무엇인지 더 이상을 열어 보여주지 않았습니다.

　당선작 '하구'는 얼핏 보면 흘러간 가요처럼 고답적인 양식의 소설에 지나지 않는 듯합니다. 하지만 바닷가 폐선 같은 쓸쓸한 배경에 입혀진 삶의 풍경들, 힘찬 망둑어처럼 물길을 거슬러 오르려는 노인의 꿈이 잔잔한 선율과 어우러져서 무리 없게 읽힙니다. 문득 금강하구언을 찾아가보고 싶은 생각이 들 만큼, 비록 빼어나진 못해도 '글과 서사' 양쪽 눈매가 참하게 다가왔습니다. 정진을 빕니다.

조선일보 장성욱

1983년 서울 출생
서울예술대 졸업, 명지대 문예창작학과 대학원 석사과정 수료

"시체 하나 더 치우려면 고생하겠네." 침착한 새우의 모습에 넙치는 어안이 벙벙해졌다. 칼이 바닥에 떨어졌다. 예전과는 다르게 칼 정도로는 아무도 겁을 먹지 않았다. 넙치는 두 손으로 얼굴을 가렸다. 기어코 울음이 터졌다. "씨……발……." 다른 욕은 정말 생각나지 않았다. 새우가 규정한 대로 자신이 무식해서 그런 모양이었다. 서러웠다.

조선일보

수족관

장성욱

산 아래 마련된 주차장에는 차가 몇 대 보이지 않았다. 침착해. 운전대를 잡고 있던 새우가 속으로 자신에게 되뇌었다. 일이 벌어졌을 때부터 다른 두 사람에게 계속해서 해온 말이었다.

"한 바퀴 둘러보자."

조수석에 타고 있던 넙치가 말했다. 일단 사람은 없어 보였다. 운전대를 잡은 새우는 느린 속도로 주차장을 한 바퀴 돌았다. 주차장의 구석에 감시카메라 한 대가 설치되어 있었다. 새우는 차를 카메라 아래쪽 공간에 후면 주차했다. 어떤 경우라도 등잔 밑은 어두운 법이다.

"너 확실히 지웠지?"

뒷자리에 타고 있던 개불이 고개를 끄덕였다. 가게가 있는 건물 주차장의 카메라는 관리사무소에서 관리했지만 입구와 내부는 카운터의 컴퓨터에 저장되었다. 카운터는 개불의 담당이었다. 경황이 없는 와중에서도 새우는 개불을 시켜 영상을 지우도록 했다. 확실한 공범이 아니면 필요가 없었다. 개불이 불안한 듯 자꾸 주변을 둘러보았다.

"근데 이상하지 않아요?"

"또 뭐가."

조수석에서부터 돌아온 신경질적인 반응에 개불은 눈을 깜빡였다.

"지금 새벽 두 신데. 누가 일도 없이 여기 차를 세워두겠어요."

넙치는 주차된 차들을 향해 시선을 던졌다. 아주 일리가 없지는 않은 말이었지만, 이런저런 생각을 하기가 귀찮았다. 차의 시동이 꺼졌다.

"진짜 할 거예요?"

"그럼 가짜로 하냐? 이 새끼는 아까부터."

"아뇨. 저는 그냥."

그제까지 잠자코 있던 새우가 운전석의 문을 열었다. 차 안을 메우고 있던 히터의 열기가 빠져나가며 찬 공기가 몰려왔다. 그는 운전석의 문을 열어둔 채로 주머니에서 휴대폰을 꺼냈다.

"여보세요."

조수석에 앉은 넙치가 차에서부터 멀어지는 새우의 등을 불만스러운 눈으로 바라보았다.

"야."

"네?"

개불이 앞좌석 쪽으로 고개를 내밀었다.

"내가 아까 폰 꺼두라고 하지 않았냐."

"그랬어요? 전 모르겠는데."

"말을 말자."

"네."

다시 뒷좌석에 몸을 기댔다.

"야."

"부르셨어요?"

자꾸만 부르는 게 귀찮았지만 개불은 순순히 대답했다. 이번에는 넙치가 뒷좌석으로 고개를 돌렸다. 별명처럼 넙데데한 그의 얼굴에 붙은 짙은 눈썹이 꿈틀거렸다.

"왜요?"

"너 나랑 약속 하나만 하자."

"약속이요?"

눈썹 아래의 눈이 골똘해지고 있었다. 몇 개월 동안 그가 그렇게 진지해지는 모습은 처음이었다. 개불은 침을 삼켰다.

"나중에 문제 생기면 무조건 쟤한테 뒤집어씌워."

"새우형한테요?"

"너랑 나만 입 맞추면 돼. 무조건 저 새끼가 시켜서 그랬다고 해. 알았지?"

차 안에 정적이 흘렀다. 틀린 말도 아니었다. 아무 일도 하지 않은 개불을 시켜 영상을 지우도록 한 사람도 새우였다. 진실이란 것들은 대부분 그런 식으로 만들어졌다.

"형들 친구라고 하지 않았어요?"

"친구는 씨발. 쪽팔리게. 저 새끼 중딩 때 나한테 좆나 처맞고 다녔어."

"에이."

"야 내가 인문계로 갔으면 저 새끼 아직도 내 눈도 못 쳐다봐."

넙치가 후회하는 일 중에 하나였다.

"그렇구나."

그때 통화를 마친 새우가 차 안으로 고개를 들이밀었다.

"전화하면서 대충 둘러봤는데 사람은 없는 것 같아. 가자."

새우가 운전석 문에 붙은 레버를 당겨 트렁크를 열었다. 조수석의 문이 열렸다. 넙치가 차에서 내리며 가벼운 탄성과 함께 기지개를 켰다. 마치 여행을 하느라 차 안에 오래 앉아있던 사람처럼 보였다. 그런 행동이 애써 여유 있는 척을 하는 것처럼 보였기에 새우는 슬쩍 코웃음을 쳤다. 개불은 쭈그려 앉아 구겨 신었던 운동화 뒤축을 당기며 어리둥절해했다. 어쩌다 여기까지 왔을까?

담배를 피우며 딴청을 부리는 넙치를 뒤로하고 새우가 트렁크를 열었다. 침침한 어둠 속에서 피비린내가 훅 하고 올라왔다. 시간이 얼마 없었다.

"불 켜봐."

"네."

휴대폰 플래시 불빛에 트렁크 내부에 들어있던 매니저의 모습이 드러났다. 바로 두 시간 전까지 함께 술을 마셨던 그의 옷에는 피가 잔뜩 묻어있었다. 개불은 차로부터 한 발짝 멀어졌다.

"아 씨발."

그제야 트렁크 쪽으로 다가오던 넙치가 그 광경을 보고 욕지기를 뱉어내며 고개를 돌려버렸다. 올라가는 길에 누구라도 마주칠 것을 대비해 옷을 갈아입히는 편이 나아보였다. 새우는 시체 앞에서도 이상하리만치 침착한 자신이 낯설었다. 술을 마셔서 그런 모양이었다. 시체의 양 겨드랑이 사이에 팔을 넣었다. 넙치와 개불은 뒤쪽에 선 채 서로 눈치를 살폈다. 아무래도 시체에 손을 대는 것이 불경스럽게 느껴졌기 때문이었다. 새우는 짜증이 났다. 아까부터 혼자 일하고 있는 기분이었다.

"뭐하냐. 같이 좀 들어."

넙치가 개불의 등을 시체 쪽으로 밀쳤다. 덕분에 들고 있던 휴대폰 불빛이 시체의 얼굴 위에서 흔들리며 마치 웃고 있는 사람처럼 보였다.

"아 하지 마요."

어깨가 저절로 움츠러들었다.

"쫄았냐."

넙치가 킥킥거리며 웃었다. 새우의 입에서 하얀 입김이 뿜어져 나오다 이내 사라졌다. 이 상황에서도 장난을 치고 있는 두 사람이 한심해보였다.

"야 적당히 좀 해."

새우의 볼멘소리에 넙치는 기분이 상했다. 도무지 앞뒤가 꽉 막힌 녀석이라니까. 넙치는 잠자코 시체의 다리를 들었다.

"쬐깐한 게 더럽게 무겁네."

확실히 매니저는 몸집에 비해 무거웠다. 두 사람은 조심스럽게 시체를 바닥에 눕혔다.

"이제 어떻게 해요?"

새우는 대답하지 않고 개불의 손에 들린 휴대폰을 뺏어 시체의 구석구석을 살폈다. 바지는 어두운 색이라 괜찮았지만 윗도리와 뒤통수 부근에 피가 많이 묻어있었다. 이대로 누군가의 눈에 띄면 입장이 난처해질 수 있었다. 뒤통수에 묻은 피를 보며 넙치는 마른침을 삼켰다. 새우에게 목을 졸리고 있던 매니저의 손이 테이블에 놓여있던 포크로 향했다. 순간 새우의 등 뒤에서 어쩔 줄 몰라 하던 개불과 눈이 마주쳤다. 그리고 자신 역시도 그렇게 겁먹은 모습일 것이라는데 생각이 미쳤다. 새우에게 지는 기분이었다. 넙치는 넘어져있던 의자를 들어 매니저의 뒤통수를 가격했다.

"너 가게 유니폼 있지?"

새우가 물었다.

"제 거요?"

깔끔한 성격의 개불은 언제나 퇴근할 때 자신의 유니폼을 챙겼다. 그의 얼굴에 불안한 표정이 스쳤다. 새우는 자신이 쓰고 있던 야구모자를 벗어 매니저의 머리에 씌웠다. 그렇게 하면 개불 역시도 순순히 유니폼을 내놓으리라는 계산에서 나온 행동이었다.

깨끗한 옷으로 갈아입혀 바닥에 앉혔다.

"괜찮겠죠?"

"아마도."

여전히 불길한 생각이 머릿속을 떠나지 않았다. 새우는 자신의 머리칼을 손으로 헝클어뜨렸다. 모자에 눌려있던 머리카락이 자다 일어난 사람처럼 부스스해졌지만 불길한 생각은 가시지 않았다.

"몇 시야."

넙치가 자신의 시계를 확인했다.

"네 시."

늦가을이라고 해도 앞으로 세 시간 정도 후에는 해가 뜰 것이었다. 과연 할 수 있을까. 의문이 들었지만 다른 방법이 없었다. 새우가 시체로부터 돌아서서 두 사람을 향해 주먹을 내밀었다.

"가위바위보 하자."

"왜요."

"업는 순서 정해야지."

개불은 시체의 모습을 살폈다. 다리를 편 채로 퍼질러 앉아 고개를 푹 숙이고 있는 모습이 단순히 술에 곯아떨어진 모습처럼 보이기도 했다. 아니 그렇게 보인다고 믿어야만 했다.

"가위바위보."

세 사람이 동시에 외쳤다. 첫 번째 주자는 보를 낸 개불이었다.

"형 늦게 낸 거 아네요?"

"뭐 이 새끼야."

넙치가 눈살을 찌푸렸다.

"지금 늦게 냈잖아요. 가위."

"씨발 사람을 뭘로 보고. 너 씨발 아까부터 아무 것도 안 하면서 나중에 발뺌하려는 것 아니야?"

개불은 입을 다물었다. 사실 자신이 한 일이라고는 컴퓨터를 조금 조작한 것밖에 없었다.

"그냥 내가 업을게."

새우가 피곤한 목소리로 말했다. 무엇 하나도 쉽게 넘어가는 법이 없었다. 어쨌든 지금은 개불에게 잘 보일 필요가 있었다. 결정에 불만이 없는 듯 넙치가 고개를 끄덕였다. 개불이 목 언저리를 만지며 한 발짝 물러섰다.

등산로를 따라 오르다 옆길로 들어섰다. 플래시로 비춰야만 겨우 모습을 드러내는 아주 희미한 길이었다. 개불은 시체를 업은 새우가 미끄러지지 않도록 발로 낙엽을 치워가며 걸었다. 땀이 났다.

"여기 맞아요?"

대답은 돌아오지 않았다. 매장을 주장한 사람은 넙치였다. 개불은 그보다는 바다에 던지는 편이 낫지 않겠냐고 말했다. 새우는 고개를 저었다. 바다까지는 적어도 두 시간은 달려야 했다. 차를 집에 돌려놓는 시간을 생각하면 현실성 없는 의견이었다. 넙치가 고등학교를 다니던 일학년 때 백일장을 하러 왔던 산이었다. 넙치의 패거리는 선생님의 눈을 피해 옆길로 새어서는 담배를 피우고 놀았다. 사실은 패거리로부터 멀어지고 싶었지만 왕따를 당할 수도 있다는데 생각이 미치자 함부로 행동할 수 없었다. 게다가 가끔은 여자애들과 어울리기도 했다. 당시에도 산을 오르며 길을 잘못 들었다는 생각을 했었다. 미래는 불분명했고, 친구들은 가까이 있었다. 어느 쪽을 선택해도 두렵긴 마찬가지였다. 살다 보면 잘못 든 길로 접어들어야만 하는 순간이 오곤 했다. 지금도 마찬가지였다. 그렇다고 씨발 여기서 인생 쫑낼 수는 없잖아. 시체 앞에서 머뭇거리던 두 사람을 향해 넙치가 한 말이었다.

"잠깐 쉬자."

새우가 말했다. 시체를 내려놓은 후에 바닥에 앉는데 다리가 후들거렸다. 보다 효율적인 방법을 찾을 필요가 있었다. 이대로는 시간도 오래 걸리고, 무엇보다도 한 사람이 놀게 되었다. 새우는 올라오는 내내 뒤에서 따라오기만 하던 넙치를 바라보았다.

"왜."

"아냐. 몇 시야."

"사십 분 됐어요."

"둘이 팔 하나씩 어깨에 걸쳐서 들고 가자. 부축하듯이. 남은 한 명은 앞에서 길 비추고."

넙치는 바닥에 침을 뱉었다. 기분이 더러웠다.

"아 씨발. 좆같네. 아까부터 씨발 네가 뭔데 이래라저래라야."

"형들 왜 그래요."

"너 혼자 편하게 올라왔잖아. 나는 그냥 민주적으로 하자는 거지."

"이 지랄을 해놓고 민주는 씨발."

"말 똑바로 해. 네가 머리 때려서 죽은 거잖아."

"이 씨발. 목 조른 건 너 아냐."

"그땐 분명 살아 있었거든?"

매니저의 몸에서 힘이 빠져나간 후에도 한동안 목을 조르고 있었기에 확신은 들지 않았다.

"형들 하지 마요."

실제적인 살인의 과정에서 아무 일도 하지 않은 개불은 두 사람 사이를 막아섰다. 잘못하다간 자신에게 불똥이 튈까 우려됐다. 흥분해서 씩씩거리는 넙치와는 다르게 새우는 시종일관 얼굴에 별다른 표정이 없었다.

"너는 할 줄 아는 욕이 씨발밖에 없냐."

"씨발. 뭐라고 했냐. 야 비켜봐."

넙치는 막아선 개불을 밀쳐내고 새우의 멱살을 잡았다.

"이제 귀까지 먹었어? 쓰레기 새끼. 허기야 대가리에 뭐라도 들어야 욕도 잘하지."

"그만하세요. 우리끼리 싸우면 어떻게 해요."

두 사람은 서로의 눈을 쏘아보았다. 넙치는 당황했다. 몇 년 전까지만 해도 마주치면 항상 고개부터 숙이던 놈이었다. 저도 모르게 잡고 있던 멱살을 풀었다.

"씨발. 애 앞에서 쪽팔리게."

말은 그렇게 했지만 이상하게 오한이 났다.

"우리 얼른 가요. 네?"

개불이 먼저 나서서 시체의 왼팔을 목에 둘렀다. 오늘 처음으로 보이는 능동적인 모습이었다. 새우는 다른 쪽 팔을 들었다.

"하나, 둘, 셋."

구호와 동시에 두 사람은 몸을 일으켰다. 개불의 다리가 후들거렸다.

"무서워?"

옆에서 함께 시체를 들고 있던 새우가 물었다.

"네."

"무서울 필요 없어. 이미 죽었잖아."

확실히 그랬다. 진짜 무서운 사람은 아무렇지 않게 그런 말을 하는 새우였다. 그는 매니저가 죽고 난 직후에도 침착하게 지시를 내렸다. 지켜야 할 것이 많아서 그런 모양이었다. 이번 일만 끝나면 다시는 연락을 하지 말아야겠다고 생각했다. 그때 벨소리가 울렸다. 이번에도 새우였다.

"잠깐만."

다시 시체를 바닥에 내려두었다. 새우가 휴대폰을 귀에 대고 산 아래쪽으로 내려갔다. 통화내용을 들키고 싶지 않은 모양이었다. 개불은 아예 바닥에 엉덩이를 대고 앉아 담배를 입에 물었다.

"서 있지 말고 앉으세요."

"씨발. 지 목숨 살려준 줄은 모르고. 안 그러냐?"

개불 역시도 매니저의 손이 포크를 향하는 것을 보았다. 매니저가 싫기는 했지만 최대한 상관하고 싶지 않았다. 그때 넙치와 눈이 마주쳤었다. 개불은 재빨리 눈짓으로 포크를 가리켰다. 무슨 일이 터지기 전에 막으라는 뜻이었다.

"글쎄요."

넙치가 욕지기를 뱉어내며 바닥의 흙을 발로 찼다. 여전히 불만이 가득한 표정이었다. 확실히 그는 알고 있는 욕이 하나밖에 없는 모양이었다. 생각보다 착한 사람일지도 몰라. 그런 생각을 하자 마치 다른 사람처럼 보였다.

"형. 아무도 저를 모르는 곳으로 가면 저는 제가 아니어도 될까요?"

넙치가 영문을 모르겠다는 듯 눈살을 찌푸렸다.

"너 영어 잘하냐?"

"아뇨."

"가서 어쩌려고."

유학원에서는 일 년 정도 어학연수 코스를 밟으면 네이티브 수준의 영어를 구사할 수 있다고 말했다. 물론 거기에는 하기에 따라서라는 전제가 붙었다.

"저 이 년제잖아요. 먹고살려면 여기선 답 없어요. 그래도 거긴 못사는 나라니까 가면 좀 낫대요. 집에서도 보내준다 하고. 뭐 갔다 오면 영어라도 하겠죠."

"요즘엔 영어만 가지곤 안 된다던데."

"뭐 그래도 없는 것보다 낫지 않겠어요?"

넙치는 자기야말로 답이 없는 상태라고 자각했다. 고등학교라도 제대로 졸업했으면 군대에라도 짱박혀보는 건데. 물론 검정고시라도 본다면 좋겠지만, 공부를 다시 할 자신이 없었다. 이러니저러니 해도 좋은 학교를 다니는 새우가 부러웠다. 오한이 난 이유를 알 것도 같았다.

전화를 마친 새우가 다시 돌아왔다.

"은어예요?"

개불이 물었다. 은어라는 별명 역시 매니저가 지어준 별명이었다. 온몸이 은색빛깔을 띠는 아주 예쁜 물고기라는 말과 함께였다. 인터넷에서 은어 사진을 찾아본 개불은 그녀의 깨끗한 느낌과 아주 잘 어울리는 별명이라고 생각했다. 그래서 새우와 사귄다는 사실을 알았을 때 조금 질투가 났다.

"이제 일도 안 하는데 무슨 은어야. 현서라고 불러."

새우는 바닥에 누워있는 시체를 바라보았다. 매니저는 항상 은어를 소재로 농담을 했다. 사귄다는 사실을 알았을 때도 마찬가지였다. 현서가 일을 그만둔 첫 번째 이유였다. 회식이라도 있을 때면 더 심한 말을 지껄여댔다. 새우야, 은어 먹어 봤냐? 씹을 때마다 아주 수박향이 나서 한번 맛들이면 다른 건 못 먹어. 하지 말라고 말하면 교묘하게 빠져나갈 것을 알았기에 잠자코 듣고 있었다. 우리가 해산물 뷔페잖냐. 우리 여름 되면 은어 한번 먹으러 갈까? 그때마다 화가 치밀어 올랐다.

"개불아."

그때까지 딴청을 부리던 넙치가 입을 열었다.

"네."

"너 은어 먹어 봤냐?"

이참에 확실히 해두는 편이 좋을 성싶었다. 새우는 곧바로 넙치를 향

423

해 다가가 주먹을 뻗었다. 얼굴에 주먹을 맞은 넙치가 코를 감싸 쥔 채로 바닥에 쓰러졌다. 지체하지 않고 달려들어 복부를 향해 발을 내질렀다. 앞으로도 다른 방법으로 얼마든지 밟을 수 있겠지만, 그 전에 당했던 것과 꼭 같은 방식으로 밟아놓고 싶었다. 찌질한 복수 따위가 아니었다. 어느 쪽으로든 확실히 기어오르지 못하도록 하는 예방조치였다.

"그만하세요. 제발."

그러거나 말거나 새우는 계속해서 쓰러진 넙치를 향해 발길질을 해댔다. 결국 개불은 뒤에서 새우의 어깨를 잡으며 말렸다. 참 피곤한 형들이었다. 배를 제대로 맞았는지 넙치는 신음하며 좀처럼 일어나지 못했다. 새우는 척추부터 찌르르한 쾌감이 올라오는 것을 느꼈다. 매니저와 싸울 때도 느꼈지만 생각대로 몸을 움직여서 누군가를 제압하는 일은 상당한 중독성이 있었다. 고등학교 때부터 매일매일 성실하게 운동을 한 결과였다.

"좀 성실하게 살아. 이 한심한 새끼야."

아프기도 했지만 쪽팔려서 일어날 수가 없었다. 성실하게 살라는 충고를 듣는 것도 처음이었다.

"형 괜찮아요? 일어나 보세요."

개불이 넙치의 어깨에 손을 얹었다. 목소리가 어딘가 신난 사람처럼 들렸다. 넙치는 신경질적으로 어깨에 얹힌 손을 쳐냈다. 눈가가 뜨거워졌다. 이럴 줄 알았으면 맞고 다녔다느니, 그런 말은 안 하는 건데. 울면 안 돼, 울면 안 돼. 크리스마스 캐럴의 가사 같은 생각을 하며 두 손으로 얼굴을 가렸다. 개불이 기어코 그의 몸을 일으켜주었다. 옷에 흙먼지가 묻어있었다. 이대로 끝낼 수는 없었다. 넙치는 부적처럼 주머니에 넣고 다니던 조그마한 접는 칼을 꺼냈다.

"형."

개불은 그의 어깨에서 손을 떼고 뒤로 물러났다. 역시나 이런 일에는 끼고 싶지 않았다.

"씨발."

욕지거리를 하며 꺼내놓은 칼 앞에서도 새우는 침착했다. 기억으론 넙치가 중학생일 때부터 겁을 주기 위해 사용하던 물건이었다. 무대 위에 총이 나왔다면, 결국 발사되어야만 한다. 교양으로 들었던 드라마의 이해 수업에서 배운 내용이었다. 텔레비전 드라마에 대한 수업인 줄 알았는데 연극론 수업이었다. 넙치는 주인공이 아니었고, 이런 이야기는 드라마가 될 수 없었다. 그러므로 그가 칼을 사용하는 일은 없을 것이다. 이런 경우를 설정상의 오류라고 불렀다.

"시체 하나 더 치우려면 고생하겠네."

침착한 새우의 모습에 넙치는 어안이 벙벙해졌다. 칼이 바닥에 떨어졌다. 예전과는 다르게 칼 정도로는 아무도 겁을 먹지 않았다. 넙치는 두 손으로 얼굴을 가렸다. 기어코 울음이 터졌다.

"씨……발……."

다른 욕은 정말 생각나지 않았다. 새우가 규정한 대로 자신이 무식해서 그런 모양이었다. 서러웠다. 무엇에 대해 서러운지 알 수 없었다. 서러움이란 원래 가닿는 지점이 없는 질투라는 사실을 넙치는 아직 몰랐다. 앞으로 평생 동안 그를 지배할 감정이었다.

얼른 일을 처리해야만 했다. 감정에 휩쓸려서 눈앞의 일을 제대로 하지 못하는 것들은 새우가 가장 혐오하는 부류였다. 찌질한 새끼.

"이따 울어. 시간 없어."

이제 별로 위로하고 싶은 기분도 들지 않았다. 개불은 무연하게 땅바닥을 발로 차댔다. 그때마다 조그만 돌조각이 튀어 올랐다.

"그런데요."

개불이 재차 발로 땅을 찼다. 새우가 고개를 돌려 개불을 바라보았다.

"어제 비가 와서 그런가. 땅이 얼었네요."

손으로 땅을 파보았다. 손톱 밑으로 흙이 파고들었다. 표면을 덮고 있는 보슬보슬한 토사 아래의 땅은 단단하게 얼어 있었다. 손에서 비릿한 냄새가 났다. 울음소리가 잦아들었다. 어쨌거나 그건 다행이었다.

"내려가야겠다."

"네?"

"내가 내려가서 삽 사올게."

개불이 넙치를 바라보았다. 두 사람은 서로의 눈을 보며 고개를 끄덕였다. 머리가 좋은 새우가 삽을 잊었을 리가 없다. 어쩌면 여기까지도 이미 그의 계획에 포함된 일인지도 몰랐다. 넙치는 바닥에 떨어져 있던 칼을 발로 차서 낙엽 밑에 감췄다.

"지금요?"

"요즘 마트 이십사 시간이잖아."

"씨발 널 어떻게 믿어. 너 지금 일부러 그러는 거 아냐."

아직 덜 맞았다. 새우는 고개를 갸웃했다. 전에 사람을 죽여본 적이 있는 것도 아니고, 삽을 챙기지 못한 것은 그냥 실수였다.

"나밖에 운전 못하잖아. 걸으면 삼십 분은 걸리는데. 내려가는 시간도 있고."

"저도 못 믿어요. 솔직히 돌아온단 보장이 없잖아요."

세 사람은 서로의 눈치를 살폈다. 팽팽한 긴장감이 감돌았다.

"그럼 나랑 넙치랑 갔다가 올게. 네가 지키고 있어."

탐탁잖은 제안이었지만, 그게 가장 나아보였다. 넙치는 고개를 끄덕였다.

"싫어요."

"왜 또."

"시체랑 둘이 있어야 하잖아요."

"죽은 사람이 뭐가 무서워."

무서운 시체와 시체보다 무서운 인간, 어느 쪽도 내키지 않기는 마찬가지였다.

"몰라요. 저는 혼자 남으면 무조건 도망갈 거예요."

"치사한 새끼."

넙치가 말했다. 개불은 도망가면 가장 골치 아픈 사람이었다.

"그럼 넙치가 남아있든가."

넙치의 머릿속에서 개불과 했던 약속이 부메랑처럼 돌아오고 있었다. 두 사람이 작정하고 자신에게 모든 죄를 뒤집어씌울 수 있었다.

"씨발. 너희를 내가 어떻게 믿어. 난 무조건 혼자는 싫어."

"저도요. 무서워요."

운전을 하는 사람은 새우 혼자였고, 나머지 두 사람은 죽어도 혼자 있기는 싫다고 한다. 선택이라는 것이 의미가 있는 행위이긴 할까. 새우는 의문이 들었다. 시간이 계속해서 가고 있었다.

넙치가 앞장을 섰다. 그는 이제 말수가 줄었고, 의기소침해 있었다. 어딘가 어른처럼 보이는걸. 개불은 생각했다. 새우와 개불은 각각 어깨에 시체의 팔을 하나씩 걸치고 산길을 내려갔다. 새우는 머리가 복잡했다. 선택과 집중 무엇도 할 수 없었다. 상황이 그렇게 만들었다.

"형 괜찮아요?"

숙성한 침묵을 깨고 개불이 말했다. 넙치는 뒤를 돌아보았다. 개불이 재빨리 턱짓으로 앞을 가리켰다. 누군가 올라오고 있었다. 깜짝 놀란 새우가 재빨리 시체의 옷에 묻은 먼지를 털어냈다.

"이 형은 왜 이렇게 술을 마셔가지고."

새우는 부러 큰소리로 말했다. 산길을 올라오는 사람은 중년의 남자였다. 수염이 덥수룩하고 누더기 같은 옷을 걸친 모양새가 노숙자처럼 보였다. 넙치가 걸음을 늦추며 최대한 자연스럽게 시체를 가렸다. 땅바닥만 바라보며 올라오던 남자가 고개를 들었다. 아직 동이 트기 전이니 괜찮을 것이다. 그렇게 믿지 않으면 도리가 없었다.

"안녕하세요."

남자가 인사했다. 넙치는 말없이 고개를 꾸벅 숙였다.

"네에. 안녕하세요."

뷔페에서 서빙을 맡은 새우의 눈이 가늘게 휘었다. 반가움을 가장해 화답하는 것은 어려운 일이 아니었다.

"날이 쌀쌀하네."

남자가 혼잣말처럼 읊조리며 세 사람을 지나쳐갔다. 넙치는 걸음을 늦춰 시체의 뒤편에 섰다.

"얼른 내려가서 해장하자."

"그래요."

"형 좀 일어나 봐요. 어휴."

새우가 과장된 몸짓으로 시체의 엉덩이에 묻은 흙을 털어냈다. 넙치는 뒤를 돌아보았다. 어둠 속에 묻혀 남자의 모습은 이미 잘 보이지 않았다. 구토가 날 것 같았다.

"갔어?"

"응."

"모르겠죠?"

"글쎄."

확언할 수 있는 것은 없었다. 이제까지와 마찬가지로. 개불은 기도라도 하고 싶은 심정이었다. 오늘 하루 십계명 중에 몇 개를 어겼을까. 은어는 새우가 처음으로 잔 여자였다. 수박 냄새. 처음 그녀의 옷을 벗길 때 새우의 머릿속에는 저도 모르게 그 말이 생각났다. 더러운 농담이었지만, 그 때문에 더 흥분을 했던 것도 같다. 수박냄새 따위는 나지 않았다. 술을 마신 후에 흘리는 땀에서 나는 미약한 지린내와 비릿한 생선육수 같은 냄새가 날 뿐이었다. 은어는 이미 경험이 있는 눈치였다. 입맛이 썼다. 새우는 바닥에 침을 뱉었다.

"너 언제 가냐."

"곧 가죠."

개불의 집은 어느 정도 사는 편이었다. 그는 외국에서 쓸 비자금을 마련해두기 위해 일을 한다고 했다. 그 사실은 중요했다.

"조금만 늦춰라."

"네?"

개불이 고개를 돌려 새우를 바라보았다.

"아니, 무슨 일이 생길 수도 있으니까. 잠잠해질 때까진 있어. 부탁할 것도 있고."

상식적으로 맞는 소리가 아니었다. 무슨 일이 생길 수도 있으니까 얼른 도망가야 했다. 앞서 걷는 넙치의 등을 바라보았다. 내가 저 새끼처럼 바보로 보이나. 개불은 속으로 두 사람을 비웃으며 주머니 속 USB 메모리를 만지작거렸다.

"글쎄요. 그게 제가 마음대로 결정할 일은 아니라서. 일정이란 게 있으니까요."

이윽고 주차장에 도착했다. 처음 출발했던 곳이었다.

시체를 다시 트렁크에 넣고 차에 올랐다. 새우는 여전히 운전석에 앉았고, 이번에는 개불이 조수석에 탔다. 시동을 걸고 에어컨을 틀었다. 땀이 나서 더운 탓이었다. 비상등 버튼 위에 달린 시계가 다섯 시 이십삼 분을 가리키고 있었다. 새우는 등받이에 몸을 기댄 채로 잠시 눈을 감았다.

"가요."

차가 출발했다. 큰길로 나오자 듬성듬성 차들이 보였다. 해가 뜰 시간이 가까워지고 있었다. 대형마트 앞 횡단보도에서 신호에 걸렸다. 새우는 브레이크를 밟았다. 평소 같았으면 그냥 달리라고 말했을 넙치는 팔짱을 끼고 창문에 머리를 기댄 채 눈을 감고 있을 뿐이었다. 횡단보도를 건너는 사람은 없었다. 세 사람이 탄 차 오른편에 다른 차가 한 대 섰다. 개불은 힐끗 옆 차를 보았다. 은회색의 아반떼였다. 운전자는 여자였다. 자신의 옆에 시체를 실은 차가 있다는 사실을 알면 여자는 어떤 표정을 지을까? 그때 계기반 앞에 올려두었던 새우의 휴대폰이 진동했다. 전면 액정에 은어의 이름이 적혀있었다. 오늘만 해도 벌써 몇 번째 오는 전화였다.

"안 받으세요?"

"운전 중이잖아."

"제가 받아볼까요."

"아니."

그때 신호등이 바뀌었다. 옆에 있던 아반떼가 빠른 속도로 멀어졌다.

새우는 멀어지는 차의 미등을 보며 생각했다. 그래. 혼자 하는 것도 아닌데, 내 잘못만은 아니잖아.

"가."

그제까지 조용하던 넙치의 말에 새우는 반사적으로 액셀러레이터를 밟았다. 휴대폰의 진동이 멈췄다. 핸들을 돌려 마트 주차장 안으로 진입했다. 편한 세계였다. 트렁크 속 시체를 묻기 위해 이 층의 생활용품 코너에서 삽을 살 것이다. 죽은 태아는 어디에 묻힐까. 그런 의문이 들었다. 정말 편한 세계였다.

"개불아. 나 돈 좀 빌려줘라."

"네?"

"금방 갚을게."

마트의 주차장은 텅텅 비어있었다. 차가 멈췄다. 세 사람은 밖으로 나왔다. 개불은 이번에는 시체를 꺼내지 않아도 된다는 사실에 안도했다.

자동문이 열리고 안으로 들어서자 밝은 빛이 쏟아져 내렸다. 밝은 곳에서 보니 세 사람의 모습은 엉망이었다. 매장의 곳곳에 설치된 스피커에서는 여자 목소리가 흘러나오고 있었다. 오늘도 저희 마트를 이용해주신 고객 여러분께 안내 말씀 드리겠습니다. 이 층으로 올라가는 에스컬레이터 앞에서 넙치가 멈춰 섰다. 그의 고개가 향한 방향의 끝에 패스트푸드점 간판이 있었다.

"배 안 고파?"

"우리 뭐 좀 먹어요."

한시가 급한 상황이었지만, 웃기게도 조바심이 나지 않았다.

"재밌네."

새우가 중얼거렸다.

"오백 원만 더 내시면 사이즈 업그레이드 가능합니다."

점원의 말에 새우는 흔쾌히 고개를 끄덕였다. 세상에서 자신이 선택할 수 있는 사항이 겨우 그 정도뿐이라는 사실을 어렴풋이 짐작할 수 있었다. 애를 떼고, 군대에 간다. 반대쪽의 선택은 뭐가 될 수 있을까. 가늠이 가지 않았다.

세 사람은 각자 시킨 햄버거 세트를 들고 자리에 앉았다. 넙치가 염소처럼 오물거리며 햄버거를 씹었다. 머리에 흙이 묻어 하얗게 센 꼴이 노인 같아 보였다.

"새우 버거 맛있네."

넙치가 건너편에 앉은 새우를 바라보며 중얼거렸다. 두 사람이 킥킥거리며 웃기 시작했다. 개불은 이상하게 목이 메어 콜라를 마시다 사레가 들렸다. 새우가 기침을 하는 그의 등을 쓸어주었다.

"괜찮아?"

"저 사실 외국 가기 싫어요."

한참을 캑캑거리던 개불이 말했다.

"나는 현서가 임신했어."

"와 진짜요? 축하드려요."

세 사람은 다시 웃기 시작했다. 숨이 넘어갈 것 같은 웃음이었다. 새벽부터 쇼핑을 하러 온 쇼핑객들은 이상한 사람도 다 본다는 눈으로 그들을 힐끔거렸다. 넙치가 가장 먼저 트레이를 들고 자리에서 일어났다.

"씨발 나가서 담배나 피우자."

세 사람은 마트 밖으로 나왔다.

"해다."

누군가 말했다. 해가 떠오르고 있었다. 셋은 멍하니 하늘을 바라보았다. 어쩐지 평범한 하루의 시작 같았다. 깊은 밤이라는 말과는 다르게, 깊은 아침이란 말이 없는 이유는 이미 감춰야 할 것들을 모두 감췄기 때문이다. 아마도.

당선소감 : 장성욱

내 이기심으로 해온 글쓰기
배려해준 분들에 감사

학교 도서관에 앉아 있다가 등단 소식을 들었다. 무엇보다도, 그런 일들이 나에게도 생긴다는 것이 놀라웠다. 그래서 함께 공부하는 후배와 간짜장을 먹었다. 학교 앞에서 제일 맛있는 집이 폐업을 해서 둘째로 맛있는 집으로 갔다. 물론 내가 샀다. 커피는 후배가 샀다. 다시 도서관으로 돌아온 후에 지금은 수상 소감을 쓰고 있다. 사실 워낙에 처음 있는 일이라 뭐라고 써야 하나 모르겠다. 이제까지 고생했던 기억이 스쳐가고 그런 것도 없는 걸 보니 그다지 고생은 하지 않은 모양이다.

그럼에도 억지로 돌이켜보면, 글을 쓴다는 이유로 나는 나의 세대에서는 드물게 된 대학시절을 보냈다. 술 마시고 깽판도 많이 쳤고, 글을 쓴다는 이유로 제멋에 취해 많이 날뛰기도 했다. 그때 내가 야지(野地)라고 생각했던 학교는 온실에 다름 아니었다. 지금까지 내가 살아남은 이유는 그런 나를 어여삐 여겨 손해를 감수해준 모두의 배려 덕분이었다. 무엇보다도 그런 일들에 대해 진심으로 감사하게 생각한다.

십여 년 전 이용지가 해주었던 말이 아니었다면 내가 지금까지 글을 쓰는 일은 없었을 것이다. 그 말에 힘을 싣기 위해 열심히 벌린 일들이었다. 그 과정 속에서 글을 쓰는 일이란 결국 주변을 끊임없이 소모시키는 일임을 알게 되었다. 그럼에도 계속해서 매달렸던 건 순전히 나의 이기심 때문이었다. 나는 그때보다 우울해졌으며, 더 비열한 인간이 되었다. 가면도 몇 개 가지게 되었다. 아직 밝혀내지 못한 부분에 대해선 조금 더 들여다볼 생각이다.

생의 막장도 보통날처럼 빤하지 않은 관점이 매력

본심에 올라온 작품 중 '홀', '당신의 귀', '수족관'을 주의 깊게 봤다. '당신의 귀'는 캐나다 북부의 오일샌드 채취 현장을 배경으로 하는 소설인데, 이 낯선 풍경이 낯설게만 여겨지지 않았다. 지구의 어느 한 끝에 던져진 듯한 존재, 위로받을 수 있는 것이라고는 땅속에 묻혀 있는 아주 오래된 고독밖에 없는 인물이 작품 속에서 잘 살아 있었기 때문이다. 결말을 내는 방식이 치밀하지 못했다는 아쉬움이 지적되었다.

'홀'은 쉽게 가는 방식을 택하지 않았다. 막다른 길에 이른 인생, 혹은 세계를 연극 무대 같은 '홀'에 집어넣어 의미 없는 순간들을 촘촘히 직조해낸다. 이 세계는 수몰 지역에서 서서히 몰락해가는 홀이고, 우리는 그 홀에 갇혀 있는 사람들이다. '그런데도 우리는 이렇게 잘 버텨낸다'라는 문장은 가슴을 먹먹하게 한다. 그러나 이 촘촘한 직조가 답답하게도 여겨진다. 출구가 없는 홀이라는 소설의 배경이 배경에 머물지 않고 소설 자체로도 여겨진다. 이 작가가 앞으로 좋은 작품을 쓸 수 있으리라는 기대가 크게 있었음에도 '수족관'의 활달함이 주는 매력에는 살짝 못 미쳤다.

'수족관' 역시 전폭적인 지지를 하기에는 망설임이 생기는 작품이다. 작품은 거의 대사로 이루어져 있다. 자연스럽게 가독성이 생기지만 이것이 작가의 치밀한 의도인가 하는 점에 대해서 논의가 이어졌다. 이 작품 역시 생의 막장, 출구가 꼭 막힌 순간에 대한 이야기이다. 이런 상황을 뻔한 방식으로 보는 대신 한 번 더 비틀어보는 시선이 매력적이었다. 이 시대에는 인생의 막장 같은 어느 하루조차도 모든 평범한 날들의 한 순간일지도 모른다. 우리는 그런 시대에 사는 것이다. 축하를 보낸다.

중앙일보 정희선

1978년 서울 출생
국문학 전공

안감이 땀에 젖어 옷은 쉽게 벗어지지 않았다. 들러붙는 치마를 껍질을 벗겨 내듯 벗고 가슴팍의 옷핀을 풀고 나니 숨이 크게 쉬어졌다. 나는 햇빛에 눈을 찡그리며 옷을 행어에 걸려다 말고 멈칫했다.

베란다에 널어 놓은 이불은 마치 내가 벗어 걸어 둔 나 같았다

쏘아올리다

정희선

　서향으로 난 베란다 창문으로 해가 길게 들어왔다. 아침에만 잠깐 볕이 들던 반지하보다는 나은 환경이다 싶었지만 한여름 늦은 오후까지 들이닥치는 불볕은 그리 달갑지만은 않았다. 여름 해는 저물기 직전까지 열기를 내뿜었다. 해가 붉게 닿는 방바닥이 눅진하게 녹는 느낌이었다.

　내 방에는 커튼이 없었다. 쓸 만한 것을 사자니 엄두가 나지 않는 가격이었고 어설픈 DIY 흉내를 내어 천조각을 걸어 두고 커튼입네 하기는 싫었다. 나는 갖고 싶지 않은 것들을 이미 충분히 갖고 있었다. 초록색 플라스틱 서랍장, 동물 캐릭터가 그려진 플라스틱 앉은뱅이 책상, 나뭇결 무늬가 찍힌 비닐 장판. 나는 가끔 주변을 둘러보며, 내가 사는 곳이 가상현실 같다는 생각을 했다. 가구도, 벽지도, 창 밖의 풍경도―모두 나에게는 내가 속한 현실이 아닌, '잠깐만 가질 것'이었다. 임시로 머무는 곳, '나중'에 제대로 된 것으로 바꿀 것.
　본격적인 여름이 되면서 나는 얇은 이불을 아침마다 베란다에 널었다. 밤새 덮은 이불을 반 접어 집게 달린 옷걸이로 군데군데 집고 빨래 널듯 널어 두면, 불볕은 이불을 통과해 조금 누그러져 들어왔다. 여름 한낮, 무섭게 올라가는 실내 온도도 좀더 견딜 만해지는 것 같았다.

엘리베이터가 없는 원룸 건물 5층. 다른 건물들보다 한 층 더 높은데 엘리베이터가 없어서, 월세가 반지하만큼 싼 거라고 했다. 하지만 내가 이 방에 들어오기로 한 결정적 이유는 싼 월세가 아니라 다른 건물에 가려지지 않은 환한 베란다에 반했기 때문이다. 누군가 물어보았다면, 진심으로 그렇게 대답했을 것이다. 처음 여길 보러 와 문을 열었을 때, 방을 가득 채우고 넘치는 햇빛이 제일 먼저 눈에 들어왔다. 원룸의 한 면을 온통 차지하는 베란다 밖으로 크게 껑충 뛰면 건너갈 수 있을 것 같은 건물들이 이어졌고, 그 옥상들 너머로 멀리 석양이 빛을 아낌없이 던져 오고 있었다. 저 태양을 매일 볼 수 있다니.

다른 수식어가 붙지 않는 그냥 '5층' 이라는 것도 마음에 들었다. 원래 살던 곳은 부동산에서 '1층 같은 반지하' 라고 소개한 곳이었고 그 전에 살던 곳도 크게 다르지 않았다. '1층 같은 반지하' 라든가 '2층 같은 1층', '거의 독채나 마찬가지인 옥탑방' 이라는 표현은, 참 빤해서 민망했지만 옮길 집을 알아볼 때마다 나는 그런 문구에 초연하기가 어려웠다. 1층 같다면 얼마나 창이 클까, 환기가 좀 잘 되려나, 밖이 잘 보였으면 좋겠다는 기대를 품고 찾아가 본 방들은 그냥, 반지하였고 나는 천장 가까이 붙은 좁다란 창을 통해 매일매일 맞은편 집의 벽과 지나다니는 사람들의 발을 실컷 보았다. 반지하에서 반지하로 옮겨 다니며 살아온 내게서는 언젠가부터 체취 대신 습한 곰팡내가 나는 것 같았다. 그런데 이 환한 방은, 그냥 5층이었다. 나는 그 날 바로 방을 계약했다. 그 땐 이런 여름을 짐작하지 못했다.

*

"감사합니다, 사이버 민방위입니다."

몰리는 전화에 똑같은 말을 숨가쁘게 반복하는 동안 팀장은 혼자 뭐가 그리 바쁜지 심각한 얼굴로 분주하게 움직였다. 처음에는 서류 작업 같은 게 많은가 보다 했는데 일주일쯤 지나며 보니 꼭 그런 건 아닐 거라는 눈치가 생겼다. 아마 전화를 받기가 싫은 것 같았고, 그래도 전화가 폭주할 땐 같이 나눠 받아야 할 텐데 최대한 받지 않았으며, 그렇다고 사람을 더 뽑지도 않았다. 점심마다 위층에서 내려오는 본사 직원과 밥을 먹으면서 보니 팀장은 비용 절감을 효율적으로 잘 하고 있다고 꽤 칭찬을 듣는 모양이었다. 지난해 민방위 훈련 시즌에는 전화 받는 알바생이 세 명이었다고 했다. 시급이 낮은 대신 틈틈이 개인적인 일을 해도 된다는 약속은 어디까지나 '전화 받는 사이에 만약 틈이 생긴다면'을 전제한다는 것을 나는 차츰 깨달았다. 아이디어를 놓치지 않으려고 사무실에 갖다 놓은 스케치북은 펴 보지도 못하고 서랍에 들어 있었다. 21세기 대한민국 젊은이라면 누구나 컴퓨터를 잘 다룰 수 있을 것이고, 그러니 겨우 한 시간짜리 사이버 민방위 교육 절차를 이해 못 해 전화 문의를 할 사람은 많지 않을 거라는 생각은, 정말이지 뭘 몰랐던 것이었다.

첫 출근한 날, 젊은 여자에게서 전화가 걸려 왔다. 여자는 화를 누르는 것 같은 목소리로 말했다.

"제 동생은, 교통사고를 당해서, 훈련을 받을 수가 없어요."

"아, 예."

나는 팀장이 준 전화 상담 매뉴얼을 서둘러 눈으로 훑으며 대답했다.

"예, 그러시면 그 사항을……동사무소에 신고해 주시면 됩니다."

여자의 목소리가 쨍, 높아졌다.

"저기요, 신고했거든요? 교통사고 당해서 혼수상태로 누워 있은 지 일 년이 넘었어요. 작년에도 신고했는데 왜 또 통지서가 날아오는 거예요? 신고를 지금, 매년 하라는 거예요?"

옆에서 다리를 달달 떨며 지켜보던 팀장이 전화를 뺏듯이 끌어당겨 받았다.

"예, 죄송합니다. 예, 뭔가 착오가 있었던 것 같습니다. ……아뇨, 신고는 되신 거구요, 그 쪽 지역대에서 올해 처음 사이버 교육이 시작되다 보니까, 처음이라서, 예, 서류상 문제가 생긴 거 같네요."

전화를 끊고 팀장은 에잇, 소리를 뱉으며 의자에 기대 앉았다.

"안됐어요……. 혼수상태라니."

아직도 조금 콩닥대는 가슴으로 머뭇거리며 입을 여는데 팀장이 피식 웃었다.

"일일이 그런 생각 하시면 이 일 못 해요. 사정 있는 사람이 한두 명인 줄 아세요?"

"이런 일이, 많아요?"

"어우, 별 사람 다 있어요. 아마 살면서 평생 한 번도 만날 일 없는 사람들도 여기서 다 만나게 될 걸요."

마치 예언이라도 되는 듯 팀장이 던져 놓은 말은 하루하루 전화를 받을수록 들어맞았다. 실로 다양한 사람들이, 예상을 뛰어넘는 이유로 전화를 걸어 왔다. 아무래도 이 일은 그저 사이트 이용 상의 문제점을 해결해 주는 것이라기보다는, '그 밖의 전화 업무'에 더 가까웠다.

어떤 남자는 전화를 받자마자 민방위 교육 영상이 '심히 마음에 안 든다'며 다짜고짜 소리를 질러댔다. 나는 영상의 내용에 대해서는 아는 게 없었으나 그 사람의 말을 끝까지 들어야 했다. 남자는 영상을 다시 찍으라고, 그래야 한다고 윽박지르고 전화를 끊었다. 그런가 하면 사이버 민방위 교육 사이트 검색을 왜 특정 검색창에서 하라고 안내하느냐며, 이 세상 포털이 그것 하나밖에 없느냐고 따지는 사람도 있었다. 그는 멋대로 우리를 공무원으로 단정하고는, 국가 기관에서 특정 사기업 선전을 해주는 이 상황에 대해 몹시 야무진 말투로 시정을 요구했다. 음모론 신봉자인가 싶은 어떤 사람은, "당신들 뭐 하는 사기집단이야?"로 통화를 시작해 "내가 다 알아, 누굴 속이려고"를 끊을 때까지 주문처럼 반복했다.

그토록 여러 사람이 한꺼번에 내게 화를 내거나 큰 소리로 뭔가를 요구하거나, 아무리 설명을 해도 들으려 하지 않는 것은 참, 이상하고 버거운 경험이었다. 전화를 받는 일이란 원래 그런 것인지도 몰랐으나 그들이 나 '개인'과 대화하고 있는 게 아니라는 것을 잊지 않기가, 번번이 생채기 나지 않도록 감정에 가림막을 치기가 쉽지 않았다.

그러나 이 아르바이트를 계속할 수 있을까를 회의하게 했던 것은 그렇게 소리를 치고 뭔가를 요구하는 사람들이 아니라—순한 목소리로 말하는 사람들, 똑같이 나를 공무원으로 오인하고는 그 때문에 미리부터 기가 죽어 조심조심 말을 건네는 사람들이었다. "우리 손주가 가막소가 있소", "이거 안 하믄 또 가막소 가야 되는 거 아니오?" 물어 오던 할머니. 주소창에 입력할 주소를 불러 주자, 공중전화에서 다시 PC방으로 돌아가 볼펜을 빌려 가지고 와서는 한 글자 한 글자씩 받아 적던 남자. 그는, 접속에 휴대전화 인증이 필요하다고 하자 한숨을 푹 쉬었다. 아무래도 내 설명이 그에게 더 깊은 시름만 안겨 준 모양이었다.

— 이거는 일하다가 잠깐 피씨방에서 듣기에는 무리가 있겠어요.

— 아, 네, 좀…….

— 알겠습니다. 쉬는 날이……나중에 쉬는 날이 되면 그때 해 볼게요.

그들은 하나같이 빼먹지도 않고 고맙다는 인사를 꼬박꼬박 하고 전화를 끊었다. 혹시 인사를 놓치면 큰일이라고 걱정이라도 하는 사람들처럼. 감사합니다, 네네, 감사합니다. 별로 도와 준 것도 없이 거듭 감사 인사를 듣고 앉아 있는 건 힘들었다. 불쑥, 뭐가 그렇게 감사하냐고 물어보고 싶었다.

가장 많이 나를 놀라게 했던 건, 만 40세도 되지 않은 사람들이 인터넷이 뭔지, 인증이 뭔지, 주소창이나 검색어가 뭔지 모르는 경우가 허다하다는 것이었다. 내가 하는 단순한 설명을 알아듣지 못해 전화기 저편에서 당황하는 사람들을 마주칠 때마다, 나는 내가 도대체 얼마나 얇고 좁은 곳을 이 세상의 전부인 양 착각하고 살아왔던 것인가 망연해졌다. 때로 전화 저편에서 들려오는 목소리를 들으며 그들이 있는 공간, 그들이 살아온 세계, 그런 것들을 그려 보려 애쓰곤 했으나……이 깊고 거대한 세계가, 내가 알 수 있는 크기가 아닌 것 같았다.

*

원룸 건물을 나와 골목 끝까지 가면 골목과 대로가 만나는 모퉁이에 편의점이 있다. 나는 아주 급할 때가 아니면 편의점에서 물건을 사지 않았다. 버스 두 정거장 거리에 있는 재래시장이 내가 주로 장을 보는 곳이었디. 편의점에 종종 들르게 된 건, 편의점 앞 공중전화를 이용하려고 동전을 바꾸면서였다.

　두어 달 전 휴대전화가 끊기기 전에는 공중전화라는 게 아직 남아 있는지 어떤지, 관심을 가져 본 적이 없다. 전화가 끊기고 나자 가끔 공중전화가 필요해졌고, 그 때서야 시야에서 한발 물러서 있던 부스들이 눈에 들어왔다. 늘 그 자리에 있지만 아무도 신경 쓰지 않는 표지석처럼, 완전히 멸종된 줄 알았던 공중전화 부스는 의외로 꿋꿋이 여기저기에 남아 있었다. 그 동안 눈에 띄지 않았던 게 신기할 정도였다.

　아무도 관심을 갖지 않는 동안에도 공중전화는 나름 진화를 하고 있던 모양이었다. 신용카드까지 사용할 수 있는 공중전화를 만지작거리며 나는, 어쩌면 공중전화가 나보다도 더 재빨리 시대에 발맞춰 나아가고 있는 게 아닌가 하는 불안에 사로잡혔다. 아닌 게 아니라 나에게는 신용카드도 없었다.

　일주일, 혹은 열흘에 한 번씩 나는 편의점에서 동전을 바꾸어 공중전화 부스에서 전화를 걸었다.

　"아빠, 나."

　"어이구, 우리 딸, 아빠 보고 싶어 전화했어?"

　아빠의 말투는 전화를 걸 때마다 너무 다정해서 '보고 싶긴 뭐가, 그냥 했지', 괜히 어깃장을 놓아 보고 싶어지는 데가 있었다. 직접 만나면 아빠는 잘 웃지도 않는 사람이었다.

　"……보고 싶지, 그럼 안 보고 싶나?"

　"맞네, 당근이네. 흐흐흐. 그 뭐 준비한다는 건 잘 돼 가? 아픈 데는 없고?"

　"아픈 데 없어, 잘 지내. 걱정 마요, 그냥 해 본 거야."

"그래, 우리 딸. 밥 잘 챙겨 먹고 다니고. 일 안 된다고 추욱 처져 다니지 말고. 알았지? 아빠는 우리 딸 믿는다."

"네에, 아빠나 밥 잘 챙겨 드세요. 라면 같은 거 드시지 말고……."

나에게는 어느 날 갑자기 혼자 방에서 쓰러졌다가 한 달, 혹은 그 이상이 지난 후에야 냄새를 피우며 발견될지도 모른다는 공포가 있었다. 서울로 대학을 와 독립하면서부터 생겨난 그 공포는 언제나 가슴 속 가장 그늘진 곳에 고여 있었다. 학교에서도 직장에서도 인간관계에 그다지 적극적인 편은 아니었기에 더욱 그랬다. 졸업 직후 엄마가 급작스럽게 돌아가시면서, 두려움의 몸피는 좀 더 크고 단단해졌다. 나를 세상에서 가장 궁금해하고 가장 자주 안부를 물어오던 사람, 그 사람이 세상에 없다는 것. 그 무게는 내 감당의 임계치에서 아슬아슬하게 넘실거렸다.

엄마가 돌아가신 후, 두세 달에 한 번 통화할까 말까 했던 아빠에게 전화를 걸기 시작했다. 늘 비슷비슷한 소리만 하다 끝나는 통화. 그것은 나에게, 일종의 생존 확인이었고 때때로 조명탄을 쏘아올리는 일 같은 것이었다. 내가 여기 있다는 것, 여기서 말을 건네고 있다는 것. 당신도, 아직 거기 있느냐는 것.

그렇게 전화를 걸고 나면, 난파선에 홀로 남은 조난자 같던 내가 그래도 뭍으로 향하는 노젓기를 그만두지는 않고 있다는 기분이 들었다.

*

나는 하우스 웨딩에 가 본 적이 없다. 얼핏 듣기로는 호텔 결혼식과는 또다른 고급스러운 결혼식이라는 것 같았고, 규모가 크지 않을 듯한 막연한 느낌이 이름에서 풍겼다. 다른 결혼식보다 좀더 단정한 옷을 입고 가야 할 것 같은데 2단 행어를 샅샅이 뒤집어도 쓸 만한 옷이라고는 대체 나오지 않았다. 겨우 찾아낸 빨간 원피스는 계절에 맞지 않게 너무 두꺼웠고, 학교 다닐 때 입었던 주름치마는 지나치게 귀엽고 짧았다. 나는 사계절 옷이 죄다 걸린 행어를 갈피갈피 뒤지다가 졸업식 때 입었던 까만 정장을 찾아냈다. 그 옷은 태어나 사 본 옷 중 가장 값비싼 옷이었다. 긴팔 쓰리피스 정장이라 여름 결혼식에는 어울리지 않았지만, 다행히 별로 두껍지는 않아서 재킷을 빼고 입으면 어찌어찌 원래 그렇게 나온 민소매 정장처럼 보일 것도 같았다. 조끼에 앉은 먼지를 손으로 대충 털고 팔을 꿰어 보았다. 졸업할 때보다 살이 조금 붙어서 가슴께가 벌어졌다. 나는 옷 안쪽에 손을 넣어 옷핀을 꽂고 거울 앞에서 허리를 숙여, 핀이 밖으로 보이는지 점검해 보았다.

"오, 오늘 멋있으시네요. 어디 가세요?"
웬일로 사무실에 먼저 나와 있던 팀장이 기지개를 켜며 물었다.
"아, 네. 동기 결혼식이 있어서요."
"그러시구나아. 그럼 오늘도 파이팅 합시다!"
의자를 빙글 돌려 돌아앉으며 귀에 이어폰을 꽂는 팀장의 어깨 너머로, 정지되어 있는 아침 드라마의 장면이 보였다. 전화벨이 울리기 시작했다. 토요일엔 '만약을 위해' 나와 있는 거라고 했는데. 사람들은 분명 전화 안내 업무가 금요일까지라고 알고 있을 텐데, 무슨 생각으로 전화를 하는지 모를 일이다. 나는 의자에 비스듬히 뒤로 기댄 팀장을 흘끔 쳐다보고 전화를 받았다.
해가 점점 높이 떠오르면서 실내 온도가 치솟는 게 그대로 느껴졌다. 팀장은 비용을 아껴야 한다며 있는 에어컨은 틀지 않고 이동식 에어컨이라는 걸 사다 놓았다. 그러나 찬바람이 나오는지 마는지 몹시 의심스러운 그 물건은 그나마 항상 팀장 쪽으로 향해 있어 내게는 별 도움이 되지 않았다. 전화를 받다 보면 등 쪽에서 열기가 훅 끼쳐 올라오는 느낌이 들었다. 사무실에서 나는 물을 평소보다 많이 마시고, 화장실은 별로 가지 않았다.
전화벨은 숨을 돌릴 만하면 한 번씩, 얄밉게도 그 정도 간격으로 울려 댔다. 돌아보니 팀장은 엎드려 잠이 들어 있었다. 나는 갑자기 더 더워졌다. 수화기를 잡고 엉거주춤 일어나서 발끝으로 이동식 에어컨을 내 쪽으로 살짝 돌려 놓았다. 약한 찬바람이 건너왔다.

"네, 대원님. 그렇게 하시면 되구요. 다른 궁금증 있으시면 다시 전화 주시기 바랍니다."

전화를 끊고 나자 팀장이 부스스 일어나 끈끈한 이마를 문질렀다. 이마가 벌겋게 눌려 있었다.

"어, 피곤하다. 전화 많이 왔어요?"

"네, 아뇨. 그냥 적당히 왔어요."

팀장은 하품을 하고 뒷목을 벅벅 긁었다.

"오늘 친구 결혼식이랬죠? 전화 많이 안 오면 한 시간 먼저 퇴근하세요."

고맙다는 말을 채 하기 전에 벨이 울렸다. 팀장은 전화를 받더니, 네? 네? 여보세요?를 반복하다 전화를 끊었다.

"뭔……, 아줌마가 말을 하려다 말어……?"

다시 전화가 왔다.

"아, 제가 받을게요, 팀장님."

"감사합니다, 사이버 민방위입니다."

수화기 속 멀리서, 웅얼거리는 듯한 소리가 들려왔다. 주저하는 것도 같고 뭔가를 호소하는 것도 같은 묘한 목소리였다.

"네? 조금만 더 크게 말씀해 주시겠어요?"

"저기, 우리 아들이……."

수화기에 귀를 더 바싹 붙였다.

"네, 아드님이요?"

"우리 아들이 김정규인데요……, 실종이 됐어요……."

일한 지 한 달이 채 되지 않았지만 이제 웬만해선 놀라지 않을 수 있다고 생각했는데, 그 생각이 무색하게 수화기를 쥔 손에 힘이 들어갔다. 나는 목을 가다듬고 대꾸했다.

"아, 네에."

달리 할 말이 생각나지 않았다.

"근데, 무슨 통지서가 나와서요……, 연락도 되지 않구……. 연락 안

된 지 되게 오래 됐어요…….."

전화기 속 여자는 곧 울음을 터뜨릴 것 같이 떨리는 목소리로 더듬더듬 말을 이었다. 나는 최대한 친절하게 대답했다.

"예에, 그런데 그 부분은 저희가 처리해 드릴 수 있는 게 아니에요. 동사무소로 전화를 먼저 주셔야 됩니다. 신고를 해 주셔야 돼요."

"아…….."

"주민등록 말소를 하든지, 실종 신고를 내든지 하시면 되거든요. 전화번호를 제가 안내해 드릴게요. 메모 가능하세요?"

관할 공공기관의 전화번호 안내는 우리 업무가 아니었다. 그러나 하루에도 몇 번씩, 사람들은 거기가 동사무소 아니에요? 그럼 동사무소 번호가 뭔데요? 라고 묻거나, 거 다 똑같은 공무원이면서 대신 좀 알아서 처리해 주면 안 되느냐고 화를 냈다. 나는 상대방의 태도와 그때 그때 내 기분에 따라, 친절하게 번호를 안내해 주거나 그런 건 우리 소관이 아니라고 냉랭하게 대답하는 재주를 조금씩 익혀 가는 중이었다.

"아……, 제가 그런데……."

여자는 더욱 맥없고 어쩔 줄 몰라 하는 목소리로 나의 친절을 받아들이기를 주저했다.

"메모, 불가능하세요?"

"네……, 저, 제가 손이 없어서……."

손에 뭘 들고 있다는 말인가 하는 다음 순간. 뭔가가 머리를 쿵, 때렸다.

"손이 없어서……, 못 써요……, 미안해요……."

여자의 목소리는 정말이지 몹시 미안해 하는 것 같았다. 나는 울컥, 아니 그런 건 미안해 하실 일 아닌데, 저한테 안 그러셔도 되는데, 마구 지껄일 뻔했다. 아마 그래서일 거다, 생각지도 않은 말을 뱉어 버린 건.

"그러시면, 저, 외우시면 안 되나요? 되게 간단해요, 간단하거든요. 쉬워요."

빠르게 말을 늘어놓으면서 나는 그걸 고스란히 주워담고 싶었다. 이

445

게 아닌데.

"……."

"지금 바로 말씀 드릴게요, 따라서 한 번 외워 보세요. 02-2260-
○○○○."

"02-2260-○○○○, 02-2260-○○○○……, ……고맙습니다……."

여자는 내가 불러 준 번호를 중얼거리고는 전화를 끊었다.

"안 가요? 오늘 일찍 가도 되는데?"

팀장이 툭, 말을 건네는 걸 듣고서야 나는 수화기를 부서져라 붙들고
있던 손을 놓았다. 손아귀가 얼얼하게 아파 왔다.

결혼식장은 은은한 갈색과 금빛이 섞인 석재로 외벽이 치장된 단층
건물이었다. 미리 알고 가지 않았다면 무슨 갤러리 같은 것으로 착각하
고 지나칠 수도 있을 것 같았다. 문 앞에서 고개를 젖히고 우아하게 끝
이 휜 글씨체로 적힌 작은 간판을 구경하는데, 제복을 차려입은 도어맨
이 정중히 문을 열어 주었다. 나는 약간 무안해서 얼른 문을 들어섰다.

"어머, J선배 진짜 좋은 데서 결혼한다, 나도 여기서 해야겠다."

"야, 너 여기 밥값만 얼만 줄 알아? 일 인당 십만 원도 넘는댄다."

"진짜? 음식 뭐 나오는데 그래? 오, 나 기대돼."

J의 회사 후배쯤 되는 것 같은 여자들이 넓은 로비에 전시된 예비 부
부의 사진을 둘러보며 까르르 웃었다. 나는 구석으로 가서 가방에서 봉
투를 꺼냈다. 준비해 온 축의금은 오만 원. 아껴 쓰면 2주일도 넘게 버틸
수 있는 식비였다. 망설이다, 지갑에서 이만 원을 더 꺼내 봉투에 넣었
다. 그 때, 누군가 내 어깨를 살짝 건드렸다.

"언니도 오셨네요?"

전공 수업을 몇 번 같이 들으면서 공동 작업도 종종 함께 했던 후배였
다. 나는 으응, 대답하며 나도 모르게 뒤로 한 발짝 물러났다. 후배에게
서 자신만만, 환함 같은 것이 물리적인 입자처럼 낯설게 뿜어져 나왔
다. 이쪽 업계에서는 알아주는 디자인 전문 잡지 회사에 들어갔다는 소

문을 들은 적이 있었다. 과연 그 아이에게서는 이 시대의 메이저 대열에
성공적으로 들어선 사람다운 당당함이 풍겼다. 아니, 원래부터도 메이
저가 아니었던 건, 아니었을지도 모르겠지만.

"혼자 오셨어요?"

"응? 으응, 뭐 딱히 같이 올 애들이 없더라고."

"잘됐네요, 저도 혼자 왔는데. 우리 이따가 같은 테이블에 앉아요."

후배는 혼자 밥 먹기 싫었는데 잘됐다며 자연스럽게 내 팔짱을 끼었
다. 나는 후배에게 어색하게 이끌려 식장으로 향했다.

식장 안은 겉에서 보는 것보다 꽤 넓었다. 내 착각인지 정말 나는 건
지 확신이 서지 않는 약한 향기가 소규모 오케스트라가 연주하는 음악
에 섞여 떠돌았다. 번잡스러운 외부와는 차단된 다른 세상, 다른 차원에
스며들어 있는 기분이었다. 결혼식은 느긋하고 편안하게 진행되었다.
주례는 없었고, 말솜씨 뛰어난 사회자가 매끄럽게 분위기를 이끌며 식
을 진행했다. 신랑 신부는 여유로운 미소를 띠고 자신들의 파티를 즐겼
다. 테이블마다 둘러앉은 하객들 앞에, 말쑥한 제복을 갖춘 직원들이 소
리 없이 움직이며 음식을 차례차례 날라다 놓았다.

J에게서 결핍을 읽은 적은 없었지만 이런 세계에 속한 사람인 줄은 몰
랐다. 내가 둔했거나, 그녀가 겸손했거나. 아니면 내가 지금 필요 이상
으로 너무 감탄하고 있는 것일까. 우리가 학창 시절에 무슨 이야기를 주
고받았는지 새삼 떠올리려 해 봐도 딱히 기억나는 것이 없다. 그녀와 나
는 절친까지는 아니고 안 친한 것도 아닌, 그런 정도의 동기였다. 나는
친구들과 어울리기보다 내 작업을 하는 데 골몰한 대학 생활을 했고, 틈
이 나면 닥치는 대로 아르바이트를 해 학비와 생활비를 대기 바빴다. 나
로서는 청첩장을 받는 일이 자주 있는 게 아니어서 기꺼이 참석한 것이
었는데, 그녀가 정말 청첩장을 맞게 보낸 걸까 하는 의문이 생뚱맞게 고
개를 들었다.

그 모든 것이 나쁘지는 않았으나 놀이동산에 입장료를 내지 않고 슬

쩍 섞여들어온 듯한 이물감이 어쩐지 불편하게 목덜미를 잡아당겼다. 아무도 뭐라고 하지 않지만, 누군가 나를 알아볼 것 같은 불안함. 나는 자세를 똑바로 고쳐 앉았다.

앞에 놓인 접시를 보자 '7만 원짜리 밥'이라는 생각이 먼저 들었다. 그 생각을 들키고 싶지 않아 나는 일부러 천천히 포크와 나이프를 집어 들었다. 핏물이 붉게 배어나오는 스테이크에 칼날을 찔러넣는데, 후배가 물었다.

"언니는 요즘 뭐 하세요?"

"나? 아……, 나 웹툰 준비해."

"아아……, 네."

후배는 눈썹을 치켜뜨더니 아무 말 없이 스테이크 조각을 입에 넣었다. 나는 괜히 사실대로 말했나, 에이, 거짓말은 해서 뭐할 건데, 따위를 생각하며 고기를 씹었다. 고기는 연하고 향긋해서 몇 번 씹지도 않았는데 부드럽게 목을 타고 넘어갔다.

종을 거꾸로 세운 모양의 얇은 크리스털 그릇에 딱 한 스푼 든 레몬 셔벗이 디저트로 나왔다. 새끼손톱만 한 푸른 잎이 장식으로 얹혀 있었다. 후배는 길다란 스푼으로 그릇에 부딪치는 소리도 없이 가볍게 셔벗을 떴다.

"그럼 언니, 지금 매일 나가는 회사는 없는 거예요?"

"응, 그렇지, 뭐. 집에서 그림 그리니까."

구구절절 설명할 필요는 없지 싶었다.

"언니, 시간 되시면 알바 하나 안 해 보실래요?"

"알바?"

"네, 저희 회사에서 이번에 새로 코너 하나 준비하는데, 좀 감각 있는 일러스트가 들어가야 되거든요. 지금 그거 맡을 일러스트레이터 구하고 있는데 맞는 사람을 아직 못 찾았어요. 제 생각엔 언니 예전에 하시던 스타일이면, 괜찮을 것 같은데."

"일러스트……. 너희 회사에 출근해서 하는 거야?"

"아뇨, 시안만 제 때 보내 주시면 어디서 하셔도 상관은 없어요. 출근해서 저희 책상 하나 쓰셔도 되고, 아니면 집에서 하셔도 되고. 출근이 더 좋으세요?"

일을 맡으면 써야 하는 시간과, 들어올 돈을 어림해 보고 있던 나는 어정쩡하게 대답했다.

"어, 뭐……, 집에서 하는 게 편하긴 하지. 그럼 내가 한다고 하면, 바로 맡는 거야?"

"아, 보고 올리긴 해야 되는데, 어차피 저희 팀 일이고 제가 사람 뽑는 거라서요. 별일 없으면 하게 되실 거예요. 할 생각 있으세요?"

후배가 제안하는 아르바이트를 덥석 물기는 조금, 자존심이 상했다. 일이, 아니, 돈이 사실 절실히 필요했기 때문에 더 그랬다. 학교 다닐 땐 늘 등 뒤에서 내 그림을 바라보며 서성이던 후배였는데. 나는 짐짓 활짝 웃으며 대답했다.

"하면 하지 뭐. 나 안 그래도 잡지 쪽 일, 해 보고 싶었거든. 한번 생각해 보고 답 줘도 되지?"

"그럼요. 언니 연락처 하나 주세요."

후배는 핸드백에서 금속 재질의 날렵한 명함집을 꺼내더니 명함을 한 장 꺼내 테이블 위에 놓았다. 나는 후배가 무엇을 기다리는지 뒤늦게 깨닫고 허둥거렸다.

"나, 명함은 없는데. 전화번호 알려 줄게."

말하는 동시에, 전화가 끊겼다는 게 생각났다.

"근데 내가 바빠서 전화 못 받을 수도 있거든. 이메일로 연락 주는 게 제일 확실해."

후배의 휴대전화를 건네받아 전화번호와 이메일을 입력하는 손가락이 자꾸 틀린 키를 눌렀다. 한심한 기분이 들었다. 엄밀히 말하면 거짓말은 아닐지 모르지만 그래도 거짓말 비슷한 것, 어쩌다 그런 거나 하고 있는 인간이 되었을까.

새로 탄생한 커플은 하얀 리무진을 타고 공항으로 떠났다. 리무진 곳
곳에 세팅된 꽃의 색상과 위치까지, 지나치게 완벽해서 오히려 비현실
적으로 느껴지는 그림이었다. 나는 하객들 틈에 끼어 차의 꽁무니에 대
고 열심히 손을 흔들다가, 나만 너무 열심인 것 같아 슬그머니 팔을 내
렸다.

"언니, 그럼, 연락 드릴게요."

선명한 굽 소리를 내며 후배가 다가와 인사를 건넸다.

"언니, 어깨에 먼지……."

"응?"

후배는 손을 뻗어 내 어깨를 털어 주다가, 곧 손을 내렸다.

"아, 고마워."

"다음 주 초쯤 연락 드릴게요, 생각해 보세요. 페이는 괜찮을 거예
요."

"그래, 고마워. 연락 줘, 잘 가구."

"네에."

후배는 알 수 없는 표정으로 살짝 웃고는 뒤돌아 총총 걸어갔다. 나는
주차 관리 직원에게 차 번호를 불러 주는 후배를 바라보다가 돌아서서
지하철 역을 향해 걸었다. 날씨는 습하고 무더웠다. 가슴골로 땀방울이
조르르 흘러내리는 것이 느껴졌다. 오랜만에 입은 정장이 끈적한 몸에
척척 감겼다.

안감이 땀에 젖어 옷은 쉽게 벗어지지 않았다. 들러붙는 치마를 껍질
을 벗겨내듯 벗고 가슴팍의 옷핀을 풀고 나니 숨이 크게 쉬어졌다. 나는
햇빛에 눈을 찡그리며 옷을 행어에 걸려다 말고 멈칫했다.

"아, 이게……."

조끼의 한쪽 어깨가 흐리게 바래 있었다. 얼핏 봐서는 먼지가 보얗게
앉은 것 같이도 보였다. 그러나 손으로 문질러도 묻어나지 않는 먼지—.

조끼는, 베란다에서 빛이 비쳐 드는 각도 그대로 비스듬하게 바랜 자국이 어깨 뒤까지 이어져 있었다. 후배는 그러니까, 이걸 털어 주려고 했던 것이다. 나는 얼굴이 뜨끈해지는 것을 느끼며 새삼 행어에 걸린 옷들을 바라보았다. 언제, 이런 색이 되었을까? 잘 보니 바랜 것은 그 옷만이 아니었다. 나란히 걸려 있는 겨울 코트, 카키색 패딩, 아끼던 원피스, 셔츠들이 모두 같은 쪽이 똑같이 바래 있었다. 나는 옷을 하나하나 행어에서 들어내며 자세히 살펴보았다. 안 보이던 바랜 자국은 햇빛을 등지고 그늘진 곳에서 살펴보니 이상할 정도로 잘 보였다. 왜 몰랐을까, 지금까지는. 나가기 전에는.

바래 버린 옷을 골라내자 바닥에는 금세 옷의 작은 산이 쌓였다. 행어는 얇은 여름 티셔츠, 청바지 따위만 몇 벌 남기고 텅 비었다. 옷이 많다고 생각해 본 적은 한 번도 없었는데 옷을 들어낸 행어는 가운데가 조금 휘어 있었다. 앙상한 모습이, 등짐을 내려놓고 한숨을 내쉬는 지친 짐승 같았다. 나는 행어에 손을 얹고 쓰다듬으며 옷더미를 내려다보았다.

헌옷 수거함에 옷을 몽땅 넣고 돌아서는데 가슴이 문득, 꾹 누르듯 아파 왔다. 나는 우뚝 멈추어 섰다. 색만 바랜 것이 아니라 보풀도 잔뜩 일어 있어 어차피 버려야 했을 검은색 모직 코트는, 지난 연애에 자주 함께했던 옷이었다. 코트 깃에 쌓인 눈을 털어 주던 따스한 손길이 아직도 생생한 감각으로 남아 있었다. 무릎 아래까지 오는 카키색 패딩은 졸업 작품을 준비하느라 연일 밤을 지새우던 어떤 날, '우리 딸 잠도 못 자고 추운데 고생해서 어떡하니', 엄마의 쪽지와 함께 택배 상자에 담겨 온 것이었다. 난방을 꺼 버린 학교에서 그 패딩을 입고 그림을 그리다 작업실 긴 의자에서 잠이 들면, 이불을 안 덮어도 제법 포근한 느낌이 전신을 감싸 주었다. 짧고 굵게 유행하고 가 버려 한 철 입고는 다시 꺼내 입기가 무안해진 옷이었지만 그 포근함의 기억이 차마 옷을 버릴 수 없게 했다. 샀을 땐 아주 선명한 파란색이었던 화려한 꽃무늬 원피스는 내 평범한 피부색을 꽤 하얗게 보이게 해 주는 것 같아 아껴 입던 것이었고,

앞섶에 무언지 모를 누런 얼룩이 찍힌 하얀 실크 블라우스는 졸업 후 첫 월급을 타 큰맘 먹고 샀던 것이고, 그 작은 얼룩만 아니면 다른 데는 너무 멀쩡해서, 그래도 실큰데, 버릴 수가 없었고, 가장 처참하게 색이 바래 버린 붉은 셔츠는 지난 연애의 그가 생일 선물로 주었던 것이고, 그리고, 그리고⋯⋯.

옷마다 나름의 기억이 묻어 있었다. 바래는 줄도 모르고 내버려 뒀다는 것이 믿어지지 않았다. 그 옷들을 입을 때마다 일일이 추억을 떠올렸던 것도 아니었는데, 사실 최근에는 꺼내 보지도 않았던 옷이 대부분이었는데 나는 어쩐지 옷이 아니라 다른 것을 버리고 돌아선 것만 같았다. 빈 행어가 내려앉는 소리가 삐그덕, 가슴 속에서 났다.

편의점에서 동전을 바꿔 들고 공중전화 부스에 들어갔다. 유리 부스는 문이 달려 있지 않았지만 바깥보다 한김 더 쪄진 공기가 텁텁하게 고여 있었다. 동전을 몇 개 전화기에 밀어넣고 뜨거운 수화기를 왼쪽 어깨로 받치고는 손바닥을 폈다.

"공일공⋯⋯."

맥이 탁 풀렸다. 사무실을 나오기 전에 팀장 몰래 손바닥에 급히 메모했던 전화번호가 흐릿하게 지워져 있었다. 땀에 지워진 모양이었다. 손바닥을 힘주어 펴면서 지워진 부분을 읽으려고 애써 보았지만 흐릿한 숫자는 판독이 되지 않았다. 국번, 그리고 끝 번호의 일부만 남아 있을 뿐, 가운데에 적어 두었던 숫자들은 이미 형체 모를 푸른색 얼룩으로 번져 있었다.

갈 곳 모르던 손가락은 습관처럼 아빠의 번호를 눌렀다. 벨이 오래 울리고 사서함으로 넘어가는 동안 아빠는 전화를 받지 않았다. 왜 하필 지금 전화를 안 받는 걸까. 나는 말을 해야 하는데. 지금은 꼭 받아 줬으면 좋겠는데.

⋯⋯망설이다, 몇 년 동안 누르지 않았던 엄마의 휴대전화 번호를 눌러 보았다. 기억을 떠올리며 번호를 누르는 손이 조금 떨렸다. 신호는

가지 않고, 없는 번호라는 안내 음성이 나왔다. 누군가 그 번호를 사용하고 있지 않을까 생각한 적이 있었는데, 아마도 아직은 아닌 모양이다. 그게 지금 내 마음에 다행인 건지 아닌지, 알 수 없었다. 다만 못견디게 엄마에게 말을 걸고 싶었다. 예전처럼, 아무 일 없이 전화해서 이것저것 사소한 것들을 이야기하고, 또, 대답하는 목소리를 들었던 때처럼.

엄마, 엄마, 엄마가 사 준 패딩 있잖아, 나 그거 버렸다. 엄마, 미안해.

엄마, 엄마, 보고 싶어 걸었어.

엄마, 엄마 나한테 요즘 전화 안 했지? 나 전화 끊겼는데. 몰랐지?

엄마, 전화 좀 받아. 엄마…….

나는 수화기를 손에 쥐고 유리에 등을 기댔다. 뜨끈한 기운이 등으로 번져 왔다. 서쪽으로 해가 길게 넘어가고 있었다. 오늘, 해 지기 전에 전화해 주고 싶었는데……. 내가, 실종 신고 해 준다고. 그러니까 걱정하지 말라고. 동사무소 전화번호 안 외워도 된다고……, 이제 훈련 통지서는 나가지 않을 거라고. 그러니까, 걱정하지 말라고.

멀리, 전화 부스 너머로 내 방 베란다 창문이 올려다 보였다. 햇빛을 반사해 붉은 금빛으로 번쩍이는 유리창. 열린 틈으로, 널어 놓은 이불이 선명하게 보였다. 그것은 마치 내가 벗어 걸어 둔 나 같았다. 나는, 월급 받으면 두꺼운 커튼을 사서 달아야겠어, 생각하다가, 아니, 이 여름이 지나면 다른 곳으로 이사를 가야지……, 이사를 가면 이불 같은 건 널어 두지 않을 거야, 그럴 필요가 없는 곳으로 가야지, 생각하다가, 내일, 내일은 사무실에 아침 일찍 나가서 그 아주머니한테 전화를 걸어야지, 두서없이 생각을 하며, 땀이 고이는 손으로 수화기를 그대로 쥐고 있었다.

문학의 주술에 걸려든 것 같아
아빠 웃음 다시 볼 수 있다면

    내가 사랑하면, 그쪽도 당연히 나를 사랑하게 될 줄 알았다. 그러지 않을 수도 있음을 생각 못 했다.

    저기 있는 문학은, 멀리서 보면 창에 노란 등불 켠 아담하고 예쁜 집 같다가도 그 불빛에 이끌려 다가서면 어느새 첨탑과 벽이 매끄럽게 솟는 막막한 성채였다. 아무래도 좀 억울하게 이상한 주술에 걸려든 것도 같았으나 나는 아주 떠나지도 못하고 서성거렸다.

    다시 안 올 듯이 먼 나라로 갔던 적도 있었다. 가까이에서도 부러 외면하며 지나쳐 다니곤 했다. 그러고도 결국 터덜터덜 돌아와 담장에 가만히 손끝을 대 보았다. 누가 물어보면 화들짝 '아니 그냥 지나가는 길'이었다고 대답할 채비를 단단히 하고는.

    이름들만 자꾸 떠오른다. 박문기, 박제천, 유임하, 이우상, 이유기, 이원규, 임후성, 장영우, 황종연 선생님. 선생님들의 수업을 선명히 기억한다고, 행복했다고 말씀드리고 싶다. 그분들이 가꾸시는 밭에서 나는 건강한 뿌리를 뻗을 수 있었다. 마음 깊이 감사 드린다.

    내 첫 번째 독자이자 외로운 지지자인 나의 언니, 정현선. 언니가 기뻐하니 내가 제법 괜찮은 일을 한 것 같아 즐겁다. 이모부 김태욱 씨. 그분의 턱없이 순수한 기대는 내게 은근한 압박을 가하는 효과가 있었다. 부디 그분이 기뻐하셨으면 좋겠다.

그리고…… 나를 언어와 글로 된 세계로 이끌고 그 아름다움과 매혹을 가르쳐 주셨던 아빠. 병상의 아빠께 상장을 들고 팔짝팔짝 뛰어가던 열한 살 소녀가 지금, 내 마음에서 똑같이 달려가고 있다. 아, 활짝 웃으시는 얼굴을 한 번만 다시 볼 수 있다면.

담 밖에서 발끝으로 돌부리를 톡톡 차고 있던 나에게 문을 열어 주신 심사위원 선생님들께 감사 드린다. 이것이 아무것도 장담해 주지 않는다는 것을, 오히려 어디 한 번 해보라는 무서운 시선인 것을 안다. 그러나 숨지 않겠다. 도망치거나 거짓말하지 않겠다고, 진심을 담아 노력하겠다고 전하고 싶다.

감정노동, 청춘, 그리고 가난함
구석구석 따뜻한 실핏줄 뻗은 글

'앰뷸을 탄다'는 앰뷸런스 차를 이용한 고액 택시영업을 통해 부르주아의 은밀한 욕망의 속살을 엿보는 일종의 세태소설이다. 흥미로운 소재를 입담 있게 풀어냈지만 결말이 아쉽다. 내용에서는 너무 나아갔고 미학에서는 조금 덜 나아갔다.

'우리가 물나들이에 갔을 때'는 젊은 부부가 무거운 전기장판을 사가지고 물나들이에 살고 있는 알코올 중독인 아버지를 방문하러 가는 이야기이다. 남편은 끊임없이 아내가 자신을 떠날 것이라고 불안해하는데, 그들 부부가 집에 돌아와 부침개를 부치며 나누는 결말이 묘한 여운을 남긴다. 그러나 아버지의 중독과 가족의 불행을 그리는 대목이 투박하다. 화자의 투박함이 작가의 투박함을 변명해주지 않는다. 그래도 이런 소설, 고맙고 아깝다.

홍학에 대한 요설로 시작되는 '주성치와 이름 없는 자의 플라밍고'는 소설이 결국 산문의 일종이라는 단순한 진리를 깨닫게 해주는, 보기 드문 재능의 글쓰기이다. 독특한 소설가적 자질과 능력이 엿보인다. 무한한 애정을 담아 충고한다. 이 소설을 과감히 버려라. 새 소설을 쓰는 순간 당신은 등단과 무관하게 이미 소설가일 것이다.

당선작인 '쏘아올리다' 는, 미대를 졸업했지만 전공과 무관하게 전화상담원으로 일하며 감정노동에 시달리는, 반지하에서 옥탑방까지 전전하다 겨우 빛이 잘 드는 5층 방에 안착한, 가난한 청춘의 곤경과 고난에 찬 일상을 그렸다. 친구의 결혼식 날 '나' 는 한 통의 전화를 받는다. 화려한 친구의 결혼식에 참석하고 돌아온 뒤 자신이 입었던 가장 좋은 옷이 실은 베란다의 햇볕에 어깨 쪽이 비스듬히 바랜 옷이라는 걸 깨닫는다. '한 통의 전화' 외엔 별 내용이나 사건이 없는데 소설에서 눈을 뗄 수가 없다. 세상이 세상을 지각하는 한 개인에게서 시작되고, 세상을 표상하는 것이 세상의 한 조각이라는 사실을, 소설이 가장 잘 보여준다고 할 때, '쏘아올리다' 는 가히 모범답안이다. 본심에 오른 작품들 중 이보다 개성적이고 강렬한 작품들은 얼마든지 있지만, 이처럼 구석구석까지 따뜻한 실핏줄이 뻗어 있는 작품은 없었다. 문장과 대사 또한 자연스럽다. 소소한 평범성을 반짝거리게 만드는 힘은 아마 더 이상 손댈 필요가 없을 정도의 숨은 완성도에서 나온 것이리라. 오래 기다리고 의심했을 당선자에게 진심어린 축하를 보낸다

한국일보 이지

1975년 서울 출생
숙명여대 국문과 졸업

어쨌거나 그녀는 재미있었고, 거부할 수 없는 마력이 있었다. 참새를 닮은 그녀는 작고 귀여웠으며 나를 위해서라면 목숨은 몰라도 새끼손가락 하나쯤은 '옛다' 하며 뚝 떼어줄 것 같은, 전사-천사가 아니다!-같은 여자였다. 실제로 막다른 골목에서 큰 도사견과 마주쳤을 때 그녀가 우산을 펼치고는 그 개를 물기라도 할 듯 눈높이를 맞추고 으르렁거려 쫓아버린 적도 있다.

한국일보

얼룩, 주머니, 수염

이지

  그날 나는 공항이 있는 소도시에서 여백이 많은 책 한 권을 얻고, 참새를 닮은 애인에게 결별 통보를 받았다. 이사한 지 한 달이 채 되지 않은 날이었고, 날씨는 마치 하와이처럼 청명하고 무더웠다. 물론 하와이에 가본 적은 없지만 말이다.

  문제의 발단은 밥솥이었다. 팬암사 로고가 새겨진 미니 밥솥은 세상의 모든 빈티지가 그렇듯 실용성이 떨어졌다. 종종 밥물이 샜고 보온성도 좋지는 않았다. 그러던 것이 밥을 짓던 중 아예 전원이 나가기에 이르렀다. 이사한 지 얼마 되지 않아서였다. 밥솥만 꺼진 게 아니라 집 안의 모든 전원이 함께 나가는 바람에 두꺼비집 문제인 줄 알았다. 빌라 꼭대기 층에 사는 주인 할머니에게 말했고, 할머니는 즉시 수리공을 대동했다. 하지만 돌아온 대답은 내가 가진 "어떤 제품의 문제인 것 같다"였다. 밥솥이 분명했다. 전원이 꺼진 게 밥솥의 클라이맥스, 그러니까 밥이 거의 되어 칙칙 연기가 나기 시작하는 그 순간이었기 때문이다.

  문제의 밥솥은 애인의 선물이었다. 버린다는 건 상상할 수도 없었다. 이사 후 좀 뜸해지긴 했지만 불시로 닥치는 건 그녀의 취미 생활이었으니 늘 주의해야 했다. 애인은 밥솥 하나로도 얼마든지 창조적으로 괴로

위할 수 있는 그런 여자였다. 그녀의 선물을 임의로 버리거나 망가뜨렸다가는 오랫동안 시달릴 게 뻔하다는 소리다. 옷장에 들어가서 오래도록 울거나, 비가 쏟아지는 한밤중 달리기를 하거나, 밥을 먹다 일어나 내 어깨를 깨물거나, 목욕하다 뛰쳐나와 불길한 모든 예감을 방언처럼 내뱉는 그녀의 모습을 상상하는 건 그다지 어려운 일이 아니었다.

나보다 여섯 살 많은 그녀는 신경증과 성격장애를 동시에 갖고 있었다. 신경증이 있는 사람은 배려심이 과해 자신을 괴롭히고, 성격장애인 사람은 남을 괴롭힐망정 본인은 태연자약하기 마련인데 그녀는 신기하게도 이 둘을 한 몸에 아주 자연스럽게 장착했다. 오래 의심하다 쉽게 흥분하는 타입이라고 해야 할까? 문자에 바로 답을 하지 않으면 '무슨 일이야, 어디 아파?, 다쳤어?'로 시작해 '이제 내가 싫어진 거지, 그만두면 될 거 아냐'로 넘어가는데 채 1분이 걸리지 않았다.

그러니까 그녀의 직업은 바로 나의 '애인'인 셈이었다. 아침부터 밤까지 자신의 일상을, 그것도 자신이 원할 때만 시시콜콜 보고한 후 그 반응을 엿봤다. 내게도 같은 질문을 잊지 않고 한 후 기다리지도 않고 답변까지 스스로 마무리하는 게 그녀 하루 중요한 일과였으니 애인이 직업이라는 게 영 틀린 정의는 아니었다. 일례로 새벽 3시경 전화를 걸어와 잠긴 목소리로 "네가 열 살 어린 신부와 결혼식장에 들어가는 꿈을 꿨어"라고 말한 일도 있다.

그렇게 피곤한 여자를 왜 만나느냐고 묻는다면 크게 할 말은 없다. 롤러코스터의 맛이라고 하면 될까? 그녀에게 당하다 보면 식은땀이 나면서도 일종의 안도감이 느껴졌는데 그때 나오는 호르몬에 중독된 것일 수도 있다. 어쨌거나 그녀는 재미있었고, 거부할 수 없는 마력이 있었다. 참새를 닮은 그녀는 작고 귀여웠으며 나를 위해서라면 목숨은 몰라도 새끼손가락 하나쯤은 '옛다' 하며 뚝 떼어줄 것 같은, 전사―천사가 아니다!―같은 여자였다. 실제로 막다른 골목에서 큰 도사견과 마주쳤을 때 그녀가 우산을 펼치고는 그 개를 물기라도 할 듯 눈높이를 맞추고 으르렁거려 쫓아버린 적도 있다.

무엇보다 나는 그녀의 몸이 좋았다. 함께 있을 때면 우리는 늘 찹쌀떡 반죽처럼 붙어있었는데 그때 오는 안도감은 더없이 부드럽고 꿈결 같은 것이었다. 우리 둘이 포개져 있을 때는 한 방울의 공기도 틈입하지 못했다.

이런 까닭으로 나는 애물단지 밥솥을 들고 동네 어귀에 있다는 '만물 수리 박사'를 찾아 나섰다. 아스팔트에 신발 밑창이 눌러 붙을 것만 같은 뜨거운 날이었다. 반바지에 운동화를 끌고 언덕길을 내려갈 때 비탈길을 올라오는 아래층 남자가 보였다. 그는 전직가수였으며 이 빌라에 3년째 거주 중인 장기 세입자인 동시에 근처에 있는 '힐링 선 연구원'의 대표이사이기도 했다. 그는 전직가수답게 하와이안 프린트 반소매 셔츠를 입고 있었다. 눈을 맞추고 인사를 하자 미소를 지어 보였는데, 성마른 표정이 갑작스레 환해져 도리어 내가 무안해졌다. 대표이사라기보다는 스튜어디스의 미소 같았다. 어색하게 인사를 거두고 그는 집으로, 나는 반대 길로 멀어져갔다. 그가 돌아설 때 셔츠 안으로 반짝거리는 금목걸이가 보였다.

공항에서 일한 지 얼마 지나지 않아 굳이 유니폼을 입지 않아도 스튜어디스를 알아볼 수 있게 됐다. 곧은 자세와 정갈한 걸음걸이 같은 것도 일조했지만, 대체로 미소가 비슷했다. 눈은 웃지 않고 입초리만 올라가는 그 미소 말이다. 공항에 취직했을 때 친구들은 스튜어디스를 실컷 볼 수 있겠다며 환호했지만 교육기간 내내 마주친 그녀들은 대부분 피로한 표정을 짓고 있었다. 그러다가 눈이 마주치면 환히 웃곤 했는데 그 모습은 한결같이 프로그래밍이라도 된 것 같았다. 그 입매의 변화가 부자연스럽고 또 부담스러웠다. 물론 그렇다고 몸매까지 부담스러웠던 것은 아니다. 나는 그녀들과 한 공간에 있는 걸 충분히 즐겼다. 정작 애인은 스튜어디스 따위, 별로 걱정하지 않았다. 어디서 나오는 자신감인지는 알 수 없었다. 다만 근무처가 서울이 아니라는 것을 알고서는 "어째서 입사하자마자 그런 한직으로 가는 거야? 이유가 뭐래?" 난리였다. 내

안위를 걱정하기 보다는 오직 멀어지는 게 싫은 거였다.

"거기 오래 다니면 미쳐."

출근한 지 하루 만에 선배들의 말뜻을 알 수 있었다. 유령공항이라는 별명답게 청사는 어둡고 썰렁했다. 우리나라 국토 어디든 기차와 버스로 충분히 이동할 수 있으므로 당연히 국내 승객은 거의 없었다. 택시도 웬만해서는 들어오지 않았다. 상점 하나 없는 빈 청사를 걸으며 내 발걸음 소리를 듣다 보면 또 하나의 내가 나를 따라오는 것처럼 여겨졌다. 그래도 텅 빈 공간에 나는 서서히 익숙해졌다. 우리는 점심시간이면 싸온 도시락을 풀거나, 다섯 명씩 한 조가 되어 자가용을 타고 근방의 음식점으로 나가곤 했다.

일이 많다고 할 수는 없었다. 검색 업무는 국제선 출국심사대에서만 이뤄진 데다가, 엑스레이 관찰은 3분 검색 후 1분 휴식이 원칙이었다. 용역 계약직임에도 불구하고 내막을 잘 모르는 친구들은 신의 직장이라고 지칭하곤 했다. 하지만 일을 기다리며 검색대에 멍하게 앉아 있다 보면 내가 있는 곳이 진짜 공항인지 다른 어떤 세계인지 혼란스럽기도 했다. 이게 정말 신의 생활이라면 누가 신이 되겠다고 나설지 의심스러운 일이었다. 그래도 하네다, 나고야, 상해, 항주 등의 정기선으로 관광객이 들어올 때면 잠시나마 활기가 돌았다. 승객들은 입국과 동시에 곧바로 전세버스에 올라 인근 관광지를 경유해 다른 목적지로 향했다.

손에 땀이 차서 밥솥을 바꿔들 때 문자가 울렸다. 애인이었다.

'오늘 고모 기일이야.'

벌써 그렇게 되었구나. 고모는 그녀의 유일한 가족이었다. 콘서트 장 화장실에서 목을 매 죽은 사십 대 여자. 음산하면서도 코믹한 느낌을 지울 수 없는 그 유명한 '에릭 클랩튼 공연장 자살 사건'의 주인공이기도 했다.

"고모는 티얼스 인 헤븐을 라이브로 들으면서 죽고 싶어 했어. 그것 뿐이야. 어차피 죽을 거였으니까 너무 비난하지 말라고. 진짜 억울한 건 뭔지 알아? 결국 그는 끝까지 그 노래를 라이브로 하지 않았다는 거야."

그럴 바에는 집에서 음반을 틀어놓고 죽는 편이 나았다고 덧붙였다. 라디오 헤드는 크립(creep)에 대해 정말 크립(creep · 쓰레기) 같은 노래라고 공식석상에서 서슴없이 말한 일이 있고, 자신을 스타덤에 올려준 대표곡을 다시는 부르지 않겠다고 선언하는 국내 가수들도 더러 있었으니 에릭 클랩튼이 자신의 콘서트에서 자신의 대표곡을 부르지 않은 것이 그렇게 놀랄 일은 아니었다. 이렇게 위안 아닌 위안을 건넸더니 도리어 "그는 그런 문제가 아니지." 자식을 잃고 만든 노래였으니, 다시는 부르지 않을 자격이 있다며 반박했다. 이런 식의 화법은 종종 사람을 미치게 했다. 기껏 자신의 편을 들어주면 은근히 다시 반대선상에 서는 스타일이라고나 할까. 쟁점을 세우고 대화하다 보면 뭔지 모르게 억울한 마음이 남았다.

우리는 '빈티지를 사랑하는 사람들의 모임' 이라는 인터넷 카페에서 알게 됐다. 시험공부를 하던 때 포도주 라벨에 관해 검색하다 타고 들어간 사이트였다. 열성을 다한 것은 아니었지만, 은근히 재미가 있어 후에도 굳이 탈퇴하지 않았다. 아이디는 각각 '제익' 과 '알렐루야' 였는데 나는 제익이 '제이크 버그' 를 뜻한다는 것을 단번에 알아챘다. 새벽 4시. 제익과 알렐루야만 로그인이 되어 있던 시간에 '제익' 이 왜 '할렐루야' 가 아니라 '알렐루야' 인지에 대해 말을 걸어왔다. 내가 'ㅎ' 을 잘못 썼을 뿐이라고 하자 그녀는 '난 또 제프 버클리의 할렐루야인 줄 알았지' 라고 답했다. 할렐루야라면 몰라도 알렐루야에서 제프 버클리를 떠올린다는 게 좀 특이했다. 게다가 제이크 버그 '빠' 라면 꽤 어릴 텐데 제프 버클리를 아는 것도 신기했다.

당시 제이크와 제프 중 누가 더 뛰어난 뮤지션인가 설전이 붙었는데 특이한 건 제익이 제프 버클리의 '소울풀' 한 목소리에 찬사를 보냈고, 내가 제이크 버그의 천재성을 지지했다는 점이다. '산 자와 죽은 자를 비교하다니 정말 어처구니없네요. 우리 둘 다' 이런 식으로 대화는 지속됐다. 제프 버클리가 젊은 시절 익사한 것은 무서우리만치 그의 아버지, 즉 팀 버클리의 죽음과 닮았다는 말에서 엘리엇 스미스나 에이미 와인하우스, 그리고 히스 레저 같은 아티스트의 요절에 대해 이야기가 이어졌다.

'그 여자는 왜 그곳에서 죽은 것 같아요?'

밤이 깊어 피로해진 내가 어쨌거나 우리는 록의 후예든 아방가르드의 아들이든 보고 듣고 즐기면 그만 아니겠냐며 훈훈하게 마무리하려는 순간 제익이 건넨 말이었다. 당시 세상을 떠들썩하게 했던 사건, 즉 에릭 클랩튼 공연장 자살 사건에 관해서였다. 가십에 솔깃하지 않을 사람은 없어서 그 여자에 대해 좀 아느냐고 물어보려 했을 때, 제익이 먼저 그녀가 자신의 고모라고 밝혔다.

인터넷이라는 공간은 허풍과 농담으로 점철돼 있었지만, 그리고 거짓말일수록 디테일했으므로 반신반의했지만 그녀는 담담히 말을 이어갔다. 혈관이 급속도로 부풀어 터져버리는 희소병이 집안 내력인데 발병하면 무서운 속도로 진전된다고. 불치병이라 고모로서는 어쩔 수 없는 선택이었다는 게 설명의 전부였다. 말끝에 자신도 결국 고모와 같은 길을 가게 될 거라고도 했다. 죽음은 가깝고도 멀었지만, 글쎄. 그녀의 말을 곧이곧대로 믿을 수는 없었다. '제익'에 대한 당시의 인상은 자신을 극도로 불안한 상태로 밀어 넣고, 그 상태를 약간은 즐긴다는 정도였다. 훗날 내가 '고모님이 남긴 유서는 없느냐'고 물었을 때 그녀는 단호하게 '우리 고모는 인생 자체가 한 편의 유서였어'라고 말했다.

그녀는 집요했지만 결론은 빨랐다. 오랜 채팅으로 혼미해진 내가 '사실 제이크 버그를 꽤 닮았다'고 우기게 됐는데, 그 말이 끝나기가 무섭게 당장 만나야겠다며 집 근처로 찾아왔다. 졸린 눈을 비비며 나간 자리에는 초등학생 같은 여자가 우비에 장화까지 신고 서 있었다. 비도 오지 않았는데 우산을 지팡이처럼 들고 등에는 기타를 메고 있었다. 자라다 만 것 같은 전체적인 인상이 적어도 위협적이지는 않았다. 그녀는 내 얼굴을 낱낱이 살피더니 "좋아. 그렇게 말하는 걸 허락해 주지"라고 말했다. 제이크 버그를 닮았는지 살핀 것이었다. 갈 곳 없던 우리는 편의점을 향했고, 각각 취향에 맞는 라면을 골랐다. 나는 참깨, 애인은 새우.

나란히 서서 라면을 후루룩 먹을 때 편의점 창문에 나란히 비친 우리 둘의 모습을 보고 나는 우리가 서로에게 우주 속을 떠돌던 반쪽이었다는 걸 알게 됐다. 그런 건 누가 가르쳐 주는 게 아니었다.

라면을 다 먹어갈 때쯤 비가 쏟아지기 시작했는데, 그녀는 낄낄거리면서 이 보라고, 자신은 날씨를 조종한다며 의기양양해했다. 그리고 우산을 씌워준다는 핑계로 나를 집까지 데려다 줬고, 기꺼이 방에 따라와 가방에서 우쿨렐레를 꺼냈다. 그녀가 작아서 기타인 줄 알았다. 그녀는 비 내리는 새벽 우쿨렐레를 연주하며 허밍 했다. 나는 오키나와의 허름한 게스트하우스에 앉아있는 기분이 들었다. 물론 오키나와에 가본 적은 없지만 말이다. 열심히 연주하며 둥근 머리통을 흔드는 그녀의 모습에서 나는 TV 다큐에서 본 아기 참새의 고갯짓을 떠올렸다. 그 후로 언제든지 참새를 보면 애인이 떠올랐다. 작고, 분주하고, 빠르게 날아올랐으며 시종일관 짹짹거렸지만 겁이 많았다.

'너는 우쿨렐레를 들으려고 나를 만나지? 나는 너를 만나려고 연주를 하는 거야!' '자고 일어나면 물속에서 오래 숨을 참다 나온 기분이 들어. 숨을 참다 보면 눈물이 나. 그럴 때 나는 네 얼굴이 떠올라.' 그녀의 문자는 과장 좀 보태자면 두 걸음에 한 번씩 쏟아졌고, 그때마다 나는 밥솥을 내려놓고 답변을 보냈다. '사는 게 능숙해진다면 너무 슬플 것 같지 않아?' 이런 문자에도 고작 '같이 있어주지 못해 미안해' 라는 텍스트를 보내는 게 전부였다.

문자를 보내며 걷느라 정신이 팔려 몰랐는데 언제 왔는지 전직가수가 옆에 바싹 붙어 있었다. 얼른 핸드폰을 집어넣었다. 그는 손수건으로 얼굴에 흐르는 땀을 연신 훔쳤다. '만물수리 박사' 에 들르는 걸 깜빡했다고 했다. 반가웠지만 밥솥 때문에 누전됐다는 사실을 그가 알아챌까 봐 설명을 길게 하지는 않았다. 그때 전화가 울렸는데, 그가 밥솥을 빼앗듯 들고 통화를 하라며 배려해줬다.

"네가 이사했을 뿐인데 어쩐지 우리 연애의 1단계가 끝난 것 같아. 그런데 말이야, 2단계가 있을까?"

전직가수의 실룩거리는 엉덩이를 바라보며 묵묵히 애인의 목소리를 들었다. 착 올라 붙은 엉덩이를 바라보며 나는 사람의 엉덩이가 숫자 3과 비슷하다는 생각을 했다.

"거리의 사람들이 한 명도 빠짐없이 울고 있어. 정말이야. 나는 그들이 우는 소리가 들려."

드디어 신경증이 심해지고 있었다.

"고모가 보고 싶어."

애인은 사실 이 말을 하고 싶었을 것이다. 목소리는 담담했지만 둘 다 말이 없었다. 분위기를 바꾸고 싶었다.

"재밌는 얘기 해줄까?"

일단 애인을 진정시켜야 했다. 그녀는 미처 말을 꺼내기도 전에 박장대소했고 내가 왜 웃느냐고 묻자 "재밌는 얘기할 거라며. 그래서 미리 웃었어." 라고 답했다.

수사슴 얘기를 꺼냈다. 암컷에게 멋지게 보이기 위해서는 뿔이 클수록 유리한데, 정작 그 뿔 때문에 숲을 지나다 나무에 걸려 벗어나지 못하고 그 자리에서 죽게 되는 경우가 있다는 시시껄렁한 동물 백과였다. 공항 2층 청사 코너에 있는 작은 도서관에 비치된 그림책에서 본 내용이었다. 얘기를 들은 그녀는 잠시 조용하더니 한숨을 푹 내쉬었다.

"너무 슬픈 얘기인 걸."

전직가수를 따라 골목을 굽이굽이 들어갔다. 아직도 이런 골목이 남아 있다니 신기했다. 골목이 끝났나 싶으면 다시 새로운 골목이 나왔고 이제 그만 걷고 싶다고 생각할 때쯤 벽화가 나타났다. 하늘색 외벽에는 얼룩말 벽화가 있었고 한낮의 햇살이 말의 엉덩이를 비추고 있었다.

전화기를 댄 귀에서는 땀이 흘렀다. 애인은 내게 어디를 가는지 물어와 공항에 가는 길이라고 둘러댔는데 "앞에 보이는 간판을 읽어줘" 라고 해서 당황했다. 어물쩍거릴 때 그녀가 "내가 먼저 말할게. 내 앞에는 지금 웃음 연구소라는 간판이 있어" 라고 말했다. 다행이었다.

우리는 그 와중에 만물수리 박사에 도착했다. 상점 크기에 비해 간판이 거대했는데 아인슈타인을 닮은 콧수염 캐릭터가 우리를 반겼다. 만물수리 박사 내부는 작지만 정리가 잘 되어 있었다. 간판에서 튀어 나온 듯한 주인장은 낮에는 수리하고 밤에는 아무도 몰래 발명을 하는 숨은 천재 같은 분위기를 풍겼다. 그는 전직가수를 보자 연락을 못 해 미안하다고 말했다. 그러고는 일단 내 밥솥을 이리저리 들여다봤다.

"팬암이네요. 끔찍한 사고였죠."

밥솥에 새겨진 로고를 보고 중얼거렸다. 사라진 브랜드를 찾아 새롭게 런칭하는 게 한동안 유행이었는데, 그때 재탄생한 브랜드 중 하나가 바로 팬암이었다. 최고로 잘 나가던 항공사에서 지상에서 일어난 가장 끔찍한 항공 사고의 대명사가 된 비운의 브랜드. 왜 밥솥을 만들었는지는 알 수 없는 일이었다.

"밥을 먹을 때마다 살아있음에 감사하라고."

애인은 그렇게 말하며 밥솥을 내게 안겼다. 그녀는 변화무쌍했다. 건강염려 시즌에는 1960년대 미국식 가정용 건강박스를, 취업했을 때는 런던에서 입수했다는 산업혁명 당시 노동자들의 도시락통을 보내오기도 했다.

밥솥은 접합문제였다. 만물수리 박사는 겉모습만 옛날 거지 부품은 다 새것이라 고치기 수월하다고 큰소리를 쳤다. 오래 걸리지는 않을 것 같으니 잠시만 기다리면 될 거라고 했다. 하지만 전직가수에게는 좋지 못한 소식을 전했다. 뒤돌아 진열장에서 구형 녹음기를 꺼내 내밀었다.

"도저히 고칠 수가 없어요. 이런 경우는 거의 없는데."

전직가수는 복잡한 표정을 지었다. 너무 오래된 제품이라는 게 만물수리 박사의 변명이었다. 전직가수와 나는 벽에 붙어있는 의자에 힘없이 앉았다. 내가 수리를 기다리기 위해서였다면, 그는 녹음기 때문에 상심해서였다. 전화가 또 울렸지만 받지 않았다. 좁은 공간이라서 애인의 목소리가 샐 것도 같았고 조금은 귀찮기도 했다. 또 시시콜콜 물어볼 텐데 전직가수 앞에서 전직가수에 대해 설명할 수도 없는 노릇이고, 그렇다고 다들 듣는데 뻔한 거짓말을 할 수도 없지 않는가.

그때 전직가수가 일어났다. 옆 카페에 가서 기다리자며 나를 이끌었다.

"어머니인가 보죠?"

전직가수가 카페에 들어가 자리를 잡으며 물었다. 끊임없이 울리는 전화에 대한 질문이었다. 숨길 일은 아니지만 자랑스럽지도 않아 모깃소리 만하게 여자 친구요,라고 대답했고, 나도 모르게 "자꾸 죽겠다고 하네요. 물론 한 번도 죽은 적은 없지만요" 발설했다. 통화가 길어진 데 대한 변명이었다. 아이스커피가 담긴 유리잔에 방울방울 맺힌 물방울이 하나로 합쳐져 주룩 흘렀다.

"그 또래 여자들이 죽겠다고 하는 건 그렇게 놀라운 일은 아니죠."

그 말이 거리감을 좁혀줬다.

"무도거언 달해줘요."

얼음이 한가득 들어있는 그의 볼이 불룩했다. 녹음기를 만지작거리더니 양 볼이 불룩한 채로 물끄러미 나를 바라봤다. 머쓱해졌다. 나는 그의 작은 가죽 손가방으로 시선을 옮겼다. 검색대 일을 하면서 타인의 가방을 볼 때면 나도 모르게 그 안을 투시하는 버릇이 생겼다. 그는 내 시선을 좇아 가방에서 무언가를 꺼냈다.

"이런 일을 하고 있습니다."

힐링 선 연구원의 리플릿이었다. 문득 대학 때 친구를 따라갔던 정체 모를 종교 및 경제 집단이 떠올랐으며, 그를 아무 의심 없이 따라 카페까지 온 게 후회됐다. 나는 그저 커피 잔에 꽂힌 빨대를 소리가 나도록 쭉쭉 빨아댈 뿐이었다. 입 안이 얼얼했다.

부채처럼 펼쳐진 리플릿에는 힐링 선 연구원 소개와 연혁과 여러 프로그램이 나열되어 있었다. 디자인이 조악해 한글도 외국어처럼 보였다. 유기농 레스토랑이나 기체조와 트레킹, 명상요법, 디지털과의 작별 등의 프로그램을 읽다 보니 한 번쯤 체험해보고 싶어졌다. 세차게 고개를 흔들었다. 넘어가면 안 돼. 리플릿을 넘기니 '인기 한류 가수와 함께

하는 즐거운 레크리에이션 시간'이라는 글귀와 함께 그의 사진이 있었다. 사진 아래에는 작은 글자로 힐링 선 연구원 이사라는 직함도 있었다. 대표이사라는 말은 와전된 것 같았다. 대표곡 '오케이 유턴' 부분에서 내 눈길이 멈추자 그는 얼른 리플릿을 거두며 말을 바꿨다.

"보안검색요원이라고요? 왜 그 외국 나갈 때 오줌 지리게 만드는 제복 입은 양반인 거죠?"

웃기지도 않은 말을 하고 혼자 껄껄 웃더니 남은 커피를 단숨에 마셨다.

"저는 그쪽은 아니고 짐 검사하는 팀입니다."

말한 후 하는 일에 대해 좀 더 구체적으로 설명하려다 그만뒀다. 어차피 서로 영역이 달랐다. 입사하면서 정말 많은 직업이 있다는 것을 다시 한 번 깨닫게 됐다. 세상에는 선생님, 의사, 디자이너, 대통령 말고도 수많은 일꾼이 필요했다. 공항 안에도 무수히 많은 직군이 존재했다. 나처럼 검색대에 앉아서 타인의 가방을 들여다보는 사람이 있는가 하면, 누군가는 한겨울 활주로를 누비며 눈을 치우고, 다른 누군가는 관제탑에 앉아서 신호를 보낸다.

물론 놀고먹는 것처럼 보이는 사람도 있었다. 애인의 또 다른 직업은 '부자'였다. 처음 그녀에게 직업을 물었을 때 그녀는 쿨하게 '부자'라고 답했는데, 사실 여부와 관계없이 뇌리에 박혀버렸다. 부자가 직업이 될 수 있다는 걸 그때 처음 알았다. 애인은 이후에도 늘 스스로 자신이 부자라고 강조했지만 어디로 봐도 돈이 많아 보이지는 않았다. 도리어 빈곤해 보이는 인상에 가까웠다. 그녀의 첫인상은 우산 팔이 소녀였으니까. 애인은 이런 내 태도에 코웃음을 쳤다.

"증조할머니에게 물려받은 빈티지 셔츠에 아델이 입었던 진을 입고, 자가용 비행기를 타고 오래된 기차역에 가는 거야. 그리고 그 동네에서 가장 유명한 제과점에 줄을 서서 찐빵을 딱 한 개 사 먹고 돌아가는 거. 그런 게 진짜 부자지."

풍만한 몸매를 자랑하는 아델의 바지 속에 그녀가 들어간 모습을 상상하면 웃음이 났다. 어쨌든 그녀는 "부자일수록 일은 더 필요해"라고 자주 말했다. 실제로도 끊임없이 바빴다. 한 번은 빈티지의 대세가 런던에서 시드니로 옮겨졌다며 보름씩이나 훌쩍 혼자 쇼핑을 다녀온 적이 있다. 그러고는 장기여행으로 인해 공황장애가 왔다며 한 달 넘게 병원에 다녔고, 그 상담의사에게 수입해 온 빈티지 제품을 팔기도 했다. 그렇게 남긴 돈으로 내게 맛있는 것을 사주고 선물을 했다고 생각하고 싶지만, 사실 그녀의 행동반경을 정확히 알 수는 없었다. 어쩌면 시골 동네를 다니면서 벽에 걸린 액자와 밥솥을 헐값에 사오는지도 몰랐다. 그런데도 하나도 이상할 게 없었다.

그런가 하면 세상에는 전직가수처럼 공항에서 외국인 관광객을 맞이하는 가이드도 있는 것이다. 그는 십여 년 전 OST 작업에 참여했던 드라마 '오케이 유턴'이 외국에 방영되며 인기를 끌면서 뒤늦게 해외 팬이 꽤 생겼다고 리플릿을 접으며 자신을 소개했다. 한류 붐이 한창일 때는 일본 지방 도시를 돌며 순회공연을 하기도 했고, 일본에서 인기가 가라앉을 무렵 중국 쪽 관광객을 상대로 여행 패키지가 개발됐다.

"소형 항공사 알죠? 코리안 이글스라고, KE. 거기서 중국을 뚫었어요."

그날도 전직가수는 중국인 관광객 한 팀을 선 연구원에 안내하고 오는 길이었다. 사람들 앞에서 재롱을 부리기에는 늙어 보였지만 관광객의 연령에 따라 얼마든지 젊은 청년일 수도 있었다. 우리는 어쨌거나 한 공항을 기점으로 일하는 사람들이었다. 그 와중에 그는 자기 일이 기본급이 형편없으며, 관광객 머릿수에 따라 성과급을 받아 들쑥날쑥하다고 투덜댔다.

"독립하시면 어때요? 전망이 좋을 것 같은데요."

내가 짐짓 비즈니스맨처럼 말했을 때 그가 느닷없이 손을 뻗어 내 뺨을 움켜쥐었다. 기습적이었다. 우리 사이에는 잠시 정적이 흘렀다.

"미안합니다. 미안합니다."

그가 나보다 더 놀란 것 같았다. 곧 고개를 떨구고 자신의 얼굴을 감싸 쥐었다. 이런. 마흔 중반의 혼자 사는 남자. 게다가 가수 출신. 결혼한 적도 없는 듯했다. 집에 여자가 드나드는 걸 본 적이 한 번도 없었다. 그 나이에. 수상한 게 한둘이 아니었다. 애인이 있다고 말한 게 얼마나 다행인가 싶었다. 전화가 울렸지만 받을 수 없었다. 축축한 손바닥의 감촉이 뺨에 계속 들러붙어 있었다. 이건 뭐지. 차라리 '선을 아십니까'가 나을 뻔했다. 얼음을 오독오독 씹지도, 그렇다고 뱉지도 못한 채 나는 내 볼을 감싸 쥐었다. 그렇게 우리는 잠시 '뺨의 시간'을 보냈다. 중년의 남성이 청년의 뺨을 만지고, 청년이 놀라고, 둘이 각자 자신의 뺨을 쥐는 진풍경이 벌어진 것이다.

"놀랐죠. 정말 미안해요. 별 뜻은 없습니다. 막내 생각이 나서 저도 모르게 그만."

머뭇거리더니 금줄로 된 목걸이를 풀어 탁자 위에 올렸다. 사진으로 된 펜던트가 걸려있었다. 앞면에는 바가지 머리를 한 어린아이가 환하게 웃는 사진이, 다른 면에는 중학생 정도로 보이는 남자애의 증명사진이 들어 있었다.

"녹음기에…… 동생이 들어있습니다."

그에게는 열세 살 아래의 동생이 있었다. 그가 맏이였고 가운데 여동생이 둘, 그리고 막내였다. 그가 기타 숍을 운영하면서 간간이 음반 작업을 하며 지낼 때 사건이 벌어졌다. 당시 동생 반 아이들 여럿이 한 아이를 때렸고, 그 와중에 동생이 급소를 친 모양이었다. 우연히 패싸움에 휘말렸는지, 고의적으로 그 애를 왕따 시킨 건지, 혹은 동생이 왕따를 당한 건지 자세한 내막은 모른다고 했다. 전화가 걸려왔고, 너무나 순진하게 자신이 사람을 죽인 것 같다고 울먹거리던 동생의 목소리만이 기억에 남을 뿐이라고 했다. 별일 아니었더라면 좋았을 아이들의 싸움은 그렇게 비극으로 종결됐다. 그리고는 죄인의 가족이 무슨 말을 더 할 수 있겠냐고 덧붙였다.

"죗값을 치르게 했어야 했는데 그러지를 못했습니다. 미련한 짓이었는데, 도피시켰어요. 일본으로 보냈어요. 돈도 보내주고 저는 몇 번 직접 가기도 했는데, 어느 날 연락이 끊겼죠."

도망시킨다는 것 외에 아무런 준비가 없었다. 동생은 말도 통하지 않는 이국에서 그때부터 신분증 한 장 없는 삶을 살아가야 했다. 설사 그가 당시 동생 곁에 있었다고 해도 큰 도움을 줄 수는 없었을 것이다. 그는 동생보다 어른이었지만 누구나 인생은 처음 살아내는 것이니 말이다. 세 번째 일본에서 만났을 때 자신보다 더 노회한 동생의 눈동자를 봤다고 했다. 그날 이후 동생은 사라져버렸다.

"그 후 두어 번 여동생에게 연락이 더 왔다고는 하더라고요. 처음엔 하얼빈이라고. 그 다음에는 자기를 찾지 말라고 했답니다."

그게 벌써 칠 년 전이었다. 울음을 참느라 그런지 그는 안색이 붉어졌다.

"우린 너무 가난했어요…… 무지했죠…… 그 애를 지켜주지 못했습니다. 막내의 얼굴이 지금 어떻게 변했을지 나는 모릅니다."

일본의 한 공연장 무대 위에서 눈이 빠져라 동생을 찾는 그의 모습이 눈에 선했다. 더 유명해져서 동생이 자신을 찾아오게 하고 싶었을지도 모른다. 사람마다 사연은 있다. 애인이 빈티지 사업을 하는 까닭이나 내가 공항에서 일하게 된 이유 그런 것들은 켜켜이 쌓인 각자의 인생의 결과물인 것이다.

아버지가 트렁크를 끌고 오면 엄마는 달뜬 얼굴로 아버지를 맞이했고, 나는 집 바깥에서 비누방울을 불며 놀았다. 비누방울 놀이가 좋았다. 숫자 0과 닮아있는 그 방울들이 공기를 뚫고 날아오르다가는 툭 하고 터져버리는 모습을 볼 때면 그 얇은 점막은 다 어디로 사라지는 걸까 궁금했지만 나는 금세 잊고 또 새로운 0을 만들었다. 불기만 하면 끝도 없이 생겨나는 0들. 깜깜해질 때까지 불고 또 불면 눈과 귀가 터질 것 같았다. 그러면 아버지가 다시 트렁크를 끌고 돌아갔다. 그리고 어느 날부터 나는 더 이상 비누방울을 불지 않아도 됐다.

전직가수의 상실감을 이해할 수 있었다. 녹음기는 그 자체로 동생만큼의 가치를 지녔을 것이다. 손에 잡히는 것이란 그렇다. 녹음기에는 어떤 노래가 들어 있을까. 노래가 아니라 무의미한 음성이 담겨있을 수도 있다. '루까루까루까 끼루끼루끼루' 같은 소리. 누구나 어린 짐승이었던 그 시간의 소리 말이다.

"안면이 있다고. 오래 붙잡았습니다. 처음 뵐 때부터 동생 생각이 나서⋯⋯."

그러더니 언제 침울했느냐 싶게 호탕하게 웃으며 "마치 남자가 여자에게 작업하는 것 같지 않습니까?' 큰 소리로 말했다. 그 말이 더 어색했다. 그나마 형이라고 불러, 하며 어깨동무를 하지 않는 것이 다행이었다. 카페 주인이 테이블에 와서 안부를 전하자 전직가수는 더더욱 오버했다. 터줏대감은 오래된 비밀을 '나' 라는 웅덩이에 묻고 현실로 돌아온 듯했다. 주인은 커피가 마음에 들었느냐고 묻고는 선물이라며 작은 노트를 하나 내밀었다. 개업 때 만든 건데 아직 남아 가끔 손님에게 나눠 준다고 덧붙였다. "개뿔. 쓸데없이 책은. 그거 아무것도 아니야. 주려면 커피나 더 주라고." 전직가수는 잔으로 툭툭 테이블을 두드리고는 서둘러 목걸이를 채웠다. 동생의 사진은 처음과 마찬가지로 셔츠에 가려져 보이지 않았다.

책은 시시했다. 얼룩말과 캥거루 그리고 새우의 윤곽이 빗금으로 그려져 있는 일종의 아트북이었다. 페이지를 빠르게 넘기면 백마에서 얼룩이 생겼다가 흑마로 변했고, 캥거루 배의 주머니가 사라졌다 나타났다 반복됐다. 새우도 마찬가지였다. 수염이 한 줄 두 줄 생겼다가 다시 사라지곤 했다. 얼룩과 주머니와 수염이 자유롭게 나타났다 사라지는 그 책을 나는 앞뒤로 스르륵 스르륵 넘길 때 만물수리 박사에서 연락이 왔다. 나는 주인을 붙잡고 떠드는 전직가수를 두고 카페를 나섰다. 밥솥을 찾아 들고 구불구불한 골목길을 벗어나는 데 시간이 좀 걸렸다. 애인에게는 전화가 여러 통 와 있었다. 문자를 먼저 확인했다.

'예전에도 사실 나는 같은 곳에 있었어. 널 알기 전에는 혼자였지만. 사랑이 기념품이 아니란 걸 알아. 이제 널 떠나줄게. 할렐루야.'

474

보나 마나 또 어디선가 본 노래 가사거나 시를 짜깁기했겠지만 그녀의 감정 표절에 대해 아는 척하지 않았다. 나는 그녀가 헤어지자고 할 때마다 애태우고, 슬퍼하며 진심으로 붙잡았다. 어쩐지 그녀의 그런 말들이 비명처럼 느껴졌기 때문이다. 그럴 때면 유일했던 가족을 놓쳐버린 과거가 떠올라 모르는 척 할 수 없었다. 애인이 저러다가도 또 아무렇지도 않게 "여태까지 내가 한 말은 몽땅 잊어줘. 그럴 거지?" 하면서 내 등을 타고 기어오를 것이라고 믿고 싶었다.

밥솥을 든 채로 통화 버튼을 눌렀다. 애인은 받지 않았다. 그래도 계속 걸었다. 결국 스무 번쯤 시도했을 때 수화기 너머로 힘없는 목소리가 들렸다. 아무렇지도 않게 그러나 다정한 목소리로 사실은 밥솥이 고장 났었다고, 그러나 이제 고쳤다고 고백했다. 그녀가 반응하기 전에 빈티지는 그게 맛이니 다른 상상은 하지 말라고도 덧붙였다.

"이제 너한테 해줄 수 있는 게 없어. 취직도 했고, 더 이상 엄마는 필요 없잖아."

그녀는 많이 운 목소리로 말했다.

"엄마는 누구에게나 필요해. 나에게도, 네게도."

잠시 침묵이 흘렀다.

"비밀인데, 사실 나……. 삼백 살이야. 네가 아는 것보다 나이가 좀 더 많다고. 시간이 지나면 네 피를 빨아먹을지도 몰라. 그러니 그만 헤어져. 이제 어린 인간 여자에게 가라고."

그녀다운 이별 통보였다.

그 날 이후 그녀는 거짓말처럼 연락을 끊었다. 그녀가 자주 꾼다는 물속에 갇힌 꿈을 나도 처음으로 꾸었다.

그날 나는 생각보다 훨씬 나이가 많은 애인에게 결별 통보를 받았고, 이웃인 전직가수의 사연을 얻었으며 얼룩을 벗은 얼룩말과, 주머니를 잃은 캥거루, 수염을 자른 새우를 만났다.

고쳐온 밥솥을 사용한 건 그로부터 며칠 지나서였다. 날씨는 어느덧 선선해졌고 해도 빨리 지기 시작했다. 밥솥은 전보다 더 요란하게 칙칙 소리를 내며 온 힘을 다해 달렸다. 밥솥을 보니 그녀 생각이 더 많이 났다. 애인은 증발해 버렸고 나는 어떤 방법으로 그녀를 찾아야 할지 난감했다. 언제나 몸이 먼저 굳었다. 엄마가 쓰러져 있을 때도 옆에 가만히 앉아있던 게 전부였다. 그저 '기다리는 것'이 나였다. 엑스레이로 가방을 투시하듯 사람의 마음을 볼 수 있다면 뭐라도 좀 달라졌을까.

밥솥이 제 일을 하게 두고 거실 한쪽 구석에 앉아 카페에서 받은 책을 들어 거꾸로 펼쳐보았다. 이번에는 흑마가 얼룩말이 되었다가 다시 백마가 되는 것처럼 보였다. 계속 밥솥 삑삑거리는 소리가 들렸다. 그러나 그것도 잠시였다. 김을 뿜으며 기차처럼 내달리던 밥솥은 순간 제 힘에 못이기는 듯 펑하고 꺼졌다. 순식간에 갑자기 집안의 모든 전원도 함께 나가버렸다. 갑자기 찾아온 어둠과 고요 속에 꿀렁꿀렁 넘치는 밥물 소리만이 퍼졌다.

집 안에는 밥의 온기가 퍼졌고 급속도로 허기졌다. 어디선가 비행기가 뜨고 내리는 소리와 애인의 울음소리가 들리는 것 같았다. 그리고 그 컴컴한 가운데 사슴 한 마리가 보였다. 한없이 위대하고 싶은 수사슴은 뿔이 나무에 걸려 오도 가도 못했다. 오래도록 울어도 어쩔 수 없는 일이었다. 그녀도 이처럼 깜깜한 가운데 홀로 무릎을 끌어안은 채 앉아있을 것 같았다. 나는 검은 실내에서 귓가에 울리는 우쿨렐레 연주 소리에 맞춰 조용히 읊조렸다. 알렐루야.

잘 하지 못한 나의 주변에 작품으로 '제로' 가 되고파

아침이면 입맞춤을 거절하는 나를 상상했다. 독재자를 매몰차게 밀어내는 나 자신. 그러나 온종일 그 누구도 오지 않았으므로 아무것도 거절할 수 없었다.

저녁이 되면 벽을 보고 이야기했고 그것이 소설이 되었다. 그것은 독백이기도, 방백이기도, 일종의 대화이기도 했다. 독재자는 내가 만들어내는 것이었음을, 그래서 아이들이 태어난다는 것도 알게 되었다. 한 남자와 한 여자의 초라한 결과물, 그것은 구원일까 그저 피의 결과일까. 아직은 잘 모르겠다.

잃어버렸다고 생각한 시간들이 한꺼번에 밀려오는 기분이다. 그 기간 내내 나를 믿어주고 응원해준 선생님, 친구, 가족에게 감사의 말을 전한다. 나는 주변에 좋은 사람은 아니었고 앞으로도 그러기는 힘들 것이다. 다만 소설로서 그들에게 또다시 '제로' 가 되고 싶다.

땅에 발을 딛지 못한 채 허공을 떠돌던 내게 소설이라는 추를 달아주신 심사위원께 감사의 말씀을 전한다. 나의 '어떤' 을 선택해주신 그분들께 누가 되지 않는 작가가 되길 소망해본다.

한때의 자랑이 어떤 날에는 더 없는 수치로 돌아오는 장면을 많이 봐왔다. 지금 이 순간이 그렇게 되지 않기 위해 부단히 애쓸 것이다.

무기가 없는 자들에게 유독 모질었던, 그래서 한없이 초라했던 2014년이었다.

내게 잠시 깃든 볕을 세상과 나누고 싶다.

상처입은 현대인 인물 묘사에 탁월
하루키적 경묘함 내장한 작품

본심작 중 우수한 부류는 대부분 여성의 작품인 듯했다. 그러나 서로 비슷한 소설은 아니었다. 오히려 저마다 특색이 있어서 흥미로웠다.

'깃털들'은 행복한 가족이란 얼마나 덧없는 순간인가, 죽음의 기습 앞에 가족이란 존재는 얼마나 가벼운가를 일깨운다. 그런데 그것이 가장 적합한 방식으로 이야기되었다는 느낌이 들지 않는다. 남녀 두 인물을 대등한 역할의 초점화자로 삼은 구성이 비경제적인데다가 그 인물 사이의 교감이 부자연스럽다.

'동물을 키우는 시간'은 고심한 흔적이 많다. 장수풍뎅이에서 피어싱에 이르는 여러 소재를 그 작품 나름의 상징적 우주 속에 배치하려고 노력했다. 그러나 독자에게 조립놀이 이상의 재미를 주지 못했다. 작위적인 디자인이 너무 두드러져 가족의 카르마로부터 탈출하고 싶어 하는 작중 여성의 열망이 그리 실감 나지 않는다.

'밤의 맥도날드'는 솜씨가 비범하다. 색깔 튀는 인물 설정, 경쾌하게 전진하는 플롯, 발랄하고 위트 있는 서술 언어 등 여러 면에서 그렇다. 하지만 소설 장르의 미덕이 살아 있는 작품인가는 의문이다. 사회적 추락을 겪은 개인들이 중요하게 다루어지기는 했으나 그들 특유의 진실을 구체화하려는 열정이 별로 느껴지지 않는다. 그보다는 그들의 처지를 이용해서 퍼즐과 스릴이 적당하게 섞인 드라마를 만들려는 의욕이 우세하다. 기본 구조 면에서 사회소설보다 로드무비 대본에 가까운 작품이다.

'얼룩, 주머니, 수염'은 인물 묘사에서 성공했다. 평범한 사무직 남성인 작중 화자의 여섯 살 연상 애인으로 정신질환자가 아닐까 의심되는 여자, 화자와 같은 연립주택 세입자인 가수 출신의 중년 남자 모두 인상적이다. 어딘가 괴상한 데가 있는 그들의 외모, 발언, 행위는 그들을 독특한 성격으로 만들어주는 동시에 최종적으로 그들의 상처 입은 영혼을 마치 찌르듯이 상기시킨다. 인터넷 카페와 국제공항, 빈티지 상품 시장과 중국인 관광가이드 같은 우리 사회의 태피스트리를 배경으로, 때로는 희극적이고 때로는 감상적인 색조로 그려진 그들의 모습은 비록 소략하기는 하나 우리 시대 약한 인간의 초상이 되기에 모자람이 없다고 생각된다. 좋은 의미에서 하루키적 경묘(輕妙)함을 내장한 단편이다. 당선을 축하하며 정진을 바란다.

한라일보 이은담

본명 이정은
1984년 서울 출생
서울과학기술대학교 문예창작학과 졸업

사각형은 점점 커지고 있었다. 그동안 팔과 손목, 등에 발랐지만 부위를 다르게 하니 생경한 느낌이 들었다. 걸을 때마다 바지 안쪽에 스치는 붕대에 이물감이 들었다. 허벅지라니. 건물 앞에 서서 끊었던 담배를 물었다.

한라일보

실험의 시험

이은담

    간단한 실험이었다. 간단하다고 생각했고, 간단하지 않다면 간단하게 결정하지 않았을 것이다. 마치 밥 먹을래 하면 밥을 같이 먹는 것처럼 일상생활과 다르지 않았고 충분히 내 의사에 대해 생각하고 — 물론 그 시간이 매우 짧았지만 — 결정을 내렸기에 흰 가운이 내게 괜찮냐고 물었을 땐 네, 밥은 먹고 왔지요, 하는 것처럼 습관적으로 괜찮다고 말했다. 흰 가운을 입은 사내는 내 검지를 슬며시 잡으며 진중한 눈길로 바라봤다.

    이제 붕대를 감겠습니다.

    대답을 바란 건 아니었던지 이미 내 검지는 단단한 부목에 기댄 다음이었다. 거기다 붕대는 이미 한 바퀴, 두 바퀴 돌아가고 있었다.

    사람들은 결정이라는 걸 하면서 사는데 대부분 습관적인 경우가 많다. 머리가 생각하기 전에 미리 축적시켜놓은 정보에 따라 반사적으로 대답이 나갈 때가 있는데 흰 가운을 만나게 됐을 때는 나의 반사신경이 가장 활발할 때였다. 집에서 놀고먹는 백수에게 잘 아는 선배가 전화를 해 안부를 묻다가 대화 사이에 틈을 노려 너 알바 할래? 했을 때 집에서

482

놀고먹는 백수에게 선택권은 거의 없다. 아니 누구에게 뺏길까봐 서둘러 달려들듯 대답했다. 선배는 약품회사에 아는 사람이 있는데 그 사람의 실험을 도와주면 된다고 했다.

약품회사요? 약 먹고 그런 거예요?

약 먹었냐? 너 그렇게 생활이 궁해?

선배의 말은 권위적이고 어감이 날카로웠기 때문에 괜히 심기를 건든 것은 아닌지 움츠려들었다. 집에만 박혀있다 보니 간이 쪼그라드는 건지. 선배가 하는 말은 간단했다. 선배의 선배가 이번에 혁신적인 연고를 만들었는데 그것에 대한 임상실험이다. 먹는 것도 아니고 바르는 거라니 권위적인 선배의 어투에 애정이 녹아있는 것처럼 들렸다.

우선 간단한 인적사항을 기재하여야 했다. 인적사항을 훑어보며 흰 가운은 형식적인 질문을 했는데 지루해서 하품이 나올 지경이었다. 그 질문들은 낯설지 않은데 헌혈을 할 때와도 비슷했다. 과거병력이라거나, 현재 앓고 있는 병은 없는지, 습관적으로 먹는 약은 있는지를 넘어 불특정 다수와 성경험을 한 적이 있는지, 후천성면역결핍증의 징후가 있는지 같은 매우 노골적이면서도 불쾌한 질문들이었다. 질문이 끝나기 전에 아니오를 대답하면서 만약 저 질문 중에 하나의 질문이라도 네라는 삶을 살고 있는 사람들에겐 얼마나 잔인한 질문인지 알고 있을지 의문스러웠다.

지금부터 하는 얘기는 각별히 조심하셔서 보안유지 해주셔야 합니다. 만약 어길 시엔 법적처벌과 동시에 책임을 묻겠습니다.

내가 아니오라고 대답하기도 전에 아니오에 체크하고 있던 흰 가운이 얼굴을 굳히며 말했을 땐 찬물바가지라도 쓴 것처럼 정신이 번쩍 들었다. 습관적으로 아니오할 뻔했던 입은 벌어진 채 다물어지지도 않은 상태였다.

이 실험은 회사의 사활이 달린 중요한 것이기 때문에 연고의 성분이라든지 효과에 대해 말해줄 수 없다. 그것은 유출의 가능성 때문이다.

그리고 효과를 말해줄 수 없는 것은 플라시보 효과와도 관련 있는데 사람이란 모름지기 최면의 효과가 강해서 만약 연고의 효과를 내가 알아버리면 그대로 내가 거기에 초점을 맞출지도 모른다는 염려 때문이다. 다만 안심해도 될 건 이 실험은 오랫동안 준비되어 왔던 것이고, 이미 동물실험을 통과한 상태며 처음 하는 임상실험은 아니라는 점, 눈에 띄는 부작용이라든가, 고통을 호소하는 사람은 없었다는 점이었다.

그런데 왜 임상실험을 또 하는 거죠?

임상실험의 결과가 많을수록 실험의 결과는 신뢰성을 확보하니까요.

당연한 말을 묻고 있다는 듯 흰 가운이 입꼬리를 비틀어 올렸을 땐 꼭 그가 내게 조용하라고 소리를 지르는 것 같아 귀가 먹먹해졌다.

그럼 실험을 진행해보도록 하죠.

흰 가운이 말했을 땐 이미 내 입에선 네라는 말이 나간 후였다. 흰 가운은 만족했는지 희미한 웃음을 지었다. 사무실 한 구석에 쳇바퀴를 돌리고 있는 흰쥐가 멈출지 몰라 발을 구르고 있는 것처럼 상황은 부드럽게 흘러갔다. 그는 우선 장갑을 꼈다. 장갑은 마치 뱀의 가죽처럼 반들거리고 날렵해 보였다. 그는 그의 책상에 있는 소형 냉장고에서 두 개로 포개어진 페트리 접시를 꺼냈다. 위에 있는 페트리 접시를 열자 반투명한 젤 타입의 연고가 들어 있었다. 그는 내게 소매를 걷으라 말했고 소매를 걷자 납작한 금속막대로 안쪽 손목에 빵에 버터를 바르듯 연고를 발랐다. 연고는 정확히 정사각형의 모양을 갖추고 있었다. 그리고 그는 딱 그만큼에 반창고로 조심히 연고가 새어 나오지 않게 붙이고 붕대로 감아주었다.

주의할 점은 물이 들어가면 안 된다는 것이었다. 그러고선 달력을 보고 삼일 뒤에 나와 줄 수 있겠냐고 물었다. 혹시나 이상한 점이나 효능이 느껴진다면 그 전에 자신에게 연락을 주어도 좋다고 했다. 나쁠 건 없는 제안이었다.

그렇게 실험은 시작되었다.

순전히 건강이 아닌 담뱃값 때문에 담배를 끊기 위해 금연클리닉에서 붙였던 금연패치와 별다른 것은 없었다. 다만 그 차갑게 응고된 연고를 발랐을 때 손목 안쪽에 퍼지던 묘한 느낌을 쉽게 설명할 수 있진 않다. 뭐랄까. 한여름 물탱크 청소로 단수가 돼서 몸을 못 씻은 지 너무나 오래됐는데 — 거기다 가정해서 마침 난 결벽증 환자였고 — 처음 나오는 청량한 물에 몸을 내던진 느낌이랄까. 그건 좀 그러니까, 그 연고를 바르기 전까지는 진정한 의미로 씻은 적이 없었던 것 같은 느낌이었다. 그것은 몹시도 차가워 소름을 유발했지만 그 느낌이 결코 불쾌하지는 않았다. 너무도 차가워 오히려 따뜻한 느낌이 들었다. 이 이야기를 흰 가운에게 하려다 아무리 봐도 이성적으로 말할 수는 없을 것 같아 포기했다. 물론 이 실험의 대가로 돈을 받긴 하지만 어디까지나 정보의 경계는 내가 그을 수 있는 거니까. 주머니가 가볍다고 입이 가볍고 싶지는 않았다.

딱 세 번 오늘 뭐 하지? 하니 삼일은 지나갔다. 사실 다 그저 그런 비슷한 날들이니 구분 짓는 게 더 이상한지도 몰랐다. 삼일 동안 나갈 일도 없었고 이력서만 죽어라 쓴 내게 붕대는 거의 눈에 띄지 않았다. 다만 흰 가운을 보기로 한 날 씻기 위해 붕대 위에 랩을 감았던 것을 제외하고 딱히 붕대가 거슬린 적은 없었다.

흰 가운은 만족했다. 별다른 느낌을 말하지 못하는 나를 보고도. 우선 연고에 거부반응이 없으니 실험은 성공적이라며 독려했다. 흰 가운은 어울리지 않게 꽤 오랫동안 나를 추켜세웠는데 그만 우쭐해지고 말았다. 나약한 사람이란 으레 그렇듯이.

하지만 우리 사이에 분위기가 깨진 건 찰나였다.

이게 뭐죠?

흰 가운은 그런 내 말이 이해가 안 가는 것처럼 행동했다. 흰 봉투에 들어있는 돈은 칠천오백 원이었다. 그저 연고만 바르고 있다가 받은 돈 치고 많아 보일 수도 있지만 삼일이란 시간도 지났고 난 그 실험의 위험성 — 이 물론 없다고는 하지만 — 도 모르고 참여했다. 딱히 실험에 참여한 적은 없음에도 흰 가운의 독려가 독이 되어 나를 거만하게 했다. 임상실험 아르바이트 보수 치고 삼일 보수에 칠천오백 원이면 퍽 적어 보였던 것이다. 선배가 소개해주는 아르바이트니 보수에 대해 묻지 않고 그러려니 했던 게 실수였다.

무슨 문제라도 있습니까?

문제는 있었다. 분명 내겐 중대한. 오랜만에 느껴보는 지폐의 감촉이 시렸다. 채워지지 않았다. 흰 가운은 그때 내 손에 있는 봉투를 보았다.

그건 회사 내규에 정해진 돈입니다. 전 그것보다 적게 드릴 수도, 많이 드릴 수도 없습니다.

흰 가운은 내 손에서 떼어낸 붕대를 뭉치며 나지막이 읊조렸다.

물론 더 많이 드릴 방법은 알고 있습니다. 실험을 계속 하시겠습니까?

들도 보도 못한 지급방식이었다. 연고를 바르는 부피도 아닌 넓이만큼만 금액이 지급된다는 것이다. 그렇게 말하는 흰 가운은 혹시 넓이 구하는 공식을 알고 있냐고 내게 물었다. 그는 첫째 날 정확히 내 손목 안쪽에 가로 세로 오십 밀리미터의 정사각형만큼만 발랐으므로 이천오백 원에 삼일을 곱해 칠천오백 원이 된다고 설명해주었다. 칠천오백 원이라니. 그것은 너무 적었다. 집에서 여기까지 오는 차비만 해도 왕복 이천백 원인데 고작 삼일 동안 번 돈은 오천사백 원이었다. 오천사백 원을 칠십이 시간으로 나누면 난 고작 한 시간에 칠십오 원밖에 벌지 못했다. 다시 생각해도 적다. 입을 떼려고 할 때 흰 가운은 예상했다는 듯이 내게 수긍해주었다. 그리고 여러 가지 이야기를 들려주었다. 자주 사용하는 부위에 바르면 배로 쳐준다던가, 당연히 바르는 면적이 넓어지면 그만큼의 보수가 나온다는 것, 만약 그만두고 싶으면 언제라도 그만두어도 된다는 것, 혹시라도 부작용이 생겨도 사후관리가 철저하니 걱정할 것 없다는 것, 선택은 전적으로 내게 달려있으니 알아서 선택하라는 것들이었다. 그건 그 나름대로 위안이 되었다. 선택권이 주어진 것만으로 기분은 한결 나아진 것 같았다. 실험은 계속 진행되기로 한다. 그는 내게 손가락을 권했지만 명색이 취업준비생인 내게 이력서를 써야 하는 손가락은 부담이 되었다. 반대쪽 손목을 내밀었다. 그는 내가 원하는 만큼만 발라주었다. 순순히 내 결정이었다. 가로 세로 백이십 밀리미터, 그리고 날짜는 나흘 뒤. 그 정도면 숨통이 트일 것만 같았다. 오랜만에 미란이를 볼 수도 있을 것이다.

연락 올 줄 몰랐어. 취직할 때까지 연락 안 한다더니.

미란은 새치름하게 말했다. 얘가 이렇게 예뻤었나. 미란이 아이스 모카치노를 스트로로 쪼옥 빨 때마다 온몸에 피가 거꾸로 흘렀다. 미란은 같은 대학교를 나온 후배였다. 학교를 다니던 시절 미란과 나는 소문의 중심에 있었다. 사람들은 모두 우리가 사귄다고 생각했다. 물론 나 역시도. 하지만 미란에겐 아니었다. 미란은 내가 군대에 가 있는 동안 졸업을 해서 취직을 했고 아직도 난 제자리를 맴돌고 있었다.

왜 아무 말이 없어? 맛있는 거 사준다며.

흰 가운에게 받은 돈은 오만칠천육백 원. 거기다가 나흘 전에 보수로 받았던 칠천오백 원. 미란이가 먹은 아이스 모카치노는 오천삼백 원. 내가 먹는 아이스 아메리카노는 삼천팔백 원. 덧없이 구천백 원이 사라졌다. 이제 남은 돈은 오만육천 원이었다. 밥 한 끼 먹는데 적은 돈은 아니었으나 데이트 금액으로는 썩 여유로운 금액은 아니었다. 거기다가 집에 라면도 떨어지고 없다. 실험실에는 나흘 뒤에 가기로 했으니까. 하루에 두 끼 라면을 먹는다면 오늘을 제외하고 라면 일곱 봉이 필요했다. 그럼 칠백오십 원 곱하기 칠. 오천이백오십 원. 그 돈을 제외하고 나면 오만칠백오십 원. 잘하면 미란과 DVD방에 갈 수도 있으니까 만이천 원을 빼고 계산하면 삼만팔천칠백오십 원이 남는다. 이정도면 충분히 한 끼 식사는 때울 수 있다.

뭐 먹고 싶은데?

음, 오늘은 빕스가 당기는데?

계산오류다. 빕스라니. 샐러드바만 이용한다고 해도 평일 디너 요금 이만칠천구백 원. 둘이라면 오만오천팔백 원. 부가세 십 퍼센트를 더하면 육만천삼백팔십 원. 이미 살 수 있는 허용치는 벗어났다.

그러지 말고 우리 오랜만에 삼겹살이나 구워먹자.

삼겹살? 지금 농담하는 거지?

미란의 표정이 노골적으로 비난에 가까웠다. 저 눈썹을 반듯이 안 펴준다면 영원히 DVD방은커녕 안녕이다.

어. 그럼 농담이지. 여전히 예능을 다큐로 받네.

미란의 표정이 누그러졌다.

여전하네. 우리 그럼 일어날까? 근처에 빕스 있어.

나 얼마 전에 빕스 다녀왔어. 거기 먹을 것도 없더라.

설마 진짜 삼겹살 먹으러 가자는 거야?

또 다시 빨간불이다.

미란과 내가 향한 곳은 대학시절 자주 가는 스파게티 전문점이었다. 미란의 표정이 삼겹살보다는 훨씬 풀어졌다. 대학시절 때 너와 참 좋았었다며 그때를 다시 회상하는 의미로 가자했을 때 미란은 얼굴을 붉히며 끄덕였다. 밥 한 번 먹기 어려웠다. 저렴한 가격은 아니었지만 빕스에 비하면 양호할 것이다. 거기다 이런 분위기에 말까지 잘하면 미란의 살내음도 먼 것이 아니다. 아래로 피가 몰리는 기분이다. 메뉴판을 펼쳤을 때 피는 다시 위로 역류했다. 안 온 사이에 메뉴판까지 바뀌고 가격도 올라있었다. 생각지 못한 변수였다.

난 크래미 빼스카토레. 오빠는?

크래미 빼스카토레 만오천 원.

어. 난 토마토 스파게티.

토마토 스파게티 만 원. 합계 이만오천 원. 그렇다면 잔액 만삼천칠백오십 원.

그걸로 식사가 되겠어? 피자 먹을까?

피자는 다음 기회에 먹지 뭐. 어제 술을 마셨더니 더부룩해서.

침이 꼴깍 넘어간다. 흘끔 미란을 보니 별로 개의치 않는 듯했다. 다행이었다.

그래. 그럼. 여기 크래미 빼스카토레랑 토마토 스파게티, 그리고 팔마햄과 겨자소스를 곁들인 시금치 샐러드 주세요.

팔마햄과 블라블라 샐러드는 팔천오백 원. 잔액 오천이백오십 원. 미란의 공격은 끝난 듯했다. 이정도면 무난했다. 그런 미란의 손이 아직 메뉴판을 놓지 않았다. 더욱 문제인 것은 다시 메뉴판에 시선을 두었다는 것.

와인도 한잔할까? 뭐 마시고 싶어?

미란이 메뉴판 마지막장에 있는 주류 페이지를 펼치고 있는 모습이 천천히 눈에 들어온다. 비교도 되지 않는 타격이다. 이건 탈탈 털어도 해결할 수 있는 일이 아니었다. 피자도 거부했는데 술까지 거부할 수는 없다.

하우스 와인 두 잔 주세요!

미란이 메뉴판을 넘기던 손짓을 멈칫한다. 그리고 아마 나에 대한 마음도 멈칫한 것 같다. 만회할 기회는 있다. 아니 있어야 한다. 하우스 와인 육천 곱하기 이. 만이천 원. 이미 예산초과다. 육천칠백오십 원이 부족하다. 라면과 미란과의 DVD방 사이에서 갈등한다. 라면을 사는 돈을 쓴다면 칠백오십 원이 남는다. 나흘 정도는 물과 쉰김치, 라면 한 봉으로 버틸 수도 있을 것 같다. 가책 없이 성욕을 택한다. 그동안 매일매일 풍족하지는 않아도 식욕은 채웠으니 성욕 한 번쯤 노려볼만한 시기도 됐다. 오늘만큼은 내 생물학적 성에 충실히 따르고 싶었다.

그 후 식사시간은 그럭저럭 즐거웠다. 미란이 간간히 웃기도 했고 오랜만에 들어간 기름기 많은 음식은 날 여유롭게도 했다. 미란과 같은 추억을 공유했다는 것이 뿌듯했다. 물론 종이를 씹는 것 같은 팔마햄과 시금치나물과 전혀 다를 바 없는 시금치조각이 조금 거슬리기도 했지만 그것들이 내 삼일 식비를 웃돈다는 것에 조금 울컥하기도 했지만 모든 것을 다 용서할 수 있을 것도 같은 밤이었다.

하지만 오만사천육백 원의 행복은 그리 길게 가지 못했다. 미란이 정확하고 날카로운 손을 날려 내 뺨에 맞춘 것은 바로 레스토랑 앞이었다.

사람들의 시선이 느껴지자 아픈 것은 뺨이 아니었다. 온몸이 축축하게 젖어가는 것을 느낀다. 눈앞엔 미란의 번쩍거리는 구두가 삐뚜름하게 서있었고 차마 나는 고개를 들 수 없었다.

내가 창녀야?

미란에게 나는 최대한 정중하게 그리고 조심히 DVD방에 가자고 권했다. 웃고 있던 미란의 얼굴이 깨진 것은 찰나였다. 미란과 나는 대학 시절에도 수시로 잠을 잤다. 주로 서로의 자취방에서였고 가끔 아르바이트 비가 생기거나 용돈이 넉넉할 땐 DVD방에 가서 좋아하는 영화를 보고 의례인 듯 서로의 몸을 샅샅이 품었다. 우리는 그 조그만 정사각형 공간 안에서 영화보다 더 서로의 몸을 새기며 킥킥거리곤 했다. 난 그 어떤 영화의 내용보다 미란의 몸을 더 세세하고 완벽하게 설명할 수 있다.

미란은 하지만 더 이상 소리치지 않았고 따지지 않았다. 그리고 또각또각 소리를 내며 뒤돌아 걷기 시작한다. 그때서야 미란의 뒷모습을 바라본다. 미란은 곧장 누군가에게 전화를 걸고 있었고 내 말은 미란에게 들리지 않을 것이다.

미란이 떠남으로써 내게는 만이천칠백오십 원이 생겼다. 자장면도 먹을 수 있고 백반도 사먹을 수 있겠지만 내 마음을 치료하기에 만이천칠백오십 원은 작았다.

흰 가운은 내 등에서 하얀 거즈를 제거했다. 가로 세로 백오십 밀리미터 기간은 삼일. 육만칠천오백 원.

특이하시네요. 등에 붙이시고.

흰 가운은 핀셋을 탁자 위에 내려놓으며 말했다. 등에 붙였던 건 미란과의 혹시 모를 관계에 대비한 것이었다. 하지만 그것은 수포로 돌아갔다. 흰 가운이 모를 것이 분명한데 얼굴에 불쾌하게 열이 올랐다.

이번엔 어디에 붙여드릴까요?

보통 사람들은 어디에 붙이나요?

흔히 초기엔 내 눈엔 보이지만 다른 사람 눈엔 안 보이는 곳.

그렇게 말한 흰 가운은 옅게 웃어보였다.

사람들은 시각에 많이 의존하잖아요. 그래서 자기 눈에 보이는 곳에 붙이고 싶어 하죠. 그와 동시에 다른 사람의 시선을 의식하기 때문에 다른 사람에겐 안 보이는 곳에 붙이고 싶어 해요.

그래서 추천 부위는?

흰 가운은 바지를 벗으라 했다. 그 말에 허둥지둥 바지를 벗느라 주머니 안에 동전들이 짤랑거리며 떨어졌다. 당황한 내가 동전을 주우려 할 때마다 동전들은 발이라도 달린 것처럼 멀어졌다. 흰 가운은 자로 잰 듯 정확한 양만큼만 발랐다. 가로 세로 백팔십 밀리미터. 사각형은 점점 커지고 있었다. 그동안 팔과 손목, 등에 발랐지만 부위를 다르게 하니 생경한 느낌이 들었다. 걸을 때마다 바지 안쪽에 스치는 붕대에 이물감이 들었다. 허벅지라니. 건물 앞에 서서 끊었던 담배를 물었다. 그것은 미란이 내게 선물해준 여유금액에 일부였다. 한 개비를 들어 불을 붙이고 막 빨아드리려는 찰나 낯선 사내가 말을 걸었다.

저도 불 좀.

남자에게 불을 붙여준다. 남자는 가볍게 목례를 한다. 그에 대한 대가인 듯 나는 그를 천천히 훑어본다. 남자는 나와 동갑 아니면 한두 살 위로 보였다. 다부진 어깨와 그을린 피부 톤은 그가 현역으로 군대를 다녀왔다는 것을 짐작하게 했다. 사실 그게 중요한 건 아니었다. 그는 꽤 여유로운 표정을 갖고 있었으며 오른쪽 팔과 손가락들엔 붕대가 감겨있었다. 남자가 굳이 숨기려 한 것은 아니어서 마음껏 봐주었다. 만약 이 아르바이트를 하지 않았다면 남자가 어딜 다쳤다고 생각했겠지만 장소로 보나 행색으로 보나 그는 여지없이 실험참가자였다. 그때 그는 담배를 껐고 내게 가볍게 웃은 뒤 건물 안으로 사라졌다. 문득 왼손으로 어색하게 담배를 피우던 남자의 실험참가비가 궁금해졌다.

날씨는 더워지고 인상은 써지고 이력서는 구겨졌다. 덤으로 자취방

아줌마에 마음은 졸여졌다. 아무리 문장을 꾸며도 이력서 안의 문장들은 나는 조급하고 다급하며 매우 급하다. 나는 간절하며 누구보다 애절하며 고만고만한 애들 중에 그만 좀 간 보고 어서 날 뽑지 않으면 난 이 더운 방 안에 절여지고 말 것이다에 벗어나지 못했다. 그러다보니 어느새 이력서에는 되도 않는 거만을 넘어 욕설로 도배되어 있었다. 이러다간 엉엉 울면서 이력서에 살려주세요라고 쓸지도 모르겠다. 그래서 결심했다. 손가락에 감기로. 이력서 따위 될 대로 되라하면서. 나는 라면, 자취방, 변태남이 아닌 웰빙, 원룸, 매력남이란 단어에 어울리고 싶었다. 무엇보다 미란의 연락이 왔다. 미란은 조심조심 머뭇거리며 내게 미안하다고 사과해주었다. 울고 싶었다. 그런 미란에게 무엇이든 다 해주고 싶었다. 내가 이렇게 미란을 좋아했었나. 미란은 그 어느 때보다 내게 매력적이었다. 그녀가 날 거부한 순간 그녀는 내게 동정녀이자 성녀가 되어있었다. 목이 말랐다. 개수대에 물을 틀었다. 손가락을 물줄기에 갖다 대려다가 아차 싶었다. 연고에 물이 닿으면 안 된다는 주의사항이 떠올랐다. 그동안은 샤워할 때만 조심하면 됐는데 손가락으로 올라온 붕대는 걸핏하면 신경을 거슬렀다. 거기다가 단단한 부목을 대고 붕대를 감았기 때문에 자판도 맘대로 누를 수 없었다. 옷을 입을 때도 밥을 먹을 때도 문을 열 때도 붕대는 시도 때도 없이 존재를 부각했다. 마치 촉수처럼도 보였다. 난 거대한 하등 무척추동물이 된 것 같았다. 그저 촉수만 꿈질꿈질 거리는 삶. 열 손가락에 다 감은 것은 옳은 결정은 아니었던 것 같다. 흰 가운은 신중히 내게 물었다. 처음에는 단순히 한 손가락만 생각했다. 하지만 흰 가운이 지급금액을 말하는 순간 마음은 요동쳤고 잠재워지지 않았다. 손가락은 자주 쓰는 부위이기 때문에 지급금액이 두 배이고 엄지와 검지일 경우 네 배라는 것이다. 그리고 열 손가락을 다 감을 경우 특별금액을 추가해준다는 것이다. 특별금액을 묻자 흰 가운은 삼십만 원 정도면 어떠냐고 물었다. 의연한 척 얼굴에 표정을 드러내지는 않았지만 입 안의 혀는 꺼끌꺼끌했다. 벌써 그동안 실험에 참가하며 받았던 시험비용에 웃도는 금액이었다. 등이 축축했다.

흰 가운은 우리 사이에 찰나의 순간도 용납지 않은 것처럼 우선 손가락의 사이즈를 측정하자고 말했다. 얼떨떨하게 그에게 열 손가락을 내어주는 순간 이미 내 선택권은 박탈당했다. 실험실 안에 흰쥐가 통통 거리며 쳇바퀴를 굴렀다. 흰 가운은 손가락의 밑둘레와 길이만 쟀다. 긴 줄자가 손가락을 감을 때마다 뱀이 똬리를 트는 것처럼 소름이 돋았다.

손가락의 경우 기존에 감았던 부위보다 예민한 부위이기 때문에 일주일이 시한이었다. 일주일 동안 열 손가락을 쓰지 못한다는 것은 생각해본 적 없었다. 한 손가락만 감으려는 내게 흰 가운이 지급금액을 말했다. 지급금액 팔십사만사천이백 원. 특별수당 삼십만 원. 백십사만사천이백 원의 무게는 결코 가볍지 않았다.

그 결과 난 지독히도 고독해졌다. 시간이 가질 않았다. 언젠가 봤던 영화 가위손에 에드워드가 이런 심정이었을까. 아마도 지금 지구상에 가장 외로운 사람은 나일 것 같았다.

씻으려고 할 때마다 전쟁이었다. 잘 움직여지지 않는 빳빳한 손에다가 비닐장갑을 끼는 것은 곤욕이었고 겨우 손등 부분에 손가락을 밀어 넣고 힘이라도 주려하면 비닐장갑은 쉽게 찢어졌다. 그렇게 몇 번이고 반복하면서 손가락 안엔 땀이 찼고 불에 덴 듯 뜨거워졌다. 그러다보면 이미 내 온몸은 땀으로 범벅이 됐다. 그렇게 실패를 반복하다가 고무장갑을 생각해냈다. 고무장갑을 두 발로 고정시킨 후 손가락을 넣었다. 고무의 탄력 때문인지 비닐장갑보다는 수월했다. 이제 씻기만 하면 됐다. 시큼한 땀 냄새가 훅하고 끼쳤다. 물을 틀고 몸에 끼얹었을 때 느꼈던 감정은 그 어느 때보다 컸다. 물론 손으로 씻는 게 아니라 고무로 문지르고 있어 원하는 만큼에 만족감은 느낄 수 없었지만 그럭저럭 괜찮았다. 하지만 문제는 그 다음에 일어났다. 손가락에 강력한 통증이 느껴졌던 것이다. 아마도 몸에 물을 적시면서 방심한 사이에 물이 흘러들어간 모양이었다. 곰팡이가 핀 바닥에 알몸으로 쓰러졌다. 통증은 깊숙했고 날카로웠다. 거의 혼절할 지경이었다. 아니 혼절했다. 정신을 차리니 샤워기의 물이 위로 솟구쳐 물방울이 다리에 후드득 떨어지고 있었다.

그럼에도 불구하고 시간은 흘렀고 씻다만 몸에 냄새는 하루가 갈수록 농도가 짙어지다 흐릿해졌다. 씻는 게 두려웠고 페트병만 봐도 무서워졌다. 내가 나의 상태를 감지하지 못하는 만큼 무기력해졌고 시간은 매우 견고하고 촘촘히 지나갔다. 일 초와 일 초의 경계를 구분 지을 수 있을 만큼.

흰 가운은 내 열 손가락을 내려다봤다. 손가락은 핏기를 잃고 퉁퉁 부어 있었다. 살아있는 사람의 손가락이라기보단 시체의 손가락으로 보였다. 더듬거리며 사고를 말하는 동안 죄인처럼 어깨가 움츠러들었다. 그렇게 견디고 견뎠는데 혹시나 사고로 지급액이 날아간다면. 그래서 사고를 당했을 때 몸을 벌벌 떨면서도 흰 가운에게 연락하지 못했다. 버티고 버텼을 뿐이다. 그가 거절의 말을 할까봐, 내게서 붕대를 풀어버릴까봐, 내게 돈을 주지 않을 것 같아서 온전히 공포의 시간을 참았다. 내 얘기를 듣는 동안 흰 가운은 턱을 긁었고 손을 그러모았고 팔짱을 꼈다. 그리고 마침내 내 이야기가 끝나자 그는 내 시간들이 우습다는 듯 웃었다. 그리고 말했다.

역시 대단하신 분이네요. 통증이 심하셨을 텐데.

흰 가운의 의중을 알기 어려웠다. 그는 머리를 쓸어 넘기며 다음 말을 이었다.

물은 약효를 가속화시킵니다.

예?

그만큼 고통이 수반되고요. 그래서 권장하는 방법은 아닙니다만, 특별히 문제가 되지는 않아요. 뭐 그 고통이 실험자에겐 문제가 될 수 있지만요.

흰 가운 딴에는 농담을 던진 것이겠지만 전혀 웃을 수 없었다. 내 얼굴을 보더니 흰 가운의 얼굴도 딱딱하게 굳었다.

앞으로 물에 닿으면 바로 연락해주세요. 물이 닿는 순간 약효가 스며들어서 붕대를 감지 않아도 되니까요. 그럼 실험참가비용을 드려야겠군요.

흰 가운은 내 실험비용을 챙기기 위해 방을 나갔다. 혼자 남은 공간은 적막하기 짝이 없었다. 그동안 여러 번 이곳을 방문하고 돈을 받기 전에 언제나 흰 가운은 나갔다 들어왔지만 낯선 적요였다. 그러다 문득 깨닫게 되는 것이다. 실험실에서 통통 소리를 내는 흰쥐는 없고 빈 사육 상자만 덩그러니 있었다. 공간 안엔 그 흔한 시계초침소리마저 존재하지 않았다.

집으로 가 꼼꼼히 샤워를 했다. 그것만으로도 기분이 좋아졌다. 흰 가운은 실험을 계속 하겠느냐 물었지만 쉬고 싶다고 했다. 사실 내 온몸을 씻고 싶은 마음이 간절했다. 그동안 실험에 참여하는 동안 부분적으로 씻었을 뿐 온전히 몸을 씻은 것은 오랜만이었다. 미란을 만나기로 한 날이었다. 그 전에 집주인 아주머니에게 들러 사십만 원을 냈다. 제날짜보다 먼저 낸 것은 처음이었다. 아주머니의 얼굴에는 전에 없던 친절이 배어 있었다.

미란은 머뭇거렸지만 결코 미안한 기색은 아니었다. 아마도 내가 자신의 기분을 어떻게 풀어줄 것인가에 대해 신경 쓰는 눈치였다. 많은 말을 하지 않고 별 의미 없이 커피를 마셨다. 미란의 표정이 좋지 않았지만 커피 값을 계산하기 위해 펼친 지갑의 두께에서 미란의 표정을 읽을 수 있었다. 인간이 이렇게 단순하다는 것이 슬펐다.

오빠. 우리 백화점 안 갈래? 나 살 거 있는데.

이렇게 눈에 보이는 수를 두는 미란이 딱해졌다. 그 이후는 말하고 싶지 않을 정도로 미란은 비참해보였다. 미란은 한 점포 안을 서성이며 곁눈질로 계속 한 가방을 주시했다. 딱 보기에도 이미 오래 전 미란이 찍어둔 것임이 분명했다. 차라리 사 달라 말했다면 이런 참담한 기분이 되지 않았을 텐데 끝까지 자존심을 지키고 싶어 하는 미란은 어서 빨리 내가 눈치 채길 바라듯이 시간이 지날수록 노골적으로 가방을 쳐다봤다.

저 가방 사줄까?

덧없이 사십팔만 원이 날아갔다. 아직 주머니엔 여유가 있었다. 돈을 쓴 것에 대해 딱히 후회감도 들지 않았다. 어차피 다시 붕대를 감으면 될 일이었다. 이번에는 절대 손가락엔 감지 말아야지. 샐러드는 아삭했고 드레싱은 짰다. 미란은 연신 웃으며 내 접시에 자기가 덜어온 음식을 신나게 옮겼다. 스테이크는 뻣뻣하고 육즙은 증발했다. 수많은 음식들이 열을 이루고 있었지만 무엇 하나 특별히 훌륭하지 않았다. 어쩌면 비슷비슷한 음식들이기 때문일지도 모르겠다.

미란이 와서 먹은 거라곤 샐러드 한 접시, ― 그것도 드레싱을 빼고 ― 연어 서너 점, 스파게티 한 젓가락, 과일 약간, 케이크 이 분의 일 조각, 커피 한 잔밖에 없었다. 문득 피로해졌다. 이상한 일이었다. 그토록 보고 싶었던 미란이 아니던가. 미란은 내 심중을 모르고 연신 웃어보였다.

오빠.

라고 부르는 미란을 보며 새삼 그녀가 오늘 하루 종일 내게 오빠라고 불렀다는 사실을 깨달았다. 그녀는 항상 호칭을 생략하거나 화가 나면 격한 표현을 쓰기도 했다. 그런 그녀가 내게 오빠라고 부르게 하기 위해 가방 하나면 충분했나. 이제야 다시 미란의 얼굴을 살핀다. 나와는 다른 세상에 살고 있다고 믿은 그녀의 얼굴에 대학시절에 앳된 얼굴이 비춘다. 알고 보면 그녀도 사회인이 된 지 얼마 되지 않았다. 그녀는 아마도 시간이 갈수록 화장을 할 때 더 비싼 것을 바르게 될 것이고 우리가 아는 스킨, 로션, 크림을 넘어 이름도 기억하지 못할 수많은 종류의 화장품들을 얼굴에 찍어 바를 것이다. 그렇게 점점 두껍게 만들어 필사적으로 자신의 나약한 모습을 숨기면서 살게 되겠지. 아마도 일이 년이 흐르면 절대 이 가격을 가진 가방에 자신을 내보이지 않게 될 것이다. 그렇게 성장하는 것일까. 쇠퇴하는 것일까. 어쨌든 이제 일어날 시간이었다. 집에 가자는 내게 미란은 알듯 모를 듯 웃어보였다. 아니 아는 웃음이었다.

미란과의 하룻밤은 육십만 원이면 충분하나. 뭐 나는 그보다 더 저렴하게 내 몸을 내어주지 않았나.

그런 미란이 가엽고 가여워서 더욱 힘껏 안았다. 내 품 안에서 미란은 더욱 작아보였다. 그런 미란을 안고 있는 나조차 그리 크게 느껴지진 않았다. 방 안에는 열기와 숨결이 번졌다. 하지만 공간은 팽창했고 결코 우리는 그 공간 안을 채울 수 없을 것만 같았다. 그것은 결코 우리가 대학시절에 나누었던 호기심에 기반을 둔 사랑과 비슷한 행위가 아니었다. 그것은 대가였기에 결코 순수할 수 없었고 욕망이었고 분출이었다. 아프다고 신음하는 미란을 보고도 내 안에 수치심에 불구하고도 멈출 수 없었다. 밤은 길었고 아직 대가는 충분치 못했다.

결국 다시 오고 말았다. 미란과의 하루를 보내고 난 후 며칠 안 가 돈은 떨어졌다. 이력서는 한 통도 쓰지 못했다. 정확히 안 썼다고 말하는 게 맞다. 연락 오는 곳도 없었다. 미란을 포함해서. 그날 새벽 난 여러 번 미란을 안았다. 미란은 겁을 먹고 있었지만 날 자극하지 않았고 지쳐 잠들어 있는 나를 뒤로하고 사라졌다. 아쉬운 마음은 들지 않았다. 어쩌면 미란이 남아있었다면 자괴감은 제곱이 되었을지도 몰랐다. 그 후 집으로 돌아간 나는 흥행했던 지나간 영화를 두 편 다운 받아봤고 자장면을 시켜먹었고 텔레비전에서 예능 프로그램을 보며 의미 없이 웃었다. 저녁엔 맥주를 마시고 잤다. 그런 식에 시간이 지나는 동안 이상하리만치 조급하지 않았다. 가끔 이래도 정말 될까 생각됐지만 아무래도 좋았다. 그리고 돈이 떨어지자 자연스럽게 흰 가운이 있는 건물 앞에 서있었다. 건물 앞에 서서 담배를 피우는 동안 여러 사람이 건물을 들어가고 나왔다.

오랜만에 본 흰 가운은 내 차트를 펼쳤고 용의주도한 미소를 보냈다. 오랜 친구라도 만난 것처럼.

실험을 계속 하시겠습니까.

네.

흰 가운은 여러 가지 안부를 물어봤고 나는 네라고 답했다. 실험실 안의 사육상자엔 새로운 쥐가 쳇바퀴를 굴리고 있었다. 통통.

오늘은 어디를 감아드릴까요?

질문해도 됩니까?

흰 가운은 고개를 끄덕였다.

물에 닿으면 더 이상 붕대를 감지 않아도 된다고 하셨는데 그럼 약을 바르자마자 물에 닿으면 어떻게 되지요?

흰 가운은 잠시 얼굴에 표정을 감추었다. 그러다가 지나치게 내가 의심하지 않을 정도에 입을 뗐다.

바로 실험완료이지요. 하지만 고통이 심해서 추천드릴 방법은 아닌데 손 따위와는 비교도 되지 않을 겁니다. 그런 생각은 접으세요.

그러면서도 흰 가운은 슬며시 웃고 있었다. 그 얼굴엔 의미를 부여하지 않기로 한다. 내겐 더 많은 돈이 필요했다.

눈을 감았다. 우둘투둘한 타일의 느낌이 다리를 통해 전해져 왔다. 그리고 조심히 누웠다. 목에서부터 시작된 붕대는 허리까지 감겨 있었다. 다리만큼 바닥에 감각을 느낄 수는 없었지만 차가운 느낌은 알 수 있었다. 하지만 전혀 불쾌하지 않았다. 천장에는 덮개가 벗겨진 형광등이 비스듬히 빛나고 있었다. 눈이 부셨다. 그래서 눈을 감았다. 그러자 시야에 주황빛이 퍼졌다. 따뜻한 느낌이었다. 언제 느꼈는지도 아득했던 느낌이었다. 몸은 단단하게 압박되어져 있었다. 하지만 그것이 인생의 안전띠 같단 생각마저 들었다. 화장실 안은 습했다. 하수구에는 말라붙은 터럭들이 있었다. 타일에는 곰팡이가 퍼있었지만 며칠 전 누웠던 미란과의 침대보다 훨씬 편했다. 오랫동안 누릴 수 없었던 평온이었다. 아마도 깊이 잘 수 있을 것이고 눈을 떠도 나는 여전히 이곳에 있을 것이다.

정말 간단한 실험이었다.

지나보니 많은 것들이 있었다

도망 다녔다. 빈 워드 깜빡이는 커서가 자꾸만 나를 재촉하는 것 같아 무서웠다. 그 커서를 멀뚱히 바라보며 많은 밤 아팠다. 남들은 인생을 열심히 홈질하는데 나 혼자 시침질을 하며 사는 것 같았다. 내 고단하고 고집스러운 꿈이 주변 사람들을 힘들게 하는 것 같아 많이도 고민했던 요즘이었다. 그럼에도 우둔했던 내 고집을 쓰다듬고 싶은 밤이다.

한글을 쓸 수 있게 된 후부터 장래희망란에 한 번도 작가가 아닌 다른 직업을 써본 적 없다. 무작정 동경했고 대책 없이 꿈꿨다. 자주 체했고 걷던 걸음을 멈췄다. 이쯤 되면 저주가 아닐까 했다. 아무것도 없다고 생각했는데 지나 보니 많은 것이 있었다. 지금 이 순간 이 글을 쓰고 있어 영광이다.

부족한 나의 믿음직스럽지 못한 길을 믿어 방관해준 가족들, 절벽에 서 있는 기분이라는 내게 기꺼이 절벽 밑으로 떨어져 거친 바다를 즐기라던 조현용 교수님, 떨고 있는 내게 기꺼이 체온을 나눠 준 시설(詩說) 동아리 동료들, 귀중한 가르침을 주신 서울과학기술대학교 문예창작학과 교수님들, 나의 길을 오롯이 함께해주는 김봉구님께 진심으로 감사드린다. 지면상 함께 쓰지 못한 이름들을 되뇌며 고마움과 미안함을 느낀다. 감사하는 모든 분들을 떠올리며 앞으로 커서를 쫓는 삶을 사는 것으로 보답하겠다. 마지막으로 방황했던 날들에 의미를 만들어주신 한라일보 심사위원들께 감사드린다.

과도한 제스처 거리둔 점 돋보여

178편의 작품이 우리 앞에 놓였다. 별도의 예심은 없었다. 두 사람이 내리 읽기에는 다소 버거운 분량이었으나, 정성을 다한 작품들이 아닌가. 우리 역시 정성을 다 기울여 읽었다.

그것의 분량보다 우리를 질리게 했던 것은 작품들에 깔린 어둠이었다. 시대의 그늘 탓일까. 읽는 차례로, 순번을 정한 듯 주인공들이 죽어 나갔다. 대개는 스스로 택한 죽음이었다. 또 한 가지 경향성은 재기발랄한 문체이다. 그런 재치가 소설을 읽히는 요소 중 하나임에는 틀림없지만, 그것이 상투적으로 쓰이는 경우는 작품의 격을 일격에 결딴내게 된다.

어둠과 재치―이 둘 사이에 모종의 시대적 공모가 이루어지고 있는 것인지도 모른다. 당선작으로 뽑힌 '실험의 시험'은 가장 우수한 작품이 아닐 수도 있다. 그러나 적어도 그런 공모에서 기인하는 과도한 제스처에서 한 걸음 거리를 둔 점이 돋보였다. 될수록 문장에서 겉멋을 빼고, 의식의 반응―의식의 흐름과는 다른―에 담백하게 따라붙는 것은 성숙의 징표일 터이다. "인간이 이렇게 단순하다는 것이 슬펐다"는 단순한 문장이 이렇게 슬프게 다가올 수 있는 것도 다 그런 이유에서일 것이다.

이런 행사에 참여를 해 보면, 당선작을 낸 기쁨은 쉬 지나가고 낙선작에 대한 아쉬움이 괴로운 기억으로 오래 남고는 한다. 책임의 문제를 미묘한 갈등의 움직임으로 잡아낸 '꽃무늬 식탁보', 뗄 데 없이 잘 쓴 소설이나 한 방이 아쉬웠던 '하지 감자', 날짜의 착각이라는 작은 경험에 삶의 회한이라는 주제를 담아낸 '문밖에서', 생활의 무기력이 폭력화하고 환멸로 떨어지는 과정에 심미주의를 잇대놓은 '사라세이나', 소재에 대한 천착이 아쉬웠으나 발상이 특이했던 '참홍어', 솜씨 좋은 이야기꾼인 '천국로맨스', 의인화를 가슴 저리는 서사수법으로 승화시킨 '우산살' 등이 짐작컨대 그럴 것이다.

한국문단의 샛별

2014 신춘문예 당선소설집

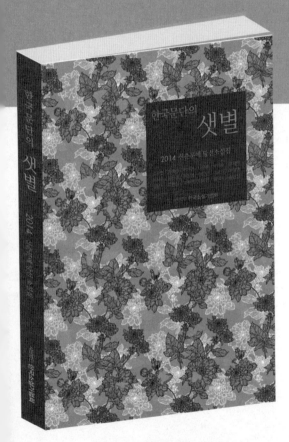

사단법인 **한국소설가협회**

변형국판 408쪽 | 값16,000원

2014 신춘문예 당선소설집 목차

사단법인 **한국소설가협회**
변형국판 340쪽 | 값12,000원

2015 신예작가

2014년 국내 우수 문예지에 발표된 신인들의 야심작 단편모음집

2015 신예작가 수록작품

2015 신춘문예 당선소설집

발행일 2015년1월20일

발행인 백수남(백시종)

주 간 강병석

편집국장 김아람

발행처 사단법인 한국소설가협회

신고 제313-2001-271호(2001. 12. 13.)

주소 140-899 서울 용산구 소월길 109 남산도서관 5층

전화 02-703-9837, 7055

팩스 02-703-0127

전자우편 novel2010@naver.com

한국소설가협회카페 http://cafe.naver.com/novel2011

정가 16,000원

인쇄 문예바다 (02)744-2208

총판 한국출판협동조합 (070)7119-1740

ISBN 978-89-90707-61-1